北大年选

2005
散文卷

谢冕 高秀芹 主编

2005
SANWENJUAN

北京大学出版社
PEKING UNIVERSITY PRESS

图书在版编目(CIP)数据

2005 散文卷/谢冕,高秀芹主编. —北京:北京大学出版社,2006.4
(北大年选)
ISBN 7-301-10522-3

Ⅰ.2… Ⅱ.①谢… ②高… Ⅲ.散文—作品集—中国—当代
Ⅳ.I267

中国版本图书馆 CIP 数据核字(2005)第 009990 号

书　　　名:	2005 散文卷
著作责任者:	谢　冕　高秀芹　主编
责 任 编 辑:	魏冬峰
标 准 书 号:	ISBN 7- 301-10522-3/I・0792
出 版 发 行:	北京大学出版社
地　　　址:	北京市海淀区成府路 205 号　100871
网　　　址:	http://cbs.pku.edu.cn
电 子 邮 箱:	zpup@pup.pku.edu.cn
电　　　话:	邮购部 62752015　发行部 62750672　编辑部 62752824
排　　版　者:	北京华伦图文制作中心
印　　刷　者:	三河市新世纪印务有限公司
经　　销　者:	新华书店
	650 毫米×980 毫米　16 开本　29.75 印张　452 千字
	2006 年 4 月第 1 版　2006 年 4 月第 1 次印刷
定　　　价:	36.00 元

未经许可,不得以任何方式复制或抄袭本书之部分或全部内容。
版权所有,翻版必究

散文

出版说明

　　我们一直想编选一套代表当前文学创作实绩和研究进展的年度选本,一方面能体现当代文学在各个方面的最新状况,另一方面也为以后的文学史留下最可靠的文学脉络。出于对年选工作的谨慎,确保年选出版的连续性,我们一直在探讨能够提供最有力保障的编选机制。最后,北京大学中文系当代文学教研室以集体的方式参与到"北大年选"的编选工作中,这是北京大学中文系当代文学教研室一个集体的成果,体现了北大学者对当代文学的理解力和阐释力。面对着市场上出现的林林总总的文学年选,我们有责任编选一套具有权威性、高水平的文学选本。在吸取同行专家建议的基础上,我们共出版小说、散文、诗歌、理论、批评等五种,比较全面地体现文学的整体情况,这样一年一年持续地做下来,可以形成一个有影响力的品牌,对当前的文学建设也许有一定的益处,五年十年以后我们回过头看这个时期的文学时,希望能提供一些重要的文学参照、线索等。"北大年选"本身就是一种高度,体现了北大学者对文学现实的积极参与、一种高度的责任感与使命感,希望我们的工作能促进文学的良性发展。

北大年选编委会
2005年11月11日

散文

目 录

导　言 ……………………………………	高秀芹（1）

画人记 ……………………………………	贾平凹（1）
朱氏父子 …………………………………	叶兆言（6）
平凡女性的尊严 …………………………	舒　芜（18）
与保罗·爱多士失之交臂 ………………	蔡天新（24）
十年识得范用字 …………………………	池　莉（33）
怀念老陆 …………………………………	冯骥才（36）
柳下居杂记 ………………………………	陈宗舜（39）
噫，马悦然 ………………………………	芳　菲（41）
三个女人 …………………………………	赵全国（44）

这个女人，让人艳羡死了 ………………	崔卫平（45）
写作之于激情 ……………………………	赵　玫（53）
早年的爱与现在的羞愧 …………………	王家新（60）
我的叔叔毛姆 ……………………………	毛　尖（63）
不要挡住我的阳光 ………………………	周国平（69）
奥克斯福的威廉·福克纳 ………………	余　华（77）
葛丽泰·嘉宝的个人世界 ………………	萧春雷（82）
我们在这个世界上生活的"忏悔录" ……	周　宁（84）
绿肥红瘦 …………………………………	李美皆（91）

冯亦代黄宗英书信选 …………… 冯亦代	黄宗英（98）

目录　1

2005

谈老年之爱	王元化（103）
悼文超	张慧敏（105）
世间最美丽的眼睛	金翠华（111）
父亲给这个世界带来了什么	老 鱼（123）
爱着你的苦难	塞 壬（128）
满山遍野的茶树开花	龙应台（132）

轻轻地走与轻轻地来	史铁生（161）
人之老	陈 村（165）
四十不坏	孔庆东（167）
在南非	袁 远（170）
八月的剑桥	时东陆（182）
行在四季人间	任 田（188）
风是外公的朋友	程耀恺（194）
一种男人	徐 风（197）
生活如椅子	王清铭（200）
黑鱼	邓 刚（202）
像植物一样只受阳光的供养	华 姿（207）
穿过我青春所有说谎的日子	周晓枫（214）

渔事随笔	季红真（228）
土地	韩少功（240）
温泉	于 坚（251）
请听万物倾诉	翟永明（266）
简朴生活回忆录	迟子建（271）
它们	张 炜（280）
一步三回头	袁劲梅（289）
西藏只是一种味道	凌仕江（297）
怒江:沉默的与尖叫的	汤世杰（308）

散文

三坊七巷 …………………………………… 北　北（319）
杂色北京 …………………………………… 李江树（344）
陌生记 ……………………………………… 吴　亮（363）
孔雀南飞记 ………………………………… 海　男（366）
槟榔与咖啡 ………………………………… 王铭铭（389）

对四个成语的解读 ………………………… 曹文轩（397）
我谈大先生 ………………………………… 陈丹青（427）
大学排名、大学精神与大学故事 ………… 陈平原（440）

导　言

高秀芹

　　2006年2月的一天，我们坐在柏拉图咖啡馆里，长长地松了一口气。《北大年选·2005散文卷》终于编辑完毕。此时，北京正满天飞舞着大雪，在北大的校园里，那些高高的树在雪天静默着，有一种自然的节制和神秘。

　　一年来，我们投入了很大的精力和时间来关注着全国上百份报刊所发表的散文作品，通过大家无数遍的阅读、争议，最后遴选出这些闪烁着精神之光的佳作。看着面前厚厚的书稿，每一位参与此项编辑工作的北大学人的心情是既兴奋又忐忑。

　　我们一直在想这样的问题：各种版本的"散文年选"，每年都出版很多。那么《北大年选·2005散文卷》编选的角度应该定位在哪里？应该具备哪些标准？怎样才能选出"北大年选"的风格？在当下骚动与喧哗的时代背景中，人们很难静下心来思考或阅读，而太多的平庸而乏味的作品正冲击着人们的心灵，使人们失去了阅读的耐心。因此，我们有责任为读者重新树起一面精神的旗帜，架起一道通向精神世界的桥梁。

　　于是我们商定：既然命名为"北大年选"，自然具有一种特殊的含义。其中应当承载着"北大"的精神，包含着学术、思想之自由、文化理念之先进、生活情感之真诚。这其中意味着一种纯粹的品位及思想的高度。我们以极其庄严而谨慎的态度来进行编选工作。

　　首先，我们要表达对散文的理解，然后再对本年度的散文进行整体描述。

　　散文是最随意、最自由、最轻松的一种文体。散文最容易写，也最难写。三言两语，记人叙事是散文；洋洋洒洒，浩浩荡荡，下笔千言，也是散

2005

文;素面朝天,自然天成是散文,浓妆淡抹,巧夺天工也是散文。

散文看起来是很容易操作的一种文体。

散文又是最难以操作的一种文体。

因为它文无定法。

然而,有人曾经为散文下了很多的定义:什么"形散而神不散",什么"艺术散文",什么"大散文",什么"小女人散文",言者各成其理,但按照这些规则去写是不是能写出好散文?我们不敢断言。我们要说的是,散文写作要具有精神和心灵的全部自由,因为散文要真,一个心灵很狭隘,把自己关得很紧的人,是写不好的。缩手缩脚,顾此失彼,哪里还有什么真实的敞开呢?在真实和自由的基本理解下,我们又认为好的散文要有一种人文情怀,一种大境界。

因此,针对这一代表"北大精神"的散文选本,我们的整体思路可以归纳为三个方面:

1. 要体现一种宏大的理念。"北大"有优秀的学术传统,有至高无上的理想追求,有真情的关怀,要体现"北大"的一种精神及思考;

2. 要体现"兼容并包"的思想。所选散文包括生命的各个层面,最能体现文体和精神的自由性,包括书评、论文、演讲等等。我们在编选的时候注意到散文的丰富性,希望在各个理路上都能找到好的散文;

3. 要体现散文的自由的表达性。散文表达的文字必须是文学的、道德的、干净的、积极向上的,力争以文字之美呈现思想之美、智慧之美、生命之美。

从《北大年选·2005散文卷》的编排上,您可能会看到我们对散文的一些基本理解。散文可以最自由的方式来表达人生的各个层面,可以写人叙事,或寥寥几笔,或细致绵密,呈现人的情态、精神、思想、追求、境界、故事等等,我们在这样的散文里看到了一些不见经传的人,如贾平凹的《画人记》的那两个有些性情的人;也有一些很有意思很有个性的人,如《与保罗·爱多士失之交臂》里的那个敞开了大脑一直在路上的数学家爱多士;有对母亲的深情追忆,有对故友的深挚怀念,在这组文章里芳菲的《噫,马悦然》是一篇非常好的写人文章,作者把对话、描述、素描、议论、讲课、评述聪明地组合在一起,一个大高个子汉学家的形象和精神灵动地跳出来。

散文

接下来的那组散文,显然与第一组直接写生活中的人不一样,而是作家阅读作家,作家阅读已经逝去的人的文章,这些文章直接切入个人生命的感知体验,人类的经验和智慧、情感与体验,丰富的生命就这样被叙述出来了。崔卫平对海德格尔、阿伦特的阅读与理解,赵玫对杜拉斯,王家新对茨维塔耶娃,毛尖对毛姆,周国平对第欧根尼,余华对福克纳,萧春雷对嘉宝,周宁对塞万提斯,李美皆对众多"爱上才子的女人们"……我们看到生命的各个层面,在生命的丰富性和深刻性上,在人类智性和精神层面上,有这么迷人和有魅力的生命。

接下来第三组文章应该也是散文最有优势的地方,那就是表达真挚的情感,比较于小说的虚构,散文因为真,因为自由,所以在表达人类的情感方面有着得天独厚的优势。散文可以直抒胸臆,可以长歌当哭,敢爱敢恨,直截了当,表达情感最直接,最坦荡,最真切。

当然,这些必须是以艺术化的方式来表达的,真正的好文章才会打动人。冯亦代和黄宗英的情书真切可爱,坦荡无私,唯其真,唯其情,才会引起很多人的共鸣,两个七八十岁老人的黄昏之爱让那些没有爱的能力的人感到汗颜。《世间最美丽的眼睛》里对一只鸟的深情追忆让人扼腕叹息。《爱着你的苦难》里那个大大的眼睛受欺负的弟弟,读后都让人难以忘记。当然,散文也可以描述生命的各种状态,人生的丰富性,还有那些性灵的文字,丰富的情趣,于是,我们看到了第四组散文,这些文章或浓烈,或平淡;或沉重,或轻松;或庄严,或诙谐。生老病死,衣食住行,各种状态,各种处境,各种境界,各种遭际,这些都是生花妙笔施展才华的空间。

在接下来的编排里,我们会读到一些大气厚重的文章。散文要表达理想,表达希望,表达梦想,对我们生存的世界和环境表达深切的关怀;那些遥远的往事,朴素的故事会以诗意的方式给写作者提供精神资源。于是,我们看到了"追忆的渔事",一些简朴的生活,现实中被瓦解的土地、温泉,还有一些旧的街景、文化地图。在最后一组文章里,我们编选了一些出色的演讲,其言之切,情之切,文之切,都为散文创作开拓了疆域。

有一个很有意思的现象是,在那些专门发表散文的刊物上的文章,绝大多数是在"散文"概念的理路上写的,很像"散文",结构、句式、思路均有所遵,就是缺少创造性,充斥着挥之不去的匠气。而一些发表思想文化随笔、读书笔记等刊物上却有好散文。因为它们打破了对散文的狭隘理解,荡得很开,里面承载的学识和见解又很博杂宽广,文章大气、厚重,富有活泼的生气。

还有一个很有意思的现象,我们从散文写作的路数上基本上可以判别出目前大致有几类散文:一是散文家写的散文;二是小说家写的散文;三是诗人写的散文;四是学者写的散文。散文家写的散文大多很规矩,很有章法,像讲义,是讲解散文很好的范本,但是,却缺乏一些自由的向度,缺乏宽广的境界。小说家写的散文大多文字很洁净,富有趣味,自由而大气,属非常迷人的散文;诗人的散文有一种回肠荡气的诗意,文字很缜密,有时候密得什么东西都插不进来,文字是诗人诗性思维的神秘呈现;学者写的散文大都很智慧,很有学养,境界也很大。崔卫平的《这个女人,让人艳羡死了》本来是写海德格尔和阿伦特的恋情,却把自己对生命的理解和体验,对哲学和智性生活的体悟与见解渗透在里边。季红真的《渔事随笔》苍凉、压抑,沉痛而忧伤,把民族的捕鱼活动和个人的童年记忆联系起来,境界很开阔。当然,这都是些很直接的感觉,并不能涵盖丰富复杂的散文全貌,事实上个人身份并不必然会带来写作上的优势,但是,一些个人身份、学养、感受、体验方式会不自觉地进入文本,进入写作中,于是,我们也就看到了不同品位的散文,这也是散文自由呈现的最好方式。

中国是一个散文大国,除了有韵的以外所有的文章都被称为散文,《史记》是好散文,《庄子》也是好散文,所以也就有了以后著名的写好散文的唐宋八大家。五四新文化运动后诞生的现代散文,是新文学的重要收获,在各个理路上都有好的散文,出现了一些优秀的散文家和散文名篇。中国现代散文的各个理路在当代发生着流变。遗憾的是,有两类大的散文发展到当代没有很好的发展,一路是以周作人那一脉以知识性入散文的,谈天说地,说古论今,杂糅民俗、神话、知识,同时又有一定的趣味的文章。当代也有这样的散文,但是不论在境界和气质上都不能与五四那一代人相比。在此番遴选的过程中,此类文章很多,也有一些看起来还不错的文章,但是,仔细读去,大都在模仿周作人或者丰子恺的路数,但是,在知识的含量上均比不上周作人,在趣味的体察上与丰子恺又

散文

相去甚远。最后，我们选择了王铭铭的《槟榔与咖啡》，文中把槟榔、咖啡与人类学的知识联系起来，读起来很有趣味。另一类散文是游记类散文，现在写的很多，很滥，但是，好的不多，也比不上现代作家的风光山水，文化发现，如朱自清的《欧游杂记》、《桨声灯影中的秦淮河》等。今人之游历大多走马观花，缺少耐性，也缺少趣味，大有"到此一游"之意；还有一些装腔作势的，除了"骑在马上"，把那里的花顺便东拉一把，西拉一把，好像古今中外都知晓，读来却味同嚼蜡。这次进入我们选本里有两篇还不错的，一篇《行在四季人间》是一个年轻人的游走天下，里面东奔西走的状态很吸引人，有新鲜的生命体验，成都、云南、杭州、西安四个城市以很个人化的方式呈现出各自的风情。另一篇《八月的剑桥》，在东西方的文化差异中书写了剑桥所代表的英国文化的绅士气、幽默、宁静、典雅。这两类散文曾经是现代散文的主要路数，可是，由于当代人学识上的不足，使此类散文量多而鲜有佳作。

在本卷散文中，我们试图找到最长的散文和最短的散文，最长的散文是龙应台的《满山遍野的茶树开花》，将近三万字，最短的是赵全国的《三个女人》，不足三百字。在浩如烟海的文字中漫步，选择什么，不选择什么是一种主张和立场。现在，呈现给读者面前的这本《北大年选·2005散文卷》，只是表达了编者对散文的理解，只是对2005年散文的回忆。相信在编选的过程中，还可能漏掉一些好散文。

好在还有2006年的"北大年选"，我们会尽力披沙拣金的。

最后，我们要对本书编选过程中提供建议和帮助的各位朋友表示感谢：

洪子诚，北京大学中文系教授，我们把最初的目录发给他，他给予了很肯定的赞许。

曹文轩，北京大学中文系教授，他对本书的篇目给予了建设性的筛选工作。

温儒敏，北京大学中文系教授，他一直关注"北大年选"的事情并给予鼓励和支持。

朱竞，《文艺争鸣》杂志社的资深编辑，不仅对本书的结构提出富有创造性的建议，而且还提供了很多篇目，因为她阅读面广，而且慷慨无私。我们对她的坦诚与创造性的见解表示敬意。

2005

赵晖，北京大学中文系博士生，她为我们复印了很多的备选篇目，在北京最寒冷的日子里，她穿梭于北大和清华，查阅复印报刊资料，提供了很多篇目。

邵燕君，北京大学中文系博士，青年讲师，她所主持的"北京大学当代最新作品点评论坛"积极活跃，为本书提供了一些篇目。

李宪瑜，北京大学中文系博士，首都师范大学中文系副教授，此人趣味高雅，鉴赏品位极高，我们在一个咖啡馆里从早坐到晚，对本书的所有篇目进行过仔细的研讨。

肖鹰，北京大学中文系博士，清华大学哲学系教授，他以慷慨与友情提供了很多的联络线索，并提供了一些篇目。

孙民乐，北京大学中文系博士，中国人民大学中文系副教授，本书对散文的一些理解得益于与他的讨论。

另外，我们的朋友赵婕、徐林正、萧夏林、王兆胜、孙郁对本书都给予过帮助，在此一一表示感谢。

2006年2月14日于柏拉图咖啡馆

散文

画人记

贾平凹

藏 者

我有一个朋友,是外地人。一个月两个月就来一次电话,我问你在哪儿,他说在你家楼下,你有空没空,不速而至,偏偏有礼貌,我不见他也没了办法。

他的脸长,颧骨高,原本是强项角色,却一身的橡皮,你夸他,损他,甚至骂他,他都是笑。这样的好脾气像清澈见底的湖水,你一走进去,它就把你淹了。

我的缺点是太爱吃茶,每年春天,清明未到,他就把茶送来,大致吃到五斤至十斤。给他钱,他是不收的,只要字,一斤茶一个字,而且是单纸上写单字。我把这些茶装在专门的冰箱里,招待天南海北的客人,没有不称道的,这时候,我就觉得我是不是给他写的字少了?

到了冬天,他就穿着那件宽大的皮夹克来了,皮夹克总是拉着拉链,从里边掏出一张拓片给我显派。我要的时候,他偏不给,我已经不要了,他却说送了你吧,还有同样的一张,你在上边题个款吧。我题过了,他又从皮夹克里掏出一张,比前一张更好,我便写一幅字要换,才换了,他又从皮夹克里掏出一张。我突然把他抱住,拉开了拉链,里边竟还有三四张,一张比一张精彩,接下来倒是我写好字去央求他了。整个一晌,我愉快地和他争闹,待他走了,就大觉后悔,我的字是很能变作钱的,却成了一头牛,被他一小勺一小勺巧妙着吃了。

有一日与一帮书画家闲聊,说起了他,大家竟与他熟,都如此地被他打劫了许多书画,骂道:这贼东西!却又说:他几时来啊,有一月半不见!

2005

我去过他家一次,要瞧瞧他一共收藏了多少古董字画,但他家里仅有可怜的几张。问他是不是做字画买卖,他老婆抱怨不迭:他若能存一万元,我就烧高香了!他就是千辛万苦地采买茶叶和收集本地一些碑刻和画像砖拓片到西安的书画家那儿嘻嘻哈哈地换取书画,又慷慷慨慨地分送给另一些朋友、同志。他生活需要钱却不为钱所累,他酷爱字画亦不做字画之奴,他是真正的字画爱好者和收藏者。

真正的爱好者和收藏者是不把所爱之物和藏品藏于家中而藏于眼中,凡是收藏文物古董的其实都是被文物古董所收藏。人活着最大的目的是为了死,而最大的人生意义却在生到死的过程。朋友被朋友们骂着又爱着,是因了这个朋友的真诚和有趣。他姓谭,叫宗林。

推荐马河声

我曾给王×推荐过马河声,王×没有回音;我又给张××推荐过马河声,张××说他们研究研究,但也没有了下文。我只得向您推荐马河声了。您上任后,我与您约定我绝不以私人事麻烦您,可马河声不是我的亲戚,也不是同乡、同学。如果再不向您推荐,马河声的问题在这个城市里可能永远得不到解决,而我若不推荐,马河声则不会再有人肯推荐。因为马河声是个穷人,没有城里户口,没有工作单位,甚至三十六岁了,还没有娶妻成家。五年前我认识了马河声,我那时四十三岁,他三十一岁,我们的属相都为龙,我正好大他一轮,我惊叹他是个人才,我们就亲近起来。数年的交往,马河声从未在我面前唉声叹气,知道我与您的关系也从未恳求过我向您提出他的困境。我们相处只是谈艺术,或展纸写字作画,每到吃饭时他就走了,他拒绝我的吃请,因为吃请了就要请吃,他没钱邀我去酒楼。但我接受过他两次从家乡带来的花馍,他是让他母亲亲自做的,夏天最热的时候送给我一盘冰淇淋,那是用钢笔画在一张纸上寄我的。我不推荐他,马河声依然是马河声,但我不推荐他,我的良知却时时受到谴责。从年龄和社会阅历上讲我当然算他的老师,从书画艺术的修养上他却应该称作是我的老师。我在二十五岁时就有了工作,生计问题基本解决,几十年衣食无忧,一心搞写作方有了今日成就。马河声十多岁进城,十六七年是漂泊不定,为生计奔波,直接影响着他的艺

散文

术的成功。偌大的城里,多一个领公家薪水的人并不可能使城市贫困,但少一个艺术天才往往使城市显得空旷。多少单位人浮于事,到处的庙里有不撞钟的和尚,却有人才不去聘用,有天才难发展。我不推荐马河声,我愧于我身在文化艺术的行当里,也怀疑我心胸狭窄嫉贤妒能,而推荐于您,您若以为区区小事,从抓政治和经济工作太忙将此事束之高阁或忘于脑后,世人如果知道又会影响到您的声誉,损害您的形象。我了解马河声而不推荐马河声,您过后知道了马河声的事又定要怪我,我给您推荐马河声就郑重其事地向您推荐,所以不邀您出来吃饭,也不口头叙说,特意写成此信。那么,您就继续往下看,我说说马河声的具体情况了。

马河声是渭北合阳人。合阳地处高寒,缺水少雨,主产小麦玉米,人多刚硬厚重。马河声却性情浪漫,机敏能言。他初学楷书,秀美温润有江南习气,一出道就在行当内声誉鹊起,这也是他能在古城里生存下来的原因。至后,又开始习画,悟性颇高,所临明清小品,几乎与真迹难以分辨。若以如此手艺应酬各种社会活动,马河声绝对可以做个囊中有物、出入有车,一头长发满脸清高之士了,但马河声却突然在一个夜里撕毁了旧时所有作品。他来告诉我,他的天性里确实有秀的成分,而在一片赞扬中单一发展下去,是难以成就大作品的。他的这次改变,使许多人难以接受,却让我振奋不已!我鼓呼了他的豪华志向,也告诉他或许他是一棵丁香,但生在渭北,宽博深厚的人文环境苍凉浑茫的生存态势,丁香已经不再纤弱,若再有意识地增长自己的雄沉,又会成为大的乔木。雄而无秀则枯,秀而无滑则弱,能清醒地认识自己,及时调整自己,我对马河声从此多了一份敬畏。

如今的书坛画坛鱼龙混杂,且到处是圈起来的围墙篱笆,仅瞧瞧他们的名片,足以被其头衔吓倒,但若去看看那些展览,你悲哀的并不是这些"艺术家",而要浩叹些这个时代的荒芜来了。书画,尤其书法,原本是由实用而演变过来的艺术,古人恐怕是没有专门的书法家的,现在书写工具改变,仅仅以能用毛笔写字就称之为书法家,他们除了写字就是写字,将深厚的一门艺术变成了杂耍。正是基于对现状的不满,我们一批作家、学者和教授组织了一个民间性的书画社团,起名为"太白书院",马河声就在其中。马河声虽不是作家、学者和教授,却长期与作家、学者、

2005

教授在一起,他也写作过许多文章,凭着他的年轻和热情,每次活动都是积极的策划者和组织者。更有难得的一点,他是出色的鼓动家,大家在创作时,他在旁极力煽情,往往是现场气氛轻松活跃,使创作者自信心大增,以至使大家在写字画画时总叫喊:河声,河声,你快来!

马河声的书画艺术已经相当的出色,但中国书画历来重视名人,马河声的书画,说真的没有我的书画卖得好。每当我们在一起,外人只买我的字画,我就有些不好意思。有人严厉地批评马河声不迎合市场,那就一直穷困潦倒吧。马河声终不动心,他说:名人都是从未名而有名的,书画能走向市场的有政坛上的书画家,有从事别的艺术门类的书画家,但也有纯以书画成为大家的书画家,我既然纯搞书画以来未成大名,那是我的作品还不行的原因。他坦然地面对着永恒和没有永恒的局面,潜心创作。他租住了一间很破旧的房子,购买的书沿着四堵墙往上垒,而让我题写了斋名:养马池。夏天里我去过一次养马池,房间热得像蒸笼,没有空调,一台电扇已经不能摇头,他只穿了一件裤头在挥汗作画,而茶几上零乱地摆着碗筷茶缸和方便面。我见此情景,感慨良久,想中外书画史上,有多少奇才在出道时十分艰难,却总有些富豪有意购买包装,将其推入市场。但是,现在能看出马河声潜力的人不多,能看出的如我,却不是富豪,我只能今日以二百元买他一只《塞乌》、明日五百元买他一幅《山水小品》,这点零钱又能买几顿饭几刀纸呢?

世人多人云亦云,常常莫名其妙地使砖瓦被人争,金银遭抛弃,而即使一个真正的天才,也多有锦上添花者众,雪里送炭者少。中国正处改革,多种体制并行,以致出现人的贵贱贫富并不以能力而决定于供职的单位,如果马河声不是出身于农家,有一个单位有固定的收入,分配的房子,他是一棵树,会早在数年前就长粗长大,但现在只能艰艰难难地弯弯曲曲地长它的树了。这树肯定还能长大,我们何不在它生长期浇水施肥,而在它多少年后长大了才说这是一棵好树啊?! 历史当然是劳动人民创造的,但文字记载的,即为青史,却往往是帝王将相、才子佳人。作为一任领导,抓政治抓经济抓治安是基本的工作,可纵观全国,这个古城要在政治、经济、治安诸方面几年间成就显赫,跃入国内前列,那是不现实,一个城市应有一个城市的特点,古城是文化城,发展文化就得有人才,一任领导在职不过一届两届,与其在别的方面花尽力气而成绩平平,

不如抓住几个人才推出,这也不妨是为官为政的一条有效举措吧。

因珍惜马河声,我的推荐情真也易于过激,不免有胡说八道之嫌,恕能谅解,更盼有回音。若半月内亦无消息,我就摆饭局请您了。

(选自《美文》,2005年第1期)

朱氏父子

叶兆言

北大是个浙江村

近代史上说起一个人对地域的影响，首推曾国藩。人杰地灵，有了曾国藩，便有了后来源源不断的湖南人才。唯楚有才，于斯为盛，能和湖南人叫上板的，大约也只剩下浙江人了。记得沈从文曾发过牢骚，说湖南人倔犟木讷，怎么斗得过精明的浙江人。他说这番话，是上世纪的三四十年代，那时候正是蒋委员长得意之际，手下养着一大批能征善战的浙籍大将，陈诚、汤恩伯、胡宗南，个个都是手握重兵，炙手可热。湖南人沈从文有感而发，再过个十年二十年，就不会这么说了。国共争雄，成者为王，败者为寇，天下到了毛主席他老人家手里，湖南人终于深深出口恶气。出水再看两腿泥，历史最后证明，还是湘人厉害，以毛泽东领衔，刘少奇、彭德怀、贺龙、胡耀邦，竖起手指数数，有一大串。

熟悉一些掌故的人都知道，毛泽东当过北京大学图书馆的管理员。当时正是新文化运动期间，北京既是中心，又是风口浪尖。秦琼卖马，对处在愤青阶段的人来说，这段经历十分重要。毕竟是世界观形成阶段，有这个开始，才有了后来的正果。听君一席话，胜读十年书，史书上说毛经常去旁听蹭课，深受高人启发指点。蹭课听了什么内容，已记不清了，长知识不用怀疑，变深刻也理所当然，感觉中他一定会有些郁闷，因为听来听去，都是些浙江口音的人在讲课。

当年的北大，差不多就是个浙江村。先说大学校长，大名鼎鼎的蔡元培是浙江绍兴人，他的前任胡任源任职时间不长，是浙江吴兴人。外举不避贤，内举不避亲，像蔡元培这样堂而皇之，好玩一把同乡会的倒也不多见。在现代教育方面,蔡元培差不多就是祖师爷了,他取消了分科制,改设十五个系,据朱偰先生回忆,这些系的领导人,竟然比一半还多的是浙江同乡。数学系主任冯祖荀,浙江杭县人;物理系主任夏元瑮,浙江杭县人;化学系主任俞同奎,浙江德清人;地质系主任王烈,浙江萧山人;哲学系主任陈大齐,浙江海盐人;中文系主任马裕藻,浙江鄞县人;史学系主任朱希祖,浙江海盐人;经济系主任马寅初,浙江嵊县人。后来又增加了几个系,教育系主任蒋梦麟,浙江余姚人,以日语为主的东方文学系主任周作人,浙江绍兴人。

蔡元培当北大校长,后来又当中央研究院的院长,此后许多年,各省的大学校长和历任教育部长,按照朱希祖先生的说法,都是"蔡先生振拔之人",所谓"枝叶扶疏,弥漫全国"。浙江人果然厉害,文武俱佳,一百年前已经证明。今天北京的浙江村居民,与当年同乡比较起来,口袋里银子会多一些,说到文化要逊色许多。竟然会有这么多的系主任,清一色的浙江人,恐怕连地处本土的浙江大学,也不敢这样无所顾忌的放肆。当时北大系主任中,坐头把交椅的照例是中文系,而偌大的中文系,又是"三沈二马"的天下,同样是浙江同乡会。三沈是沈士远、沈尹默、沈兼士,浙江吴兴人。二马是马裕藻和马衡,浙江鄞县人。鲁迅和周作人兄弟日后名声很大,成为新文化运动的领军人物,那年头像他们这样的浙江人,也就是中文系跑跑龙套,一个讲授中国小说史,一个讲授新文学和东方文学。

说到近现代教育,蔡元培之外,还有一个浙江人章太炎绕不过去。这两个人都是光复会的领袖,都为推翻清朝建立民国做出巨大贡献,到民国以后,又都把精力转移到教育上。他们在中国教育史上的地位,举足轻重不可忽视。蔡元培的门徒是教育界的权贵,章太炎的弟子则是文史方面的精英,是各大学国文和历史系的主任或名教授。一代通儒尊绛帐,千秋大业比青田。与蔡元培乐意关照同乡一样,章的弟子也多为浙江人。1936年,太炎先生逝世,其弟子十人联名呈请政府国葬。这十大弟子个个都有头有脸,都是显贵,以朱希祖为首,然后是马裕藻、钱玄同、许寿裳、周作人、沈兼士、汪东、曾通、马宗芗、马宗霍,自然又是浙江老乡占绝大多数。

2005

现代史学的开门人

也许领衔的缘故,对朱希祖先生我一直是多个心眼。章太炎弟子中,众所周知的应该还有两位,一个是大弟子黄侃,他先于老师过世,否则为首也轮不到朱先生。还有一个是鲁迅,他没来凑这个热闹,却一气写了两篇纪念文章,这是鲁迅生命中最后的文字,因此值得记上一笔。

朱先生应该属于那种圈子里的人物。知道的人,都觉得他了不得,如雷贯耳。不知道的,就得绕点弯,要借助其他名人或掌故来说事。譬如说他是章太炎的得意弟子,是鲁迅的师兄,比鲁迅还要大两岁。当年北大有卯子号名人之说,所谓卯子号,就是几个属兔的大腕。这窝名声赫赫的兔子中,两只老兔是陈独秀和朱先生,四只小一轮的兔子是胡适、刘半农、刘叔雅、林公铎。时过境迁,大家今天耳熟能详的,大约也只有陈独秀和胡适了。

朱希祖在政治上无法与陈独秀匹敌,反过来也一样,提到学问,陈与朱相比要逊色许多。在中国的传统学问中,向来有文史不分家一说,朱先生留给后人可议论的第一件事,就是将文史离婚分家。朱先生是大学文科中,自有历史系以来的首任系主任,是现代史学的开门人。"以科学方法,为治史阶梯",历史系从无到有,朱先生首尝螃蟹,功不可没。历史为社会科学之一,欲治史学,必先通政治经济法律社会诸学,是朱先生的努力,改变了历史系的形象和地位。事实上,蔡元培刚设历史系的时候,历史系并不被大家所重视。当时,考不上中文系的人,才勉强报考历史系。在我印象中,已经考入北大的名人中,像傅斯年和罗家伦,像朱自清和俞平伯,都不是历史系的。

朱先生早年参加过科举,后来又考取官费留日,进早稻田大学攻读历史。在日本学历史,和鲁迅郭沫若学医一样,都不能作数。章太炎说起爱徒,以太平天国为例,封黄侃为天王,汪东为东王,朱先生为西王,钱玄同为南王,吴承仕为北王。他对朱先生的评价,是"逖先博览,能知条理"。经史小学,章太炎的学问中,最得史学真传的是朱先生。当年北京大学刚分系科,朱先生是中文系主任,后来才改任历史系主任,其中原因,今天已经很难说清楚。朱先生也说自己"所学得章先生之实",事实就是,自从掌管了历史系,他才把治学重点转移到历史方面。

朱先生乡音很重,他的浙江口音,北方学生听起来很吃力。周作人《知堂回想录》里有过记载,说学生听朱先生讲孔子,反复听到"孔子的厌世思想",心里觉得奇怪,看黑板上引用的孔子语录,都是积极向上的,一点厌世痕迹都没有。稀里糊涂听着,过了很久才弄明白,原来朱先生的海盐腔,将"现世"的"现"念成了"厌"。当时的北方学生都老实,调皮捣蛋的反而是南方学生,譬如后来一度很有名的历史学家范文澜,特别喜欢跟朱先生玩点恶作剧。范是浙江绍兴人,主编《中国通史》之前,曾写过一本与《文心雕龙》有关的著作,颇有些小才气,他发现讲义上有漏洞破绽,自己从不露面,写在小纸条上丢给同学,让好出风头的站起来起哄,责问指摘,常把朱先生弄得很窘。名师出高徒,那年头的大学生就是这么厉害,用心读书的学问好,调皮捣蛋的学问也好。从某种意义上来说,名教授的学问好,也是被学生逼出来的。

汉语注音符号的第一个版本,是因为朱先生的建议,才得以确立。这套注音符号,以古文篆籀径省之形为字母,既采其形,复符本音,今天的很多人已不明白,当时却是最简易可行。或许正是因为这件事,朱先生获得了最初的名声。那个时代的精英,最大特点就是多面手,什么都会,样样精通。袁世凯称帝,曾设博学鸿辞科,欲网罗天下名士,年轻的朱先生也曾被征入选,但是他羞与袁贼为伍,"坚辞不就"。

朱先生是新文学历史上,最初的文学社团"文学研究会"十二个发起人之一。这十二人,后来都有些名声,譬如茅盾周作人郑振铎叶圣陶,换了别人,此事值得大树特树,在其子朱偰为其撰写的年谱中,竟然一字未提,由此可见他并不看重。

渊衷硕学

到目前为止,我仍然搞不明白唐朝皇帝的身世,这个问题被专家学者搞糊涂了。抗战前夕,为了大唐皇室身世,史学界展开了一场激烈讨论,一方认定李唐出自夷狄,一方认定李唐出自陇西望族。朱先生花了很多力气来考证这件事。他认为李唐出自夷狄是"欲以曲解历史之邪说,摧毁吾国民族主义之思想"。让他老人家感到愤慨的是,中国人绕不明白,跟着起哄,"论者蜂起,流毒所被,浸至认唐太宗、李白、明成祖辈皆非中国人,为亲者痛,为仇者快,邪说误国,莫此为甚"。

应该说在这件事情上,朱先生有些意气用事,考虑到当时的抗日救亡局势,也容易理解。李唐出自夷狄的观点,最先是一个叫金井之忠的日本人提出来的,中国学者跟着胡乱响应,难怪朱先生要生气,要拍案而起。但是他把站在第三方的陈寅恪,当作了冤家对头,考证矛头都是冲他而去。陈的观点是李唐既不出于夷狄,也不出自陇西望族,他的意思是两家的说法都不对。这是个非常专业的问题,非大学者说不出所以然。陈寅恪后来似乎不愿意再谈这事,晚年自编文集,也不愿意将有关李唐先世的文章收入。我倒是真希望有人站出来,用确凿无疑的证据,把这事最后弄弄明白,省得大家都不服气,也顺带解了我心头之疑问。以辈分论,朱先生要大陈寅恪一辈。陈的门人罗香林是朱的女婿,陈先生曾推荐他撰写《唐太宗》。这似乎是故意要与自己弟子为难,对于李唐宗室的姓氏,罗香林在写作时"也必极难下笔,到底依照老师的说法好呢,还是依照岳丈的说法呢"。

历史不应该为政治左右,历史又不可能不被政治左右。作为历史学家,朱先生晚年的力作是《伪齐录校补》。时至今日,熟悉伪齐历史的人,应该不会有几个,抗战前,包括抗战期间,南明史和伪楚伪齐史一度都成为显学。这些中国历史上的特定时期,与当时救国存亡的国情十分吻合。伪齐的历史非常短暂,1130年,金立刘豫为齐帝,仅仅做了七年的儿皇帝,到1137年,金又废刘豫。这与汪精卫伪政权如出一辙,历史总是有着惊人的相似之处,古为今用,朱先生的用心由此可见。

"及身未见中原定,辜负伪齐编纂心",可惜朱先生没有亲眼看到汪伪政权垮台。1944年7月,朱先生在陪都重庆病逝,一个月以后,中央图书馆举行公祭。"国府主席"蒋介石特颁"渊衷硕学"的挽词,以蒋的学识,能想到这四个字,也不容易。公祭场面十分壮观,党国元老和社会贤达济济一堂,各界名流赠送挽联三百余幅,由戴季陶主祭,极一时之哀荣。

用句俗白的话就是,做人能死到这份上,也算撑足了面子。朱先生生前享受了极高的礼遇。当然是与学术地位有关,在《国民政府褒扬朱逖先先生令》中,他的第一个头衔是"考选委员会委员"。这个委员不是一般的委员,基本上就是学术界的政治局常委了,比院士要强得多。他还兼过公职候选人检核委员会主任,平心而论,国民政府没亏待他,一直把他当成偶像供着。朱先生曾作诗自嘲,"不与人物接,不与山海游,终生伏几案,天地一书囚"。这个"书囚"想把自己关起来做学问,可是别人未必就肯,名分大了,这样那样的干扰难免。大殓之日,一位高人吊唁朱先生之后,曾感叹地说:

> 贤者国之宝也,天不憖遗,不使为国人传道解惑,在国家今后似应规定凡耆儒硕彦,每至晚年,则勿使其参加政府或地方工作,应厚其廪饷,供应于静雅场所,将其一生经历或特殊心得,认为系属发明,可以信今传后者,尽笔之于书表,后人观书览表,得其经验,免再自己尝试,多耗一番精力,是亦国家发扬文化,增进学术之一方法也。

这番感叹说出了文化人的尴尬。历史研究不能过于实用,不能被别的因素所左右,恰恰又最难做到。对于历史学这学科,朱先生做了不少贡献,可是他最想写的,也是最应该写的国史和南明史著作,最后都未能完成。不能不说是个很大的遗憾,"人间遽失先生,从此南明无史",现实就是这么无情。

大 师 有 子

最初知道朱偰这个人,与他父亲朱希祖毫无关系,有瓜葛的是朱自清。朱自清欧游归来,途中顺道观光威尼斯,正好遇上学成回国的朱偰。两人结伴而行,那时候朱偰还是翩翩少年,春风得意,刚在德国获得博士学位。朱自清日记中没有记录他们如何相逢,只是在到达上海的前一天,留下了这么一句话:

> 与朱偰君一同赋诗,朱得句敏于我,诗成,皆出彼手。

两人合作写诗,对句居多,自然是谁的才华好,谁占便宜。二朱联手,以威尼斯为题,吟颂南欧佳丽地,共得三十二对句。朱自清没把他们合作的诗写进日记,但是这件雅事,却在南京传为美谈。后来,我看到了朱偰的《金陵古迹图考》和《金陵古迹名胜影集》,是复印本,并不完全,照片拍得好,文字也漂亮,看了让人感慨不已。再后来,听章品镇先生闲聊,忽然说起了朱偰,说他是朱希祖的长子,吃了一惊。这是真正的少见多怪,大师有子,能以诗史世其家,本来应该是预料中的。朱偰的诗见到的不多,他的姐姐朱倓也会写诗,这位才女的如意郎君,便是前面说到的陈寅恪得意弟子罗香林,不妨抄一首她的《台城》让大家开开眼:

> 古道荒凉夕照西,
> 台城柳色最凄迷,
> 空余一片城头月,
> 来吊萧梁乌夜啼。

我不懂诗,不想评价这首诗的好坏,只想说明一个简单事实,那就是朱希祖老先生对子女的诗教。写古诗需要童子功,诗的传统是熏陶出来的,小时候得到教育,长大了才能写诗,这和女子裹小脚的道理仿佛,过时间就不行了,过了这村便没这店。朱氏后人正是在诗教的环境下成长起来,一门儿女各专家,通常都是事出有因。朱先生有帮孩子改诗的嗜好,改了以后,还喜欢收在自己的诗集里。朱倓的诗大家能够读到,就是因为经过朱老夫子的亲手改削,作为附录收在《郦亭诗稿》中。同样可以见到的,是朱偰《万里长城歌》:

> 君不见,长城万里气吞胡,
> 秦皇汉武逞雄图,
> 但使长城名不灭,
> 大汉天声终不绝……

这首诗歌曾在学校和军队中广为传唱。朱自清与朱偰斗古诗,甘拜下风,说白了就是童子功不如人,毕竟他没有朱希祖这样大师级的父亲。常人的想象中,朱自清这样的大教授,古典文学功底一定了不得,可是没想到,最后竟然栽在年轻差不多十岁的人手下,家学渊源,不服不行。要说朱偰还是学经济出身,当时刚二十五岁,因为有洋博士的招牌,一回国,便成为中央大学经济系的教授,不久又当了系主任。写几首古诗,对他来说,不过是旁门左道,玩一把而已。人要是厉害了,就算是像票友那样玩玩,也是非同小可。

散文

朱偰这样的人，很容易被人当作谈资。首先是新派，北京大学毕业，受五四新文化运动影响。其次是洋派，德国留学，受欧美人文思想改造。用今天时髦的话，属于地道的成功人士，精英中的精英。他没有子承父志，以文史为专业，而是选择了对国家更为实用的经济学。朱偰后人曾为我提供了一份他亲手制订的书目，其中有大量谈经济的文章，共有六十二篇。朱偰将这类文章分为五类，泛谈经济的为一类，譬如写于战前的《世界经济恐慌与德国政局之变迁》，写于战时的《中日经济战争决胜之关键》，《川中公路及东西公路沿线经济财政调查》。其他，如货币史，如币制，如金融，如外汇，又各为一类。

作为中央大学经济系主任，一度又当过财政部专卖事业司司长，朱偰的观点对当时国民政府的财经政策，有点指导意义是显而易见。索性再摘几个题目供大家欣赏，譬如写于抗战期间的《展开沦陷区域经济的游击战》，《建设四川经济首当注意林垦业》，《重建后方证券及物品交易所问题》，《从民主主义立场观察物价问题》，单看这些标题，就知道朱偰的观点已经高于常人，重要的是，这些文章写得不仅专业，而且有趣。

金陵古迹图考

朱偰最有影响的两部书，应该是《金陵古迹图考》和《金陵古迹名胜影集》。50年代初期，朱偰正在南京大学给学生上课，突然来了几位办事人员，说刘伯承和陈毅二位将军心血来潮，很想见一见朱先生，要和他面谈一次。约好了第二天派专车来接，让他做好准备。

我想朱偰当时一定吃惊，心里七上八下，横竖有些摸不着头脑。这两位将军权重一时，一位是上海市长，一位是南京市长，都是开国元勋，都是叱咤风云的人物，他们要想接见谁，那绝对是给谁面子。促成这次会面的媒人，是《金陵古迹图考》。说起这本书，又是朱偰的副业，又是一个歪打正着。他的本行应该是经济，可是让他成名或产生重大影响的，大多与专业没有直接关系。造化弄人，旁门左道也会折腾出大出息，这倒是个现成的成功例子。

朱偰30年代初从德国回来，正赶上国民政府大兴土木，疯狂建设新首都。那时候的南京，日新月异，时刻处在剧烈变化之中。今日城市发

2005

展中的矛盾和难题,当时也是一样遇到。去旧迎新,许多文物在建设中不可避免遭到破坏,有的干脆就是灭顶之灾。有识之士为此感到心痛,奔走呼吁,竭尽全力保护。赛珍珠在自传中,就曾写到过这件事。突如其来的巨变,让这位在中国长大的洋人感到深深恐惧,她在这个城市已居住了很多年,在这里教书,写作,完成了让她获得诺贝尔文学奖的《大地》。赛珍珠热爱这个城市,在她的思维中,南京像古耶路撒冷城一样古老,然而轰然作响的推土机,无情地摧毁了她的梦想。成片的老房子转眼间灰飞烟灭,她和国民政府的关系,也因此弄得非常僵。

平心而论,国民政府的官员,对南京文物的破坏,还算是手下留情,毕竟当时官场上,仍然有几位懂点文化的官僚。加上南京的文物实在是多,也禁得起糟蹋,毁坏一两样算不上什么。朱偰授课之余,纠集同好三人,开始对南京的名胜古迹,"加以实际调查,从事摄影测量",用他自己的话来说,就是"举凡古代城郭宫阙、陵寝坟墓、玄观梵刹、祠宇桥梁、园林宅第,无不遍览"。他又爱好摄影,而且水平不错,用德国人生产的相机,为后人留下了大量珍贵的历史镜头。《金陵古迹图考》从千余幅照片中,精选三百二十幅编写而成。这部书完稿后,朱偰还不过瘾,又编印了《金陵古迹名胜影集》出版,"一图一考,相辅而行"。这两本书在当时产生了广泛的影响,好评如潮。出版不久,抗战爆发,南京失陷,这书更有了一层不同寻常的意义。国破山河在,自古以来,南京这个多灾多难的城市,就与民族患难息息相关,此次作为首都失陷,更易牵动人们的爱国情绪。刘伯承就是在延安时期,读到了《金陵古迹图考》,想到这么好的名都正沦落在敌寇手里,心潮澎湃感慨万千。"一年三百六十日,多是横戈马上行",刘伯承和陈毅一样,都是共产党里"身经大小百余战,麾下偏裨万户侯"的超级帅才。换句话说,天下就是他们亲手打下来的。武人尚文,自古都是雅事,刘陈骑着马来到这个城市,他们要让朱偰这样的高级知识分子知道,自己不只是"公侯干城"的赳赳武夫。朱偰的遗孀凌也徽在《金陵图考寄深情》一文中,记录了这次不同寻常的会面:

落座后,刘将军高兴地说:"昔日在延安读你书时,很想与作者一见。可那时我在解放区,先生在国民党统治区。今日书与作者俱在眼前,可谓如愿以偿。神交已久,终于遂了心愿。"朱偰当时的心情不难想象,受宠若惊毫无疑问。接下来,便是陪二位将军按图索骥,游览南京名胜。

首先登清凉山绝顶观莫愁湖,观石头城,然后去凤凰台吊瓦官寺遗址及阮籍衣冠冢,这只是一个上午,饭后继续,再登紫金山,北望六合八卦洲,南望中山陵灵谷寺。一闲对百忙,再也找不到比朱偰更好的导游了,刘伯承和陈毅游兴不减,过了几日,又邀朱偰陪同去南唐二陵,胜利者访问失败者,实在是很有意味。

赤子其心

朱偰晚年回忆自己的少年志愿,曾说:

> 那时我佩服鲁仲连,功成不居;我爱好乐毅,君子交绝不出恶声;我喜欢荆轲、聂政,支持正义,剪除强暴。那时候,我立志要做一个大丈夫,干一番伟大的事业。

一个人活着要有用于国家,这是五四一代青年的美好理想。朱偰多才多艺,不但擅长旧体诗,还写过新小说。在朱偰后人提供给我的编目中,有大量谈古典文学的文章,还有八篇小说,其中单行本《泡影》写于1927年,此时朱偰刚刚二十岁。所有这些都不过玩玩而已,都不是学问的主攻方向。我想他当年选择经济学,未必是因为真心喜好。大丈夫当雄飞,安能雌伏,我甚至怀疑这个选择,只是更看中了经济学的实用。虽然朱偰天生就是文人,怎么脱胎换骨,还是个文人,难免百无一用是书生的想法。在朱偰所处的时代里,立志要当大丈夫,第一等事业是投笔从戎,枪杆子里出政权。其次是搞政治,大小混个官做做。再其次实业救国,办厂,弄企业,当总经理当董事长。这三项都不沾边,临了又回到了传统文人的老路上,便没什么好戏可唱了。

有心栽花花不发,无心插柳柳成荫。朱偰的专业在今天吃香喝辣,在当时却是报国无门。抗战,内战,好不容易盼到和平,盼到安定,可是在国外学的那些资本主义经济学玩意,于社会主义建设毫无用处。刘伯承和陈毅二位将军的亲切接见,他的两本玩票似的旧著,竟然如此这般地得到开国元勋的重视和赏识,所有这些都让朱偰感到"最大的幸福和鼓舞"。识时务为俊杰,从此,他开始改头换面,把自己做学问做研究的辎重,全部投入到了历史文化研究中。经济系主任朱偰正式下海了,先

2005

后撰写了《南京的名胜古迹》,《苏州的名胜古迹》,《江浙海塘建筑史》,《大运河的变迁》,《中国运河史料选辑》,《中国人民开发台湾反对侵略斗争史略》等等。

1955年,朱偰被任命为江苏省文化局副局长,负责分管文物保护。一时间,似乎找到了最适合自己的位置。他的天性,大约是做什么事情,都可以津津有味,都能做出一番不同凡响的成绩。业余爱好变成了专业,身上的旧文人气质得以尽情发挥。朱偰所做的第一件事,就是尽力抢救散落在南京郊区的六朝古墓,在他的直接过问下,这些濒临灭绝的陵寝,一个个被定为省级文物保护单位,树立标牌加以重点保护。

可惜好景不长,正当他如鱼得水干得欢快的时候,一件意想不到的事情发生了。朱偰遭遇上了轰轰烈烈的大拆城墙运动。南京的城墙举世闻名,在当上省文化局副局长的第二年,拆城墙的愚蠢行为,一下子变得势不可挡,转眼之间便昏天黑地。等朱偰闻讯赶到事发现场,就像刚发生了一场攻城恶战那样,好端端的城墙早已被拆得面目全非,东缺了一个口子,西扒开一大片,或夷为一地,或变成废墟。突如其来的大劫难让朱偰目瞪口呆,如丧考妣,他立刻向市政府提出紧急建议,反对这种野蛮破坏古代文明的荒唐做法,又奔走呼吁,为广播电台写稿子,联合社会各界保护古城墙。

谢天谢地,在舆论的监督下,古城墙遭受了重大破坏,总算没被完全拆光。可以这么说,南京城墙最终得以保留,朱偰功不可没。在接下来的反右运动中,因为护城墙有功,因为奔走呼吁,他竟然被打成了右派。朱偰不服气,不服气也没用。他向政府提出批评,完全是从爱护文物出发,没有任何恶意,可是党说你有,就是有。朱偰错在不知道自己是谁,或者说忘了自己是谁。

被打成右派是他生命中最重要的转折,一前一后,冰火两重天。朱偰有两个夫人,俗称两头大,洋太太德国人欧兰女士,本土太太凌也徽女士,和平共处相安无事。有一大堆可爱的子女,被打成右派前,他享受着高级知识分子体面而有尊严的生活,打成右派后,官被免了,薪水降了,只能乖乖地夹起尾巴做人,过着狼狈不堪的日子。这还不算完,对他的残酷迫害,从来没有停止过。1949年以后,叶灵凤去了香港,成了海外华人,偶然读到《金陵古迹图考》,他是南京老乡,对这本书激赏不已,睹

物思人,大发感慨:

前几年听说朱氏仍在继续他的南京一带文物史地调查研究工作。现在的工作条件自然比二三十年前更好了,希望他能有新著作问世,以慰我这个羁旅天涯的游子。

叶灵凤并不知道,经过十年的苦难,在1968年7月15日深夜,学究天人的朱偰,因为不能再忍受对他的人格污辱,上吊自杀,他在遗书中写道:

我没有罪!你们这样迫害我,将来历史会证明你们是错误的。

2005年1月7日于河西

(选自《万象》,2005年第4期)

平凡女性的尊严

舒芜

母亲教我尊重女性,不是言教是身教。她是不幸的女性,平凡的女性,可是女性的尊严在她身上闪闪发光。我是她唯一的儿子,完全在她的这道光的照耀煦育下成长,不可能不尊重女性。

一

母亲是桐城书香名门闺秀,写得一笔方形圆意、隶味十足的小楷,会弹七弦琴,认识琴谱上那种稀奇古怪的字;照片很像谢冰心,出生年龄也差不多,也进过新学堂,可不是新女性,不是自由恋爱结婚,而是自幼许配累代世交之家一个神童美男子。两家同在桐城县城,婚礼却在北京,完全新式:新郎燕尾服,新娘白婚纱,来宾中有著名新派学人陈独秀、胡适,而女方家长是老派学人,不愿与他们相见,拒绝出席婚礼,婚礼当然还是热热闹闹举行。人们满以为这门当户对的一对,应该是美满姻缘,不料没几年,仍然在北京,就发生了婚变,来了另一个女人。母亲从此成为弃妇,名分上仍然是原配夫人,度过了从二十几岁到八十二岁的一生。

父母亲婚变之时,我还是婴孩,什么都不知道。以后几年,他们都还在北京,分为两个家庭:母亲带着我仍然住在原宅;父亲他们搬到一个公寓去住。母亲曾带我去公寓看望他们,三个大人谈谈说说,我在一边玩,一起吃了午饭,我们母子回去,像走了一趟亲戚。我始终高高兴兴,丝毫不觉得有什么奇怪。

大约我七八岁、母亲三十一二岁的时候,母亲带我回到桐城,住到夫家,在以公婆为首几房合住的大家庭里做一房儿媳。父亲他们继续留在北京,过些时又移家到广州去了。单就我母子这一房说,我事实上是在单亲家庭中成长的,但一点没有感到缺憾,不是我特别麻木,全是母亲的身教言教的良好效果。

桐城五大家,张姚马左方,结成复杂的姻亲网络。母亲娘家马家,她的父亲(我的外祖父)马其昶(1855--1930),是桐城派文家在《辞海》上有专条的最后一人。母亲嫁到我们这个方家虽是小方,不是五大家中那个大方,同姓不同宗,但也是后起的书香之家。母亲就以马家姑太太、方家夫人的身份,周旋来往于这个姻亲网络之中,很受到尊重。记得有个亲戚家嫁女儿,特别请了我母亲替他们主持操办,专程到上海、苏州采买嫁妆,办来的嫁妆受到大家啧啧赞美,佩服采买者的眼光。逢年过节婚丧庆吊之日,母亲去人家应酬,我要上学,她很少带我去,偶然带了我去,常见她在麻将桌上手挥目送,谈笑风生,尤其善于"告牌状",就是一面洗牌砌牌,一面诉说:刚才起手什么,想做什么,来了什么,打出什么,吃了什么,碰了什么,哪张打对了,哪张吃错了……原原本本,复述总结一遍。她神采飞扬地说,别人饶有兴趣地听。但是她不认为打麻将是好事,绝对禁止我靠近牌桌,怕我学会。我还是后来二十多岁入了社会才学会的,技术水平比母亲差太远了。

每当我放夜学回来,老屋青灯之下,准备就寝之时,也是我们母子娓娓倾谈之时。母亲谈话最善于描写细节,引人入胜。她谈得最多的,是父亲如何才高学博,到处受人尊重。那仅有的几年中她与父亲共同度过的幸福生活,也是她经常谈论的话题;父亲编译过一本《大陆近代法律思想小史》,这本书中也有着母亲的劳动。那时,父亲躺在躺椅上,手捧英文书,口授中文翻译,母亲坐在桌边笔录,得努力跟上念的速度,唯恐听不清楚多问了,惹得父亲发脾气。说到父亲的脾气,母亲总是微笑着摇摇头说:"唉,脾气真坏。"连他们的吵架闹离婚,母亲叙述起来都是津津有味。有一次吵到半夜,父亲要到法院去离婚,母亲说:"离就离,总要等到天亮吧。"父亲说:"不,现在就去。"母亲又是微笑着摇摇头说:"唉,就是这样的脾气!"还有一次晚上吵架,父亲把母亲关在门外不让进来,母亲在门外小声说:"有什么事让我进去说,邻居看见像什么样子……"父亲就是不开门。母亲焦急地继续小声说着种种开门的理由,忽然间,父亲一下就把门打开了。"他说我有一句话说得很聪明,就让我进去了。"

2005

我问,说了什么聪明话呢?"我说了那么多话,哪里晓得他说的是哪句话?"还有一次,夏天晚饭后,父亲提议到公园去散步乘凉,要坐两站电车。母亲上了车,不知道怎么父亲没上得上去,跟着车跑了一站。"这可不得了!到了公园,也不和我说话,一个人往前冲,我又穿不惯高跟鞋,拼命地跟。看到他在前面了,他又跑。一个晚上,你追我赶,满身大汗,还乘什么凉!"我问,不是他自己没上得上车吗?母亲笑着说:"哪个还跟他讲这些,那不是又要惹得他更生气了。"我听着这一个个开心的小故事,也跟着开心。母亲晚年还常常将这些小故事讲给我的女儿们听,真是"祖母的故事"了,孙女们一样听得津津有味。朱古微词句云:"身后牛衣怨亦恩。"有人不懂,怨怎么成了恩?我自以为能够懂得。

二

桐城老家我们母子住的三间屋,一间作为客房,陈设着一套三件的沙发,围着一个圆茶几,当时桐城几大家中都还没有这样新家具,母亲绝对禁止我坐,她自己不坐,也从不见客人坐。墙上挂着什么人送的贺新婚的对联:"钓竿欲拂珊瑚树,海燕双栖玳瑁梁。"旁边挂着一张古琴。原来这一套是他们新婚家庭的陈设,母亲既然这样珍重地漂洋过海千里迢迢地全套搬运回来,不让人坐自是当然的了。

对于父亲的另娶,母亲没有责备过一句,只有一次顺便涉及说:"那是他昏了头的时候。"根本上还是原谅。母亲不止一次对人说:"我不能因为我,离间他们父子的感情。"母亲经常督促我给父亲写信,至少每月一封请安信。父亲也不是完全不负经济责任,每月汇给我们二三十元,大家庭吃饭吃公堂的,二三十元做零用,那时倒不是小数目。父亲给我的信,母亲都仔细看过,我都呈送祖父看,祖父以书法家眼光,总是对父亲的书法赞不绝口,嘱咐我务必帖存下来,好好学习。(附带说一下,书法家的祖父对我母亲的书法也非常赞赏,多次将需要录副珍藏的文籍,派这个儿媳精抄)从家人亲戚们口中,经常反复听到对父亲才学的赞美,证明母亲的赞美不是偏私之言。我的小伙伴们的父亲多在家中,我的父亲不在,我不感到缺憾,反而骄傲,觉得我的父亲最有才学,在外面当教授,还著了《中国文学批评》这样的书寄回来给我,岂是别人赶得上的?

散文

父母亲婚变时候,母亲的心情究竟怎样呢?她从来没有透露过。仅有一次,她对我说:"一天,奶妈抱着你在下房里,我一个人正要把两个手指插进电插销,忽然听到你一声哭,我又放下了。"仅仅这么一次,还是轻描淡写,闲话别人故事的口气。我们卧房后院有两株芭蕉,一个雨夜,听着雨打芭蕉声音,母亲似乎随便地说:"'隔个窗儿滴到明',恐怕就是这个样子。"说过就过了,我却觉得好像窥见了一点什么。

我大约十岁时,母亲就常常把我当作朋友似的谈心。她告诉我,她还没有出嫁时,同县有个姓黄的青年人追求她,寄来几首情诗,念了诗给我听。我记得一首:"沪树桐云两渺茫,相思几度断人肠。恨无紫燕双飞翼,难入深闺傍画梁。"当时我就觉得很平庸,没有说什么。还有两句:"繁华过眼皆如梦,死死生生总为卿。"母亲一面念,一面调侃道:"死死生生哩!不晓得他有几条命!"我们一起笑起来。

堂兄方玮德,比我母亲只小十岁,读中央大学时就以新月派诗人后起之秀著名,与他齐名的是同学陈梦家。方玮德不知道怎样介绍了陈梦家与我母亲通信。陈梦家寄来一本《圣经》,上面题道:"君宛女士病中伴读   梦家   二十年深秋寄自秣陵之蓝庄。"民国二十年就是1931年。他还寄来他的一张照片,题赠给我说:"送给小珪"。其实当然不是送我。母亲与他通信中,不知道怎么谈起了梁实秋翻译的《潘彼得》。陈梦家来信说:"希望不要重铸文黛的错误。"母亲把她的回信给我看,信中写道:"可惜文黛的错误早已铸成。"还征求我的意见:"这样写行不行?"母亲那年还是三十三四岁的盛年,我最多不过十岁吧。三十多年后,1956年"百花齐放"之时,早已成为考古名家的陈梦家重返文艺界参加活动,与我初次相识,到我宿舍来看望,问我:"你就是马君宛的儿子吗?"言下颇有慨然之意。可惜那天母亲不在家。方玮德早在抗战前逝世了。

母亲督促我读书,毫不放松。她还注重我的课外读物,选择非常贤明:《小朋友》、《儿童世界》、《中学生》这三个好刊物,她按照不同年龄段,从北京到桐城一直给我订阅未断,每期我都如饥似渴地读过。《木偶奇遇记》、《阿丽斯漫游奇境记》、《潘彼得》、《爱的教育》、《续爱的教育》、《小妇人》、《好妻子》、《好男儿》、《稻草人》、《小雨点》、《风先生和雨太太》这些著名少年儿童读物,都是母亲陆续购买来供我读的。当年小伙伴里,没有像我一样读过这些刊物书籍的,后来的道路就和我大为不同。

平凡女性的尊严

这些都是我儿童和少年时期的事。我刚进高中,抗战起来,母亲携带我逃难后方,奔走流离,辛苦备尝,且不多说。直到1957年我打成右派,她知道时,第一个反应竟然是说:"吃亏在你身边没有一个好爸爸!"当时我只觉得她这话太那个了,简直无从说起。"文化大革命"中,我和父亲见面谈起五七年的事,父亲说:"你们就是太相信了,我就不信。中山大学开座谈会,陶铸来动员鸣放,话说得恳切无比,我一言不发。别人暗地催我谈谈我评级太不公平的问题,他们发言,把话往我这里引,我还是一言不发。哪里像你们把事情全当真?"回忆母亲的话,的确有她的道理,尽管当时如果听到父亲的警告我也不会信。

三

今年我已经八十三岁,回想我成年之后,没有给母亲带来多少欢乐,她跟着我一直是穷困艰难的日子居多。我得到右派改正之后,生活逐渐稍有改善,母亲却没有享受到。她最爱看电影,我在她逝世之后才有能力买电视机。看电视剧时,一想到母亲如果能看会怎样高兴,就感到心酸。唯一可以告慰于她的,现在只有对女性的尊重老而弥笃这一点。一位女作家说,离婚的女性,最不要成为怨妇的形象。我不知道她臆想中是不是要取女强人的形象。我以为,我的母亲才是弃妇而绝非怨妇,正因为不是怨妇才受到尊重,保持了女性的尊严,也绝非女强人,而是温润圆和、柔中有刚的形象。她对爱情婚姻的绝对信仰,使我怀疑包办婚姻是不是绝对不可能产生爱情。她不仅是我的慈母,我那不同母的两个妹妹,她们的生身之母后来别嫁了,她们全把我的母亲看作慈母,当面背后,甚至几十年后追述,总是娘啊娘的叫得特亲。一个平凡女性身上,女性的尊严能够体现到如此高度,可见女性是应该受到尊重的,一切歧视女性的观念都是绝对要不得的。也许先入为主之故吧,尽管我也听到看到过女性的恶劣、低贱、愚蠢……仍然坚信女性应该得到最大的尊重。我只能以此告慰母亲在天之灵。

末了,应该将父亲母亲的略历正式开具一下——

先父方孝岳教授(1897—1973),名时乔,字孝岳,以字行。1918年上海圣约翰大学毕业后,历任北京大学预科国文讲师,华北大学、东北师

范大学、圣约翰大学、中山大学教授,在中山大学时间最长,前后三十多年。主要著作有《中国文学批评》、《中国散文概论》、《左传通论》、《春秋三传学》、《尚书今语》、《中国语音史概要》等。

先母马君宛夫人(1898—1980),安徽桐城人,别的上面都说过了。

2005年2月28日,于北京。

(选自《万象》,2005年第5期)

与保罗·爱多士失之交臂

蔡天新

数学家是将咖啡转变成定理的机器。

——保罗·爱多士

1

任何一个喜欢旅行的人都会羡慕这个人的,除了推销员、导游、外交官、空姐以外,他可能是在天上逗留时间最久的人。他没有固定的职业和收入,却成天住宾馆,吃饭店,自有人掏钱埋单。他是一个十足的神童,拥有一副举世无双的头脑,后来成为历史上最丰产的数学家,在许多领域都做出了开创性的贡献。他就是我正在阅读的传记《我的大脑敞开了》(上海译文出版社)主人公——匈牙利人保罗·爱多士。60年代初他来北京,见到了中国数学家华罗庚,而传记的译者之一王元,当时是华的助手和合作者,却跑到上海看朋友去了。这个细节没有在书中出现,是元老亲口告诉我的。将近三十年以后,爱多士再次来中国,不仅见到了已是中国科学院院士的王元,还到济南参加一个学术会议。笔者那时正好在泉城读研究生,一个阴沉沉的秋日下午,我和爱多士在山东大学留学生楼的一间套房里,关起门来讨论数学问题。

我记得爱多士当时写给我的,是某一类数论函数的均值估计问题。我没有做出来,却研究出了另一类数论函数的均值估计,那是我的导师潘承洞的胞弟——北大教授潘承彪带给我的,这类数论函数均值估计的先驱人物也是爱多士。换句话说,我改进了他的结果,准确地说是改进了他和一位叫阿拉底的印度数学家合作的结果。不仅早早发表在《科学通报》上,提前获得了硕士学位,而且借此夺得了山东大学首届研究生论文比赛的头名。尽管如此,我没有成为爱多士数1(与爱多士合作发表论文），这是我的终身遗憾。新世纪的第一个春天，我在日本九州岛参加一次数论会议，阿拉底来了，爱多士却已经故世。阿拉底如今是美国佛罗里达大学教授，那次会议期间，他除了学术报告以外，还应邀为福冈大学的学生做了一次公众演说，讲他的同胞数学天才拉曼纽扬的故事，也讲爱多士的故事。

翻开《我的大脑敞开了》这本书的第三页，我便看到了阿拉底的名字，原来他是得到过爱多士帮助的众多年轻数学家之一。1974年，当阿拉底还是马德拉斯大学的学生时，就对一些数论问题进行了研究，并提出了自己深刻的见解，连身为马德拉斯数学研究所所长的父亲都无法解答。后来，在朋友的建议之下，阿拉底写信给爱多士。由于爱多士长年旅行在外，他将信寄到匈牙利科学院。令人惊讶的是，阿拉底很快收到了爱多士的回信，告诉他不久要到加尔各答讲学，问他能不能去那里会面。不巧阿拉底要参加一次重要的考试，只好央求他的父亲代劳。当阿拉底所长介绍完他和他儿子的工作，爱多士用诚恳的语气说："我对父亲没有兴趣，但对儿子有兴趣。"

爱多士决定去见见这个年轻人，那时他计划好了要去澳大利亚，因而只得重新安排行程，以便在马德拉斯作短暂的逗留，那里离开加尔各答有一千三百多公里。当阿拉底在加尔各答机场迎接到心目中的数学大师时，心里有点忐忑不安，可是爱多士开口就吟诵一首有关马德拉斯的歌谣，这让他大为放松，然后他们就开始讨论起数论问题。爱多士被阿拉底的天分感动，当即为阿拉底写了一封推荐信。不到一个月，阿拉底就得到了洛杉矶加州大学的校长奖学金，一位未来数学家的道路就这么铺就了。而爱多士自己在马德拉斯演讲所得的报酬，则全部捐献给了印度数学天才拉曼纽扬的遗孀。爱多士从未见到过拉曼纽扬和他的妻子，但他学生时代就为这位印度人发明的美丽方程式所感动，正是这种感动导致了他对印度的终身兴趣和对印度数学家的不懈支持。

2

1914年3月26日，保罗·爱多士出生在多瑙河畔的布达佩斯，就像爱尔兰作家詹姆斯·乔伊斯的小说《尤利西斯》的主人公布卢姆一样，双亲都是匈牙利犹太人。虽然以色列奉行的对外政策长期以来并不被

2005

世界人民所一致接纳,可是犹太人在经济、科学、文化和艺术领域的杰出贡献却是有目共睹的。仅仅在匈牙利科学界,20世纪就有约翰·冯·诺伊曼,数字计算机和博弈论的发明者;爱德华·特勒,氢弹之父;西奥多·冯·卡门,超音速飞机之父;乔治·德·赫维希,同位素跟踪技术的发明者。在艺术领域,则涌现出了钢琴家奥尔格·索尔蒂和乔治·塞尔,指挥家安塔尔·多拉蒂和欧仁·奥曼迪,作曲家贝拉·巴托克和左坦·柯达里,设计大师拉依罗·霍莫伊-纳吉、娱乐业巨子威廉·福克斯、制片人米歇尔·克迪斯和电影导演阿道夫·祖可,等等,以至于有人戏称布达佩斯为"犹达佩斯"(Judapest)。

爱多士的父母是帕兹马尼大学数学系的同学,婚后父亲在一所中学里任教。其时在奥匈二元君主政体统治了半个世纪以后,匈牙利的经济和文化业已达到了辉煌的顶点。可是,就在他的母亲住进医院准备分娩的时候,一场可怕的猩红热席卷了布达佩斯。等到她带着保罗从医院回到家里,他的两个姐姐已经死去,伤心透顶的双亲便将他们全部的爱与精力倾注到这个灰眼睛的男孩身上。当保罗刚满三个月,奥匈帝国王储斐迪南在萨拉热窝遇刺身亡,引发了第一次世界大战。奥匈帝国向塞尔维亚宣战,紧接着俄国也卷了进来,向奥匈帝国宣战。这场战争意味着匈牙利黄金时代的结束,老爱多士应征入伍,他很快就被俄军俘虏,在西伯利亚度过了六年的铁窗生活。

这一情景使我想起19世纪中叶,匈牙利诗人裴多斐也被俄军所俘,七年后因患肺结核死于西伯利亚。所幸老爱多士从西伯利亚集中营活过来了,当他返回布达佩斯时,保罗已经是一个漂亮的小男孩,他的犹太式家庭教育也开始了。数学当然是核心课程,但外语也有着同等重要的地位。除了德语以外,父亲把在西伯利亚为驱散严寒和饥饿学会的法语和英语也传授给他。可是,与几乎所有的匈牙利人一样,爱多士的英语带有浓厚的口音,对这一点我本人记忆犹新,据说所有有关爱多士的纪录片都对他的讲话配上了字幕。作为一名中学教师,爱多士的父亲所能教给儿子的自然是有关整数性质的数论知识,尤其那些被称作是原子的素数。而爱多士本人也和大多数数学神童一样,对素数发生了无法驱散的兴趣,从欧几里得《几何原本》里提到的素数有无穷多个直到包括孪生素数猜想在内的两个相邻素数之间的间隔。

与大多数神童一样,爱多士的生活能力并不强,11岁那年,他终于学会了自己系鞋带,第一次进了学校,并且一下子就上了六年级。尽管学校里严格的课堂纪律使爱多士独立的心智受到了压抑,他的成绩仍在班里名列前茅,唯一没有取得A的科目是绘画。当时他最喜欢的课是历史,并且终生保持了这一爱好。促使爱多士把兴趣转向数学的是一本叫《中学数学》的杂志,那上面提供一些挑战性的题目,并且把优胜者的照片刊登其上。这些问题有许多是数论领域的,父亲先期教育的效应得以显示出来,小爱多士的照片很快被刊登出来,这份杂志一直伴随着他读完中学。尽管当时反犹主义猖獗,"名额控制法"将犹太人的大学入学率限制在总数的6%,爱多士仍被布达佩斯大学录取,在那里他遇到了不少从前在杂志上见到过的模糊面孔,爱多士的数学之舟开始扬帆了。

3

1934年9月,年仅21岁的保罗·爱多士登上了火车,第一次离开了匈牙利,这是他无数次数学之旅中的头一回。此前几个月,他刚刚在双亲的母校——帕兹马尼大学获得了博士学位,英国的曼彻斯特大学向他提供了一笔一百英镑的奖学金。可是,爱多士并不能享受旅途的愉快,相反,他感到有些疲惫,甚至不知道如何在火车上对付一日三餐及其他琐事。唯有数学技艺的交流给他带来乐趣,路过瑞士他第一次敞开了大脑,在苏黎世拜访了一位数学家。10月1日早晨,爱多士永远记着这一天,他乘坐的火车抵达剑桥,来不及参观这所举世闻名的大学城,他又一次敞开了大脑,与两位前来迎接的数学同行来到三一学院作长时间的学术探讨。然后,他们在一起共进午餐,同行们这才发现,爱多士还从来不会在面包片上涂抹黄油。

在对剑桥大学做了短促的访问以后,爱多士继续坐火车来到曼彻斯特。这座如今以足球闻名于世的城市,那时还只获得过两次甲级联赛冠军和一次足总杯冠军,并且这个成绩也是在20世纪初取得的。可是,曼彻斯特大学的数学研究中心却早已名声在外,由于欧洲大陆日渐上升的紧张气氛,它吸引了众多的外国访问者前来讲学或合作研究。事实上,当时欧洲大陆的知识分子还没有想要移民到大西洋彼岸的美国,曼大数学系主任莫德尔教授本人就是个美国人,他中学毕业后好不容易才凑足路费来到英伦求学,经过刻苦的奋斗成为知名的数论学家。以莫德尔命名的猜想的解决最终导致了费尔马大定理的证明,并且在后面那个证明得到确认之前,前一项工作一直被认为是上个世纪数论领域所取得的最重要的成就。

在曼彻斯特逗留期间,爱多士和一位德国数学家以及莫德尔的中国学生柯召合作撰写过一篇组合理论方面的论文,包括著名的爱多士-柯-拉多定理。可是,由于当时的数学界对组合理论缺乏兴趣,这项工作迟至 1961 年才得以发表,立时成为一篇经典文献。柯召先生是我的老乡,他刚刚于去年年底谢世,在他 80 岁生日的宴会上,我们曾在成都用地道的浙江方言做过交谈。柯召在曼彻斯特取得博士学位后返回祖国,一直在四川大学和重庆大学执教,爱多士第一次来中国正是应他的邀请,他和华罗庚作为仅有的两位数论学家同时当选为中国科学院的首批学部委员。遗憾的是,柯召回国后虽然培养出不少优秀的数学人才,却再也没有取得可以和当年相媲美的成就。

在英伦的四年期间,爱多士并不满足于待在一座城市,事实上,他几乎没有连续一个星期在同一张床上睡过觉,总是敞开着大脑,穿梭于曼彻斯特、剑桥、布里斯托尔、伦敦或其他大学城之间。那个时候,青年爱多士的工作已显露出独特的个性:游戏、灵敏和原创。例如,他猜想,一个正方形可以分割成若干个大小不等的正方形,直到四十多年以后,才有人证明了这些小正方形的最少个数为 21。而在二次大战期间,有一位叫塔特的英国青年就因为研究爱多士的这个猜想取得的成绩而被推荐去参与一项秘密的军事计划,结果他们找对了人,塔特成功地破译了德国潜水艇艇长们发出的电码,使得盟军顺利截获和捣毁了敌方的物质供应船只,从而大大缩短了战争的进程,这大概是英国邀请爱多士访问获得的最好报偿。

4

1929 年 10 月 24 日,纽约股票出现猛跌的那个黑色星期一,导致了长达十年之久的全球经济大恐慌,直到第二次世界大战爆发后,在战争的刺激下才有所恢复。就在那个黑色星期一到来前一个多月,美国第四大零售连锁店班伯格公司(Bamberger)的老板,凭着敏锐的洞察力,把

散文

公司转让了出去。此后,或许是出于内疚的心理,班伯格兄妹拜访了著名的教育家弗莱克斯纳医生,后者建议他们放弃捐献一座医学院的冲动。如同毕达哥拉斯学院那样,弗莱克斯纳设想了一个知识分子的伊甸园,"一个安全的避风港,科学家和学者在这里把世界和它的种种现象作为他们的实验对象,而他们不会被强行卷入近期的旋涡中"。所谓"近期旋涡"指的是纳粹德国和法西斯主义引发的那场灾难,其时正失控地在世界范围内蔓延。

这就是普林斯顿高等研究院的来历,爱因斯坦是被邀请来的首席教授。所有终身教授都被免除了作为人的种种烦恼,包括交水电费在内的家务活计,填写申请基金之类的各类表格,甚至发表论文或向上司汇报工作,等等。换句话说,一旦进入了研究院,你就得到了充分信任,可以依据自己的兴趣做任何研究。事实上,相当一部分时间,数学家和理论物理学家们在修剪得整整齐齐的草坪上散步,在公共客厅里喝咖啡闲聊或没完没了地下棋。尽管如此,他们却做出了惊人的贡献,常常是一生最好的工作,比如英国数学家安德鲁·怀尔斯,七年没有发表一篇论文,最后完成的是费尔马大定理的证明。这些现象表明,弗莱克斯纳医生对人类文明的贡献并不亚于另一位医生——奥地利精神分析学家弗洛伊德。

1938年夏天,爱多士从英国回到匈牙利过暑假。9月初,刚刚吞并奥地利的希特勒要求合并苏台德地区,这是捷克斯洛伐克讲德语的一个地区。爱多士被震惊了,就在这个时候,普林斯顿向他伸出了橄榄枝,邀请他做访问学者。24岁的爱多士与亲戚朋友(这些人中相当一部分后来死于战争)匆匆告别,乘上火车,向南绕道潘诺尼亚平原、意大利和瑞士来到巴黎,最后抵达伦敦。月底,爱多士乘坐"玛丽女王"号前往纽约,转道新泽西,迈出了世界之旅的坚实一步。爱多士一直认为,他初到普林斯顿那年是他学术生涯最为成功的一年。例如,他证明了任意多个连续整数之积不会是一个完全平方数,这个结论再次使人相信数字结构的有序性。又如,他和波兰人卡茨得到了爱多士-卡茨定理,说的是小于N的整数所含的不同素因子个数与一枚硬币抛N次正面向上的次数遵守同样的曲线分布,这个结论表明整数规则的表面背后实际上隐藏着混乱。

可是，爱多士喜欢并擅长的那类数学问题在当时并不受重视，原因是它们和近期数学的发展趋势没有关系。而在爱多士看来，他原先精通的数学仍然蕴涵着无穷的宝藏，那为什么不去继续开采它呢？何况那些问题是数学中最美丽的部分。正如他的一位合作者所分析的，"爱多士的想象力和技巧是如此的深刻，不用走出太远，就能开辟出一条永不干涸的溪流。而其他人由于想象力不够深技巧不够精，只好通过更多的数学，才能产生想法和新的定理"。无论如何，年轻的爱多士还是没有被普林斯顿续聘，这让他愤愤不平。当伊甸园的大门在他身后关上时，爱多士不得不又开始了新的数学之旅，从那以后，他便成了真正的游子。但他心胸宽阔，战后仍经常光临普林斯顿，正是在那里他凭借初等方法证明了古老的素数定理（令人费解的是，另一位独立证明这一定理的挪威人凭此获得了菲尔茨奖）。

5

有一次，爱因斯坦的助手斯特劳斯教授谈到他的担忧，"一个人可能会在某些问题上耗尽精力，却始终不能发现关键所在"。爱因斯坦自己也认为，他之所以没有成为数学家是因为这个领域充满了漂亮而困难的问题。爱多士却义无反顾地深入到爱因斯坦所惧怕的诱惑之中，而他的确也从未陷入不切要害的泥潭之中。他们分别使我想起17世纪的两位天才人物，费尔马和牛顿，前者全身心地投入到纯粹的数论问题中，后者发明了微积分、三大运动定律和万有引力定律而成为历史上最有影响力的科学家。尽管如此，斯特劳斯认为，"在探索真理的征途中，唐璜式的爱多士和加拉哈式的爱因斯坦式各有用武之地"（唐璜是艺术家虚构的浪荡子，加拉哈则是传说中的骑士）。遗憾的是，在我解决了最初那类均值估计问题以后，一位前辈学人因循传统的观念，告诉我爱多士的那类工作都是小问题，这一友善的忠告使我没有坚定地沿着自己擅长的方向走下去。直到费尔马大定理被证明以后，包括王元先生这样的有识之士才认识到，数论学家应该回到爱多士开启的轨道上来。

爱多士是一位苦行僧，他放弃了尘世的享乐和物质追求而去过一种殚精竭虑却又不被人们理解的生活。他和牛顿一样，终生没有结婚，甚至没有谈过恋爱，但那不是数学的缘故，而可能是先天的体格原因。"我

散文

无法经受性爱的欢乐",即使最轻微的身体接触也会让他敬而远之,当陌生人跟他握手时,他最多也就是用其柔软的手与对方擦一下,即便那样他也会感到不舒服,会一整天强迫自己洗手。并不是没有女人喜欢他,而是关键时刻他都会逃之夭夭。可是,究竟是什么使得数学让爱多士如此陶醉而又如此憔悴呢?除了前面提到的游戏、灵敏和原创性以外,数学无时不在的挑战性像鸦片一样刺激着爱多士的神经,他的大脑始终敞开着,还有一对机警的耳朵,素数定理的初等证明和哥尼斯堡七桥问题的推广这两项工作就是道听途说和电话线里被他捕捉到的。

伯特兰·罗素,一位有过四次婚姻,一生留下许多风流韵事的数学家兼哲学家(他的秘密情人中包括诗人艾略特的第一个妻子),部分是由于他的文笔优美、雅俗共赏而意外地成为诺贝尔文学奖得主,年轻时也非常迷恋数的世界,并写诗赞叹,"我曾渴望读懂人们的心窝。/我曾渴望知道星星为什么闪烁。/我曾试图了解毕达哥拉斯的神力,/有了它,数字不再摇曳不定"。罗素出身贵族,其祖父两度出任英国首相,三岁的时候父母双亡,他在祖母的严格管教下长大,接受了清教徒式的训练,少年时代一度萌生了自杀的念头,正是数学使他摆脱了青春期的孤独和绝望。虽然后来转向了哲学研究,但终其一生,罗素从数学中获益匪浅,他的哲学名著的标题就叫《数学原理》(与怀特海合作),该书对逻辑实证主义的观点进行了新的解释,同时为哲学研究提出了新目标和新问题。

与爱多士同时代的匈牙利数学家冯·诺伊曼也是一位活力四射的人物。他是通才的样板,在数理逻辑、集合论、连续群、遍历性理论、量子力学和算子理论方面取得了卓越的成就,同时,他又是现代电子计算机和博弈论之父,在物理学和经济学领域有着巨大的影响力。连爱多士也不得不承认,冯·诺伊曼的反应速度和理解力是非同寻常的。他不仅思维敏捷,而且穿着时髦、风趣迷人,喜欢跑车和女人,爱写打油诗、讲黄色故事,对噪音、美食、酒和金钱一概不排斥。我在这里举罗素和冯·诺伊曼的例子无非是想说明,数学家的个性因人而异,与数学自身的特点并无必然的关联。只不过,对冯·诺伊曼来说,他的数学可能源自于经验,他的生活也大体如此;而对爱多士来说却不是这样,至少在我看来,他的数学直接源自于那颗无时无刻不敞开着的脑袋。1996年秋天,爱多士在华沙发表组合论演讲时突然死于心脏病,在那颗神奇的脑袋停止工作以后,数学的一个巨大的源头被堵塞了,人类或许要等上一个千年,才有可能重新找回。

(选自《书城》,2005年第3期)

十年识得范用字

池 莉

记忆是一朵花,每年春天都开得不同,它会大一点、会小一点、会艳一点、会淡一点;它会特别突出,也会悄然消隐;只有经过历年的积累,再回眸,才可以见得那份记忆的真实。记忆是有生长与消亡的,经过生长到达成熟的记忆才是历史。因此,我想说,历史是个人的。我想说,没有个人历史,人到底是单薄的。因此,我还想说,中年是人生最好的年纪,人未老,始知世,又可以依凭个人的历史墙垛,远远眺望,温故知新,由暗入明。范用的文字,便是我中年以后才获得的认识。

我与范用的见面,是在一个大喜的日子里:黄宗英与冯亦代结婚。我已经记不清那是11年前还是12年前了。当时留下深刻印象的,是新娘子黄宗英,她满头银发,一袭红衣,肤色明艳,喜气洋洋,全然不是电影《家》中那位消瘦忧郁的梅表姐。还记得是张洁向我介绍范用的。张洁说:这就是三联的范老板。我不安地与一位小老头握了手。我的惶惑不安,是因为我听出了"这就是"的强调意义,可是我不懂这意义的内容。我敏感到了自己的单薄,并为之羞惭和恼火。那天,我是否与范用交谈了?我们如何交换的通讯地址?我竟然一概都忘记,记忆这朵花,那天它还只是一粒种子,在我的不知不觉中,悄然无声地落下。不久之后,我收到了范用寄赠的一本小书,书名是《我爱穆源》,香港天地图书公司出版的,应该算是散文,收录了范用与他母校小学生的通信,另有一些散淡亲切的文字,是亲朋好友写范用的。20世纪90年代初,香港的书籍,在我看来,那是非常精致的,一握在手,翻阅把玩,更多地被精致的制作吸引了注意力。之后,这本小书,便也就随着众多的书籍,寂然地归于书橱了。许多日子以后的一天,我收到了范用的一份迁帖。范用搬家了。他用巴掌大一张素白纸片,自己制作明信片,告之了他的乔迁。这种独特的明信片,我是第一次收到,很是惊奇,兀自心有所动,感觉自己意识到了一些特别的东西,那便是范用文字的意味。瞬间的心动过后,又是绵连的岁月了。这一晃就是十个春秋。直到2004年暮春的一个夜晚,我顺手拿起一本枕边书,翻开哪页读哪页,忽然地,一朵记忆之花摇曳生长起来。我定睛一看,原来我读的就是《我爱穆源》。原来这本书成为我的枕边读物,差不多有三年时间了。原来里头的书签就是范用的迁帖。不禁拿近了十年前的迁帖,要再读一读,文字是这样的一段:

　　来北京在东城一住四十五年,而今搬到城南,住进高楼,冒充"上层人士"。室高两米五;好在我俩都是小尺码,倒也相称。再也不用烧煤炉换煤气,省心省力。却是高处看落日,别有一番感受。北牌坊胡同那个小院,将不复存在,免不了有点依恋,为什么?自己也想不清楚,许是丢不下那两棵爷爷奶奶辈的老槐树,还有住在那一带的几位长者、稔知。

　　新居地址:某某　　**电话**:某某　　**乘车**:某某路公共汽车某某站下
　　　　　　范　用　丁仙宝1994年6月

《我爱穆源》的文字,与迁帖的风格一脉相承,却又因了篇幅与内容的宏阔,其文字功夫施展得更彻底,简朴、清澈、静气,寓远意于短语,好似冬季晴日下的一樽水晶花瓶,斜插了一枝素百合。范用自己很谦虚,说他只是一个普通人,把事情讲清楚,把意思表达出来就行了。可是范用不知道,他这样说话,乃是一种多大的骄傲。对于文字的驾驭者来说,能够用极简的文字表达清楚对于世界的一种观念,这种技巧,到达了何等境界,这是文字功夫的境界,同时也是学术品德的境界。中国文字的繁花似锦,最易迷惑勾引初学者。我本来以为,好华丽,喜形式,善夸张,爱铺排炫耀,是少年毛病,却在阅读中发现,不少号称名家大师的文字,却更是虚张声势,故意以炫技与淫巧,哗众取宠,字里行间挂满俗脂艳粉。即便这样,那也可以算是人家自己的爱好,我们没有理由去责备人家,最多不读他就是了。问题在于,更有一些文字,却还不只是单纯的俗脂艳粉,还暗藏着对于文化界少数人的媚雅撒娇。常识告诉我们,但凡有一个文化界,总归会有少数几个话语霸权者,他们如何霸道,如何争霸,那也是他们自己的事情。但是如果

散文

写作者极尽文字的形式,却完全为着迎合少数话语霸权者,这就是学术品德不好了。这就伤害了我们的阅读了。这样一些文章,往往姿态奇巧,捶胸顿足,声势浩大,出世便跟随着铺天盖地的赞誉,可你读下来,通篇也没有说清楚任何东西。因为从文字表达的源本意义来说,他根本就没有弄懂弄通,或者竟然想都没有想到要去弄懂弄通。这样的文字背后,其实也就是一个谬汉了。在中国,文学大师并不都是谬汉,但是谬汉一般都可以成为大师。谬汉善于把文坛当作名利场,善于使用人事关系的功夫,善于利用文字的表面形式蒙哄和吓唬读者。

不过,说到底,要不得的还是我自己。到了现在了,我在阅读方面还是沉不住气,哪天遇上了谬汉文章,浪费了许多的时间,我就觉得这一天很是倒霉。总觉得自己已经遇上了一个无法心安的时代,日常生活里,有奥斯威辛与"9·11"之间的联想、困惑与不安全感,有政治、宗教、国家、经济和因特网的围困,属于我自己的,唯有中国文字,便总是一厢情愿地希望开卷就得好文章。想想,这也还是够矫情的了。有时候,矫情也有矫情的好处,大约就是在我这种矫情的心理状态之中,范用的文字,就被我带到了枕边。

中国大,历史长,好文字毕竟是有的,哪天实在倒了胃口,就去翻翻古人的杂撰。杂撰是中国文字的极简主义了,一句话,几个字,什么意思都说透了。比如苏轼的杂撰。苏轼这么说:

> 爱不得的是:隔壁美妇人。他人好书画奇玩物。
> 改不得的是:生下劣相。性好偷窃。谬汉作文章。
> 学不得的是:神仙。能饮啖。

早就有宋朝苏轼的提醒,如今的我还要想不通吗?范用15岁就开始做出版,见的文字比我吃的米还多,自己天性里头又有一份神仙气,我是学不来的了。但是,我可以知道范用。可以欣赏范用的文字。我还可以把所有喜欢的作家与他们的文字带入我个人的历史。其他形形色色不喜欢的,就不喜欢罢了。事实上关我什么事情?一个人静静写自己的小说,静静和自己的读者在一起,静静喜欢着自己的喜欢,这也就很好很好了。

(选自《文学自由谈》,2005年第2期)

怀念老陆

冯骥才

近些天常常想起老陆来。想起往日往事的那些难忘的片断,还有他那张始终是温和与宁静的脸,一如江南的水乡。

老陆是我对他的称呼。国文和王蒙则称他文夫。他们是一代人。世人分辈,文坛分代。世上一辈二十岁,文坛一代是十年。我视上一代文友有如兄长。老陆是我对他一种亲热的尊称。

我和老陆一南一北很少往来,偶然在京因会议而邂逅,大家聚餐一处,老陆身坐其中,话不多,但有了他便多一份亲切。他是那种人——多年不见也不会感到半点陌生和隔膜。他不声不响坐在那里,看着从维熙逞强好胜地教导我,或是张贤亮吹嘘他的西部影城如何举世无双,从不插话,只是面含微笑地旁听。我喜欢他这种无言的笑。温和、宽厚、理解,他对这些个性大相径庭的朋友们总是抱着一种欣赏——甚至是享受。

这不能被简单地解释为"与世无争"。没有一个作家会在思想原则上做和事佬。凡是读过他的《围墙》乃至《美食家》,都会感受到他的笔尖里的针芒。只不过他常常是绵里藏针。我想这既源自他的天性,也来自他的小说观。他属于那种艺术性的作家,他把小说当作一种文本的和文字的艺术。高晓声和汪曾祺都是这样。他们非常讲究技巧,但不是技术的,而是艺术的和审美的。

一次我到无锡开会,就近去苏州拜访他。他陪我游拙政、网师诸园。一边在园中游赏,一边听他讲苏州的园林。他说,苏州园林的最高妙之处,不是玲珑剔透,极尽精美,而是曲曲折折,没有穷尽。每条曲径与通廊都不会走到头。有时你以为走到了头,但那里准有一扇小门或小窗。推开望去,又一番风景。说到此处,他目光一闪说:"就像短篇小说,一层包着一层。"我接着说:"还像吃桃子,吃去桃肉,里边有个核儿,敲开核儿,又一个又白又亮又香的桃仁。"老陆听了很高兴,禁不住说:"大冯,你算懂小说的。"

此时,眼前出现一座水边的厅堂。那里四边怪石相拥,竹树环合,水光花影投射厅内,厅中央陈放着待客的桌椅,还有一口天青色素釉的瓷缸,缸里插着一些长长短短的书轴画卷。乃是每有友人来访,本园主人便邀客人在此欣赏书画。厅前悬挂一匾,写着"听松读画堂"。老陆问我,为什么写"读画"不写"看画",画能读吗?我说,这大概与中国画讲究文学性有关。古人常说的"诗画相生"或"诗是无形画,画是有形诗"。这些诗意与文学性藏在画中,不能只用眼看,还要靠读才能理解到其中的意味。老陆说,其实园林也要读。苏州园林真正的奥妙是这里边有诗文,有文学。我听到的能对苏州园林做出如此彻悟的只有二位:一是园林大师陈从周——他说苏州园林有书卷气;另一位便是老陆,他一字道出欣赏苏州园林乃至中国园林的要诀:读。

读,就是从文学从诗角度去体会园林内在的意蕴。

记得那天傍晚,老陆在得月楼设宴招待我。入席时我心中暗想,今儿要领略一下这位美食家的真本领究竟在哪里了。席间每一道菜都是精品,色香味俱佳,却看不出美食家有何超人的讲究。饭菜用罢,最后上来一道汤,看上去并非琼汁玉液,入口却是又清爽又鲜美,直喝得胃肠舒畅,口舌愉悦,顿时把这顿美席提升到一个至高境界。大家连连呼好。老陆微笑着说:"一桌好餐关键是最后的汤。汤不好,把前边的菜味全遮了;汤好,余味无穷。"然后目光又是一闪,好似来了灵感,他瞅着我说:"就像小说的结尾。"

我笑道:"老陆,你的一切全和小说有关。"

于是我更明白老陆的小说缘何那般精致、透彻、含蓄和隽永。他不但善于从生活中获得写作的灵感,还长于从各种意味深长的事物里找到小说艺术的玄机。

然而生活中的老陆并不精明,甚至有点"迂"。我听到过一个关于他"迂"到极致的笑话。那是 20 世纪 80 年代中期,老陆当选中国作协副主席。据说苏州当地政府不知他这职务是什么"级别",应该按什么"规格"对待。电话打到北京,回答很模糊,只说"相当于副省级"。这却惊动了地方,苏州还没有这么大的官儿,很快就分一座两层小楼给他,还配给他一辆小车。老陆第一次在新居接待外宾就出了笑话。那天,他用车亲自把外宾接到家来。但楼门口地界窄,车子靠边,只能由一边下人。老陆坐在外边,应当先下车。但老陆出于礼貌,让客人先下车,客人在里边出不来,老陆却执意谦让,最后这位国际友人只好说声:"对不起",然后伸着长腿跨过老陆跳下车。

后来见到老陆,我向他核实这则文坛轶闻的真伪。老陆摆摆手,什么也不说,只是笑。不知这摆手,是否定这个瞎诌的玩笑,还是羞于再提那次的傻实在?

说起这摆手,我永远会记着另一件事。那是1991年冬天,我在上海美术馆开画展。租了一辆卡车,运满满一车画框由天津出发,车子走了一天,凌晨四时途经苏州时,司机打盹,一头扎进道边的水沟里,许多画框玻璃粉粉碎。当时我不知道这件事,身在苏州的陆文夫却听到消息。据说在他的关照下,用拖车把我的车拉出沟,并拉到苏州一家车厂修理,还把镜框的玻璃全部配齐。这便使我三天后在上海的画展得以顺利开幕,否则便误了大事。事后我打电话给老陆,几次都没找到他。不久在北京遇到他,当面谢他,他也是伸出那瘦瘦的手摆了摆,笑了笑,什么也没说。

他的义气,他的友情,他的真切,都在这摆摆手之间了。这一摆手,把人间的客套全都挥去,只留下一片真心真意。由此我深刻地感受到他的气质。这气质正像本文开头所说的一如江南水乡的宁静、平和、清淡与透彻,还有韵味。

作家比其他艺术家更具有生养自己的地域的气质。作家往往是那一块土地的精灵。比如老舍和北京,鲁迅和绍兴,巴尔扎克和巴黎。他们的心时时感受着那块土地的欢乐与痛苦。他们的生命与土地的生命渐渐地融为一体——从精神到形象。这便使我们一想起老陆,总会在眼前晃过苏州独有的景象。于是,老陆去世那些天,提笔作画,不觉间一连画了三四幅水墨的江南水乡。妻子看了,说你这几幅江南水乡意境很特别,静得出奇,却很灵动,似乎有一种绵绵的情味。我听了一怔,再一想,我明白了,我怀念老陆了。

(选自《文汇报》,2005年8月19日)

柳下居杂记

陈宗舜

十四

溥杰不喜论人过。遇尴尬事宁人负我而不负人。实在难推之事,他则以幽默巧妙应对。某日闲谈,见其客室摆满"宫廷御制"酒类或食品,余问:"诸多'宫廷御制'真是原本味道吗?"溥杰略加思索道:"推陈出新。推陈出新。"

十五

胡耀邦曾就李锐先生《论三峡工程》戏题打油诗一首:"妾本禹王女,含怨侍楚王。泪是巫山雨,愁比江水长。愁应随波去,泪须飘远洋。乞君莫作断流想,断流永使妾哀伤!"

自此诗不难看出耀邦的文采、诗情和人情。

二十

林散之的大草狂放不足敛巧有余,然亦不愧为草书大家。当时以权以钱谋取"书法家"名衔之恶风,令先生颇为忧心。于是先生放言曰:"现在人活着是人'保'字,人死后字的好坏才真见分晓——那可是毫不含糊的字'保'人了!"

二十二

1994年夏初,余往山东威海刘公岛"甲午战争"纪念地凭吊。见岛上一块广告牌上赫然有如下八个红漆大字:甲午海战 驰名中外。

面对如此以国耻为荣者,我只有无言而已而已而已。

二十三

溥任这样向笔者回忆其父载沣1949年后的生活片段:"我父亲载沣不抽烟,不喝酒,为人诚实善良,沉默寡言,对我们兄弟姐妹从来不发脾气,对佣人也不发脾气。我们每天早上向他请安问候说声'您吉祥',然后各回各的屋。晚饭后,再去一次,就各自休息了。因溥仪、溥杰不在他身边,每天请安后我都陪他说会儿话。他很少谈以前的事,更不谈国事,一般只问问我念书写字的情况或养鸟种花养猫养狗等等琐碎的事。解放后,他就让我们改称他为'金同志'。此外,他对天文气象也很关心。比如,每天他都叫我到院子里看天晴天阴,并且测量温度。除了我七叔载涛来看他,他不接待任何人。他一天的生活内容就是读书看报听广播。他还喜欢听京剧。年轻时喜欢听梅兰芳。老年时有了收音机最爱听张君秋。他的满文很好,有时教我几句。给我印象特别深的事情,还有父亲有时用放大镜对着太阳聚焦,把报纸点燃。"

(选自《主流》,2005年第11期,此处有所节选)

散文

噫,马悦然

芳 菲

三四年前,马悦然写过一篇随笔《巨人都到哪里去了?》。文中写到:在他五十六年前开始学中文的时候,汉学领域的中外巨人很多。他的老师高本汉,法国的沙畹、伯希和,德国的贝伦茨,在中国学者之中,则有蔡元培、傅斯年、李济和赵元任。

巨人都到哪里去了? 马悦然尽管想了几条理由,但仍然不能摆脱这个疑问带来的惆怅:"巨人赵元任去世之后,哪里去找一个会用古代汉语教课的老师呢?"

上周四跟随这个老头子一起走在复旦的校园,燠热的午后空气,81岁的马悦然坚持不让别人给他提包。这个瑞典人身材高大,尽管步履略有些蹒跚,但不妨碍夕照晚景中他的背影给人带来广阔的联想。

学中文从《左传》开始。"老师,教一点现代点的东西吧!""好吧,教一点陶渊明。""再现代一点。""好,唐宋八大家。"从先秦典籍开始,翻译《左传》、《诗经》、《楚辞》、《水浒》、《西游记》……到当代文学的沈从文、朦胧诗、曹乃谦(谁知道这个人? 一个山西的警察! 马悦然说他的小说《到黑夜想你没办法》好得不得了),马悦然说起来就像自家人。

那天他给复旦学生的公开讲演是"中国古代诗词",因为电脑投影设备出现问题,马悦然准备的许多诗词无法按照他预期的那样演示出来,因此他说只读一首李清照的《声声慢》了。"寻寻觅觅,冷冷清清,凄凄惨惨戚戚……三杯两盏淡酒,怎敌他,晚来风急?……"没想到,读完后,听众席发出一阵唏嘘声:"再读! 再读!"没有读本,也想听。这个瑞典人,用哪样的本领,竟然把中国人的乡愁勾引起来。

2005

我对十三世纪中叶的中原语音系统比较熟。

关键是要在应该停的地方停！

要进入词，要从"里面"去懂"词"是怎么造起来的！不要看工具书！

……

天哪，他的语音、停顿竟然会弄得人心酸酸的。他和中国文化打了六十年的交道，尽管他近来被媒体纠缠是因为他这个瑞典皇家学院院士是诺贝尔文学奖评委，可是他这次来，反复对大家说，不要以为我就是一个评委。

他说他一生最喜欢的三个汉学成绩，是对四川方言的调查研究，对《春秋繁露》的证伪（他认为《春秋繁露》仅一小部分是董仲舒所作，而大部分是南北朝后期人所伪作。他判断的依据是文本的语言语音系统。我看到这个发现让我们研究古代文学的学者陈引驰教授也大吃一惊！），还有一个是对"悄悄话"的发音规律的发现：

在声带不振动的耳语里来代替声调的，是发音气流的两种不同现象；代替北京话的阳平上升的声调的气流是逐渐加强的；代替北京话的去声下降的声调的气流是逐渐变弱的。代替北京话的阴平不升不降的气流是"平"的，代替北京话的上声先降后升的声调的气流出现一种很有意思的现象：相当于声调的转折点的气流中，出现了一个声门爆裂音……

听烦了吗？不得要领吗？

那么来听听这个学术成果的另一个版本吧：

1948年，中国大地上兵荒马乱之时，马悦然一个人在四川做方言调查，他住在峨眉山报国寺。一个夏天的晚上，睡不着觉，一个人坐在庙子的大天井内抽烟。突然看见一个从没见过的和尚，从庙子里往山门走，走近了发现那人穿的是尼姑的袈裟。肯定是老和尚徒弟的情人！马悦然抽他的烟斗，假装没有看见。他坐在那里，却在替他们着急：

庙子里窗户上的纸很薄，一点也不隔音，两个情人在床上拥抱的时候耳语，一定得悄莫声儿的说话。这种耳语的讲法，声带不振

动;声带不振动,声音就没有高低之分,也就不可能有声调的区别。这种情况下,两个恋人怎么能用语言沟通呢?

他想来想去,一下子解决了这语音学上很重要的问题!

"呜呼哀哉!"他写到:"我清楚地记得我那天晚上独坐在报国寺大天井里很渴望自己有一个美丽的情人,证明我关于耳语声调的学说!无论什么学术都需要结合理论和实践!"

这个瑞典人,体贴,多情!好像比中国人自己还要懂中国人。

读过他的《报国寺的小和尚》,怎能不在这样的描写前发呆:

  我永远会记得小和尚们每天晚上用清脆的声音高高兴兴地唱晚上仪式的头一首很忧郁的经文:"是日已过,命已随灭。如少水鱼,斯有何乐?大众当勤精进,如救头目。但念无常,慎勿放逸。"

马悦然的经历和感情,在他那本《另一种乡愁》里大多明明白白写出来了,那么,再到他面前去,看着这个把你当陌生人的人,看着他已大半生活在自己的回忆和世界中的眼睛,又有什么意义呢?

意义在一刹那间迸现出来:你说起四川话,让他惊异地抬起头来,他的眼睛醒过来,深深地、鼓励地投过来一瞥,这个眼神里,有多少内容啊,秦时明月汉时光……这样说有些傻气吧,可就是这样的感觉,他眼神来的地方很深很远,那里有峨眉月、湘西水、有先秦的战火、有汉语号子里几千年不变的节奏,有中国、中国、中国……

"我讲完喽!"他合起讲义,说的是四川话!

(选自《文汇报》,2005 年 7 月 8 日)

三个女人

赵全国

我指的是特蕾莎修女、戴安娜王妃和马科斯夫人。俗话说:"三个女人一台戏。"她们在地球这小小的舞台演出的多幕剧叫《鞋子》,并在戏里展示了各自的品格。

特蕾莎握有数亿慈善基金,却只有两套修女服换洗,一双凉鞋,不穿袜子。她救助穷人时总是赤脚。她说,帮助穷人自己先要做穷人。她去世后,人们根据她一贯的形象让她继续赤脚。戴安娜会见特蕾莎时说:"羞愧啊!我穿了双白色高跟鞋。"马科斯夫人拥有3000双高档鞋,出逃时遗弃了1220双。随便拿出她的一双鞋都能供一个菲律宾穷人过一年。

"贫民窟的天使"特蕾莎赤脚上了天堂。"英伦三岛的玫瑰"戴安娜也已凋零,人们总难忘她的慈爱。至于第三位,上帝恐怕不愿给这只"铁蝴蝶"开启一条天堂的门缝。

(选自《新民晚报》,2005年11月20日)

这个女人,让人艳羡死了

崔卫平

几乎所有的女权主义者都约好了似的,对汉娜·阿伦特保持沉默。这位在当代政治哲学领域作出卓越贡献的女性,并没有进入同样以政治目标为己任的女权主义视野。这当然首先是因为阿伦特在公共活动(公共言论)中从来不以自己的女性身份自居,她绝不以个人女性的声音发言。1952年普林斯顿大学请她主持极具声誉的克里斯蒂安·高斯讲座,对强调她作为第一名女性令她感到不快。这不难理解。对于一个意识到自己心智上的完整、体验到自己身上足够力量的人来说,把她放在一个需要加以突出的性别的位置上,肯定不是对她的任何一种奖赏。

不与阿伦特为伍的另外一个可能的理由是她与海德格尔的关系。在今天更年轻更时髦的一代人看来,它不仅是哪儿不对劲的问题,还很可能是丢脸的和声名狼藉的。从表面上能得到的所有材料表明,从一开始这两人之间的关系就是不平等的。一个居高临下、滔滔不绝,另一个毕恭毕敬、洗耳恭听;一个感到对方只是肉体上的热情和吸引,另一个却同时领略对方全部的精神和灵魂;一个始终处于主动和支配的地位,以其老道圆滑的精心策划,控制对方和与对方的交往,另一个只能处于完全消极、被动的位置,任其摆布。如果说在最初4年的恋情中,阿伦特年轻无辜、情有可原的话——刚开始时她只是一个尚未涉世的18岁女孩,而海德格尔已是35岁,那么,25年以后,尤其是当海德格尔与纳粹合作的丑行被公之于世之后,阿伦特对海德格尔一如既往的忠诚、维护,保持和他的继续交往甚至为他辩护、为在美国出版他的著作极力奔波、一再努力希望和他单独相处,就显得非常不可思议了。不管是从承担犹太人悲惨处境为起点建立自己学说的卓越思想家的眼光,还是以一个在人格和事业上都完全成熟的女性身份，她的做法——用常挂在人们嘴边的一句话来说——显得"没有必要"。何况在后来这整个过程中，她已经从个人交往的角度一再意识到海德格尔的某些人格缺陷，他的种种不能自圆其说，"天才和谎话的大杂烩"，她给雅斯贝尔斯的信中写道。乃至阿伦特在事业上始终得不到海德格尔的公正肯定，所有这些，竟然都没有妨碍阿伦特与海德格尔恢复和进一步建立联系，哪怕这种关系后来严格被限制在友谊的范围之内。

这是一种怎样的力量？怎样的推动力？到底因为什么，使得这位在公共生活和公共领域中活力非凡、一身正气的超拔的女性，在她的个人生活中要忍受如此的不公正？

阿伦特属于对自身坦然、坦率的那样一种人。她意识到自己身上的种种力量，它们的两个对立的极端是智性和情欲。任何一个正常的人，只要他还没有被诸如功名利禄所扭曲的话，也能体验得到自己身上的这些力量。然而在某种意义上，也可以说人们拥有什么他就惧怕什么，他恰恰恐惧自己具备的东西。对于同时拥有智性和情欲力量的人来说，他的一个特殊的恐惧是，生怕其中的一个会毁了另一个。最常见的情况是，对于立志从事智性活动的人来说，他更恐惧情欲的力量会毁了智性的力量，因为这毕竟是他的安身立命之本。渐渐地，这会造成一种障碍，使得这些人远离情欲，把自己局限在日复一日单调枯燥的书案工作之中，忘记了人来到这个世界上并不是仅仅受这种罪。只有极少数的人能够跨越这种障碍，仍然把自己当作整体的人加以对待和体验。

最初阿伦特和海德格尔幽会时，这位老师向他忠实的女学生到底说了些什么，人们只能想象，具体的不得而知。显然，年轻的姑娘给人以这样的信任：在她的生气勃勃背后，有一种罕见的坚韧、坚忍的力量，但它们并不导致固执和孤僻，相反，却径直走向敞开、接纳和承受，随时准备迎接从天而降的任何好东西。她天性完整、敏感和丰厚。一旦有可能，一经春风化雨，所有她身上潜藏的优秀品质，就会以不可思议的方式生长和崭露头角，让人惊讶不已。这正是海德格尔最希望见到乃至暗中等待的。这位以"quot;离经叛道"跃居要位的年轻哲学教授，他的理论本身要求一种实践，一种实实在在的"返回"和"照亮"，一种具体的"出世入化"。说他对阿伦特仅仅是一种肉体上的兴趣是不公正的，他不可能对

散文

其他拥有年轻芬芳肉体的姑娘也有同样的兴趣,阿伦特与他的理论及事业并存。如果把倾听也看作一种言说的话,阿伦特非同寻常的、无尽的倾听和吸纳已经参与了他智性的创造活动,拓宽和变动着他的视野(这是海德格尔后来承认的)。与他人不同的是,年轻的姑娘还提供了一种来自生命的结结实实的担保。对阿伦特来说,毋庸置疑,她超越的气质、智性方面的野心和生命涌动的激情,在海德格尔那里也得到了结结实实的实现和担保。不难想象,还有别人能够做到这一点。若干年以后,阿伦特仍然执迷不悟地将之称"quot;伟大的爱"。这在今天生命力趋向孱弱或习惯于"灵"与"肉"分离的人们看来是无法想象的。在这个意义上,这对师生之间表面上的不平等,是与他们某种实质上平等同时并存的:在生命的质量方面、在心性的完整方面和超越的情怀方面,这两人是旗鼓相当的。只是目前阿伦特还没有来得及显示出这一点。作为当事人的海德格尔此时或后来是否明白和承认,这都不重要。

如果情况是这样,那么,海德格尔是在何种意义上"控制"着阿伦特?由海德格尔来发出的那些"信号"在何种程度上对阿伦特起作用?回答只能是一个:在阿伦特愿意接受的分上。阿伦特从海德格尔那里得到了什么,海德格尔对她意味着什么,这无需他人置喙。全部的解释权在阿伦特那里。

问题或许这样被提出来:为什么阿伦特如此心甘情愿?她如此被动和服从说明了什么?

女人和男人这点也不一样:女人较少功名的考虑。相对来说,女孩是在一种无忧无虑的气氛中长大的,没有人对她的前途有过多的展望和期待。她可以做事情,也可以不做事情,全看偶然的情况而定。也许这种状况对于女人的天性是一种保护。她可以更多地面对自己。如果是陷入了爱情,女人也更可能不顾一切,以一种抛却万事万物的方式,全然不顾世俗的考虑。男人则小心翼翼,万般顾忌,考虑到诸如"一生的名节",一辈子(或半辈子)辛辛苦苦地建立起来的"世功"。当然个别的情况除外。

然而对于富有智性的人来说,不管是男人还是女人,情况都还要更复杂一些。他们有保持自身独立性的强烈要求,有需要独处的迫切心愿,这是保证智性活动的起码条件。要想富有成果地进行思考,必须是

2005

连续性的不间断的,不受任何外部搅扰的,因此不能在所需要的时候单独和自己呆在一起,哪怕因心思放在别人身上而不能收回来,这都能引起"quot;思"者的某些内部恐慌。于是,外在的约束自然地会变成一种内在的恐惧:担心爱情或在情欲掀起的波涛中丧失自我。有智性的女人在这方面的恐惧并不亚于男人,甚至比男人更甚。她不仅担心自己是否还能保持独立地思想,还要担心对方能否保持自己的全部完整,生怕自己无边无际的爱将对方的生活搅乱,让对方陷入覆水难收的一团糟之中。一旦对方丧失了独立性,她自己则毫无独立性可言;而缺少各自独立性、缺少自由的爱,则是完全不能忍受的。

对阿伦特来说,海德格尔的独立性就是她本人的独立性。海德格尔在何种程度上能承受他自己对阿伦特的爱和阿伦特对他的爱,则是阿伦特所能承受和所愿意接受的限度。她和海德格尔分享同一种恐惧。这不是在世俗的意义上来理解或计较的,而是拥有精神生活的人都能体验得到并互相默契的。在这个意义上,掌握主动权的一方甚至更难。他为自己留下的天地,也是为对方留下的天地。而这个尺寸怎么把握?怎么让双方都感到爱的洋溢而又不至于丧失自己?海德格尔会比阿伦特感到更沉重。相对而言,阿伦特可以少负一点责任。她宁愿把这个大难题交给海德格尔。让他去安排吧。让他去主宰吧。只要自己的爱不去伤害对方乃至伤害自己。本来这就是一份从天而降的礼物,也许是自己不该得的。海德格尔没有对她做过任何诺言,她也决不指望更多。这里面没有什么老师和学生、控制者和被控制者的关系问题。像阿伦特这样意识到自身力量的聪慧的女人,她不会不知道"被动"也是一种"主动"。

没有任何证据表明,海德格尔是一个"榨取女人"的那种男人。在和一个倾听者的关系中,他是付出者。何况这肯定不是一般意义上的付出。整整4年,也许他感到能量的过度消耗而疲惫了?也许他需要重新回到自己的独处状态?他感到他和阿伦特之间暂时不会再有什么激动人心的内容?当阿伦特还没有来得及向他表达远走的愿望时,他却主动提了出来,尽管理由是那么明显的可笑。又一次地,他承担了"罪过"。他维护了自己也维护了阿伦特。包括现在,谁都不难看出,他俩分开为好。这种"无世界性"的状况应该结束了。

阿伦特是矛盾的。她既想走,又不想走。既想拥有"伟大的爱",又

散文

不想失去自己的独立人格。但分手的话最好不要由她来说出。她不想承担这种东西。还是让她一味地保持自己的"消极"状态吧。

这是不是一个性格问题？像阿伦特这样的女人，在离开男人之后，她永远不会细数自己在哪儿受了损失，列出自己的"伤痛"，并把它们当作自我炫耀和炫耀给世人的东西（如果碰巧是一个女作家，那她就有事可做了）。像过去一样，她全部、无条件地默默地领受了下来，"照单全收"。这样做显示了：一方面，她为自己的行为负责，她是独立的、自愿的，她和海德格尔处成那样一种关系仅仅表明她是一个自我决断的人，别人怎么看，她不在乎；另一方面，她天生不会计较，相反，更适合感激和感谢，她考虑得更多的是海德格尔给予她的东西，那是一份非凡的礼物，使得她的生命得以像现在这样壮大和宽阔。没有海德格尔是不可以想象的。包括她一向的独立性，离开海德格尔时，她的独立性及所需要的孤独，不止是她个人的，还有海德格尔的，是双份的。

这是一位心智完整的女人。她知道如何避开那些不健全的东西，尽可能地保持自己生命、头脑和感情的健康和质量。她是不受伤害的，尽管她也有十分惶悚的时刻。她的生长性在她一切优秀品质中居于领先地位。

初版于1951年的阿伦特第一部重要著作《极权主义的起源》中，这位往日的学生对老师的学说做了明显的清算。这是阿伦特作为一个流亡的犹太人的身份所决定的。这种清算包括把对于"孤独"的欣赏变为对于"孤独"的批判。"思"需要"孤独"，但人们和世界的关系不止是"思"。"思"的界限不是这个世界的界限。"恐怖只有对那些相互隔离孤独的人才能实施绝对统治，所以，一切专制政府主要关注的事情之一就是造成这种孤独。孤立会成为恐怖的开端；它当然是恐怖的最肥沃的土壤；它总是恐怖的结果。这种孤独本身就是极权主义的前兆；它的标志是无能，在这个范围内，力量总是来自于人的共同行动，即'一致行动'，根据定义，孤立的人是无力的。"

正是为这本书的出版宣传，阿伦特战后第二次回到德国，见到了海德格尔。她看到不是一个著名的哲学家，而是一个"被罪恶的留言和伤人的诋毁摧垮了的老人"。阿伦特重又复燃了对他的奇特感情。时隔25年，她此番才告诉他，当年"我离开马堡大学，只因为你的缘故"。说

2005

出这句话不止是解释当年的行为,也不仅是给这位正处于人生最倒霉时期的昔日情人的安慰,它表达了一种"现在时",意味着他们两人关系的一个新的起点。尽管这中间也有时断时续的情况,但所有迹象表明,他们曾经有过的过去并没有消失,阿伦特一如既往地站在海德格尔这一边,一如既往地以自己特有生命的热情试图给海德格尔的思想和生活重新注入活力。事情到了这样的地步:一旦是海德格尔需要(更多的是阿伦特自己觉得这是他的需要),她会把自己的事情放在一边,将海德格尔的事情置于自己的事情之上。海德格尔继续让她烦恼、苦涩、受苦和欢乐。这回不能说海德格尔是在控制他从前的女学生了,她是控制不了的。倒是她自己,一再陷入为海德格尔烦心而心烦,因自己无力摆脱而愤怒、焦虑。从同样身为女性的眼光看来,她对布留歇尔反复表达的依恋,有点像一个依然无助的人需要抓住一根救命稻草,需要把自己拴住。当年她和海德格尔在一起时,她是惶恐的,布留歇尔给了她以踏实可靠的感觉;但海德格尔再度出现之后,这种惶恐接踵而至,到死也没有摆脱。这真是令人称奇了!我想起弗吉尼亚·吴尔芙在谈到俄国小说家及小说中出现的人物时说的一句话"quot;这些人活得多认真啊!"

海德格尔有福了!他遇上的这个女人,比他小 17 岁,带来的完全是生气勃勃的另外一副景象,她贪婪地吸收和纳他的一切:思想和肉体、最深的灵魂和浪漫的想象力,对古代的向往和对未来的憧憬(且不管在什么意义上)。她既是他的情人、亲昵的肉体关系的对象,又是他富有磁性的话语的倾听者、灵感的激发者,后来竟在另外一条道路上,成为他思想和事业的非同寻常的传承者和发展者。这里禁不住让人想说海德格尔几句好话。这肯定是个有特殊魅力的男人。我指的是在心智上有着非同寻常的吸引力和超越的力量。他肯定不是一个俗物。他的确需要听众,那是因为他的思想是在和听众的关系中,在与对方有形无形的设置、变换、调整中逐渐显露出来的。在这个意义上,他自身首先是个忠实的倾听者,倾听他的听众各种微妙的反应和动静,在得知这些反应之后并因为有了这些反应,再去倾听自己身上才冒出的新的思想。那是一些一分钟前还不属于他的想法,现在由他的嘴巴说出来,令他自己也大吃一惊。他为自己留下的最大的可能性也是为对方准备的。正和言说者也在倾听一样,倾听者同时也在无声地言说。她知道自己参与了某种创造。从谈话的开始到末了,她也同样走出远远的一大截,那完全是用她自己的双脚走出来的。比起这样微妙、激动人心的谈话本身,从中所产生的东西归于谁的名下,以谁的名义发表,这已经是完全无足轻重的了。甚至是谁在说,谁在听,这都无关紧要的了。有一种东西在他们之间发生、生长、壮大,它支配和牵动着他们两个人,像支配和牵动着两个木偶。那些话题从古到今始终存在,曾经支配和牵动了多少杰出的英才!哪怕这种谈话最后什么也没留下来,其过程本身已经足够了——他们之间曾经有过的那些令人心醉的、灵魂出窍的时刻,忽然感觉到自己处在"天外之天"的瞬间。"没有人像你那样演讲,以前也不曾有过。"这是1974年(阿伦特去世前一年)她在给他的信中写道,依然满怀深情。言谈者和倾听者之间、男女之间这样一种奇特的对话关系,是任何一种有关权力话语的理论解释不了的。

阿伦特更加有福!她碰上了海德格尔!尽管海德格尔的学说中有"反智主义"的嫌疑,但他本人远远不是一个思想上的懒汉,而且他喜欢有智性和富有挑战的女人,不只是阿伦特,他的妻子和他后来的那位女朋友都属于这一类。这是一个真正热爱智慧的男人所需要的,他要把精神活动造成一种生活,而不是把某个东西仅仅当作职业或竞技的手段。除了他的抽象气质,作为一个男人,他肯定也不失某种魅力。他和阿伦特分享作为一个人的那种完整性。当然,阿伦特的这份福气也不是天上掉下来的,也是她通过自己卓绝的努力争取来的。可以肯定地说,没有阿伦特,海德格尔不会是现在这样的面貌,他不会拥有对世界、对今天如此的开放性。在这个意义上,是阿伦特创造了这个海德格尔。她一直深信只有自己最理解这位真正的大哲学家,是有她充分理由的。(尽管这点造成了她对海德格尔妻子的某些不公正)

阿伦特在世界面前表现出来的公正宽广的胸怀,首先表现为她对自己是公正宽广的。她无法怨恨海德格尔,她无法允许自己身上出现这种东西,虽然后者给予她的苦恼并不亚于任何一个讨厌的男人给予女人的,但她拥有一种奇特的力量遏制住了自己身上这种负面的力量,她既不愿意也有能力将种种怨恨和不满严格限制在不掉自己尊严的水准之上。对她来说,与其怨恨和背叛,不如忠诚和忠直,这是保持自身完整一致性的那种要求。她不能容忍自己身上漏洞百出、四分五裂,活得像一件破衣服,像大多数我们今天的人那样。从心气上来说,她不能容忍自己的失败,让她相信自己曾经深爱过的男人是一个不值得她付出的人,这是令她难以接受的。即使偶尔产生过这样的念头,和感到某些蛛丝马迹,她也要全力以赴地去加以弥补。不能让这个男人消沉和颓废下去,不能看着他失败。眼看着一个男人无法自救,看着他经受羞辱,这是任何一个优秀的女人所无法忍受的。他们的这种失败,比女人自己的失败还要惨。选择无非是两条:要么去帮助他,要么走开。阿伦特选择了前者,这是她天性的高贵,也是由于她对于这个男人的深信不疑。她的慷慨无私还在于,一有机会,她就恰如其分地表达出对这个男人的敬意和感激,说出这一点,对她其实并不丢脸;相反,对于他们两人,都是莫大的奖赏。在她的重要著作《人的条件》(The human condition,德文版为《积极生活》,Vita activa)出版之后,她让出版商给海德格尔寄书,并给他的信中写道:"它直接产生于马堡的那段日子,无论如何这一切都归应于你。"在另一张纸上,她写下了一首没有寄出的诗:

> Re Vita activa
> 这本书的献词空着,
> 我怎么把它题献给你?
> 给我信赖的人
> 给我忠诚于他
> 却没有挽留住的人
> 无论怎样
> 都满含爱意。
> 这个女人,让人艳羡死了。

(选自"文化研究"网站)

写作之于激情

赵 玫

关于杜拉斯我已经说过很多。

我无法讲述我对杜拉斯的迷恋。这迷恋已经持续了很多年。近乎毒瘾一般的。杜拉斯就是那枝罂粟。开在遥远的法兰西。远远近近地诱惑着你。我曾将她的《琴声如诉》、《痛苦》、《情人》以至于《广岛之恋》、《物质生活》反复阅读。是那种无限愉悦的阅读。已经不单单是爱不释手,简直就是迷狂。去追随一种思绪。一份爱情。一种你自己心里的东西。而不是她的。不是杜拉斯的。以至于滥觞。弄得尽人皆知。于是突然地有一天,在拥有了杜拉斯的几乎所有作品之后,我开始拒绝。

不是因为我不再热爱不再迷恋这个用感性和激情写作的女人了。

杜拉斯之于我,就是写作和激情。

为了戒掉杜拉斯这份精神的毒剂,为了不再让自己在她的精神的笼罩下迷失,我甚至在我的文章中每每诋毁她,就像某个年龄段的青年的那种没有道理但却不顾一切的反叛。我想这对于杜拉斯一定是无足轻重的,因为她的特立独行在她自己的祖国就已经遭尽批评和指摘。

我拿她与我同样敬仰的另一位女作家维吉尼亚·伍尔芙做比较。我说比起伍尔芙,杜拉斯简直就不是知识分子(其实在法国,杜拉斯是被经常称作为知识分子的,因为在有着丰厚文化涵养的法国读者心中,这个女人的那些难以读懂的小说是非常知识分子化的),甚至算不上一位知识的女性。她的小说更多地来自于物质的世界,而不是精神本身。如果说杜拉斯有思想,那么她的思想也是来自于她得天独厚的感觉。因为她更多的是生活在感官的世界中。感觉就已经足以让杜拉斯成为小说家了。于是她无须读书,更无须像伍尔芙那样每天费心费力地并永无尽头地去思索。

就是这样。杜拉斯。在感觉的世界中。行动。包括革命和激情。徜徉于惊世骇俗的两性关系中。崇拜或者去爱某个生命中的男人抑或女人。然后记录下来。真实或略带夸张地。有时候也会有些许的虚构（仅仅是为了避嫌）。尔后在漫长而缓慢的写作经历中，不停地重复。重复。变奏。然后依然是重复。除非有新的事件在她的生命中发生。于是新的激情。激情带来的新的对世界和人生的感悟。上升为杜拉斯式的真理。而她的这些对于人类的鞭辟入里的解析，又是在她那独到的无与伦比的话语指引下完成的。

我不知道我的这种比较和判定，是不是伤害了那个我如此挚爱的并且已经死去了的杜拉斯。其实我伤害了她，在某种意义上就等于是伤害了自己。是自伤。因为我的写作本来就是在她的阴影的庇护下成长的。很久以来，我也曾像她那样，不那么强调知性，任凭故事消失在被话语统治的迷茫中。于是我想摆脱。急于摆脱。去寻找一个更加丰富的文化背景。在那里，不是只有杜拉斯，还有伍尔芙、福克纳，以及风格迥然不同的昆德拉，或者，别的什么不朽的作家。

杜拉斯总是那样直接。她的几乎所有的思想，竟然都来自她自身的疼痛。有时候她会很匆忙地用文字纪录下她刚刚经历过的那一段切肤之痛。大概也是因为她的无奈。她所爱的男人却逃离或者背叛了她。她怎么办？要安慰自己。浇心中块垒。所以写作。也许仅仅是为了生存的平衡。于是直接。于是感性。而她的过人之处，在于她会在事实的基础之上创造出一个动人的变调来（有时候干脆就是他人的故事）。那个变调的旋律又是那样地亦真亦幻，高贵而优雅，甚至是那样地接近着人生的真理（包括爱与仇恨）。这真理又不是那么深奥地悬浮于精神之上，而是飞扬着的灵动的激情的，被她的那些美丽的构想所负载，又被她那么通透精致的语言（也或者是我所敬重的那些杰出的翻译家的语言）所引领。

我一直以为在杜拉斯那里，经常是语言在先，而不是故事在先，更不会是思考在先。她首先看到，有所感受，然后描述。用墨水和笔。那些纸上的东西。动笔之前，有时候她甚至不知道那将是一个怎样的故事。是笔的行走带着她。也就是语言带着她。那么感性的。语言是第一要素。仅就杜拉斯而言。然后故事就有了。人物就有了。还有情节。那么栩栩如生的。思想自然也就在这一切之中悄然来到了。

很多年来阅读杜拉斯(顺便要说,是的,我一直不习惯用杜拉斯称呼杜拉,这不仅仅是一个称谓的转换,是因为在过往的杜拉那里,曾经承载着我那么多的关于文学的梦想),或者我的所有的杜拉斯的书籍,对我来说,我所拥有的仅仅是印刷和装帧设计之外的那个杜拉斯的本质,当然也包括那些翻译家们的辛勤劳作。我从来没有想过那个承载着杜拉斯灵魂的包装也是我的一种拥有。

要说的是,2005 年 7 月,当我得到了这套在中法文化年中由上海译文出版社出版、傅雷出版资助计划和法国外交部资助出版的这套《玛格丽特·杜拉斯作品系列》时,我的那种再度拥有了杜拉斯的心情是怎样地喜悦。而且是第一次,我把这套丛书精美的装帧,也当作了一种意外的拥有。那淡淡雅雅的只有着高贵色彩和黑色字体的封面,那略显粗糙的乳白色纸张,那若有似无的版型设计,那排列疏朗的清晰文字,特别是拿在手里时的那种大小适中的舒服的感觉……我才恍然,是啊,杜拉斯为什么久久不能这样地去拥有呢?那种真正意义上的内容和形式的完美统一。

何况,这又是出自我无比信赖的上海译文出版社。

此次出版的《玛格丽特·杜拉斯作品系列》,共包含了《情人》、《写作》、《广岛之恋》、《昂代斯玛先生的午后》、《夏夜十点半》、《广场》和《劳儿之劫》等七部作品。应当说这第一部分(但愿会有更多的作品不断问世)杜拉斯的作品系列是极富创意的,读者应当可以就此了然杜拉斯的一斑。

《情人》让杜拉斯获得了她曾经失之交臂的龚古尔奖,而后是她的《痛苦》再度折桂。

《夏夜十点半》和《昂代斯玛先生的午后》是她的中期创作,此前有《琴声如诉》,此后是《劳儿之劫》。

《劳儿之劫》和《副领事》是杜拉斯非常重要的作品。她生命中的最重要的人物和地域都将在这两部作品中出现。无论劳儿,还是出现在劳儿舞会上的那个穿黑裙的女人,抑或那个因爱而疯狂的副领事。也许看过了才会知道,为什么这样的两个女人和那样的一个男人之于杜拉斯会

2005

那么重要。

《广岛之恋》在电影史上是永远不能忽略的经典之作。不是因为电影导演雷奈的新浪潮身份,而是电影编剧杜拉斯的新小说写作。应当是杜拉斯将这部电影带进了那个辉煌境界的,这毋庸置疑,但是不知道为什么谈到《广岛之恋》,却总是要首先提到雷奈。

过去看《广岛之恋》,只是单独看杜拉斯的这个文学剧本,从没有读到过现在这样的版本,除了剧本,还将杜拉斯所有关涉这个剧本的文字全部收录了进来。从"剧情"到"剧本",再到附录中关于男女主人公的阐释,甚至,关于场景和画面的那种种无限文学的描述。这就让我们看到了杜拉斯创作这部电影剧本的整个的过程。那个流动的过程。交汇的过程。不同层面的思考。属于杜拉斯自己的那种独特的方式。

而《写作》又是什么?是杜拉斯的遗嘱?她说写作就是她的全部。生命的和生活的全部。对她来说,唯有写作。可是在今天这个如此多元化了的世界上,还有多少人敢于说写作是他的生命,或者,是他生存的全部的意义。那将不是被看作可笑、做作,就是被认定为煞有介事。但是写作难道不是某些人的生命抑或生存的意义吗?杜拉斯是。那是她死前说过的话。是对她人生的总结。她不讳言。她有什么好讳言的。她就是她。她的生命就是那样演绎过来的,唯有写作,然后不朽。

《情人》至今百看不厌。《情人》就是这样的一本书。你当初喜欢它,没有错。时间检验了你的选择。是的就是这样的一本书,你无论什么时候拿出来无论看过多少遍,却依然可以重读依然能够心随书动。而且这是一件很轻易的事情,不用像重读雨果或者巴尔扎克或者托尔斯泰那样,需要做好"持久"的准备。唯有杜拉斯。她的很多作品都像《情人》。可以随时拿起,随时放下。譬如《物质生活》。我以为这首先取决于杜拉斯在形式上的标新立异。让思维跳动起来。挣脱死板、沉闷、冗长与僵化的窠臼。用跳跃勾连起一个个美丽而凄婉的故事。让轻捷的短句子遍布每一个思维的瞬间。哪怕那句子背后所承载的是无限的重量。但至少在表面上,你不用那么沉重地面对你正在沉入的那个境界。于是杜拉斯成为了那个时代法国文学批评界的众矢之的。因为不知道从哪里跳出来的这位女作家她竟敢破坏语法。法国的那么优雅的语言的语法。那么由来已久的,代表着伟大的法兰西文化的。但与此同时,杜拉斯也

散文

就成为了那个反叛的"英雄"。那个她自己。她自己的语气和腔调。她自己的那个话语的世界。

杜拉斯的这类小说所以能百看不厌,还因为她的任何的故事都勾连着她自己。那个她自己的真实。她自己的爱和恨。所以那不是小说而是作家本人的自传。尽管那自传是隐讳的,是若隐若现若即若离似是而非的。于是便调动起了读者们的那天生的窥私欲。于是他们认真阅读,在蛛丝马迹中奋力寻找。于是阅读在这样的前提下改变了味道。读者想要探知的不再是小说中的故事,而是字里行间中作者本人的隐私。

问题是杜拉斯给了读者这样的机会。有时候她甚至奋不顾身地站出来指证她小说中人物的原型,说那不是她杜撰的。然后,谁就都知道了《情人》中的那个湄公河上的情人确有其人,他就是来自中国的那个李云泰。再譬如,《琴声如诉》那段绝望恋情的男主人公也不完全是虚构的,那是她在与法国作家热拉尔·雅尔洛热烈相爱之后的产物。还譬如在《痛苦》中,她真实描写了二战期间,她和丈夫罗贝尔·昂泰尔姆,以及情人迪奥尼斯·马斯科罗之间复杂而真实的感情关系(尽管她用缩写的英文字母取代了他们的真实姓名)。他们都是现实生活中真实的人物,而且马斯科罗干脆就是她儿子让的父亲。所以《痛苦》也可以不当作小说来读,而是一些人在那个时期生存的真实写照。

是的,问题是杜拉斯给了读者这样的机会。是她让他们像考古学家或者侦探一样地在她设置的迷宫中四处搜寻。之于真正的文学来说这当然不是正确的阅读方式,但关键是,连杜拉斯本人都不肯回避,读者又能怎样?圈套。然后请君入瓮。来自于杜拉斯的坦诚。她就是这样在写作中坦坦荡荡,从来不对她的经历、特别是爱情讳莫如深。

《写作》一书是杜拉斯最后的作品。出版于1993年。三年之后,她长辞人间。而在最后的三年中,雅安(杜拉斯最后的情人)说,她的大部分时间都是用来等死的。等待着1996年3月3日的这一天。苦苦的。不知道这一天究竟何时到来。完成《写作》的时候杜拉斯已经八十岁。然而书中的语言却还是那么清新那么富有魅力,那么,行云流水,哪怕,即将的,风流云散,流水落花。

杜拉斯将此书献给一位死于二战的英国飞行员。而在目录中,开篇的却是关于她自己的《写作》。《写作》可以被看作是杜拉斯对自己一生的一个诗意的总结。因为她的一生,就是写作的一生。大概还有爱情,但是她在这里没有渲染。她说她对写作永远充满激情。她热爱写作。视为生命的方式。她不知道世间还有别的什么东西可以附丽于她的生命之上。她是为写作而来到世间的,所以,当写作终止,生命也就终止了。

《写作》中的杜拉斯仿佛依旧年轻。依旧的如泣如诉,荡气回肠。而此前她曾经重病缠身,终日濒临于死之将至。但是在生命的最后岁月她还是写下了《写作》这本书。她也还依旧保持着那种永恒的裸露姿态,说她的房子,说房子里的写作,还有房子里来来去去的那些男人和爱情……

我们早已经知道的并且熟悉的那些。

一些生命中的人和事是永远不会忘记的。就有那么些。能记住的。便刻骨铭心。于是总是想起总是想起。于是重复。

在风中,她说——

诺弗勒这座房子,我原以为也是为朋友们买下的,好接待他们……这是最令人高兴的晚会,在座的总有罗贝尔·昂泰尔姆和迪奥尼斯·马斯科罗以及他们的朋友。还有我的情人们。特别是热拉尔·雅尔洛,他是魅力的化身……

是的都在这里了。我们所熟知的那些男人。他们就是杜拉斯的写作。在她到了八十岁的时候,还能说起他们。

就是这些。几乎所有的话题都是关于诺弗勒这座房子的。房子里的写作。来的来、去的去的过往。贮藏室濒死的苍蝇。还有她在这里完成的那所有作品……

于是只有将这座房子的话题反复重复反复重复,以至于无限。

于是,你便不能不留下关于这座房子的印象。诺弗勒的这座房子。那难以磨灭的。印象。那个,最后的杜拉斯。

《写作》中那大片的空白和频繁的分段也让我非常喜欢。那是因为我们早已经厌烦了那些密密麻麻的文字,如浪潮般向你涌来,侵袭着你的眼睛。所以尤其喜欢《写作》的分行与分段。喜欢那短小的一如既往的杜拉斯式的句子。那所有的空白的张力。那尽在不言中的深渊。那停顿中的疲惫的思索。还有,文字以外的那个广袤的空间。

散文

　　后来杜拉斯告诉我们,《写作》是为她而拍摄的一部影片。镜头外只有一个声音。那就是她。她自己。她的娓娓道来,以及,她悲凉的诉说。我曾经以为那是她事先写好的。但是很可能不。她为什么要事先写好呢？声音是从她的生命中发出的。所以不用写出(只是后来被雅安录音整理了出来)。因为是说,所以循环往复,所以荡气回肠。

　　想象着行将就木的杜拉斯坐在她诺弗勒的大房子里。

　　想象着窗外是花园,曾经有千万株马斯科罗的玫瑰盛开。

　　想象着在她的书桌的后面有黄昏的阳光照射进来。金色的。

　　想象着金色余晖在杜拉斯那张布满皱纹的脸上,落下。

　　她说。

　　她的声音已变得苍老。

　　她甚至不认识那个声音了。

　　但是她依然一如既往地站在镜前。任雅安梳理着她湿漉的头发。

　　她还能看到自己。在镜中。

　　然后,她说。

　　她说——

　　写作像风一样吹过来,赤裸裸的,它是墨水,是笔下的东西,它和生活中的其他东西不一样,仅此而已,除了生活以外……

　　那是她最后的声音。

　　飞扬着而去了的那个杜拉斯。那个永恒。

　　打开的书也是黑夜。

　　后来我们才懂,她为什么要这样说。

(选自《文学自由谈》,2005年第5期)

早年的爱与现在的羞愧

王家新

美国诗人佛罗斯特大概是一个凡事都爱挑剔的人,但有一次他却这样讲过:

> 读者在一首好诗撞击他心灵的一瞬间,便可断定他已受到了永恒的创伤——他永远都没法治愈那种创伤。这就是说,诗之永恒犹如爱之永恒,可以在顷刻间被感知,无需等待时间的检验。真正的好诗并非我们没有遗忘的诗,而是我们一看就知道永远都不可能把它忘掉的诗。

显然,佛罗斯特这里谈的并不是"读者",而是他自己生命中的某种刻骨铭心的经验。

当我回顾我对茨维塔耶娃的认识,我首先想到的就是老佛罗斯特这句话。其实,对于这位水银般好动的俄罗斯女诗人,我们哪里谈得上什么高深的认识!我们有的,只有一瞬间被"攫住"的经验。我承认,我就是这样一位深深中过魔法的人。

那正好是在十年前的伦敦,我去泰晤士南岸文学艺术中心听一场诗歌朗诵。散场后我的心里似乎仍有一阵阵涌动,于是在踏上晚风中的泰晤士桥时,忍不住在路灯下翻开了诗歌的节目单,没想到只读到卷首诗的前两句,我便大惊失色:

> 我将迟到,为我们已约好的相会
> 当我到达,我的头发将会变灰……

这是谁的诗?我在黑暗中问,一个英国人怎么可能写出这样的诗?

散文

再一看作者，原来是茨维塔耶娃！这位痛苦的天才，不可能再来读她的诗了，她早已安眠在遥远而荒凉的俄罗斯的某个地方。此时，我才知道诗歌节的开场是一个纪念她诞辰一百周年的专场，而我错过了它。我真恨自己从比利时晚回来了几天！好在诗人的诗仍在"等待"，供我忘记一切地读着。"活着，像泥土一样持续"，我读着，我经受着读诗多年还从未经受过的哆嗦和颤栗，我甚至不敢往下看（往下看，是"在天空之上是我的葬礼"）。最后我合上书，像一个虚弱不堪的人，走上了夜幕下的灯火闪烁的泰晤士河上的巨大铁桥……

从此我知道了什么叫做诗歌的力量，什么叫做对灵魂的致命一击或深刻抵达。就像一个深知自己中了"毒"但又不想把那根毒刺拔出来的人一样，我守着这样的诗在异国他乡生活。我有了一种更内在力量来克服外部的痛苦与混乱。现在想一想，那些日子是多么让人怀念！在伦敦的迷雾中，是俄罗斯的悲哀而神圣的缪斯向我走来。

人生的这么一个阶段就这样过去了。

现在，即使我不感叹于时光的飞逝，也不得不惊异"自然规律"在我们自己身上所起的物质作用。似乎转眼间，已到了如老杜甫所说的"老去诗篇浑漫与"、"潦倒新停浊酒杯"的时候了，或者说，已到了与这个世俗的、肉体的世界达成某种更深刻的妥协的时候了。再说，像我这样的人，读了一辈子的诗，还有什么可以让我激动的？还有什么可以再次搅动我的血液？我们，早已"麻木不仁"了。

然而，也正是在这样的情形下，偏偏有一个你早已忘记的人向你走来。我想大家已知道这里说的是谁了。看来她出现一次还不够，她还要再出现一次。

大约在半年前吧，我偶尔翻阅一本杂志，上面恰好有一首她的《普赛克》。我开始还不怎么在意，但接着，仿佛一种不由分说的力量拉住了我，仿佛死者在骤然间复活，"过去的一切"全回来了：

> 你穿着——我的甜心——破烂的衣服，它们从前曾是娇嫩的皮肤。一切都磨损了，一切都被撕碎了，只剩下两张翅膀依然留了下来。披上你的光辉，原谅我，拯救我，但是那些可怜的、满布尘埃的破烂衣服——将它们带到教堂的圣器室去。

早年的爱与现在的羞愧 61

正是这样的诗句让我"留了下来"。这一次,虽然没有上次那样强烈,但也许更深刻:它不仅使我再次感觉到语言的质地和光辉,感受到爱、牺牲、苦难和奉献的意义,重要的是,它令我满心羞愧。在那一刻,我更深地理解了为什么爱尔兰诗人希内会说曼杰斯塔姆、茨维塔耶娃这样的俄罗斯诗人在20世纪现代诗歌的版图上构成了一个"审判席"。是的,面对这样的质朴、伤痕累累、无比哀婉而又不可冒犯的诗,我唯有羞愧。它使我被迫再次面对自己的内心,它使我意识到像我这样的人注定要和某种事物守在一起,要和它"相依为命"。正像人们说的,想不爱它都不行。

是的,面对这样的诗,除了满心羞愧,并由此展开对自己的无情反思,我们还能说些什么呢?在这样的诗面前,任何技巧或雄辩的语言都是多余的。

(选自《诗林》,2005年第2期)

我的叔叔毛姆

毛 尖

一个朋友来电话,说你叔叔死了整整四十年了,你不写点什么纪念一下?

写什么呀?写什么都会讨他嫌,整整一生,他最厌恶的事情就是被别人说三道四了。不过,他肯定想不到,现在形势已经完全不一样了。

前一段,好莱坞又把他七十年前写的《剧院》拿出来重拍,请了钻石级的演技派安特尼·本宁(Annette Bening)和杰里米·艾恩斯(Jeremy Irons)领衔主演,影片很轰动,说到两位大明星,评论界说,对他们俩人表演能力的质疑,就像怀疑布什的性取向一样,荒谬!荒谬!荒谬!

虽然活到九十一岁,毛姆叔叔还是死得早了点,如果他看到布什的性取向,也就是异性恋的性取向如今受到这样的嘲弄,他大概会笑醒过来。我记得,晚年时,他这样解释自己的性倾向:"我是四分之一正常,四分之三同性恋。不过我尽力想说服自己是四分之三正常,四分之一同性恋。那是我最大的错误。"毛姆叔叔自己这样说,所以他的传记作者迈尔斯(Jeffrey Meyers)在新近出版的《毛姆传》里,也两次提到,毛姆"压抑"了自己。但是,如果一个人一直活跃地"性生活"到八十八岁,情人无数,再加上地中海滨招之即来的水手,东方之旅中不断涌现的"小男童",那什么是"不压抑",就实在难定义了。

因此,我想,别人说我叔叔压抑,大概是指他的性生活不能公开。可倘若连这些"压抑"都没有,倘若九十年前,他就可以和小哈(Gerald Haxton)一起手挽手走在伦敦,走在悉尼,走在旧金山,那么我打赌他的小说和戏剧一定也没什么看头了。

四分之一

　　说实在，我真是佩服毛姆叔叔，光凭他那正常的四分之一，就永垂不朽了。当然，那四分之一，对我们凡人来说，也够不正常了。

　　毛姆叔叔，用法文读拉辛，用西班牙文读柯尔德隆，用意大利文读但丁，用德文读歌德，用俄文读契诃夫，这还不算英文。

　　毛姆叔叔，做过助产士，做过间谍，做过演员，做过救护车司机，做过二战宣传员；写过短篇，写过长篇，写过戏剧，写过电影剧本。

　　毛姆叔叔，拘谨、酸腐、势利、厌世、嫉俗，但是，缺点再多，他在里维埃拉的莫雷斯克别墅，奢华又淫荡的邀请从来也没有人拒绝过。当时的社交界有一个说法，如果你不认识毛姆，那你就不是名流。

　　因为毛姆叔叔是名流的标志，所以，我们家的人都说，赛丽(Syrie Barnardo Wellcome)非要嫁给我叔叔，叔叔的社交圈是她最抗拒不了的。他们结婚的时候，叔叔四十三，赛丽三十七，叔叔对她说得很明白，和你结婚，不是因为爱你。甚至，我觉得，他和赛丽结婚，也不是真要给他们的私生女伊丽莎白一个家，叔叔后来对伊丽莎白并不好，他们的父女关系也尴尬，毛姆叔叔结婚，我想他是怕内心的四分之三泛滥出来，当时，无恶不作的小哈已经给叔叔当了三年"秘书"。

　　而在毛姆叔叔的书里，他这样写：结婚有个家，还因为有人不愿被性以及和性相关的事烦扰。他还说，有的人在自己家里也像陌生人。这些话，真是叔叔的心声。在给赛丽的信里，他几乎是冷酷地说，我不爱你，你成天想的就是那事。甚至，赛丽死的时候，他也无动于衷，给朋友写信，他说，我不悲伤，装都装不出来。

　　可怜的赛丽，到死还爱着毛姆叔叔，到死都没有说过毛姆叔叔的坏话，在她看来，一切都是小哈的错。可是，没办法，赛丽没办法，每年眼看着毛姆带着小哈出门，每年都是六个月，说是寻找素材，但是，谁会相信呢？绝望中，赛丽倒是找到了自己的营生，她卖古玩搞室内设计，而且在上流社会折腾出了很大的生意，搞得20世纪20年代的伦敦里里外外都冷得要死，因为赛丽的设计就是一个字：白。

　　全是白的，园子、客厅、卧室；地板、屋顶、墙壁；沙发、茶几、柜子；还有，衣服、鞋子、头发、点心，全是白的。毛姆叔叔说，如果你穿一身白，那么就可以到处去行窃。叔叔仇恨这白色,他觉得赛丽搞得整个伦敦跟打赤膊似的,是在嘲讽他,是在曝光他的隐私,因为他自己有洁癖。赛丽的生意越好,伦敦越白,毛姆叔叔就越恨她。于是,叔叔逮住机会就嘲讽她,说她的白色灵感是偷一个煤球商老婆的,赛丽去过那煤球商人家,那个白啊……

他们的白色婚姻维持了十一年,不过,俩人的婚姻有一个真正的结晶,赛丽后来也玩起同性恋,四分之一不正常了。其实,家丑不怕外扬,我们家的人,最后多多少少都有点"四分之一"或"四分之三",比如我的另一个叔叔亨利,再比如我堂哥罗宾,罗宾和毛姆叔叔走得近,走着走着,自己也探索上同性恋了。

四分之三

1914年,欧洲的本命年,也是我叔叔的本命年。那年在法国,四十岁的毛姆叔叔碰到了二十二岁的小哈。无论从什么角度看,小哈都是一个坏蛋,听我们家的一个长辈说,如果毛姆有点理智,这样的人躲都躲不及。但是,小哈碰到的是四分之三的毛姆。

关于他们的相遇,有很多版本,毛姆叔叔不会说实话,因为小哈的社交身份是:毛姆秘书。这个身份还一直写进了他的讣告。我相信比较真实的说法应该源自小哈,因为一个公开的坏蛋是不需要撒谎的;再说了,和毛姆叔叔生活了三十年,小哈从来没有怕过叔叔,他们吵架,对骂,出走,这是小哈的继任者艾伦(Alan Searle)想都不敢想的。

小哈说,他们相遇的时候,他就知道毛姆叔叔是个有钱人,当然,他才不管毛姆叔叔的钱是辛辛苦苦写出来的。他走到毛姆叔叔跟前,对他说:"我知道你是个作家,爱听故事,而我这个人爱晃膀子,爱交朋友。你付钱雇我,我把我四海鬼混来的故事讲给你听。"

小哈还没说完,毛姆叔叔就把持不住了。他被这个棕色头发有些麻点的小混蛋迷住了,他们做爱,欲仙欲死,耳鬓厮磨,叔叔对他说:"这辈子你都不用担心了,我会照顾你。"毛姆叔叔说到做到,照顾了他三十年。小哈被抓进去,叔叔保他出来;小哈欠人钱财,叔叔帮他偿还;小哈撒谎蒙人,叔叔帮着掩护。三十年,我们实在不明白,叔叔怎么就这么宝贝这个老惹事的小流氓?

毛姆叔叔写过一篇小说,《佛罗伦斯月光下》,女主人公玛丽新赛,有两个追求者。艾格,英俊,忠诚,高贵,善良,而且前途无量;罗利,矮胖,放荡,莽撞,无耻,浑身都是缺点,但是,艾格是没有希望的,就像再白的赛丽也没有希望那样。毛姆叔叔爱这些有缺陷有缺点的人,他爱他们,就像爱着少年时候口吃自卑的自己。

当然,小哈的主要优点还不是他浑身的缺点,他确实会讲故事。而听故事,对毛姆叔叔而言,就像数钱一样。小哈说,他写,三十年,他写下的作品在全世界热卖,四千万册,这还没算上中国的盗版数。因此,毛姆叔叔得意地说,我希望有批评家解释一下,为什么我浑身不是,但是我的书这么多年来,读者有增无减?话是傲慢了点,但是,和他同时代的那些作家,即使是诺贝尔奖得主赛珍珠(Pearl Buck)和高尔斯华绥(John Galsworthy),现在也只能去灰扑扑的大辞海里找他们的名字了。可毛姆叔叔不会,好莱坞还在源源不断地付钱给我们家族。

话说回来,小哈最无与伦比的地方是,他那天涯比邻的交际能力为毛姆叔叔带来了潮水般的快乐,三十年的尖峰体验!叔叔五十岁,他为他找来了一些可爱的墨西哥男孩;叔叔六十四岁,他安排他再次冲击欲望巅峰,在舢版上和一个印度男孩短兵相接;叔叔快七十了,他又毫不嫉妒地让纽约的少年诗人和毛姆老头谈上恋爱。就凭这些,毛姆叔叔怎么会不喜欢旅行呢?他满世界转悠,希腊,埃及,塔西提,中国,印尼,马来亚,婆罗岛,萨摩亚岛,为此,格林这样形容他,毛姆是个专写"通奸在中国、谋杀在马来西亚、自杀在太平洋岛"的作家;为此,他的晚年情人艾伦嫉妒地说,毛姆叔叔把心撒在远东了,没有什么留给英国和他了;为此,伊夫林·沃无限羡慕,甚至是仰慕我叔叔,说毛姆活得值,去过所有的地方,见过所有的人,吃过所有的东西。

不知道是叔叔艺高人胆大,还是伦敦的上流社会都被他收买了,反正,他比前辈王尔德幸运多了(虽然他几近一个世纪的人生,王尔德案一直是投射在他生活中的一道阴翳),他从来没有因为他的四分之三受到过社会的惩罚。相反,1944年,当小哈死于不治的肺病时,上流社会还有不少人操心为他再找个"秘书"。

小哈死后,毛姆叔叔大大地憔悴下来,第一次他向时间低下头来,承

散文

认自己老了。往事变得历历在目,而刚刚吃过的午餐,是牛肉,还是猪排,却想不起来了。他抓狂般地思念小哈,莫雷斯克的空气,空气里回荡着小哈的大笑声,他告诉小哈,阿诺德想和他共用一个情妇,俩人笑得被杜松子酒噎住……生命的大雾侵袭过来,八岁,毛姆叔叔的妈妈死了,房子里的床空了;十岁,爸爸死了,他离开法国到英国投靠叔叔;然后,待他苛刻的叔叔死了婶婶也死了,现在,小哈死了,他自己的戏也就落幕了。

多么奇怪,和小哈在一起,他对那些"威尼斯美少年"有更强烈的冲动,想把他们一起抱在怀里,亲吻他们苹果一样的脸庞,和他们做爱;多么奇怪,和小哈在一起,世界上到处是惹人疼爱的小伙子,在英国海岸,在法国沙滩,在热带的东方;多么奇怪,和小哈在一起,他感觉自己只是四分之一不正常,现在,他明白自己是四分之三不正常,甚至还要多。

不过,我们家的人都坚信,毛姆叔叔不会消沉太久的。他天生克制,极其克制,天生享乐,极其享乐。再说,毛姆叔叔在维多利亚时代生活了二十七年,然后是九年的爱德华七世统治,当时的英国上流社会是克制的,绅士不应该于大庭广众流露感情。这样,很自然,每个人都起码有两张脸。而毛姆叔叔的脸就更多了,他在哀恸小哈之死的同时,还可以声色不动地讲笑话。

事实上,有一个人,早在小哈死前就出现了,他就是艾伦。当时,小哈无边无际的酗酒惹事把叔叔弄得很烦,而且,脏兮兮醉兮兮的小哈也和他优雅整饬的莫雷斯克行宫相抵触,于是,碰到艾伦,他就对他诉苦,说他已经厌倦了小哈,这话,一个结婚三十年的男人会对旅途中遇到的任何一个女人说,可艾伦居然相信了。没错,艾伦和小哈是截然不同的两类人,但是,叔叔老了,他现在需要的是忠诚,爱犬一样的艾伦从此把后半生留在了莫雷斯克。

迈尔斯在毛姆传中说,晚年的叔叔,并不害怕死,他说:"死亡像便秘,是人类存在的一个普遍现象。"而且,他最爱的人已经先他二十年而去,亲爱的朋友也一个个远走乌有乡,最后,不会死的丘吉尔也来说再见了。丘吉尔来吃午餐,因为拿捏不稳,酒撒在衣服上了。一时间,两个几乎一样老的男人无限丧气。想起当年,彼此都意气风发,丘吉尔过来对毛姆说:"我们订个君子协定吧,以后你不取笑我,我也永不取笑你。"一个内阁大臣这样请求,自然让毛姆很得意,他答应下来,俩人因此做了五

我的叔叔毛姆 67

十多年的朋友。但是,风云弹指过,现在,留给两个老人的就是"忍受不能动弹的生活"。

不过,事实是,毛姆叔叔临死前,极其狂躁,九十岁的老人,居然在家里跑上跑下,而且,他坚持要艾耶尔爵士(Sir Alfred Ayer)过来一下,他让爵士再次向他保证:人死以后,没有来世。

叔叔的小说《刀锋》中,临死的艾略特说:"我一直在欧洲的上流社会中走动,毫无疑问,我也将在天上的上流社会中走动。"我疑心,毛姆叔叔死的时候,也是这么想的。因为他实在太喜欢上流社会了,这个世界上,有两个女人,他从来不吝啬他的赞美,从来也没有在背后,甚至在他一个人的时候,说过一句坏话,一个是他的妈妈,一个是英国女王。想着死亡要带走人间的一切,从此再没有莫雷斯克,没有莫雷斯克的豪宴,他就感觉肺在出血。

在这个世界上最美好的地方,亲爱的莫雷斯克,他集合过多少名流!全欧洲,没有人的沙龙可以和毛姆叔叔的莫雷斯克争风吃醋,在他的七间卧室睡过的作家画家和诗人,就是整支欧美文学和艺术队伍;用过那四间盥洗室的美人和美男,可以重整一个好莱坞;而餐桌上的政客,可以把世界格局定下来。莫雷斯克是那个时代的仙窟,迈尔斯形容它说,一个嘶嘶作响的蛇蝎天堂。在我想来,蛇蝎也好,天堂也好,谁不喜欢在那里,听菲茨杰拉德说故事,一个眼睛盯着葛丽泰·嘉宝看,一个眼睛拿来瞄希区柯克,看他带来的同伴是男是女……

而我的叔叔毛姆,就像安东尼·伯杰斯(Anthony Burgess)所描写的那样:八十四岁生日那天下午,我和我的小男孩在床上,这时,阿里进来说,大主教来看我了。

(选自《万象》,2005年第4期)

散文

不要挡住我的阳光

周国平

一

公元前323年某一天,亚历山大大帝在巴比伦英年早逝,年仅三十三岁。同一天,第欧根尼(约公元前412—323)在科林斯寿终正寝,享年九十。这两人何其不同:一个是武功赫赫的世界征服者,行宫遍布欧亚,被万众呼为神;另一个是靠乞讨为生的穷哲学家,寄身在一只木桶里,被市民称作狗。相同的是,他们都名声远扬,是当年希腊世界最有名的两个人。

在两千多年后的今天,提起第欧根尼,人们仍会想到亚历山大,则是因为一个脍炙人口的故事。亚历山大巡游某地,遇见正躺着晒太阳的第欧根尼,这位世界之王上前自我介绍:

"我是大帝亚历山大。"哲学家依然躺着,也自报家门:"我是狗儿第欧根尼。"大帝肃然起敬,问:"我有什么可以为先生效劳的吗?"哲学家的回答是:"有的,就是——不要挡住我的阳光。"据说亚历山大事后感叹道:"如果我不是亚历山大,我就愿意做第欧根尼。"

这真是一个可爱的故事,大帝的威严和虚心,哲学家的淡泊和骄傲,皆跃然眼前。亚历山大二十岁登基,征服欧亚成为大帝更晚,推算起来,两人相遇时,第欧根尼已是垂暮老人了。这位哲学家年轻时的行状可并不光彩,与淡泊和骄傲才沾不上边呢。他是辛诺普城邦一个银行家的儿子,在替父亲管理银行时铸造伪币,致使父亲入狱而死,自己则被逐出了城邦。这是一个把柄,在他成为哲学家后,人们仍不时提起来羞辱他。他倒也坦然承认,反唇相讥说:"那时候的我正和现在的你们一样,但你们永远做不到和现在的我一样。"前半句强词夺理,后半句却是真话。他还说了一句真话:"正是因为流放,我才成了一个哲学家。"紧接着又是一句强词夺理:"他们判我流放,我判他们留在国内。"

离开辛诺普后,第欧根尼是否还到过别的地方,我们不得而知,反正有一天他来到了雅典。正是在这里,他找到了一个老师,开始了他的哲学之旅。老师名叫安提斯泰尼,是苏格拉底的学生。如果说柏拉图从老师的谈话中学到了概念和推理的艺术,把它发展成了一种复杂的观念哲学,安提斯泰尼则从老师的行为中学到了简朴生活的原则,把它发展成了一种简单的人生哲学。对于后世来说,这两种哲学同样影响深远。安提斯泰尼身教重于言教,自己节衣缩食,免费招收贫穷学生,怕苦的学生一律被他的手杖打跑。第欧根尼来拜师时,他也举起了手杖,没想到这个犟脾气的青年把脑袋迎了上去,喊道:"打吧,打吧,不会有什么木头坚硬到能让我离开你,只要我相信你可以教我。"拜师自然是成功了,老师更没想到的是,他创立的犬儒主义哲学在这个曾被拒收的学生手上才成了正果。

我们不知道第欧根尼在雅典活动了多久,只知道他的生活后来发生了一个转折。在一次航行中,他被海盗俘虏,海盗把他送到克里特的奴隶市场上拍卖。拍卖者问他能做什么,回答是:"治理人。"看见一个穿着精美长袍的科林斯人,他指着说:"把我卖给这个人吧,他需要一个主人。"又朝那人喊道:"过来吧,你必须服从我。"这个名叫塞尼亚得的人当真把他买下,带回了科林斯。第欧根尼当起了家庭教师和管家,把家务管得井井有条,教出的孩子个个德才兼备,因此受到了全家人的尊敬。他安于这个角色,一些朋友想为他赎身,被他骂为蠢货。他的道理是,对于像他这样的人,身份无所谓,即使身为奴隶,心灵仍是自由的。他在这个家庭里安度晚年,死后由塞尼亚得的儿子安葬。

犬儒派哲学家主张人应该自己决定死亡的时间和地点,第欧根尼是第一个实践者。据说他是用斗篷裹紧自己,屏息而死的。他太老了,这家人待他太好了,时间和地点都合适。科林斯人在他的墓前竖一根立柱,柱顶是一只大理石的狗头。从前驱逐他的辛诺普人也终于明白,与这位哲学家给母邦带来的荣耀相比,铸造伪币的前科实在是小事一桩,便在家乡为他建造了一座青铜雕像,铭文写得很慷慨也很准确:"时间甚

至可以摧毁青铜,但永远不能摧毁你的光荣,因为只有你向凡人指明了最简单的自足生活之道。"

二

在拉尔修的《名哲言行录》中,归在第欧根尼名下的有哲学著作十四种,悲剧七种,但拉尔修同时指出,第欧根尼也可能没有留下任何著作。从他那种露宿乞讨的生活方式看,后一种说法似乎更可信。事实上,犬儒派哲学家的确不在乎著书立说,更重视实践一种生活原则。

如同中国的老子,犬儒派哲学家是最早的文明批判者。他们认为,文明把人类引入了歧途,制造出了一种复杂的因而是错误的生活方式。人类应该抛弃文明,回归自然,遵循自然的启示,过简单的也就是正确的生活。第欧根尼尤其谴责对金钱的贪欲,视为万恶之源。鉴于他曾经铸造伪币,我们可以把这看作一种忏悔。仿佛为了找补,他又强调,他最瞧不起那些声称蔑视金钱却又嫉妒富人的人——不知道他是否指当年驱逐他的人。不过,我们或许同意,嫉妒是一块试金石,最能试出蔑视金钱的真假,嫉妒者的心比谁都更为金钱痛苦。人应该训练自己达于一种境界,对于物质的快乐真正不动心,甚至从鄙视快乐中得到更大的快乐。苏格拉底的另一学生阿里斯提波创立享乐主义,他的理论可概括为:"我役物,而不役于物。"一个人不妨享受物质,同时又做到不被物质支配。安提斯泰尼好像不这么自信,转而提倡禁欲主义,他的理论可概括为:"我不役物,以免役于物。"一个人一旦习惯于享受物质,离被物质支配就不远了。两人好像都有道理,从世间的实例看,安提斯泰尼更有道理一些。无论如何,财富的获取、保存、使用都是伤神的事情,太容易破坏心境的宁静。我们对物质的需求愈少,精神上的自由就愈多。第欧根尼喜欢说:"一无所需是神的特权,所需甚少是类神之人的特权。"

犬儒派哲学家是最早的背包客,从安提斯泰尼开始,他们的装束就有了定式,都是一件斗篷,一根手杖,一个背袋。安提斯泰尼的斗篷还很破烂,以至于苏格拉底忍不住说:"我透过你斗篷上的破洞看穿了你的虚荣。"相当一些犬儒派哲学家是素食主义者,并且滴酒不沾,只喝冷水。第欧根尼曾经有居室和仆人,仆人逃跑了,他不去追赶,说:"如果仆人离开第欧根尼可以活,而第欧根尼离开仆人却不能活,未免太荒谬了。"从此不用仆人。盗贼入室,发现他独自一人,问:"你死了谁把你抬出去埋葬呢?"他回答:"想要房子的人。"后来他连居室也不要了,住在一只洗澡用的木桶里,或者对折斗篷为被褥,席地而睡,四处为家。有一回,看见一个小孩用手捧水喝,他自惭在简朴上还不如孩子,把水杯从背袋里拿出来扔了。他在锻炼吃苦方面颇下功夫,夏天钻进木桶在烫沙上滚动,冬天光脚在雪地上行走,或者长久抱住积雪的雕像,行为很像苦修士,却又是一个无神论者。

对于这个一心退回自然界的哲学家来说,动物似乎成了简单生活的楷模。他当真模仿动物,随地捡取食物,一度还尝试吃生肉,因为不消化而作罢。他的模仿过了头,竟至于在光天化日之下交配,在众目睽睽之下自慰,还无所谓地说:"这和用揉胃来解除饥饿是一回事。"他振振有词地为自己的伤风败俗之行辩护:凡大自然规定的事皆不荒谬,凡不荒谬的事在公共场所做也不荒谬。既然食欲可以公开满足,性欲有何不可?自然的权威大于习俗,他要以本性对抗习俗。他反对的习俗也包括婚姻,在他眼里,性是最自然的,婚姻却完全是多余的。问他何时结婚合适,回答是:"年轻时太早,年老时太晚。"婚姻往往还是"战争之后的结盟",其中有太多的利益计较。他主张通过自由恋爱和嫖妓来解决性的需要,并且身体力行。有人指责他出入肮脏之处,他答:"太阳也光顾臭水沟,但从未被玷污。"如同柏拉图和斯多噶派的芝诺一样,共妻是他赞成的唯一婚姻形式,在这种形式下,财产和子女也必然共有,就断绝了贪婪的根源。

倘若今天我们遇见第欧根尼,一定会把他当作一个乞丐。他一身乞丐打扮,事实上也经常行乞,一开始是因为贫穷,后来是因为他的哲学。他乞讨的口气也像一个哲学家,基本的台词是:"如果你给过别人施舍,那也给我吧;如果还没有,那就从我开始吧。"不过,看来乞讨并非总是成功的,至少比不上残疾人,为此他尖刻地评论道:人们在施舍时之所以厚此薄彼,是"因为他们想到自己有一天可能变成跛子或瞎子,但从未想到会变成哲学家"。

安提斯泰尼经常在一个以犬命名的运动场与人交谈,据说犬儒派得名于此。但是,第欧根尼获得狗的绰号,大约与此无关,毋宁说是因为他自己的举止。他从地上捡东西吃,当众解决性欲,太像一条狗了,以至于像柏拉图这么文雅的人也称他是狗。他有时也欣然自称是狗,但更多的时候却愤愤不平。一群男童围着他,互相叮嘱:"当心,别让他咬着我们。"他尚能克制地说:"不用怕,狗是不吃甜菜根的。"在集市上吃东西,围观者喊:"狗!"他就忍不住回骂了:"你们盯着我的食物,你们才是狗!"在一次宴席上,有些人真把他当作狗,不断把骨头扔给他,他怒而报复,把一盆汤浇在了他们头上。对于狗的绰号之来由,他自己给出的最堂皇解释是:因为他"对施舍者献媚,对拒绝者狂吠,对无赖者狠咬"。其实他的献媚常藏着讥讽,而遭他吠和咬的人倒真是不少。

三

犬儒派哲学家不但放浪形骸,而且口无遮拦,对看不惯的人和事极尽挖苦之能事。这成了他们的鲜明特色,以至于在西语中,"犬儒主义者"(cynic)一词成了普通名词,亦用来指愤世嫉俗者、玩世不恭者、好挖苦人的人。

安提斯泰尼即已十分蔑视一般人,听说有许多人在赞扬他,他叫了起来:"老天啊,我到底做了什么错事?"第欧根尼更是目中无"人"。他常常大白天点着灯笼,在街上边走边吆喝:"我在找人。"有人问他在希腊何处见过好人,他回答:没有,只在个别地方见过好的儿童。在奥林匹克运动会上,民众群情亢奋,他有时也会坐在那里,但似乎只是为了不错过骂人的好机会。传令官宣布冠军的名字,说这个人战胜了所有人,他大声反驳:"不,他战胜的只是奴隶,我战胜的才是人。"回家的路上,好奇者打听参加运动会的人是否很多,他回答:"很多,但没有一个可以称作人。"剧院散场,观众涌出来,他往里挤,人问为什么,他说:"这是我一生都在练习的事情。"他的确一生都在练习逆遵循习俗的大众而行,不把他们看做人,如入无人之境。

第欧根尼有一张损人的利嘴,一肚子捉弄人的坏心思。一个好面子的人表示想跟他学哲学,他让那人手提一条金枪鱼,跟在他屁股后面穿越大街小巷,羞得那人终于弃鱼而逃。一个狗仗人势的管家带他参观主人的豪宅,警告他不得吐痰,他立刻把一口痰吐在那个管家脸上,说:"我实在找不到更合适的痰盂了。"看见一个懒人让仆人给自己穿鞋,他说:"依我看,什么时候你失去了双手,还让仆人替你擦鼻涕,才算达到了完满的幸福。"看见一个轻薄青年衣着考究,他说:"如果为了取悦男人,你是傻瓜,如果为了取悦女人,你是骗子。"看见一个妓女的孩子朝人堆里扔石头,他说:"小心,别打着了你父亲。"这个促狭鬼太爱惹人,有一个青年必定是被他惹怒了,砸坏了他的大桶。不过,更多的雅典人好像还护着他,替他做了一个新桶,把那个青年鞭打了一顿。这也许是因为,在多数场合,他的刻薄是指向大家都讨厌的虚荣自负之辈的。他并不乱咬人,他咬得准确而光明正大。有人问他最厌恶被什么动物咬,他的回答是:谗言者和谄媚者。

第欧根尼的刀子嘴不但伸向普通人,连柏拉图也不能幸免。柏拉图是他的老师的同学,比他大二十多岁,可他挖苦起这位师辈来毫不留情,倒是柏拉图往往让他几分。他到柏拉图家作客,踩着地毯说:"我踩在了柏拉图的虚荣心上。"有人指出他乞讨,柏拉图不乞讨,他借用《奥德修》中的句子说:柏拉图讨东西时"深深地埋下头,以致无人能够听见"。他经常用一种看上去粗俗的方式与柏拉图辩论。柏拉图把人定义为双足无毛动物,他就把一只鸡的羽毛拔光,拎到讲座上说:"这就是柏拉图所说的人。"针对柏拉图的理念论,他说:"我看得见桌子和杯子,可是柏拉图呀,我一点儿也看不见你说的桌子的理念和杯子的理念。"为了反驳爱利亚学派否定运动的观点,他站起来夸张地到处走动。也许他是故意不按规则出牌,以此解构正在兴起的形而上学游戏。柏拉图对这个刺头一定颇感无奈,有人请他对第欧根尼其人下一断语,他回答:"一个发疯的苏格拉底。"

几乎所有希腊哲学家都看不上大众宗教,犬儒派哲学家也如此。一个奥菲斯教派祭司告诉安提斯泰尼,教徒死后可获许多好处,他反问:"你为什么不赶快死呢?"与此相似,有人也以死后可享特权为由劝第欧根尼入教,他回答道:如果俗人只因入教就享幸福,智者只因不入教就倒霉,死后的世界未免太荒唐了。一次海难的幸存者向神庙献了许多祭品,第欧根尼对此评论道:"如果是遇难者来献祭的话,祭品就更多了。"看见一个女子跪在神像前祈祷,他对她说:"善良的女人,神是无处不在的,难道你不怕有一个神就站在你背后,看见你的不雅姿势吗?"看见一些夫妻在向神献祭求子,他问道:"可是你们不想求神保佑他成为怎样的人吗?"他常说:"看到医生、哲学家、领航员,我就觉得人是最聪明的动物,看到释梦师、占卜家和他们的信徒,以及那些夸耀财富的人,我就觉得人是最愚蠢的动物。"在他看来,在宗教之中,除了美德的实践,其余都是迷信。人们往往不知道自己应该要什么,向神所求的都不是真正的好东西。说到底,德性本身就足以保证幸福,我们为善只应该为了善本身的价值,不应该为了邀神的奖赏或怕神的审判。

四

让我们回到第欧根尼与亚历山大相遇的时刻,他对大帝说出了那句著名的话:"不要挡住我的阳光。"现在我们可以对这句话做一点也许不算牵强的诠释了。人在世上真正需要的是什么?无非是阳光——阳光是一个象征,代表自然给予人的基本赠礼,自然规定的人的基本需要,合乎自然的简朴生活。谁挡住了阳光?亚历山大——亚历山大也是一个象征,代表权力、名声、财富等一切世人所看重而其实并非必需的东西。不要挡住我的阳光——不要让功利挡住生命,不要让习俗挡住本性,不要让非必需挡住必需,这就是犬儒派留给我们的主要的哲学遗训。

除了简朴生活原理外,第欧根尼还有两个伟大发明。一是"世界公民"。有人问他来自何处,他答:"我是世界公民。""世界公民"(Cosmopolite)应该读作"宇宙公民","世界"并不限于人类居住的范围。在他之前,阿那克萨戈拉已把宇宙称作自己的祖国,第欧根尼也说"唯一的、真正的国家是宇宙",因此"万物都是智慧之人的财产"。另一发明是"言论自由"。有人问世界上最好的东西是什么,他的回答便是"言论自由"。在这两个发明之间也许还有某种联系,世界公民当然不会囿于群体利益,而群体利益常是禁止言论自由的主要理由。所以,"不要挡住我的阳光"还可增加一个含义:不要让政治挡住哲学,不要让群体利益挡住思想自由。

对于那些想受教育却不想学哲学的人,安提斯泰尼有一妙比,说他们就好像一个人看上了女主人,为了图省事却只向女仆求爱。第欧根尼则直截了当地向他们责问道:"既然你不在意活得好不好,为什么还要活着呢?"哲学何以能使人活得好呢？依据第欧根尼之例，也许可以这样来理解——哲学能够使我们安心地躺在土地上晒太阳，享受身体和心灵的自由，而对一切妨碍我们这样做的东西说："不要挡住我的阳光！"

（选自《人民文学》，2005年第5期）

奥克斯福的威廉·福克纳

余 华

1999年的时候,我有一个月的美国行程,其中三天是在密西西比州的奥克斯福,我师傅威廉·福克纳的老家。

影响过我的作家其实很多,比如川端康成和卡夫卡,比如……又比如……有的作家我意识到了,还有更多的作家我可能以后会逐渐意识到,或者永远都不会意识到。可是成为我师傅的,我想只有威廉·福克纳。我的理由是做师傅的不能只是纸上谈兵,应该手把手传徒弟一招。威廉·福克纳就传给我了一招绝活,让我知道了如何去对付心理描写。

在此之前我最害怕的就是心理描写。我觉得当一个人物的内心风平浪静时,是可以进行心理描写的,可是当他的内心兵荒马乱时,心理描写难啊,难于上青天。问题是内心平静时总是不需要去描写,需要描写的总是那些动荡不安的心理,狂喜、狂怒、狂悲、狂暴、狂热、狂呼、狂妄、狂惊、狂吓、狂怕,还有其他所有的狂某某,不管写上多少字都没用,即便有本事将所有的细微情感都罗列出来,也没本事表达它们间的瞬息万变。这时候我读到了师傅的一个短篇小说《沃许》,当一个穷白人将一个富白人杀了以后,杀人者百感交集于一刻之时,我发现了师傅是如何对付心理描写的,他的叙述很简单,就是让人物的心脏停止跳动,让他的眼睛睁开。一系列麻木的视觉描写,将一个杀人者在杀人后的复杂心理烘托得淋漓尽致。

从此以后我再也不害怕心理描写了,我知道真正的心理描写其实就是没有心理。这样的手艺我后来又在重读陀思妥耶夫斯基和司汤达时看到,这两位我印象中的心理描写大师,其实没做任何心理描写方面的工作。我不知道谁是我师傅的师傅,用文学的说法谁是这方面的先驱

2005

者?可能是一位声名显赫的人物,也可能是个无名小卒,这已经不重要了。况且我师傅天资过人,完全有可能是他自己摸索出来的。

所以我第一次去美国的时候,一定要去拜访一下师傅威廉·福克纳。我和一位名叫吴正康的朋友先飞到孟菲斯,再租车去奥克斯福。在孟菲斯机场等候行李的时候,吴正康告诉我,这里出过一个大歌星,名叫埃尔维斯·普雷斯利。我说从来没有听说过有歌星叫这个名字。当我们开车进入孟菲斯时,我一眼看见了猫王的雕像,我脱口叫了起来。吴正康说这个人就是埃尔维斯·普雷斯利。

我曾经在文章里读到威廉·福克纳经常在傍晚的时候,从奥克斯福开车到孟菲斯,在孟菲斯的酒吧里纵情喝酒到天亮。他有过一句名言,他说作家的家最好安在妓院里,白天寂静无声可以写作,晚上欢声笑语可以生活。为了寻找威廉·福克纳经常光顾的酒吧,我们去孟菲斯的警察局打听,一位胖警察告诉我们:这是猫王的地盘,找威廉·福克纳应该去奥克斯福。

我师傅是一位伟大的作家,在生活中他是一个喜欢吹牛的人,他最谦虚的一句话就是说他一生都在写一个邮票大的地方。等我到了奥克斯福,我看到了一座典型的南方小镇,中间是个小广场,广场中央有一位南方将领的雕像,四周一圈房子,其他什么都没有了。我觉得他在最谦虚的时候仍然在吹牛,这个奥克斯福比邮票还小。

如果不是旁边有密西西比大学,奥克斯福会更加人烟稀少。威廉·福克纳曾经在密西西比大学邮局找到过一份工作,就是分发信件。我师傅怎么可能去认真做这种事,他唯一的兴趣就是偷拆信件,阅读别人的隐私,而且读完后就将信扔进了废纸堆。他受到了很多投诉,结果当然是被开除了。

我还在密苏里大学的时候,一位研究威廉·福克纳的教授就告诉我很多关于他的轶闻趣事。威廉·福克纳一直想出人头地,他曾经想入伍从军混个将军干干,因为他身材矮小,体检时被刷掉了。他就去了加拿大,学会了一口英国英语,回来时声称加入了皇家空军,而且在一次空战中自己的飞机被击落,从天上摔了下来,只是摔断了一条腿,这简直是个奇迹。他也不管奥克斯福的人是否相信,就把自己装扮成了一个跛子,开始拄着拐杖上街。几年以后他觉得拄着拐杖充当战斗英雄实在是件

散文

无聊的事,就把拐杖扔了,开始在奥克斯福健步如飞起来,让小镇上的人瞠目结舌。

那时候他在奥克斯福是个坏榜样,没有人知道他在写小说,只知道他是个游手好闲的二流子。当他的《圣殿》出版以后广受欢迎,奥克斯福的人还不知道。一位从纽约远道赶来采访的记者,在见到他崇敬的人物前,先去小镇的理发馆整理一下头发,恰好那个理发师也姓福克纳,他就问理发师和威廉·福克纳是什么关系,结果理发师觉得自己很丢脸,他说:那个二流子,是我的侄儿。

威廉·福克纳嗜酒如命,最后死在了酒精上。他是在骑马时摔了下来,这次他真把腿摔断了,在送往医院的路上,为了止痛,他大口喝着威士忌,到医院时要抢救的不是他的伤腿了,而是他的酒精中毒,他死在了医院里。

他在生前已经和妻子分手,他曾经登报声明,他妻子的账单与他无关。可以肯定他死后也不愿意和妻子躺在一起,倒霉的是他死在了前面,这就由不得他了。他妻子负责起了他的所有后事,当他妻子去世以后也就理所当然地躺在了他的身边。我师傅活着的时候还可以和这个他不喜欢的女人分开,死后就只能被她永久占有了。

现在威廉·福克纳是奥克斯福最值得炫耀的骄傲了。不管在什么地方,只要谈到美国文学,人们都认为威廉·福克纳是20世纪最伟大的作家之一。可是在奥克斯福,后面就不会跟着"之一",奥克斯福人干净利索地将那个他们不喜欢的"之一"删除了。

而且在很长一段时间里,威廉·福克纳这个曾经被认为是二流子的人,一直是美国南方某种精神的体现。比尔·克林顿还在当美国总统的时候,曾经和加西亚·马尔克斯、卡洛斯·富恩特斯和威廉·斯泰伦一起吃饭,席间提到威廉·福克纳的时候,同样是南方人的克林顿突然激动起来,他说他还是个孩子的时候,经常搭乘卡车从阿肯色州去密西西比州的奥克斯福,参观威廉·福克纳的故居,好让自己相信,美国的南方除了种族歧视、三K党、私刑处死和焚烧教堂以外,还有别的东西。

威廉·福克纳的故居是一座三层的白色楼房,隐藏在高大浓密的树林里,这样的房子我们经常在美国的电影里看到。我们去参观的时候,刚好有一伙美国的福克纳迷也在参观,我们可以去客厅,可以去厨房,可

2005

以去其他房间,就是不能走进福克纳的卧室和书房,门口有绳子拦着。威廉·福克纳在这幢白房子里写下了他一生最重要的作品,现在是威廉·福克纳纪念馆了。馆长是一位美国女作家,她知道我是来自遥远中国的作家,她说认识北岛,她说她已经出版四部小说了,而且还强调了一下,是由蓝登书屋出版的,她和威廉·福克纳属于同一家出版社。然后悄悄告诉我,等别的参观者走后,她可以让我走进福克纳的卧室和书房。我们就站在楼道里东一句西一句说着话,等到没有别人了,她取下了拦在门口的绳子,让我和吴正康走了进去。其实走进福克纳的卧室和书房也没什么特别之处,和站在门口往里张望差不多。

在奥克斯福最有意思的经历就是去寻找福克纳的墓地。美国南方的五月已经很炎热了,我们开车来到小镇的墓园,这里躺着奥克斯福世世代代的男女。我们停车在一棵浓密的大树下面,然后走进了耸立着大片墓碑的墓地。走进墓地就像走进了迷宫一样,我们看到一半以上的墓碑都刻着福克纳的姓氏,就像走进中国的王家庄和刘家村似的,我们在烈日下到处寻找那个名字是威廉的墓碑,挥汗如雨地寻找,一直找到四肢无力,也没找到我的威廉师傅。最后觉得差不多所有的墓碑都看过了,还是没有威廉,我们开始怀疑是不是还有别的墓园。

中午的时候,我们和密西西比大学的一位研究福克纳的教授一起吃饭,他说我们没有找错地方,只是没有找到而已。吃完午饭后,他开车带我们去。结果我们发现福克纳的墓地就在我们前一次停车的大树旁,我们把所有的远处都找遍了,恰恰没有在近处看看。

我在威廉·福克纳的墓碑前坐了下来,他的墓碑与别人的墓碑没有什么太大的差别,旁边紧挨着的是他妻子的墓碑,稍稍小一些。我千里迢迢来到这里,就是为了看一眼我师傅的墓地,可是当我看到的时候,我却什么感觉都没有。只是觉得美国南方的烈日真称得上是炎炎烈日,晒得我浑身发软。现在回想起来,我这样做只是为了完成一个心愿,完成前曾经那么强烈,完成后突然觉得什么都没有了。

那位研究福克纳的教授在吃午饭的时候告诉我们,每年都有世界各地的人来到奥克斯福,来看一眼威廉·福克纳的墓地。接着这位教授说了一个真实的故事,他说差不多是十年前,一个和福克纳一样身材粗短的外国男人来到了奥克斯福,他是坐着美国人叫"灰狗"的长途客车来

散文

的,他在那个比邮票还要小的小镇上转了一圈,然后就去了福克纳的墓地。

有人看见他在福克纳的墓碑前坐了很长时间,他独自一人坐在那里,不知道他说话了没有,也不知道福克纳听到了没有。后来他站起来离开墓地,走回小镇。当时"灰狗"还没有到站,他需要等待一段时间,就走进了小镇的书店。

美国小镇的书店就像中国小镇的茶馆一样,总是聚集着一些聊天的人。这个外国老头走进了书店,他找了一本书,找了一个安静的角落坐下来,安静地读了起来。小镇上的人在书店里高谈阔论,书店老板一边和他们说着话,一边观察角落里的外国老头,他总觉得这个人有些面熟,又一时想不起来在什么地方见过这张脸。书店老板继续和小镇上的朋友们高谈阔论,他说着说着突然想起来这个外国老头是谁了,他冲着角落激动地喊叫:

"加西亚·马尔克斯!"

2004 年 10 月 10 日
(选自《上海文学》,2005 年第 2 期)

葛丽泰·嘉宝的个人世界

萧春雷

路易十五时代的家具，淡玫瑰红或紫罗兰色调的窗帘，雷诺阿的画……这都是葛丽泰·嘉宝喜爱的东西。但她更喜欢的一件东西是孤独。七居室一套的住房太大了，她总是蜷缩在最里一间小屋，像蚌一样合起自己。要是早晨醒来太早，她就蹲在阳台上，把自己小心藏好，目不转睛地看着楼下来往的车辆，纽约永远是那样匆忙。孤独有时需要这种茫无目的却又生机勃勃的喧闹去强调。如果能像上帝一样隐藏自己的面容，去观察人类的生活，而自己却如同一个梦，只能被自己感到，一种纯个人的体验……

她说："我把我的生活搞得一塌糊涂，现在想改变已经太晚了，我并不喜欢我的生活方式。"

她喜欢散步，一个人走长长的路，她说这是一种逃避方式。

她总是穿着男式衣服，压低的帽檐，围巾和墨镜，很少的几位朋友。

她说："我一生的故事就是后门、边门、秘密电梯以及通往其他渠道进出的一些地方，这样人们就不会打扰我了。"

她有几个散步的伙伴。她出门就掐断电话线。雷蒙德·多姆常陪她散步，但在他们结识的18年中，她一直没告诉他电话号码，她说：别问我电影的事，别问我问题。格林和她散步多年后，没料到有一次竟被邀请进她家喝一杯，还借给他一双看上去已经补过数次的袜子穿。他注意到墙上挂的油画都裹着一层粗布，她解释说："我不在时要把它们包起来，回来后只拿掉两幅画上的布，反正除了你之外没有人来这里，而你也不用看这些画，你可以看外面裹着的这层布。"

葛丽泰·嘉宝在寂静中守候她的绝代风华，在世人面前短暂而灿烂

地开放之后,她选择了凋零作为自己的生命。与惊艳不同,枯萎是一件纯个人的体验。把死亡分解得这么长,每天都与之相处,每天都无可挽回地剥落自己的一部分,这是一种多么凄美的境界。

她爱把自己说成男孩:我还是小男孩时就开始抽烟;我是一个游泳后饿得很厉害的男孩。这个世界上最美丽的女人似乎是个没有性别的人。在好莱坞那些年,她就喜欢跟男性同性恋者来往,到后来,她几乎可以得到世界上任何男人,但她却再也没有找过情人。她十足的性冷淡。她只愿意跟那些对她没有性威胁的人在一起,诸如管家、亲戚、同性恋男人以及那些像她父亲和母亲的人。

她爱自己,她毫无怨言地坐着让一个摄影师给她连续拍了4000张照片。她着迷似的喜欢自己的照片。她痛恨新闻界,但喜欢读谈论她的文章和书。如同一个瘾君子,她无法拒绝她所仇恨的东西。

然而凋零之美完全是另外一种,不能被人分享。如果美丽必须属于全世界,那么美丽的毁灭总可以完全属于她自己。

王维是能被自然界的芳菲感动的人。

他说:涧户寂无人,纷纷开且落。

他说:深林人不知,明月来相照。

他说:坐看苍苔色,欲上人衣来。

葛丽泰·嘉宝的眼中已经有了苍苔色,她的朋友一个接一个谢世时,她都只是喃喃说着同一句话:唉!又一章结束了。她把自己隐藏得越来越深。她把所有朋友拒之门外。她成功地把她的乳房切除手术变成一项个人秘密,如果死亡也能成为一项个人秘密……

不是涧户寂无人,不是深林人不知。摄影师特德·里森10年来每天都在暗暗跟踪。她知道这个小个子男人永远潜伏在那里。她总是一出来便见到他。她手里总有一条皱巴巴的手绢,随时举起来挡住镜头。现在,她的力气在慢慢减弱。1990年4月11日,她最后一天走出房间去纽约医院,在与里森对峙了11年后,她输了。她虚弱得没有力气举起手来抵抗,除了用眼睛。

世人终于见到了这些充满蔑视目光的照片,她没能捍卫她的死亡。

(选自《福建文学》,2005年第8期)

我们在这个世界上生活的"忏悔录"
——纪念《堂吉诃德》出版四百年

周 宁

一

一个幸运的人,可能很痛苦,因为心地褊狭、阴暗,因为妒忌贪婪,患得患失;一个不幸的人,也可能很快乐,因为他天性高贵,有一种智慧的幽默感,从未被命运所降伏,不屑让自己沉浸在无聊的怨怒与无助的苦闷中。

历史上很少有人像塞万提斯那样不幸。他出生在一个没落的贵族家庭。年少时一时激奋,辞去红衣主教身边的好差使,参加奥地利人的舰队。他希望像一位真正的骑士那样,为信仰、荣誉与爱情去冒险,却在勒班多海战中被土耳其大弯刀砍掉了一支胳膊。他的战友"像秋天的苍蝇一样大批死去",他却活下来,一路讲故事换食宿返回家乡,不料又被海盗劫持到阿尔及尔。在北非的七年奴隶生活,九死一生。被赎回西班牙的时候,已经三十四岁了。没有财富、地位与荣誉,在家乡甚至像在异乡那样,一贫如洗、穷途末路。他成了家,却依旧在西班牙各地流浪,从南方的塞维利亚到北方的巴利亚多立德,始终找不到安居之地,灾难也远未结束。街坊有人被谋杀了,当局首先想到的是,将这个身份不明、贫困不堪、只剩下一只手的倒霉鬼,当凶手投入监狱。

没有人比塞万提斯更倒霉,也没有人比他更快乐。连续不断的灾难,并没有摧毁他的热情与幽默感。在阴暗的牢房里,他想起一个人物,像他那样倒霉到可笑,又像他那样真诚到荒唐;还有一连串故事,一位乡间的破落贵族,因为沉醉在纯粹高尚的幻想中,不知身处何处,今夕何夕,他要做游侠骑士,在平庸的世间高扬理想、在邪恶的世道伸张正义,于是,种种离奇的事发生了,快乐中有辛酸,轻松中透出沉重。在监狱的稻草铺上,塞万提斯开始写作《堂吉诃德》。放浪的笑声会消除苦难,让魔鬼发抖,塞万提斯有这种天赋。找到一个形象、一段故事,就赢得整个世界。

历史上也很少有人像塞万提斯那样幸福。天性高贵,让他在苦难与不公中,发现了可笑的因素,让他在骄傲与豁达的自嘲中,战胜冷漠残酷的命运。想象的自由与高贵,此时此刻彻底解放了我们这位不幸的人。不久以前,有位绅士住在拉·曼却的一个村上,他沉浸在骑士小说中,深信他所读的那些荒唐故事都是千真万确的,世界上最真实的信史……总之,他已经完全失去理性,天下疯子从没有像他那样想入非非的。他要去做个游侠骑士,披上盔甲,拿起兵器,骑马漫游世界,到各处去猎奇冒险,把书里那些游侠骑士的行事一一照办:他要消灭一切暴行,承当种种艰险,将来功成业就,就可以名传千古。夏天的一个早晨,人们还沉睡着,堂吉诃德悄悄地开始了他的游侠之旅。野花盛开,蒙帖艾尔郊原的茂草,把浓绿铺向天际。

二

塞万提斯创作《堂吉诃德》,最初的意图或许是轻松的、甚至功利的,但作品的意义远不仅限于用自己的滑稽摹仿埋葬骑士小说。荒诞不经的情节中,含着某种崇高的意义。它要表现的是高尚的理想或者道义在这个世界上接受考验的过程。幻想中的道义具有某种绝对的真理性,可把这种"真理"放到现实的背景下,又显出荒唐。现实与浪漫、真实与想象、形而下的事实与形而上的价值之间的冲突,是人们在《堂吉诃德》中普遍注意到的主题。这方面形象的例证俯拾皆是,从堂吉诃德的扮相到他的活动。骑着瘦马,一身不伦不类的骑士披挂,已经是足够的笑料了。再加上他一丝不苟地奉行骑士道,种种行侠仗义的举动竟发生在一个充满农夫小贩、修士盗贼的世界里,一个人们只关心如何赚钱,如何享乐,如何到海外的西班牙帝国领土上谋个一官半职的世界里,就越发显得荒唐可笑。

堂吉诃德是个丧失理智、但又无伤大雅的疯子，健全的理智在这里似乎突然间感到某种荣耀。但问题很快就出现了。一件、两件荒唐的举动，会使堂吉诃德显得滑稽可笑，可是，十件、八件，同一模式下的行为不断重复，我们就会猜测这位疯子疯得自有道理。《堂吉诃德》的主导性情节模式暗合了普遍的英雄原型。这些原型曾经反复出现于宗教中、神话中，文学中，尤其是悲剧作品中。堂吉诃德的疯狂就每一件事而言都不合情理，具有一种喜剧性，但如果将他种种奇遇贯穿起来，就会发现他的疯狂举动中包含着一种同一的模式，一种道德上的完善与统一性。一个如此善良的人，如此执著于自己的信仰，坚持原则，无所畏惧，还有什么可怀疑的，或者说，还有什么可笑的？正义与慈爱是贯穿始终的动机，虔诚与勇敢是他所有行动的特色，失败与苦难每时每刻考验着他的意志。人类历史与想象中的英雄的素质大体上是一样的：他们生活在高尚、神圣的幻想中，负有拯救文化与人类精神的道义使命，在一个虚伪浅薄的现实里，他们的真诚也许显得荒唐，但心地高尚，他们热情、勇敢、真诚。

我们渐渐不相信堂吉诃德只是一个滑稽的、小丑式的人物，我们开始热爱他，同情甚至有些敬仰他所有的荒唐举动。在这个破落骑士的疯狂行为中，总有一种高尚的动机，是我们大家都不具备的。海涅说："当高贵骑士的高尚品格仅仅赢得了以怨报德的棍棒时，我只知流出痛苦的眼泪。"小说从嘲弄堂吉诃德的荒唐开始，到嘲弄那些嘲弄堂吉诃德的人的庸俗结束，从欢快的、搞笑的喜剧开始，到沉重甚至沉痛的悲剧结束。严肃和滑稽、悲剧性和喜剧性、生活中的琐屑庸俗与伟大美丽如此水乳交融在一起。写作是一种成长，阅读也一样。真理诞生在一切智慧活动的过程中。四百年前那位豁达勇敢的老囚徒和我们今天多少有些麻痹的读者在一开始大概都没意识到，堂吉诃德身上有不少高尚善良的品质，这一点令我们自身感到可笑。简单的讽刺、嘲笑、甚至喜剧，似乎都已无法完整、准确地理解《堂吉诃德》，堂吉诃德英雄式的高贵品质与他不幸的遭遇都具有了悲剧性，甚至，更悲观地解释，具有了某种非理性的，根深蒂固的荒诞意义。

堂吉诃德已经历了两次游侠生涯，许多"事件"或苦难。第一部《堂吉诃德》快结束了。返乡路上,囚在笼子里的堂吉诃德像个受难的英雄。这一点大概是作者与读者都始料不及的。堂吉诃德从一个疯子变成一位受难的英雄,一位很少凯旋过的英雄,在一次又一次的失败中渡过了他三次冒险生涯。堂吉诃德知道做骑士仗义行侠就要吃苦,这是命运的考验,没有比心平气和地接受这种考验具有更伟大的胸怀了!苦难是英雄通向完善的路,它用严酷的事实把我们的良知从麻痹与虚伪中解脱出来,就像桑丘的自我鞭笞把杜尔辛妮亚从魔法中解脱出来一样。一出喜剧不知不觉中变成了悲剧,疯子成了英雄。这大概就是伟大作品的深刻与丰富之处。许多伟大作家,尤其是现代的,都发现喜剧中经常包含着悲剧的经验,痛苦的泪水与笑声找到了同一条出路。"在人类生活的深处存在着天生的荒谬怪诞。喜剧的和悲剧的人生观不再互相排斥。现代批评的最重要发明,就是领悟到喜剧和悲剧似乎本来是同宗,喜剧可以告诉我们甚至悲剧所不能说明的关于我们处境的很多东西。"

三

塞万提斯想写一些有趣的故事,一部关于最后一位疯子——或英雄——流落人间的喜剧。堂吉诃德像他的作者一样,是一个因为理想而陷入荒唐的人。第一次出行是一个人,一个疯癫骑士骑着那匹瘦马驽骍难得,全身披挂。远去的身影有些孤单。此后便是一连串的笑话。客店里荒唐的骑士授封仪式,被一群商人痛打,像干尸一样被邻居送回家,家人烧光了他所有的骑士小说,他又准备第二次出行,并且带走了桑丘·潘沙做他的侍从,许诺有朝一日让他做总督。小说中堂吉诃德一共出行三次,三次游侠的各种离奇的遭遇构成塞万提斯小说的主要情节。堂吉诃德做了许多荒唐事,吃尽了苦头终于回到家中,从此卧床不起。

瘦的骑士、胖的仆从、欢笑、泪水……一位苦难的人,却写出一本快乐的书,让人类天性中最高贵的因素,信仰、勇敢、忠诚、正义,透过历史时空的寂寞黑暗,一代一代地传播下来。堂吉诃德荒唐,但很真诚。在一个多灾多难的时世里,投身于游侠事业,锄暴折强,扶危济困,是他义不容辞、刻不容缓的使命。堂吉诃德的可爱就在于他真诚,世上所有的人都可以不信,他却把它当做真理信仰;整个世界都与他为难,他却不惜用生命捍卫道义!堂吉诃德是一种高尚的理想或道义的象征。他在现实中的种种遭遇,也是美好的幻想在这个世界上的遭遇。

堂吉诃德生活在幻想中,却凭着幻想的力量在现实世界里维护存在的英雄形式。正义、善良、真诚、信仰、勇敢……人类最高贵的品质在这位破落骑士的疯狂中保持了它的荣耀。在《堂吉诃德》中,塞万提斯将人类高尚的幻想象征性地置于无聊无情的世故现实中,借此检验幻想的真实性与存在意义,这种检验的结果是通过种种象征性的过程表现出来的。在第一部中,叙述中的现实都是真实的,风车是风车,客店是客店,羊群是羊群,强盗是强盗,常识就是真实,不过是堂吉诃德走火入魔,把风车当成巨人,客店当成城堡,羊群变成军队,强盗成为无辜。真实在现实这边,堂吉诃德是虚妄的。然而,到了第二部,这种关系完全颠倒了过来。表面的"现实"都是虚假的,人为的圈套,"镜子骑士"、"白月骑士"都是参孙学士假扮的,无聊的公爵和富绅安东尼奥总是在设各种圈套捉弄人。而与之相反,堂吉诃德的行动却显示出充分的合理性与真实性。第二部的这种叙述结构至少有两点暗示意义是明确的:一、"疯狂"的堂吉诃德拥有真实性与合理性,而与之相对的现实却是虚假的,不合理的;二、真实与合理的东西受到虚假与不合理的捉弄,世界多少有些荒诞。

《堂吉诃德》第一部中,现实是真实的,合理的,堂吉诃德生活在幻想中,以真为假,荒唐在堂吉诃德;第二部现实是虚假的,不合理的,生活在幻想中的堂吉诃德以假为真,真诚受到愚弄,荒诞在现实。如果说塞万提斯要在理想与现实,真实与幻想之间冲突的典型环境中象征性地表现人类崇高的理想与道义在这个世界上接受考验的过程,那么,主题就显而易见了。这个世界是虚妄无情的,美好的幻想破灭了,英雄将成为世故无聊的牺牲品。

从喜剧到悲剧,从悲剧到荒诞剧,英雄似乎已经无路可走。第三次出游之后,堂吉诃德落魄地回到家乡。一个疯子体验到的"幻灭"的痛苦我们是难以想象的。充满激情与惊险、痛苦与狂喜的动人的游侠生涯结束了,西班牙小村子里的平静乏味的生活让人联想起寂灭。那个晚秋的早晨,堂吉诃德突然复归了理性,悄然莫名的泪水模糊了他的双眼,是懊悔还是绝望？或者是大梦初醒后突然感悟到的那种无法自拔的虚无感？这泪水告别了一个再也回不去的美妙世界。在疯狂的尽头，死亡已经准备好了收留他。可爱的天使守在他的床前，高贵的东西就这样逝去了？桑丘哭得最伤心，只有他最了解他的主人。"他不是疯，是勇敢"。主人清醒了，侍从却不可救药地疯了。理发师说桑丘跟他主人成了同道，"也中了骑士道的迷"。幻想的世界越来越难以圆满，浪潮般的猪群践踏了堂吉诃德最后的骑士理想，堂吉诃德默认了，可桑丘却要冲上去，拼杀掉五六头猪。回乡的路上，他开始真挚地幻想牧羊人的生活，等候他主人再次召唤他。可是这种美好的召唤再也没有了。

四

《堂吉诃德》第一部出版于 1605 年，距今整整四百年。据说当年《堂吉诃德》出版不久，法国使节向西班牙大主教打听塞万提斯的情况，大主教说："他是一位士兵，一个小乡绅，很穷，已经老了。"法国使节觉得不可思议："这样的人才，西班牙为什么不用国库的银子供养他？""假如他是迫于穷困才写作，那么，愿上帝一辈子也别让他富裕，因为他自己穷困，却丰富了所有的人。"大主教的话说出了残酷的道理。人的苦难成就伟大的艺术。

西班牙人有福了，因为堂吉诃德是他们的。据说他们会骄傲地告诉你，你想了解我们吗？那就去读《堂吉诃德》！一个"疯子"怎能代表一个伟大的民族？不是整个民族疯了，就是堂吉诃德不疯。这位正直、勇敢的乡绅把高尚的理想与爱寄托在一匹瘦马上，残破的盔甲上和一个中了魔法的村姑身上。在那个流火的七月，他上路了。这个世界早已不那么丰富多彩，那么令人兴奋、激动。高贵的信条被琐碎的世故俗务纠缠住了，到处都是小人物营营碌碌，无聊的玩笑，低俗的闹剧，只有实用才是合理的，美与善良再也不能成为人们行为的依据。人们在百无聊赖中重复地消磨尽他拥有的现世时光。多么可惜呀！或许荒唐比无聊更好，因为幻想中有正义，有希望！

《堂吉诃德》有世界性的伟大，必有世界性的深刻。堂吉诃德用自己的疯狂勾画了人在这个世界上存在的英雄形象。没有幻想，不仅是智慧的堕落，也是道德的堕落。堂吉诃德是位在幻想中放大的英雄。他的信仰是不合时宜的，但信仰的方式却真诚感人。英雄可贵的不是他的主义，而是他在思想与行动中表现出来的人格。一种主义，一种信仰，可能时异景迁，就没有道理了，但人格一旦具有了高贵的品质，就具有了永恒的感召力。漫游的路伸向远方，从拉·曼却的小村子出发，为一种美好的幻想，大家还年轻，需要信仰、原则、真诚、勇气，需要坚强的毅力，投入爱与希望……

《堂吉诃德》是我们在这个世界上生活的"忏悔录"！它说明信仰与忠诚使世界丰富、博大、浪漫、激动人心，同时也使个人遭遇巨大的苦难并从苦难中成就灵性。人生或麻木庸俗，或悲苦荒诞，你可以时而站在高高的堤岸上，却不得不长久在幽暗的深水中行走；你根本无法逃避苦难，但可以在苦难面前嘲弄命运，获得珍贵的自由与高贵的尊严。陀思妥耶夫斯基评价《堂吉诃德》时曾说：全世界没有比这更深刻、更有力的作品了。这是目前人类思想产生的最新最伟大的文字，这是人所能表现出的最悲苦的讥讽。例如到了地球的尽头问人们："你们可明白了你们在地球上生活吗？你们怎样总结这一生的生活呢？"那时人们就可以默默地递过《堂吉诃德》去，说"这就是我给生活作的总结，你难道能因为这个责备我吗？"

我们，所有语言译本的读者们都有福了，因为堂吉诃德是我们大家的！从蒙帖艾尔郊原开始漫游的疯癫骑士，如今已经走遍世界。《堂吉诃德》已有了全世界各主要语种的近三千种版本。世界上可能除了《圣经》，不会再有哪本书有这么多种版本。全世界的人都同情这位可爱可敬的愁容骑士。他真诚，勇敢，坚持原则，执著信仰，富于正义感与同情心，这些品质都是人的道德完善中最可贵的东西，也是现代人生活中最缺乏的东西。2005年，《堂吉诃德》出版整整四百年后，诺贝尔文学院和瑞典图书俱乐部对世界不同地区百位作家进行的民意测验表明，《堂吉诃德》是人类历史上最优秀的小说。尼日利亚著名作家奥克斯说："人生在世，如果有什么必读的作品，那就是《堂吉诃德》。"

(选自《文景》，2005年10月号)

绿肥红瘦

李美皆

《红楼梦》是一部悼红之作,所谓千红一哭、万艳同悲。"千红"与"万艳",因为曹雪芹和贾宝玉的面慈心软而被一锅烩了。虽然细致去看,曹雪芹和贾宝玉在对于女孩子的情感趋向上尽管不是泾渭分明,到底还是有区别的。但最终,他们所悼的"红",是把所有的女孩子都包括进去了。可是,我更情愿李清照的"绿肥红瘦",所以要在他们的"红"里,分出个"绿肥"和"红瘦"来。取最鲜明的个性及个体来说,我把黛玉和晴雯视做"红",把宝钗和袭人视做"绿"。我的怜惜与伤悼只为前者,不为后者;我只为黛玉和晴雯这样的人哭,不为宝钗和袭人这样的人哭。

人世间的规律似乎就是绿肥红瘦:越平庸的女性越命好,越出色的女性越命乖。绿肥红瘦不仅在小说中,而且在现实中。用绿肥红瘦可以解释许多出色女人的命运。我首先想到的是一些才女的命运,比如,蔡文姬、李清照、唐婉、萧红、张爱玲、丁玲,她们多半是优秀的女作家,但身为女作家,她们的人生却比她们的故事更像故事,令人不胜唏嘘感叹。她们不是一般所谓的红颜薄命,她们是才高命薄。女子的慧心犹如红颜,总难见容于世的,如果既有慧心又有兰质,那就更难。她们不仅多才,而且多情,正是这多才又多情,决定了她们的命运比故事更像故事。命运当然有外在的因素,但我更相信内在的因素,有时候性情直接就是命运,可以说温柔敦厚是一种命运,敏锐伶俐是一种命运,再简单点说,憨是一种命,灵是一种命。中庸是世俗幸福的最大保证,中庸女人的幸福,是天性的幸福,而敏感如女作家,则是天性上的难以幸福。前者往往是理性大于个性,是有福的命,却不会去做女作家。后者往往是个性大于理性的,是没福的命,因此才成了女作家。前者是绿,后者是红。前者的命运是绿肥,后者的命运是红瘦。

绿肥红瘦之红瘦,除了体现于才女多薄命,还体现在那些爱上才子的女人们身上,比如,谢烨、××、××、××、××(责编注:后四位的姓名由本刊隐去)以及直至现在还被称为"罗丹的情人"的卡缪儿·克劳黛,还有毕加索和雪莱的女人们,等等。这些女人,往往也是富有个性的才女,而且为爱所伤。这样的划分,主要是凭感觉。张幼仪也算是一个爱上才子的女人,徐志摩的风花雪月背后,是这个女人的黯然饮泣。好多人认为张幼仪不懂得爱,所以被徐志摩辜负了也不可惜。这纯粹是被徐志摩的风花雪月迷了眼。她怎么不懂得爱呢?如果不爱一个人,怎么可能为他苦撑半生?她爱徐志摩,只是她的爱没有引起爱,因此很失败而已。但我却不把她归入"红瘦"之列。可能因为张幼仪不是一位个性鲜明的女子,更不是才女,因此命运也尚好的缘故罢。雨果的女儿阿黛尔倒是个性鲜明,而且也是一个为爱情所毁坏的女孩子,但她爱上的不是才子,而是一个登徒子,所以我也没有把她归入此列。

在这里,对于才子,也不得不做一个感性的界定,我指的是那些从事文艺、富有才华而又浪漫多情的男性。比如,比较能说明这一界定的,我认为李白是才子,而杜甫就不是。才子有多种,傅雷也是才子,但他是严谨的才子,无论在事业上还是生活中,都傲骨嶙峋,严谨有加,所以我不把他包括进来。我所谓的才子,多半还是指风流才子罢。

是才子但不是浪子,才能真正让女人得到他的好处。但偏偏才子多浪子,这就要让女人受苦了。李白、柳永都是浪子。浪子似乎天生便享有社会伦理责任的豁免权的,比如李白,他选择的是在路上的生活,那么,我们不妨想一想,在那个女子毫无经济能力并且足不出户的时代,他家中的妻子是如何带着孩子们生活的呢?也许浪子在外的潇洒有多少,女人在家的绝望就有多少吧?柳三变浪子多情,却是最会爱悦女人的,连妓女们都情愿养着他。但他之所以没有辜负女人,是因为那些女人本身的特殊性,能够跟他一样游戏人生,不怕辜负的,算是棋逢对手,互为红尘知己吧。现代的徐志摩犹如古代的李商隐,多情好色而不淫,是才子中的赤子,而不是浪子,所以张幼仪在他之后能够平和地继续自己的人生。

　　"才子必风流"一说,固然绝对了点,但多数才子身上,都有一笔"风月债",似乎不耽误几个女人的青春,就不能证明他们是才子,却是一个不争的事实。葛德文家的三个女孩子——玛丽、克莱尔和范妮的命运,似乎都系于雪莱一身了。玛丽跟雪莱私奔,终于成了他的妻子。同时私奔的还有同样爱着雪莱的克莱尔,因为爱而不得,便献身于拜伦以摆脱情感的痛苦,却在生下一个孩子后,又跟同样风流成性的拜伦分手,在意大利孤独地度过了一生。范妮也深沉地爱着雪莱,她虽然没有跟雪莱私奔,名声却受到了两个妹妹私奔的牵累,又加上情感的绝望,终于服毒自杀了。经历过才子的女人们,以疯人院为归宿的不少见,除了罗丹的情人卡缪儿,还有福楼拜的爱莉萨,毕加索的多拉等。自杀的也不少,范妮为雪莱而自杀,毕加索死后,还有两个女人特雷莎和雅克琳为他而自杀了。克莱尔则因为雪莱而选择了自我放逐以终老。这是否可以说,爱上一个风流才子,就等于发疯、自杀或自我放逐呢?当然,这也许并非才子的错,但总是"我不杀伯仁,伯仁因我而死",算作他们的"风流债",似乎也不过分。爱上才子的谢烨,则是不折不扣地死于才子之手的。这个向日葵一般的朴素而灿烂的女性,为顾城充当了母亲、姐姐、妻子等多重角色,为他付出了那么多,最后的回眸,破空而来的却是一把斧头,真真成了惊鸿一瞥。那个刹那,她心里是什么反应?应该不仅仅是惊恐吧?那么,除了惊恐,还有什么?这种极端状态下的心理反应,别人是无法想象的,只有体验者本人知道,可是她已经说不出来了。但是我想,不管程度的惨烈如何,总是离不开一个"伤"字吧。

　　也许爱上才子,就像爱上一场灾难。一旦遭遇他们,爱恨情仇便全部在女人心里变了形挪了位,再也无处安放。当他们走近女人的时候,女人没有机会说不;当他们离开女人的时候,女人仍然没有机会说不。纵有千般委屈,只能向隅而泣。追逐的狂热使他们对女人所向披靡攻无不克,可几乎在到手的同时,丢弃的欲望便开始产生了,像孩子对于一样玩具,哭着闹着地要,一旦得到,马上便玩腻了。对于他们来说,激情和张力都在追逐的过程中,一旦得到,便稀松平常。可是在他们的热情达到终点的时候,女人的热情却刚刚出发。没有他的地方,女人感觉到生

2005

命是灰的空的瘪的。他们是太阳,女人是向日葵。最终吸光的却是他们。女人的光芒和灵魂被吸走了,剩下的多半是消沉和黯淡。而他们依然是自己,甚至更眩目,因为女人的光芒在他们身上闪烁。女孩子的青春像红樱桃,美好而易毁。女性最好的年华只有那么多,绽放只有一次,真爱只有一次。而他们的青春却可以在女性身上一次次绽放,一次次再现。上帝在女性身上荟萃了人间精华,就是要男人爱的。可是他们却只知道采撷,不知道抚育。大观园里有那么多美好的女孩子,却只有宝玉一位男性,曹雪芹安排得奢侈而自恋。可是,即使如此,仍不讨厌,因为宝玉既是女孩子众星捧月的中心,又是专门来爱护女孩子的,不似《红楼梦》中其他好色男人,一味消费女孩子的青春,而不懂得惜护。

  才子们在女人的生命中打下他们的烙印后便上路了,云游四方,浪迹天涯。躁动的灵魂使他们随时可能上路,他们在路上,女人在家里,像一盏温暖的灯,守候他们,为他们生孩子——或者,连生下孩子的权利都没有,替他们面对每一天的现实:孩子要带——如果已经有幸生下来的话,家务要做,工作要干,忙忙乱乱……等终于静下来,发现家里很空,很冷。过日子当然就是这样,可他们过的不是日子,他们过的是艺术。他们把行为艺术当作自己的生活。他们随时可能发生艳遇,婚姻与家庭并没有阻止他们猎艳的冲动,而且女人不能问,一问便俗,便没有共同志趣,便有了分手的高尚理由。因为他们是才子,有足够的才华为自己辩护,有足够的便利为自己营造道德空间——或者根本不存在道德问题,所以他们甚至不必产生罪疚感,也许到头来还是女人"欠"他们的。吸引女人的就是才子的无羁,可什么是无羁呢?体验过之后,女人才明白,无羁就是没有任何伦理忌讳和道德忌讳,就是不要责任感。再彻底一点说,就是让她们无奈。才子的无羁就是女人的无奈。也许才子天生就是不宜于家庭生活的动物,他们永远只适合精神上的相处。因为他们与生俱来的一些东西总是不可避免地会毁坏生活,毁坏女人。

  遭遇才子就如同遭遇一个魔鬼,爱上才子就如同爱上一次燃烧,他们可能成为女人的命运,可女人却很难成为他们的命运。主动权永远在他们手里。所以,在走近才子之前,首先要问一句:"你准备好了吗?"有多少女人在成为一个才子的女人之前已经准备好了呢?也许永远都不会做好准备,只要她是个渴望燃烧的女人。只有波伏瓦是准备好了的,因为有条约在先。

女人对于男人和爱情常常是叶公好龙,似是而非的。"男人不坏女人不爱"的鼻祖——《飘》中的白瑞德,就是玛格丽特·米切尔以她的前夫为原型创作的。在《飘》中,白瑞德是一个很有魅力的男人,可在现实生活中,玛格丽特的前夫却让她怕得要命,他是个狂放不羁的橄榄球选手,名字叫厄普肖,霸占欲极强,不容许玛格丽特离开自己,还对玛格丽特使用暴力。这是一桩纠缠不休、痛苦屈辱的婚姻。对于玛格丽特来说,厄普肖是一个噩梦。可是写出来,他却变成了一个魔力十足的白瑞德。这就是让后世女人追捧的"男人不坏女人不爱"。女人常常不能拒绝噩梦,就像不能拒绝魔鬼,可能因为噩梦也是梦吧?

毕加索被称为"毁灭女人的吸血鬼",他的才华似乎就来自对女性疯狂的焚烧和毁灭。在毕加索的女人中,弗朗索瓦可能是保持了最大自持的一个了。她是一个优雅而有才华的画家,但毕加索并不好好爱她,却又不放过她,他从撕碎她的优雅中获得快感,他甚至对弗朗索瓦说:"我弄不明白为什么会让你来,逛窑子会更有趣的。""一只狗和另一只狗之间没有什么不同,女人也是一样。""在我心中,谁也不会占据真正重要的地位。对我来说,其他人就像漂浮在阳光里的尘粒,只需挥动一下扫帚,她们就飞出门外了。"在抛弃弗朗索瓦10年以后,看见她与自己的新伴侣在一起时,毕加索竟然还傲慢地说:"这个男人不可能与有着我的烙印的女人一起生活。"弗朗索瓦的遭遇尚且如此,其他女人就更不用说了。可就是这样一个魔鬼,却在自己死后,又让两个女人追随他去了。雅克琳在自杀时说,"失去了毕加索,我的生命就失去了意义"。无可救药而又不可思议,难道女人天生有受虐倾向吗?难道魔鬼一般的才子是女人命中的冤孽吗?女人总是如飞蛾扑火般地,纵身扑向她们的魔障,扑向自己的命运!

越是有才华的女性,越容易纵身激流,许多女人的才华就是这样被毁了。特别值得欣慰的是,弗朗索瓦并没有被毕加索毁坏,尽管离开他时,她说:"不知道自己在正午看到的是太阳还是月亮,那最容易使人发狂的。"这大概是唯一从毕加索身边全身而退的一个女人了。但是,不是每个女人，都有弗朗索瓦这样的定力。"罗丹的情人"卡缪儿，就是才华为爱情所毁灭的女人。卡缪儿也是一个优秀的雕塑家，她在爱情上想要得到罗丹对等的回报，在事业上想要脱离罗丹光环的遮蔽，得不到之后，便打掉罗丹的孩子，毅然决然地离开了。她的决绝的离去，本来是为了独立证明自己。可真的离去之后，她发现自己在艺术上的执著和自信业已随着爱情而离去了，她失去了灵魂的定力。没有了罗丹，没有了爱情，才华何足惜！艺术何足惜！她走向了自我放逐，她把自己毁了。她这样做，是为了抵抗罗丹还是为了报复罗丹呢？也许离开罗丹时，她以为他不久就会来找她，可是，一直等不到罗丹，她心灰了。她的自我放逐，又何尝不是给罗丹看的呢？她以为罗丹会心疼，会主动来到她身边。可是，她的任性没有唤起任何怜惜，只是给自己看的，终于，她崩溃了，把最后的自尊乃至理性都丢失了。她是一个任性的孩子，她迷路了，再也走不出来。她把自己毁了，而罗丹依然是罗丹。令人痛心的是，她把倾注了自己生命的作品都毁坏了。这是令人触目惊心的自暴自弃！

在罗丹身边时，卡缪儿有足够的艺术自信，甚至根本不屑于罗丹的雕塑，她的离去原本是为了超越罗丹，可一旦离开罗丹，她却什么都谈不上了，打倒她的不是艺术上的不得志，而是爱情上的不得志。也许这说明了对于女人来说，重要的还是爱情，如果没有爱情，她将什么都不能证明！？她毁坏自己的作品，不就意味着如果最重要的得不到，别的什么都可以不要了吗？我是多么希望，她对于艺术的心，超过对于爱情的心。她是有才华的，罗丹一些令人激赏的作品里，包含着她的才华。只不过即便属于她的那一部分，也只能由罗丹去领受鲜花而已。她的离去，也就是出于对此的不服。可是结果，却只是使本应属于她的光华更加堂而皇之地属于罗丹了。罗丹很好地保护和发挥好了自己的才华，所以他是才子。卡缪儿却没有，因为她是爱上才子的女人。对于才子来说，艺术是生命的第一保证；对于女人来说，爱情是生命的第一保证。所以，她们并不能因为爱上才子而使自己更杰出。其实卡缪儿需要做的，是用艺术来证明自己，这样也许她还有希望以实力来赢回罗丹的爱情和尊敬。可是她却一而二、二而一地全部失去了，使自己最终变得很可悲。

艾略特的妻子薇薇尼，也是一个很有才华的女人，据说《荒原》里面包含着她的部分创作,其结局跟卡缪儿一样,也是想要影响男人,结果却毁了自己,才华被毁坏、湮没、得不到承认,自身的光华永远只能闪耀在男人的头顶。也许这就是爱上才子的才女们的宿命?

人生自是有情痴,这样的情痴,只可是黛玉晴雯这样的人,不会是宝钗袭人这样的人。越美好的女性,结局越难美好。越出色的女性,结局越不出色。谁让她们爱上了才子呢?不幸的是,再让她们选择一百次,恐怕也还是才子。这就是她们的性情,这就是她们的宿命。什么样的人克什么样的人,什么样的命遇什么样的命是一定的,没办法。

这些慧心兰质的女人,再一次证明了女性命运的绿肥红瘦。我愿意把尊敬或怜惜的目光投向她们,我愿意做一个怜香惜玉的人,去心疼她们。朴树的《那些花儿》,可以看作一首现代的"葬花词",我把它当作鲜花,献给她们:

> 她们都老了吧?她们在哪里呀?
> 幸运的是我,曾陪她们开放。
> 她们都老了吧?她们还在开吗?
> 她们已经被风吹走,散落在天涯。
> 有些故事还没讲完那就算了吧,
> 那些心情在岁月中已经难辨真假。
> 如今这里荒草丛生没有了鲜花,
> 好在曾经拥有你们的春秋和冬夏……

(选自《文学自由谈》,2005年第6期)

冯亦代黄宗英书信选

冯亦代　黄宗英

黄宗英▶冯亦代 （1993年5月26日）

亲亲爱爱的宝贝：

你可真是个活宝，怎么可以如此这般迷一个女人呢？你以前曾这样爱过吗？我的宝贝？告诉我，这是你有生以来第一次这般成熟而年轻的爱，不是吗？但我害怕你爱的是幻想中的我，梦中的我，而实际中，我又极一般，和所有曾经美过的女人一样就特显得老，但也幸亏老了，不是吗？只有到了这般年纪，年龄的差距才不成为天然的障碍。

我昨天去医院，不过是去取一些备储存携京的镇静药（每次只给两周的分量），我希望我到了你的怀抱里就渐渐断了药，镇静药对脑子没什么好处，是我害怕发精神病，才服维持量的。二哥，你没有嘀咕过，万一我发了病怎么办啊？！你也是够勇敢、够冒险的，但愿此病只因感情上不平衡所致。有你，就平衡了。oh,让我歇歇，在人生的旅途上我太累太累了，我要在疼我怜我的可靠的胸膛上歇息。

回家的路上，看到有白布，我买了一对枕套布，如果你买大床，我刚刚新买的床罩也可以带去（家里不少，甚至还保存着我大姐送我和阿丹结婚而定做的补花床单）。我想床上用品由我来办，你们男人闹不清，就说买大床吧，要看看床底下有没有搁东西的地方，不然两个人换季脱下来的往哪儿搁？我考虑得太早了吗？女人置嫁妆是相思的甜蜜啊，我已经做好几只口袋，陆陆续续往里边装准备带京的东西，居然扔进去二十几双袜子，太多了。

散文

我今天会收到你的信吗？

英文资料是无所谓的事，我在蚂蚁搬家似的慢慢朝你那儿运呢！

今天又有书法课，不好起笔写文章。先试试替你找两份旧作。

又听见我在呼唤你吗？我的爱。

你的小妹
1993 年 5 月 26 日

冯亦代▶黄宗英（1993 年 5 月 27 日）

好人儿：

你问我写信是学谁的笔调，我是无师自通，也许骗人骗出本领来了，你这位仙姑也上了我的当。我写信，拿起笔来就写，于是无尽的相思就在笔下流出来了。我只说我心里要说的话，问题不是我写的缠绵，问题是你给我的心琴，弹得太入情了。我天生是个善感的人，感情可以细致入微，也可以木无反应。这两年我曾经撕过一个人的来信，因为她不是我心目中的人，她引不起我的反应。我现在一条道理，没有三生石上注定的缘，是不能强求的。我和你是有缘的人，大概西湖的月下老人祠，早给我们备了案了。你想一壶凉水，要用多少煤火才能烧沸，你的力量真大。谢谢你这个小妹妹，亲爱的人。

如今我真爱清晨醒来，在床上赖一会儿，那时就躺在你的臂弯里，想着你，这已成了我的常课了。即使在午睡亦如此，我总要抱着你入睡，否则我就睡不着，一闭眼就醒来了。

我忽然想到你是天然对我有吸引力的，你想你在美国，而我就一步步走向你了。那时我还认为我不应来连累你，但是我还是勾引了你，这是我平生快事之一，我觉得为我自己的生命骄傲。你的那封你记不得内容的信，真使我吓了一跳，我总觉得我配不上你，不想使你受罪。但是爱情是不能以道德衡量的呀！这几天我完全为楼下邻居家的鸟鸣迷住了，我想写篇文章，我收罗了许多形容鸟鸣的字眼，但是放在一起便显得贫乏了。古人的诗词也没有用。如果你在我旁边，我们就可以一起讨论推敲。鸟鸣有一种生命的憧憬,听了听了,人就不知不觉被鼓舞起来了。听着鸟叫,人似乎生活在仙境。在这样的环境里读老子,真是太合适了。

我住的大楼,旁边就是电影界的宿舍,你有认识的人在这儿吗?如果有,我们就不怕我们的消息不胫而走了。哈哈,他们一旦发觉,"七重天"将成为他们攀登的高峰了。你要做好心理准备。你说他们会打乱我们宁静的生活吗?但这是幸福的。

一边写着,一边却感到你在看着我,还说傻二哥,你在写什么呀!但这就是我要说给你的噜苏话。抱抱你,吻吻你,我的好人儿。

永远是你的二哥
1993年5月27日

二哥特别深情的情书

黄宗英

这是1999年在我生日(7月13日)前夕,二哥允送我的贺礼——一封情书。亦代花去12日整整一天方算完成,真了不得!他停笔已经很久了,除了给上门的朋友和八杆子打不着的闯入者赠书时,帅气滋滋颇为得意地签个名外,就一个字也不肯写了,只不停地瞎看书报。貌似勤奋实则撒赖,不再进行深度思维,长此以往就渐渐成弱智老顽童了,躯体及各器官也随之越来越退化。我劝了又劝说:哪怕只写今天几月几日星期几洗脸刷牙拉不出屎真烦都可以,写字有奖、写作写信有优秀奖、写评论给特等奖——哄来哄去他不动心,还一夜闹觉四五次,累得我又住进医院。他不可能来看我,老呜鲁呜鲁用上海话跟我说天天差不多一样的问候语。也好,说话总比不说好,只是手机费吓煞人——算口腔康复费吧。当我病情有所缓解,医生鼓励我由亲朋好友带我回家看老伴散散心。请假制度极严格,晚间要按时回院销假,星期一要大查房。记得那个星期日是7月11日,告别亦代时他坚持要我13日回家过生日,说花儿都

散文

定了。我都要急了,回一趟家可麻烦哪,天热路远堵车——突然我心生一计说:除非13号让王阿姨带你的情书来接我,不见你给我的情书,我不但生日不回来,我还要回上海继续治疗了,医药费我垫不起了——行了,看你表现了。晚安,Sweet Dream!

自从听说你要回上海去我心里就有一种绝望的思想,这将是最后的聚首,以后没有这样的机会了。我想我的病体,无法使我做长途的旅行,即使可能,但你是在上海治病的,那我就无法再接近你。你说着上海,我的心成为一个死结,理智上我知道你应该去,感情上我无法接受,我心中就只有和你最后一别的想法。这样的想法即使现在没有了,但仍有可能占领我,我就怕我们永远分别。

现在我这个人,说穿了,是为你而生存,因你而生存,再没有别的了。我们在一起之后,可以说是会少离多。总共这些年,不是我住院,就是你住院,结果是两人都住院,这样生活我都怕了。我原是对你这次回来抱有大希望,可是我又得去检查,虽然只有两个星期,那总是不在一块的。我很感谢你,那年你听说我病了马上回来,但以后你也病了,于是两个人又拆散了,这以后就成了恶性循环,不是我不在就是你不在,住院不可能住在一块的,简直成了家常便饭。这一次是我在家里养病,你在医院,总不能在一块,我所希望实现的,是永远永远不分离,总在一块,这是以后的日子必须做到的。这是我的想法,而且必须做到。

从现实讲,我是十二万分的爱你,比爱自己更多。你是我所见的唯一的天才。天才与疯狂本来是一根线两个面,不能严格分别,这是总难以分割,有一时是天才,有一时看是疯狂,问题不在你本人,问题在第三者不知的人要误解,而我看你的正是这个。有人说你处世疯狂,而我看来却是你的本色,天才就是这样的,但是凡人就看不惯。我好不容易找到一个天才,岂能交臂失之。所以有天才的人,也须有人识货,否则为凡人所笑。我就是这样看你的,而且有凡人所(后面三个字认不出),但我爱你钦佩你,要好好地培养你这一面,而不计较这疯狂的一面,我爱的就是这一面。其余的我可以不必管。世上能有几个天才的人,能有几个疯狂的人,我得了你,用我的余年来爱你,那是我的幸福,能有几个人得到这幸福？我得到了，这是我的慧眼，也是我的幸福，所以你也不必自责，天下有几个人能得到这个幸福呢？我居然有了，我连自庆也来不及，何来怨恨？我所顾忌的，只是我给你的爱，还是太少，不够，我将在来生做犬马来补偿，愿我今后给你更多的爱，更多的照顾，这样我才能报答你。

这就是我要给你的肺腑之言，用我的爱来（字认不出）我们的（亦代自己也认不出），我们都是阎王殿里报了名的人，来日无多，唯有用最大的力量，来浇注这朵奇花，愿你我在互相勉励中，看好这朵奇花，在互相帮助的爱中，使它日益昌盛。

爱你的亦，为你祝福，为你添福
1999年7月12日午后2时

（选自《纯爱：冯亦代黄宗英情书》，作家出版社，2005年）

谈老年之爱

王元化

年轻时,读别林斯基论莎士比亚的罗密欧与朱丽叶。别林斯基说,剧作者让他笔下的那对恋人在他们年轻的时候就双双意外死去,这样处理是很恰当的。因为可以想象到,如果罗密欧与朱丽叶一直活下来,变成了一个老头子和一个老太太,成天坐在一起,哪里还有什么爱情可言?两人对面只有打哈欠而已,这是别林斯基的看法。那时我觉得他说得很对,但是后来我步入中年重读杜甫的三别中的《垂老别》之后,我的感受完全不同了。年老夫妇之间,为什么就没有爱情可言呢?《垂老别》写的那个老汉被拉去打仗的时候,杜甫没有用多少文字,把两个老人拳拳相依之心和眷念之情,写得多么深邃,令人感动。其中有一段是用老汉的眼光写出:老妻卧路啼,岁暮衣裳单。孰知是死别,且复伤其寒。此去必不归,还闻劝"加餐"!话极平常,但是我每读到此,总禁不住内心的激荡,它确实有一股催人泪下的力量。

别林斯基是俄罗斯文学中自然派的创始人,自然派以果戈理为代表人物。果戈理的小说集《密尔格拉德》中第一篇《旧式地主》写的是一对居住在乡下庄园里的老夫妻。开始读时,我们觉得这对老夫妻的生活是沉闷、枯燥、庸俗的。果戈理用充满柔情的含笑微讽的笔调,去写他们之间的感情生活。老爷爷对他的那位一向过着平静生活,天性胆小的老妻总是喜欢用取笑的态度去吓唬她,说她最怕听的话。例如:"庄园失火了怎么办?""强盗闯进来抢劫怎么办?"而他自己还准备"用一把大刀和哥萨克的长矛去上战场"等等,直到老太太吓得心惊胆战他才罢休。这对老夫妻的生活当中,最重要的一件事就是吃。老爷爷时而问老太太:"该吃些什么了吧?"或者说:"我的肚子怎么不舒服了?"于是老太太就用她精心焙制和酿造的各种美食和酒类去满足老爷爷。我每次读到这里,都忍俊不禁。越到后来,读者就越感到果戈理是在歌颂这对老年伴侣身上所蕴藏的真挚不渝、持久不变的爱情。他在最后的段落里曾将这种老年的爱情和当时社会上也出现过的年轻人的爱情作了比较。他说有个青年,因为所爱的人死去,内心发出剧烈的哀痛,简直到了可怕的地步。家人怕他殉情,对他严加防范,可是他还是乘隙用枪打破了自己的头颅。经救活后,他再次一头跳到马车轮下自杀,伤了手脚,又幸而被救治好。可是一年多后,情况完全变了,人们看见他神情焕发,坐在牌桌上打牌,背后站着的是他新婚不久的美丽妻子。果戈理在书中感叹道:"有什么样的忧伤不会被时间冲刷掉呢?有什么样的激情在与时间作实力悬殊的较量中会丝毫不减呢?"当作者写到五年后他再去拜望他以前拜望过的那对老夫妻的庄园,就回答了上面的问题。那里似乎一切如旧,可是生活变得混乱。老人由于丧妻的哀痛,虽然脸上仍时时挂着从前那样的微笑,可是眼光呆滞了,头脑麻木了,手脚变得笨拙了。在餐桌上,当老人说起"这盘汤的烹制就是按照——"眼泪开始在眼眶里晃动,继而大颗大颗地滴落下来,手中端着的汤盘打翻在身上,哽咽得说不下去。读到这里,我觉得自己的心好像被紧紧揪住一样,一阵阵酸痛涌现出来。这就是果戈理所写的老年的爱情。不知别林斯基在论述罗密欧与朱丽叶时,为什么竟没有注意及此。

2005年10月9日

(选自《随笔》,2005年第6期)

悼文超

张慧敏

　　我知道你如今已在天使丛中,绚烂的美丽将你环抱,你又重新恢复了开心与笑。你夫人最爱说的话是:程文超喜欢,她的一生、或者说跟随你的生命期间一直在服从或是随和于你的喜欢。你说黄色康乃馨当放在正面、紫色的玫瑰当放在背面,小付绝不会说中间最好插上一些百合。你爱美如痴;你尚真如切,你一生都在追求这人间难有的境界。

　　在你们家我总放松自如,常常越礼冒犯,我直言快语常把小付的"程文超喜欢"背后的意思捅了出来,于是我们女人总站在一边。我会说那花瓶真是难看之致,换了它!小付会说:我也认为——但是"程文超喜欢";于是你会学究般地来一番学究性的论证,也许是你太有条理,你的论证常敌不过我的歪理,最后的结果会是:你说那就换了吧!因此我们总在呱呱辩论中开始,又总圆满地皆大欢喜。我作为客人出现在你们家,从来是个映衬,我的动荡不安映衬着你们家的温情如磐;我总把事情弄得乱七八糟,你总是将所有烫贴匀整;我健康的生命屡遭失败,你带着癌魔的缠绕却屡获功勋。在我懵懵懂懂、磕磕碰碰的路上,你和你的家庭像灯塔一样,总照耀着我前面的黑暗,于是泪中只要想象你的光芒就不会绝望到底,就不会寒冷窒息。我是那冰天雪地里的卖火柴的女人,常常用冻僵的手指、颤瑟瑟地划着那细细的火柴,虽然火焰闪烁不定、也会稍纵即熄,但你的深情却永远绵绵。

　　认识你是一个偶然,偶然的相识在茫茫人的海洋不会有波澜,更不要说情感的折痕。我记不清了,从课堂的刹那到你生病的期间我们有无交往,只是按我本性揣测,如果在课堂我们只是点头之交,大概我不会出现在你的病房。我只记得真正认识你是那个穿着病号服装,仍然能不息穿梭于同仁医院的树木花草中的幽默潇洒;尽管那个时候除你之外的山河亦在为你恸哭。小付昏倒过许多次,谢老师泪水涟涟。但你相信手术之后,山依旧是山,水依旧是水,江山依旧会为你多娇!手术长长,璐璐幼小,我们在一起为你编着童谣。你在童谣中苏醒,你在童谣中站起,给了这个世界一个响亮的奇迹。

  还在流食中的你就开始了博士论文的写作,常从图书馆出来放风的我中午总是端着饭盆去你的陋室,总是你在书写、璐璐在做作业、小付在烧饭,也许是因为你们三人的作业同时在十来平米的原因,因为这空间的窄小,情也融融。我运气好的时候是正赶上你们吃饭,于是我可以加入品尝小付的佳肴,而且饭后,让我至今不忘的是小付洗碗总把我的饭盆也洗个干净。我喜欢呆在你家,当你要定期返医院体检,小付陪同,我就来烧饭,不知你是不是第一个说我烧的饭也蛮好吃的人;我知道我的父母兄妹,说我烧饭都要嗤之以鼻的。在我后来去了香港,说吃学校食堂,不烧饭,而你却说:那不是浪费了才华。你总是给我鼓励,当有人雇我去辅导美国留学生时,我紧张兮兮,说也许自己干不了;你却说,那不难,你知道你在美国都可以做总统!来美国后我常记起你的笑言,而且也明白你过奖的夸张,因为美国总统首先得会花言巧语,你知道我可以论辩理论却不会巧言令色。我复习了半天,把个脑袋都弄得不能动弹了,可临到报考我却愁眉苦脸,因为我不会填表,那表上要我好好写个自我鉴定;你说这太容易了,我写你抄。我总想,如果没有你,就不会有北大后的我。其实你一点没有给我人际,因老师我都熟,你对我的重要是鼓励。起初接受谢老师的邀请我诚惶诚恐,迟迟不回应,后来你陪着我去,去与师母拉家常,于是后来我去老师家也就熟门熟路了。

  你的病后来是真的完全好了,好到了我都忘记你患过重病。于是后来我对你生病的情景就什么都记不住了,只清晰地记得在我考试完要回家的前夕,你蹬着三轮帮我运送东西的高大,我也记不住那东西是运到了哪里?倒是你记住了你在医院的每点每滴,每一处细节你都用深情来回味。你总是乐观积极,万事在你面前似乎都不难,是你的这份意志力使得癌细胞也退却了三分。

散文

　　我回北京参加复试，你论文答辩、寻找工作，记忆中的你只有在那个复杂而势利的阶段，会不经意地流露出些许消沉，但很快也就被你的笑声掩饰了。一次是有人对你的论文评头论足，你对我复述时掩不住心伤。你对自己的事业有着怎样的热爱，你又是在怎样艰难地与疾病抗争中来探究、来思考、来书写！而事实上你提出的中国思维的意义，对现代困境的解脱或者说超越的非凡意义，十多年来，许多人、各流派在翻炒，而在我的阅读中，你是首例详细分析这东方思维的价值。还有就是你找工作，按照你本来的成果，留在高校首当其冲；但在市场中，你的曾经患过癌症，你做过大的手术成了你的弱点。市场中，掌握挑选权的人犯不着懂得你的研究你的价值，只因为你的病，因为这病有可能会损失我的利益，所以我可以不要你。没有人会想到这残酷绝对不亚于癌症对人体的毁灭。坚强的你是真正具有平常心的人，此路不通他方行，因此你仍然能谈笑风生。在选择留北大出版社还是去广州中山大学，小付与我都一致认为去广州好，因为那是个大学，因为你当不懂得下海的规章。可是离开北京是你当时心中最大的痛！那个时候我们还是太相信学者是学者，商人是商人。那个时候我举出你有一次进不了北大校门的笑话，因为门卫要你的北大证件，你说我只是送客出来，没带，证件在家；门卫毫不客气地说：不准进！要么你去窗口填单，访客！你气愤之极，我访我自己，你说，于是门卫就是不容你入。这足以证明你不圆通，何以下海？许多年后，你在广州成功创下一片天空；而出版社对学术的掌控已远远超过学术本身的世态之后，当你女儿也向往北大时，我曾经问：当初的选择是否错？你不答。你对北京有恋，你对广州有恩。

　　你南下后首次再见你是一年以后，我在上研究生，你的火车早晨5点抵达北京，我大概是乘凌晨2点多还是3点多的夜班车从中关村去火车站。昨日朋友电邮发来的噩耗，我脑袋一片空白，最清晰的你的影像是雾蒙蒙中，你从火车上走下来，还有你我浑身都夹带着早晨的露水与寒气。这一次我成了北京的主人，你成了北京的客；我后来一直后悔没有真正尽到地主之谊，而有能力邀请你的人又太多。我们相见匆匆，只记得你在复查时，我在医院的走廊上等待好消息。再后来你捷报频传，有说会议中的登山，你跃于所有人的前面；有说你在广州已是红得带紫，

2005

成为媒体的焦点。我们有好长时间没有了联系,当我首次从香港路过广州,我给你电话,你告诉了我详细的下站方式,我带着耳机听着美国电影缘分的天空,望着别人下车,跟着就下了,结果站台上无你,才知下错了车。待我乘出租赶到你指定的站点,茫茫人海找不到你的踪影。我致电到你家,璐璐说去车站接你了。这次因了我常犯错误的毛病没能相见,因为我必须赶去机场。直到再后来我新婚与你相遇,你包下豪华的酒席,俨然是兄长嫁妹。你深情的眼睛满含祝福。再后来你频频进入医院,进行一而再、再而三的手术。医院中,手术前,我从香港带去的冰糖燕窝,你匆匆打开即食,你说我的祝福总能给你带来好的运气。好像真是很灵,你神气了许多,跃跃欲试去看外面的风景,我们行在路上,可突然我又有了麻烦,像许多麻烦没有商量的突袭而来一样,迫在眉睫的就是帮我解决,于是我们开始在大街上奔跑,你又担心我这人非给车撞了不可,拉着我的手,穿过一个个十字路口。香港的休息日每年只有14天,比金子还贵,那次我是去别的地方开会,特意中途落下。我没有看到你手术后的形象,你的病情后来时好时坏,只听你女儿叙述妈妈的辛苦。

　　见到你的时候似乎总是你很好的时候,我甚至不知你试图在香港寻找名医,也曾经把所有的希望都寄在自己的心性底气。有一个机会住在你家几日,你扛着一台新电视挺雄赳赳,我在后面对你的妻女说,好像还不错?你有早起的习惯,每天的晨练是你必修的功课,在北大时你就是这样,每天清晨去圆明园。你中大住处有一个僻静的地方,是你每日晨练的场所,你戏言无人注意这块毛地,好似你家的后花园。那几日我与小付起床后,吃的是你带回来的早点。那个时候我很希望在香港的辛苦有一个结果,可以顺利进入高校工作,因此我开始收拢自己书写的文字,想出本书去讨好这个弄不懂的社会。你编辑的丛书已经上市,你责怪我为什么不早让你知道,我反驳你说,我也不知道你在编书呀,事实是我不可救药的顽固惰性,总要在鞭子下方往出息行进,而行进时又总是晚点赶不上车次。你联络再三,希望出版社能通融补上我的文集;你宴请他们,介绍我成为他们的朋友;于是他们让我参与了昌龙编的短文系列。我本想把研究性的文字编辑来混饭,结果是出版社只要了我的小文,有些文章的风格其实放在那套多为时评的书丛中,有点不伦不类。最后一

次见你是来美前与你告别,你再次写下你的邮箱,再三叮嘱:不要弄丢,不要偷懒。可是我总得不到你的回信,电话与你时,你总说没有收到我的信。时空的差错,凡人如我总搞不懂。

　　寂寞的时候,我电话与你,每次小付都嚷着:回来呀,赶快回来呀!也许她每日在你身边,每时每刻感受时限的残酷。万般无奈的我只呢喃无意义的话语,总说你一定要活着等我回去,我们约定会再见面的;于是你生气地回我:我死不了!我挺好的!吓得我对小付说:我不敢电话了,因为我一说就错。病床上的你叮嘱我一定要去拜访某某,你不停地给我勇气,说是对方的热情、说是机遇的肯定;说那是我尽可以袒露心胸的知己。你再三强调:先稳定下来,此为首要。我在困难面前总有许多的托词,我说自己不会开车,我说距离太远,事实上是我对陌生人的接纳总心存恐惧。那个时候你和小付都有一种对新药疗效的兴奋,我电话时正值医生在替你胃管伤口换药,我们聊着。你为了排解我心理障碍,你风趣地回忆在美国的开车。你说:学车不难,我一次就考过了。当年一个学生要从西部移居东部,把车卖给我,只花了500,我当时就把车开回了家,只是入车库时,把个前灯给撞掉了。我是有了车后的第二天才去考驾照的,考上驾照后就不得了了,璐璐的话是:我爸爸开始正的都开不进车库,现在倒着都能开进了!电话中我能听到小付为这快活的回忆笑个不止。为什么再后来你就病况直下?为什么你就如此地匆匆而去?我不敢想是不是自己的电话犯下的过错?当卓识传来信息说你在寻找我的电邮地址,你到底要对我说什么?我给你的信还是收不到,我电话与你,说你散步回来在休息;后来终于听到你的声音,你只说你说话很累,小付接过话筒,说你只想去外面散步。起初我以为你已康复,我不懂你可以去散步却不耐烦我的电话,任何手术中的你都没有过这样的反应。直到小付说你是带着氧气瓶在轮椅上散步,且叮嘱我给她办公室电话,我才如梦初醒,预感到事态不妙;我迟迟未拨小付的电话,我害怕,我尽量不朝坏处想,而且仍然宽慰自己说你一天天好起来。于是,你就真的走了。你为什么要我的电邮?你想收到我什么样的信息?在你临终的时候,是不是绝望到不再认为这个世界存有天使?活,是你最大的希求;十多年来,你顽强地抗争就为这一个字。也许最后你就想待在外面的空气中、人群里，那是活的气息。

　　我做过许多访谈，今日我有多么后悔，我从来没有访问过你。要是今日我还能问你，我要问为什么我们一定要活在这个世界里？也许你会给我大家都清楚的答案，是亲人、朋友、所爱、所恋在这个世界里。还有别的吗？如今天堂中的你，天使丛中的你，是不是把这个世界看得更彻底？

　　人死会否如灯灭？我尝试在网上搜索，想找到一个讣告、一丝哀悼、一些越出亲人朋友学生之外的怀念，可惜我没能找到。也许是我搜索不够；也许是悲痛虽然预告了十多年，但当它真实来临，我们还是被击败，以至震惊到哑无雀声。

　　49岁的生命结束得太早太早，留下太多太多的遗憾与没有完成的心愿。对社会生命来说，30岁前只是刚刚开启，真正的作为当在40岁以后。可文超你的生命似乎刚启动，就戛然而止。尽管你启动的马力比别人充足，充斥力也超过了常人；也许正因为此，突然的终止、突然的断裂，才更加值得大地恸哭、山河悲戚。因为你本来的壮年才华是山川的财富，你活着的信念是渴望奉献。

　　从你患病的开始，你就乐观地相信，这个世界的天使会助你延年；没有天使，天使在天上！这个世界更多的是自身都应顾不暇的区区残喘。你走的时候也许因了小付而不会感到太大的孤独和寂寞，就像你活着的时候，总愿意将自己的幸福温暖分给一些可怜人。如今你到了天上，我相信你仍然是万花群中的一点绿；而你把空留给了这个世界。小付因顿失你的一半会空寂，而你的朋友将会因为失去了你的支柱精神会更加虚无。在天上俯瞰大地会不会更多悲悯？悲悯中会不会重新燃起你的深情？灯永不泯灭，因为你会将她们点燃于你的亲人、你的朋友、所有受你之言读你之文的人心中。万灯巨盏，烛辉永存！

完于2004年10月30日星期六波士顿
（选自《上海文学》，2005年第1期）

世间最美丽的眼睛

金翠华

我第一次见到这双眼睛,是在2000年3月16日。近午时分,朋友送来一只小鹩哥,它静静地站在笼子里,羽毛油黑,脖子上垂着一条黄色的肉冠,看上去像是围了一条天鹅绒的领巾。我走近它,它微微抬起头,看了我一眼,我的心立时走进了这双眼睛,走进了这双纯净得没有一丝瑕疵的眼睛里。在以后我们相处的1120天里,我一直在这双眼睛里享受着人世间难以得到的钟灵真情。

我的母亲生前常说:最爱我的是母亲,我最爱的是孩子。这应该是对所有做母亲的情感的剖白。母爱是一种双向汇流的情感。一方面是母亲发自内心的无条件的爱的付出,一方面是子女发自内心的无条件的爱的接受。无条件是爱的最好的条件,这种发自内心的无条件使双向汇流的母爱有别于人世间任何的一种爱。一个母亲如果缺少了其中的任何一方,她的心灵都会失去平衡。

河河来我家时,正是我心灵失去平衡的时候。我刚刚没有了母亲,陪伴我58年的母亲突然消失了。我很难接受这个事实。我常常会看到她一个人在路上,匆匆地向我家走来,风吹着她花白的头发……我沉浸在悲伤里,除了能在讲台上正常授课以外,再也没有心思做别的事了。

一只可爱的小鸟就是在这时飞进了我的生活。它的深情,它的温顺,它的纯真,它的乖巧,它的善解人意,时时在展示着一种我不熟悉的生命形态。这种展示是那样的真挚,没有一丝一毫的刻意雕凿,完全是一种自然的流露,流露着那种只有飞翔在蓝天上才能拥有的光和爱。我的心在这种光和爱里找到了平衡的位置。

2005

鹩哥是一种会说话的鸟。可初来的那天,它一句话也没说。我按朋友教的方法,把鸟食泡湿,调上鸡蛋黄,搓成小粒放在手指上喂它,它静静地看着我,一言不发,啄食后转过身去,默默地望着窗外,清亮的目光里满是惆怅。有谁能说得清一只鸟儿为什么惆怅吗?惆怅的目光总让人想到荒野里迷路的孩子。那天一落黑,它就睡着了。晚上8点多钟,丈夫和孩子都回家了,我们围着它看,它醒了,睡眼惺忪,惺忪的睡眼里包含着一种困惑,看了大家半天,突然瓮声瓮气地说了一声:"你好!"一只鸟在说话!真是太神奇了!

朋友告诉我它已经会说好几句话了,会说"欢迎朋友""你好""讨厌"和"长途电话"。它曾经被放在一个单位的传达室里,它就是在那里学会这几句话的。在后来的几天里,它常常在没人时反复说着这几句话。但是,在初来的第一个晚上,它向我们说的第一句话却是"你好"。

一只鸟会说人的语言是本能地对人的模仿,还是在表达它所说的这些词语的含义?鸟类学家也许会用实证的方法告诉我们,鸟儿不会理解人的语言。我不知道人类用什么方法能测定鸟儿的思维和情感,我只知道我们的河河是有思维和感情的。它有判断能力,知道在什么时候使用它会说的几句话。几天后发生的一件事情坚定了我的这种看法。

听到一只鸟儿会说话,邻居们好奇,纷纷来观看,那天家里来了七八个人,围着河河,向它说你好,它很有礼貌地回应着,赢得一片掌声和笑声。河河也很高兴,在笼子里跳来跳去。可其中一人说:"这只鸟话说得这么清楚,拿到鸟市上,至少也能卖四五千块钱。"我正不知怎样回答,河河抛出一句"讨厌",惹得对方脸红。

河河能理解人的语言意义,从此在我们家里就多了一个可以沟通的成员。"河河"这个名字是我们全家商量着给它起的。至今我还记得当它听到这个名字时的情景。春天的阳光很明丽,照在笼子旁边的一株茶花上,洁白的茶花沐浴着春光,每一片花瓣都玉雕般地晶莹美妍。"河河"温柔地站在笼子里,它黑亮的羽毛闪着宝蓝色的光彩。我给它喂食时,郑重地告诉它:"你已经是我们家的孩子了。全家人都喜欢你。我们给你起名河河,有两个意思:一是,你大哥叫海,二哥叫江,你最小,就叫小河河吧;第二个意思是,河河与和合同音,和合是和谐合美的意思。

散文

以后我就叫你河河,你同意吗?"

我说话时,它一动不动地站在笼子里的木棍上,歪着头,黑亮黑亮的眼睛看着我,很认真地听我说,我说完了,它一下把食啄在嘴里,然后高兴地从笼子的这一头跳到那一头。

它是那样的兴奋,两只黑亮的眼睛在阳光下像幽深的潭水,每一道眼波都流淌着笑意。

河河在笼子里跳来跳去,它一会儿仰头去啄笼子顶罩,一会儿愉快地喝水。它的欢快深深地感染了我,我觉得我还是那个年轻的母亲,看着我的两个小儿子在沙滩上奔跑嬉戏。就在我重温母亲的幸福心境时,忽然,我听到河河一声嘹亮的哨音。我看见它两爪扣紧栖木,高昂着头,遥望蓝天在长哨,哨音是那样激越,那样的清亮,它遥远又悠长,仿佛有一股气韵直达云霄。河河遥望蓝天的眼神,充满了憧憬,像天穹一样高深。这该是河河对大自然的向往,这哨音该是它本真的属于自己的声音吧。我不知道河河为什么在这个时刻发出这样的长哨,是对往日生活的告别,还是对新生活的一种感召?我只知道在那一刻,我的心和它一起飞得很高很远。

从此,河河成了我们家不可或缺的一个成员。当我们的两个儿子同时离家求学时,是河河孩子般的纯真冲淡了家里的孤寂,是河河给我们带来了和孩子在一起的欢快,消减了我们生活的索寞。

河河是一个名副其实的孩子,它像孩子一样牙牙学语。当初,我们住在老宿舍,开门有很响的吱咯声,河河一听到敲门,就模仿这个声音来提醒我们,直到看见我们去开门了它才停下来。搬进新居后,单元门是电子门,河河又学会了电子门的鸣叫声;家里的电话一响,总是河河第一个响应,大声叫着,直到我们来接电话才停,如果我们稍耽搁一会儿,它就开始降低声调,煞有介事地说"喂""喂";丈夫下班回来,还在楼下,河河就第一个听见了他的脚步声,大声呼叫我,我走到它身边,它高兴地看看我,再看看门外,只要我告诉它我知道了,它就任我去厨房做饭,不再呼叫。它静等开门声,见丈夫进屋,这才高兴地在笼子里又跳又叫:"你好!你好!""祝你平安。"那种小别重逢的喜乐比人有过之而无不及。

河河像小孩一样喜欢水。它最欢快的叫声是在洗澡时发出的,它是南方的鸟儿,非常爱干净,夏日天天都要洗澡,即使寒冬,它也要每周洗一次澡。一般都是在中午洗。每到中午它就在阳台上叫,开始,我们不知道它为什么叫,还以为有什么东西让它害怕了。河河的胆儿很小,一根小竹竿,一块木板都会吓得它又飞又叫。后来我们发现,河河中午的叫声是对洗澡的呼唤。它会一直叫到我们到阳台拿起它用来洗澡的盆。它的澡盆是一个很大的红色塑料盆,洗澡时连笼子一起放在盆里,水恰好没过栖木。河河下水时总是先用脚爪探探深浅,再用翅膀戏水,继而跳进水里,把头埋在水里,打几个扑腾,然后跳上木棍,抖擞几下,再跳下水,如此几番,就算洗干净了。把笼子放在洒满阳光的阳台上,这是河河最适意的时候,它一声不响,长时间地细心地梳理着羽毛,不时将两只翅膀像扇面一样拉开,快速地扇动,形象十分美丽,就像舞蹈演员跳扇舞一样。河河喜欢戏水,以至于只要见我拿起它的澡盆,它就迫不及待地欢叫。

河河像孩子一样喜欢和小孩玩。在老宿舍住时,我每天上午9点多把它放出来。一开始,它不愿出笼,我是拿着一根小棍吓它,它才飞出来的。放飞几次,它一见开笼门,自己就飞了出来。邻居家的孩子来和它一起玩,它就满屋追逐着去啄人家的脚,那欢乐的眼神活像一个顽皮的孩子。

河河的许多动作、眼神绝非一只鸟儿所具有的,完全像一个小孩,一个懂事的小孩所表现的那样。

我常常回想起它挨批评时的情景。那是在它对人家说了"讨厌"之后。它一动不动地站在笼子里的栖木上,头垂得很低,间或稍微抬抬头,用圆圆的大眼睛偷看我一眼,既而迅速地垂下眼帘,那目光里满是惭愧和孩子般的羞涩。我告诉它不可以说"讨厌",这个词里没有宽容,没有爱,使人不得益处。它不应该从我们的口里说出来。河河一声不响地听着,那拘谨的一动不动的站立姿态,那低着头屏息偷看我的眼神,瞬间把我带回20多年前。我看见我的两个小儿子低着头听我的责备,那天他们在外面玩的时候学会了一句脏话,并且把它带回了家。孩子们当时惭愧的眼神同河河此时的眼神一样,没有虚假。温良的舌是生命树,如今儿子们已经长成青年了,他们一直把慈爱和诚实刻在心里,从不说乖僻的话。我把这些事情讲给河河听,我让它向哥哥们学习。河河圆圆的眼睛告诉我:它记住了我的话。

  第二天,我在房间里备课,隔着玻璃窗,我听见河河又在阳台上说它熟悉的几句话,当说到"讨"字时,立即停了下来,不再说下一个字,它把身子转过来,面对屋里,看见我正在看它,它的头又低下来,良久才转过身去,叨了几口干食,没有吃,而是用力甩出去。我走过去,它听见了,但仍不抬头看我,直到我说河河是好孩子,知道改正错误,妈妈真喜欢河河。它才跳过来,把尖嘴放在我喂食的食指上,但并不吃食,只是侧着头,默默地看着我,清澈的眸子里洋溢着孩子对母亲的眷恋和感激。当这眷恋和感激不是从人的眼睛而是从一只鸟儿的眼睛里洋溢出来时,谁能说它是一只鸟儿呢?

  在河河短短的一生中,它只受过这一次训斥。我说过它是一个懂事的孩子,不需要反复的教训。只这一次,它就牢牢地记住了,从那以后,河河再也没有说过"讨厌"这个词,好像它从来不知道有这个词一样。

  人生最大的遗憾是"爱"的不完美。人人都能付出爱,人人都想得到爱。但没有一个人能臻善臻美地付出,也没有一个人能臻善臻美地得到。无论是至亲还是最爱,都有不足之处,都会留下伤心的印记。爱像遥远的地平线,是永远达不到的极致。

  飞鸟的天空里没有人类的这些弱点,也找不到人类的这种遗憾。在我们河河流星般短暂而美丽的生命里,没有留下任何不足,它的一生没有瑕疵,不曾给人伤痛。它留下的全部是像它的眼睛一样清纯美好的记忆。

  山崖前,白雪下,长眠着我们懂事的小河河。春天里,我把香草的种子撒在那小小的土堆前。春雨过后,怱绿的香草叶散发出阵阵清香。夏天一串串紫色的香草花装点着河河无梦的家园。河河美丽的眼睛在香草花的芬芳里闪动,清澈的眸子流溢着孩子般的依恋和眷爱。那是我们河河的目光。只有我们的河河美丽的眼睛才会有这样的目光:纯真、清澈、亲情无限。

  我们的河河聪颖好学,但它说话不是像人们说的那样机械地模仿,它需要在理解的基础上学。它会说"欢迎朋友",但朋友两字不清晰。我

2005

告诉它这四个字只能表达你的热情,有时会落入俗套。还是学"祝你平安"四个字吧。人生最难得的就是平安,不仅仅是肉体的平安,还要有精神和情感的平安。我叫河河学会这句话,让听到它的人都能得到这至上的祝福。河河真的听懂了理解了这句话,喂食前,我一个一个字地读给它听。吃过食后,我听见它自己在阳台上学说:"祝你,祝你",我知道它忘记后面两个字了,便教它"祝你平安"。接下去的几天,每次喂食时,它不肯先吃,明亮的眼睛示意我领它说话。我说一句"祝你平安",它高兴地学说几遍,然后才跳着把食啄到嘴里。

河河只用五天,就学会了"祝你平安"。它的发音标准,吐字清晰,字正腔圆。一句"祝你平安"把河河的名声传扬出去,不少熟人慕名而来听河河祝福的话语,河河也乐此不疲,兴高采烈地问候每一个人,一遍又一遍地说着"祝你平安"。有好几次我听到河河大声喊"祝你平安",原来对面楼上的孩子扒着窗棂对河河打手势,河河便大声地祝福它的小朋友。事后,我常想,河河怎么知道对远距离的人要大声说话呢?

在我的心目中,河河早就不是一只鸟了,它是一个像鸟一样活泼可爱的孩子。我相信在河河的眼睛里,我是它的同类,是一个值得它亲近和信赖的鸟妈妈。它用鸟儿独特的方式表达着它对这个妈妈的深厚情感。

那是冬天的一个上午,寒风吹打着阳台的窗户,河河可能感到寒冷,缩在笼子里,不言不语。风一声紧似一声,撞到墙上又打着呼啸弹回去,返回头又急速地撞过来。我突然感到心被揪紧了,我看见妈妈坐在故乡的锅灶前,用烧火棍在泥地上画字,她写的是"羊"。写完了就给我讲小羊的故事,说小羊吃妈妈的奶都是跪着吃的。风在屋外呼啸着,门被它吹得吱吱响,我偎依在妈妈的怀里,闻着锅里冒出的甜丝丝的地瓜香味……风声依旧,却不是往昔的风了,那个小女孩和我年轻的妈妈永远定格在那间古朴的小屋里。我想起几年前妈妈来看我,当时,我正生病,妈妈坐在床前为我缝纽扣,我看着她的手不觉泪流满面。那曾经红润丰满的手,那个拿着烧火棍画字的手已是皱折纵横,连骨节都变形隆出来。妈妈当时宽慰我:"哭什么?人还有不老的吗?"转瞬间,妈妈已远离尘世了,我再一次感觉到我有很多话要对妈妈说,有许多事情要为妈妈做,

散文

但,一切都晚了。我的心沉重得像灌了铅,压得我挪不动脚步。

近午,我低着头机械地去喂河河。良久,我突然发现河河不叫也不吃,它的嘴一直搁在我的食指上,眼睛盯着我看,目光里的焦急和忧愁是我难以想象的。它见我看它了,眼睛一亮,先说"祝你平安",然后不停地说"感谢主耶稣",好像要用这句话把我从苦痛中拉出来。它深情地看着我,说几声就把嘴放在我的手指上搁一会儿,但不吃食,再说几声,再把嘴搁在我的食指上。一只小小的鸟儿,用它所能用的方法抚慰我的心。茫茫人海,你到哪里能找到鸟儿的这般纯情?我的心得到了释放,跟着河河,进入爱的光明中。

河河见我脸上有笑容它这才开始吃饭。喂过食后,见我进屋,它扭身探着头看着屋里,在笼子里扑棱着翅膀,好像放心不下我。那天午休时,我把它的笼子提到卧室,放在我的椅子上。在我看书时,它一直默默地站在栖木上,我刚躺下,就听它跳下栖木,悄声地趴在笼底。一小时后,我醒了,我转过头来看它,它一下子蹦到栖木上,欢快地向我说:"祝你平安。"

从那以后,小河河就成了我午睡的守护者。只要我一躺下,它马上就趴下,圆睁着两只明亮的眼睛,一动不动地看着我睡。不管我睡多久,它竟然会一动不动,不发出任何声响。我一睁开眼睛,还没有起身,它就知道我醒了,立即站起来愉快地和我说话。可见在我午睡时它并没睡,它一直在关注着我。

如果有谁说话打搅我的午休,河河会用它不满的声音提醒对方,有时甚至发怒。有几次我躺下午休了,儿子回来了,以为我没睡,在外屋大声说话。这时,河河突然从喉咙里发出一种咕噜咕噜类似 eng 的声音,随着这个不满的声音,它整个身体的姿态也一改往日的平和:两翅紧夹,脖子微缩,脚爪扣紧栖木,双眼圆睁,目光冷峻。

但只要说话的人会意了不再出声,河河也就立即平静下来,好像什么也没有发生过一样。

人世间有谁能像河河这样一心一意地去关注一个人呢?需要人去关注的事情太多太多。我的河河单纯得没有更多的需求,也没有其他的关注,它的关注它的情感都放在我们这个家庭里。

2005

河河来的第二年春天,我因心脏不适住了10天医院。说来可笑,我在医院里最挂牵的是小河河:它喝的水是不是每天都换了?喂的食新鲜不新鲜?洗澡了吗?洗完澡千万不能叫风吹着等等。儿子们开玩笑说我对河河比对他们好。我说你们都大了,能自己照料自己,可河河被关在笼子里,是多么弱小无助。其实,儿子们也都宠爱河河,照顾得很好。他们给河河喂食不像我那样把食放在食指上由它来叼,他们扔进笼里,让河河接住,这就锻炼了河河的敏捷能力。河河也喜欢这种变化,10天中它和江建立了感情,以至于江外出读书后,它常常若有所思地呼唤着"大江""大江"!

出院时,丈夫说你天天想河河,河河也许把你忘了。不料我还没有进门,就听它在阳台上欢叫,我急急去看它,我的河河在笼中像小孩一样热切地看着我,一声连一声地欢叫着:"你好""祝你平安""感谢主耶稣"。

我急忙洗手给它喂食,它竟然用嘴轻轻一碰把食碰掉,然后张大嘴含着我的指尖,目光亲昵地盯着我的眼睛,如是五六次,才开始吃食。这是小河河所表达的最亲昵的感情了。

在我们家里,能得到河河如此深爱的只有我一个人。曾经有一个朋友想试试河河,把手指伸进鸟笼,不想被河河毫不客气地啄了一下。

河河是那样地爱我们这个家。它努力改变自己的生活习惯,来了不到半年,就和我们这个家融为一体了。

关于养鸟的书上,大多说鹩哥的生命有十几年。我常常算着想给它找个配偶,想在窗外为它制作一个大得可以飞翔的折叠鸟笼,因为不敢把它放出去,怕它走失。但是,所有的计划都成了泡影。2003年3月下旬,河河开始不愿吃饭,大便有些稀,继而不说话了,但眼睛仍是那样的明亮。再后来给它洗澡它不叫也不跳下去洗。寻找生病的原因,发现新买的鸟食,包装相似,鸟食却是假的:粗糙,黄颜色是色素染的。急忙重新买鸟食,但似乎晚了,河河不吃。在那些日子里,我们找宠物医院,找鸟类专家,得到的都是善意的劝告:鸟儿一得病就治不了,再买一只就是了。我不相信河河会一病不起,我用大米炒鸡蛋黄劝它吃,它眼巴巴地看着我,坚持吃几粒。我熬绿豆汤喂它喝,它不愿喝,但见我不断地劝说,它也喝下去。直到4月21日午休时,我躺在床上睡觉,它还和以前一样看着我,只是它已无力站住了。当夜,我梦见小河河躺在门庭的书橱前,我从睡梦中哭醒了。

4月22日,我一天都坐在河河身边,那是我和它说话最多的一天,它听着我回忆带它爬山带它到海边的往事,它的眼睛里流露出欣慰的目光。那天,没有风,天下着细雨,楼下的金盏花黄灿灿地开了一树,几株樱花也绽放出红艳。我把笼子提到窗前让它看花,它也看了几眼。其间有一个学生来送书,我当时在厨房,河河还竭尽全力地学着门铃声呼唤我。我哪里知道这是它在世间最后的一声呼唤呢?当天晚上丈夫下班,给它捎回针管和葡萄糖液,我准备遵照医嘱往它嘴里灌水。可那天晚上它精神出奇地好,能在栖木上走来走去,我熬的绿豆汤,它大口大口地吃,好像很饿的样子。它每吃一口都顽皮地看看我,好像说:妈妈,放心,我好了! 我真的以为它这就好了。可没想到第二天一早它就喘得厉害。它躺在笼子里了,它站不起来了。我把它轻轻地拉捧出来,在床上为它铺上小棉垫,它趴在那里,大张着口,我用针管滴点水到它嘴里,立时就被它的喘气扑出来。10点多钟,电话铃响,它还努力扭头看看我,示意我去接电话。是小儿子来的电话,我告诉他河河病了。放下电话,我回到河河身边,我告诉它是大江的电话,大江哥哥想念你,你一定要坚持下去,好好活下去。它看着我,清纯的目光里有那么多的渴盼。我抚摩着它的小翅膀,它侧着头望着我,那是我见过的最令人心碎的眼神,饱含着依恋、信任和苦痛的哀求。我流着泪对它说,妈妈救不了你,我为你祷告。我刚到另一间屋,就听到啪的一声响,屋里一片静寂,没有了河河的喘息声。急奔到小屋,河河没在床上,我以为它憋气太甚冲到前面去了,就到床前去找,没有。我大声叫:河河! 这才发现它躺在床边的地上,我两手抱起它来,我哭着叫它河河,河河。它从嗓子里挤出两声:哦,哦……

再也看不到它明亮深情的眼睛了,再也听不到它悠扬婉转的声音了。我感到时间突然凝滞了,我心灵的世界顿时一片荒寂。

在3年多的时间里,我天天都在听河河表达着各种感情的美妙叫声。这已经成为我生命的倾听。我从没想到这声音会一下子消失,再也听不到了,永远也听不到了。"你好","祝你平安","感谢主耶稣",在河

2005

河走后的许多天里,我一个人在家,不断模仿着河河的声音一次又一次地去呼唤它常说的那几句话,可唤声全部孤单地失落在空洞的房间里,不再有河河回应的声音和它跳动的身影。当电话铃响起我不能及时去接,当有人按门铃,当我从外面回来,刚刚踏上楼梯,我会习惯地去听,去寻找河河发出的喜悦的呼叫声,那是它一次也没有忘记过的。可我听到是一片空寂。

我们把河河埋在家对面的山崖下,在月季花和迎春花之间。

回想起来,我真是亏欠河河。河河生前喜欢出来飞飞。我第一次打开笼门,它不敢出来,以后出来次数多了,一开笼门,它就飞出来了。那是它自由的时刻,它在桌子底下,沙发前,到处巡视,有时跟我进厨房,看见塑料袋,它也啄着玩。我很愿意放它出来,但因为我的视力不好,看不清它拉在地上的粪便,有时踩得到处都是。这样,我就很少放它出来。河河没有怨言。有时看到它被禁锢在笼子里的样子,我真想放飞它,朋友说,它已失去了在大自然里生存的能力,飞出去很快就死了。可最后,它是飞着离开这个世界的,它一定不愿躺在床上逝去。它飞起来了,在生命的最后时刻飞起来了,它是用尽最后的力气飞起来的,它飞起来的时候,旁边没有一个人,它在飞翔中坠落。它保持了一个鸟儿飞翔的尊严。

有关鸟的书里说,鸟儿在病中和生命垂危时,羽毛松乱,眼睛无神,眼睛或半闭着,或有分泌物,可河河最终都是羽毛光滑黑亮,眼睛清澈如水(也正是这样,我们才大意了,没想到它会永远离开)。它趴在棉垫上,也许是累了,有时眼睛会闭一会儿,可当它睁开眼看我时,眼睛却依然是那样明亮!它就是用这样的眼睛看了我最后一眼。那是饱含着千言万语的眼神啊!它有多少欲说而没说的话语都蕴涵在它那黑宝石一样晶莹灵动的眼睛里,留给我的是一生的思念,是无限的惆怅。

河河是一只鸟儿吗?它为什么能用人的话语、人的语意声调表达丰富的情感?它的表达是那样的准确又那样的优美;它为什么会用眼睛说话,它的眼神它的目光所盈溢的是怎样美丽纯洁的心音啊,每当有客人来时,它都要向客人问安,听客人说话;它为什么能从众多的足音里分辨出我们的足音? 不等我们走进楼门就会在家里欢叫着迎接我们;它为什

散文

么会拥有人类崇尚的许多美好的情感？写到这里，我的心一阵阵地揪疼，我想起那一次我言而无信给河河的打击。那天早晨，我们5点多离家到机场送人。走时我告诉河河8点多就可以回来，要是饿了可先吃小碗里的干食。不想那天航班延误，登机的时间一拖再拖，直到下午5点。我担心河河饿坏了，小碗的干食不够它吃的。急急赶回家已是6点多。远远的听不见河河的声音，它没像往常那样欢叫着迎接我们，进门它也没和我们说话。我一看，它没有站在栖木上，而是耷拉着头，趴在笼底，小碗里的干食一点儿也没动，水钵里的水依旧是我走时那么多。我们的河河竟然一天没吃一口饭，没喝一口水！我心痛地急忙去煮鸡蛋，我告诉它我为什么回来晚了，问它为什么不吃饭。我和它说了很长时间，它才缓过神来，跳上栖木，喝了口水，然后，仰起小头看着我说"啊""祝你平安"，那眼神好像说你平安回来，我就放心了。

谁能说清在那12个小时里河河都想了些什么？也许，它一直在牵挂中等待了又等待，见不着人就不吃不喝。

"请量东海水，看取浅深愁"，面对河河的赤诚，人怎能不汗颜呢？失去河河，岂止是失去了一只鸟……

河河走后的第三天，上午9点多钟，一个邻居来电话告诉我："你家的鸟飞出来了，在你家的厨房的窗台上，赶快把它捉回去吧！"我一听，一阵惊喜，急忙放下电话，赶到厨房。窗台上空空的，什么也没有。楼下几个老师都说，是有一只鸟儿在你家的窗台上，怎么一眨眼，那样大的一只鸟就不见了。

他们一直在那里看着它，却没有看见它往哪里飞了。

我希望那是我的河河，那肯定是我的河河。它在飞回天堂之前来看一看它的家，来作最后的告别。它一定对我说了很多安慰的话，告诉我不要太伤心，我们会在天堂相见的。它一定是喊着"祝你平安"，然后飞去的。

可惜，我听不到它在另一个空间里的声音了。它让那么多人看到了它，为的是让他们向我证实它的存在，它隐去而不让我看到它，必是怕我伤心啊！

小儿子在电话中哭着读他写给河河的信："妈妈说她和爸爸昨天把

2005

你埋在门外他们种的迎春花下,这样每天你都会看到爸爸上班下班,每天都会看到咱家人在餐厅吃饭。不管你在哪,你始终都是咱家的成员。"

我的河河飞走了!飞到永恒的乐园。它婉转优美的声音在常青的树木下在不凋的花丛间回响,它深邃清纯的目光永远永远流泻在大地上。

蓝天下,山崖旁,长眠着我心爱的小河河。不论春夏秋冬,不管白昼还是夜晚,我都能看见它美丽的眼睛清纯的目光,那是世间最美丽的眼睛,那是只有我们河河才有的目光。

(选自《北京文学》,2005年第5期)

父亲给这个世界带来了什么

老 鱼

1

我突然想起这样一个问题,对于这个世界,父亲做了些什么?这个问题是走在路上突然想起的,我在下午2点20分时从楼上下来,往教室里去,突然就想到了这个问题。

想起这个问题是有些缘由的。父亲老了。父亲70岁了。今年春节前回葛套,发现父亲又老了一些,父亲现在已经很少操持地里的活计,父亲真是老了。一个人活在这个世界上一遭,总会做点什么,给这个世界留下点什么,我这样想。父亲这样的一生,在地里劳作,他能给这个世界留下点什么呢?那些他种的庄稼,一年一年的,小麦和大豆,都没留下一点痕迹,不像我,写一篇什么小文章还恬不知耻地署名并希望不朽,那些小麦和大豆上没有父亲的名字。可父亲确实种了一辈子的庄稼。父亲用锄头、镰刀、铁锨、平板车、老牛和铁犁,在葛套种了那么多年的庄稼。父亲为庄稼操心高兴忧愁兴奋了一辈子。父亲坐在田头看小麦大豆玉米高粱,看它们慢慢地长大,看它们绿,看它们黄,看它们的各种各样的色彩和姿势。父亲是在劳作以后才坐在地头看它们的。父亲热爱那些庄稼。

我在城市里却找不到父亲的庄稼的痕迹,在我们的街市的商场里的食品柜台上,我能看到的是一些冠冕堂皇的品牌,是一些公司或者工厂的名号,有时那些董事长或者总经理还会出现在城市的报纸上满脸尊贵满脸风光。可那些本来是有父亲的劳动在里面的。父亲对土地和庄稼的感情,不像公司对产品的感情,那里面没有太多的利润的考量。父亲是热爱庄稼的。直到现在,我都热爱庄稼,热爱葛套的那片土地上的小麦大豆高粱玉米绿豆和谷子。我想,这是因为父亲。想到它们时,我就会想到父亲,想到父亲的一生与这些庄稼的关系。

2

我想到了一条河。

这条河就在我生活的城市的身边流淌。父亲给我常常说起他当年挖河的事情。父亲是我生活的城市身边的这条河的开挖者之一。其实,这条河从河南经过安徽一直到江苏,贯穿三个省。我所居住的城市在这条河的南岸。

这条河叫新汴河。

父亲连续三年参加挖新汴河。我想,这是父亲留给这个世界的纪念之一。父亲说起这条河时,就会手舞足蹈。过去,每当父亲说起这条河时,我就会看他的手。父亲的手很大,上面结满老茧,手上的一些细小的纹路似乎已经被时间和劳作磨平。可我觉得这样的手适合做新汴河的纪念碑。新汴河在大地上安详平稳地流淌,河水上有船只走过,河两岸是村庄和城市,那些村庄和城市都被新汴河滋养着。只要这些城市和村庄还在,只要新汴河还在,父亲以及那些像父亲一样的开挖河流的人,都不应该被人遗忘。他们的手就是这样的河流的纪念碑。

我常常到新汴河岸边去。我到河边时,我会想到父亲,我会想到父亲说的1966年到1968年的冬季。我会看见这里有无数的人,无数的旗帜,无数的车子,我会看见1966到1968年的冬季的工地,父亲就在这儿,他们让这条河流淌在这座城市的地图上,流淌在无尽的岁月里。我就会想到这样一个问题:一个生命与一条河流的关系。如果我曾经开挖过这样的一条河流,我会骄傲。我没有。许多人一辈子,不知道自己在这个世界上做了什么,就像我,我这一辈子,活了大半,我做了什么呢?如果我死了,我只能说我曾经活过,该多没意思。我现在常常写点文章,被古人说的不朽诱惑了大好年华,可是,我常常面对我制造的文字垃圾发愁,我多么苍白,我这一生多么苍白。父亲在年轻时,用自己的手参与挖了这样一条河,他可以说,他可以骄傲地说一条河。

新汴河静静地流。新汴河流动了30多年了。父亲老了,新汴河还年轻。新汴河的两岸永远会生长村庄的庄稼和城市的爱情。新汴河流淌在父亲手掌的纹路里,流淌在父亲的记忆里。

3

我想起来了。

葛套西南有大约1亩的沙土田。那1亩田有盐碱,每到冬天会泛起一层白。父亲在这块土地上种小麦和棉花,可总是长不好。父亲用铁锨刨开田,把底下的土翻上来,把盐碱压下去。父亲在冷天里做这些活计,他会在冷天里流汗。可是,这块田就是不长庄稼。父亲开始想其他的办法。父亲要让这块土地变个样。这块土地上就栽上了梨树。父亲在那块土地上放线、刨坑,让那些梨树苗子守些规矩,那块土地上就有了梨树。我家的一片梨树园。

这是父亲给这个世界带来的又一个变化。

那片土地长梨树。父亲在那片梨园里搭建了一间草房,那片土地又长了一间草房。那草房和那些梨树一道生长。父亲在四季里操持梨园,让梨树长大长高长壮。那片土地就改变了模样。

梨树已经有20年的树龄了。我秋天回家,总会去那片梨园,看父亲在梨园里忙碌,帮父亲拔草打药或者施肥。那些梨树长在葛套的土地上,在秋天的太阳和风里摇动着硕大的果实,摇动一片葛套的甜味。我们常常是在一年的秋天结束时,采摘那些梨子,然后装上汽车,我们那片梨园的果实,那些父亲栽种并摘下的果实,就被运输到许多窗明几净的家庭里,让爱情甜蜜让孩子欢笑让生活幸福着。

这是父亲在这个他生活过的地球上做的另一件大的事情。

我认为是一件大的事情。

4

在我家的院子里,父亲栽了一棵槐树。

那地方本没有槐树,父亲栽下了那棵槐树,那地方就有了槐树。父

2005

亲栽那棵槐树时，我还在家，我帮着提水、浇水，因此，我也有些资格说那棵树有我的功劳。可我后来离开了家，那棵槐树是在父亲的料理下长大的。那棵树有20多年了。那棵树由一个小树条长大了，在院子的西北角。

我来到城市里生活以后，我就没有栽过一棵树，我觉得我这辈子白活了，我怎么能不给这个世界留一棵树呢。可我没有地方栽一棵树，槐树、柳树、杨树、枣树什么树都行。我没有。城市的人到处种植楼房，修建街道，就是没有地方栽树。

我喜欢树木。我常常说我对树木有一种宗教般的情感。因此，我常常会想起父亲的槐树。其实，父亲这一辈子栽的树，不仅是一棵槐树，我说了，他栽过一个梨园。也不仅是一棵槐树，一个梨园，父亲还栽过柳树、杨树、梧桐、椿树。这些树木，在春天开花，夏天生长，在改变着土地的颜色，让葛套春天是春天，夏天是夏天，秋天是秋天。这是我能够看到的世界的最美丽的色彩。这些色彩让人觉得温暖，让人的灵魂觉得温暖。

可是，我还是对那棵槐树更钟情一些。我说不出来我的理由。我只是这样想。

5

父亲只是一个农民，现在，许多人在农民面前常常骄傲着一副丑陋的嘴脸。我已经离开了农村，我想着父亲的这一生的时候，我觉得父亲很伟大。这些年，父亲说活着的时候，有些话他要说出来，他说要录像，并做成光盘。2003年清明，我们一家都去了爷爷的坟墓：父亲母亲，二叔二婶子，三叔四叔，我们弟兄以及我们的孩子。在那片梨园里，爷爷永远地睡在那里。那天，我们去上坟。在清明节，给爷爷烧点纸。那天我们的活动录了像，并做成了光盘。我在写这些文字的时候，我又看了一遍光盘。父亲在2003年清明节的话语，是父亲的思想。父亲没有写过文章，他只是在2003年清明节，给我们说出了他的思想。这是父亲一生的做人的准则，也是留给我们的永远的教诲。

父亲说，我们家男的要勤劳，女的要贤惠。父亲说多做善事，人做善

事不会错。父亲说孩子们要学会做人,要上进。

父亲的话朴素永恒。

(选自《中华散文》,2005年第6期)

爱着你的苦难

塞 壬

他在流鼻血。但他看着我。他那苍白、虚弱的外表下有一种清澈如水的东西。我了解他的骨头,他的肠子,还有他的脏器。它们一样地清澈如水。我甚至看见了他河水一样的命运,薄薄地。现在他,我的弟弟,他在我面前抽泣,一个肉身隐退的干净的魂灵在抽泣。

我打了他一耳光。他流鼻血了。我再一次遭遇到另一个自己,我的虚弱,还有跟他一样单薄、河水一样的命运。跟任何一次一样,我会跑过去抱着他哭。他的血滴落在我的脸上。我哭着嚷:你这个没用的东西呀!

面对这样的弟弟,我会无端地悲悯,悲悯我们活着,要受那么多的苦。我总是想起我跟他一起放的那头小牛,听话、懂事,睁着大眼睛,满是泪水。

他是贴着我长大的。那该是一个什么样的姐姐呢?健康、野性、有力气。笑声能吓跑阁楼顶的鸽子。他每晚贴着她睡,蜷伏在她的左侧,无声无息像只猫。她了解他身上的一切,皮肉、骨头,毛发、脏器,包括他那蜷着的生殖器。这些她都触手可及。她唱歌的时候,他用他的大眼睛看着她,无神的,那时,他被她带走。

这样的烦人精、跟屁虫是让我无可奈何的。除了他,谁也没办法让我流泪。去学校读书,他会尾随跟你出来。有一回,我走得好远了,眼看天就要下大雨,跑到学校也得二十分钟。我小跑起来,忽然就听见后面有人哭着喊我。他跟来了。

你回去!快回去!天下雨了。我对他招手。

他瘪着嘴哭。向我一路奔跑过来,他那么瘦弱,在喘气。我了解这

散文

瘪嘴的哭法。雨很快就落下来,我站在那里等他,他拢来了,就扑到我跟前,抱着我的腰,仰着脸看着我。我一言不发地把他背在背上,冒着大雨,往学校疯跑,一路泪流满面。

打他,他承受一切。也不怨你。

我们是不能对视的,不,我不能注视他。那些个有月亮的夜晚,月光安静地泻在庭院的扁豆架上、泻在天台的水井沿上。(不,这不是在抒情!)他坐在石磨上吃我给他煎的鸡蛋,他的脸勾得很低,几乎贴着碗。我就站在他背后,他穿着白衬衣,身子是弓的,他那羼弱的样子,嵌在苍白的月光下。嵌在我心里,生疼生疼的。他吃着我给他煎的鸡蛋。

我所感知的,是月光照彻着他的苦难。这样的苦难也是我的,普遍的,默默地不为人知。我又想起他帮一个瓜农捡瓜的样子。那是一个卖西瓜的老人来到村子,一帮顽劣的野孩子抢了老人的瓜,踢翻了他的担子,瓜破了,滚了,哄抢后就作鸟兽散。我的弟弟留下了,他默默地躬身给那老人捡瓜,收拾好他的担子。他那样子,虚弱、苍白。跟月光下坐在石磨上吃鸡蛋时一模一样。

我无法解释这种认同,这是两件毫无关联的事,但却给我同样的感受。我再一次看见了——

高中毕业后说是要去学开车。我在武汉闻讯后赶回来制止。他就用他那双大眼睛注视着我,没有滴落的泪水噙在眼眶打转。他开口跟我说话,他的声音混着胸腔的轰鸣。我的少年长大了,我不能支配他。

多年后,我南下广州,在熙熙攘攘的人群中,我能准确地闻到某一类人,他们瘦弱、苍白,平民的表情中透着一种清澈如水的东西。他们有时看着你,让你觉得你永远无法伤害到他们。他们就像是一个巨大的容器,他们承受一切。他们勾着头吃着快餐,背着大黑包跑着业务,干着皮肉不轻松的差。我想起尼采,他抱着一头生病的老马放声大哭:我的受苦受难的兄弟呀!我不知道,在安静的夜晚,是否有人会细致地抚摸他们平躺的肉身和魂灵。

他把女朋友带到我面前。这是个眉眼很顺的女孩子。她贴着他,一言不发。他看着她,眼里是一种我极其陌生的东西,我想那叫做爱情。我的少年长大了,他知道爱一个女人了,他知道做爱吗?我真不明白。

2005

他再也不用贴着我睡了,现在她贴着他。她能像我一样了解他的一切吗?他的骨头、他的肠子,还有他的脏器。看着他的背影,她会不会像我一样泪流满面?他会跟她结婚,就像所有的人那样,还会生出孩子。为什么我忍不住悲伤?一旦深入他生命的细部,哪怕是件平常的事,我都要伤心、难过。我再一次抚摸到了那苦难。

我开始想着他的成长,林林总总,我想到他的将来,完全可以预料的,像规律一样可怕。我再一次想起他的背影,看见他河水一样的命运。我注视着他,上帝注视着我。我不知它是否会流泪。

母亲打电话过来向我哭诉,你弟弟开车很辛苦,一个星期前给人拖了批货去安徽,前天去跟人家要运费,那人不给就算了,还叫人打了他,他被打倒在地上,那些人用脚踢他的肚子——他今天还要出车,我叫他休息,他不肯——

我想起多年前打他的情景,他承受一切,默默无语。我哭着抱住他:你这个没用的东西!第二天,他什么都忘了,就像什么事都没发生一样。

办公室的门突然开了,闯进来一个瘦弱、苍白的年轻人。他喘着气,睁着大眼睛看着我:黄总监,我——

他跟我说,他是一家印刷厂的业务员。一个半月前接了我公司的一笔单,到现在还没收到钱,财务的小姐说,那笔钱没有拨下来,叫他等着,他等了一个多月了。每次他来,财务室的几个小姐理都不理,只顾在那儿说笑,今天忍不住了,才闯到我的办公室。

怒火一下子涌向了太阳穴,但我忍住了,我不能在这个年轻人面前失态。这笔钱我早拨下去了。听听我的财务小姐的解释吧:谁叫他那么木,收这种钱哪有那么容易?规矩都不懂,你说,给我们办公室的几个小姐买点小礼物会穷死他吗?我听不下去了,不顾一切地喝住了她,真想,真想扇她一耳光,他妈的!

这是规矩。我的弟弟,他是不是也没弄懂什么规矩?

母亲说,你弟弟第二天就要出车。

我看见,那样的一些人,我能闻到他们的气味。他们走着,或者站立,他们三三两两,在城市、在村庄、在各个角落。他们瘦弱、苍白,用一双大眼睛看人,清澈如水,他们看不见苦难,他们没有恨。他们退避着

散文

它，默默无语。我突然觉得这就是力量，日复一日，年复一年，这样的力量没有消弭，它只是永久的持续。我们讲的所谓的道理或者意义就在其中。真正懂的人其实什么都不知道，什么都不会去想。我看见我也身在其中，被带动飞快地旋转起来，我与他们相同，却又不同。我看见了他们身上的苦难，并因此深深地爱他们。注视着他们，我会泪流满面。

(选自《天涯》，2005年第1期)

2005

满山遍野的茶树开花

龙应台

1

喂——你今天怎么样?
牙齿痛。不能吃东西。
有没有出去走路?睡得好不好?

不知道是怎么来到这一片旷野的。天很黑,没有星,辨别不出东西南北。没有任何一点尘世的灯光能让你感觉村子的存在。夜晚的草丛里应该有虫鸣,侧耳听,却是一片死寂。你在等,看是不是会听见一双翅膀的振动,或者蚯蚓的腹部爬过草叶的窸窣声,也没有。夜雾凉凉的,试探着伸手往虚空里一抓,只感觉手臂冰冷。

一般的平原,在尽处总有森林,森林黝黑的棱线在夜空里起伏,和天空就组成有暗示意义的构图,但是今天这旷野静寂得多么蹊跷,声音消失了,线条消失了,天空的黑,像一洼不见底的深潭。范围不知有多大,延伸不知有多远,这旷野,究竟有没有边?

眼睛熟悉了黑暗,张开眼,看见的还是黑暗。于是把视线收回,开始用其他的感官去探索自己存在的位置。张开皮肤上的汗毛,等风。风,倒真的细细微微过来了。风呼吸你仰起的脸颊。紧闭着眼努力谛听:风是否也吹过远处一片玉米田,那无数的绿色阔叶在风里晃荡翻转,刷刷作响,声音会随着风的波动传来?那么玉米田至少和你同一个世代同一个空间,那么你至少不是无所依附幽荡在虚无大气之中?

散文

可是一股森森的阴冷从脚边缭绕浮起,你不敢将脚伸出,即使是一步——你强烈地感觉自己处在一种倾斜的边缘,深渊的临界,旷野不是平面延伸出去而是陡然削面直下,不知道是怎么来到这里的,甚至退路在哪里,是否在身后,也很怀疑,突然之间,觉得地,在下陷……

你一震,醒来的时候,仍旧闭着眼,感觉光刺激着眼睑,但是神智恍惚着,想不起自己是在哪里?哪一个国家,哪一个城市,自己是在生命的哪一段——二十岁?四十岁?做什么工作,跟什么人在一起?开始隐约觉得,右边,不远的地方,应该有一条河,是,在一个有河的城里。你慢慢微调自己的知觉,可是,自己住过不止一个有河的城市——河,从哪里来?

意识,自遥远、遥远处一点一点回来,像一粒星子从光年以外,回来得很——慢。睁开眼睛,向有光的方向望去,看见窗上有防盗铁条,铁条外一株芒果树,上面挂满了青皮的芒果。一只长尾大鸟从窗前掠过,翅膀扇动的声音让你听见,好像默片突然有了配音。

你认得了。

2

喂——今天怎么样?做了什么?

在写字。礼拜天回不回来吃饭?

不行呢,我有事。

你说:"不要再开了吧?"

他背对着你,好像没听见。抱着一个很大的塑胶水壶,水的重量压得他把腰弯下来。几盆芦荟长得肥厚油亮,瘦瘦的香椿长出了茂盛的叶子。到花市去买百合,却看见这株孤零零不起眼的小树,细细的树干上长了几片营养不良的叶子,被放在一大片惊红骇紫的玫瑰和菊花旁边,无人理会。花农在一块硬纸板上歪歪斜斜地写了两个字:"香椿。"花市人声鼎沸,人磨着人,你在人流中突然停住脚步,凝视那两个字。小的时候,母亲讲到香椿脸上就有一种特别的光彩,好像整个故乡的回忆都浓缩在一个植物的气味里。原来它就长这样,长得真不怎么样。百合花不买了,叫了辆计程车,直奔桃园,一路捧着香椿。

"不要再开了吧?"

他仍旧把背对着你,阳台外强烈的阳光射进来,使他的头发一圈亮,身影却是一片黑,像轮廓剪影。

他始终弯着身子在浇花。

八十岁的人,每天开车出去,买菜,看朋友,帮儿子跑腿,到邮局领个挂号包裹。每几个月就兴致勃勃地嚷着要开车带母亲去环岛。动不动就说要开车到台北来看你,你害怕,他却兴高采烈,"走建国高架,没有问题。我是很注意的,你放心好了"。没法放心,你坐他的车,两手紧抓着手环不放,全身紧绷,而且常常闭住气,免得失声惊叫。他确实很小心,整个上半身几乎贴在驾驶盘上,脖子努力往前伸,全神贯注,开得很慢,慢到一个程度,该走时他还在打量前后来车;人家以为他不走了,他却突然往前冲。一冲就撞上前面的摩托车,菜篮子里的番茄滚了出来,被车子碾成浆。

再过一阵子,听说是撞上了电线杆。母亲在那头说:"吓死哩人喽。他把油门当做刹车你相不相信!"车头撞扁了,一修就是八万块。又过了几个月,电话又来了;他的车突然紧急刹车,为了闪避前面的砂石卡车。电话那一头不是"吓死哩人喽"的母亲;母亲在医院里。刹车的力道太猛,她的整个手臂给扭断了。

他把汽车钥匙交给你,然后是行车执照。黄昏的光影透过纱门薄薄洒在木质地板上,客厅的灯没开,室内显得昏暗,如此的安静,你竟然听见墙上电钟窣窣行走的声音。哥哥弟弟说,你去,你去办这件事。我们都不敢跟他开口。他,只听女儿的。

"你要出门就叫计程车,好吗?"你说,"再怎么坐车,也坐不到八万块的。"

他没说话。

你把钥匙和行车执照放在一个大信封里,用舌头舔一下,封死。

"好吗?"你大声地再问,一定要从他嘴里听到他的承诺。

他轻轻地说:"好。"缩进沙发里,不再作声。

你走出门的时候,长长舒了口气,对自己有一种满意,好像刚刚让一个骁勇善战又无恶不作的家伙和平缴械。

"礼拜天可不可以去同学会?"他突然在后面大声对你说,隔着正在徐徐关上的铁门。铁门"哐啷"一声关上,你想他可能没听见你的回答。

3

喂——吃过饭了吗?
吃不下。
不管吃不吃得下,都要吃啊。

妈,我要告诉你今晚发生的事情。

我在朋友家,大概有十来个好朋友聚在一起聊天。快毕业了,大家都特别珍惜这最后的半年。我们看了一个光碟,吃了叫来的匹萨,杯盘狼藉,然后三三两两坐着躺着说笑。这时候,我接到老爸的电话——他劈头就大骂:他妈的你怎么把车开走了?

自从拿到了驾照之后,我就一直在开家里那辆小吉普车,那是我们家多出来的一辆车。我就说,没人说我不可以开啊,他说,我有没有跟你说过晚上不准开车?我有没有跟你说过你经验不足,晚上不准开车?我就说,可是我跟朋友的约会在梅县,十公里路又没巴士,你要我怎么来?他就更生气地吼,把车马上给我开回家。我很火,我说,那你自己来梅县把车开回去。

他一直在咆哮,我真受不了。

当然,我必须承认,他会这么生气是因为——我还没告诉你,两个月前我出了一个小车祸。我倒车的时候擦撞了一辆路旁停着的车,我们赔了几千块钱。他因此就对我很不放心。我本来就很受不了他坐在我旁边看我开车,两个眼睛盯着我每一个动作,没有一个动作他是满意的。现在可好了,我简直一无是处。

可是我是小心的。我不解的是,奇怪,难道他没经过这个阶段吗?难道他一生下来就会开车上路吗?他年轻的时候甚至还翻过车——车子冲出公路,整个翻过来。他没有年轻过吗?

我的整个晚上都泡汤了,心情坏到极点。我觉得,成年人不记得年

2005

轻是怎么回事,他们太自以为是了。

秘书塞过来第二张纸条:再不出发要彻底迟到了,"后果不堪设想"。你匆忙地键入"回复":

原谅他,凡是出于爱的急切都是可以原谅的。我要赶去议会,晚上谈。

议会里,一片硝烟戾气。言词被当作武器耍用,但都是狼牙棒、重锤铁链之类的钝器,极少深藏不露但杀人不见血、不吐皮的剑术或柔道。你在抽屉里放一本心经,一本柏拉图谈苏格拉底,一本庄子;你一边闪躲语言的钝器锤击,一边拉开抽屉看经文美丽的字:

......是诸法空相　不生不灭　不垢不净　不增不减　是故空中无色　无受想行识　无眼耳鼻舌身意　无色　声香味触法　无眼界　乃至无意识界　无无明　亦无无明尽　乃至无老死　亦无老死尽　无苦集灭道　无智亦　无得......

深呼吸,你深深呼吸,眼睛看这些藏着秘密的美丽的字,不生不灭不垢不净,你就可以一苇渡过。可是粗暴的语言、强制的音量,像裂开的钢丝在对脆弱的神经施以鞭刑。这时候,电话响起,你一把抢过来,或许急迫等候的资料已经送到,你急促不耐地说"喂"——那一头,他的湖南乡音悠悠然说:"小珍,我是爸爸——"慢条斯理的,是那种要细细跟你聊一整个下午倾诉的语调,你像狗一样对着话筒吠出一声:"怎么样?"他显然被吓了回去,短短地说:"这个礼拜天、可不可以、同我去参加同学会?"

你停止呼吸片刻——不行,要精神崩溃了,我无眼耳鼻舌身意无色声香味触法——然后把气徐徐吐出,调节一下心跳。好像躲在战壕里注视从头上呼啸而来的炮火,你觉得口喉干裂,说不出话来。"几个老同学,宪兵学校十八期的,特别希望见到我的女儿,我们一年才见一次面。你能不能陪爸爸去吃饭?"

散文

4

喂——今天好吗?
好啊。
有出去吗?为什么不叫计程车?
你可不可以不要省钱?

牵着妈妈的手,逛街。"这么多人——"她很抗拒。

"你就是要习惯跟这么多人挤来挤去,妈妈,你已经窝在家里几年了,见到什么都怕。你要出来练习练习,重新习惯外面的世界。不然,你会老得更快,退缩得更快。"你说,她更紧地抓着你的手。

地铁站里的手扶电梯"嚓嚓嚓嚓"地滚动,你才发现那速度有多快;你一手环着她的腰,一手紧抓她的手,站在入口,如临深渊,看准了不会踩空的一阶,赶忙带她踏上。"嚓嚓嚓嚓"像一列上了刺刀、跑步中的军队。地铁站里万人攒动,每个人都在奔忙赶路,她不停地说:"这么多人,这么多人……"

坐下来喝杯凉茶,你说:"去杭州老家好吗?"

"不去,"她说,"他们都死了,去干什么呢?"

"那个表妹也死了吗?"

"死了。她还比我小三岁。都死了。"

那个"都"字,包括一起长大的兄弟姊妹,包括情同姊妹的丫头,包括扎辫子时的同学,包括所有唤她小名的同代同龄人。

"那么去看看苏堤白堤,看看桃红柳绿,还可以吃香椿炒蛋,不是很好吗?"

她淡淡地看着你,眼睛竟然亮得像透明的玻璃珠:"你爸爸走了,这些,你说有什么意思吗?"

那么我们去香港,去深圳。我们去买衣服?

你开始留意商店,有没有,专门卖适合八十岁妇人的衣服?有没有,专门想吸引这个年龄层的商店?有没有,在书店里,一整排大字体书,告诉你八十岁的人要如何穿,如何吃,如何运动,如何交友,如何与孤独相

满山遍野的茶树开花 137

处,如何面对失去,如何准备……自己的告别?有没有电影光碟,一整排列出,主题都是八十岁人的悲欢离合,是的,八十岁女性的内心世界,她的情和欲、她的爱和悔、她的时光退不去的缠绵、她和时光的拔河?有没有这样的商店、这样的商品,你可以买回去,晚上和她共享?

经过鞋店,她停下脚,认真地看着橱窗里的鞋。你鼓励她买双鞋,然后发现,她指着一双俏丽的高跟鞋。

"妈,你年纪大,有跟的鞋不能穿了,会跌倒。老人家不能跌倒。"

"喔——"

她又拿起一双鞋,而且有点不舍地抚摸尖尖的镶着金边的鞋头。

"妈,"你说,"这也是有跟的,不能啦。"

她将鞋放下。

你挑了一双平底圆头软垫的鞋,捧到她面前。

她坚决地摇头,说:"难看。"那不屑的表情,你很久没看到过了,也因此让你忽然记得,是啊,她曾经多么爱美。皮肤细细白白的杭州姑娘和你并肩立在梳妆镜前,她摸着自己的脸颊,看着自己,看着你,说:"女儿,你看我六十五岁了,还不难看吧?"

"不难看。你比我还好看呢——老妖精。"

她像小姑娘一样笑,"女儿,给你买了一样东西。"她弯腰从抽屉里拿出一个没开封的盒子,放在你手里,"你一定要吃。"

你看那粉红色的纸盒,画着一个娇娆裸露的女人,脸上一种暧昧的幸福。你不可置信地看着她,她正对你眯眯微笑,带着她所有的慈爱。"仙桃丸",是隆乳的药。

"你那里太平了嘛!"她说。

你想脱口而出"神经病啊你",突然想到什么转而问:"那你……你吃这个啊?"

又回到人流里,你开始看人。你在找,这满街的人,有多少是她的同代人?睁大眼睛看,密切地看。没有,走过一百个人也不见得看见一个八十岁的人走在其中。想到自己到西门町的感觉,在那里,五十岁的你觉得自己格格不入是异类,或者说,满街都是"非我族类"。那么她呢?不只一个西门町,对她,是不是整个世界都已经被陌生人占领,是不是一

散文

种江山变色,一种被迫流亡,一种没发觉已经来到的放逐? 一种秘密进行的决绝的众叛亲离?

经过电影院,你仔细看那上演中和即将放映的片子——有没有,不是打打砸砸,不是同性恋或革命,不是外星毁灭计划或情仇谋杀,而是既简单又深沉,能让八十岁的人不觉得自己被世界"Delete"掉的片子? 有没有?

"回去吧。"她突然说。

"不行,"你一直牵着她的手,现在,你转过头来注视她,"一定要给你买到一件你喜欢的衣服和鞋子我们才回去。"

"都死了。"

"谁? 谁都死了?"

"我那些同学,还有同乡,周保英,赵淑兰,余叶飞,还有我名字想不起来的⋯⋯"

为什么,你问她,为什么,在红尘滚滚的香港闹街上,突然想起这个?

"就是如此,"她声音很轻,几乎听不见,"一直就是如此。"

一群中学女生叽叽喳喳、推来挤去地闹着,在一个卖串烧的小摊前。一个儿特别高的正在统筹,数着谁要吃什么,该付多少钱。有人讲了什么话,引起一阵夸张的爆笑和推挤。你很惊讶:香港竟还有女学生制服是蓝色的阴丹士林旗袍,脚上穿着白袜布鞋。

5

喂——吃过饭吗?
听见吗? 听见我说话吗?
我说,你—吃—过—饭—吗?
是不是听筒拿倒了你?

"你的假牙呢?"

她拿下了假牙,两颊瘪下来,嘴唇缩皱成一团。原来,任何没了牙齿的人,都长得一样:像一个放得太久没吃的苹果,布上一层灰还塌下来皱成一团,愈皱愈缩。而且不管男的女的,牙齿卸下来以后,长相都变得一样。

她很腼腆的,像一个被发现偷了钱的小孩,将假牙从衣服口袋里拿出来摊在手心,让你检查。

玛丽亚在一旁说:"她用稻子去砍假牙。"

你傻了。

"她说,"玛丽亚的国语有印尼腔,"假牙痛,不俗服,所依就拿剪刀去锉,还拿稻子去砍。假牙不好,她要修假牙。"玛丽亚气气的,有点当面告状的意思。

你说:"把假牙交给我,我来处理。"她不好意思地笑着,温驯地将假牙放在你手里。

"假牙不舒服的话,要医生去修,自己不能动手的。好吗?"

她已经走到阳台,兀自坐在白色的铁椅上,面朝着浅蓝色的大海;从室内看出去,她的身影是黑的,阳光照亮了一圈她的头发,像个完美的轮廓剪影。

她走路那么轻,说话那么弱,对你是新鲜的事。记忆中,任何时候、任何场合,她总是那个笑得最大声,动作最夸张的一个。少女时代,你还常因为她太"放肆"、太"野",而觉得"挺丢脸的,这样的妈"。她笑,是笑得前仰后合,笑得直拍自己的大腿,笑得把脚悬空乱踢,像个"疯婆子"一样。也因为她的"野",你和她说话有一种特殊的自由。那一年,她拿了你新出的小说过来,边摇头边说:"小珍啊,你这一本书,我是一个朋友都不敢送的。"

"嘎,为什么?"

她打开书,指着其中一页,说:"喏,你自己读读看——"

> 街口,和往常一样,坐着三两个流浪汉……其中一个头发脏成一团的人叉开腿歪坐在地上。裤子显然已没有拉链,我不得不瞥见他的毛发和阳具……马匹经过眼前,滚动着一股气味,是干草和马汗的混合吧?倒有点像男人下体毛发的气味,说不上是好

散文

闻还是不好闻……

"你——怎么会写这种东西?"她想想,又认真地说,"你怎么知道'辣里'——'辣里'是什么气味?"杭州音,"那"是"辣"。

你也很认真地回答:"妈,你不知道'那里'——'那里'是什么气味?"

她笑了,大笑,笑得呛到了,断断续续说:"神经病!我喇里晓得'辣里'有什么气味。"

你等她笑停了,很严肃地看着她,"妈,你到七十岁了还不知道'辣里'什么气味;确实有点糟。"你执起她的手,一本正经地说,"但是别慌,现在还来得及。"

"要死了——"她笑着骂你,而且像小女生一样拍打你;很大声地笑,很凶悍地拍打。

6

喂——今天好吗?什么痛?

脚痛,忍不住吃了鸡,又痛风了。

不是知道不能吃鸡吗?妈妈不是不准你吃吗?

你偷吃的是吧?

即使是八十岁,还是看得出阶级。那被尊称"将军"的,腰杆儿挺直地坐在上位,人们不停地去向他敬酒;敬酒的人站着,可能还拄着拐杖,他坐着。脸上和别人一样,满布黑斑,但是眉宇间毕竟有几分矜持。尊严,大概就是你如何坚持别人怎么看你吧。

接到你电话你已上路,他就摸着扶手下了楼来,站在饭店门口守候。远远看见你的座车,他就高举一只手臂,指挥司机的动线。下车时你告诉司机:"把公文带回府,两点准时来接。"话没说完,他已经牵着你的手,准备上楼。你曾经很婉转地对他说:"我四十岁了,你不必牵我的手过街。"他说"好",到了过街,他的手又伸了过来。后来你又很严肃地告诉他:"我已经五十岁了,你真的不必牵我的手过街。"他说"好",到了过街,照牵不误。他的手,肥肥短短厚厚的。

满山遍野的茶树开花　141

2005

然后有一天,一个个儿很高、腿很长很瘦的年轻人,就在那光天化日的大街上,很认真地对你说:"我已经十八岁了,你真的应该克制一下要牵我手过街的反射冲动。"

你当场愣在那里,然后眼泪巴巴流下,止不住地流。儿子觉得丢脸极了,大步窜过街到了对岸,两手抄在裤袋里,盯自己的脚尖。你被拥挤的车流堵在大街中线,隔着一重又一重的车顶远远看着儿子阳光下的头发,泛出一点光。你曾经怎样爱亲吻那小男孩的头发啊。他有那种圣诞卡片上常画的穿着睡衣跪着祈祷的小男孩的头型,天使般的脸颊,闻起来有肥皂清香的头发,贴着你的肩膀睡着时,你的手环着他圆滚滚的身体,感觉无比的踏实。

"受伤"的感觉逐渐克服,你噙住眼泪,浮起一股淡淡的荒凉感。你环顾周遭,一片红尘喧嚣,却好像看见无边无际的淡漠的空旷,来者恒来,去者恒去,没有什么东西是抓得住、留得下的;原来,所有喧嚣的红尘都是因风滚动的蓬草,往一个方向,旷野的尽头奔去。原来所有自己的当下啊,都是别人的过去。你恋恋不舍的,他急急摆脱。你急急摆脱的,别人又恋恋不舍。生命的延续,是留恋和摆脱的永远的移交程序。

既然来了,你就准备好要顺从到底。司机把你在座车里批完的公文放进一个提袋,将车开走。你像绵羊一样让他牵着你的手,一步一步上楼去。

他很兴奋。这是第一次,你出现在他的同学面前。"将军"站起来和你敬酒,"团长"要你一本签名的书,"陈叔叔"要和你讨论资治通鉴以及今天的权力局势。一圈酒敬下来,你问他:"怎么潘叔叔今天没来?"

"中风了,"他说,"脸都歪了。也不能走路。"

一个老人巍巍颤颤地被人扶着过来敬酒,你站起来,想听懂老人说什么,但是口齿含混,你完全听不懂。

他夹了一块鸡肉,搁在你碗里——你曾经多么痛恨这湖南乡下的饮食习惯,一定要夹菜给别人,强迫进食,才算周到。他在咕哝咕哝说什么,听了一会儿,才知道他在说刚刚那个人。"当年是我们学校的才子,会写诗,会唱歌,也很能带兵。现在很可怜,听说儿子还打他,打了跌在地上,骨头都跌断了。老同学也不晓得要怎么帮忙。"你再看那"才子"一眼,他已在右边一张桌子坐下,吃着东西,弓着背,头勾得很低,几乎碰到眼前的饭碗。

有人拿了一本《湖南文献》过来,说:"局长,这里有我的一首诗,请你指教。"你赶忙站起来,恭敬地接过杂志。他双手举着酒杯,说:"王柏学长的诗,那还用说吗?小女只有学习的份,哪里谈得上指教呢?"他的志得意满,实在掩藏不住。每一个谦虚的词,都是最夸张的炫耀。你忍耐着。

王柏走了,他又夹了一块蹄髈肉到你满得不能再满的碗里,说:"你记不记得《滕王阁序》?"

"记得。"

"他也叫王勃。"

7

喂——今天好吗?

……

今天好吗?你听见吗?

他念诗,用湘楚的古音悠扬吟哦:白日依山尽,黄河入海流。他考你背诵:

天高地迥,觉宇宙之无穷;兴尽悲来,识盈虚之有数……关山难越,谁悲失路之人?萍水相逢,尽是他乡之客。

他要你写毛笔字,"肘子提起来,坐端正,腰挺直":

"鹏之徙于南冥也,水击三千里,抟扶摇而上者九万里,去以六月息者也。"野马也,尘埃也,生物之以息相吹也。天之苍苍,其正色邪?其远而无所至极邪?其视下也,亦若是则已矣。

你问:"野马"是什么?"尘埃"是什么?是"野马"奔腾所以引起"尘埃",还是"野马"就是"尘埃"?他说,那指的是生命,生命不论如何辉煌跃动,都只是大地之气而已,如野马,如尘埃。但是没有关系,你长大了就自然会懂。

他要你朗诵《陈情表》,你不知道为什么,但是你没多问,也没反叛,因为,十二岁的你,多么喜欢字:

2005

臣密言：臣以险衅，夙遭闵凶。生孩六月，慈父见背；行年四岁，舅夺母志。祖母刘愍臣孤弱，躬亲抚养。臣少多疾病，九岁不行，零丁孤苦，至于成立……茕茕独立，形影相吊。而刘夙婴疾病，常在床蓐，臣侍汤药，未曾废离……

他坐在一张破藤椅中，穿着一件白色汗衫，汗衫洗得稀薄了，你想"褴褛"大概就是这个意思。天热，陈旧的电风扇在墙角吹，嘎拉嘎拉好像随时会解体散落。他用浓重的衡山乡音吟一句，你用标准国语跟一句。念到"茕茕独立，形影相吊"，他长叹一声，说："可怜可悯啊，真是可怜可悯啊。"

然后，他突然要你把那只鞋从抽屉里取出来给他。

其实不是鞋，是布。布，剪成脚的形状，一层一层叠起来，一针一针缝进去，缝成一片厚厚的布鞋底。原来或许有什么花色已不可知，你看它只是一片褪色的洗白。太多次，他告诉你这"一只鞋底"的来历，你早已没兴趣。反正就是炮火已经打到什么江什么城了，火车已经不通了，他最后一次到衡山脚下去看他的母亲，他说"爱己"——湖南话称奶奶"爱己"，你"爱己"正在茶林里捡柴火。临别时，在泥泞的黄土路上，"爱己"塞了这只鞋底进他怀里，眼泪涟涟地说，买不起布，攒下来的碎布只够缝一只鞋底，"儿啊，你要穿着它回来"。

他掏出手帕，那种方格子的棉布手帕，折叠得整整齐齐的，坐在那藤椅里，开始擦眼睛，眼泪还是滴在那只灰白的布鞋底上。

你推算一下，自己十二岁，那年他才四十六岁，比现在的你还年轻。离那战争的恐慌、国家的分裂、生离和死别之大恸，才十四年。穿着布鞋回家看娘的念头，恐怕还很逼真强烈。你记得，报纸上每天都有"寻人启事"，妻子找丈夫，父亲寻子女；三天两头有人卧轨自杀，报道一概称为"无名尸体一具"。

他是不是很想跟你说话呢，在他命你取鞋的时候，是不是看见你幼稚兼不耐的眼神，就静默了呢？

白天的他，穿着深黑的呢料警官制服，英气勃勃地巡街。熟人聚集的时候，总会有人问母亲当年是否因为他如此英俊而嫁给他，母亲就斜眼睨着他，带几分得意，"不错啊，他是穿着长统靴，骑着马来到杭州的。

到了我家的绸布庄,假装买东西,跟我说话……"他在一旁笑,"那个时候,想嫁给我的杭州小姐很多呢……"

乡下的街道充满了生活。商店里琳琳琅琅的东西满到街上来,小贩当街烧烤的鱿鱼串、老婆婆晒太阳的长条板凳、大婶婆编了一半的渔网渔具、卖冬瓜茶和青草茶的大桶,挤挤挨挨占据着村里唯一的马路。有时候,几头黑毛猪摇摇摆摆过来,当街就软软趴下来晒太阳。客运巴士进村时,就被堵在路中。你看见他率领着几个警员,吆喝着人们将东西靠边。时不时有人请他进去喝杯凉茶。你不知道他怎么和乡民沟通,他的闽南语不可能有人听懂,他的国语也常让人笑话。他的湖南音,你听着,却不屑学。你学的是一口标准国语,那种参加演讲比赛的国语。

晚上,他独自坐在日式宿舍的榻榻米上,一边读报,一边听《四郎探母》,总是在那几句跟唱:"我好比笼中鸟,有翅难展;我好比虎离山,受了孤单;我好比浅水龙,困在了沙滩……"弦乐过门的时候,他就"得得了哐当"跟着哼伴奏,交叠的腿一晃一晃打着节拍。《四郎探母》简直就是你整个成长的背景音乐,熟悉它的每一个字、每一个音,但是你要等候四十年,才明白它的意思。

或者,当"爱己"将鞋塞在他怀里的时候,他也是极其不耐的?要过数十年,白山黑水涉尽,无路可回头时,他也才明白过来?

你要两个在异国生长的孩子去亲近他,去讨他欢心。两兄弟说:"但是,我们跟他没有话说啊。而且,他不太说话了。"是啊,确实不知什么时候开始的,他走路的步子慢了,一向挺得直直的背脊有点儿弯了,话,越来越少,沉默的时间越来越多。奇怪,何时开始的?显然有一段时候了,你竟然没发现。

这样,你说,你们两个去比赛,谁的话题能让"也爷"把话盒子打开,谁就赢。一百块。老大懂得多,一连抛出几个题目想引他说话,他都以单音节回答,"嗯","好","不错"。你提示老大,"问他的家乡有什么。"老大问了,他说:

"有……油茶,开白色的花,茶花。"

"还有呢?"

"还有……蜥蜴。"

"什么？蜥蜴？"两个孩子都竖起了耳朵，"什么样的蜥蜴？变色龙吗？"

"灰色的，"他说，"可是背上有一条蓝色，很鲜的蓝色条纹。"

他又不说话了，不管孩子怎么问。

你对老二使一个眼色，附在他耳边悄声说："问他，问他小时候跟他妈怎么样——"老二就用脆脆的童音说："也爷，你小时候跟你妈怎样啊？"

"我妈妈？"本来低着头吃菜的他，突然抬起头来，很精神，"我告诉你们听啊——"他放下了筷子。

孩子们瞅着你偷笑，脚在桌子底下踹来踹去。

"有一天，我从学校回家，下很大的雪——从学校回家要走两个小时山路。雪很白，把我眼睛刺花了，看不见。到家是又冷又饿，我的妈妈端给我一碗白米饭——"他站了起来，用身体及动作示意他和妈妈的位置。孩子们笑翻了，老大压低声音抗议，"不行，一百块要跟我分，妈妈帮你作弊的——"

"我接过妈妈手里的饭碗，想要把碗放在桌上，可是眼睛花了，没有想到，没放到桌上，'空'的一声碗打到地上破掉了，饭也洒在地上了。"

老二正要回踢哥哥，被他哥哥严厉地"嘘"了一声要他安静；"也爷"正流着眼泪，哽咽地说："我妈妈好伤心喔。她不知道我眼花，她以为我嫌没有菜，只有饭，生气把碗打了。她自己一整天冻得手都是紫青色的，只能吃稀饭，干饭留给我吃，结果呢，我把唯一的一碗饭打在地上。她是抱头痛哭啊……"

他泣不成声，说："我对不起我妈……"

孩子们瞅着你，小声说："你好坏。都是你。"

你起身给他倒了一杯热开水，说："爸爸，你教孩子们念诗好不好？"

他擦着眼角，又高兴起来，"好啊，就教他们'白日依山尽'吧？"

散文

8

喂——今天好不好？
我说，你今天好—不—好？
妈，他说什么？为什么我听不
懂他说什么？他怎么了？

"老师要我做一个报告，介绍老子。妈，你知道老子吗？"
你惊讶。十三岁的欧洲小孩，老师要他们懂老子？
"知道啊。妈妈的床头就有他的书。"
"嗄？怎么这么巧？"孩子的声音已经变了，在电话里低沉得像牛蛙在水底发闷的那种声音，"那老子是真正的有名喽？！"
"对啊，"你伸手去拿《道德经》，"三千年来都是畅销作家啊。"
"难怪啊，在德文网络上我已经找到八千多条跟'老子'有关联的……"
你趴在床上，胸前压着枕头，一手抓着话筒，开始用中文辅以德语对孩子解释"天下莫柔弱于水，而攻坚强者莫之能胜，以其无以易之。柔之胜刚，弱之胜强，天下莫不知"。
每天的"万里通话"要结束了，孩子突然说："喝牛奶了没有？"
"嗯？"你没会意，他又说："刷了牙吗？"
你说："还没——"他打断你，"功课做了吗？有没有吃维他命？电视有没有看太多？衣服穿得够不够？"
你听得愣住了，他说："没交什么坏朋友吧？"
电话里有一段故意的留白，你忽然明白了，大声地抗议："你很坏。你在教训妈。"
孩子不怀好意地嘿嘿地笑，"一年三百六十五天，你每天打电话就是这样问我的，你现在应该知道你有多可笑了吧？"
你一时答不出话来，他乘胜追击说："我不是小小孩了你什么时候才会搞懂啊？"
你结结巴巴地，"妈妈很难调整——"

满山遍野的茶树开花 147

2005

　　他说:"你看你看,譬如说,你对我还在用第三人称称自己,'妈妈要出门了','妈妈回来了'……喂,你什么时候停止用第三人称跟我说话啊?我早就不是你的 Baby 了。"

　　你跟他"认错",答应要"检讨","改进"。"还有,"他说,"在别人面前,不可以再叫我的乳名了。"

　　你放下电话,你坐在那床沿发怔,觉得仿佛有件什么事情已经发生了,一件蛮重大的事情,但一时也想不清楚发生的究竟是件什么事,也理不清心里的一种慌慌的感觉。你干脆不想了,走到浴室里去刷牙,满嘴泡沫时,一抬头看见镜里的自己,太久没有细看这张脸,现在看起来有点陌生。你发现,嘴角两侧的笑纹很深,而且往下延伸,脸颊上的肉下垂,于是在嘴角两侧就形成两个微微鼓起的小袋。你盯着这张脸看,心想,可好,这跟老虎的脸有点像了。继续刷牙。

　　终于等到了一个走得开的礼拜天,赶去桃园看他。你吓了一跳,他坐在矮矮的沙发里,头低低地勾着,好像脖子撑不住头的重量。你唤他,他勉强地将头抬起,看你,那眼神是混浊涣散的。你愣了一下,然后记起买来的衣服,你把衣服一件一件摊开。

　　你去桃园的街上找他可以穿的衣服。大多是女人,年轻少女的衣服。百货店里的男人衣服也太"现代"了。他是那种一套衣服不穿到彻底破烂不认为应该买新衣服的人。出门时,却又一贯地穿戴整齐,白衬衣,领带端正,深色笔挺的西装,仅有的一套,穿了二十年也不愿意多买一套。

　　你在街上走了很久,然后突然在一条窄巷前停下来。那其实连巷都称不上,是楼与楼之间的一条缝,缝里有一个摊子,堆得满满的,挂着蓝色的棉袄、毛背心、卫生衣、卫生裤。一个戴着棉帽的老头,坐在一张凳子上,缩着脖子摩擦着手,一副惊冷怕冻的模样。你不敢相信,这是童年熟悉的镜头——外省老乡卖棉袄棉裤。

　　带着浓厚东北腔的老乡钻进"缝"里拿出了你指名要的东西:棉袜,棉裤、贴身的内衣、白衬衫,褚红色的羊毛背心,深蓝色的羊毛罩衫,宝蓝色棉袄,灰色的棉帽,褐色的围巾,毛织手套。全都包好了,你想了想,问他:"有没有棉布鞋啊?黑色的?"

散文

老头从塑胶袋里拿出一双黑布鞋。你拿了一只放在手掌上看,它真像一艘湘江上看到的乌篷船,如果"爱己"的鞋垫完成了,大概就是这样一只鞋吧。

你和母亲将买来的衣服一件一件、一层一层为他穿上,折腾了半天。最后穿上棉鞋。他微笑了,点头说:"很好。合脚。"

你要陪他出去散步,发现他无法从沙发里站立起来。

从医院里回来,他的身体向右边微微倾斜,口涎也就从右边的嘴角流出。他必须由你用两只手臂去拉,才能从沙发起身。他的腿不听脑的指挥,所以脚步怎么想都迈不出去。他的手,发抖。

在客厅里,面对着他站好,你用双手拉起他的双手,说:"来,跟着我走。左——"

他极其艰难地推出一只脚,"右——"另一只脚,却无法动弹。

"再来一次,一……二……左……右……"

他显然用尽了力气,脸都涨红了,可是寸步维艰。你等着,等他脑里的指令到达他的脚底,突然听见街上叫卖"肉粽"苍老的唱声,从远而近。黄昏的光,又照亮了柚木地板。母亲忧愁地坐在一旁,盯着你看。你又听见那钟在窣窣行走的声音。麻将桌仍在那钟下,牌仍摊开在桌上,但是,乱七八糟堆在那里,像垮掉的城墙。

"这样,"你回过神来,手仍旧紧紧抓着他的手,"我们念诗来走路。准备走喽,开始!白—日—依—山—尽……"

他竟然真的动了,一个字一个节拍,他往前,你倒退着走,"黄—河—入—海—流……"

千辛万苦,你们走到了纱窗边,"转弯——"

"欲—穷—千—里—目,更—上——一层—楼。"

她在一旁兴奋地鼓起掌来,"走了,走了,他能走啊。"你用眼角看她,几乎是披头散发的,还穿着早晨的睡衣。

"转弯——月—落—乌—啼—霜—满—天,再来,江—枫—渔—火——"

他专心地盯着自己的脚,你引他向前而自己倒退着走;是啊,孩子的手肥肥嫩嫩的,手臂一节一节的肉,圆圆的脸庞仰望着你,开心地笑,你

满山遍野的茶树开花

往后退,"来,跟妈妈走,板凳歪歪——上面坐个——乖乖,乖乖出来——赛跑——上面坐个——小鸟——小鸟出来——撒尿——"他咯咯笑,短短肥肥的腿,有点跟不上。

"来,最后一遍。爸爸你慢慢来,开步喽,少——小——离——家——老——大——回,乡——音——无——改——鬓——毛——衰——转弯,儿童相见——不相识……"

9

喂——今天怎么样?

今天好一点,可是一整天,他眼睛都是闭起来的。

他有说话吗?

你虎着脸瞪着玛丽亚,"你是怎么帮他洗脸的呢?帕子一抹就算了?"

你手里拿着一支细棉花棒,沾水,用手指拨开他的眼皮,然后用棉花棒清他的眼角里侧。"一直说他眼睛不打开,"你在发怒,"你就看不出是因为长期的眼屎没洗净,把眼睛糊住了吗?"

清洗过后,他睁开眼睛。母亲在一旁笑了,"开眼了,开眼了。"

眼睑仍有点红肿,但是眼睛睁开了,看着你,带着点清澄的笑意。你坐下来,握着他的手,心里在颤抖。兄弟们每天打电话问候,但是透过电话不可能看见他的眼睛。你也看过他好多次,为什么在这"好多次"里都没发觉他的眼睛愈来愈小,最后被自己的眼屎糊住了?你,你们,什么时候,曾经专注地注视过他?他老了,所以背佝偻了,理所当然。牙不能咬了,理所当然。脚不能走了,理所当然。突然不说话了,理所当然。你们从他身边走过,陪他吃一顿饭,扶着他坐下,跟他说再见的每一个当下,曾经注视过他吗?

那么"老"的意思,就是失去了人的注视?

你突然回头去看她,她的头发枯黄,像一撮冬天的干草,横七竖八顶在头上。眼睛里带着病态的焦虑——她,倒是直勾勾地注视着他,强烈、燃烧、带点发狂似的注视着他,嘴里喃喃地说:"同我说话,你同我说话。

我一个人怎么活,你同我说话呀。"

底下有人在打篮球,球蹦在地面的声音一拍一拍传上来,特别显得单调。天色暗了,你将灯打开。

手机也打开,二十四小时打开,放在家里的床头,放在旅馆的夜灯旁,放在成堆的红色急件公文边,放在行李的外层,静音之后放在会议进行的麦克风旁,走路时放在手可伸到的口袋里。夜里,手机的小灯在黑暗中一闪一灭,一闪一灭,像急诊室里的警告灯。

你推着他的轮椅到外面透气。医院像个大公园,植了一列一列的树,开出了黄心白瓣的鸡蛋花,香气弥漫花径。穿着白衣大褂的弟弟刚刚赶去处理一个自杀的病人,你看着他匆忙的背影,在一株龙眼树后消失。是痛苦看得太多了,使得他习惯面对痛苦不动声色?是作为儿子和作为医生有角色的冲突,使得他努力控制自己的情感而对父亲的衰败不动声色?你在病房里,在父亲的病榻边,看自己的兄弟与医师讨论自己父亲的病情,那神情,一贯的职业的冷静。你心里在问:他看见什么?在每天"处理"痛苦,每天"处理"死亡的人眼里,"父亲病重"这件事,会因为他的职业而变轻了,还是,会把他已经视为寻常的痛苦,变重了?无法问,但是你看见他的白发。你心目中"年幼"的弟弟,神情凝重,听着病历,额头上一撮白发。

"回想起来,"他若有所思地说,"他的急遽退化,是从我们不让他开车之后开始的。"

你怔住了,久久不能说话;揉揉干涩的眼睛,太累了。

拾起一朵仍然鲜艳但是已经颓然坠地的鸡蛋花,凑到他鼻尖,说:"你闻。"他抬不起头来,你亦不知他是否仍有嗅觉,你把花搁在他毛毯覆盖的腿上,就在这个时候,你发现,稀黄流质的屎,已经从他裤管流出,湿了他的棉袜。

在浴室里,你用一块温毛巾,擦他的身体。本该最丰满的臀部,在他身上萎缩得像两片皱巴巴的扇子,只有皮,没有肉。全身的肉,都干了。黄色的稀屎沾到你衣服上,擦不掉。

让他重新躺好,把被子盖上,你轻轻在他耳边说:"我要回台北了,下午有会。三点的飞机。过几天再飞来高雄看你好不好?"

你去抱一抱她,亲亲她的头,她没反应,木木地坐着。你转身提起行李,走到病房门口,却听见哭泣声,他突然像小孩一样地放声痛哭,哭得很伤心。

喇嘛要你写下他的名字和生辰,以便为他祝福,然后你们面对面席地而坐。你专注地看着喇嘛——他比你还年轻,他知道什么你不知道的秘密吗?

你有点不安,明显地不习惯这样的场合,你低着头,不知从哪里说起,然后决定很直接地说出自己来此的目的:"我们都没有宗教信仰,也没真正接触过宗教。我觉得他心里有恐惧,但是我没有'语言'可以安慰他或支持他。我想知道,您建议我做什么?"

你带着几本书,一个香袋离开;昨晚的梦里,又是一片无边无际的旷野,你滑进深不可测的黑洞,不,你不想马上回到办公室里去,你沿着河堤走。艳丽无比的绯红色紫荆花在风里摇曳,阳光照出飘在空气里的细细花絮,公园里有孩子在嬉闹。你很专心地走,走着走着,到了一片荒野河岸,芦草杂生,野藤乱爬,你立在河岸上眺望,竟不知这是这个城市里的什么地方。

10

喂——今天怎么样?

喂——今天怎么样?

喂——今天……

是最后的时刻了吗?是要分手的时刻了吗?

老天,你为什么没教过我这生死的一课?你什么都教了我,却竟然略过这最基本、最重大的第一课?

他的喉咙有一个洞,插着管子。他的手臂上、胸上,一条一条管线连着机器,机器撑着他的心脏跳动,使得他急促而规律地呼吸。他的眼睛睁得大大的,但是眼神一片空茫。他看不见你们,但是你想,他一定听得见,一定听得见。你紧紧握着他的手,亲亲他的额头,凑近他的耳……

没有,你没有学到那个生命的语言——来不及了。你仍旧只能用你们之间熟悉的语言,你说,爸爸,大家都在这里了,你放下吧,放下吧。不就是尘埃野马吗?不就是天高地迥,觉宇宙之无穷;兴尽悲来,识盈虚之有数吗?在河的对岸等候你的,不就是你朝思暮想的"爱己"吗?你不是说,楚之南有冥灵者,以五百岁为春,五百岁为秋;你不是说,上古有大椿者,以八千岁为春,八千岁为秋?去吧,带着我们所有的爱,带着我们最深的感恩,上路吧,父亲你上路吧。

他的嘴不能言语,他的眼睛不能传神,他的手不能动弹,他的心跳愈来愈微弱,他已经失去了所有能够和你们感应的密码,但是你天打雷劈地肯定:他心中不舍,他心中留恋,他想触摸、想拥抱、想流泪、想爱……

你告诉自己:注视他,注视他,注视他的离去,因为你要记得他此生此世最后的容貌。

佛经的颂声响起,人们将他裹在一条黄色的缎巾里。你坐在他的身旁。八个小时,人们说,颂八个小时的经不断,让他的魂安下来。他躺在你面前,黄巾盖着他的脸。是的,这是一具尸体,但是,你感觉他是那么的亲爱,你想伸手去握他的手,给他一点温暖;你想站起来再去亲亲他的脸颊、摸一下他的额头测测体温;你希望他翻个身、咳嗽一下;你想再度拥抱他瘦弱的肩膀,给他一点力量,但是你不动。你看见血水逐渐渗透了缎巾,印出深色的斑点。到第六个小时,你开始闻到淡淡的气味。你认真地辨识这个气味,将它牢牢记住。你注视。

对面坐着从各地赶来助颂的人们,披着黑色的袈裟,神情肃穆。你想到:这些人,大概都经历过你此刻所经历的吧?是这个经历,促使他们赶来,为一个不认识的人,一个不认识的遗体,送别?死亡,是一个秘密社会的暗语吗?因为经验了死亡,所以可以一言不发就明白了一切的一切吗?

八个小时过后,缎巾揭开,你看见了他的脸。"不要怕,"有人说,"一定很庄严的。"他显得丰满,眼睛闭着,是那种,你所熟悉的,晚上读古文的时候若有所思的表情。

有人来问,是否为他穿上"寿衣"。你说,不,他要穿你们为他准备好的远行的衣裳:棉袜,棉裤,贴身的内衣,白衬衫,褚红色的羊毛背心,深蓝色的羊毛罩衫,宝蓝色棉袄,灰色的棉帽,褐色的围巾,毛织手套,还有,那双黑色的棉鞋。

从冰柜里取出,解冻,你再看见他,缩了,脸,整个瘪下去,已是一张干枯的死人的脸。你用无限的深情,注视这张腐坏的脸。手套,因为手指僵硬,弄了很久才戴上。你摸摸他的脚,棉鞋也有点松了,你将它穿好。你环着母亲的腰,说:"妈,你看,他穿得暖暖的走。"她衰弱得只能勉强站着,没说话。

11

喂——今天做了什么?

你是谁?

我是谁?妈妈,你听不出我是谁?

你大量地逛街,享受秋天的阳光大把大把瀑洒在脸上、在眼睫毛之间的灿亮温暖的感觉。你不去中环,那儿全是行色匆匆、衣冠楚楚的人。你不去铜锣湾,那儿挤满了头发染成各种颜色不满十八岁的人。你在上环的老街老巷里穿梭。一个脑后梳着发髻的老奶奶坐在书报摊上打着盹,头低低垂在胸前。一个老头坐在骑楼里做针线,你凑近去看,是一件西装,他正在一针一线地缝边。一个背都驼了的老婆婆低头在一只垃圾箱里翻找东西。一对老夫妻蹲在人行道上做工。你站着看了好一会儿。有七十多岁了吧?老太太在一张榻榻米大的铝板上画线,准备切割;老先生手里高举着槌子,一槌一槌敲打着铝片折叠处。把人行道当工厂,两个老人在手制铝箱。

你在楼梯街的一节台阶坐下,怔怔地想,人,怎么会不见了呢?你就是到北极、到非洲沙漠、到美洲丛林,到最神秘的百慕大三角,到最遥远最罕无人迹的冰山、到地球的天涯海角,你总有个去处啊。你到了那里,要放下行李,要挪动你的身体,要找杯水喝。你有一个东西叫做"身体","身体"无论如何要有个地方放置;一个登记的地址,一串数字组成的号码,一个时间,一个地点,一杯还有点温度的茶杯,半截抽过的香烟,丢在垃圾桶里擤过鼻涕的卫生纸,一张写着电话号码的撕纸,一根掉落在枕头上的头发,一个私章,一张剪过的车票,一张黏在玻璃垫下已久的照片,怎么也撕不下来,总而言之,一个"在"。

然后,无论你去了哪里,去了多久,你他妈的总要回来,不是吗?

你望着大街——这满街可都是人啊,但是,但是他在哪里?告诉我,他"去"了哪里?总该有个交代、有个留言、有个什么解释吧?就是半夜里被秘密警察带走了,你也能要求一个说法吧?对一个人的下落,你怎么可以……什么讯息都没有地消失呢?

"空"——"空"怎么能算"存在"呢?

几个孩子在推挤嬉笑,开始比赛爬楼梯街。你站起来,让出空间,继续走,继续看,继续寻找。你停在一家参药行前面,细看那千奇百怪的东西。你走进一家古董店,里面卖的全是清朝的各种木器:洗脚盆、抽屉、化妆盒、米箱、饭桶……你在一对雕花木橱前细细看那花的雕工。木橱的两扇门上写着对联,你唤那看店的小姐,"这对联,你们装错了。"小姐很不好意思地,将两扇门对调了。

渐渐要天黑了,你走进一家美容院。

"洗头?"

小姐把灰色的袍子围在你脖子上,带你走到水池边的躺椅,要你躺下。你累极了,躺下来,头往后仰,然后闭上眼睛。一闭眼,父亲的身体和你的身体重叠,父亲的脸和你的脸重叠,你从他的眼睛望出去,又从天花板往下看见平躺的自己:喉间有一个洞,还插着管子;胸上手上连着管子,眼睛睁得大大的茫然而空洞,你漂在死亡的水面上,正要沉没的一刹那……受不了压力了你突然睁开眼睛,看见黑色的水管布满整个天花板。

"不要动,"一双手从后面把你按下,"还没完。"

你试图放松,将紧绷的肩头放下,眼睛再度闭上……

现在临终中阴已降临在我身上

我将放弃一切攀缘、欲望和执著

毫不散乱地进入教法的清晰觉察中

并把我的意识射入本觉的虚空中

当我离开这个血肉和合的躯体时

我将知道它是短暂的幻影

因此,把死亡的那一刻想成心灵的陌生边界区,一个无人的荒地,在它的一边。当我们终于从界定和主宰自己的身体中获得解脱时,一生的业相就整个结束了,但未来可能会产生的业却还没有开始结晶。

你洗脸,刷牙,擦乳液,梳头发,剪指甲。到厨房里,煎了两个蛋,烤了一片面包,一面吃早点,一面摊开报纸:伊拉克战事,苏丹战事,朝鲜核危机,温室效应,煤矿爆炸,蓝绿对决,夫妻烧炭自杀……你走到阳台,看见一只孤单的老鹰在空中翱翔,速度很慢,风大猎猎地撑开它的翅膀,海面的落日挥霍无度地染红了海水。

睡前,你关了手机。

12

喂——今天好不好?
她在沙发上睡着了。
你要注意一下,
我觉得她最近讲话有点牛头不对马嘴

月亮升到海面上的时候,你坐到电脑前,开始写:
我们的父亲,出生在1918年的冬天。
然后脑子一片空白,写不下去。你停下来,漫游似的想,1918年的世界,发生了什么事情?大战刚刚结束,俄国刚发生了革命,段祺瑞向日本借款,"欣然同意"将山东交给日本。日本大举进兵海参崴。两千万人因流感而死,中国有全村全县死光的。那,是一个怎样的冬天啊。

我们不知道,这个出生在南岳衡山脚下的孩子是怎么活下来的。湖南的冬天,很冷;下着大雪。孩子的家,家徒四壁。

我们不知道,七岁的父亲是怎么上学的。他怎么能够孤独地走两个小时的山路而不害怕?回到家时,天都黑了。

我们不知道,十六岁、稚气未脱的父亲是怎么向他的母亲辞别的;独生子,从此天涯漂泊,再也回不了头。

我们不知道,当他带着宪兵连在兵荒马乱中维持秩序,当前方的炮火节节逼近时,他怎么还会在夜里读古文、念唐诗?

散文

我们不知道，在 1950 年夏天，当他的船离开烽火焦黑的海南岛时，他是否已有预感，从此见不到那喊着他小名的母亲；是否已有预感，要等候四十年才能重新找回他留在家乡的长子？

我们不知道，当他，和我们的母亲，在往后的日子里，必须历尽千辛万苦才能将四个孩子养大成人，当他们为我们的学费必须低声下气向邻居借贷的时候，是不是曾经脆弱过？是不是曾经想放弃？

我们记得父亲在灯下教我们背诵《陈情表》。念到高龄祖母无人奉养时，他自己流下眼泪。我们记得父亲在灯下教我们背诵《出师表》。他的眼睛总是湿的。我们记得，当我们的母亲生病时，他如何在旁奉汤奉药，寸步不离。

我们记得他如何教我们堂堂正正做人，君子不欺暗室。我们记得他如何退回人们藏在礼盒底的红包，又如何将自己口袋里最后一叠微薄的钱给了比他更窘迫的朋友。

我们记得他的暴躁，我们记得他的固执，但是我们更记得他的温暖、他的仁厚。他的眼睛毫不迟疑地告诉你：父亲的爱，没有条件，没有尽头。

他和我们坚韧无比的母亲，在贫穷和战乱的狂风暴雨中撑起一面巨大的伞；撑着伞的手也许因为暴雨的重荷而颤抖，但是我们在伞下安全地长大，长大到有一天我们忽然发现：背诵《陈情表》，他其实是在教我们对人心存仁爱；背诵《出师表》，他其实是在教我们对社会心存责任。

兄弟们以各自不同的方式仁爱处人、忠诚处事，但是那撑着伞的人，要我们辞别，而且是永别。

人生本来就是旅程。夫妻、父子、父女一场，情再深，义再厚，也是电光石火，青草叶上一点露水，只是，在我们心中，有万分不舍：那撑伞的人啊，自己是离乱时代的孤儿，委屈了自己，成全了别人。儿女的感恩、妻子的思念，他已惘然。我们只好相信：蜡烛烧完了，烛光，在我们心里，陪着我们，继续旅程。在一条我们看不见、但是与我们的旅途平行的路上，爸爸，请慢慢走。白日依山尽，黄河入海流。欲穷千里目，更上一层楼。

你正要将写好的存入文档，一个键按错，突然冒出一片空白。赶忙再按几个键，却怎么也找不着了；文字，被你彻底删除。

13

喂——今天好吗？心经写了吗？
太久没写字，很多字都不认得了。
试试看，你试试看。

这是他十六岁时离开的山沟沟里的家乡。"爱已"要他挑着两个箩筐到市场买菜，市场里刚好有人在招少年兵，他放下扁担就跟着走了。今天你们带他回来，刚好是七十年后。

两个人在门前挖井。一个人在地面上，接地面下那个人挖出来的泥土，泥土用一个辘轳拉上来，倾倒到一只竹畚箕里，两个满了，他就用扁担挑走。很重，他摇摇晃晃地走，肩头被扁担压出两条肉的深沟。地面下那个人，太深太黑了，看不见，只隐隐听见他咳嗽的声音，从井底传来。

"缺水，"挑土的人气喘喘地说，"两个多月了。没水喝了。"

"你们两个人，"你问，"一天挣多少钱？"

"九十块，两个人分。"

"挖井危险啊，"你说，"有时会碰到沼气。"

那人笑笑，露出缺牙，"没办法啊。"

灰扑扑的客运车卷起一股尘土而来，停住，一个人背着一个花圈下了车。花圈都是纸扎的，金碧辉煌，艳丽无比，但是轻，背起来像个巨大的纸风车。乡人穿着洗得灰白的蓝布褂，破旧的鞋子布满尘土。

他的照片放在厅堂中央，苍蝇到处飞舞，黏在挽联上，猛一看以为是小楷。

大哥，那被历史绑架了的长子，唤你。"族长们，"他说，"要和你说话。"

你跟着他走到屋后，空地上已经围坐着一圈乡人。母亲也坐着，冰冷着脸。

像公审一样，一张小凳子，等着你去坐下。

女人蹲在地上洗菜，本来大声喧嚣的，现在安静下来。一种尴尬又紧张的气氛，连狗都不叫了。看起来辈分最高的乡人清清喉咙，吸了口烟,开始说话:"我们明白你们不想铺张的意思,但是我们认为既然回到家乡安葬,我们还是有我们的习俗同规矩。我们是要三天三夜的。不能没有道士道场,不能没有花鼓队,而且,家乡的习俗,儿女不能亲手埋了父母的,那骨灰要由八个人或者十二个人抬到山上去,要雇人的。不这么做就是违背家族传统。"

十几张脸孔,极其严肃地对着你,讨一个道理。十几张脸孔,黝黑的、劳苦的、满是生活磨难的脸孔,对着你。这些人,你心里说,都是他的族人。如果他十六岁那年没走,他就是这些人的伙伴了。

母亲寒着脸,说:"他也可以不回来。"你赶忙握紧她的手。

你极尽温柔地解释,佛事已在岛上做过,父亲一生反对繁文缛节,若要铺张,是违背他的意愿,你不敢相从。花鼓若是湘楚风俗,当然尊重。至于雇别人送上山,"对不起,做儿女的不舍得。我们要亲自捧着父亲的骨灰,用自己的手带他入土。"

"最后一次接触父亲的机会,我们不会以任何理由给任何别人代劳。"

你清朗地注视他们的眼睛,想从那古老的眼睛里看见父亲的神情。

这一天清晨,是他上山的日子。天灰灰的,竟然有点湿润的雨意。乡人奔走相告,苦旱之后,如望云霓。来到这陌生的地方,你一滴眼泪都不掉。但是当司仪用湘音唱起"上——香",你震惊了。那是他与"爱己"说话的声音,那是他教你念"落霞与孤鹜齐飞,秋水共长天一色"的腔调,那是他的湘楚之音。当司仪长长地唱"拜——"时,你深深跪下,眼泪决堤。是,千古以来,他们就一定是以这样悲怆的楚音招魂的:

魂兮归来,君无上天些。虎豹九关,啄害下人些。一夫九首,拔木九千些……归来归来,往恐危身些……魂兮归来,君无下此幽都些。土伯九约,其角觺觺些……归来归来,恐自遗灾些……魂兮归来,反故居些。

当他说闽南语而引得人们哈哈大笑时,当他说北京话而令人们面面相觑时,他为什么不曾为自己辩护:在这里,他的楚音与天地山川一样幽深,与苍天鬼神一样宏大?司仪的每一个音,都像父亲念《陈情表》的音,婉转凄楚,每一个音都重创你。此时此刻,你方才理解了他灵魂的漂泊,此时此刻,你方才明白他何以为《四郎探母》泪下,此时此刻你方才明白:

2005

他是真的回到家了。

花鼓队都是面带沧桑的中年妇女，一身素白，立在风中，衣袂飘扬。由远而近传来唢呐的声音，混着锣鼓。走得够近了，你看清了乐师，是十来个老人，戴着蓝布帽，穿着农民的蓝布褂，佝偻着背，铿锵铿锵吹打而来。那最老的，他们指给你看，是他的儿时玩伴。十六岁那年两个人一起去了市场，一个走了，一个回来。

天空飘起微微雨丝，湿润的空气混了泥土的气息。花鼓队开始上路，兄长捧着骨灰坛，你扶着母亲，两公里的路她坚持用走的。从很远就可以看见田埂上有人在奔跑，从红砖砌成的农舍跑出，往大路奔来，手里环抱着一大卷沉重的鞭炮。队伍经过田埂与大路的接口时，她也已跑到了路口，点起鞭炮，劈里啪啦的炮声激起一阵浓烟。长孙在路口对那跑得上气不接下气的妇女跪下深深一拜。你远远看见，下一个田埂上又有人在奔跑。每一个路口都响起一阵明亮的炮声，一阵烟雾弥漫。两公里的路，此起彼落的鞭炮夹杂着"咚咚"鼓声，竟像是一种喜庆。到最后一个路口，鞭炮震耳响起，长孙跪在泥土中向村人行礼，在烟雾弥漫中，你终于知晓：对这山沟里的人而言，今天，村里走失的那个十六岁的孩子，终于回来了。七十年的天翻地覆、物换星移，不过是一个下午去市场买菜的时间。

满山遍野的茶树，盛开着花，满山遍野一片白花。你们扶着母亲走下山。她的鞋子裹了一层黄泥。"擦擦好吗？"兄弟问。"不要。"她的眼光看着远处的祝融山峰；风，吹乱了她的头发。

下山的路上你折了一支茶花，用手帕包起。泥土路上一只细长的蜥蜴正经过，你站到一边让路给它，看着它静静爬过，背上有一条火焰的蓝色。

2004 年 12 月 17 日于沙湾径完稿
（选自《收获》，2005 年第 2 期）

轻轻地走与轻轻地来

史铁生

现在我常有这样的感觉:死神就坐在门外的过道里,坐在幽暗处,凡人看不到的地方,一夜一夜耐心地等我。不知什么时候它就会站起来,对我说:嘿,走吧。我想那必是不由分说。但不管是什么时候,我想我大概仍会觉得有些仓促,但不会犹豫,不会拖延。

"轻轻地我走了,正如我轻轻地来"——我说过,徐志摩这句诗未必牵涉生死,但在我看,却是对生死最恰当的态度,作为墓志铭真是再好也没有。

死,从来不是一次性完成的。陈村有一回对我说:人是一点一点死去的,先是这儿,再是那儿,一步一步终于完成。他说得很平静,我漫不经心地附和,我们都已经活得不那么在意死了。

这就是说,我正在轻轻地走,灵魂正在离开这个残损不堪的躯壳,一步步告别着这个世界。这样的时候,不知别人会怎样想,我则尤其想起轻轻地来的神秘。比如想起清晨、晌午和傍晚变幻的阳光,想起一方蓝天,一个安静的小院,一团扑面而来的柔和的风,风中仿佛从来就有母亲和奶奶轻声的呼唤……不知道别人是否也会像我一样,由衷地惊讶:往日呢?往日的一切都到哪儿去了?

生命的开端最是玄妙,完全的无中生有。好没影儿的忽然你就进入了一种情况,一种情况引出另一种情况,顺理成章天衣无缝,一来二去便连接出一个现实世界。真的很像电影,虚无的银幕上,比如说忽然就有了一个蹲在草丛里玩耍的孩子,太阳照耀他,照耀着远山、近树和草丛中的一条小路。然后孩子玩腻了,沿小路蹒跚地往回走,于是又引出小路尽头的一座房子，门前正在张望他的母亲，埋头于烟斗或报纸的父亲，引出一个家，随后引出一个世界。孩子只是跟随这一系列情况走，有些一闪即逝，有些便成为不可更改的历史，以及不可更改的历史的原因。这样，终于有一天孩子会想起开端的玄妙：无缘无故，正如先哲所言——人是被抛到这个世界上来的。

其实，说"好没影儿的忽然你就进入了一种情况"和"人是被抛到这个世界上来的"，这两句话都有毛病，在"进入情况"之前并没有你，在"被抛到这世界上来"之前也无所谓人。——不过这应该是哲学家的题目。

对我而言，开端，是北京的一个普通四合院。我站在炕上，扶着窗台，透过玻璃看它。屋里有些昏暗，窗外阳光明媚。近处是一排绿油油的榆树矮墙，越过榆树矮墙远处有两棵大枣树，枣树枯黑的枝条镶嵌进蓝天，枣树下是四周静静的窗廊。——与世界最初的相见就是这样，简单，但印象深刻。复杂的世界尚在远方，或者，它就蹲在那安恬的时间四周窃笑，看一个幼稚的生命慢慢睁开眼睛，萌生着欲望。

奶奶和母亲都说过：你就出生在那儿。

其实是出生在离那儿不远的一家医院。生我的时候天降大雪。一天一宿罕见的大雪，路都埋了，奶奶抱着为我准备的铺盖趟着雪走到医院，走到产房的窗檐下，在那儿站了半宿，天快亮时才听见我轻轻地来了。母亲稍后才看见我来了。奶奶说，母亲为生了那么个丑东西伤心了好久，那时候母亲年轻又漂亮。这件事母亲后来闭口不谈，只说我来的时候"一层黑皮包着骨头"，她这样说的时候已经流露着欣慰，看我渐渐长得像回事了。但这一切都是真的吗？

我蹒跚地走出屋门，走进院子，一个真实的世界才开始提供凭证。太阳晒热的花草的气味，太阳晒热的砖石的气味，阳光在风中舞蹈、流动。青砖铺成的十字甬道连接起四面的房屋，把院子隔成四块均等的土地，两块上面各有一棵枣树，另两块种满了西番莲，西番莲顾自开着硕大的花朵，蜜蜂在层叠的花瓣中间钻进钻出，嗡嗡地开采。蝴蝶悠闲飘逸，飞来飞去，悄无声息仿佛幻影。枣树下落满移动的树影，落满细碎的枣花。青黄的枣花像一层粉，覆盖着地上的青苔，很滑，踩上去要小心。天上，或者是云彩里，有些声音，有些缥缈不知所在的声音——风声？铃

散文

声？还是歌声？说不清，很久我都不知道那到底是什么声音，但我一走到那块蓝天下面就听见了他，甚至在襁褓中就已经听见他了。那声音清朗、欢欣，悠悠扬扬不紧不慢，仿佛是生命固有的召唤，执意要你去注意他，去寻找他、看望他，甚或去投奔他。

我迈过高高的门槛，艰难地走出院门，眼前是一条安静的小街，细长、规整，两三个陌生的身影走过，走向东边的朝阳，走进西边的落日。东边和西边都不知通向哪里，都不知连接着什么，唯那美妙的声音不惊不懈，如风如流……

我永远都看见那条小街，看见一个孩子站在门前的台阶上眺望。朝阳或是落日弄花了他的眼睛，浮起一群黑色的斑点，他闭上眼睛，有点怕，不知所措，很久，再睁开眼睛，啊，好了，世界又是一片光明……有两个黑衣的僧人在沿街的房檐下悄然走过……几只蜻蜓平稳地盘桓，翅膀上闪动着光芒……鸽哨声时隐时现，平缓，悠长，渐渐地近了，噗噜噜飞过头顶，又渐渐远了，在天边像一团飞舞的纸屑……这是件奇怪的事，我既看见我的眺望，又看见我在眺望。

那些情景如今到哪儿去了？那时刻，那孩子，那样的心情，惊奇和痴迷的目光，一切往日情景，都到哪儿去了？它们飘进了宇宙，是呀，飘去五十年了。但这是不是说，它们只不过飘离了此时此地，其实它们依然存在？

梦是什么？回忆，是怎么一回事？

倘若在五十光年之外有一架倍数足够大的望远镜，有一个观察点，料必那些情景便依然如故，那条小街，小街上空的鸽群，两个无名的僧人，蜻蜓翅膀上的闪光和那个痴迷的孩子，还有天空中美妙的声音，便一如既往。如果那望远镜以光的速度继续跟随，那个孩子便永远都站在那条小街上，痴迷地眺望。要是那望远镜停下来，停在五十光年之外的某个地方，我的一生就会依次重现，五十年的历史便将从头上演。

真是神奇。很可能，生和死都不过取决于观察，取决于观察的远与近。比如，当一颗距离我们数十万光年的星星实际早已熄灭，它却正在我们的视野里度着它的青年时光。

时间限制了我们，习惯限制了我们，谣言般的舆论让我们陷于实际，让我们在白昼的魔法中闭目塞听不敢妄为。白昼是一种魔法,一种符咒,让僵死的规则畅行无阻,让实际消磨掉神奇。所有的人都在白昼的魔法之下扮演着紧张、呆板的角色,一切言谈举止一切思绪与梦想,都仿佛被预设的程序所圈定。

因而我盼望夜晚,盼望黑夜,盼望寂静中自由的到来。

甚至盼望站到死中,去看生。

我的躯体早已被固定在床上,固定在轮椅中,但我的心魂常在黑夜出行,脱离开残废的躯壳,脱离白昼的魔法,脱离实际,在尘嚣稍息的夜的世界里游逛,听所有的梦者诉说,看所有放弃了尘世角色的游魂在夜的天空和旷野中揭开另一种戏剧。风,四处游走,串联起夜的消息,从沉睡的窗口到沉睡的窗口,去探望被白昼忽略了的心情。另一种世界,蓬蓬勃勃,夜的声音无比辽阔。是呀,那才是写作啊。至于文学,我说过我跟它好像不大沾边儿,我一心向往的只是这自由的夜行,去到一切心魂的由衷的所在。

(选自《中华读书报》,2005 年 6 月 15 日)

散文

人之老

陈 村

  阿城说：男人这锅汤，煲到五十岁算是煲好了。

  那时他已五十，我尚未及格，不免狐疑。等我也五十，再次狐疑，觉得"煲好了"还是说早了。人的这锅汤，不要放鸡精，煲来煲去能煲出不同的滋味。

  孟子说："老吾老，以及人之老"，意思很不错，但将老只当做被人"老"（尊敬、赡养）不免有缺损。如果是某些动物倒也干脆，譬如螳螂吧，一交配完留下后代雄性当场就义，公蜂大抵也是这下场。人却不同，要父系母系一起抚育后代，照顾好私事，还对公共事务发言。人的受教育期那么漫长，活活把父母等老了。人一老，头白齿摇、皮肤打皱、动作慢了三拍。他们动辄提起"不听老人言，吃亏在眼前"之类格言为自己壮神，动辄回忆童年少年。年轻人一听见"老子如何如何"心烦得很，宁可吃亏也要耍酷的。当商业也进入时，年轻更成了辉煌的卖点，人生被修理得只剩前头的二三十年。

  老头老太见多识广，看看过去就知道现在，看看现在就明白将来，年轻人不那么狡猾，肯动一些没名堂的脑筋，肯费蛮力，新世界是他们创造的，正如新生命是他们创造的。年轻的毛病是被荷尔蒙迷了心窍，忙于垦荒播种，哪有时间来细辨天地人的种种蹊跷。当河流走到下游，才能浮起最大的舟船。人既老，除个别杰出分子，传宗接代的任务已经完成，心中安泰，可以无邪审美，可以审世界也审自己。历史渐渐呈现意义，来处和去处历历在目。到这时，人生才幽默，真正好玩起来。压迫儿孙的旧历已翻过去，梁祝的故事成了传说，老人一个比一个慈眉善目。我到处听到的是老人宁老不屈帮衬子女的故事，看到的是外婆大人一见外孙而载歌载舞并跟他藏猫猫的动人情景。更有老人旁若无人地做起学问，不问收获。成家立业是儿孙的事情了，被欲望折磨到要死要活是三五十年前的事情了，将人生的泡沫撇去，汤就清了。

人的大麻烦在于年轻时候自顾不暇，被功名利禄被色相纠缠得紧，急于打造一方天地，哪有闲心来敷衍老的小的？年轻时总觉得年轻是保鲜，永恒的。还是说一说阿城，有次一年轻女子说话时带出"迭只老女人"，阿城立即将她打住，实在地说："你也要老的"。近年"神童文化"的风气顿开，"七零后"刚摆显了几天，"八零后"抢班夺权，更有"九零后"已蹲在身后。比年轻，总有更年轻的，否则人类就要灭种。写到这里，我应该反省自己，当年我看那些四十岁以上的人，敬而远之，觉得他们已老无可老。我没去想老也有光泽与层次，有厚度。只要不夭折，人人都曾年轻，算不上特殊的资本。年轻到莫扎特，活35岁写出那么多的杰作是上帝的意思，年老到托尔斯泰，临死还想离家出走是人的意思。我读托翁最后一年的日记，感慨良多。要是他老人家也"中道崩殂"，这个世界多么多么不好玩啊！

以前看过一部日本的电影《栖山节考》，写某地的民俗，人老了就背上山，让他自然地冻饿而死。老人也觉得这是应该的，以宿命的态度对待。这电影获得过戛纳奖。儿子背着母亲，电影中将上山的一路拍得很长很长很长，让人痛心到麻木。在生存资源极度紧张的年代，只要传承后代，其他都可牺牲。这样的生活已不是人的生活。

我想，在上帝眼里，只要能有效传承后代，这个物种就是免检的。上帝的乐趣是让物种一代传一代，看看变出什么戏法。走出伊甸园的人不甘心当寻常的"动物"，他的进取与深入离繁殖稍远，创制了自己的规范和理念。人的文化，由各年龄段的人共同创造。没人能划出一道界限，把线外的人一律忽略，称作废墟。

年轻时怕老。后来想，有一个老在等自己，实在很幸运。呵呵，你可童言无忌，我可为老不尊。

（选自《文汇报》，2005年2月11日）

四十不坏

孔庆东

很早就想写一篇文章,题目为《四十不惑》,内容是吹嘘自己到了四十岁时很牛,文武全才,混乱不挡,耳聪目明,头重脚轻,跟天天服用了"脑白痴"似的。后来听说,两千多年前,这个题目就被一个叫孔仲尼的民办教师给写过了。于是我想,不跟那位没文凭的本家一般见识,咱改个题目吧,干脆反其道而行之,叫《四十而惑》,内容是检讨自己到了四十岁时很衰,是非不明,善恶不分,双兔傍地,莫辨雄雌,好像《笑傲江湖》中"桃谷六仙"的亲爹似的。后来一翻书,发现这个题目已经被北京大学陈平原教授给写过了。他比我提前十年进入四十岁,申请专利在先,又是我的老师兼领导,公然剽窃他,实在不好意思,只好干嫉妒,谁让咱生得晚呢?再苦不能怨政府,再累不能怨社会,咱再想辙就是了。于是穷则思变,就憋出了这个题目,叫《四十不坏》。为啥叫"四十不坏"呢?据中国社科院法学所博士后柳金蝉女士研究,含义有三。我替她解说如下。第一层意思是,四十岁以前俺很坏,从今往后,俺改邪归正,再也不坏啦。四十岁以前,我孝敬父母不周,对待妻子粗俗,给老师起外号,跟学生没大小,半夜里禁止邻居唱歌,大街上强迫警察道歉,对领导求全责备,接待纠缠的狗仔队态度凶恶,面对外国的汉学家非说汉语,勤劳无以致富,坐怀偏要不乱,遭受百般迫害排挤嘲弄诬陷仍不知低眉顺眼假充响当当一颗铜纽扣,实在恶贯满盈、十恶不赦、凶神恶煞、穷凶极恶——四大恶人都占全了。所以人过四十天过午,趁着黄土埋了半截的大好契机,今后一定要幡然悔悟,痛改前非,行年四十而知三十九年之发昏,争取将功补过,不再犯坏,做一个和谐社会的七荤八素五好公民。第二层意思是,

2005

四十岁这个岁数"很不坏"嘛,人到四十很有意思、很不赖嘛,很让人沾沾自喜如坐春风嘛。据我太太黄道婆教授考证:男人四十是一枝花,女人四十是豆腐渣。如果男人四十岁上跟太太离婚,必须赔偿太太"青春损失费"——每年四十吨豆腐渣的价钱。可见,四十岁绝对是男人的钻石年龄,青春期刚过,更年期尚远,食有鱼(虾皮也算),出有车(自行车也算),智勇双全,人财两丰,年富力强,前列尚康,舂米便舂米,撑船便撑船,不论被挖到什么单位都是领导的随身膏药——哪儿疼往哪儿贴。鲁迅四十岁,发表了《阿Q正传》;李二狗四十岁,身穿水泥袋,在北京的工地上盖大楼——整个世界都是四十岁的男人在扛着呢,多么光荣的花季啊。四十岁,不坏啊。第三层意思是,四十岁以后,就炼成了金刚不坏之身,想坏都坏不了啦。鲁迅有句话:"魂灵被风沙击得粗暴",那说的是小青年儿,自虐和他虐的程度太浅。四十岁的中国男人,一个堂堂正正的有社会主义觉悟的有文化的劳动者,咱啥罪没遭过啊?啥险没冒过啊?啥事儿没摊上过啊?啥理儿没掰扯过啊?正像经历了日本鬼子惨无人道大扫荡之后的中国爷们儿,个儿顶个儿都成了"烈火金刚"。电影《地道战》里说得好:"敌人的招数用完了,轮到我们动手啦。"四十岁,恰好是一个转折点。金庸笔下的那个独孤求败,四十岁以后用的是什么剑来着?俺当年读博士时,十分向往庄子说的"呆若木鸡"的浑然境界,师兄高远东启发我说:"呆若木鸡还不够,要呆若木!"我理解他说的就是一种"不坏法身"的境界,可是因为自己生理发育太晚,青春期太长——三十八岁还长青春痘,美其名曰"战痘的青春"——所以一直未能身体力行。如今终于四十岁啦,百炼钢化为绕指柔,如同跳出老君炉的孙悟空,再也不怕烧坏碰坏摔坏砸坏啦。"五四"时期,激进学者钱玄同挥斥方遒地主张:人到四十岁就该枪毙!因为四十岁以后就思想僵化、情趣腐朽,只会螳臂当车、逆历史潮流而动,在"五四"先驱"青春至上"的先进理念中属于无可救药的反动派。可是若干年后,钱玄同自己到了四十岁时,他就不提这茬儿了。幸好鲁迅替他记得,写诗调侃他曰:"作法不自毙,悠然过四十。"大概那时钱玄同体会到"四十不坏"的滋味了。人在不同的年龄段,会有不同的生命体验。有些道理,年龄不够,读多少美国书,开多少研讨会,也参详不透。20世纪末的一天,我问作家阿城,快到五

散文

十岁了,心理沮丧否?阿城攥着烟斗说:"我着急呀,我就盼着快点到这五十岁啊,很多话你不到五十岁没法说啊!"我敬佩阿城老兄的风采,心中也暗暗想着自己到五十岁时该说什么话。不过那还早,还有三千多天呢。现在刚四十,艳阳当空,麦浪翻滚,人欢马叫,番石榴飘香,我禁不住要像电视里的农民大叔那样抒情一句:"富民政策暖人心哪!"其实了解我的朋友都知道,四十岁这一年,我经历了太多太多。有毒蛇在手勇士断臂的决绝,有三人成虎四面楚歌的凄凉,有落井下石绝地反击的悲壮。当然也有充实紧张的工作和春风般的友谊、牧歌般的笑傲。我感谢相信我支持我的老师、朋友和领导、同事,感谢那些在我困兽盘旋之时伸出的手臂。特别是2005年元旦,我被评为北京大学"十佳教师"第一名,在燕园学子的欢呼声浪中敲响新年大钟时,我心中涌起一个声音:谢谢你们,我亲爱的北大同学,我亲爱的八方读者。唉,四十岁了,还有这等幼稚的狂想。人若有一百岁的境界,八十岁的胸怀,六十岁的智慧,四十岁的意志,二十岁的激情,再加上两三岁的童心,不坏,真的不坏。

(选自《北京青年报》,2005年5月27日)

# 在南非

袁 远

图书馆门口跟我谈大麻的人

伊丽莎白港大学图书馆前的广场是个小世界。中午时分在广场的长椅坐上一小会儿,一定能看到齐全的人类肤色和五花八门的装束打扮。人们在那里吃简单的午餐,喝饮料,抽烟,休息,顺便跟人攀谈,结识朋友。

有人提着沉重的公文箱,也有人背着大包,估计里面装着上班和上学的两套用具资料,以及便餐食品。不过很难看到行色匆匆的人。

那天下午,在市中心的一个咖啡吧上完伯特的哲学与文化批评课,我回到图书馆那里。伯特是个特立独行的老头,厌恶头衔,同样反感伊丽莎白港大学那座颜色灰暗线条僵硬的教学主楼,于是把读硕士的学生带到咖啡吧上课。之所以选择市中心那间咖啡吧,是因为他一个女儿在那儿当女招待。伯特毫不介意让大家知道这一点。在那听课犹如朋友聚会,可以任意要饮品,不过自己付账;也可以只要一杯水,免费。

我是搭伯特的便车从市中心返回的。到图书馆广场,就为了坐在露天桌椅那儿自在地抽一两支烟。

这个下午已近尾声,喧嚣渐转为冷清。我旁边坐着一个瘦瘦的白人男生,也在抽烟,桌上搁了一瓶矿泉水。

一边抽烟一边漫无目地四处观望,眼光走到身旁男生那时,他说:"你的烟好长。"

他征询我的意见,打算跟我坐到一起聊天。当然没理由反对。于是

他移到我的对面坐下,说:"我叫贾斯汀。"

我们先谈各自的专业。贾斯汀上完大一后半工作半玩消磨过三年,这才又来上学的。"人长大了,再不能胡闹了。"

正好我有问题要跟人谈。我问贾斯汀看到过前两天正在大学里广为散发的一份民意调查结果单没。几天前我得到过一份,当时跟传媒系几个学生在学院教师咖啡吧门外的石凳上闲坐,一个大学学生会的男生过来,把那单子发送给我们。上面是去年开学初做的一个民意调查结果,关于性、吸毒、酒精和学习的。上面的数据是,据调查统计,伊丽莎白港大学90%以上的学生不旷课,80%多的学生不酗酒,80%多的学生不使用毒品,70%多的学生拒绝性事,或长期保持一个性伴侣,或永远使用安全套。

当时大卫,一个24岁的男生瞄过那些数字立刻嘲笑起来,说:"撒谎。绝对撒谎。"学生会那个男生有点挂不住,他还在分发单子呢,他说:"为啥这么说?"大卫笑道:"因为我就是个说谎者。如果你向我调查,我没准就说谎。"

内奥米,长得十分性感,但面色总是很苍白的一个女生,干脆把那张单子揉作一团,扔进垃圾筒。不屑道:"毫无意义的胡说八道。"

在场的几个人没一人认同那份调查结论,同时认为是个拙劣的游戏。

我问贾斯汀,你相信那些数据吗。

"不。当然不。"贾斯汀说:"就以吸毒来说,如果你问10个南非人,一定有5个在吸毒。"

我吃一吓:"这么高的比例?"

"是的。"

"那你,"我小心地问,"吸过吗?"

没想到贾斯汀回答得很爽快:"我在吸啊。"

"吸的什么?"

他说了一个单词。我不明白。身上又没带词典。贾斯汀换了另一个单词,这下我明白了,大麻。

贾斯汀问我吸过大麻没有,我说没有,也没见过。他给我描绘大麻的样子,我想起在野性海岸旅行时,见到的一些徒步旅行者和背包旅馆的店主,都吸一种晒干并弄碎的植物,我也给贾斯汀描绘,问他知不知道那是什么。贾斯汀说,听上去就是大麻。

我一脸疑惑。贾斯汀问,你说的那种东西,什么颜色的?

我说:"绿色。"

贾斯汀笑起来。

我问:"大麻什么颜色?"

"非常绿。"

我大笑。

贾斯汀说,大麻还有个名字,就叫"绿"。在南非,买大麻是件容易的事。"买卖大麻不合法,但却是普遍的,也是公开的。"

吸大麻,贾斯汀给我讲解原因,让他一个人时感觉很好,不用去依靠别人得到快乐。

这时候一个黑人学生走到水池边坐着的几个白人学生那里,热烈招呼并攀谈。贾斯汀让我看,说,这就是南非,到处可以看见混合的情形,黑人和白人,本地人和其他国家的人。还有语言,英语,阿非利卡语,科莎语,粗鲁语,很多人混合着说。有一次,贾斯汀告诉我,他和前女友在一个咖啡吧吃饭,旁边坐的是两个德国来的游客。贾斯汀跟女友说英语,女友则用阿非利卡语说话。旁边的德国人惊讶得实在忍不住,问他们,你们说的是不同的语言啊,怎么居然能够交流。贾斯汀说没错,因为我们两种语言都懂,但我更喜欢说英语,而她用阿非利卡语表达更自如,大家就各取其便了。

这一点在我已不奇怪。见惯了本地学生相互说话时英语里不时冒出科莎词汇,或祖鲁单词,他们觉得好玩,像一种语言游戏。

"你知道南非有10多种语言吧?"贾斯汀问。"所以,很少有人敢说他十分了解南非,除非他懂得全部语言,了解所有不同人群的文化、习俗、宗教、情感,这几乎是不可能做到的。南非在文化上很复杂。"

我说是,因此也很有趣。它也构成南非神秘性的一个方面。

"但是现在什么都变得要花钱。"贾斯汀嘲弄地说,一副不满现实的口吻。他的意思是,这使一个单纯生活的地方趋于浮乱。贾斯汀不喜欢

商业社会,以他看来,以物易物的方式更好。

我毫不惊讶听到这种言论。在南非一年多,确实见了些自愿向原始和简易靠拢的人,满足于自得其乐的简单生活。我想这样的人要去到中国的话,大概会头晕目眩的,生活在南非这边的城市,毕竟还找得到不少不用花钱或很少花钱的享受,比如海里游泳冲浪、海滩上烧烤,森林里徒步,城外开阔安宁的道路上骑山地车或摩托车,起码那海滩森林和宽宽的道路不用破费,也能找到免费音乐会和展览。

幸福当然不在于你破费多少。但在很多地方,钱的问题总是不跟人客气。

贾斯汀接了个电话,他的朋友在一个地方等他。我也要去电脑房上网。贾斯汀乐意陪我走到那边。到了电脑房门外,贾斯汀说:"记着,在伊丽莎白港你又多了一个朋友。"

"就是你?"

"对。就是我。"

我们互说再见,但谁都没向对方要电话号码。

房东瑞拉

瑞拉住的单元房在 12 层高的公寓楼 Cape Marina 的 10 楼。

Cape Marina 站立在海边,外观简朴,里面的楼梯和走道干净明亮,且光洁如镜,楼里楼外的墙面没丝毫破损痕迹,老式电梯虽迟缓,却也运行良好,很不像一幢修建于 1941 年的公寓楼房。

瑞拉的那套房子三室一厅,客厅宽阔,大幅的玻璃窗外是纯蓝的安哥拉海湾。家具装饰都是轻浅色调,十分整洁清爽又松软的布置。瑞拉说,这房子她住了 10 年了。

我估计瑞拉六十上下。她身材不高,褐色短发,唇上涂了口红,说话有些腼腆。她一个人独居。

她要出租的房间是她一个女儿曾住过的卧房。房间采光极佳,白色的窗帘和衣橱,乳白色灯罩的台灯,纤细的白色金属架的大床,墙上两幅绒线绣的画,颜色是蓝色与玫瑰红。窗口可以了望 Summerstrand 区美丽安宁的景致和大海。

她只要900兰特的月租。在这样的地段,以这样的条件,这个房租是很低的。我满心欢喜,何况几乎可以算做有自己单独的卫生间。这套房子有两个卫生间,瑞拉自己用一个,另一个,瑞拉说:"主要你用,但不是给你专用的。"她的客人来时也用这个卫生间,"不过客人很少。"

瑞拉向我展示房子的其他部分。厨房我可与她合用,厨房旁边连着一个小储藏室,里面有一个玻璃门的橱柜,可供我存放无需放进冰箱的食物之类。但客厅我不能使用,否则她就没有"自己的活动空间了"。

这个没什么问题。她提供的已足够我的需要。我问瑞拉需不需要签合同。一般说来,租房者跟房东签半年或一年的合同是很普遍的事。瑞拉却不打算如此行事。她说:"我们先互相适应一下。这是我第一次把自己住着的房子中的房间租出来。"

我明白她的意思。谁知道我们彼此合不合适呢。

她说她之所以给我打电话,是因为我在广告上写着需要找一个"安静的住处"。

说着话,瑞拉还是拿来了一张便条,上面用铅笔写了几条规矩,一是不可以用取暖器,那非常耗电;二是晚上10点以后进出大门要尽量安静,因为她睡眠很轻;三是如果放音乐的话,声音不可以太大;以及不允许异性呆在我的房间之类。她征求我,是否能做到这几点。我想我可以做到。

我差不多立刻就付了定金。

搬入那天,是几个中国留学生帮的忙。我请大家喝果汁,那桶果汁是从前房东的冰箱里拿出并带过来的。那拨男生走后,我把桌上的杯子收过,突然听见瑞拉低声惊呼着说:"哦,不。"她马上找来一块毛巾擦拭桌子,原来装果汁的小桶在桌面上留下了一圈湿痕。我说对不起,我来擦吧。可这只是一件太小的工作,瑞拉两下擦完后对我说:"永远不要这样,这会留下痕迹的。"

我看看这张老式的大圆木桌,不太明白为何一圈水印会有造成如此重大后果的可能。

瑞拉交给我一份打印的合约,是一些房规,比上次她用铅笔写的条

款要详细和正式,不过比起我的前房东纳内特的房规,则要让人轻松很多。我可以用洗衣机洗衣服(这一条在纳内特家是不允许的),但不能用烘干机,瑞拉说,那太费电,"你可以拿到楼顶去晾,干得很快。"每洗一次衣服,我需付给瑞拉5兰特。

我惊讶的是,瑞拉主动把房租降为每月800兰特。她在合约上注明,假如公寓管理处给她涨管理费,她也会给我涨租金。"不过,"合约上她也清楚写道,"每年不会超过100兰特。"

如果她发现我用水用电的量过大,她也将增加房费。

我的大量时间都关在屋里写论文。

瑞拉每天出门,时间似乎都不太长。在厨房做饭时我注意到冰箱上贴着一块冰箱贴,上面写着:"退休意味着:没有业务,没有收入,没有电话,没有住址。"

这真是个令人沮丧的状况。

聊天时瑞拉告诉我,她曾在医院里工作,做给骨头拍片一类的工作。她的丈夫去世10年,原来是教历史的中学教师。瑞拉还有两个女儿,一个刚去英国,一个早已结婚嫁在杰弗瑞斯湾,那个小镇去伊丽莎白港有一小时多的车程。

我没问瑞拉,只是估计她现在靠保险金或养老金维持生活。

这是一份安宁的生活,而且我毫不怀疑它的舒适。瑞拉厨房的橱柜和储藏柜里存放着大量的、各式各样的餐具和炊具,一排排的咖啡杯、茶杯和水杯,以及数不清的装着各种调料、饮品的瓶瓶罐罐。客厅通向卧室的过道壁柜里,一层层装满浴巾、毛巾和毛毯。每隔两周,瑞拉会请一个黑佣来替她打扫房间,洗衣服。尽管退休在家,瑞拉似乎并不认为那是她该做的事情。

我刚搬入的那段时间,房里的电话铃声并不少。电话主要是打来咨询房子的。瑞拉去英国的那个女儿有一套刚买下不久的海滨公寓,打算卖掉或出租,委托瑞拉替她做这个事。她们在报纸上打了广告,于是不时有电话打来咨询,或约时间看房子。几天后瑞拉就对我说:"这个事令我呕吐。"

她进一步说,这事扰乱了她的正常生活。瑞拉每天有自己的安排,

2005

周一早上和徒步圈的朋友到城外徒步两小时；周二早上和爱鸟的朋友去野外或保护区看鸟；周三去市中心的一个俱乐部学绘画，如此一直到周六，周六中午她有另一个圈子的朋友来她家里喝一个小时的中午茶；周日的下午，她的三个女友来和她一起玩两个钟头的牌。

周日的上午去教堂。偶尔她还有些别的聚会。

两周后，瑞拉要去另一个城市会朋友，度周末，可女儿的房子的事情还没处理好。瑞拉最后决定：去。房子卖不卖得掉随它吧，她可不想因此就放弃自己的生活。何况还能免掉两天电话铃声的干扰。

瑞拉只习惯在固定时间接听两个女儿打来的电话，也在固定时间给她母亲打电话。

瑞拉跟我说，她母亲年纪很高了，一个人住在约翰内斯堡附近的一个农场。瑞拉想把母亲接来跟自己住，好照顾一下老人，但她母亲却宁愿自己住，以便跟所有儿女都离得不远不近。

后来我发现在瑞拉意识里，像她母亲那个年纪的人，才算作老年人。而她自己，则尚属壮年。也是，住在瑞拉家的大半年时间，我从未看到她表现一点点有气无力、老态龙钟之相，她也不生病，从没说过身体的哪处不舒服。其实包括这幢楼里的其他老太太，都是整天一副精神抖擞的样子，化妆，穿漂亮衣服，参加聚会，生活显得多姿多彩。

但瑞拉的睡眠很轻。有的早晨她问我，是否听到昨夜楼上的女人搞出的动静。我说没有，她便做个幅度不大的鬼脸，说她夜里两点过几分听到那个女人在屋里拖什么东西。有两次，隔壁的琳恩开着门打电话，瑞拉进门就压低嗓子对我抱怨，"那么大声音，我几乎听得清她说的每一个字。"

很快我认定，瑞拉是个节省模范。

一住进来时瑞拉就对我说，用水要节约，水是短缺的。然而，这个公寓的水供应并不紧张，整个伊丽莎白港市的水供应也很充足，所以瑞拉说的"短缺"应该是指水的资源。就我所知，很多本地家庭用水都是节约的，鲜有开着水龙头哗啦啦用水之举，除非浇灌花园。

瑞拉告诉我，抽水马桶每次冲水的水量太大，所以压下冲水手柄后，又马上把它往上抬一下，止住持续冲水，这样用水量会减少一半。

散文

洗碗用水最能表现瑞拉的节约。每天吃过早餐后,瑞拉将用过的杯盘都放进洗碗池里,不洗。午餐用过的盘子也加入进去,直到晚餐后,才把一天用过的餐具一块总清洗。瑞拉洗碗的程序是这样的:先放小半池水,用洗洁精洗一道;再放更少的水清洗一次,就OK。第二道用过的水她不会放掉,一般都对我说,如果你愿意,可以用那个水洗碗。

我做饭还是中餐。淘米时我反复洗几道,瑞拉不解,问我为什么。我说,这样才洗得干净啊。瑞拉说,米就是干净的呀。我问瑞拉若是淘米要洗几次,她说,一次。我解释洗米洗菜尽量洗干净,这是中国人的习惯。瑞拉便讲了个关于习惯的笑话,然后她又说:"当然,你不必改变你的习惯。"

不过以后,我还是减少了淘米的次数。

去超市瑞拉只要买回黄瓜和苹果,常会问我想不想分一半。我表示同意的话,她就把黄瓜一切为二,粗的那半短点,细的那半长点;苹果则分为数量相等的两部分,让我挑选。我付给她一半的钱。

瑞拉吃饭很简单,多为冷食,少有烹饪。她将西红柿切片夹进自己做的三明治里,但经常只用半个,剩下的半个放进冰箱留着。水果如鳄梨之类,我也时常在冰箱里看到她存放的半个。

我很少请朋友到家里来吃饭,为的是担心瑞拉感觉不自在。但怎么也有偶尔情况。一次我的一个中国朋友过来,我们决定弄一次简单的晚餐,到超市买了只比萨底子,自己在上面加上烤肠丁、熟肉丁、水果块、蔬菜丁和沙拉酱,打算烤一块比萨出来。但厨房里的烤箱我从未用过,看上去它跟我前房东家里的烤箱不是一回事。我去请教瑞拉,瑞拉第一句话就是:"啊,我很久没用过那个东西了,它非常的耗电。"

我说就用这一次。否则怎么办,我们的比萨都弄出来了。

瑞拉转过身走开,很快找来一摞烤箱的资料,戴上眼镜看过后,详细地告诉我们怎么使用。

我不能说瑞拉抠门,我只是认为她有她个人的生活习惯。而且我理解她,一个人独居那么多年,又退了休,有点怪癖也是情理之中的。何况以她的年纪,哪怕在心理上也不给别人增加负担,一个人过得有板有眼,过得自得其乐,也是难得的。我说过,瑞拉几乎每天都给自己安排有活动,不论在家在外,她总是打扮得整齐漂亮。虽然不做针线,但读书看报是她日常生活的内容,还有听音乐,到周末瑞拉喜欢放歌剧和交响乐。有个周末一中国留学生来我这里玩,说:"你家老太太高雅啊。"

这个高雅的老太太自然不想落到为钱发愁的地步,所以一切要未雨绸缪。现在什么都在涨价,瑞拉说:"我必须看守好我的钱。"

生活习惯上瑞拉还有一点,她特别爱惜一切家具和用具。也正因为这样的爱惜,这个房子10年之后,还能保持如此的明丽,家具用品精洁如新。第一次,我用一只中型的不锈钢锅煮过米饭后,拿了一只自己带来的钢丝球刷洗,瑞拉一见,立刻说:"请不要,永远不要。""永远不要"是瑞拉的口语之一,她认为钢丝球会把锅底刷出印痕,所以必须用洗碗海绵。可海绵对付不了结在锅底的锅巴,瑞拉建议泡上一泡后再洗。一段时间之后,瑞拉又对我说,她见我煮过米饭总是把锅泡上一夜,很担心把锅泡坏。尽管从理论上,这个担心只能算是神经质,这明明是不锈钢的锅子,不过我还是遵从老太太的意见。她的生活意见是几十年形成的,我哪有能力改变呢。

又过一段时间,问题又来了,瑞拉研究出由于我做的中国菜油分重,致使那一圈厨台摸着总有点粘手。而原来她一个人时弄东西从没出现这种情况。虽说只要我做了饭,总是把厨房整个打扫一遍,但老太太说的并非没道理。于是我专门去买了瓶清洗炉台的洗涤液,把这个问题解决了。

问题又来了。

老太太说,我做饭炒菜都有蒸汽冒起来,而炉台上方就是一排橱柜,那蒸汽会把橱柜熏裂的。这可是个新问题,我不能以我做饭的次数少,经常煮一次米饭吃三天以上,中午还常用方便面和派打发为理由,否认这个问题。我们又一起商量怎么解决,办法当然是以保全她的橱柜为上。

我的朋友鲁鲁认为我太不会跟老太太谈判,以争取自己的利益。干吗她那么计较啊。我确实不善与人交涉,但另一方面,你要一个劲坚持自己的方式,最后只会搞得势不两立。有些中国学生已经跟房东搞成那样了,结果就是搬家。搬到另一家还是这样那样的问题。东方人跟西方人,中国人和外国人的生活习惯与方式本身就两样。除非你租整套房子自己住。

事情还不止于此。

瑞拉在厨房的地上发现一根长头发,那肯定是我的。她是褐色短发。瑞拉叫我过去,说,看见头发她就没法做饭。我把头发捡起来。

数日后她又发现一根头发。我再次去捡起来。瑞拉就建议以后我进厨房最好把头发扎起来。我没有每进厨房都扎头发的耐心,不过以后用过厨房我更加仔细地检阅,看有没有遗漏未捡的发丝。

后来我给国内一朋友讲这个事,他笑半天,说:"你这个有洁癖的人总算遇到更有洁癖的人来治你了。"

日子久了,瑞拉偶尔也对我发些对邻居的评论。

我们这个楼层的那一头也住着一位单身老太太,长得胖胖的,金发已经变灰。某日我学做红烧鸡,给她闻到了,专门过来问我,你会中国厨艺?我吓一跳说哪有那么厉害,做菜我只能算学徒。她一挥手说,别那么客气,你看你做的东西闻着多香。"有空也给我们做几道菜吧?"

我说行,可以试试。

第二次在电梯口碰到,她再次提到做中国菜。我依然说好,并告诉她周末的时间比较合适。回头我跟瑞拉说到这个事,瑞拉就评论起她的邻居来了,她说,那个女人啊,"没法和她交流,你给她说一个事,她会打断你,说她自己的事情。她满脑袋都是自己的事情。当然,还有吃的。永远都是吃的。"

另一次瑞拉说到 4 楼的一户人家,"家里又乱又脏,"瑞拉说,"不是爱干净的人。"

不过每次跟邻居见了面,瑞拉和这里任何一个人一样,很客气热情,招呼啊问候啊,什么都不少。

瑞拉去英国的大女儿 36 岁了,还没嫁人。瑞拉认为是她长得太胖之故,也不懂得识别男人。"她曾经交过一个男朋友,不过是个蠢男友。"嫁在杰弗瑞斯湾的小女儿已生了两个儿子,提到她的一次瑞拉说:"她喜欢做家庭主妇,特别喜欢孩子,她的梦想是有 6 个孩子,可惜她没找对男人。她丈夫供不起她的梦想。"

2005

我确信在女儿们面前,瑞拉是不说那些话的。她知道什么时候该闭嘴。否则杰弗瑞斯湾的小女儿也不会每月带着儿子们来玩一次。

其实瑞拉对很多事情的看法挺有意思。Pink'n Pay 超市的营业时间一直是早 8 点到晚 6 点,由于生意好,超市决定延时到晚 8 点关门。对此瑞拉相当不以为然,她的理由是:晚上 6 点到 8 点正好是家庭时间一家人在一起享受时光最重要。为什么要鼓励人们在那个时间去购物!还迫使员工在那个时间工作?"如果家庭不保,国家也就不保,"瑞拉补充一句,"这是我的私人看法。"

那之前有次我跟老太太说到库切,南非 2003 年诺贝尔文学奖得主。老太太没读过库切,她有朋友看过,瑞拉转述说,他们觉得南非有比库切写得好的人,不过没他的运气罢了。所以读不读库切无关紧要。

在南非出生的本地白人都以阿非利卡语为母语,瑞拉读报也主要看阿非利卡语的报纸,有时也看英文报。某次我从一份英文报上看到一个报道,跟瑞拉讨论,瑞拉说了一通后又说,如果你懂阿非利卡语就好了,你可以看看阿非利卡语的报纸怎么说的,那会给你提供另外的角度,你因此可以获得对一件事件的平衡的视角。

这是相当成熟的读者的见解。也难怪说到其他事情瑞拉都会有一些中肯见解,比如关于美国人,欧洲不同国家的人。

"偏见到处都是存在的。"这是瑞拉言谈之下经常透露的意思。尽管她的话语里也不乏某些偏见。

我自己最以为好的,是老太太的公共意识。她肯定是自我的,但绝非不关心他人。我去开普敦和北开普旅行之前,老太太把自己收集的所有地图册、画册和资料找出来,给我参考,完全是倾尽所有。我搬入的当天,老太太就跟我说,用过的纸张不要扔掉,存起来交给楼下管理处,他们会卖掉那些纸捐给一个鸟类保护协会。

给瑞拉做清洁的黑佣也受到瑞拉的关照,除了付给她工资,老太太每次也找出些用不上的衣物给她。而且叮嘱我不止一次,不用的东西千万别扔,给摩婆莎(黑佣),她一定能派上什么用场。摩婆莎有好几个孩子却没有丈夫,她需要帮助。

有个早上老太太很高兴地对我说,她给摩婆莎介绍到另一份工作,

散文

也是给一个家庭做清洁。因为瑞拉给摩婆莎提供工作时间的能力有限,这样摩婆莎就可增加一些收入。

瑞拉最痛恨的,是人类对自然的破坏。"我不理解人们为什么要那么做。"非洲大陆某些战乱国家,由于杀戮和饥饿,奇妙的自然界和丰富的动物群正在成为记忆。老太太原先去过非洲好些国家,当年惊人的美景,而今已不复再有。

所以有时站在窗口,瑞拉会自言自语般说:"赶快看吧。谁知道这些美丽的景象我们还能看到多久呢?"

是呵,谁知道呢。

(选自《美文》,2005年第6期)

八月的剑桥

时东陆

八月英国的剑桥时有寒意浓浓的雨天。常常清晨的时候被暇逸的风声雨声吵醒。这个时候我认为是人生最美好的时刻。尤其毯子里的温暖和拂在脸上的凉意构成令人舒爽的反差。一个人静静地聆听外面所有自然界的声音,这时候我会伴着动听的雨声思想自己最为喜悦的事情。仿佛,人生最美妙的时光在此凝固。许久,才懒懒地起来。拉开窗帘,我看到豆大的雨珠,穿过刺眼的太阳,从容地打在地上,泛起一片白色的泡沫。灰黑色的云朵,像是挂着白雾状的水帘,为太阳罩上面纱,由浓到稀,云情雨意。我会沏好第一杯上好的清茶,就座在窗前,观赏盛夏多雨的早晨。剑桥夏季的街道是如此的安静。品完第一杯茶还看不到有行人路过。偶尔有汽车,会打破一时的宁静。从我二层的小阁楼里抬眼向远处眺望,由于有雾我无法看得很远,但我知道,在前方大约两公里的地方就是蜿蜒的剑河和古老的剑桥城。雨,终于停了。但仍可以看到高空漫天翻滚的云彩。我端起茶杯,沿着狭窄的木楼梯去楼下。每走一步地板都会发出沙哑的呻吟。这声音一直随我来到厨房,像是我孤独的伴侣。不知为什么,楼上和楼下的感觉俨然不同。在楼上我想起美丽的故事,诱人的芳香,动听的音乐和暖和的被窝。而在楼下,我想起令人垂涎的德国香肠,法国红酒,工作计划,还有我那辆英国凤头跑车。而在上楼梯的时候我会想到一位朋友的油画。这油画里美丽的色彩和线条有时会让我分神。于是我上楼从来都紧紧地抓住楼梯的扶手,因为我上楼的速度是以秒钟计算的。

每次上班,都要穿过这绿树成荫的甬道。剑桥的乡间小路有典型的

散文

英国田园风光。我看见隐蔽在鲜花丛中的英式院落和门前屋后的果树。走出树林,眼前是刚刚被雨洗过的天际,层次分明地和大片的绿草和谐地衔接。然后是悠闲的马群和奶牛,还有走向天际的白栅栏。或许是多雨的关系,剑桥的草地是名副其实的草绿,有时绿得使我开始怀疑它的真实性。这条小路曾经走过无数的名人。他们提着雨伞,背着行囊,和我一样呼吸着这里的空气。我低头寻找着他们的足迹,品味着也许还挂在树叶上的灵感。即便是在 21 世纪的今天,剑桥的思想者仍然来往于此。我常常看到这里的学者与我擦肩而过。我庆幸这条小路的隐蔽。因为那蜂拥而来的旅游者们定会扰乱剑桥智者们的思绪。夏日的傍晚宁静,安逸,西去的残阳把树影长长地拉过弯弯的木桥,并和爬山虎一道跃上青苔满布的石墙。剑桥古老学院的餐厅如同中世纪的古堡。那教堂式的雕刻,色彩鲜丽的壁画,还有那典型而颀长的"高桌",使我一时无法感识到现实的存在。餐厅的侍者富有典型的英国风度。那雪白的衬衣,紫红色的坎肩和极有分寸的微笑,让你必须在进餐的时候保持咀嚼的节奏和刀叉的分寸。用拉丁文祈餐的教授披着黑色的学袍,使我第一次真正感到学术的威严。那淳厚的拉丁文穿过长长的餐桌,飘至耳际,陡然让我感到自己的意义和学者的身份。我似乎开始认识到:学术不仅仅是发表文章和索取经费,而且更在于它特殊的理念,飘逸的思维以及宗教般的位置。学术还是关于美的定义,自由的乐趣和探求没有任何边界的真理。在剑桥的殿堂里,我好像第一次明白了自己工作的目的。

然而,我面前剑桥教授的儒雅使我把晚餐的兴趣全部转向对纯正英国绅士的观察。记得第一次进餐,我周围的同事形成全新的方阵。我忽然发现,那绅士的风度,似乎是在他们站起来之后才真正显山露水的。那是一种如此自然的英国动作,毫无做作,尤其那位年长的老者。他的背让岁月打磨成一条均匀的弧线,像一副柔韧的弓。他站起来的姿态是如此的潇洒,如同用高速电影摄影拍出的一棵老树,缓然生出它的主干。他站起来了,优雅地转身,微微扬起下巴,眼神扫过长长的餐桌,他行走的时候,修长的身体不随步伐而左右摇摆。脖颈和双肩像是微风里的船帆,在一种动态中保持稳健的方位,缓缓向前推进。他在高大的窗前悠然驻步,然后双手抱肘,水平地凝视前方。如果有摄影师为其定格,如果有雕塑家为他塑像,那一定是令人注目的艺术品。这时我想起电影里演员的装模作样。我忽然笑起来了。我是如此的庆幸自己在剑桥终于看到英国的绅士。我于是明白了一个道理:真正的绅士无论如何是装不出来的。事实上你甚至无需认识他们。就在长桌的对面,你就能感觉到他们的存在,以及对你无形的吸引。这种人格魅力渗透着难以描述的感染力。

我想任何文化都有自己的典范,尤其对于人的修养。做人的标准东西方虽各有异,但都以道德、学识、风度作为基础的衡量。古典东方学者大多强调思维上的严谨与深邃;品性方面的高风亮节,举止谈吐里的斯文和儒雅。对于古典的英国,或许在人格的塑造上与东方有十分相似的一面。但由于社会严格的等级结构,对于个人的内在发挥有极大的限制。所以,过去的许多典型学者,在思维上不免迂腐,做派上失于古板,体形上弱似清瘦。这是古典东西方学者十分共同的一面。只是在西方,尤其是英国的文化传统里,幽默感是其极为独特的行为特征。即便是当代的英美文化中,在对一个人的赞美词里,幽默感为首推。幽默是人类对任何人文现象深刻但诙谐的评判。它在理念上远远高于笑话。因为笑话是编出来的,所以是可学的,可重复的,也是人人可讲的。而幽默感是即席的,人格各异的。幽默感甚至是天生的,或是在特定的文化下熏陶出来的。幽默感来自于对人文世界深刻的认识。但一个对人文世界有深刻认识的人不一定有幽默感。剑桥的学者们的幽默感,使他们的人格魅力在世界上独具风骚。因为这种特征具有很强的文化属性,因而是不可学的。我甚至认为,剑桥就是一个感染、熏陶英国文化中独特幽默的地方。只有在那里,你才会感识到剑桥的思维,英国的幽默和绅士的风度。所以在古典的传统教育里,核心的东西,不仅仅在于知识的灌输,更重视在人格特性的培养。而当今大多学校的教育,仅仅注重社会竞争和生存所需要的能力。这种教育很像某种技能的训练班。但教育和训练却完全是两个截然不同的概念。于是,从剑桥走出风度翩翩的智者和绅士,而许多现代的大学只能训练出雄心勃勃的专门家。前者不仅风雅,深刻,而且富于幽默感;后者训练有素,善于拼搏与竞争,但贫乏,枯燥,浅薄。或许,这正是古典与现代的反差和区别。

散文

刚来剑桥,我第一次驻足这智者的甬道。在牛顿思考过的地方,我忽然醒悟到他当年灵感的来源。因为剑桥到处都是苹果树和落满地上的苹果。我看到那位英国教授在雨水打湿的土路上漫步。人影与树影平行地反衬在流满金色阳光的草地上。雪白的衬衣,让高高的衣领立出灰色的西装。我们相遇的时候,他礼貌地向我问候。我此时突然感到他像是英国古典小说里的人物,陡然走到我的面前。"您好,知道您来我们学院,希望您还喜欢这里。"我几乎是在窒息中听完这纯正的英文。过去仅仅是在电影或灵格风里听到的。那抑扬顿挫,节奏鲜明,声调清晰的英国口音。而今天,我面前的并不是演员,而是一位真正的英国绅士。我对他无需了解,全凭直觉。"承蒙您的好意,我十分喜欢这里。"我尽最大的努力用十足的英国腔作出回答。好似在做英文口试。他似乎有些诧异,眼睛微微睁大。但很快他回报以绅士的微笑,然后慢慢远去。望着他的背影,我看见通往丛林的甬道,碧绿的草坪,鲜花环绕的围墙和典型的英国农舍,简直就像18世纪的一幅精美的油画。不知为什么,我在美国的时候仅仅能感觉到现实的嘈杂。在那些地方,我几乎得不到任何遐想的空间。英国古典文学里的故事和大英博物馆里的油画属于一个已经过去的,十分遥远的时代。这个时代,对于我来说是如此地不真实。只有来到剑桥,我好似在梦幻中走进18世纪的英国田园,周围的学者讲着地道的英国绅士的英语,古老的校舍渗透着维多利亚时代的气息。尤其是在掌灯的时候,走在剑桥的校园里,我看见从12世纪就建立的校舍和教堂,尤其那些整齐排列的烟囱,像是从古堡里走出的骑士。这时候我的感觉如此奇异,好像现实世界忽然消失。那沿街漫步的人仿佛就是王尔德和劳伦斯。

剑河蜿蜒,但庄重地穿过剑桥那些古老的学院。两边绿色的河堤上会有席地野餐的剑桥人。往往是雪白的衬衣,深色的领带,布制背带长裤,老式的篮子和带有英国花色的线毯,女士的连衣裙被双手盘压在两膝整齐并拢的腿上,连那棕色皮鞋上的皱纹也似乎是剑桥曲线。然后是酱色的面包,林立的酒瓶,艳丽的水果,在罐头盒里整齐排列的沙丁鱼和乳白的奶酪。即便是花园如锦的剑桥,他们也会带来一瓶五彩缤纷的鲜花。当然,对于英国人来说红茶和点心是他们永远的挚爱。他们的背景

2005

是一望无际的田野,被风吹弯的野蒿和远处一排排高傲的白杨。难怪18世纪的油画总是富于生动的主题。沿着剑河,我泛舟而上。撑篙的一位剑桥学生,是我的同行,他深知我的感慨。他告诉我,即便对于他,这剑桥的一切也好似旧世纪的梦幻。因为只有在剑桥,历史的音符宛然休止,英国的传统永恒地冻结。

小船悠然,像是回到古老的时代。我们的右侧就是古堡一样的校园。它使我想起中世纪的兵器和比利剑还要敏锐的思想。在剑桥,不仅旧城依在,古风犹存,而且这里又是开辟现代思维的圣地。20世纪初的现代派大师们就是在剑桥诞生的。就在剑河的堤岸上精通数学的罗素思考过现代的哲学;修长的狄拉克在剑桥酒馆的餐桌布上推理出量子物理的概念。美丽的弗吉尼亚·伍尔芙在苹果园里把人类最细腻的感觉写进她的《灯塔》。当今世界,一日千里。只有来到剑桥,时间才由此驻步,思考的空间可以延伸到宇宙的原点。剑桥的校园似乎在空气里都布满了灵感。剑桥人在这里不仅享受文化的滋养,而且采集所有人类最神奇美妙的灵感,然后把他们智慧的硕果播种人间。一个世纪之后,当代的大师们又来到剑桥,其中包括蜷缩在轮椅里的霍金博士。我在剑桥忽然领悟出文化与环境对思维的重要。即便是一个智者,如果在文化荒芜的地方,也会使自己的灵感丧失殆尽。所以人必须置身于某种气氛而感染,借助环境而思考,依托文化而升华。剑桥的文化经近千年的陶冶,得以沉淀、发展、流传。几乎所有的传统都保留至今,包括校规、制度、礼仪、风格以及剑桥最原本的教育理念和方法。但我认为最为绝妙的是,即便如此古老的学校,在思维和创造上却非常现代。当代最伟大的思想家仍然出自剑桥。剑桥就像是一条学术文化的历史长河,自古典从容地走向现代和当代。

我们的小船溯源而上。弯弯的河道或宽或窄渐渐离开剑桥城。那悠悠浓绿的河水扯着柔软的河草,轻轻地抚摸我们平滑的船舷。下午温暖的阳光在墨镜里变成一片和煦的暗黄。长长的船篙深深地插入莫不可测的河床,然后有力地把小船向前推划。和谐的水声让人感到彻底的暇逸和安静。我想,此时的任何一个人都会希望世界应该永远这样继续下去。但我们终于在这美丽的剑河旁靠岸了。因为我要去一个坐落在

散文

苹果园里的小茶馆。这个建于1868年的茶馆,从19世纪到今天都是剑桥师生常来小憩的地方。其中包括剑桥最有名的学者和名流,比如罗素和弗吉尼亚·伍尔芙。与其说是来喝茶,不如说是慕名这剑桥的名胜。但我更有兴趣的是寻访智者们的足迹和捕捉也许还停留在苹果林里的灵感。夏天的果树早已果实累累。但泛青的苹果仍然酸涩。枣红色的茶汁,渗出茶袋在滚热的水里悠然地扩散,很快便把这浓烈的茶色布满白亮的瓷杯。坐在树下,我慢品这典型的英国红茶。我想即便一百年前的红茶也一定沁透一样的清香。我拿出刚才买的传记《罗普特·布鲁克的生活》。布鲁克是英国现代最伟大的诗人之一,不仅毕业于剑桥,而且曾在这苹果园生活过。罗素和弗吉尼亚·伍尔芙是他的挚友,曾经常常在此一起喝茶谈天。他后来从军到意大利等地,最后病故他乡,葬在一个希腊的小岛上。他的诗浪漫、幽默,充满爱情,尤其对祖国深情的向往和怀念。我看着封面上他的肖像,是一位极为潇洒的英国绅士。丘吉尔称他为"英国历史上最英俊的诗人"。他最著名的诗《永远的英国》写于去世前的几个月,让我在这剑河旁的果园充满对那个时代梦幻般的遐想。

> If should die,
> Please think only this of me:
> That there is some corner of a foreign field,
> That is forever England... by Rupert Brooke,1915

(选自《散文·海外版》,2005年第1期)

行在四季人间

任 田

我的红色行囊就在客厅的沙发边停着,常年。走,只是锁上拉链的一瞬间。

读了那么多年中国文字,最喜欢的莫过于两个字:行在。行在交子会,是指钱的流通;行在水云间,则是人的逍遥。

谁不爱逍遥?

春 成 都

太阳在成都是个奢侈品,麻将声是成都的背景音乐。据说上帝有天乘飞机微服私访到成都,被撼天动地的麻将声惊动,他从舷窗循声望去,只见一片疯狂明亮的黄色油菜花海,不禁呀叹了一句广告似的语言:这真是东方的伊甸园啊!

每年约会成都,总有三个重点词:桃花、雨水和川菜,互相之间是时间递进的关系。

龙泉的桃花又开了,民间运动会也在BBS上闹腾起来,而真正聚会的日子往往总是要下点雨的。一部分意志坚强的人冒着微雨绕着怒放的桃花阵跑圈,比如我;一部分"腐化堕落"的人一边喝着茶水一边隔着淡淡的雨幕搓麻将赏桃花,比如鼓楼姐姐。龙泉的春花不全是桃花,樱花和海棠也开得妖娆。霏霏春雨中,大家衣衫单薄,个个冻得缩头缩脑,但皆努力做诗情画意状,指点着雨中的景物。女人们翘着兰花指,啊,樱花多美啊。精通园艺的右边卫哥哥平静地说:姑娘们,那是海棠。

散文

放晴了,是成都难得的节日,我们也许会去大慈寺喝茶听戏,静静地看树上的暮花婷婷地落在茶杯边沿,然后说一些孩子男女之类的闲话,比如毛毛今天发了他生平第一封"伊妹儿",扳着字典就好像扳着小女朋友的手,好字跟好色似的。又也许会去距离成都十四公里的梅隆溪古镇上坐坐船,最大的目的无非是上对岸吃一盘红艳艳的虾仔田螺鳝段鳕鱼。艄公轻轻摇着橹,阳光晒得人昏昏欲睡,简陋船家的一盏清茶味道居然鲜到了今天,毛毛抓着船上的麻将子儿几次想把它扔到河里头去。

村口有人卖花环。很多人就那么花枝招展地走过铺石板的街道上门板的店铺。我也花枝招展地在船上假寐,寐眼中隐约记得河边有老树,堤栏边一个老人为另一位老人掏耳朵,耳匙有一大串,它们好像叮当作响似的夸张。几个街坊围着看。听说这掏耳朵的古老活计确能把人掏得有点 HIGH,也不知是否真的。临街的锅熬着豆花,翻炒着河虾。家家的晾杆上挂满了土法制淡黄小豆豉,零零落落的外人东张西望地走过。

鼓楼姐姐家的街边扯了横幅插了彩旗,被辟为成都美食节的分会场。"四川为全国人民做饭"这话真是掐中了要害,我也省得不远万里为嘴伤身。满街浩浩荡荡吃景无边,我翘着红指甲坐在一盏略生了点铜锈的灯下等着红嘴螺和龙井茶。晚上还有几个朋友的夜谈,在姐姐家的屋顶花园,但是不知道清凉那般,还要裹了柔软的小毛毯。月亮大而清楚,姐夫精心选的豆干柔韧无渣,电茶壶在旁边突突冒着热气,有点想不通下午的阳光还猛烈着呢,眼下送进嘴里的水果却那么甜而冰凉。

我走的时候,掐了姐姐家屋顶花园的一朵樱花。是樱花,不是海棠,压在给姐姐留的字条上,她两天后才发现了这惹人眼泪的小东西。

夏云南

当别的女人选择在厨房里忙碌或者深陷在沙发里涂抹指甲油的时候,我背着一只五十升的德国 BIGPAK 大背包,怀揣着一张价值两千元的双程机票,假模三道地武装起冲锋衣裤、克莱曼野外鞋,戴上防紫外线雪镜、攀爬雪山用的雪杖,轰轰烈烈云南行去。

2005

有位朋友的太太对我说:哎哟,我是一定要住酒店的!我笑笑并不说话,因为下云南感觉最好的还是要住青年旅馆和山间旅店。她必定不晓得靠在丽江国际青年旅馆三楼小阳台、那长满了新鲜小蘑菇的树墩子上的感觉。略一抬头便可见到半个丽江城的鸦鸦屋顶和皑皑的玉龙雪山。常有微风拂过,斑斓的蝴蝶飞过,高原紫外线公平地逐一掠过悬挂在庭院铁丝上各国男女青年的内裤,也是遍览世界各地风土民情的良好时机。

青年旅馆最善解人意的地方就在于它永远供应白雾腾腾的热水,烫得你咿咿呀呀,仿佛大研纳西古乐;与之形成鲜明对比的是城中的女人们常常要站在冰凉的溪水里洗白色的被单,仿佛爱劳动的西施。丽江铺着大块彩石的街道上,整日呼啸而过青年旅馆美丽老板娘的五条半爱犬(含一条斑点狗和一只半黑不灰的猫),它们成日拉朋结党,共同进退,长年勾引网上"好色之徒"借口关心它们的健康与长势,顺便关心一下那妙人儿女主人。

当旅游旺季带动所有酒店价码狂飚的时候,位于哈巴雪山上公路到高路的岔道口的TIN'S只收十块钱/床位。这天堑险要地势,是徒步旅行者的必经咽喉。晚上站在院子里刷牙,平视的是黑黢黢的大山,抬头是亮晶晶的银河,侧耳听空谷回荡的三两声鹅叫,回眸见柔黄灯光里的木雕窗花,一跺脚,就那样坐在地上欢畅地大哭起来。

菜谱是麻绳穿起的竹籛,一半汉字一半英文,已经被先吃者摩挲得发亮。依稀看到有巧克力粑粑,结果是白面饼上融了一块巧克力;又点了苹果粑粑,上面(只是)换了几片苹果;还有油炸粑粑,干脆就是北方街头的大油饼。迎着从对面玉龙雪山上吹来的凉风,掏出瑞士军刀来砍油饼,使每个等着吃油饼的人倍添豪情。

从TIN'S下虎跳石,抱胸坐在天然的黑色大石上,像电影上真正的武林高手气吼吼地看虎跳怒啸大江奔流,只觉心胸涤荡是非恩怨转头空,一道绚烂的彩虹横跨两岸,令人不禁拍掌叫好。

只有驴子才能驮到的高度是山腰上的小小庭院,他家的厕所有"天下第一"的美称。提着裤子在苍松翠谷间颤巍巍地站立起来,可见逼面而来的玉龙雪山千秋不化的白雪。雪气裹挟着微风,像冰凉的手抚过你的臀部;也引起牛顿万有引力的著名实践——房前屋后苹果仆仆落地,就那样闲散闲落,从容没有期待,仿佛单身多年的女人的心。

慢慢地高原阳光洒下来,慢慢地白云遮住了玉龙的雪顶,慢慢地喝干了杯里算不上正宗却温暖宜人的热巧克力,慢慢地有人进出"天下第一厕"……谁都不带表,却用最人本的生物钟估摸着午饭的时间和内容。白天有时落小雨,对面的玉龙便飞雪。饭后有人午睡,有人翻阅"驴皮书",有人洗一天中的第二遍澡,行人在阳台上对焦拍雪山,有人和新上来的朋友喝酒聊天,有人讨论拿四颗星攀越哈巴雪山,有人寻找寂寞的鬼佬登山者操练尘封已久的外语。美国人詹姆斯·希尔顿在他的小说《消失的地平线》中有一句话:"神秘和梦幻参半——一种终于来到世界的某个尽头和归宿的感觉"印在中甸四大景区的门票上,而我们坐在冯老板手制的树墩椅上迎着山风用它们玩杀人游戏。在 HALFWAY 耀眼的黄旗子猎猎的响声中,我随手翻到半月前一个阿根廷人的留言:"这是一个远离我们喧嚣生活的地方,一个距离梦想最近的地方。亲爱的朋友,只要你坐在这里,一切辛苦都是值得的。"入夜,大家依旧围坐在 HALFWAY 的小小阳台,有一种原始社会的亲切和信任,中央燃着一只温暖的炭火盆,男人们吹牛喝酒,女人们烘烤衣物,每个人都能清晰地看见银河。

在桥头坐上了公交车,幸福的泪水汗水和着脸上的盐和泥到处横流,当车开到候鸟天堂拉市海,由于东边日出西边雨,两道粗壮的彩虹从天而降,祥云缭绕:最美的景色和最坏的心情原有相通,因为它们最终都会走向尽头,在你忧伤或者喜悦的目光里。

秋 杭 州

记得那天到杭州没有带伞,跳出来两个过路的"许仙"一起避雨,三个人准备打车到西湖去,却硬生生地被一位当地老伯全数送上了旅游大巴。大巴上没有别的乘客,司机也不肯收我们的钱,原因是今天下雨,你们去了西湖也看不到东西。于是就去楼外楼吃醋鱼吧。出租车司机一听就摇头:去什么楼外楼,我带你们去个杭州人自己吃饭的地方吧!于是一溜烟到了一个至今回忆不出名字的所在,叫了一大桌子菜,并不贵,味道却好极了。

一个人找清净,路人给指了一条"龙道",说皇帝爷每番来杭州都是走这里的,后来杭州人自己的婚娶也会选这里,有贵气又无俗气。果然是一条好路。笔直笔直,隐匿在一片黄叶林里,没有其他行人。黄叶纷纷扰扰,有的落在湿润的大地上,有的落在我肩头发梢,有的飘进沿路潺潺的小溪里,我掏出手机想看看时间,信号很知趣地陷入一片茫然。

我走一走,又跑一跑,天地间只有我一个人,无边的黄叶簌簌四落,我冲动地想:在这里,就是脱光了衣服,也不会有人知道吧?峰回路转,突然看见一个表情闲适的正在用箩筛筛沙子的年轻男子,沙子与石头在箩筛两边分流,发出的低低的扑勒扑勒的声响。我与他擦肩而过,越走越远,突然他在我身后很远的地方唱喏似的喊了一声:小姐,一个人走路不寂寞吗?

下榻的酒店订在中国美院旁边。中国美院以前的名字叫做国立艺术院或国立杭州艺术专科学校,我外公曾在这里做过一段时间的美术教师。暮色四合中,我端一杯龙井打开窗子,看那一株株影影绰绰顶天立地的路边梧桐,心里充满了沧桑与感慨。离开的时候我还在门前的马路上摔了一个"大马趴",引来五六个人旁观,但我视而不见。那天高处的梧桐树恰好飘了片黄得璀璨的五角叶子落在我头上,引导我看到那叶子缝隙里透蓝的天,我看啊看啊,心里想着外公当年也定是爱这透蓝澄净的杭州的天的,真是高兴得好半天都不想爬起来了。

冬 西 安

独自站在古城西安的雪天下,站在高与天接厚不透风的明代城墙垛口,把手从大衣口袋里伸出来,接那一朵一朵漫天飞舞的洁白爱情。我起初不觉得冷,也不觉得苦,但鞭炮一响,便淌下泪来。

每次我乘飞机回西安,坐着咸阳机场的大巴晃晃悠悠往家走的时候,多半已经到了下午。这时候李白的一阕旧词总会飘然而至:"音尘绝,西风残照,汉家陵阙。"而车窗外,暮色中可见覆斗形的汉陵、依山而

散文

建的唐陵，它们如千百年前一样矗立在那里，毫无改变心事重重。

我的外籍教师曾经问我：西安是一个什么样的城市？我说：一座大的坟墓。的确，每次归来，我都能感觉回到了这巨大坟墓的心脏——那凝重的黄土味，痴缠着兵马俑、城墙和暮鼓晨钟；苍凉的秦腔味，哭声一样飘荡在寒冷冬季沉甸甸的空气里；幽暗的书卷味，一流大学、四方城池和笔直的大街；迷人的舞袖香，见诸花萼相辉楼这样优雅的名字，以及落日余晖下和袅袅的鸽哨模糊成一片的斗角飞檐……仿佛灞上雪柳年年依旧。

在西安，你总会感慨自身的微茫，这是在任何城市都不会闪现的感觉。郊外漫山遍野的矮树青草，下面几乎都埋着身份显赫的尸骨，他们曾经在属于他们那个年代衣锦华服唱和兴衰，只有说到爱情的时候，地上和地下的人们才在上帝面前有着一样尊贵的灵魂。十年前，我的初恋男友在这明城墙上送我风筝和梁实秋的《槐园梦忆》。十年后，我以为我能忘记他，却因偶然听到他与另一女子结婚的消息，而独自怅然于烽火高台之上。

无数的观众，面对杨玉环小小凋敝的坟茔和卫子夫已经湮没翠岭的白骨，揣测这两个飞黄腾达的美丽女人曾经惊世骇俗的爱情。然而历史是不同于爱情的，虽然辉煌繁华的历史中必有闻之断肠的爱情，转瞬而逝的爱情里也隐有跸跋黄尘的历史，但两者的最大不同终其一点：爱情是没有证据的，沿途留下的，全是历史的证据。

因此我们也是没有证据的，虽然风筝飞过高天的时候，他的吻惊鸿一瞥地，曾掠过我的嘴唇。

不分四季，晚上去麻家什字小吃街吃宵夜是一个很好的节目：炭火孜然，烤肉啤酒，有助于失意的人重燃活下去的勇气。青烟缭绕的一条街，灯火通明，两边宠辱不惊地罗布着字画店、旗袍店、包子店、烤肉店和古董店。偶尔还能在深蓝天幕中看到一个黑木头尖顶，那是后街的明代大清真寺。雪月上半弯，状元府第红绡映雕栏。

吃饱，喝足，爆竹声中一岁除。神仙，妖怪，斗罢艰险又出发。

（选自《台港文学选刊》，2005年第11期）

风是外公的朋友

程耀恺

我的外公生前有多少朋友,我一直没弄清,但他老人家有个很特殊的朋友,说来有些难以置信,竟是风。

外公属于孤独但很有内力的那种人,没由来就见他浓眉紧锁,一脸的严肃。他肩宽背厚,方面大耳,耳朵大到让你一见就感到坚定有力。他坐在厢房里,一边打草鞋,一边漫不经心地哼着"倒七戏(庐剧)",断断续续,时急时缓,但是南冲的河水在流淌,平冈上的黄犊在奔跑,塘里的鹅鸭在戏水,梁上的燕子在哺雏,他都听得一清二楚。有时他突然喊我到跟前,说:去,把杨四家的癞皮狗赶走!我到村口一看,果不其然,回来就问他怎么知道,只答:听呗。我的天,他的耳朵好厉害!我想,凭了他的这双耳朵,他有资格与风交朋友。

风这家伙,全然一副飘忽不定的样子,一年四季,总是南来北往,来也无影,去也无踪。乡下人日子过得紧巴巴的,哪还有这份闲心与风周旋。外公却与众不同,他是个天天都离不开风的人。

春风一到,满世界欢腾起来,院子里的杏花跟着绽开了。这棵杏树不一般,是外婆临终前栽下的。杏花一开,外公就觉得外婆回来了,他从此可以放下家中和院里的事不管,像是一股脑托付给了外婆,他要去犁田。他在刚刚解冻的水田里,挥着鞭子,悠然地唱起那支我家自编的《南冲细雨密如麻》的山歌。风把他的歌声送到远处,老辈人就说,看把汤二老头乐的。这时从小河湾的对岸,会传来"有人(那)要看(啊)西湖景,坐上(你个)小船哟,慢慢哟游——"的应和歌声。春风遍地的时候,外公喜欢说,春风的味道,好比女人身上的香气,能迷死人的。可那时的我,怎

散文

么能听懂他的话。

夏天的风,谁不喜欢,也都想用扇子把风招过来,归自己享用。外公在别人摇扇子的时候,独自跑到秧田的埂上,观赏起风如何来自天外,如何坠落人间。他看见绿油油的庄稼,朝着风一鞠躬一鞠躬地行礼,外公就把手伸得长长的,像是要拍拍风的肩膀,道一声:多谢了,好兄弟。整个夏天外公浑身是劲,心情舒畅。白日里若是累了,就在稻场旁的黄栗树下打个盹,晚上也不进屋睡觉。他在香瓜地里用毛竹搭个凉棚,倒也不是用来看瓜,干什么呢?跟风谈心。谈些什么?他不说。

外公有一句名言,四乡八邻都晓得:秋风似酒,闻都能闻醉。他曾开导过我:稻子怎么黄的?棉花为什么白的?枫叶如何红的?还不是让秋风灌醉的!秋季里,外公终日不归家,披星戴月地在田野里忙个不停,他也不让我们留在村子里闲着。苞谷棒掰完了,他叫你放羊;羊吃饱了,他叫你摘野菊花;菊花采来了,他让你晒干;晒干了菊花,他要你装枕头。他甚至不让我们穿衣服,说是男儿应当打赤膊,多让风亲一亲,将来体格强壮,不怕走遍四方。看到我们被太阳晒得黑乎乎的,被秋风吹得红润润的,他才点头称是,一迭连声夸道:好小子,棒极了,是我们家的好小子。

冬天的风,他一点也不嫌弃。他有他的道理:要是没有冬天的寒风,你想想,那些蛇虫蚂蚁苍蝇蚊子,还不知道要混账到什么程度哩。他觉得冬风帮了他不少的忙,让那帮浑球们该睡的睡,该完蛋的完蛋,这样他才能安稳,天下才能太平。在风雪交加的日子,我们家的廊下,堆满了干松树根,室内还有一间专门用来烤火的大房子。看到外孙们的脸蛋被烤得像红柿子之时,他非得把我们赶出去让风吹吹不可。他说,这叫经得了穷,才能耐得了富。谁若是不愿离开火堆,他就拎你的耳朵,把你交给冬天的寒风,他自己站在一旁监视着,欣赏着。你要是站着不动,他就砸过来一团雪。只要看到我们在刺骨的冷风中又跑又跳,他便仰天大笑,手舞足蹈起来,真不知道外公是在为谁高兴,为我们呢,还是为风?

外公一直住在堂屋东边那间房里,朝着院子的南墙上,装一扇窗户,终年开着。坐在床沿上,穿过窗户,可以看见院子中间的那棵杏树。当初都以为那窗户只是为了让我们随时能看到外婆的杏树,所以谁也不敢去关它。多少年后,我见到外公,就委婉劝说:您老身体瓢巴了,冷天还是把窗户关上好些。外公愣了一会,反问我:那,风怎么进来呢?我知道外公的脾气,笑着说:风有这么好吗?谁料他斩钉截铁地说:"哎,不错!风调,才能雨顺嘛。"接着他若有所思起来,说:"风比人好,风,比人好啊。人啦,干一个钱的活,就盘算着十个钱的利。风呢,空手而来,空手而去,真难为它忙了一年又一年。风啊,风……"

  外公去世的时候,乡下还是人民公社,生产队对坟地多有限制。还亏了他的堂弟提醒:二哥一辈子不是喜欢风的吗,依我看,北山松树林中间那块空地,风凉水快的,倒很适合他。大家都说:行,就这样一锤定音了,于是外公就安息在那片四时八节都有风的松林中了。那块林子地势高,远远望去,郁郁葱葱,一阵风过,马上就会响起阵阵松涛,呼——,呼——,像是大地在叹息。没想到外公与风,竟成了生死之交。有风陪外公做伴,下辈们还有什么不放心的呢。

(选自《中华散文》,2005年第3期)

一种男人

徐 风

　　宴会开始了,他们还没有来;他们一般都不会按时到达,因为他们忙,还因为他们重要。请客的人已经打了几次电话,快到了,终于到了。他们刚从健身房过来,额上还冒着优雅的汗珠;他们没穿西服,但休闲随意中自有一份无可挑剔的精致;就连小小的打火机也是世界名牌。然而,过度的酒色常常在他们的脸上布置一些不和谐的色彩,一些暗疮和粉刺;那是貌似谦和内敛的笑容所掩盖不了的。他们说话彬彬有礼,举手投足大方。但喝醉了突然冒出来的土话粗话会让你目瞪口呆。他们熟知一切社交礼仪并应用圆滑熟练。对待女士他们努力做得像个绅士,但话说多了就会露出一些破绽。比如眼神,会突然变得直勾勾赤裸裸的,手脚也患了多动症,一点也不绅士了;如果遇到轻浮妖冶的女子,他们会暗示你,在某某星级酒店,有他们长年的包房。说到艺术,他们会毫不费力地说出最近嘉德春拍的一些顶尖级名画的价格,但说到这些名画的特点,他们则突然变得像聋哑学校毕业的;对自己的出身他们总是讳莫如深,你不会相信若干年前他们穷得一文不名,但苦难的出身一点也没有影响他们今天熟练地使用吃牛排的西餐刀具,是的,他们在饮咖啡时姿态优雅,永远不会发出啧啧的声音。

　　在平常人来看,他们永远是社会上最慷慨最富有的人,他们向希望工程捐款,频频出席各种公益性活动,经常参观书画展览并且大量收藏作品;有自己的香车宠物,情妇小妾;平时走路小心脚下的昆虫,是积极的环保主义者,决不把香蕉皮随地乱扔;他们一直在想办法争取做个政协委员或者人大代表,非常在乎接受报纸的采访或电视里一个两秒钟的

2005

镜头;逢年过节他们会大把花钱在电视台向全省全市人民拜年;他们可以随便说出一个位高权重的官员的名字,包括他的手机住宅电话连同生日生肖嗜好憎恶,然后随意而轻轻地告诉你,他们是兄弟。接着就漫不经心地拨了一个电话,口气热络,亲切随便,足以让你在钦羡的同时又不得不排放出大量妒意。

他们和这个时代的许多英雄豪杰一样,都是难得的天才,这点我们从福尔摩斯的对头莫里亚蒂身上就能看出来。恶棍们通常用自己杰出的智慧把地球上的大多数人玩弄于股掌。但他们不一样,翻开他们父辈的历史,大都是引车卖浆者流,就连他们自己,说到童年每个人都有一本辛酸血泪账。但匪夷所思的是他们在几年内就完成了一生的资本积累。他们的发家史只有自己知道,江湖上真正的恶棍们都有一本绝处逢生的曲折故事,他们总能在弱肉强食的森林里寻找到自己的猎物,他们总能从猎物身上找到弱点——和那些有权力的人称兄道弟。像投资一样在他们身上为他们的事业助一臂之力,有时,资本的积累只需要一夜功夫,一支笔在一份文件上签了一个字,所有的障碍就像多米诺骨牌一样溃退,一切就这样搞定了。这样的押宝风险当然很大,需要有非常强的洞察力。但他们从不在乎失败,每次失败之后他们都会冷静地分析原因,再卷土重来。而且永远坚信自己。他们永远有自己最实用的世界观和人生观,这些深刻而精辟的观点总是把虚伪的仁义道德对比得一无是处。可惜他们在大事完了之后就花天酒地,狂饮滥赌;如果能潜下心来写写回忆录,至少可以为研究中国国情的社会学家提供最难得的资料。他们往往有着钢筋一般的神经。他们从不被感情道德等虚无缥缈的东西所干扰,永远坚定地走在自己的道路上。他们常常像一位杰出的玩牌者,总是把手中的牌攒到有最大赚头时才抛出。他们都深深懂得小不忍则乱大谋的道理,所以每每能找到最合适的时机狠狠地出击。他们实在搞不懂外国人,据说一个贵族需要几代人的奋斗,为什么在当今中国赚钱这么容易?为什么搞定一个官员这么容易?为什么金钱要来的时候你挡也挡不住?他们并不知道富翁和贵族是两回事,以为穿最时髦的名牌服装,以为让子女读最昂贵的贵族学校,以为住本地区最豪华的别墅,以为拥有最漂亮时尚的汽车,就可以是贵族。他们不知道英文词典中对

"贵族"的解释不仅涉及社会"高层",还应该是具有高尚品格、卓越能力、优雅气质、艺术涵养的人;他们并不知道在他们的血管里奔流着的还是贱民的血液——他们的文化素养不可能像他们的财富一样迅速积累,相反——被掏空了。心智没有补充,角色在不断错位;他们不相信上帝但崇拜冥冥之中的诸神,他们相信风水、求神拜佛;家中所有的陈设都按照巫师的摆布放在最佳的位置,胸口和腰间挂着纳福避邪的翡翠或老玉挂件。客厅里有一百六十万元一套的紫檀木家具,卧室里是十八万元一张的席梦思法国进口大床;卫生间有八万元一套的泰式浴具,酒柜里摆满了数万元一瓶的路易十三、XO以及储藏了一百年的法国白兰地;书房里全是精装的大部头世界名著,玻璃柜里陈列着价值连城的古玩玉器……

有一天他们突然发现,自己的头发白了、稀了、秃了。心变得非常疲惫。可医生说没有病,只是太辛苦了。于是飞到亚布力去滑雪,飞到南非去冲浪;回来了,带着阳光海浪沙滩的气息,但还是那样没劲;有一天他们突然路过从前住过的贫民区,那扇破旧的柴扉,那矮矮的屋顶上颓败的烟囱,长满青苔的灰瓦以及廊下成串的红辣椒。一切都是那么亲切,连同飞扬的尘土和纷飞的落叶。他们突然找到自己了?是的,我们看到他背过身去哭了。

他们的结局大凡有以下几种:一、赌运不佳或仇家火并,输掉了身家性命,成为晚报的某一角的一条二百字新闻的主角,被议论一番后迅速被人们遗忘;二、有一天突然接到检察院的传票,进去了,再也没有出来;三、事业和家庭遭到重创,痛定思痛后又重起炉灶,然后东山再起。

(选自《中华散文》,2005年第10期)

生活如椅子

王清铭

在梭罗宁静的《瓦尔登湖》里，我找到三张散乱地放着的椅子，很简陋，它给人留下深刻印象是因为梭罗的几句话：我的屋子里有三张椅子，独坐时用一张，交友用两张，社交用三张。

"人只有一个半朋友"，一个肝胆相照的，半个能为朋友牺牲自己利益的。所以交友只需两张椅子，一张给朋友，一张给自己。社交需要三张椅子，留一张自己坐，一张给增长的知识，一张给促膝而谈的乐趣。如果还有其他的椅子，就显得多余了。有四张，想凑一个麻将桌或牌桌；如果是五张，其中一张必是"名"正襟危坐的座位，"利"也大摇大摆地走进来，跻身其间，旁若无人地坐下，跷起二郎腿。对过着纯粹内心生活的梭罗来说，这是无法忍受的。他是一个从社会结构游离出来的原子，五张椅子会让他回到原有的生活状态。三张椅子，梭罗的需要就这么简单。

有趣的是我穿越历史的目光又在居里夫人的会客厅看到一张简单的餐桌和两把简朴的椅子。居里的父亲曾经要送他们一套豪华的家具，他们拒绝了，原因很简单：有了沙发和软椅，就需要人去打扫，在这方面花费时间未免太可惜了。为了不让闲谈的客人坐下来，他们没有添置第三把椅子。

居里夫人后来说："我在生活中，永远是追求安静的工作和简单的家庭生活。"两张椅子，让他们有了事业上携手共进的伴侣，没有多余的椅子，使他们远离了人事的侵扰和盛名的渲染，终于攀上科学的顶峰，阅尽另一种瑰丽的人生景观。

梭罗纯粹，居里夫妇高尚，在生命的质量上都是常人无可企及的。

散文

他们都没有多余的椅子。

淡泊以明志,宁静以致远,这句话做起来时你会发现它太抽象了。我们要从细小的事情做起,比如减掉多余的椅子,不让"身外之物"有落座的机会。椅子以舒适为标准,过于豪华,就变成一种装潢了,结果不是人坐椅子,椅子成为盘踞你生活的一种累赘了。

生活如椅子,删繁就简,撤掉多余的部分,你的生活就简朴、简洁、简练而且丰富、深邃了。坐上庸俗和卑劣,就坐不下伟大和崇高;坐上虚伪和暴戾,纯真和善良就无处落座;坐上自私和冷酷,爱心和热情就无法容纳……

有了多余的椅子,你就会想到与之协调的华丽房子,想到许多人苦心钻营的位子,想到那轻飘飘而又沉甸甸的票子……于是你忙忙碌碌,心情也沉甸甸的,没有了坐下来的轻松和欢乐。

泰戈尔说,翅膀下挂着沉甸甸的金钱是飞不高远的。同样,有了多余的椅子,你不但不能飞翔,连静坐沉思的乐趣也消逝了。

有时候我们的生活简单得只需一把椅子,供心灵坐坐。

(选自《中华散文》,2005年第3期)

黑 鱼

邓 刚

海里有很多有学问的鱼。但有的鱼外表形象似乎相当有学问而实质上没有学问,有的鱼实质上有学问但外表形象呆蠢笨粗,真正表里如一有学问的就数黑鱼了。

黑鱼有大瞪着的眼睛和大圆眼圈,完全像架着一副克利克斯近视眼镜。嘴角下撇,显示出一种知识渊博的清高,更令人炫目的是一枚枚交叉迭压排列的鳞片,闪射着深奥而又简明的哲学光彩。黑鱼最漂亮的是脊背上的鱼鳍,也同牙鲆鱼鳍一样折扇般合拢和展开。但牙鲆鱼是向四周平面展开,而黑鱼鳍却是向上高高竖起,也就格外惹人注目并风度翩翩。黑鱼最重视鱼鳍,每天梳理得净洁整齐。即使一条黑鱼混得丢盔掉甲或贫困潦倒饿得精瘦,鱼鳍也依然旌旗般地耸立。

黑鱼深知自己有知识有水平,不能混同于一般鱼虾,所以总是浮在海底的上层,无论何时何地,也绝不下去沾一点泥沙。一般的黑鱼一生也不会接触海底,病死老死也将尸体漂上水面。底层的鱼虾只能望见黑鱼满腹经纶的肚皮,不禁产生一种遥远的尊重;但有时也能看见其肮脏的屁眼,因此,未免也会生出一些不敬之意。

然而,黑鱼虽然漂浮于海底的上层,却甘居水层中间,并不仰慕更高的上层,从不认为阳光灿烂或月光柔润而跃出水面。它甚至鄙夷上层水域,淡然功名利禄,心安理得地在中层水域做学问。海里的大部分鱼有上下对游的习性,底层鱼有时升腾到上层水域开开眼界,上层鱼也下潜到底层寻觅土香。这种上下折腾,中层水域便不断有鱼影窜动。黑鱼不是视而不见,就是不动声色地看把戏。它们自己则绝不加入升沉行列,

安然我行我素浮于中层。

如果你经常潜入海底,你就会发现上不去下不来的黑鱼并不全是清高,它有时是惧于底层泥沙的污浊,畏之上层水域的波涛。在优哉游哉的中层水域,黑鱼可以从容徘徊,摆出一副学者姿态。黑鱼用不着像底层鱼那样在沙丘暗礁中摸爬滚打,也用不着像上层鱼那样战风斗浪。为此渐渐心宽体胖,动作迟缓,即使是敌害侵来,逃跑的姿势也不仓皇。旁观者见了更加敬服,以为黑鱼是勇敢沉着。按道理说,黑鱼一生应该是清静平安,滋滋润润。可惜,它有知识,整日里深刻思索,无休止徘徊,痛苦万分。也许黑鱼的位置承上启下,既能仰视上面又能俯视下面,知道的情况太多,再加上它又天生有一种关注一切的习惯,便日渐活得沉重。

在动荡不安的大海里,所有的鱼类都在练习两种本领,一是觅食本领,二是逃跑本领,也就是活得好和活得长久的本领。这种生命第一的原则使大多数的鱼顾及不了自己的形象,它们往往长得尖头尖脑,野蛮勇武,而且脑袋退化得只能记住两件事物,一是怎样有力气吃饱肚子,二是怎样有力气逃命。唯有黑鱼不注重力量而注重智慧。它的脑袋发育得愈发完美,更有博士风度。但脑袋太大,游起来有阻力,这就使黑鱼不由自主地摇头晃脑步履蹒跚。在其他鱼类看起来,以为它们是在吟诗赋词。

在鱼类中,再也没有比黑鱼更大更亮的眼睛了,完全像水晶镜片那样闪闪发光。但无论多么老道的黑鱼,总有股天真的孩子气,认真观察你会发现稚气全来自它那两个大眼睛,原来是两个大近视眼。近视眼看什么东西,总要尽力靠近。黑鱼发现什么事物便是这样,大大地瞪着茫然的眼睛贴上去,似乎要亲吻什么,又可笑又可爱。

渔人钓黑鱼,也是从容不迫一派学者风度。将鱼钩放到底,再缓缓往上提几码,让鱼钩在水层中间老练地晃悠。黑鱼见异物,纷纷围上来研究,一对对大近视眼几乎撞到鱼钩上。有时渔人性急,突然提钩,往往会碰巧挂上来条黑鱼。当众多的黑鱼中间,有一条竟能腾空而去,使其余的黑鱼大惑不解,由于大惑不解,黑鱼并不惊惶失措地逃散,而是原地不动地摇晃着大脑袋思考,怎么会出现这种事呢?一条鱼竟会原地不动地飞升起来,太不可思议了!鱼钩又垂下来,众黑鱼又好奇地围拢上去,

2005

亲吻鱼钩似的迫切研究起来。结果是又一条黑鱼腾空拜拜了。它们继续大感不解,更以为这是奇妙。没办法,只好一条又一条地被研究上去。渔人都有这个经验,只要在一个地方钩到一条黑鱼,紧接着就会一条又一条,就像黑鱼在下面排队等着咬钩似的。

在水下用鱼枪打黑鱼,比在岸边钓黑鱼还容易。一条黑鱼被击中了,痛苦地在枪杆上扭动。另一条黑鱼却傻呵呵地游过来,研究它的同伴怎么会出现这种高难动作,于是很轻易地又被击中。其他的鱼只要听到异常声音,不管是否危险首先是撒腿逃窜,逃得越远越快越好,它们也从不回头看看逃得是否合理。它们绝不吝惜逃跑的力气,宁肯错逃一千次,也绝不放过一次逃跑的机会。有智慧的黑鱼却决定要研究出个究竟来,所以吃一百次亏也没记性,简直就是前仆后继。连渔人都有些可怜——这些家伙,学问太多,愚了!

被提出水面的黑鱼一下子就明白了怎么回事了,可是它们不悲哀不惊惶失措,还是一味地大瞪着眼睛,似乎在愤怒地喊——这不合乎逻辑,这不合乎逻辑!……直到下锅烧熟端到餐桌上,黑鱼还是瞪着大眼地感到不合乎逻辑,而别的鱼早就焦头烂额地认输了。

鱼类的爱情往往是直截了当,不问对方年龄姓氏家庭出身文化程度身份地位和经济实力,双方一见面就激动得像仇人相遇,立即扭结厮打起来。男鱼女鱼谈情说爱,旁观者完全会认为它们这是在进行一场你死我活的战争。

黑鱼瞧不起这种野兽般的疯狂相爱,那根本不是爱情。爱是美好的,温柔的,神圣的,是没有什么利益和什么目的性,爱情甚至和娶亲生子也没关系,爱情就是爱情。

爱情的季节到来,黑鱼个个精神焕发,浑身鳞片也闪射出比以往更鲜艳的色彩。它们首先是很理智地唱着情歌,先相互沟通思想。吱吱的情歌在水域里传得极远,把敌害也引来。但这并不妨碍黑鱼对爱情的忠贞,在爱的面前绝无胆怯可言。真正的爱情要光明磊落,万万不能草草行事。思想感情终于沟通了,但这还不行,不能那么快就进入性关系,否则是对爱的亵渎。相爱的男女黑鱼开始在广阔的水域里跳舞,各自拿出最高的技巧,跳出最优美的花样。缠缠绵绵,贴贴离离,悲悲切切,欢欢

喜喜,似乎要这样跳一辈子。终于,最高最神圣的爱情来临了,男鱼女鱼开始发疯般地动作起来。逃跑式的挑逗,追逐式的激动,将爱情燃烧到高峰。高峰之际当然是交合,男女黑鱼生生死死地扭结在一起,成千上万个子孙后代纷扬而泄,在水层里自由落体,寻找生路,因为这真正是没有任何其他目的的爱情。

  黑鱼因为有智慧,爱情的程序就比其他鱼麻烦,这往往节外生枝。例如第三者插足,见异思迁,夜长梦多;或因过于讲究爱的形式,时间拖得太长,使敌害侵人,造成许多悲壮。相爱的一方被敌害吃掉,剩下的一方就痛不欲生,或誓死不嫁或郁郁寡居而死,终生唱着永不忘记的爱情之歌。

  胖头鱼对黑鱼的爱情过程最不耐烦,说是太麻烦了,早晚还不是一回事,生崽子呗!

  黑鱼对胖头鱼不屑一顾,认定胖头鱼既没文化又俗气。尤其是胖头鱼的一脸吃相,黑鱼干脆就无法容忍,功夫全用在吃上,这样的鱼活着还有什么意思和意义!

  黑鱼的生活还是比较文雅和稳定的,下面水层翻腾上来的渣滓,上面水域撕咬掉落下来的碎肉,足够黑鱼过着小康般的生活。这种平静的生活本来可以无止境地延续下去,然而海洋遭到污染,水质有了毒素,食物日渐减少,生存出现危机,这就逼得黑鱼无法做学问。不做学问也就使黑鱼失去了尊严,因为它们不得不无可奈何地硬着头皮或厚着脸皮沉下底层水域,在混浊的泥沙中寻找食物。但它们毕竟斯文气太重,不能毫无顾忌地撒野和肮脏,常常在它们压根瞧不起的胖头鱼面前忍气吞声,丢尽面子。不过,也有机灵的黑鱼,彻底脱胎换骨般地沉下去,与牙鲆鱼为伍,虚心向胖头鱼学习,终于练就一身生存本领。由于这种黑鱼能把智慧和力气结合使用,渐渐混出名堂来。虽然没到尖头尖脑的程度,但鬼头鬼脑地也能对付一气。然而长时间地变幻生存方式,这些黑鱼的体态也开始变化,肚腹收缩,脑袋变小,略有些流线型。掌握一定的生存技能,有文化的黑鱼毕竟不会与胖头鱼之类的为伍,它们不安于原地踏步,斗胆长途跋涉,四海奔游,相投者自由结集成新的黑鱼群体。这个群体的黑鱼敏捷且精明,渔人用鱼钩的伎俩很难弄到它,鱼枪就更是望尘莫及了。由于这种黑鱼比常规黑鱼体瘦肉薄,渔人称它为浪子,意为流浪的黑鱼。

老成持重的黑鱼继续死守中层水域,保持固有的文化和文雅。偶然有几条不安分的跃到上层水域,但不多时便显出狼狈相。它们大腹便便的体形和慢腾腾的举止,在风浪奔涌的上层水域无法生存。因为突然亮堂的日月使黑鱼受宠若惊又眼花缭乱,再加上上层水域鲐鱼鲅鱼炮弹般的速度与横冲直撞的作风,惊得黑鱼目瞪口呆自叹弗如。但它们私下却又愤愤然——如此霸道抢食,也太不雅观了!

终于,老成持重的黑鱼还是回到中层水域去文雅去寂寞。这是最传统最正宗的黑鱼,只不过由于太稳重,体态略虚,鱼肉松懈,不如其他一些终日奔命的鱼类肉质紧凑。然而渔人知道它的价值在哪里,逮到一条这样的黑鱼,便不伤皮肉整体放进沸汤里煮,不加任何油盐酱醋佐料,却能煮出味道相当鲜美的汤来。更奇的是,全身乌黑的黑鱼,竟能煮出雪白的汤,而且越煮越白,雪花一样飞扬白沫。端上餐桌,点上几撮香菜丝,众人挥勺,鱼香气通鼻窜胃,真正鱼的精华!

(选自《散文·海外版》,2005年第5期)

散文

像植物一样只受阳光的供养

华 姿

下雨了,去书店

下雨了,我穿了双平跟鞋步行到三联书店去,在细雨中慢慢地走,安静地走,感觉自己像一只兔子,走在野草丛生的乡间小路上。

真的就喜欢起童书来,这些清澈晶莹的小东西,竟然能让我一下子就宁静和喜悦。它们是早上的露珠,被初升的旭日照着,晶莹里生发出明媚的清香。当你凝神时,芜杂的人生一下子就纯净起来,似乎处处都是甜美的爱,就像泰戈尔对他心中的神所说:你的爱像阳光一样包围着我,又给我光辉灿烂的自由。

买了三本书:一本《枕草子》,一本《布莱克诗选》,一本童书《长腿叔叔》。这都是很久以前就想买的书,但一直没买到,今天突然碰到了,真的很惊喜。

但不喜欢《布莱克诗选》的翻译,尤其不喜译者开篇的那句话,"我愿意以人子和诗人的名义"。天啦,他在说什么?作为神的儿子,耶稣为了表明自己与人的密切关系,所以自称人子。自从耶稣用过之后,就没人再这样自称了。而且感觉语言也硬了一点,像冬天的风一样。但想到机会难得,就还是买了。

语言好不好,是翻译能否成功的关键。文字不好的译者,其翻译是对原作的摧残,就像时间摧残美人的容颜一样。这是大家都知道的道理。我喜欢美好的语言,就像美女喜欢时装一样。

不过作为读者,我还是对译者心存感激的。因为他的劳动,我才有

2005

机会较完整地阅读布莱克。苇岸曾说:布莱克是父亲、信仰、灵魂、泽世的慈祥、天堂的声音。他非常喜欢布莱克的《天真与经验之歌》,以致说:"就是拿人类的全部诗歌来换,我也不给。"

喜欢《长腿叔叔》。它的结尾真是太美妙了,美妙到令我惊异,使我在中午的空气里,有一秒钟无法呼吸。我爱这明媚清澈的小书。它们是早晨的太阳,不是中午的太阳,也不是下午或傍晚的太阳。早晨的太阳像草叶上的露珠一样,晶莹、纯净、玲珑剔透,反射着红的蓝的光彩。

也喜欢《枕草子》,喜欢清少纳言,喜欢周作人的翻译。他们就是优雅——作者是优雅,译者也是优雅。书写是优雅,甚至,阅读也是优雅。是那种清澈的干净的优雅,像第一缕清新的晨风刚刚吹到的花。但一定是初开的花,栀子的白,鸢尾的蓝,或者百日草神秘的紫里透红。花朵是湿润的,饱满而有光亮的。叶子也是。

枯枝上的小鸟

第一个夜晚只有一只,第二个夜晚就有了三只,第三个夜晚就有了五只。两只大一点,我想它们可能是夫妻。那三只大小和年纪都差不多,我想它们应该是孩子。

这是一棵很大的枸树,十几根枝子向四面伸展,使这棵树像一把撑开的巨伞。有一天傍晚,我站在树下数它的枝子,但我数了前头忘了后头。因为它的枝子太多了,而我的记忆力已开始衰退。

枸树的叶子宽大,每一片都像一个张开的手掌。当风在清晨吹动它们时,就像无数的手掌在晨光里舞蹈一样。我想,这个舞蹈的题目应该叫"迎接":满心欢喜地迎接太阳升起,迎接又一个花团锦簇的白昼来临。

枸树的底下有几根枯枝,这一家鸟就在这几根枯枝上过夜。因为歇得错落有致,举头望去,就像是黑夜突然开出了几朵花——它们肚子上的羽毛是一种灰灰的白,像日出之前在田野上飘荡的薄雾。

夜里去遛狗时,我就要仰头寻找它们。看它们在那里,我就很欢喜,很安心。如果它们不在,我就很沮丧。如果只看见了两只或三只,我就很担心,那两只干什么去了?怎么这么晚了还不回家?

散文

早晨上班时,我也仰头去看,但往往是什么也看不到。我知道它们都是勤快的孩子,天亮了,它们就会出去工作,然后以飞翔和一再的歌唱来赞美我们共同的父亲。

枸树的枝子是四面下垂的,所以那几根枯枝离地很近,身高的人稍一跳跃,手就可以触到枝子。所以我从看到它们的那一刻起,就有一种隐隐的担忧。我不晓得别人会怎样对待它们,是不是也会像我一样怀抱一种温柔和怜恤的感情。因此,除了我的家人外,我没敢把我的发现告诉任何人。那一段日子,我因为怀着这个巨大的秘密而无比欢喜。

正如我担忧的那样,没有多久,那几朵夜晚的花,就不见了。因为有人折断了那几根枯枝。不仅那几根枯枝,另外几根稍高一点的枯枝也被折断了。

我不理解,它们为什么一定要选择那几根枯枝落脚?但我更不理解,人为什么一定要把那几根枯枝折断?很久以后我才晓得,原来,他们嫌鸟歇在那里时,把屎拉在了地上。

但夜里去遛狗的时候,我还是会仰头去看,仿佛它们还在那里盛开着。

一天早晨上班时,我看到一只鸟在紫树林里慢慢地走,优雅地走,我忍不住跑过去问,轻轻地问:"嗨,是你吗?是你吗?"但它什么也没说,只是回头看了我一眼,就展翅而去了。

但我感觉那一眼里,是有深意的。这让我羞愧。虽然那件事不是我做的,但我毕竟也属于人类。我突然想跟它说声对不起,但它已经不见了。

人啊,我真不知道说你什么好。但我不愿用难听的话来伤害你,那样也伤害了我自己。比起鸟来,我应该更爱你。事实上,我也的确更爱你。但你的自大和自私真让我难过,好像这个世界是你自家的一个园子,只有你能自由地出入,任意地享用。而它们,却不能。

幸好我的信仰告诉我,小鸟也是我们的兄弟。因为这个世界只有一个父亲,我们都来自于他。所以我确信,不管怎样,仁慈的神都会照管它们。当它们失去这一个家时,神一定会给它们另一个家。世界之大,神绝对不会让几只小鸟连一根落脚的枯枝都没有。

澳大利亚哲学家彼得·辛格在《动物解放》一书里指出,人类对待动物的态度和方式已经牵涉到一个严重的道德问题——他的动物伦理学开启了当今西方的动物保护运动。当然肯定有人会不同意,尤其是在我们这个还有很多人吃不饱肚子的国家里。他们会问:动物的问题真的就那么重要和迫切吗?

那么我也问你(这是台湾学者钱永祥先生问过的话):一百年前,你会觉得妇女的权益问题有那么重要和迫切吗?五十年前,你会觉得种族歧视问题有那么重要和迫切吗?而仅仅是二十年前,你会觉得环境问题生态问题有那么重要迫切吗?

你不会。但今天,你会。

而且,善待一只小鸟与帮助一个穷人并不矛盾。相反,倘若我们真的能够深切地体味一个动物的苦痛,那么我们就一定能够更真切地体味一个人的苦痛。怜恤任何一种生命,都只会让人类的心变得更温暖,更善良,而不是相反。早在12世纪,基督最完美的效仿者圣方济各,就把蟋蟀称为兄弟,把蝉和燕子称为妹妹了。他看到虫子,就捡起来放进草丛里,以免它被践踏。他在大雪覆盖的森林里放置食物,为的是使那些弱小的动物不至于饿死。但这并不妨碍他成为一个传播温暖的人——一个以救助穷人和传染病患者为己任的圣徒。

人类生活的平等原则里,本来就应该包含了对动物权益的完美尊重。而人类常常忘记这一点,忘记动物在这个世界上也是有权益的,更忘记动物也有苦痛感和恐惧感,也有快乐的渴望和被爱的渴望。

写到这里,我忍不住要引入几段伟大的箴言:

毕达哥拉斯说:人不停止残杀动物,就不会停止彼此间的残杀。事实上,播下谋杀和痛苦种子的人,不可能得到快乐和爱。

古犹太苦修教派的《和平福音书》里说:在他身体里被杀动物的肉,将会成为他本人的坟墓。因为我实话对你说,谁杀,就是在杀他自己;而吃被杀动物的肉的人,是在吃死神的身体。

圣雄甘地说:一个国家的伟大和它的道德进步,可以通过它对待动物的方式来衡量。

人和动物之间如果没有和解,那么,那种人与万物荣辱与共的"新天新地"不会来临,那朵伟大的花,将无法在任何一株草、一根树和一个灵魂里开放出来。

当然我也知道,我们无法要求每个人都像佛陀那样素食,甚至,我无法要求我自己。虽然我恨不得只依靠大地的香气而存在,如同植物只受阳光的供养。因此,在这篇随笔结束的时候,我还要引入先知亚墨斯达法的一段教导:

当你杀生的时候,心里对他说:"在宰杀你的权力之下,我同样地也被宰杀,我也要同样地被吞食。那把你送到我手里的法律,也要把我送到那更伟大者的手里。你和我的血都不过是浇灌天树的一种液汁。"

寂夜的虫子叫

睡不着,而且感觉肚子饿,就起来找东西吃。拿了一根香蕉走到窗口,没开灯,在窗前慢慢地吃完了。白天下过雨,所以夜风特别湿润,特别水灵。

想起有个诗人说,像黑夜一样赤贫,像白昼一样富有。其实这话反过来说也是可以的。比如现在我就看见了这个夜晚的富有——我听到了寂夜的虫子叫。

也许是下过雨的缘故,虫子的叫声特别清脆,特别晶莹。不是一只,是一群。一会儿是合唱,一会儿是二重唱,再过一会儿又变成了独唱。听得出来,它们很欢快,由衷地欢快。我想,是一种发自内心的感激和赞美吧。只有感激和赞美才能激发这样的喜悦。

在整个世界都睡熟了的时候,小小的虫子开始了感激和赞美。这真是一个美妙的发现。所以很快我就被感染了,发现失眠竟然也是可以这样美好的。

小小的虫子啊,你们这么快乐,好像这个大地都是你们的,好像这个夜晚都是你们的。事实上,就因为你们这么快乐,这个大地就真的是你们的了,这个夜晚也真的是你们的了。

我跟自己说,从明天起,我要尝试赞美每一个早晨,每一个中午,每一个悄然到来的黄昏和夜晚。甚至,尝试赞美每一个失眠的寂寞的深夜。同时,我还要尝试感激。感激一份简单的早餐,感激吹到我脸上的风,感激我身上的棉布裙子——也连带着感激那个种棉花的农人,感激一杯水,一个苹果——心里对它说:"你的核要在我的身体里生长,你来世的嫩芽要在我的心中萌发,你的芳香要成为我的气息,我们要终年地喜悦。"最后感激我的先生,是他,不是别人,陪伴我走过了人生的大半旅程。

感激是一所绝佳的学校,它培育着我们内心的爱。赞美也是。

当我真的学会了感激和赞美,像寂夜的虫子一样,也许,我就真正地学会了爱,学会了快乐,也就学会了与神同在。

什么是赤贫啊,真正的赤贫就是没有感激和赞美——没有喜悦。

什么是富有啊,真正的富有就是拥有感激和赞美——拥有喜悦。

感激是一朵最美的花,赞美也是,甚至是一朵最伟大的花。没有感激和赞美,我们的生命根本无法开放,也无法被点亮。

因此,我们以为的"应该"或"理所应当",其实是从不存在的。太阳"应该"为我升起吗?清风"应该"吹在我身上吗?蓝天和大地"应该"为我所用吗?不,不是这样的。中国人因为不承认那伟大的创造者的存在——不承认这一切都出自一种非凡的爱与仁慈,所以才骄横地认为一切理所应当。因为理所应当,所以不愿相信,也不肯感激。

你以为,星星会无缘无故地出现在夜晚的天空吗?河流会无缘无故地在大地上奔流吗?大地会无缘无故地滋生甘美之物吗?卑小的虫子会无缘无故地在雨后的寂夜一唱再唱吗?我告诉你,如果不是因为爱,星星就不会出现在夜晚的天空了,河流就不会在大地上奔流了,大地也不会永无止境地滋生甘美之物了,而今夜的虫子,更不会在雨后的草丛里一唱再唱了。

这就是存在的真相。倘若我们真的洞见了存在的真相——人与上天的关系,我们也就能清楚明了地看见人世的真相了——人与人的关系。

当"应该"终于从我们的意识里訇然而逝的时候,感激就自然成了我们的生之必需。

一阵清凉的夜风吹来,这时,我的心里突然涌起了一种祷告的渴望,也就是,一种喷涌的感激的渴望,强烈到我自己都深感意外。整个世界都在熟睡,而心灵开始了它的舞蹈。

散文

　　人虽然不得不终生生活在尘土里,但祷告——这种内心的舞蹈,会让你觉得天堂并不遥远,它就在你的身边,甚至,你就在它的里面。这是事实。美国作家安德森说:上帝已经被人身上那种他们自己也不明白的,叫着才智的力量,带离了所有的现代人。但祷告意味着,上帝又回到了你的身边,和我们的身边。因此,和解发生了。然后,那朵伟大的花——感激和赞美,也应声而开了。

　　　　　　　　　　（选自《长江文艺》,2005年第6期）

穿过我青春所有说谎的日子

周晓枫

一、姥爷

叶莲娜：无法解决的、悲剧性的问题。是啊，不幸快要降临了。

他的手出奇光滑，青蛙皮一般，包括密布的斑点。椭圆形状的棕色记，对称地长在左右手——我珍藏着一个蝴蝶标本，那两块记很像上面的眼斑。他的皮肤薄极了，贴在同样薄而松懈的脂肪上，腕部皮肤很容易跟随我抚触的拇指上升到掌指关节。我习惯他手上的凉，以至当他最终离去，我丝毫没感觉到来自温度的差异。

我没见过像姥爷那么热爱清洁的老人，也由此得知，保卫老年的尊严是多么艰难，称得上辛酸的努力。近九十岁高龄，他还活得谨慎，小心地，在向周围讨好。皮鞋擦得光可鉴人，好像随时会和主人一起出席某个场合。他按时起床，认真洗漱，一丝不苟涂上护肤用品。他尽力消除自己的体味，控制汗液，乃至排泄——只有他，上过厕所连续冲两次水箱。他的衣服要单独浸泡，晾干后必须残留着洗衣粉的化学味才放心。早晨一睁眼，他闷声不响先穿袜子，遮挡生有皮茧的姜黄色的脚后跟，袜子摩擦干燥起屑的皮肤，发出轻微的"沙沙"声。有时"沙沙"声推迟响起，他不想别人帮忙，用剪刀对付自己生锈的脚指甲，不是在剪，是在锉。吃饭时他闭紧嘴巴，上次假牙意外脱落，坚硬的仿制得逼真的暗红牙床突然撂在舌头上，他呜噜呜噜地断了句。他偷偷摸摸塞给访客礼物，但事后知道东西昂贵，悔意和内疚使他汪满委屈的眼泪……他不过想博得别人好感,即使对方只是无关痛痒的过路者;他还想显示自己拥有财产支配权,虽然,是背着我们。他慷慨,家里添置重大项目,他争着说:"我来拿钱,我拿钱!"那种积极的参与热情,似乎他最受惠于添加的物品。妈妈是姥爷的独生女,他没有别处寄度晚年,支付金钱是否给他带来某种心理上的安全感?

晚年他只有一个"污点":突然找不到经常藏来藏去的钱包,他怀疑被我们偷了。一个星期内,他寝食难安,怀疑了每一个人,体会着内心轮流的伤害。终于他啜泣不止,一边指责我们的良心,一边回忆他为这个家所做的一笔又一笔累积的贡献。那是唯一一次,日渐式微的他炫耀残余的财富和能力,夹杂着对亲情的无望的愤怒。当他终于想起自己的藏宝地,他羞愧得结结巴巴。

就像那次他反锁了卫生间的门,怎么叫也不开,直到我们怕出事破门而入目睹的他的那种无助的羞愧——为了治疗便秘他使用通便灵,但药物速效,腿脚不利索的他没有及时赶到马桶边,他失禁了,他想自己偷偷洗掉秽物……凉水里浸泡着衣裤,他光裸两条瘦得畸形的腿,由于长时间的站立和寒冷抖得厉害。姥爷用他连拐杖都握不牢的气力捍卫脆弱的自尊。说自尊,倒不如说那是恐惧。恐惧别人嫌弃自己。

一个老人,无时无刻不被某种力量所威胁。而所谓青春,意味着对衰老的无知和无动于衷。它有权保持轻蔑。因为短暂的傲慢过后,每个人,都将承受来自岁月的漫无际涯的羞辱。

二、晚 餐

瓦洛佳:您怎么从没想到学表演?

话剧晚上七点开始。我们约在剧场旁边的华侨酒店吃饭。一进大堂,没有平日清静,哪儿来这么多人?仔细再看,都是追星的FANS。他们挂念明星的血型、星座、体重、饮食习惯和绯闻……大多中学生年纪,真年轻,男孩子的胡须都是柔软的。这是支撑中国娱乐事业的青春期骨骼。

坐进自助餐的临窗位子,我们的耳畔回响着一种持续低噪——他们

2005

预演见到明星的兴奋。这是追星族提前挥发的热情。彩排中的热情，如同营造气氛的干冰，将烘托烟雾中徐徐上升的身影。

我们的注意力难免不在晚餐之外。观察歌迷们让人感慨。看看人家，什么叫年轻，我们这把年纪，还能为谁激动，为谁的惊鸿一瞥辗转回味？一阵骚乱。身材威猛的保镖们在人群中鹤立，掩护着什么人穿堂而过。自助餐厅的地势稍高，我隐约看见保镖们腋下的一个身影。听咖啡厅的服务员旁白，是 S. H. E 乐队中的一员。

闪光灯。尖叫，尖叫。马蜂蜇了似的高音，带花腔的滑音。听起来的确像集体发情。

英国人类行为学家莫里斯分析过歌迷。当少男少女面对台上的性偶像，除了大喊大叫，他们还会扭动身体，用手捂住脸，甚至撕扯头发——这些在一般情况下表示痛苦或者恐惧的典型动作，被有意形式化，并人为改变含义。他们要表示，自己对性偶像的情感反应是那么强烈，以至接近一种难以忍受的痛苦。"如果一个少女在其他场合单独碰到自己的性偶像，她是绝对不会冲着他大喊大叫的。由此可见，少女们在歌舞厅里冲着性偶像大喊大叫并不是针对性偶像的，而是相互针对的。通过这种方式，她们相互炫耀自己对异性的情感反应。"

歌迷几个小时的守候，换来明星闪逝而过的几秒钟——他们背影匆匆，表情无动于衷，甚至带着不耐烦，歌迷的热情似乎构成了某种侵犯。当他们离开，一对歌迷小情侣还在亢奋的惯性里紧拥。后来他们亲昵起来。隔着玻璃，我看清两人伸出的长舌头……恋人在深吻中，有突然加强的体能。

我们今晚有另外的享受：话剧。一种为年长者所倾心的艺术。布景单调，不像演唱会剧烈变幻的激光灯那样刺激。演员字正腔圆，不同于饶舌歌手不知所云的念白。剧场效果要求绝对安静，台上的人不会连续号召，要你参与集体击掌打出歌曲的节拍，否则就嫌你的情绪不够热烈，似乎还不够资格做他们的听众。即使今天这部戏：《青春禁忌游戏》——题目里就预示着破坏感，但依然，它将保持话剧艺术自省中的安静和尊严。

编剧是柳德米拉·拉祖莫夫斯卡娅，20世纪80年代俄罗斯戏剧新浪潮的主要代表人物，著有戏剧集《无土的花园》。柳德米拉生于60年

代,作为我们的同龄人,她创作的这部《青春禁忌游戏》,在最近十几年里,几乎被搬上所有国家的舞台,成为最具世界影响力的现代话剧之一。

三、剧 情

关于《青春禁忌游戏》

傍晚,门铃响起。女数学老师叶莲娜没有想到,四名学生瓦洛佳、巴沙、拉拉和维佳结伴而来为她庆祝生日;她同样没有想到,鲜花和笑脸背后,藏匿阴谋。他们的真实目的,是向她索取钥匙,秘密调换保险柜里的考卷,以伪造的成绩考取大学。他们遭到了叶莲娜的拒绝。在物质行贿、情感行贿及各种威胁手段均告失败之后,瓦洛佳决定展现无耻暴行:当场强奸拉拉——叶莲娜如果拒不交出钥匙,她将成为这桩罪行的证人,或者说,是同谋。这是致命的最后一击,叶莲娜终于交出钥匙,并随后自杀。

……

叶莲娜:毕业班数学老师,40岁左右的单身女人,生活简朴,坚持理想和信仰。

瓦洛佳:父亲是政府官员,家境优越,理想是成为外交官和政治家。

巴沙:典型的知识分子家境,热爱写作,为成为文学家而奋斗。

拉拉:巴沙的女友,生活在单亲家庭,希望嫁给有钱人,同时又希望获得纯真爱情。

维佳:蔬菜站站长的儿子,头脑简单,嗜酒,热爱大自然,想考林业学院。

四、所谓青春

叶莲娜:我看着你们,听着音乐,就回忆起我年轻的时候……

凭什么,绝对信赖和赞美?谁告诉你青春无限明亮,而不是开始向往暴力和淫欲？谁告诉你，青春期的孩子还是父母的大玩偶？醒醒吧，父母应该仔细观察眼前这个培养了十几年的陌生人：他泛青的胡髭，或者她微隆的乳房……天哪，他们竟然已经有能力生殖了，这意味着他们能为这个世界带来前所未见的东西，意味着父母和孩子之间不再有任何本质差别。他们的肉体甚至更有力，更蓬勃，角逐中是当然的胜者。

青春禁忌中的游戏，性质上应该既有道德上的不洁感，又能同时带来享乐，所以往往与暴力和性相关。或者说得更狠点，因何禁忌？警告和禁止的目的，是为了防范孩子窃取留给成人的最后特权。然而这终将是日渐式微的阻挡，青春本身就是一场公开的僭越——少年必须验证他对世界的干扰和控制能力，成人身份才得以确认。

千方百计要从叶莲娜手中得到保险柜的钥匙——瓦洛佳是这个禁忌游戏中最积极的参与者、最凶险的阴谋家，叶莲娜不理解，瓦洛佳本人并不需要改动成绩却为何如此热衷，动力显然不是来自纯粹的助人愿望。"为了觉得自己能控制局势，觉得别人的命运攥在我手心儿里。"瓦洛佳回答。他把这看作一次考验，他尝试使用强悍的成人意志：为达目的不择手段。叶莲娜难以相信眼前的卑劣行径在瓦洛佳看来仅仅是一场"游戏"，她追问——于是得到了冰冷的纠正："实验。""拿活人？""总不能用家兔。"

日常用语和文学表达中，尤其在回忆里，青春是一个被过度修饰的词：生命能量的峰值，亮度几近饱和。但真有那段毫无瑕疵的时光吗？真有那样鲜衣怒马的青春令每个人骄傲？在往日中建立乌托邦，比在未来中建立更唾手可得。和青春一样，诸如童年、初恋、诸如信仰，都易于成为乌托邦的建筑材料。词语变成心里的便携式天堂，在海市蜃楼的幻影中，将我们安慰。

但青春里到底有什么，到底有什么永逝不返的东西，值得我们一再歌颂和怀念，以至彻底忽略曾经的黑暗、苦闷、错误、焦灼、无助以及莫名的委屈和仇恨。其实，只有可贵的一腔蛮勇。没有经验，不明白后果，青春期的勇气是无知赐予的礼物。一个十几岁的孩子很容易"爱你爱得要死"——没有经过价值衡量的话，一句抄袭的俗套修辞，轻巧得无需对此话负责他才随意出口。对"死"不求甚解，他没认识到人生语法上的错用。青春的敢于付出代价,在于它没有付出过代价,无知加盲目。瓦洛佳在说:"我干一件事就要干到底,不管我会付出什么代价。"天下最不值钱的,恐怕就是小文人的形容词和这种青春期勇气了。

　　如同天下没有一个邪恶的婴儿,绝缘于所有秩序和观念,他被纯白的乳汁喂养,甚至不能消化这个世界稍有硬度的食物。所谓干净的青春,指的是因毫无经验而呈现的敞亮——它还没有形成立体结构,所以没有必然的自身阴影。或许不应仅以生理标准来进行划分,人一旦掌握了复杂的社会应变经验,有了技术保障下的成熟,那么,无论处于怎样的年龄,他早已作别青春。

　　是的,因无知而敞亮。当人类有知,便因携带而混浊,而沉重。伊甸园里的亚当和夏娃其实是处于青春期的,一旦被启蒙,就必须承担随智慧而来的羞耻心,他们立刻开始了自我遮挡。树叶在隐秘部位上增加了暗影,他们开始变脏。孩子能僭越成人的特权,但人类无法僭越更高的权柄……唯有神,能做到有知而敞亮。我们很多时候探讨神的法力,却很少谈到神的年龄——不言自明地,我们把神理解为结合了青春能量和年迈经验的绝对统治者。

　　几个青春期的孩子正在危险地僭越。他们越过了什么样的界线,又是在偷窃谁的权力?当瓦洛佳挥动着终于得到的钥匙:"成功了!奏乐吧!放礼炮吧!鼓掌欢呼吧!国王胜利还朝!"听吧,笑声癫狂,像魔鬼的亲儿子被搔到痒处。

六、理　想

　　巴沙:和理想主义者打交道最麻烦……一般来说,所有的理想主义者都对现实认识不清。

　　背后的核心,是不同理想之间的冲突。叶莲娜要捍卫的理想,是做人的诚实信条和社会的公正原则;学生们要的,是各自理想的便利实现。他们想在叶莲娜这儿创造一个机会——而机会本身,就是特选,就是化名在命运之下的不公正。孩子的理想需要叶莲娜的理想让路——狭路相逢,勇者胜,叶莲娜必死,她有一个善者无能为力的柔弱。

追求合理要求的最高限度——作为具有道德感的现代人,这已是全部的理想。

理想,一个通体闪耀光芒的词,青春就是它的孵化器。漫长的传统教育,使我习惯于想象理想具有不可切割的硬度。重要的是,高尚理想所包裹的内容,是抽象的。假设把理想具体为银行里的数字或人间的脸,我觉得是用脏了的抹布去擦拭钻石。是啊,不及物的理想——找不到现实的对等物;它才成为唯一的非凡力量,让我们义无反顾。理想怂恿我们向前,冰火洗礼。

理想主义者信任理想的绝对价值,把它当作改良世界的利器。摘下浪漫的粉色眼镜,现实却提供了本分而残酷的注解:如果理想是利器,那么它的方向对准的并非现实,往往是理想主义者自己。理想要人付出的,有时岂止于一生一代的血和命。既然真正的理想是不及物的,那么找寻的方向肯定就不精确,就不直接,与目标之间就无法形成捷径关系。终极理想或许是在指引着福地,但有谁会知险境无涯仍无畏而往?为了踏上虚幻的彩虹路,理想主义者们踏山渡水,逐一死于大地的荒凉。

演员在处理叶莲娜走向自杀的最后几步路时,过分夸张地以肢体语言外化叶莲娜的内心:完全如同迟暮的老人深深弯曲着腰,胸腔和腿部折成颤抖中的直角,步履蹒跚,勾着手腕,吃力地打开黑暗之门。我看到蜡烛在自身的光焰中矮下去……像一个人因为追逐明亮理想而渐渐佝偻身体,毁灭于内心燃起的火。

如同你不能把游戏中的杀人法则运用于生活。自由假如不能像许诺中那样随未来及时降临,那身怀梦想的人,将成为供桌上第一件祭品。那么,我们是否有耐心等待这个过程,又是否有勇气成就这个过程?

不,绝不!理想主义者的前车之鉴恐吓了我们。当焰火盛开,我们希望从那棵上帝的圣诞树上掉下礼物,哪怕是虚幻的礼物。我们真是懒惰,指望借助马良的神笔,或者就让床单上摊薄了乳房的女神直接分娩出一个崭新的伊甸园吧。我们宁愿承认弱点也不愿改变它,尤其今天这个社会,改变的过程足够让别人消灭并消化我们了……夭折是理想主义者必然的命运,而现实主义万岁,现实主义者长寿。

散文

瓦洛佳嘲讽叶莲娜的安提戈涅情结,她把对现实的理想化认识上升为做人原则。他这样概括理想主义者:"对他们个人和他们所持的信念施加暴力,他们就会英勇地起来抗争。关系成正比:你施加的压力越大,遇到的抗争就越积极和越明确。这个天性造就革命战争中的领袖和具有钢铁意志的英雄,但在和平年代的日常生活里,他们就是一群不食人间烟火的怪人。"

八、衔 接

叶莲娜:给自己找到支撑点,找到自己的位置。

很久以来,我怀疑自己身体里窝藏着一个老人。如同一座即将倾塌的建筑却保留着完好的朱门,除了脸,我全身的皮肤过早地干燥。无论怎样频繁地养护手脚,它们枯瘦,多皱,暗淡无光。当脱下深色紧身衣,里侧总是沾着细小的刺目皮屑……我每天早晚洗澡,以清除那些讨厌的碍眼之物,但它们脱落得更快。回忆不起自己有过润泽的肌肤,我像一棵烂根植物不能再吸收灌溉的水。定期接受系统理疗,因为脊椎周围的肌肉松弛,不能握牢那根支撑的骨头。我看了 X 光片,想象弱力的脊椎蛇一样瘫软下来,而医院正通过反复电击使它在刺激下僵直。弯腿时疼,可以听见膝盖发出的咔吧脆响,大夫诊断为膑骨半脱位,他早就说我的膑骨状况相当于六十岁左右的。记忆经常缺损,我健忘得像个笑柄。睡醒了,却白日恍惚,镜子里映着浮肿的眼泡。有人说,衰老就是无端被惩罚。我难以克服微妙而不甘的委屈。

背部酸胀,还有小腿内侧的疼痛,但我宁愿理解为过劳症也不愿想到衰老。何谓过劳,还不是体内的能量跟不上你对频率和强度的需求……与衰老同征。我曾在蹦极时毫不犹豫地起跳,如今想起公园的旋转摇椅都眩晕,好在我的朋友里已不再有人会发出极限运动的邀请了。

护肤品里的琉璃醋碳基酸,洗发水里的艾尔薇娜,我不知道这些高科技因子到底是些什么,但我问题渐多的肤发需要它们的拯救。就如同心理问题的解决,我只信任陌生人。

我的青春像一只漏液的瓶子,空了。除了衰老,我没有办法标榜自己的成长。

头发茂盛的父亲,眼神明亮的母亲,我目睹他们在我的视线里双双萎缩。父亲频频起夜,我不断听到厕所门"啪啪啪"地开关——他在夜晚显得更老,因为茶缸里泡着外露红牙龈的假牙,他的口腔塌陷下去。小时候我最希望母亲去参加家长会,她的衣着和仪态得体,在众多平凡的中年男女中脱颖而出,为我带来虚荣心的满足。现在,我骄傲的母亲笑的时候露出明显的牙菌斑,她的脖子遍布痣和斑,不再选择适合她脸型的 V 领衣服。为了照料年岁已高的双亲,我除了紧跟在朝向衰老的队伍里别无他途。我惊讶地发现,自己能帮母亲试衣服了,它们不再像是偷来的,不过尺寸稍稍宽大一些而已,像是专门为我的未来设计。

当发现自己就是一个潜在的老人,我无法和别人分担恐惧。我的情绪显得模棱两可。阴而不雨,倦而不息,其实就是一种可以称为哀愁的低迷。的确,委屈,仿佛无辜之中被剥夺。但一切难道不是妥协的结果?我不反抗,容忍时间的贼搜身,从容挑选他的礼物。

无论怎样相信过自己的未来,无论怎样野心勃勃,无论怎样越长越像命运的叛徒……这样的一天终会到来,你和你纳贡的青春,一起招安。

十、钥 匙

瓦洛佳:说到底,每个人都有一个致命的弱点。我们找准它在哪儿,在适当时机按下去:吱扭,门就开了!

清贫如叶莲娜的知识分子,能在多大程度上有效捍卫自己的尊严,而不是被自己的女学生当面怜悯。拉拉对叶莲娜说:"您自己看看您穿的是些什么……您是全校的笑料……如今有谁还像您这副打扮!"

盼望命运是一只挥霍的手,批发好运——我承认,屈服于庸碌,已经不能再像年轻时候,无知无畏地要求被锻打。记得在日记里曾写下:"我要在冬天的木屋里,燃起清寒的柴枝。"如今由贫穷制造的惊恐,在我脸上留下那么明显的痕迹,我无法克服对自己的厌憎。是的,真实的贫困

散文

恐吓了我。小时候,两家女子总在院子里的路灯下洗衣服。为了节约自家的一点点电费,她们忍受着被蚊虫叮咬,何况光线那么暗,她们不得不把领子一次次举得离眼睛很近,吃力地辨别衣服上的污迹。手里的肥皂经过长久存放,干得像木头片,这样用起来省。我那时已经怕穷,只是由于没有独立到对未来负责,才没有太多影响心理,可以放任文字抒情,把贫穷升华得和美德有关。今天,贫穷意味着频繁遭受侮慢,怎样才能宠辱不惊?

　　从某种意义上说,我们的财富不是被灾难所剥夺的,正是被财富本身所剥夺的,如同一笔在两者之间不断兑换的外币所呈现出的递减。物质财富,精神财富。对待物质的态度其实就是对待精神的态度,一个是另一个铺在镜子背面的水银。

　　我们到底要什么呢,财富,虚荣,还是隐藏在两者之后的安全感?

　　我怕自己有一个像叶莲娜般令学生怜悯的中年,有一个像叶莲娜母亲般寒苦多病的晚年,我怕到不要后代,以恐自己微薄的财产被剥夺。我只认养保险单当儿子,广告上这样许诺:"每月两千元,养他二十年,他保证孝顺,让你老而无忧。"我已经不相信人了,包括亲情和爱,我信任的是试管、机械和一张由我作为受益人的保单。我愿我活着的时候体面,即使老而濒死,手里也有象征性的权力。我承受不了身体弯曲所比拟的屈辱。我爱钱。存折上的阿拉伯数字替代了内心原来的密码——我曾经以此隔开外界的侵扰。现在一枚硬币,轻易撬动曾经紧锁的宝藏。我默许。我应该把变卖理想归咎于体力衰弱还是物质威胁?

　　叶莲娜必死。一把钥匙可以打开或关闭她的整个世界,理想主义者依靠着一个无比脆弱的支点。除了精神,她没有另一端的物质让自己获得基础的平衡。瓦洛佳冷静地认识到,一个人一旦获得权力,那秤砣一样不由分说的权力,他就获得了对面巨大的对等物。叶莲娜却至死也没明白,那把钥匙,是留在她手中的最后一点点权力,可以用来讲讲条件。即使她保全那把不断被磨损的钥匙又能如何?钥匙所誓死保卫的,是一个如此狭窄的空间:她的理想,她的避难所……仅容栖身,根本配不上幻想的翅膀。

十三、马蹄表

叶莲娜:现在几点了?

与报时鸟挂钟不同,我的小闹表是一只蟋蟀。夏天我把它囚禁在一个紫砂小罐里。它从来不满足于像那只鸟一样从禁锁的木壳钟里每隔一小时探一下头就缩回去。蟋蟀一直在叫,间歇短得不可思议,你很难想象那么袖珍的生物会有那么巨大的肺活量。它的计量单位小得让人心慌,嘟嘟嘟,嘟嘟嘟,闪逝而过。一秒钟接着一秒钟的时间,步履急促,轮番在蟋蟀趴倒在地的背上践踏而过。仿佛一支排列紧密的军队,奔往赴死前线,它们的小皮靴如此坚定。

听着蟋蟀,频繁的小马达催促,我反而什么也做不了。它胸腔的振动节奏,让我昏昏欲睡。无论号角、勤力者的喘息或呼救,我都听不到了。在麻醉般的舒适中老去,你不知道是在几点,也不知还会不会醒来。

在最小的计时器里,每个人都在一丝不苟地老去。

十四、散　场

维佳:咱们走吧!

看完话剧,走到工人体育场,路堵死了。演唱会散场,人群蜂拥,我又见到了那些孩子们。他们手里是荧光棒、唱片海报、"我爱某某某"的条幅。执著者肯定在某个出口,等待明星的离场。他们狂热追逐,带有自我折磨的倾向。狂热于一个对他们的一切都不闻不问、死也无动于衷的人,大概是纯洁原则使然——爱得不求回报,非我这种中年实用主义者所能理解。但回忆自己,难道不曾体会过舍身忘己的投入?甚至刻意不让自己享受发泄欲望带来的满足感,其实那也是一种秘密的享受,如同科学家分析过轻微憋尿能产生性快感一样。

他们中的大多数,和戏中的瓦洛佳、巴沙、拉拉和维佳同龄。看着他们五颜六色的头发、张牙舞爪的姿态和恣肆放纵的行为,我经常不自觉地把他们当作问题少年,当作没有理想和信仰来救赎的一代。但是谁告诉你,坏学生天生顽劣,或者是成人教育的失败个案,好像所有成人都晋升为光可鉴人的道德典范?我们偷梁换柱,曲解概念,如同在说生产胸衣的就是色情业。我们那么脆弱,往往视线他移,罪在孩子,我们就成了质量合格的成品。瓦洛佳们不同于60年代少年,当年的60年代少年是今天拥有道德批判权的成人。我们指责,我们批判,我们沉痛于他们的品格丧失,以此树立了我们与他们之间的界限,用于心理自保……那些转移到我们内心的稠密而无处告解的黑暗。

我总是在各种场合赞美青少年,甚至他们的前卫得出格的行为——我觉得那是侧面证明自己还年轻的微妙办法。当心理上实在难以接受和赞美,我选择沉默,不说孩子们的坏话。因为他们是未来的掌权者,决定是否给我留下苟且的空间。

从心理上对比青春,我为什么会有莫名其妙的优越感?没有及时过上好日子,我就有权指责他们的怒放?我的青春就更接近一个理想主义者的纯正,需要一再地缅怀与颂扬?

在话剧和演唱会之外,我想起了另一种演出:孤独而神秘,它很像行为艺术。卢浮宫前的广场,脸上涂满金粉、全身裹着金色质料的人一动不动,他扮演着埃及法老,很长时间过去,他才极其缓慢地弯下腰。事实上,我不愿把他和我之间做出类比联想,但又不得不承认两者身上的近似。当开始写作,我觉得自己在向高尚致敬……但谁能保障我不是卢浮宫前的活体雕塑?在最高贵、最古老的不朽艺术面前,我鞠躬,我模仿,披拂廉价的金缕衣,在众生喧哗之中遗世独立……目的,同样是换取谋生的几个小钱。

十五、大 蝴 蝶

虽然枝条很多,根却只有一个。
穿过我青春所有说谎的日子,
我在阳光下抖落我的枝叶和花朵,

> 现在我可以枯萎而进入真理。
>
> ——叶芝

"生命充满欢乐",乐观者兴致勃勃地宣称,"甚至皱纹,就是曾经有过笑容的地方。"我则悲伤,宿命,从中听出另外的真理:每当欢愉,我们就是为年迈打造笑容留下的废墟。一个人的脸,如同时间手中的橡皮泥,被随意捏制。我怀疑我们的皱纹里有神遗留的指纹。

我经常不敢看镜子:朽蚀的脸,干燥的皮肤。我酸痛的肌肉。我的神经质,易被损害的倾向。从深处被挖取的秘密。岁月冲刷,我明白自己终会像蛀空的浮木,被汹涌的水流冲上岸,不再能参与那种沉浮。我希望自己因宽恕而睿智。伊甸园的蛇被上帝惩罚之后,虽然成了失去美貌的残疾者,但它依然以一种奇异的方式保留了自己的先知身份——蛇类可以终身生长,直到老年,直到死。每次蜕皮,响尾蛇会在尾部积累一个鳞环,它们永远不会脱落。而人的晚年,难以清点和捍卫自己用一生积攒下的卑微财富,更像是输进全部的赌本。越年老,越被剥夺,你不用再期待某种补偿……听,死神的剃须刀转动,有人将倒下。

在姥爷的墓地,墓碑连绵,望不到尽头。我忽然觉得自己是个获胜者,因为时间的停尸场中,我们需要挤靠才能挣得一个生者的位置。会有一天,体力不支我们倒下;或者殉难于理想,叶莲娜告别。

姥爷现在成了如此沉默的亡灵。他的委屈,他的爱,他的坚持和恐惧,全都埋进完美的寂静里。如果倾听母亲的回忆,我会怀疑这个姥爷是她的继父。因为在她的叙述里,姥爷早年脾气暴烈,甚至做事霸道,让她怕到发抖,如果考试没有得到第一名她就得长时间罚跪。她的记忆和我的认识判若两人。那个温和的、赔着笑的、胆怯得让人心疼的老人,他什么时候不再威风凛凛。这是尴尬的变形记:无论你曾怎样骄傲不羁,终会缩进蜗牛壳子,回到软体动物的软弱和迟疑。

火化之前,我把姥爷的两只手交叠在小腹上,让他保持平静安详的姿态。左右手对称地打开,包括上面眼斑似的暗记……有若一只枯老的蝴蝶。

在我看来,蝴蝶,是一种典型的青春期抒情动物,带着它铺张的翅

散文

膀,带着它的华丽、矫情与飘摇的浪漫主义,成为春天的舞王。但随着成长,我越来越折服于蝴蝶的勇敢。因为,从幼虫变为成虫,蝴蝶缩小了现实主义的肉身,它把生命的最大比例,让位给翅膀。耀眼的梦想一般的翅膀。命运由此发生转折。当它是毛毛虫的时候,人们踩上都嫌恶心,绕路而行,就像世间留给卑贱者以安全畅行的通道;当它张开梦与理想的艳丽双翼,世界各地狂热的蝴蝶爱好者,纷纷张开捕捉的网——他们跋山涉水,穷追不舍,为了用大头钉——穿透蝴蝶的胸腔,让它们的胸腔破裂,让梦幻似的眼斑永远只在死亡中陈列。

即使,这是老年的辉煌,这是濒死的璀璨,蝴蝶依然破茧而出。我把脸贴紧墓园发凉的石碑,无人知晓涌向我的凛冽的悲欢。我不知如何织就自己的锦缎。但我深知,谁能把梦想维护到晚年,谁就是自己的英雄。

深秋的墓地,落叶纷纷……起舞,拥有大蝴蝶向死的无畏。

(选自《人民文学》,2005年第9期,此处有所节选)

渔事随笔
——纪念逝者

季红真

一

捕鱼和狩猎一样，大概是人类最早的生产方式，创造出最古老的文明。在中国至少可以上溯到五千年以前的仰韶文化，出土的陶器上经常可以看到鱼型的纹饰。道家信仰中的太极图，是以黑白相交的两条变形鱼来概括对于宇宙的基本看法。西南少数民族的铜鼓铭纹中，也有不少鱼的图案。特别有意思的是，断发文身的人捕鱼的场面。他们架的龙舟很小，而鱼却很大，在散点透视的平面构图中，船仿佛是在鱼群中穿行。而且，就是在生态环保的意识普及到全球的今天，越来越严格的禁止使打猎几乎成为犯罪行为，而基本退出人类的生产范围，捕捉鱼的活动却一直延续下来。尽管工具和方法发生了很大的变化，但仍然是人类重要的活动内容。可以说捕捉鱼是人类贯穿古今的一项重要生产方式，和人类的生活有着密切的关系。所以无论中外，各种各样的文学艺术多有取材于捕鱼的。已故的中国名作家汪曾祺，在《故乡人》中，有一篇即是《打鱼的》，详细地记载了故乡捕鱼的方法。海明威的《老人与海》更是经典的叙述，因为获得诺贝尔文学奖而名扬全球。那个独自架着一只小船在海里钓鱼的老人，紧紧抓牢绳索与风暴和鲨鱼搏斗，不知道感动了多少人。虽然最终得到的只是一条鱼骨，但生存的顽强却寄托了现代人对于生命价值的独特理解。据说故事是海明威听来的，但关于捕鱼的大量细节却好像出自行家里手。始知人可以独自架船在海里钓鱼，我也是得自海明威的著作。

在中国古代,捕鱼的知识非常丰富,保留在大量的古汉语词汇中。比如捕鱼的工具,最通常是用网,至今仍然如此。记得幼年的时候,院子里的小伙伴儿经常玩儿的一个游戏就是模仿用网打鱼的情景。两个大一点的孩子高举着搭起来的手,象征着渔网。一群小孩子后面的拉着前一个人的衣服后摆,转着圈鱼贯着从"渔网"下钻过去。所有的人齐声唱着一首歌谣:一网不捞鱼,两网去赶集,三网捞一条小尾巴鱼。"小尾巴"一词可以任意地无穷反复,全凭"渔网"的好恶。歌谣完结的时候,两个大孩子的手臂落下来,被扣住的那个孩子就是落网的鱼。游戏重新开始,虽然简单却有不尽的乐趣,由此也可以看出,用网打鱼的活动反映在民间文化的形态中。

不仅如此,中国古代对于渔网有着详细的分类,大的渔网称罛,小的渔网叫罜,用竹竿支架的渔网为罜䍡,捕捉小鱼的细眼网名罬,兼能捕鸟的网是罦,罔则是所有网的总称。由用网捕鱼的基本方法推及其他,所有捕鱼的方法几乎都有相关的语义联想。古代的网大概是用麻或丝的绳编织的,但是一些用竹子做的渔具也用相同的偏旁,比如罩最原始的语义是捕鱼的竹笼。不仅如此,其他的捕鱼方法也都冠以同一个字头。比如,罧是积柴在水中取鱼,先将柴草放入水底,然后敲击船帮,鱼因恐惧而钻进水下的柴草中,然后捞取柴草得到藏在里面的鱼。这种捕鱼的方法大概已经失传,我走过很多地方也没有遇到过。又比如罾,辞海里说明是古代夹鱼的工具,但是如何夹则没有说明,罶的注释更简略,只说是古代的渔具。材料和方法无记载。现代捕鱼的词汇则繁杂,多数是以不同的动词和鱼组成动宾词组,比如钓鱼、淘鱼、摸鱼、拦鱼、捞鱼等。这些动词不专门用于捕鱼,因此也没有古代相关字的同一偏旁。而且获得的方法除了捕之外,还包括人工养殖。捕鱼的智慧则不知道从什么时候开始,扩展到社会生活的各个方面成为贬义,"渔"是所有谋取不正当利益的指涉。

在脱离了渔网捕鱼之后,在所有的捕鱼方式中,钓鱼的方式最古老也最普遍。城市里的工薪阶层,双休日的时候,到人工挖掘的鱼塘去钓养殖的鱼,是休闲的重要方式。与其说是一种生产方式,不如说是一种精神的调节。钓鱼的这一特殊意义,也从古至今延续了下来,渔樵并列代表归隐的主要方式,是传统士大夫阶级推崇的至高文化境界。无论是神话中的姜太公,还是历史人物严子陵,都是以在山野垂钓的方式远离政治纷争,避祸于乱世,获得精神的独立与逍遥。从柳宗元的名词"孤舟蓑笠翁,独钓寒江雪",到清代王士祯"一人独钓一江秋",都寄托了遗世独立的精神,与天人合一的完美境界。而只以一个渔字而能概括所有捕鱼的方式,也只有汉语才有这样丰富的简约。

二

此生对于渔事的记忆,可以追溯到童年时代。

那时家住京郊的一个小镇,四周遍布沼泽。许多的农舍周围有水沟,似乎是建在小岛上。经常可以看见一些个穿深色粗布大衿袄的农妇,站在杂树丛中大声地呼喊。炊烟渗过枯枝,和水汽融洽,升入雾霭,很有古画儿的意境。

邻居伯伯酷爱捕鱼,节假日的时候,经常伙同几个朋友,到远处的河里去打鱼。他们是用渔网捕鱼,规模应该算是不小的。每次归来,收获都很大,各种各样的鱼装满几大脸盆。他把鱼分给左邻右舍,留给自己吃的却很少。打鱼对于他来说,绝不仅仅是为了解决蛋白质的问题,更在于这个过程中得到的乐趣,尽管困难时期刚过,蛋白质的问题仍然是全民的问题。我没有少吃他的鱼,在补充了蛋白质的同时,也从他那里得到不少打鱼的知识。他真是一个有情趣的人,几乎能干全活。他把买来的蜡线缠在梭子上,一梭一梭地织成网。他把积攒起来的牙膏皮放在煤铲里,架在炉火上融化后,浇在长圆型的陶土模子里,沾在渔网的边沿当缀子。这样,鱼网撒出去的时候,就会自然地垂落。我曾看见过他挽着裤腿站在河边的水里,抡圆了胳膊撒网,浑身的劲道都随着前倾的身体运出,那样子实在是优美。

我家居住的院子东面,就是一个苇塘。有一线细水从南面注入,从北面流出。雨季的时候,流量丰沛,水声潺湲,响彻昼夜。冬季封冻,薄冰下仍有水流涌动。在窄小的水口,不知是什么人支起筛子,随着流水游动的小鱼便纷纷落网。最大的也不过两寸长的小白条,多数是小鱼苗,还有一些活蹦乱跳的小虾米,偶尔会有几条小鲫瓜子。

苇塘因生满芦苇而得名,春天蹿芽,端午节的时候,就已经遮天蔽日。秋天芦苇发黄,芦花飞白,一片迷蒙的景色。芦苇被割光的时候,一年一度淘鱼的时节也就到了。一群壮汉,穿着挽裆的粗布棉裤,脚踩高筒胶靴,宽大的棉袄系在麻绳里。他们把南北两个水口都封死,用土石垒起结实的小坝。一只大铁桶上拴上四根麻绳,一人拽两根对面而立,喊着号子把桶悠起来,放到水里,再把装满了水的桶悠起来,把水倒在坝外。这样一起一伏的动作,需要全身的协调,加上均匀的水声,就好像是舞蹈。我经常呆呆地看着他们充满力与美的动作,而忘记了自己应该做的事情。晚上收工的时候,坝外的水会渗进来,形成一个小水坑。便会有一些鱼落入其中,溅起一片水声。孩子们不顾寒冷,用石头打碎上面的薄冰层,赤手深入冰水里,凭着感觉摸出鱼,一次摸光了,过不了多少时候,又会有鱼落进来。这样做虽然没有人明令禁止,但也是不能公开的,多少近似于偷,所以也就格外地刺激。一个快乐的夜晚,就在这惊险的渔事中度过。

南北两条坝上,几个水桶一起淘,要四五天的时间才能够把塘里的水淘完。苇塘的底一点一点地露出来,最先出现的是周身长满苔藓的大田螺,一片碧绿在肃杀的景色中格外惹眼。北方人没有吃田螺的习惯,所以也没有人在意它们。只有养鸭子的人家,会大盆大盆地拣回去,砸碎了当饲料。然后是一些大大小小的鲫瓜子、白条,它们在水面上蹦跳,鳞光闪耀着划出一道道弧线。偶尔有几条大鲤鱼,便会赢得一片喝彩。当地的人认为鲤鱼是鱼中的上品,可以卖出好价钱。最底层的是鲇鱼和黑鱼,它们甩动着尾巴在淤泥里挣扎,最大的有两三斤重。捕鱼的人是站在近膝的淤泥里,把鱼拣出来。这是一个难度很大的工作,鲇鱼滑很难抓牢,黑鱼劲大打着挺需要很大的手劲才能制伏。还有一种嘎鱼,鳍上长着硬刺扎人,伤处还容易感染,而且卖不出好价钱,通常是不要的。泥鳅在当地人的眼睛里几乎就不算鱼,就更不会要了。淘鱼的人把一些大鱼收走,足足装满几大筐。小鱼则就地处理,价钱无法想象的便宜。一两毛钱就可以买到一斤三寸长的鲫瓜子,简直就像是白送一样。家境窘迫的我们,就是靠了这些廉价的鱼虾,度过了从童年到少年的艰难岁月。

鱼淘完以后,就会有成群的农人来。他们把塘泥铲起来,装在大车里运走,据说是当肥料,比猪圈里起出来的粪土肥力还要好。从鱼淘完到起塘泥之间,通常会有一天半天的间隙。所有的人都可以去拣剩下的小鱼,就像庄稼收割之后,容许拾荒一样。曾随了小伙伴一步一滑地在苇塘里走来走去,寻找淤泥里的小鱼。虽然所得很少,那快乐却是巨大的。常常一不小心滑倒下去,人就变成了陶俑。一群一身泥水的孩子,哆哆嗦嗦地大呼小叫,那气氛是难以形容的热烈。成年之后,看到齐白石的一幅画,一根钓竿垂下细细的鱼线,下面是一小群姿态各异的小活鱼,边款题字是"小鱼都来"。这立刻使我想起童年在苇塘里拣鱼的经历,会心的愉快从心底涌起来。他真是一个智者,悟透了人生至福的境界。而且是来自民间的艺术家,没有士大夫的矫情,真切的童趣表现了对于世界人生的爱。

塘泥起完之后,就把土坝扒开,水又从南面的水口流进来,很快就注满了苇塘。各种各样的鱼,又随着水游进来。到了最冷的三九天,塘水冻成了一个锅底形的冰面,新的捕鱼活动又开始了。这次来的人更多,他们是用铁镐把塘心的冰刨开,把冰块运到岸上。苇塘中心露出很大的圆形窟窿。里面只有很浅的一层水,不少的鱼拥挤在冰茬之间游动。穿了胶靴的农人,跳下去趟着水摸鱼。他们动作敏捷,顺手就把摸到的鱼扔上岸,简直就像是捡一样。只是酷寒的冰水冻彻骨髓,摸鱼人的手很快就僵硬麻木。为了抵御严寒,他们在下水之前,通常要喝烈性的白酒。岸上升起火堆。青烟缭绕在落尽了树叶的林木中,丝丝缕缕地穿过干枯的树枝,汇入天空阴暗的浓云。冻得手脚发麻的渔人从苇塘里爬上来,蹦跳着在火堆旁烤手。他们粗糙的手上往往有裂开的口子,露着血红的嫩肉。好在这一渔事延续的时间不会很长,通常是一两天就完了。否则,这样受罪的捕鱼方法,就是钢筋铁骨的人也受不了。

破冰捞鱼的工作一完,苇塘变得丑陋,大大小小的冰块乱七八糟地堆在那儿,只有等到开春以后才能一点一点地融化。水重新盈满池塘,鱼又顺着水流游进来。芦苇一寸一寸地生长,转瞬之间就绿成一团。那个苇塘真是一个聚宝盆,芦苇、塘泥和鱼全部来自天赐,不需要投入却永远有产出,只要付出劳动力。

三

　　"文革"开始以后,家道日益窘迫。母亲有限的一点工资,要养活一大家人口。猪肉已经成为奢侈品,很少能出现在饭桌上。便宜的小鱼成了主菜,几乎每天一顿。那都是附近的农人,送到院子里来卖的。吃的多了,就会发现有的小鱼有一种难闻的味道,不是因为不新鲜,而是因为那是用农药毒死的。捕鱼的人把农药撒在水里,通常是六六粉,中毒而死的鱼就漂在水面上。他们用长把儿的网兜捞起来,拿来兜售。这大概是所有的捕鱼方法中最野蛮的一种,简直是伤天害理。既破坏了生态,也危害了食者。从此懂得,只有吃活鱼才可以避免中毒。

　　"文化大革命"越来越激烈,社会也越来越混乱。闹也闹过了,对于各种名目的斗争也厌倦了,人变得凶残难以相处。学校停课了,躲在家里看书成了一大乐趣。一到夏天,游泳就成了我的日课。每天午饭以后,就用塑料网兜装上一个馒头两个西红柿,约了伙伴去游泳。先是到小河沟里,那只能算是戏水。经常有小鱼小虾撞到身上,皮肤上留下轻微的酥麻,那感觉真是好极了。在水草密集的地方,顺手一抓,就可以捉到小虾,塞到嘴里鲜脆微甜,是绝妙的美食。胆子大了一点,就到水渠里去游泳。所谓水渠是一条人工挖掘的大水沟,用于排放水库里过多的水。特别是在暴雨之后,水库的水涨满,会有决堤的危险,就提起闸门把水放出来。所以虽然是死水,但也经常会有活水灌入。不少的鱼虾随水而下。水渠里的水深浅不一。离水闸越近的地方越深也越清,约有两三丈深,只有水性极好的人才敢游过来。离水闸最远的地方,只有半人深,挤满了初学游泳的人,像煮饺子一样,浑浊得像泥汤。我以每天一百米的进度,从浅处向深处游。而且练习着潜水,憋足一口气,从岸边一个猛子扎进水底,抓一把水草浮上来,证明自己达到的深度。真正的高手,是站在岸上活动好身手,憋一口气一跃而起,几乎是垂直着一个猛子扎下去,要在水底呆很长的时间,而且能摸到潜在深水里的鱼。有的时候是先把一条鱼拥到岸上,然后得意地钻出水面,摇晃着头抖落水珠。有的

2005

时候，则是举着一条鱼蹿出来，踩着水高兴得大喊大叫。通常是一条黑鱼，只有在最底层的淤泥里才能摸到。这大概是最具冒险性的捕鱼方法，也是最具艺术性的一种。赤裸的身躯跃出水面的那一瞬间，发达的肌肉在油亮的皮肤下滚动。头发上的水珠在阳光下闪烁着，得意的神情犹如婴儿般纯洁。使人联想起从哪吒到孙悟空，所有少年英雄出世的情景。

水性越来越好，胆子也越来越大。我终于随了别人，走到十来里外的水库去捉鱼。那是在水库放水之后，剩下了一片沼泽。很多的人在里面走来走去，倒像是在赶集，而且地盘已经被瓜分完毕，几乎无法插足。大的水洼和小河的水差不多深，也要潜下去才能摸到鱼。小的水洼也像苇塘一样，需要垒起小坝把水淘干净才能捉到鱼。那一天走得很累，也没有带任何工具。一条鱼也没有捉回来，倒是看足了各种捕鱼人的行状。有一群六七岁的孩子，男男女女都赤身裸体，在水洼里兴奋地喊着歌谣，高兴得撩水摔泥巴，像一群天使一样欢快。许多年之后，我才懂得他们喊的歌谣里涉性的内容，当时恐怕他们自己也不懂。

弟弟有一个要好的同学，家住水库旁边的村子。经常邀他到家里去玩，到水库旁边的水洼里捉鱼是他们最经常的游戏。由此带来的副产品，就是各种大大小小的鱼。这使饭桌上，经常可以出现平日里绝对舍不得买的大鱼。记得一个雷雨交加的傍晚，屋外漆黑如夜。弟弟一头闯进来，而且光着膀子浑身精湿。怀里抱着一包东西，打开来是一堆半斤多重的大鲫瓜子，足有四五斤重。他是把衬衫脱下来包着鱼，冒着雨跑了十来里路。他略带沮丧，兴奋异常地说，真不走运，刚把水淘干净，雨就下了起来。那一片水洼子里足有几十斤鱼，只好挑了些大的带回来。

复课了，每天在学校读毛主席语录斗私批修，演出忆苦剧，开批判大会，打着背包拉练，参加社会上的公判大会，庆祝最高指示发表游行。很少的一点文化课，在一片混乱中也静不下心来学。幸亏有开门办学，有支工支农，精神总算有一个可以逃避的渠道。从南到北从东到西，我走过了小镇周围的不少地方。有一次在水边，看见不少的农人割下一种野草撒进河湾。问他们这是干什么，回答说这种草有特殊的气味，鱼闻见了就会游过来，吃了就被醉翻。捞起来之后，过一段时间，鱼就会醒转过来,和活鱼一样。这种野草只能麻醉鱼,对人没有作用。这种捕鱼方法大概是最经济也最科学的一种,是利用生物圈儿的天然法则。不需要成本,也不会危害环境和食者。可惜年头太多,我忘记了那种鱼的蒙汗药的野草名字。

那一带多数是盐碱地,麦子和玉米的产量极低。为了改良土壤,也为了提高产量,农业部门推广种植水稻。许多次支农的劳动,都是帮助生产队挖排水灌溉的渠道。附近的农田遍布纵横交织的水网,里面经常游弋着小鱼。就是在稻田里,也会有小鱼顺着水渠游进来。夏天拔稻子里的稗草,便可以意外地捉到鱼。在收割稻子之前,先要把水放干净,晒得稻子发黄。许多没有及时顺水回到水渠里的鱼,便枯死在稻田里。用镰刀割稻子的时候,脚下经常会踩到鱼干。也有一些鱼落在小水坑里,翻来覆去地蹦,鱼鳃一张一合,痛苦地喘息着,很像庄子所谓枯辙之鱼。这种无意间的收获带来的惊喜,近似于天上掉馅饼,大约是所有捉鱼的方法中最幸运的。掐一根粗梗的野草,从鱼鳃穿过鱼嘴,拎起来一串,沉甸甸的,也有一斤来重,带回家便可以做一道菜。只是这样的好事不多,我统共也只遇到过一两次。

比较有把握的是抓泥鳅。雨季过后,公路两侧的排水沟和各单位周围土围墙下面的壕堑里,积水逐渐被晒干,露出在里面蠕动的泥鳅。只要光着脚在半干的泥里一踩,就会感觉到粘滑的活物。一抓一个准,不大的功夫就可以得到半脸盆。端回家用水养起来,可以活很长的时间。这大概是我从事最多成就也最高的一项渔事,只是缺乏美感,属于简单劳动,甚至比原始人投石制梭镖插鱼还不如。

四

60年代末,家随母亲的学校搬到了太行山里。

这里除了山洪暴发的时候,几乎终年干旱。除了一条瘦瘠的易水河,几乎看不到什么水。溪水是清洌的,于是应了水至清无鱼的老话。游动的最多是透明的小鱼苗,没有人想到去抓它们。这里的人不会打鱼,似乎也没有吃鱼的习惯,看不见在溪水上筑坝拦鱼。据说有水库,但在很远的地方。偶尔在集市上遇到卖鱼的,或者有人带个三两条鲤鱼到院子里来卖,都是从水库里偷捕的。那是一个禁止自由贸易的时代,山里的农民又老实,连出售点花生一类的油料作物都要偷偷摸摸的。卖鱼的多是一些壮汉,据说他们是在夜里偷着将炸药投进水库,匆忙中捡拾被炸晕了的鱼。这是违法的,只求快些成交。通常价格极其便宜,一元人民币就可以买到一条一斤多重的红鲤鱼。这大概是所有的捕鱼方式中最危险的一种,如果炸药炸开了堤坝,大水涌出来,灾难的后果是不可想象的。为了这样一点小钱铤而走险,大约也是被贫困逼得没了办法。80年代末,我回家度假。母亲为了招待我,买了一条鲤鱼。立即遭到父亲的批评,他说这些鱼都不是好道来的,买他们的鱼就是助长他们的违法行为。

水库在什么地方?我只在弟弟的描述中,知道一个大概的方位。那是在搬到山里的第一个夏天,父亲在遥远的冀东南插队,母亲随着单位里的人去支农劳动。有一天,弟弟终日未归,闹得我心神不宁。直到落日接近山顶的时候,他才和几个小伙伴兴高采烈地跑回来。他的手里提着一串鳖,足有七八只。大的有大瓷碗口大,小的也有巴掌大。他是把军用胶鞋的鞋带解了下来,系住鳖的脖子。问他哪来的,说是在水库游泳的时候抓的。他兴致勃勃地讲述抓鳖的过程,全无劳累的感觉。他游泳累了以后,躺在岸边休息。发现鳖趴在浅水处沙滩上晒太阳,他们悄悄地走过去,用手从后面插入鳖的肚子下面,朝岸上一掀,鳖就四脚朝天地躺在了地上,然后再用鞋带系住它的脖子。他补充说,王八咬人很痛,而且不撒口,只有黑鱼叫了才张嘴。不知道他是从哪里得来的经验。弟弟走了十几里地,那些鳖居然还活着。把它们放进水里,第二天它们把铅桶挠得嘎吱吱地响。而且还下了几个蛋,像煮熟了的鸡蛋黄一样。只是很硬,看不出有蛋壳和蛋清一类的东西。也许正常产下的鳖蛋不是这样,但是我只见过这一种。请教了南方籍的成人邻居,才知道收拾鳖的方法。那是平生第一次吃鳖,味道的鲜美给我留下深刻的印象。我们把烧好的鳖装在饭盒里,托人带给母亲。她的同事们羡慕极了,说你们家的孩子怎么这么懂事呀!

当地人没有吃鳖的习惯,所以鳖的价钱极便宜。几毛钱一斤,还常常卖不出去。只是由于外来人口的增多,才逐渐有了销路。有一年,南方的亲戚来,母亲买了好多的鳖养着,每天给她们炖鳖汤,她们瘦弱的身体很快好起来。捉鳖是一项非常需要知识的工作,和一般的捕鱼方式不一样。曾听说有一位要人到那里去视察,闹着非要吃鳖。当地的领导发动了不少人,在小河上筑了两条坝,把水淘干之后,一只鳖也没有捉到。相传那一带,只有一家人会捉鳖。河水里的鳖通常是在岸边下面的石头缝里筑窝,呼吸时的水泡会漂上来。捉鳖的人看清了水泡冒出来的位置,用一根铁签子扎进鳖窝,一般来说是十拿九稳的。而且他们不多捉,只在集日的头一天捉一些。第二天卖出去以后,就停捕几日。要买鳖只有等到集日,如果头一天下雨,或者他们自己遇见什么事不能去捉,就连集上也买不到。

70年代的中期,在乡下插队的弟弟被选调到了渤海边的一片油田打井。每次回家,他都要带回一大包鲅鱼干。问他是哪里来的,他说是从海里钓上来的。弟弟素有豪兴,永远乐观开朗。每到休息日的时候,他就和朋友跑到海边,用长长的钓绳钓各种海鱼。回来以后放在脸盆里,支上几块砖头,点上柴火煮熟。一群哥们儿在工棚里,围着脸盆喝酒吃鱼。七八级的大海风在屋外呼啸,他们却高兴得像神仙一样。他详细地介绍海鱼的品种和习性,在不同的季节以不同的方式和钓饵去钓不同的鱼。鲅鱼是渤海湾最名贵的鱼种,当地人说,宁舍九头牛,要吃鲅鱼头。他把每次钓到吃剩下的鲅鱼开膛剖肚,串起来挂在屋檐下晒好风干,攒到年底的时候带回家。年夜饭的菜肴中,便多了一道美味。

五

80年代,我在东北的一所大学读书。那是一座寒冷的城市,最低的温度到达过零下四十度。在冰天雪地之中,仍然有人热心于捕鱼,而且方法非常艺术。他们把冰冻几尺的湖面,用大冰穿子穿开直径一尺的窟窿,便有许多的鱼游上来透气,鱼嘴露出水面一张一合地呼吸。冰穿子是一种专门凿冰的工具,有半人高,铸铁制成,顶端直径半尺,装有横的木把儿,逐渐变细成锥形。破冰的人手握木把儿,提起来重重地放下,反

2005

复地戳向冰面直至穿透冰层。一把冰穿子至少一二十斤重，没有力气的人是无法胜任这样的工作的。冰窟窿凿好之后，他们把铁丝圈起来的方口塑料纱布兜，垂直放入水里，过一会儿再提起来，便常常可以捞到鱼。这种捕鱼的方法和工具，很接近古代的罾，只是材料更先进。一个人在冰面上通常要呆至少半天的时间，忍受着寂寞和苦寒，经济的效益不会很高，其中的乐趣也只有渔者自知。而且隔夜之后，冰窟窿就会封冻，第二天还要重新用冰穿子穿。这样翻来覆去地重复劳动，付出与得到之间不成正比。

定居北京二十多年，与渔事相逢的机缘越来越少。只是在孩子幼年，每天傍晚从幼儿园接回来之后，只要天气好，就带他到附近的护城河边去放风。经常可以遇到一些老人在小桥上，用长的蜡线吊着形状不一的广口纱布兜，一次一次地放入水中，再一次一次地提起来。这种工具也很像古代的罾，只是河水污染没有什么鱼，他们捞的是鱼虫。据说拿到市场上去卖价格不菲，以游戏般的工作而能生财，这大概是远离自然的现代人，协调物质生存与精神生存最聪明的方式。

看到真正的罾，是二十年前在湘西猛洞河。两岸山高林密，各种禽鸟叫声不断，时有猴子爬在树上窥视游人。水色碧绿如蓝，激流随着险峻曲折的河道起伏奔涌。三两渔人架一叶扁舟，在河水里颠簸，逐渐停靠在水势平缓的河湾。他们在木棍支架上伸出一根长竿，顶端系着长绳，钓着四根竹竿撑着的方口渔网。放下水的时候，网自然张开。过一会儿，把长竿翘起来的时候，竹竿出水之后自然合拢，里面便有落网的游鱼。他们把船划到旅游船旁边，将刚出水的鲜鱼卖给厨房。那都是名贵的鳜鱼，约长半尺。船上的厨师就地打上河里的水，将鱼煮得微熟，几乎不放什么作料。连汤端上来，简直鲜美绝伦。那是我一生吃到过的最好的鱼，也是我一生看到的最美丽的捕鱼场面。虽然时隔多年，仍然犹如近在眼前。

埋头书本的蜗居生活，日复一日，年复一年，我是一个孤单的渔者。生也有涯而知也无涯，经常有一点新的发现，其中的乐趣也足以陶然。把文字印成铅字，换来一点微薄的稿酬，就像捕得几尾小鱼，微小的喜悦调剂着枯燥的生活。如果能意外得一个什么奖的话，就像偶然拣到几条

散文

枯辙之鱼一样喜出望外。大隐隐于市,我是在书山艺海中垂钓。只是我毕竟不是一个真正的渔者,我缺少他们怡然自得面对世界的勇敢,也没有搏击风浪的身手,达不到和自然高度和谐的精神境界。我羡慕满怀豪兴挑战生命极限的潇洒人生,怀念英俊智慧宽厚的渔者。

写下这些,为了纪念逝者。

(选自《作家杂志》,2005年第5期)

土　地

韩少功

我听到一阵哗啦啦的异响,跑到院子里探头一看,见竹林里枝叶摇动,还有个隐隐约约的黑影,似乎正在藏匿。是谁呢？我随手抄起一杆铁锹大叫一声,那里便有一刻的静止,然后冒出一个顶着蛛网和草须的脑袋。

"我来砍点茅竹。"他露出两颗黄牙。

"你是谁？怎么砍到我院子里来了？"

"这些茅竹没有用的。"

"你说没用,我有用啊！"

我大为生气,觉得这人真是无礼,不知什么时候竟然擅闯私宅,冲着我的园林狠下毒手,是不是过两天还要来拆墙和揭瓦？还要来这里改天换地？可怜我精心保留下来的一片绿色,院子内必不可少的第二道或第三道绿色帷帘,已经被他撕开了缺口。围墙红砖裸露出来,砸得我眼前金星四冒。

他嘴唇肥厚得有些迟重,又披挂着嘴上又粗又密的胡桩,搬运起来不方便,吐什么字都是一锅稀粥。他说了他的名字又似乎没说,说了他家在何处又似乎没说,还说茅竹不是南竹,只能砍下来卖给毛笔厂做笔杆云云,但我都没怎么听清。我喝令他立即住手,立即离开这里。他怔了一下,迟疑地点头。但我现在回想起来,觉得他当时回答得并不清楚更不肯定,或者干脆就不曾回答。

"这些茅竹只能藏蛇,留着做什么呢？没有用的,没有用的。"他还在嘟哝,把已经砍倒的竹竿收拢成捆,扛上肩,总算出了门。

散文

不久后的一天,我从外面回家,一进院门,发现这里已经有了主人——又是那一嘴胡桩,像一个刷子没剩几根毛;还有两大块嘴唇,冲着我一番哆嗦和拥挤,总算挤出几星唾沫,是高高兴兴的唾沫:"回来了啊?"在他的身后,两头牛也有主人的悠闲自在,一边喳喳喳啃着草,一边甩着尾巴,拉下了热气腾腾的牛粪,惊动了上下翻飞的牛蝇。我恍惚了一下,以为自己走错了地方,但定睛一看,这刚刚用石板铺成的路,刚刚开垦出来的菜地,刚刚搭就的葡萄架子,明明还有我的手温。这围墙外的一棵大树和远远的两层山脊线,明明是我熟悉的视野,怎么眼下反倒让我有一种反身为客的紧张?

"你找我有什么事?"我没好气地问。

他兴冲冲地指着一块菜土:"这里的地湿,你不能种番茄,只能种芋头和姜。你得听我的。"

他又指着樟树那边说:"那下面有两株好药,五月阳,你不要锄掉了,等我秋天再来挖。"

我完全不懂什么五月阳,也不在乎两株草药由谁挖走以及什么时候挖走,但我无法容忍他这种兴冲冲的劲头,这种无视法律和搅乱社会的口气。"你到底是谁?我同你说,这是我的院子,我买下来的院子,我办了土地证的院子。这个意思你不会不懂吧?你要挖草药,要放牛,要砍茅竹,可以到外边去。你如果要进这个院子,就得经过我的同意。你懂不懂?你要不要我拿土地证给你看看?"

他怔住了,似乎再一次难以理解这么深奥和复杂的道理,"你是说,你是说……"

"我是说,你以后不要到这里来放牛。"

"这里不能放牛么?"

"你觉得这院子可以让你放牛?"

"牛最喜欢吃这些茅草,你留着反正也是没有用……"

"留不留是我的事,对吧?"

"你要留啊?你要留,就早说啊。我不知道你要留。我不知道。你要是早说一句,我也就不会来了。"

他没有追究我不宣而禁不教而诛的责任,吆喝一声,赶着两头牛出了院门,一大捆牛草在他肩后晃荡,叶尖沙沙地刮扫着路面。他当然没有带走他的牛粪和牛蝇。

我给院门加了一把锁。

我加了锁以后才知道他的来历。他叫李得孝,外号孝佬,是附近的一个农民。只因为我买下的这块地,原是分配在他名下的责任地。二十多年来,已经被他跑熟了,甚至被他家的牛跑熟了,一放绳,根本不用驱赶,牛就乖乖地直奔这里而来。眼下,他不是不知道事情已经有了变化,不是不知道这块地经乡政府征用,最终卖给了我这个外来人。但他砍茅竹或者割牛草的时候,还是情不自禁地往这块地上窜。想想吧,他熟悉这里的茅竹,熟悉这里的茅草,熟悉这里某个角落的五月阳,憋一泡屎尿甚至也曾经习惯性地往这里狂奔,一心要来增肥沃土。他一时半刻哪能割舍得下?他远远就能嗅到这里的气味,远远就能听到这里发芽或落籽时吱吱嘎嘎的声响,连睡梦中一迷糊,也能感触到这里在雨后初晴或者乍暖还寒时的一丝抽搐或跃动。对于他来说,这些当然比一张土地证更重要。有人告诉我,自从我不久前两次把他逐出门外,他还是有点半醒不醒,好几次还扛着锄头来到我家院门前,见门上一把铁锁,才怏怏地蹲下或者徘徊,最后掉头而去,嘴里嘟嘟哝哝地不知说些什么。

他没有大喊大叫地打门,就算是够清醒够冷静的了。我相信,在很长一段时间内,他还会在一把铁锁面前恍惚,就像把一个儿子过继给了人家,但很难把这个儿子视为人家的骨肉,一不小心就还会叫出什么乳名。

我的目光越过院墙,看到了墙外起伏的青山,看到了雨后的流雾在山间悄悄爬升。我这才发现自己对这里所知甚少。

说起来,我在这里已经居住了三个月,也许往后再住上三个月,再住上三年,我也无法得知这里的全部故事。就拿对面山上那个无人的峡谷吧,我只知道它在地图上叫"珠波坳",或者是农民平常说的"猪婆坳",一个诗意的名字不时散发出猪屎味。到底是"珠波"还是"猪婆"?在一个旅游者眼里,那条峡谷也许只是一片风光,只是春天的映山红和秋天的落叶红。但在一个勘探者眼里,那里可能不过是丰富的酸性

散文

红壤和页状层积岩？是勘测记录里来自侏罗纪时代的云母矿和含硫铁矿？同样是那条峡谷，对于一个耕作者来说，也许更意味着竹木的价格、油茶的产量、蜜蜂花源的多或少，水源利用的难或易，还有某一年山林垦复时刺骨的寒冷和腿上流血的伤口？我在这里还认识了一位喜欢谈风水的船老板。我知道他见山不是山，见水不是水，猪婆坳在他眼里既不是风光，也不是资源或者物产，只是一些青龙、白虎、神龟、玉兔以及来意不明的其他巨禽大兽，是这些神物的伪装和凝固，还有它们对山民们命运的规定。于是，船老板总是在山水中看到了遥远的祸福，有时会被一棵老树的倒下吓得浑身冒汗，或者对某一个建房工地心急如焚长吁短叹。

　　船老板近来忧愤交加，因为风水正在遭到漠视和破坏。外来人越来越多了，大多不理睬他的那个罗盘。除了我这样的城市生活逃避者，还有商家要在这里征地，建制药厂和矿泉水厂，还有政府机构要在这里征地建培训中心，还有一家港资公司打算在这里圈地上万亩，建设宾馆、猎场、马场以及生态公园——测量人员已经来了好几趟，陌生的身影和口音让山民们颇为好奇，未来的一切也就变得闪烁不定零零落落。乡政府干部大为生气，说有些农民一听说外人要来征地，就到处制造假坟，骗取迁坟费。乡长在广播喇叭里曾经大声怒吼：有些家伙，平时一没看见他们上供，二没看见他们挂香，到这时候了，就这也是祖宗那也是祖宗，你们哪来那么多祖宗？孝子贤孙想当就当么？随便挖个洞，丢几根猪骨头牛骨头在里面。想诈骗谁呢？以为我瞎了眼吗？以为人民政府的钱出门就可以捡吗？

　　农民对此不服气，在路口上三五成群交头接耳，说人骨头就是人骨头，乡长如何扯上猪和牛，讲出这种浊气的话来？他自己的祖宗未必就特殊些？有本事他也挖给我们看看！再说，那公司老板的先人姓曹，以前就是这里的大地主，只是革命那年吓得白了头发，瞎了双眼，最后一绳子上了吊。但现在曹家香火旺盛，人脉发达，在台湾出了博士，在香港又出了董事长，财大气粗的又要把土地统统往回收。让他家多出几个迁坟的钱有什么了不起？就算是做了几个真真假假的坟，不也是让他多掏一顿饭钱么？哪里扯得上什么破坏改革开放？

2005

说起来,命就是命啊。他们还常常感叹,十几年前修公路时,移过曹家的祖坟。人们发现坟破之际,坟内的热气直往外冒,潮乎乎的鲜味扑鼻,像包子铺里一个揭了盖的蒸笼。你想想,时隔几十年还能有这样的蒸笼,曹家不兴旺发达也是不可能的。这话的言下之意,是他曹家多出几个钱也在情在理。

如果没有记错的话,我见到过曹家的后人。乡长带着一行客人来到我家,照例是无可款待的时候,把我这个院子权当乡间景点之一。客人中领头的一位满头银发,但穿着旅游鞋,背着双肩包,揣着照相机到处照相,照我家的树,照我家的草,照我家的鸡埘和锄头,最后照到我的脸上,似有一种对案发现场的认真仔细,让我有一刻的毛骨悚然。他身后的所谓秘书也是个银发老头,也穿着旅游鞋,但一进门就倒在椅子上呼呼大睡,大概是太累了。如果不是他们身后还有年轻的一男一女,在折腾着便携式电脑,我觉得这两个老顽童疯疯癫癫,投资开发一类纯属儿戏。

他们操着台湾式国语,倒是很和善,见人就递名片,见人就彬彬有礼地鞠躬问好,连一个个抹鼻涕的娃崽也被他们笑脸相向,毫无一点寻仇报冤的迹象。

他们把我家院落前前后后细看了,临走时,照相的老头低声说:"你在入秋的晚上是否听到过什么声音?"

我摇摇头,不知道他是什么意思。

"没有就好,没有就好。"他笑了笑,吁了一口气:"你这里是个好地方,最好的地方,千金难买。我告诉你,只是有一条,你千万不要冲着西北角那个方向撒尿。"

我更不知道这是什么意思。

他看了看我家后门,看了看后门外碧绿的水面,很有把握地点了点头,"你听我一句:这个门的朝向要改一下。实在不能改的话,至少要在门外做两个石头狮子。实在不愿做石头狮子的话,门上至少也要挂一面镜子。"

"为什么?"

"你不知道么?你这张门,正对着猪婆坳。民国十六年,那里一夜之

间杀了七个人。血光之灾,必留恶煞之气,还是避一避的好。你明白了吧?你要是下水游泳,也千万不要游到那里去。那里不干净的。你明白了吧?"

我明白什么?民国十六年,也就是七十多年前,也就是比我出生还早三十多年,那里为什么杀人?杀的是什么人?被杀的人与这张后门又有什么关系?

老头言之不详,告辞走了。我事后向乡亲们打听,他们也含含糊糊,没人能说得清楚。孝佬来挖五月阳,顺带找我讨几片瓦,对杀人事更是一无所知,连连摇头,只是说那山峒里原来有一户人家,听风水先生说他家要出三顶轿子,心里十分高兴。没料到一辈子过下来,还是穷得差点卖裤子。主人最后倒也没有找风水先生的麻烦,只是叹了一口气说:三顶轿子倒是没有说错啊,我婆娘结扎是抬出去的,我婆娘遭病也是抬出去的,最后死了也是抬出去的,不就是三顶轿子么?

我一听孝佬说起这事,知道他已经糊里糊涂,不是说猪婆坳,是说到附近的雁泊坡去了。他的耳朵似乎有点背。

我跟着制药厂几个人去寻找水源,去过一次猪婆坳。我们弃船登岸,劈草开路,沿着一条小溪走进了比人还高的茅草丛,走进了一时明又一时暗的杂树林。我不怕蛇,甚至没工夫想蛇,满脑子是前不久曹家老头那很有把握的点头,于是对峡谷里的一沙一石既好奇又提心吊胆。大概就是这里了吧,也许不是。也许事情还发生在前面,在歪脖子松树那里。我不知道溪边那片石滩上是否横过尸体,不知道前面那棵老枫树上是否挂过血淋淋的肠子或者眼球,不知道更前面那一丛火焰般的美人蕉,之所以开放得如此癫狂,是否扎根于一个蚁群曾经密密噬咬过的骷髅。我正在走过一个现场,以至我在一个石头上喘气的时候,觉得这块巨石太凉,凉得很有些来历,让我有点不敢触摸。最后的情节很可能就出现在这里。就是说,那个人,从死人堆里爬出来,从坡上的草丛里爬过来,把扎进肚子的杀猪刀拔出(这样也许可以爬得快一些),把身上那些鼓着气泡的血水送进嘴里(也许可以解渴和增加体力),眼睛就盯着这块石头,一寸又一寸,半寸又半寸,希望能在天黑下来以前抵达,好让他或者她看到山下的屋顶(那时还没有现在这个水库,也不会有水库边的小

土地 245

船和草棚子)。但那个人可能就在触到巨石之前,伸出的手痉挛了,僵硬了,最后垂落下来,并且慢慢地冷却,然后有蚂蚁、蚊子、蜈蚣、山蚂蟥的聚集……他或者她的衣袋里,可能滚落出一个银镯子,或者是一片人耳——以后查找仇人的证据就此失落。

　　一声尖厉的惨叫拔地而起,吓得我全身有抽空之感。仔细一听,才知不是什么惨叫,不是有人丧命,是林子里鸟的喧哗。

　　我可以确定,我完全应该确定,我们在这里什么人迹也没看到。除了树上有一张蚊帐般的大蛛网让我心惊,除了一种草叶毒得我两腿奇痒,这里只有各种野花争相开放,足以让你想象自己落入了一个万花筒天旋地转。在一种有草腥气息的晕眩里,你还可以看到一大群蝴蝶扇动着阳光的碎片,遮天蔽日地从天而降,感觉到全身被无数个光点一瞬间击穿。

　　坐在这块石头上,同行人谈着引水工程以及将来的大规模开发。我没有什么好说,回望水那边,恰好可以看到村子里的几户人家,包括看到孝佬的那两间瓦房,看见他的屋顶上照例没有炊烟。我知道,他很久没有来我家了。我知道,像其他有些农民一样,失去土地以后,他就去城里打工了。他算是运气不太好,打完第一年工,老板跑了,让他一个工钱没有拿到。第二年算是拿到了工钱,但老婆跟上一个照相的浙江佬,要跟他离婚,还要带走儿子。儿子想了想,对母亲说:"爸爸一辈子抓泥捧土,好辛苦,我不会离开他的。"母亲说:"妈妈再给你找个好爸爸。"儿子说:"我不要新爸爸。你一定要离婚的话,我就穿一身白衣到汽车站去送你,给你叩三个头,但从此以后你不要回来,我也不会去找你。"这话是孝佬说给我听的。

　　还是从孝佬的嘴里,我听说他婆娘听完儿子的话,跑到山上大哭了一场,但还是走了。儿子果然穿着一身白衣去送她,果然是在汽车站撅起瘦小的屁股,冲着她的背影跪叩三番,直到夜色降临还跪在路口,直到泪水流干还面朝着公共汽车远去的方向。是一个陌生的老头最终扶起了他。

　　从那以后,母亲再没有回家,再没有寄钱回家。为了独力负担儿子的学费,孝佬在工地上不再吃早餐和晚餐——因为老板只管一顿免费的

散文

中饭。这样,他每次看见同伴去吃饭,就假装上厕所或者逛街,一直熬到中午,一直熬到可以白吃的时刻,再狠狠吃他个两眼翻白,又是嗝又是屁地动静很大。他后来一失足摔下脚手架,摔断了腰骨,大概就是胀昏了头或者饿昏了头的缘故。

他一度回到了村里养伤。我有时看见他一手扶着腰,在山里挖药,或者给邻居阉鸡,还给学校里这个或那个老师挖地,种点菜秧,好像他吃着百家饭管着百家事,或者是一个无家可归的游魂。后来我才知道,他欠了很多人的钱,一时没有办法还清,就用气力来还一点人情账。

有时他也一手扶着腰,拿着十几根多余的菜秧来找我,问我要不要赶着季节栽下。这时候,他蹲在地头,接过我递过去的一根烟,嗖嗖地吸出声音,总是嘟哝到他的儿子。儿子在县城里读高中,本来成绩好好的,去年竟然考了个门门不及格,退学了,去了广东的工厂。其实学校里的老师同学们都知道,他是故意考砸的,是想考出个退学的正当理由,早点去打工赚钱替父亲还债。

"孽障啊,你看看,真是个不忠不孝的孽障啊!这个该吃枪毙的,英语只考了个八分,传到外面去,把我祖宗的脸面都糟贱成屁股皮了。"

他一说起这事,就抽自己一大耳光:"我就是腰不好。要不是这腰,我早就跑到广东去了。我要找到他,打断他的腿!"

"你不要怪他。年轻人也不是只有读书一条路。"

"不读书怎么办?不读书怎么办?你说怎么办?到时候不就像我?一辈子就土虫子一条?"

我连忙岔开话题,问他为什么不另外找一个老婆。女人的话题也许能使这个单身汉开心一点。

"我有儿子了啊!"他瞪大眼睛。

"我不是说儿子,是问你为什么不再找个女人。"

"我有儿子了啊,已经有了啊。我对得起祖宗了,还结婚做什么?还养个婆娘来吃饭?来费衣?来摆看?"

这回轮到我有点费解了,"你毕竟……才四十出头,就不要个做饭的?"

"做饭最容易了。我煮一锅,吃得了两天。"

2005

"就不要个伴,好说说话什么的?"

"我不喜欢说话。"

他已经栽完了菜秧子,又摘了些大树叶来给菜秧子遮阳,防止它们遭到暴晒。看他对菜秧子兴冲冲的劲头,我怀疑他根本没听懂我刚才的话。他平时随便找个碗,往地上一砸,取块瓷片就可以帮邻居阉鸡或者阉猪,甚至给自己剜疮或者割疣,他莫不是又砸了一个碗?取一块瓷片把自己给阉了?这是另一种可能。不然的话他为何对再婚毫无兴致?

春天又来了,我家的芥菜果然长得很猛,每一棵都胀得地皮开裂,能让你挖出碗大的菜头,可见孝佬确实熟悉这里的泥性。春天里的茅竹齐刷刷抽笋,很快就绿成了密不透风的一片,有几只鸟在那里面扑腾或者啼叫,总是引起来客们的注意。我不得不去间伐掉一些茅竹的时候,就想到了孝佬。我早就取下了铁锁,敞开了院门,希望他什么时候提着柴刀前来,但他的脚步声倒是不再出现了。我家的五月阳已经繁殖出一大片,开出的花朵像满地金币,却没有人再来挖采。

我路过他家门,发现门上挂着锁。他是去寻找他的儿子,还是去哪里给人家帮工还人情,抑或是去城里找他的一位兄弟,不得而知。

他的邻居也不知他去了哪里。更准确地说,他其实已经没有多少邻居。村子里有点空空荡荡,我的脚步声足以引起巨大的回响,我的说话声也足以让自己惊吓。一张大门锁着。另一张大门锁着。另一张大门还是锁着,就像一场瘟疫留下了突然的空阔。声音在这里出现了奇异的放大,一片树叶的轻落,一只蝴蝶的飞掠,一缕微风的穿过,几乎都是这里震耳的惊雷,震出天地间滚滚的声浪。还算好,我找到了一间有人的房子。但留在这里的老人和小孩似乎已经习惯了寂寞,不大说话,只是倚着门,直愣愣地看着我。你完全可以看出,他们的眼光里有欢迎但没有惊奇,看我离去时有欢送却没有惜别。也许他们已经生疏了人间交往,常见的世界只是泥土和泥土,常见的活物也只是野兔、野麂以及飞鸟。那么我在他们眼里不过是一只人形的鸟,即算挂着古怪的墨镜和照相机,也还是一只鸟,一只稍微有些特别的鸟,不过是来此落脚,吃点谷米,撒点粪粒,然后又飞上前面的山冈,离开他们的视野。

我问他们：打工的人会回来吗？比方说，过春节的时候会不会回来？

他们说：可能回来，也可能不回来。

我问：他们总会要回来的吧？

他们说：当然，总要回来的。

我看见了好些空屋都充当着库房，堆放着一些杂物，有烧剩的干柴，有破摇篮或者旧水缸，当然更多的还是一些农具，比方木头大禾桶，是以前给稻子脱粒时要用的；比方说木头大风车，是以前给谷粒去壳时要用的；还比如木制的龙骨水车，复杂和精巧得像巨大的骨雕项链，是以前抗旱引水时要用的。眼下，它们用不上了，或者说是被更先进的金属机器替代，只能在这里蒙上尘垢，冷落在某个阁楼上或者墙角里。奇怪的是，主人把这些东西都保留着，没有把它们烧掉，好像它们还会有用上的一天。

在这些人家的屋檐下，在横梁上或者走道里，一定还停放在一具或者数具棺木，不可一世地占据着很大的位置，翘起的棺头更有点趾高气扬，只差没有喷出呼噜噜的鼾声，或者高声大气的一个哈欠。

我知道这些棺木是主人们的宝贝：一户人家如果有这样的棺木，足以证明这一家略有积蓄，还有对未来的及早准备，常常引起他人的羡慕和称道。生活从此就可以过得踏踏实实。

我还突然想起了前不久院子里的一只鸟。有一个初秋的夜晚，这只鸟在林子里呱呱呱地大叫，搅得我根本无法入睡。我只得摸黑去寻找和驱赶，用木棒敲击了好些树干，用石块射击好些树杈，但最终不知它藏在哪一片墨色的树影里。直到第二天早上，我才发现鸟叫不知什么时候已经停止，而且发现这只鸟就死在石阶上。它身上没有任何伤痕血迹，只是瘦成一包壳，掂在手里轻飘飘的，像一片影子。它有蓝色的橘翎毛，有橘红色的眉圈，有眉心间的一点纯白，其实美艳惊人。

它为什么死在这里？它是不是带来了远方什么不祥的消息？抑或远方什么喜庆的消息？曹家老头曾经低声说过，要我注意初秋夜晚里的动静。我这才发现，那老头看似疯疯癫癫的，其实是个知情人，对我早有暗示。在这一刻，我甚至相信七十年前七百年前七千年前七万年前所有在这里生活过的人都是知情人，对今天的一切几乎了如指掌。他们大概早就知道,早就在口口相传,有一只无名的鸟今天将回在这里,死在露水和晨光之下。

我把它埋葬在竹林边,踩紧了一堆新土。

2004 年 12 月

(选自《文学界》,2005 年第 5 期)

温 泉

于 坚

　　神说,云南大地上有三万个温泉。这是我模仿神的口气说的一句话。我以为这句话肯定是神说过的,只是没有文字记录而已。中国之神隐匿在自然中,它不是彼岸的,不是生活在别处,是此在的。中国之神隐匿在一个温泉里。神在大地上说话的时候,不是说,要有光!而是说,啊。就像一个孩子,一切都在他之前存在着了,他只是喜悦地说着"啊""啊"。孔子获得神启,所以他对着一条河说,流逝的就是这样啊。

　　你在云南大地上漫游,山花烂漫,阳光出没无常,忽然某个绿荫荫的山凹里白汽蒸腾,春意朦胧,下面隐约可见涌泉滚滚,你伸手一摸,烫得缩回来。恐惧、神秘,周围安静,一头豹子在睡觉,一只鸟扶着树叶修理它的凉鞋。

　　开始时代的那些土著是否想到了要利用温泉沐浴?没有。他发现有的地方水不是那么冷,他进去了,感觉到周身舒服。这是另一个女人或母亲那样的东西,比女人更无私地拥抱着他,不问出身地爱怜着他,纯粹的母性,那么柔软,那么天衣无缝般的体贴,环绕着,抚摩着,温暖着,像返回诞生的时刻。这种体验令土著人感受到神明的存在。神明通过大地上的各种事物呈现着,并不隐匿起来,一个温泉是神明,一只鸟是神明,一棵大树是神明,一座山是神明。云南高原上没有不被视为神明的山,每座山峰都是某个民族、某座村庄、某个人心目中的神明。我青年时代曾经在一个彝族村子中听人们回忆一头豹子,那口气完全是在谈论神明。它整夜围着村庄小跑嚎叫,像60年代的美国诗人金斯堡,眼球突出喷着火焰,如果能够把它的嚎叫翻译成语言,那绝对是世界上最愤怒的诗。村里有邪恶之人捕捉了它的孩子，这个得罪了神的村庄整夜缩在被窝里面瑟瑟发抖。后来他们释放了小豹子，神才息怒。

在云南，神绝不是虚无的，绝不是某种对着虚空祈祷的想象中的东西，它就是一个温泉。人们进入温泉，并不是要去清除污垢，而是体验神明的存在。多么奇妙的体验，大地上有这个，像最柔软的手臂环绕着你，像舌头舔着你的肌肤，永不停止，永不冷却，而它并不是手，不是舌头，也不是柔软，不是所谓的情欲，它只是水，却有着只有母亲、女人和情人才有的动作。语言开始以后，我们越来越不知道水是什么。某些化学公式？如果我们有过爱情的体验，用柔情命名温泉也许更为合适，所以有个词叫柔情似水，但这个水绝不是冰水也不是自来水、开水，而是温泉。过去的大地之上没有干净这种概念，文明的干净一词是相对于大地的，大地是带来污秽的东西，藏污纳垢。"土得掉渣"，在普通话里面，不仅有不开化、文盲之类的意思，也是脏的意思，它经常用来形容那些与大地距离最近的人们。土著人进入温泉，不是要洗干净，而是体验神明，干净之人还没有来到他们的世界，使用化妆品和肥皂的人是后来随着普通话进入云南的。就是在今天，云南某些遥远的角落依然生活着某些所谓"不干净"的人们，他们从生下来就没有洗过澡，也不刷牙。我记得在哥布家的时候，早晨起来刷牙，村庄的哈尼孩子一排地蹲在我旁边看着我，他们牙齿洁白，从未刷过，他们以为我是一个病人。我满嘴泡沫，流出鲜血，他们吓得跑开了。哥布家的温泉在一处山坡上，像大地的一只乳头，忽然流出泉水来，土著们在那里冲洗身体，一千年也没有想到要把它改造成浴室。那温泉下面有一个土坑，孩子顺着温泉流下去滚到坑里，他们把这个温泉当作一个玩具。哥布家的床铺上有一万个土跳蚤，我作为一个血肉之躯才睡上去就被它们欢呼雀跃地攻克了。我浑身是红色的铆钉，奇痒难耐，只有去温泉洗澡，我周身涂上肥皂，孩子们围着我，哈哈大笑，有一个笑得滚下坡去，他们从来没有见过谁这样站在温泉里，身上涂抹着奇怪的泡沫。那温泉有强烈的硫磺味道，洗澡之后，红疙瘩逐渐消退了。其实村庄早就知道这个秘密，他们把温泉看作神灵。诗人哥布那个夜晚站在星空下赤身裸体，让温润的水流经过他的身体，温泉是一条神灵的舌头，他是在与神说话。我不知道是哪一个夜晚令他成为诗人，

散文

但我知道那是在他学会汉语之前。哥布,十二岁的时候去县城的学校学习汉语,学会了在公共浴室洗澡,他第一次发现他很不卫生,是个脏人,这主要是因为他的皮肤是暗褐色的。不仅仅是教材和考试的卷子,这个世界暴力无所不在,包括肥皂和香水。它们使原始的世界在标准面前自惭形秽。哥布终其一生也洗不干净了,他的皮肤由于在南方的烈日下毫无遮挡地日复一日地晒,从不使用任何防晒霜,永远地黑掉了。他祖先就是黑色的,与太阳和南方无关,那些黑色的精子是上帝造物的秘方之一。文明规定标准化的皮肤,最正确的颜色是欧洲人的颜色,一切的化妆广告、电视节目都这么宣传,因此土著人一旦进入文明世界,无不感到自卑,这种自卑依据皮肤的深浅有所增强或者减弱,在云南,暗中自豪的是从北方南下的内地人士,他们在肤色、普通话方面都有某种天然的沾沾自喜,他们怜惜地看看正在苦苦学习汉语的黑诗人哥布,经常会突然说一句,你怎么那么黑啊。他们带来了卫生的思想,把温泉改造成浴室和澡盆。他们表面上使温泉现代化了,其实是把它归类为一种药物,云南许多有温泉的地方被改造成疗养院。我是汉族,在少数民族的南方出生,一到夏天,皮肤就黑掉,冬天又白起来,我的皮肤像是驻扎着一群春去冬来的候鸟。我经常在夏天被文化人质问,你是不是少数民族,我回答不是的时候,他们的眼神里总是掠过一点失望。我永远无法像哥布那样黑得纯正,黑得朴素,黑得自然,黑得永不褪色,哥布的肤色距离非洲的黑夜还非常遥远,那是黑暗将临之前的土地。

有一日我在巴黎的地铁里见到一个黑人,那黑得叫做高贵,那黑得没有一丝白色的杂质,像是用最上等的黑丝绸织出来的。黑色总是与深沉、悲哀、诚实、单纯之类的品质有关,黑色精致典雅起来,那是最高贵的,最高贵的金子放射的是黑色的光芒。黑色的终结。但他一看就是个穷人,因为他没有温泉,没有那种一拧开龙头就流出热水的浴缸。世界已经造成这种普遍的意识:看到黑人,你绝对不会立即联想到富翁、国王、大学教授。你想到的是乌干达的饥荒,多么可怕的谎言!云南也一样,世界关于云南的想象绝不是工业、豪华、财富、浴缸、标准答案这些东西,而是神奇和落后!神奇永远不是时髦。神奇来自最古老的世界。人们其实对"神奇"不以为然,因为神奇是落后的,所以他们把本地的一切神奇都改造成现代化的大众浴室,并以浴室为标准,改造那些温泉的神奇之处。就像他们一直企图用美容工业来改造黑人,改造第三世界的扁平胸脯。哥布假期回家的时候从不提起这些,他依旧在夜深人静的时候站在故乡的温泉里,让神的舌头舔他的身体。他父亲因为哥布对外面的事情缄口不言就以为汉人的世界与哈尼族的世界是一样的。有一年,哥布的父亲跟着儿子来到昆明,到我家找我,我问他对昆明是什么印象,他用哈尼语告诉哥布,哥布再告诉我,他父亲说,这是一个鬼盖的地方。后来,哥布的父亲走进我的浴室,用手摸摸白色的浴缸,他问这是干什么用的,我说,这是温泉。

裸体的女人在世间难得遇见,但在云南的山冈中,借着温泉,裸体经常会突然地、正大光明地冒出来,你突然看见几个土著人在热气蒸腾中裸体而歌,恍如来到伊甸园。文明今天非常忌讳裸体,似乎裸体只是与生殖和下流的情欲有关。人们为了裸体要付出与法律对抗的代价。温泉使裸体成为除了生殖之外另一件自然而然的事情,在温泉里,不裸体要干什么呢?而它又不事关交媾,温泉令凡夫俗子上升了一层,成为裸体的神。云南怒江有一个地方一年要举行一次澡堂会,当地人一年中只在那一日沐浴,这肯定不是为了卫生。这是一个节日,进入温泉是一种仪式,沐浴是一个洗礼,人们与神灵的联系不是《周易》上的抽象字眼,而是亲身体验,他们一定知道那水与神的关系,他们说不出来,他们只是在进入温泉的时候体验着着力于周身的神奇。怒江边的这个沐浴仪式已经延续了四百多年。每年正月初二开始,傈僳人就走出山林,牵着马匹,驮着食物,拎着酒瓶,哼着山歌,狗跑在前面,他们扶老携幼来到怒江边。怒江是一条冰凉的江,但它的某些部分却热流滚滚,仿佛这河流含着的是热泪。这里才是怒江的心,那些地带温泉成群,清澈碧绿如宝石排列于怒江之岸。走近了,那是一口口热汤滚滚的锅,人们在泉畔住下来,一住就是几天。如果仅仅是来洗澡,褪去鏖糟(古汉语,污垢的意思,云南还在使用),抹抹肥皂就可以离开,但他们并不离开,而是在这里一连几日地唱歌,跳舞,玩耍,多次出入温泉,成双成对地相视一笑眨眨眼睛消失于夜晚。温泉令人们成为歌手、情人、朋友、诗人、艺术家和巫师。神秘的事情经常出现,开始的神秘是有些较烫的水可以把鸡蛋煮熟,由此

散文

开始,后来的事情就更神秘了,傈僳族在某些节日中可以光着脚板爬刀刃绑成的楼梯或者在火堆上跳舞。许多人在进入温泉之前还是哑巴,当他一跃而起的时候,却唱起歌来。在俄罗斯他们是茨冈人,在西班牙他们可能是吉普赛人,在60年代他们看起来像是"垮掉的一代"的某个部落。或者伍德斯托克音乐节排除了思想、观念、暴力、疯狂、淫乱的圣洁部分。在高更的作品中,它就是那个大溪地,但人们并不问"我们是谁?我们从哪里来?我们到哪里去?"他们就在这里,这里就是开始和结束。这个圣洁的群浴仪式像是20世纪时髦的先锋派生活的一个源头,但它并不是先锋派,它只是云南怒江地区的日常生活,四百年来一直如此。与云南的澡堂会比起来,先锋派的天体展览太做作了,希腊式的健美被视为天体的唯一标准,为另一个希特勒的崛起埋下了伏笔。要知道,云南怒江的温泉仪式的基本部分在过去的四百年中,一直是裸体的,一丝不挂。裸体就是裸体,没有任何标准。温泉就是温泉,温泉的存在就是裸体的自由天堂。只是在大众浴室普及之后,它才穿起汗衫汗裤,如今你可以看到的是,昔日那些丰满的山林女神,屈原诗歌中描写的山鬼戴着尼龙乳罩,一边搓着麋糟一边惊惶四顾,担心着哪个摄影鬼子伸出头来,喀嚓!多么理直气壮,他们以为抬着个相机就有资格拍下一切。就像60年代的美国大兵,对着越南丛林举起卡宾枪。有些旅行社的广告如此招徕"怒江激情旅游",其项目之一是,凌晨四点起床出发,"这样就可以看到他们洗澡"。这些把自己的浴室作为隐私深藏于室内的内地游客,把看别人洗澡作为娱乐项目之一,而且深为遗憾那些土著为什么不完全脱光。有个摄影家因为偷拍沐浴场面而获得世界摄影的大奖,他功成名就,得以调离那个穷乡僻壤的肮脏澡盆,实现了暗藏在镜头后面的人生理想,在夜深人静时,放一盆水温适当的自来水在他的白色搪瓷的温泉里,静静地泡半个小时,他当然不希望有人"咔嚓"。

　　我小时候不知道温泉是大地的产物。昆明附近最著名的温泉是安宁县的温泉,距离行政中心最近,也是云南最早被标准化的温泉。青少年时期,我对保养身体什么的不感兴趣。只觉得那就是一个气味难闻的大众浴室。但温泉附近的山冈给我留下了深刻的印象。我记得有个春天,我工作的工厂派我们到那里去干活,焊接一些东西。工作完毕,我们去山上

2005

漫步,成千上万的野山茶花自由地盛开着,我们自然而然地成了茶花女。下山的时候,每个人的怀中都燃烧着一把鲜花。小仲马的小说《茶花女》中的那种激情也在我们心里涌动,同去的女工里面有几个正在含苞欲放,脸蛋发红,声音响亮,眼睛发射着神秘莫测的光芒。她们举着鲜花沿着山坡奔跑,为发现巨大的花丛而尖叫起来。后来我们坐下来唱歌,唱70年代的革命歌曲,歌词是革命内容的,但歌声传递的却是内心对革命而言可谓反动的激情。我身体中有一个滚烫的温泉在寻找出口,渴望着与少女们中的一人分享,但我只是让它在我肉体的岩穴之间慢慢地冷却,非常痛苦,那是70年代,我的一生还没有开始,我还有大事要做,那时候我是一个傻子,我不认为身体上的事情是大事,我拒绝为我青春的温泉找一个出口。这个春天位于一个温泉,可惜那温泉被关在光线阴暗的水泥密室内,分成"男部""女部"。如果这个温泉像古代那样,敞开在大地上,为春天的阳光照耀,鲜花簇拥着,我的生命就是另一回事情了。

我对温泉没有什么感觉,洗澡的地方,就是这样。那年在德宏州教育学院教电大的语文课,学生陈立永有一天带我去温泉洗澡。我们骑着自行车穿过甘蔗地、傣族人的寨子和溪流,一路听着鸡叫、鸟鸣、狗咬,白鹭害羞地站在田坝里,像是偷吃了庄稼不好意思似的。就是经过了这样的地区,温泉出现的时候还是令我失望:一所水泥房子盖着它,热气从几个窗子里冒出来。所谓温泉,就是一个水泥池子,人们把温泉理解为就是里面含着某些矿物质的药。能够治疗是它唯一的用处。德宏地处亚热带,天气酷热,在闷热的水泥房子里洗温泉,进去的时候一身是汗,出来还是一身的热汗。我闷闷不乐,并没有由于矿物质什么之类的熏陶而心旷神怡。低头原路返回的时候,忽然瞥见浴室不远处的甘蔗地边上有一个水坑,里面泡着许多皮肤被落日照得金光闪闪的傣族女人。就往那边走,走得稍近些,够看,就站住了,女人们远远地笑起来,说,过来嘛过来嘛,一起洗喽,热水呢。我这才悟道,这才是原本的温泉。水坑边放着一溜五颜六色的拖鞋。坑里水是黄色的泥巴水,微微冒着热气,女人们泡在水里,黑发像睡莲般一朵朵散开,有人歪着头梳理头发,有人仰头看着天空的白云,有人把手在水下面摸来摸去;有人在往另一个女人的肩膀上浇水,就像一群美丽的河马。一个个丰腻的肩膀露在夕阳下,这些肩膀是亚热带的产物,古铜色,结实而富有弹性,乳房在温泉女神的保护下时隐时现,水声和人声混在一起,这场景就像高更画过的塔希提岛。我有些情意迷乱,赶紧走开了。

  我在学校接受的教育,以为温泉就是医院的一种高级形式。我觉悟到它与某个蒸汽腾腾的神灵的关系,是我从大学毕业以后。某年的春天,我全身赤裸,躺在云南高黎贡山中的一处温泉里,脚掌放在沙上,感觉到热流从大地的一个个毛孔里冒出来,那真是神奇的经验,一股股小钻头那样的热流冲击着脚掌,大地是皮肤那样的东西,它活着,血管通到它的深处,它的血是透明的。我一边接受着它的抚摩,一边想象着大地的内部,一个巨大的温暖的胎盘。我感觉自己飘到了某个边缘,身体就要化解,灵魂升入天堂。这个温泉暗藏在公路不通的森林中,我们在晴朗的冬天的下午穿过阴暗的植物隧道,腐叶和昨夜集聚起来的新落叶在路上铺了一层垫子。高起来的地方是石头,覆盖着苔藓。鸟在高处神出鬼没地做窝喂孩子什么的,从一个枝蹦到另一个枝上,踩着树叶,滑一下,脚爪腾空挣扎,扇着翅膀稳住身子。松鼠坐着,张望食物所在,瞅准了,一跃而去。许多老树断下来。横在路上,时时要跨过去。道路非常模糊,如果不是当地人带路,外地人是找不到的。走约莫一小时,忽然出现了一片林间空地,群山伸出一掌,一潭碧色的温泉被它捧着。一行人,就欢呼起来,个个脱得一丝不挂,好像挂一丝都是对神明的亵渎。泉水的温度恰到好处,只是脚掌下冒泡的地方比较烫些。水塘是多年冲刷自然形成的,潭底是石子和泥巴,动得厉害,水就浑起来,稍静,又澄明了。许多古藤子垂在水边,蓝天中飘着白云,那是另一个温泉,树林深处偶尔飘出花的气味,从来没有闻过,一阵微醉般的眩晕,把世界给忘了。当地人说,猴子也来这里面洗澡,有时候,人在里面泡,猴子蹲在树上看呢。当地人说,有一年,还来过两个外国人,男女两个,黄头发,男人是大胡子,女人是长头发,一到这里,马上脱光跳下去,就不动了,好半天,以为昏过去了,却看见光着屁股爬出来,石头戳脚都不管,钻进树林里去,都不顾我们啦。欧洲已经没有这样的温泉,那两人幸运,在云南当了一回亚当夏娃,够他们回到浴室里去回味一生的。到夜晚,那温泉依然敞开在星空下,麂子、马鹿、猴子、老熊、豹子、山狐狸偶尔都会进去泡一泡,温

2005

泉是属于大家的,在大地上,大家不只是人类。我的散文有时候会虚构,但这个温泉不是虚构的,也不是回忆中产生的错觉,我确实去过,云南过去时代的温泉全是这样。但我不会告诉你们它在哪里,以免你们杀害它,用它的尸体建造浴室,藏污纳垢。

另一处温泉我可以告诉你们。从昆明向西,越过金沙江向小凉山方向,在丽江地区和玉龙雪山的后面,经过泸沽湖和狮子山,经过摩梭人的村庄,当最低等级的国家公路消失之后,还要顺着土路走很久,这条土路的尽头是一个温泉。那年我是和一群云南作家前往泸沽湖地区进行采风活动的,汽车从天亮开到天黑,坐得人心灰意懒。有个作家的笔名叫黎泉,很好的名字,听不出是本名还是笔名,我以为是黎明之泉的意思。黎泉解释道,这个名字是因为崇拜铁人王进喜,黎,本来是黧,石油不是黑的么。黎泉,就是黑色的石油如泉涌出。

我们抵达泸沽湖边的时候已经是深夜,那时候还没修建水泥公路,道路是沙石的,一路上时时有在暴风雨之夜倒塌的大树横在路中间,汽车轮子经常悬空于原始森林的峡谷边沿,表演杂技。我们的汽车恐怕还是进入这个地区的可以记录的车辆之一,后来水泥路修通后,就无法记录了。千辛万苦之后,惊魂稍定,终于下到地面上。泸沽湖黑茫茫的,如黧黑的石油。晚餐是从里面刚刚打上来的鱼,摩梭人只是用湖水随便煮煮,就用铜脸盆盛上来了,那个鲜美哇!那滋味已经进入我的生命,我无法回忆了,鲜美什么的形容完全是庸俗。那时候当地没有旅馆,我们被带进生产队的一间大房子横七竖八地和衣睡下,闻着地板上的松脂味酣然睡去。那是我平生睡得最深的觉之一,我梦见我自己变成鱼,在群山之间漂浮。黎明,我走到湖边,大叫一声,是发自灵魂的惨叫,我看见了一个天堂。我过去经验过的世界风景与这个天堂比起来,可以说都是地狱的郊区了。用蓝色、蔚蓝、碧蓝说这个湖的颜色是无效的,我曾经说它是高原群山忽然睁开的一只眼。二十年过去,我还是只能这么说。我被这湖、这湖畔的村庄、那土地、那黑芝麻般洒在大地上的山羊和摩梭民族所迷惑。这民族的生活,完全是天堂式的。白天劳动,播种或收获,打鱼。一年中有无数的歌舞活动、节日。夜晚走婚,男女根据爱情的指引,自由地与心爱的人约会,男人只管干活和做爱,孩子由女性为主的大家庭集体抚养,永远没有婚姻生活必然的麻木、无聊和约束。我曾经看过一张过去时代村庄中最美丽的女人晚年的照片,她因为美丽而结交太多的男子而患梅毒,鼻子塌陷,但她的样子那么安详尊严,就像女神之一。比起人类普遍的婚姻方式来,泸沽湖地区的婚姻方式真是前卫,但它也是最古老的。阿注婚姻被邪念的汉人仅仅从滥交方面去理解,真是侮辱了这些神灵之子啊,他们完全不知道,阿注是建立在爱情基础上的,与大众浴室附近按摩室的性交易完全不同,天上地下。一生也没有交到一次阿注的摩梭人在泸沽湖有的是。我计划着在此地漫游几日,湖畔有世界最美丽的漫游之地,湖水、独木舟、岛屿、土路、舒缓的山冈,森林之冠正在秋天中升起黄金的光辉,摩梭村庄的矮土墙后面,马匹露出头来,善良地看着我。有一家人要请我去他们家晚餐……我忽然听到,那些睡眼惺忪的作家们在集合上车,我的天,他们要回城洗澡去了!所谓决裂并不像某些作家的文学宣言那么悲壮,不过是拒绝登上一辆日本进口大巴车罢了(听说日本也是一个温泉之国。我看过川端康成的小说,似乎表现的是温泉的色情形式)。也没有什么深刻的理论,就是对生命的感受不同罢了,我的天堂,对他们永远只是一个呆两小时就可以离去的公园。我独自一人弃车而去,我完全没有考虑回去的事情,似乎此地除了我们乘坐的这个有着二十个玻璃眼睛的怪物以外没有另一辆汽车。我被当作不顾集体、浪漫狂妄的自由主义分子抛弃了,大巴士掉头回去,开了一截,又停下,跳下来两个诗人,是大理州的朱洪东和刘克。我们像傻子般哈哈大笑,汽车消失了,黄土的乡村土路上只剩下我们三个,就像三个中世纪的茨冈人。我们顺着土路向泸沽湖的后面走去。地老天荒,在车上的时候,以为已经来到世界的尽头,一切都消失了,汽车、公路、警察、单位、霓虹灯、围墙、烟囱、纸张……但当你在这土地上开始漫游,另一个世界悄然出现:马匹、木犁、喇嘛寺、土筑的村庄、大树、牛靠着墙、孩子们在我们出现的时候结束游戏,默默地注视我们,然后跟在我们后面跑起来。土,但并不掉渣,一切都结实得足以抵抗最可怕的暴风雨。那时候泸沽湖地区还保持着古代的生活基本样式,不含丝毫的塑料、农药,安全、充实、缓慢、宁静,安详而知足,庄稼产量不高,但足以令人们保持内心的平静,虔诚地向神献上白色的哈达。那时候他们还不知道,将有一台牛逼

2005

哄哄的电视机携带着另一个世界的生活图像、尺子、指标前来宣布他们自古以来的自然生活为落后、无效，判处死刑。从此他们将永远陷入对故乡世界的严重自卑中，他们的日子将变成对故乡世界的永不停止的逃亡。我们像入侵者那样惊动了一个又一个村庄，一些正在干活的人停下来，注视我们。这种无害的入侵在未来将变成汽车或者火车撕裂般地扬尘而过。黄昏的时候我们到达泸沽湖地区行政中心永宁。唯一有砖房的地方，其中一排青色的砖房居然是一家国营旅店。现代的触须显然已经进入泸沽湖地区，现代主义是自上而下的运动，它首先由行政机构开始。但那触须还是试探性的，毁灭性的打击还没有到来，猪们大摇大摆地在行政机关的门前拉屎。喝醉酒的汉子当街而卧。疯人唱着乱七八糟的歌昂首而过。小卖部的门前躺着五六条大狗。

现代在这个地区就像乡村医院的一个注射器。第二天，朱洪东发起了高烧，我们立即想到的是去医院，谢天谢地，这里有一家医院，我们根据指点，走过畜粪狼藉的泥泞之地，绕过一群大树，在乌鸦的胯下进入一个没有大门的院子，那里与其说是医院不如说是村庄的某个部分，鸡列成一排跳着啄食之舞，狗站起来，没有叫。有一个房间。我们进去看见里面有简单的医疗设备，医务室的样子，但一切都是发黄的。一些装针水的纸盒胡乱地扔在一个架子上。没有人，又出去叫，医生！医生！在村庄的某处出来一个浑身是土的男子，很热情，他说这个医院就他一个医生，没事情的时候就在地里干活，他种着些土豆什么的，还有一匹马。这里的病人很少，大家几乎不生病。他说，他决定为朱洪东注射一针链霉素。他打开一个盒子，我们立即看见那里面有一小堆生锈的针头，他拣出锈迹斑斑的一只，拧到颜色不透明的玻璃针管上，朱洪东安静地接受了注射。凭经验，他根本无法信任那个针头，但我们无法不信任这个乡村医生，他的诚实明白无蔽地呈现在他的一切动作中，朱洪东安然无恙，很快退烧。当我们到达温泉的时候，他已经昂首高歌了。

从永宁走到那个温泉还有十多公里。就像一处神迹，当地人都知道那个温泉。条条道路不是通罗马，而是通向温泉，那里是一个圣地，当地人没有圣地这个说法，我从他们说起温泉的口气中，听出来那是在说一个神。我们在早晨穿过大地向那个温泉走去，那是秋天之末，田里的稻

散文

子刚刚收割,稻根还留着,大地上站着一群一群的乌鸦,羽毛钢硬,像是刚刚从中世纪的黑铁上切削下来的骑士。我们离开乡村土路,在田野上走,大声呼喊着,我们边走边把乌鸦一片一片地惊飞起来,它们黑压压地飞起来的时候,就像我们身上长出了披风。

我们在中午走到了温泉,那是两个露天的热水塘。过去云南无数的温泉都叫做热水塘,温泉这个叫法是后来出现的。温泉在摩梭话里面叫做"窝坷",窝是一个与水有关的动作,坷是洞洞的意思。这个温泉在80年代以前是男女同浴的,后来行政文件命令把一个水塘分成男女两个。两个水流相通的热水塘中间隔着一堵矮的土墙,男的在一边,女的在另一边,但只要站起来,彼此是看得见。天空湛蓝,大地不动,那温泉像一对乳房,敞开着。我们脱衣入水,隔壁已经有几个女子。她们咯咯地笑,肥厚的肩膀和乳房在墙边晃着,我们穿着短裤泡在水里,心潮起伏,血液向下汇集。后来她们开始唱歌,我们也唱歌。她们唱的歌我们从来没有听过,歌声像是一群群荷花在泉水上漂,非常动听,我们也唱起歌来,朱洪东是个男高音,他的歌声很有魅力,她们安静了,水哗啦响两声,听得出是一只手在往身上浇水。后来都不唱了,泉眼在她们那边,水流到我们这边再顺着土地流走,温泉在流出地面时是热的,之后就慢慢冷却,重返大地。在云南的大河中,经常可以看到某个山凹里出来一股泉水,它们一开始的时候,完全可能是热的。那一日,我体会到孔子的"温故而知新"的另一个意思,温泉是故,我的身体在它的浸泡中重新被感觉到,每次洗罢温泉,我总是有周身焕然一新的感觉。世事碌碌,令我们在各种标准、理念、习惯中麻木,戴着各种面具,完全忘记了身体的存在,我们一生中干了多少对得起路线、立场、主义、面子而令身体受难的事情啊,为了升华,身体永远被禁锢在电梯间的小铁笼中,我们像教堂里的偶像那样永远被绑在十字架上。温泉令身体解放!女人们开始穿衣服,说摩梭话,我们听不来。她们的话随着温泉流走,在远处又变成了歌声。朱洪东昨天打了一针,今天泡了温泉,身体放松了,感冒就完全好了。这个温泉平常来的人不多,也没有人管理,夜晚就敞开在星空底下,在里面沐浴过的生物肯定不只是人。我已经想不起来那些摩梭姑娘那一日唱的是什么歌,我对那一阵吹过我的生命之风的记忆已经散失了。最近我

2005

在大理遇见了老朋友尹明举,他一生的业余活动就是收集云南各民族的歌谣。二十年前他是大理州的文化局长,二十年后,他的头发已经积雪如苍山一峰,老人默默地递给我一本小册子,是他在上世纪60年代收集的滇西北地区的民歌,这些民歌如今已经在黑暗中隐匿了,它们在卡拉OK和电视机面前感到自卑,自动沉默。这些黑暗的歌子中的一首唱道:"美好啊,你们是高高的雪山,一个坡的那边。美好啊,我们是雪山上的狮子,一个坡的这边。一个山坡的这边和那边,去年就盼望着见面,今年幸运地相见了,我们要一起跳舞,我们要一起唱歌。"我忽然觉得,就是那些摩梭女儿从前唱过的。

云南最著名的温泉在腾冲。温泉往往就是经岩浆增热以后涌出的。腾冲多火山,所以也多温泉。在此地,无数的温泉被以"澡堂"、"滚锅"命名。"澡堂坡"、"105澡堂"、"胆扎澡堂"、"蚂蚁窝澡堂"、"魁甸澡堂"、"仙人澡堂"、"中寨澡堂"、"坝竹澡堂"、"盈河澡堂寨"……徐霞客曾描述过他对腾冲的感受,"如有炉橐鼓风煽焰于下"。据资料说,在腾冲5693平方公里的地面上,共有58个水热活动区,平均100平方公里一个。云南的水热活动区居全国之冠,又以腾冲为首。在58个水热活动区中,水温高于45℃的热泉区有24个。热海是腾冲最著名的温泉区,距县城11公里。面积10平方公里,海拔1460米。据1790年成书的《腾越州志》记载,"热水塘温泉在阿辛,其出水甚异。坞中本有小水自峡而来,为冷泉。小水左右,泉孔随地而喷,其大如管,作鼓沸状,滔滔有声,跃出水面二三寸,其热如沸。……土人就其下流凿一圆池而露浴之……"清末腾冲廪生尹家令说:"热海在……半个山疙瘩山下凹中,巨石四围成海,沸水注之,昼夜涛翻,时刻震响。如巨火丛烧于地下……离热海三丈余,有巨墩似甑。甑遍生小隙,常热气氤氲,如在釜中,……甑内蒸饭蒸肉皆可熟透。"从这些资料可以看到,早期温泉的浴者是土著,他们沐浴时是完全赤裸的,到19世纪,温泉已经被视为天然的医院了。"热水自海流出分为二沟,一为男浴池,一为女浴池……每年冬春之际,凡疾病疮癞医之不能治者,往浴无不愈……拥挤之时,恒有三五百人。地有寄宿庐舍。由一人收取浴人房金……"这是清末。再过一百年,事情又如何呢?我去这个温泉是1999年老林约我去的。白天我们去看火山,发现其中一

散文

座已经被开膛破肚,修了豪华的水泥阶梯直达火山顶,走上去的时候犹如走在一个巨大的陵墓。到了山顶,非常空虚,火山的顶与平常的山顶没什么不同,野草、碎石,就是一个山顶,火山的神秘感完全被破坏了。幸好其他几座还完好如初,像金字塔般地散落在平原上。看了徐霞客的文字,我感觉热海温泉不是一般的小温泉,心里害怕着那个大滚锅。我们到的时候已经是晚上。汽车穿过一个度假区,途中我看见霓虹灯、宾馆大楼、卡拉OK歌厅和欧式的每天要用割草机剃头的草坪。我当然不会幼稚到希望这地方与三百年前一模一样,但这地方完全无法令人想到徐霞客。刚进总台,就有服务员来说,你们的房间已经预备好了,还一头雾水,已经不由分说,把我们领到一个标准间里去,只言片语听出,她们把我们当成了"组织部新来的"了。老林懒得解释,他住这里,也是打个电话的事情,也就省了电话和人情。服务员热情地告诉我们,这里的温泉水是直接通过水管引到房间里的。我看了看那个温泉,搪瓷的,两个水龙头余沥未尽,已经在盆底上形成了一圈锈迹。盆边摆着沐浴露、洗发露,上面挂着有些可疑斑块的白毛巾,某种就要被传染得病的念头油然而起,心里不快,打发服务员赶紧走,别啰嗦。老林是个急性人,放下东西就要去"自然的那个温泉"泡,他说外面还有一个露天的,我满脑子还是徐霞客描述的那个大滚锅,害怕,不想去。老林坚持要去,好吧。我们走出宾馆,出门的时候,被某种崭新贼亮的东西滑了一下。顺着一个指示牌去那个叫做热海的地方,有些路灯,走了一阵,瓷砖路到边了,开始土路,这使我感到那热腾腾的野兽就在附近了,身上热起来,心里发毛,脚踏实了许多,但还是担心着踩空了滚进大滚锅去。但走了几步,水泥阶梯又出现了,原来刚才那段土路只是宾馆装修工程的最后一小段。我们顺着楼梯向下走去,感觉是走向一个巨大的坑的底部。到了坑底,暗绿色灯光出现,房子出现,瓷砖出现,卫生间出现了,卖游泳衣和救生圈的小卖部出现,关系暧昧的红男绿女出现,门票价格表出现,有干蒸的价格、按摩的价格、游泳的价格……我们买票,进入了一个温泉游泳池,我闻见某种大众浴室特有的混杂着尿骚味、人体气味、洗发液的集体主义味道。这种温泉游泳池我家附近就有一个,我因为经常去里面游泳,很熟悉。这一个是椭圆形的,因为从前的大滚锅是椭圆的,无法改变大

2005

地的形状，只好随物赋形。腾冲以温泉著名，徐霞客看见，秋毫不动，用充满诗意的文言文记载了它，为天地立心，使它为世所知，获得不朽。我们从徐霞客美妙的文字出发，进入大地，颠簸八百公里，最后到了一个大众游泳池。

这种事情在云南如火如荼，今天人们一发现温泉，马上推土机、水管、浴缸就跟着来了。神如果再次到云南大地漫游，它看见的是三万只浴缸。2001年我再去永宁，发现"窝坷"已经被建造成一个室内的瓷砖浴室。这是世界上最可怕的大众浴室了。从前的热水塘现在要收十元的门票。浴室是全球标准，收费是地方标准。当地人没有养成清洁温泉的习惯，温泉怎么清洁呢？流水自然来，自然去，从来没有留下什么污垢，只有明月清风，"山光悦鸟性，潭影空人心"。现在用瓷砖砌起来，当地人不知道每天要用洗洁精清洗，或者用过，嫌气味难闻，或者从未闻过洗洁精味的"摩梭女生"打开一个塑料瓶，立即被毒得昏倒，就再也不用了。温泉几百年也就是这样流的，谁洗它呢，只有它洗我们呢，就不洗了，因此那瓷砖上糊着巨厚发黑的鏖糟，尿骚味，阴暗、潮湿、滑腻，可怕如地狱。我进去一看，马上捂着鼻子退了出来，这个遥远的浴室令我做了一个我在泸沽湖地区从未有过的动作，掩鼻而过，一个文明人的动作。

比利时有个作家图森，他的著名小说集叫做《浴室　先生　照相机》。中国有些年轻作家对他趋之若鹜，他的小说在十六页上写道："10，我坐在浴缸的边缘，向爱德蒙松解释道。在二十七岁（马上就要二十九岁）的年纪上，整天封闭在浴缸里的生活大概是不健康的。我低下眼睛，抚摸着浴缸上的搪瓷说，我得冒一种风险，一种破坏我平静的抽象的生活的风险，目的是，我没有把话说完。第二天，我走出了浴室。"

我相信他就是在云南高黎贡山某地森林里出现的两个外国游客之一。这个小说的中国翻译者评论说："这使我们联想起法国上一代现代主义作家萨特的《恶心》和加缪《局外人》里的主角，他们之间是一脉相承的，他们对外部世界的缺乏参与，对当今世界的不附和，与他们所处的社会从本体上的异化，是否表达了作者的内心世界以及对社会现实的一种反抗？"他显然认定这小说表现的是一个要办护照和签证才能进入的遥远世界里的事情。而这本书的编者则说："能从图森这里看到新小说的一种新的发展,享受他带给我们的那种叙事作品中前所未有的静止效果,的确很受感动。"他的口气很像一位刚刚进入浴缸设计公司的向往和憧憬着新浴室的见习生,他大约是躺在浴缸里用手提电脑写的这些话,喏,就是这个样子:"我躺着,浑身放松,双目闭拢,我想到那位身穿白衣的女人,想到甜品,还想到香草冰激凌,上面浇着一道滚烫的巧克力,几个星期以来,我一直想着这道点心,从科学的观点出发,(我并非贪吃的人)我在这种混合物中见到一种完美。"(《浴室　先生　照相机》,湖南美术出版社,1996年版,第14页)

我是1985年的秋天到达泸沽湖后面的窝坪的。同年,图森的小说《浴室》在巴黎拉丁区由午夜出版社出版。十一年后,这本书在中国出版。

2004年4月5日起草
2005年6月1日改定
(选自《收获》,2005年第5期)

请听万物倾诉

翟永明

寂静有时不是无声的。

最轻的声音可以占据你心灵的一角,缓缓地、盈盈地摇动着,如一汪止水般平静而耐心,轻轻洗去你内部的浮躁和外界带来的干扰。

我们每天生活在一个超高的噪声网中,那永久的来自各种各样的、机械的、人为的、由于摆脱不掉而最终成为习以为常的噪声,现在已是我们的生存背景。技术和科学对自然的掠夺、人类自己对存在的毁损都已变成见惯不惊的事情。

什么时候起,我们已经听不到来自自然的声音,在我们幼年时,叽叽喳喳飞过头顶的麻雀的鸣叫已被弹弓、沙弹和除四害的吼声驱赶了,而午休时躲在桉树上聒噪不已的蝉声也已随着被砍倒的树木消散了,至于那童年时勾得我们无法入睡的深夜蛙鸣,也早已被搅拌机巨大的轰鸣声击碎了。

剩给我们的还有什么呢?除了那巨浪一样淹没我们耳朵的喧哗和噪声,马达声、敲打声、吵闹声,夜深人静时,推开窗户,我们仿佛住在一个巨大的工地上。

当我们的灵魂欲俯身倾听时,我们能否听见那些有名和无名的事物,那些细小物质的被淹没的声音。

偶然,在电视的"发现"频道上看到,一位美国人,我们日常所见的爱嚼口香糖的美国人,肩挎录音设备,在几年的时间里,走遍全世界,去收集大自然的各种声音:密林中的鸟鸣,刮过荒野的风声,尼亚加拉大瀑布湍急的吼叫,鹰隼的呼啸和野兽的奔跑。这位自然之声的收集者痛感属

散文

于这个世界的万物的声响正在日夜流失,不复再来。他用一只录音话筒,试图留住它们物质的声音,然后在某个需要的时刻,把它们释放出来,就像两手拢成一团,捧住一只鸽子,然后朝向天空,放飞了它,使它重又回到自然之中。

几年以后,那个美国人甚至去了东方一座城市,在那里住了3天,他录下了大城市的喧嚣,汽车的轰鸣声,马达声,人的吵闹声,还有和尚诵经的声音,3天后,他离开了这座城市,长期浸淫于自然之音中的他,耳朵已爱憎分明。都市尖锐而嘈杂的响声穿透了他的耳膜,使他再次逃亡。

一个夜晚,在一座深山,有一位朋友依山傍水,结庐在一块巨大的岩石边,我和几位朋友在他那巨大而不铺张的客厅里,举杯同乐,兴致高昂,酒过数巡后,话题变得晶莹剔透,如一条滚动着的钻石项链,又像一首节奏明快的小诗,循环往复地在我们的舌尖上跳跃,酒帮助了我们表达思想的愿望,也推倒了我们内心那易碎的、并不结实的墙,尘世和我们每天生活其中的噪音远离这里,剩下的只是几个朋友的低沉亲近的声音:如同清风倾诉,又如同波浪滑过,潺潺水声般细小,秋叶坠地般引人入胜。

这是抛开日常喧嚣的、难得的一刻,是灵魂内眺的一刻,是几个友人自成的夜空:水声、风声、谈话声。它带来一个过去时代的幻影,古人所说的"四美":良辰、美景、赏心、乐事;更兼得备"二难":贤主、嘉宾。一切当如古人王勃所言:四美具,二难并。现代社会空间和距离已大大改变,"二难并"对现代人来说已是容易之事,但"良辰、美景"早已不是"清风明月不用买"的时代了。有一张漫画画得很有趣,有趣得让人心紧,画的名字叫"未来的高消费":画的是未来的一间餐馆,女招待和男顾客都戴着防毒面具,窗外是一片被污染的大气层,男顾客手拿菜单说:"请来一瓶陈年老气。"不知道在将来,我们被噪音严重损害的耳朵,是否也要付出高代价,才能从类似前面那位先知的"自然之音收集者"那里买到各种各样的万物之声。

酒过半酣,耳热面红,我悄悄踱出门外,朋友的山居紧靠着一条小溪,山泉从巨石缝中倾泻而下,流到朋友的门前,正好在此形成一个小池塘。此时山高月小，林深鸟栖，万籁俱寂，只听见泉水跳过沟坎，跌入池塘的叮咚的声响，这是一种和谐：一切都存在，睡眠、死亡、黑夜、永恒和短暂的寂静。一切又都不存在，仅仅是树丛灌木的呼吸，溪水碎裂的幽响，清风飒飒的节拍，土地默默运行的声音，它们并不栖止，而是暗暗滑行在这潮水般涌来的大片黑暗中。从欢快的房间，从烧得正红的炉火旁，从曼声轻嘘的歌声里，走到一片黑暗、一片寂静中，聆听天籁和未被污染的清新，于是感到那来自自然深处的声响能穿透最坚硬的内心。总是在这种时候，人才能清醒地再次领悟《法华经》中那一句真谛："大千世界，全在微尘。"

　　深夜，睡在朋友那间落水山庄里，耳边的的确确是"点滴到枕边"的泉水声，它由于幽远而越发清亮，由于清亮而越发催眠。还有微风轻轻扫过树叶的声音，好似新夜的每一声叹息，似乎星辰若有若无的漂移，都掠过一阵雾气般美妙的叮当之声。这时耳朵所获得的感受和比平时倍加敏锐的听觉，又真的让我体会：的确唯有古人那静如止水的心态，方能进入"虫声新透绿窗纱"的清冷境界。

　　住在这间房子里的一位朋友曾说：他在某夜听见过一种他从未听过的尖利的啸声，类似女人的凄厉的呼叫，又如鬼叫般让人毛骨悚然，彻夜辗转。后来才从山上人口中得知，这是一只受伤的麂子，被猎人追赶至此后，发出的垂死时的哀鸣。朋友还说：在这以后的几天里，他在深夜仍会听见另一只母麂子寻找伴侣时所发出的同样的叫声。我在深深的呼吸中静听有无这样的声音，当然没有，以后也更难听到，在这个世界上，人与动物的相处已再也不可能像自然之初的原始合一的欢乐，动物的声音也将越来越稀有，它们或者会被人类猎绝，或者会远避绝岭，躲开尘世与敌人。

　　电影《邮差》是这几年里让我久看不厌、感动不已的影片，不仅仅因为电影描写的是诗人聂鲁达流亡意大利的一段为人熟知的生活，最让我感动的是那位小人物——邮差。那位每天骑着自行车为聂鲁达送信，敬畏诗歌，并从此爱上"明喻""暗喻"的小伙子，他以朴实的方式、真诚的心重建了诗歌的浪漫，在他爱的姑娘那儿，以偷来的一首聂鲁达的情诗便获得了爱情。

散文

一个邮差,一个最普通的人,在一个偶然的状态下,遭遇诗歌。事实上他比诗人更有一颗贴近自然的心。在聂鲁达获准回国后,已与诗人建立了一段忘年之交的邮差,始终盼望着诗人的信,但是自由后的聂鲁达被掌声和鲜花围剿,且忙于各种事务,意大利偏远地区一个小海岛上的涛声和邮差被他暂时遗忘了。

那位不会写"你的笑容展露时像蝴蝶,你的笑容是玫瑰"的邮差为聂鲁达写了他最好的一首诗。如果我把它如实地记录下来,你能说它不是一首绝妙的现代诗吗?

第一,是下海湾的波浪声,轻轻地
第二,海浪,大的
第三,悬崖上的风
第四,灌木林间的风
第五,我爸爸忧愁的网
第六,教堂的钟声、哀伤的圣母、还有神父
第七,岛上布满星星的天空
第八,百必图的心跳(百必图是他妻子孕育中的胎儿)

邮差乘着渔船,拿着一个万能的方形匣子和一个话筒,在海上、在风中、在悬崖上、在教堂里,一次接一次地录下了一个小岛的心跳、呼吸、低语和呻吟,录下了渔网忧伤的歌唱、波浪永恒的旋律、夜空星辰的独白,以及一个开始的生命在母体中的动静。这是一首比诗本身美妙得多的诗,也是一个比诗人更寂静的普通人才能深切领悟的万事万物的密语,那是一个更为广阔的宇宙之声,它笼罩和涵盖万有,但却被最细小、最卑微的事物所包容,他力量渺小、最不足道的人,但又为最心有灵犀的人所觉察。邮差在寄给聂鲁达的录音带中说:"你曾叫我谈岛上的奇景,我什么也想不出来,如今我想到了,因此我把录音带寄给你……我原以为你会带走一切美的、善的事物,如今我明白你带给我不少的东西……"这是从肉体向外涌出来的诗的灵感,是发自一个普通心灵对自然和万物之声的感应,这感应来自诗歌对他的开启,来自一个诗人对他的影响,也来自神秘存在的事物对他的发掘。

宇宙中的一切事物都比人类更长久,就像诗人里尔克所说:我们只不过是从万物旁经过有如一阵空气的交替,空气最终将被蒸发,人类也只是过客般来来往往,只有宇宙间的事物永存,只有宇宙的声音依然存在,就像一个合唱的中心,同时也是人类与自然的聚合点。里尔克还曾说过:人类的呼喊其实不过"如蟋蟀的呼叫",生命的核心是内在的寂静。请听万物倾诉,请听自然言说,那是与我们最亲近的事物的心声。邮差朴实无华的心灵比许多人更沉静、也能更深入地一窥那事物表面所呈现的美和纯粹的经验。因此他在内心寻找诗的光芒时,不是用笔和纸,而是随手留住那从小喂养他、至今仍打动他心灵的声音,以一种更为静谧的方式本能地聆听世界。

电影结束时,聂鲁达回到小岛,邮差已经死去,他站在邮差为他录下海浪撞击岩石之声的地方,心中涌出了如许的诗句:

就是那一年……缪斯找上了我
我不知道它从何而来
来自冬季?源自河流?何时何地?
不托文字更非沉寂
来自漫漫长夜
或是旁人的启发
……
它没有面容
但触动了我

(选自《上海文学》,2005年第8期)

简朴生活回忆录

迟子建

采山的人们

山在我眼中就是一个大的果品店,你想啊,春天的时候,你最早能从那儿吃到碧蓝甘甜的羊奶子果,接着,香气蓬勃的草莓就羞红着脸在林间草地上等着你摘取了。草莓刚落,阴沟里匍匐着的水葡萄的甜香气就飘了出来,你当然要奔着这股气息去了。等这股气息随风而逝,你也不必惆怅,因为都柿、山丁子和稠李子络绎不绝地登场了,你就尽情享受野果的美味吧。

除了野果,山中还有各色菜蔬可供食用,比如品种繁多的野菜呀,木耳和蘑菇呀,让人觉得山不仅是个大的果品店,还是一个蔬菜铺子。但只要你稍稍再想一想,就知道它不单单是果品店和蔬菜铺子了,你若在山中套了兔子,打了野鸡和飞龙,晚餐桌上有了红烧野兔和一道鲜亮的飞龙汤,山可不就是个肉食店么!

如果这样推理下去的话,也可以把山说成一个饮品店,桦树汁和淙淙的泉水可以立刻为你驱除暑热,带来清凉;而且野刺玫和金莲花的花瓣又可以当茶来饮用。不过,在那些勤劳、朴素的人的心目中,山也许只是一个杂货铺子,桌子的腿折了,可以进山找一根木头回来,用工具把它修理成桌腿的形状;秋季腌酸菜时找不到压酸菜的石头了,就可以去山中的河流旁扛回一块。而山在那些采药材的人的心目中又会是什么样子呢?定是个中药铺子无疑!

山真的是无奇不有,无所不能。我们那些居住在山里的人家,自然就过着靠山吃山的日子。没有采过山的人几乎是不存在的。而由于我自幼就是个饕餮之徒,所以我进山采的都是与吃有关的东西。

野果中,最令人陶醉的就是草莓了。它的甜香气像动人的音乐一样,能传播到很远很远的地方。有的时候闻着它,比吃它还要美妙,所以常常是采了草莓果归来,会用线绳绑上一绺,吊它到窗棂上,让它散播香气。只一天的工夫,满屋子就都是它的气息了。

我记忆最深的野果,是都柿,它可以当酒来吃。都柿是一种最常见的浆果,它们喜欢生长在林间的矮树丛中,而且向阳山坡上的比背阴山坡上的要广泛。都柿秧都是矮株的,一尺那算是高的了,通常的只有筷子那般高,它们春天开粉色或者白色的小花,花谢便坐果,果实先是青的,像一颗颗的绿豆。随着阳光照临次数的增多和暖风持续的吹拂,都柿渐渐地长成芸豆那么大,并且改变了颜色,穿上了一身蓝紫色的衣衫,看上去气质不俗。这果实一进夏天就可吃,不过有点酸,到了晚夏时节,它就分外的甘甜了。它的浆汁可以染蓝你的嘴唇。而且,它是浆果中唯一能把人醉倒的,你吃上一捧、两捧甚至是一碗也许还心明眼亮的,但如果你一连气吃了两三海碗的话,你就眯着眼打盹,等着见周公去吧。有一回我和几个小伙伴去山中采都柿,我挎了一只维得罗(当地人对一种底小肚大口深的小铁桶的称呼,由俄语音译而来),我们很幸运地找到了一片都柿甸子,都柿稠密不说,品质也上乘,又大又甜的,我一边往维得罗里采,一边往自己的口中采,等维得罗满了的时候,我已吃花了眼。但见那片都柿还有许多未被摘取的沉甸甸地压在枝头,它们一个个眼儿妩媚地多情地望着我,似乎在等待你的亲吻。没有器皿再盛它们了,干脆就把自己的肚子当维得罗算了,我坐在都柿甸中,美美地吃了起来,直吃得舌头麻木了,目光发飘了,小伙伴吆喝我该出山回家了,这才罢休。由于吃醉了,我步态飘摇,挎着的维得罗就像只魔术盒子一样,在我眼前一会儿发出蓝色的幽光,一会儿又发出玫瑰色的柔光,再一会儿呢,发出的是银白色的冷光。我像傻瓜一样嘻嘻乐着,被都柿的魔法给彻底击中了。我还记得好不容易上了公路,太阳已经西沉了,我觉得自己是踩着一条金光大道回家,很得意。在路口迎候着我的家人,远远看见了我蛇行的步态,知道我是吃醉了,而我迷离恍惚的样子遭到了同伴的耻笑。

散文

采山也不总是浪漫的。比如有人采都柿时着上了草爬子,就很倒霉。草爬子专往人的软组织里叮,而且有一些是有毒的,能致人于死地。你采山归来,若是觉得腋窝和腿窝发痒,就绝对不能掉以轻心了,要赶紧脱光了衣服仔细检查,否则它会钻进你的皮肉中去。我就见邻居的一位大娘让草爬子给叮在了腋窝的地方,她抬着胳膊,她的家人擎着油灯照着亮儿,用烟头烧那只已把触角探进皮肉中去的草爬子。我发现一些坏东西很怕火,比如狼,比如草爬子,怪不得传说中做坏事的人死后要下地狱,原来地狱中也是有火的啊。

当然,被草爬子和蛇袭击的毕竟是少数,而且你可以在上山前采取预防措施,如将裤腿和袖管系牢,让它们无孔而入,所以不必在采山时过分地提心吊胆。当然,也有人在采山时出了大事故的。比如一个姓周的年轻男人,他采木耳时遇见了熊,尽管他聪明地躺下来装死,爱吃活物的熊丧失了吃他的欲望,但它还是在离开前拍了他的脸一下,大约是与他做遗憾的告别吧。熊掌可非人掌,这一巴掌拍下去,姓周的半边脸就没了,他丢了魂魄不说,还丢了半边脸和姓名,从此后大家都叫他周大疤瘌,因为他痊愈后凹陷的那半边脸满是疤痕。

还有一个采山人是不能不说的,她姓什么,我们并不知道,她丈夫姓王,大家就叫她老王婆子。她个子矮矮的,扁平脸,小眼睛,大嘴,罗圈腿,走路一拐一拐的,屁股大如磨盘,所以你若是走在她背后,等于看一头跛足的驴拖着磨盘在行走。老王婆子平素不爱与人往来,不是呆在她家的屋子里,就是劳作在菜园。她是个山里通,知道什么节气长什么,更知道山货都生长在什么地方。她采山,永远都是单枪匹马的。她采木耳最拿手,只要是阴雨连绵了两三天,一晴了天,她就进山了。谁也不知她去哪里了,可她晚上总是满载而归,颤颤巍巍的肥厚的黑木耳能晒满房盖,让过路者垂涎欲滴、羡慕不已。不过你要是打探她在哪儿采回来的,她总是很冷淡地说"山里",她说得也没错,但其实等于白说。曾经有人悄悄在她采山时尾随到她身后,可她进山后总是能巧妙地把他们给摆脱了,那些宝贝山货的栖息之地成了永远的谜。为了这,她在我们那个小镇的名声和人缘都不好。老王婆子的命运最后也是悲惨的,她未到老年就得了半身不遂,瘫倒在炕上,再也无法采山去了。很多人解气地说,这是报应,让最能采山的自私的人进不了山,她等于是看着金山,却无法把它揣在怀里,那种凄凉和痛苦可想而知了。

关于采山人的故事还有很多,比如各自都有家室的男女互相看上了,在小镇里没机会成就好事,就借着采山的由头,去绿树清风中偷情,被人给撞见;再比如一个受婆婆欺负的小媳妇不敢在家中发泄不满,上山后择一个无人的地方,就是一通哀哀的哭,让听到的人以为鬼在嚎;再比如采山人迷了山,两天两夜下不来山,他的家人就组织亲戚举着火把上山寻找,而迷山的人呢,他却迷在离村落不足一里的地方,如同被灌了迷魂汤,就是分不清东南西北了,成为大家的笑料。那些老一辈的采山人,大都已经故去了。他们被埋在他们采山经过的地方,守着山,就像守着他们的家一样。

哑巴与春天

最惧怕春风的,莫过于积雪了。

春风像一把巨大的笤帚,悠然扫着大地的积雪。它一天天地扫下去,积雪就变薄了。这时云雀来了,阳光的触角也变得柔软了,冰河激情地迸裂、流水之声悠然重现,嫩绿的草芽顶破向阳山坡的腐殖土,达子香花如朝霞一般,东一簇西一簇地点染着山林,春天有声有色地来了。

我童年的春光记忆,是与一个老哑巴联系在一起的。

在一个偏僻而又冷寂的小镇,一个有缺陷的生命,他们的名字就像秋日蝴蝶的羽翼一样脆弱,渐渐地被风和寒冷给摧折了。没人记得他的本名,大家都叫他老哑巴。他有四五十岁的样子,出奇地黑,出奇地瘦,脖子长长的,那上面裸露的青筋常让我联想到是几条蚯蚓横七竖八地匍匐在那里。老哑巴在生产队里喂牲口,一早一晚的,常能听见他铡草的声音,嚓——嚓嚓,那声音像女人用刀刮着新鲜的鱼鳞,又像男人抡着锐利的斧子在劈柴。我和小伙伴去生产队的草垛藏猫时,常能看见他。老哑巴用铁耙子从草垛搂下一捆一捆的草,拎到铡刀旁。本来这草是没有生气的,但因为有一扇铡刀横在那儿,就觉得这草是活物,而老哑巴成了刽子手,他的那双手令人胆寒。我们见着老哑巴,就老是想逃跑。可他

散文

误以为我们把草垛蹬散了,他会捉我们问责,为了表示他支持我们藏猫,他挥舞着双臂,摇着头,做出无所谓的姿态。见我们仍惊惶地不敢靠前,他就本能地大张着嘴,想通过呼喊挽留我们。但见他喉结急剧蠕动,嗓子里发出"呃呃"的如被噎住似的沉重的气促声,但他却说不出一句话来。

  老哑巴是勤恳的,他除了铡草、喂牲口之外,还把生产队的场院打扫得干干净净。冬天打扫的是雪,夏天打扫的是草屑、废纸和雨天时牲畜从田间带回的泥土。他晚上就住在挨着牲口棚的一间小屋里。也许人哑了,连鼾声都发不出来,人们说他睡觉时无声无息的。老哑巴很爱花,春天时,他在场院的围栏旁播上几行花籽,到了夏天,五颜六色的花不仅把暗淡陈旧的围栏装点出了生机,还把蜜蜂和蝴蝶也招来了。就是那些过路的人见了那些花儿,也要多望上几眼,说,这老哑巴种的花可真鲜亮啊,他娶不上媳妇,一定是把花当媳妇给伺候和爱惜着了!

  有一年春天,生产队接到一个任务,要为一座大城市的花园挖上几千株的达子香花。活儿来得太急,人手不够,队长让老哑巴也跟着上山了。老哑巴很高兴,因为他是爱花的。达子香才开,它们把山峦映得红一片粉一片。人们说老哑巴看待花的眼神是挖花的人中最温柔的。晚上,社员们就宿在山上的帐篷里。由于那顶帐篷只有一道长长的通铺,男女只能睡在一起。队长本想在通铺中央挂上一块布帘,使男女分开,但帐篷里没有帘子。于是,队长就让老哑巴充当帘子,睡在中间,他的左侧是一溜儿女人,右侧则是清一色的男人。老哑巴开始抗议着,他一次次地从中央地带爬起,但又一次次地在大家的嬉笑声中被按回原处。后来,他终于安静了。后半夜,有人起夜时,听见了老哑巴发出的隐约哭声。

  从山上归来后,老哑巴还在生产队里铡草。一早一晚的,仍能听见铡刀"嚓——嚓嚓——"的声响,只不过声音不如以往清脆,不是铡刀钝了,就是他的气力不比从前了。那一年,他没有在场院的围栏前种花,也不爱打扫院子,常蜷在个角落里打瞌睡。队长嫌他老了,学会偷懒了,打发了他。他从哪里来,是没人知道的,就像我们不知他扛着行李卷又会到哪里去一样。我们的小镇仍如从前一样,经历着人间的生离死别和大

2005

自然的风霜雨雪,达子香花依然在春天时静悄悄地绽放,依然有接替老哑巴的人一早一晚地为牲口铡着草料,但我们总觉得少了点什么。原来这小镇是少了一个沉默的人——

一个永远无法在春天中歌唱的人!

棺材与竹板

活人的世界曾有两件事物给我带来死一样的恐慌,一个是棺材,一个是雨季时游魂一样飘荡而来的算命人。

我们那个小镇,一过了七十的老人,即使那身体硬朗得还能走上二里路,一顿能吃上两碗饭,也要提前把棺材打起来,放在柴垛或者是菜园中,为那最后一天的上路而预备着。棺材本来是空着的,可它带来的死亡的阴影却比一座真正的坟墓还要明显。你想想啊,你明明看着这个老人还能买豆腐,还能在菜园中劳作,可一看那红棺材已经摆在那儿了,一想他没有多久就会睡在那里了,就觉得自己已经看到鬼影了。所以我特别恐惧与有了棺材的老人说话,总怕他们那寒冷的目光会将我的魂给摄了去。

还有一种人,未到老年也预备下了棺材,那都是中年时一病不起、行将就木的人。人们很迷信,认为打下一口棺材,能驱赶了小鬼,把病给冲了,病人自此就会好起来。也确有这样的事发生,有个中年男人病得只有一口气了,为他打了棺材后,他竟然奇迹般地好了,能喝水吃饭了,能用洪亮的声音说话了,能下地走动了。所以棺材在我眼中还是一剂我们参不透滋味的灵丹妙药。这样的棺材如果卖不出去,由着风雨侵蚀几十年,就糟烂了,不能用了,只得把它劈了烧火。

白天时若是经过有棺材的人家,我还不会太害怕,因为路面上不仅有明晃晃的阳光,还有鸡鸭鹅狗在游荡。夜晚可就不一样了,尤其是没有月亮的夜晚,路过这样的人家,心就会害冷似的一阵一阵地抽搐,头皮簌簌响,似有阴风吹过,回到家时气短得连话都说不连贯了。所以走夜路时,我往往会多走几条小巷,将摆放了棺材的人家绕过去。

但有一口棺材我却是不怕的,那就是刘老太太的。她是我同学的奶

散文

奶,八十多岁了,一天到晚撇着嘴,看什么都不顺眼。刘老太太每天要拄着拐杖像探望老熟人一样去看看她的棺材。鸟儿在上面落了屎,她会骂鸟,说要剜了鸟的屁眼;蚂蚁爬上了棺材,她又会骂蚂蚁,说蚂蚁长了一身的贱腿。就是阳光照耀着棺材,她也会骂个不休,嫌阳光将棺材的颜色照淡了,旧了,不鲜亮了,将来她去那里,等于带着幢灰突突的房子,会让人瞧不起的。有一次,她差点被气得进了棺材,老鼠大约想她的窝闲着也是闲着,就在里面做了窝,孕育了一窝小老鼠。当她把那窝还没长毛的小老鼠托出棺材时,眼珠子都要被气冒了。她用拐杖敲打着棺材,骂家里人全都是没用的东西,眼睁睁地看着老鼠糟践她的房子。小老鼠吱吱叫着,不明白它们在棺材里呆得好好的,何以被一双瘦骨嶙峋的手给甩了出来。闻讯而来的围观者都笑了起来。从那以后,我一经过那儿,就想起曾在里面作乱的老鼠,会从心底发出笑声。那个棺材在我眼里也就不是棺材了,而是一个刚从土里拔出来的水灵灵的大红萝卜,散发着一股怡人的甜香气息。

  雨季到来的时候,也就是农闲时节。这时小镇会来了算命的外乡人。我至今都奇怪,为什么算命的多是瞎子,而他们招揽生意的方式就是敲打着竹板?阴雨的日子中,人们喜欢坐在炕头抽着黄烟,喝着酽茶,讲一些老旧的故事,或者是昏昏沉沉地小睡,当竹板声清冷地传来的时候,人们就仿佛是听见了命运的叩门声,纷纷从炕上爬起来,打开家门,把算命人迎进屋子,当上宾招待着,炒上肉菜,烫上好酒,将家人的生辰八字报上去,听凭瞎子对自己命运的论断。想必我们都是俗人,所以被算出来的命,不如意的多,光明的少。而若想化解这些不如意,就得求助于瞎子。他化解的方式不外乎是扎上一些被称作"替身"的纸人,夜晚时将它焚化在十字路口。所以雨季到来前,商店就会进来很多的白纸和黄纸,只要竹板声响起,就不愁卖不掉它们。而算命的将替身烧完,主人会赏给他一些钱,感谢他为家里排忧解难了。算命人走后,我们依然过着老日子,不喜也不忧,平平常常,有人就会叹息说上了瞎子的当。可当他们下次到来时,竹板声一旦一声一声地响起,大家又会魂不守舍地问自己的命去了。看来命像云一样来去无定,是人心中永远的谜团和痛,人们为了解读和破译它,不会放过任何一个到来的机会,算命者在人间的足迹注定是不会消亡的了。

打竹板的人在小镇头两家算命的遭遇,决定了其他人家对算命者的态度,人们会打听他算得灵不灵。所以说算命者生意的好坏,在于他的"开市"之说是否令人心服口服。若是被算的人家说,这人掐算得可真是准啊,连我屁股上生块红记,祖父年轻时当过胡子,三年前家里失过火,都了如指掌,真是长着天眼啊。那么求瞎子去家里算命的就络绎不绝了。反之,如果一个鳏夫正因为无子嗣而郁闷,你却说他儿孙满堂;一个人家本来穷得叮当响,你却说他生在富贵之家,金银财宝满箱满柜,这种太缥缈的生活虽然像晚霞一样绚丽,但确实是远在天边的绚丽,谁又会相信呢?这样的算命者就是打上一天的竹板,把每一户都走遍,也不会再有一份生意了,最后只得灰溜溜地离开。

聪明的算命者很像哲学家,先说上一堆好话,让人心底熨帖,然后再说几句不好的,这样容易与人产生共鸣:生活可不就是有喜有忧嘛!这时候算命者如果说再过三年,你有个"小坎"或是"大坎",你一定会相信的,甘愿掏出钱来求他化解那还没出现的但却被他言之凿凿的口舌之灾或是病灾。

我记忆最深的一个算命者,是一个穿着灰布衣裳的年轻瞎子。他挂着一根光亮的拐杖,打着竹板,戴着顶灰布帽子,穿梭在我们小镇中。我父亲素来是不信命的,所以算命者很难踏进我家的门。但这个小瞎子算命实在是灵,好像他前世的幽魂一直在我们小镇飘荡,每一家发生的大事没有不知晓的,所以家家户户都抢着让他去算命。我父亲经不住母亲的一再央求,破例让他上了我家。我清楚记得过年时才用的炕桌被摆上了炕,家里弄了酒菜,小瞎子盘腿坐在炕上,先是吃喝了一阵,然后就一五一十地算起命来。他算命时两手舞来舞去的,很像自己在跟自己划拳,而且瞎眼也跟着翻来翻去的,当然翻出的都是白眼。一旦他算定了这个人的命,他的手就不舞动了,也不翻眼珠了,他会喝上一盅酒,讲解你的命。我还记得他对爸爸说,到了某年某年,你家如果不遭盗贼的话,你会有场大灾。父亲当时听了哈哈大笑,权当他是胡说。当时我靠在窗台前,他在为我算命时,说我是个大命之人,将来会有花不了用不尽的钱,只是婚姻来得晚,且很周折。我记得爸爸也是哈哈大笑指着我说,她

散文

还会有那么多钱？她有两毛钱都得去商店买把糖回来；再说了，我这俩闺女中，属她爱说爱笑，我看她十八岁就得嫁人！父亲的反驳并没有激怒小瞎子，他照说他的。我当时很讨厌他，心想你可能连自己的命都不知道，还给别人算什么呢？事情过了几年后，父亲突然因病去世，我们蓦然想起小瞎子的话，一推算，他算的父亲遭灾的年份果然不差。可惜我们小镇民风淳朴，没有盗贼，否则父亲也许还在人间？而我在中年经历了婚姻的变故后，也想起了他的话，小瞎子说的话可真是"一语成谶"！想起那段话，耳畔仍然似有阴风吹过，冷飕飕的。

我现在仍然认为命运是不可知的，那个小瞎子所预言的一切，也许只是巧合吧。如今我怀恋的，只不过是已消逝的雨季那沉郁的竹板声，那当时听起来令人恐惧的命运的敲门声，如今回想起来犹如来自另一个世界的雨滴，弥散着一股别样的清凉。

（选自《天涯》，2005年第2期，此处有所节选）

它 们

张 炜

因为有它们和我们在一起,我们才不寂寞。可是许多时候我们并不在意它们,甚至完全忘记了它们。于是我们现在有必要一笔笔记下来,虽然这也是挂一漏万的事情。有些很小的"它们",这儿也只好忽略了。这一次像是林中点名,当我一个个呼唤它们时,苍莽之中真的有谁发出了声声应对,在回答我呢。

刺 猬

在万松浦,一说起刺猬都会心情舒畅。因为这种动物憨态可掬,不仅对人友善,对周围的一切也都无害而有益。而且这里的刺猬非同一般地洁净,毛刺上简直没有一丝污痕。它们默默无声,呆在自己的角落。如果接触多了会发现它像人一样,是那样地有个性。有的毛手毛脚不稳重;有的十分沉着;有的自来熟,见了人一点都不陌生,一直走到跟前寻吃的;有的一见人就球起来,或者慌慌逃离。

有一天一只刺猬走过来,大家不由得围上去。都说它非常羞涩,而且面容姣好。我仔细看了看,发现它长得果然好看。最后,我们给它留了照片才放行。

小时候常听一些刺猬的故事。比如说别看它们笨手笨脚的,其实也有许多异能:会像老人一样咳嗽,还会唱歌——它们的歌声怪异,掺在风中,往往是一只领唱,其余的一齐跟随。那是使人幸福的歌,能听到它们歌唱的,就会有一些喜事发生,比如找一个上好的媳妇。于是许多少年

和青年真的在林中寻觅刺猬的歌唱了,有时难免就把风吹林木的声音当成了它们的歌。

黄 鼬

它的名声不好,但是面容美丽。一个被半岛人误解了的精灵,孤独而痛苦。我们很少有机会与之面对面地注视,因为它们机敏无比,见人就跑,个个心怀恐惧。可能在它们那儿,装在心中的不幸记忆太多;关于人类残暴无情的故事,大概整个黄鼬家族内部都一直在祖辈流传。

远远地见它们一跃而过的情形不少。但面对面地、极近地注视只有一次。那是小时候在林子里:我当时正走在一片藤蔓地里,忽然觉得脚下有什么在乱动:原来有只小动物被藤蔓罩住了,它竟然一时不能脱身。我想这大概是一只鸟,或者一只小猫之类,于是就按住乱动的藤蔓寻找起来。它在下面钻动不止,左蹿右跳,突然从藤蔓的空隙中探出一张圆圆的小脸庞:那双水灵灵的大眼睛直盯着我看,惊慌之极。我的手一抖,它飞快钻进了藤蔓深处。

后来我才知道它就是大名鼎鼎的黄鼬。

有人得知了那个经历就说:幸亏你放了它,不然的话,它的家里人会缠住你的。我虽于心不甘,但还是有些庆幸。真的,关于它们有神力的传说到处都是。比如,它们喜欢让一些女性模仿它们的动作,舞之蹈之并说出一些怪异的事情。由于这种事频频发生,所以几乎没有谁再怀疑它的能力。有一次在书院议论起这些事,一个人表示了不解,并认为是不可能的。另一个客人马上就说:"这有什么不可能的?世界太大了,万事万物我们才知道多少?要知道对于任何问题,各种生命都是从自己理解的范围内做出推理的——人从自己的角度看,总以为是自己管理和指挥了整个世界;而动物也会那样认为——比如黄鼬,就不知深浅地调弄起人类来了。"

他的话一时没人反驳。

就在那次议论不久,一天黄昏,我看到一只黄鼬从不远处走来。当它走过离我不远的地方时,突然想起了什么似的,回过头伏下了,两手一抄就端详起我来。它那会儿看得非常专注,而且一脸的好奇。它分明是在研究对面的人,一点也不害怕。我与之对视,想让它自己厌烦。但最后还是我挥了挥手,它才走开。

可见这里的黄鼬还没有受到伤害的经历,它们对人只有好奇而没有惧怕。

鼹鼠

这种神奇的小动物让人叹为观止。它们是林间草地上为数众多的居民,却又轻易不露面容。看它们一眼多不容易啊。它们不像一般的鼠类那样令人讨厌,而像是超越了一般的"鼠"而多少变得可以观赏了。因为它们有特技,有上好的皮毛和十分滑稽的形体。看上去它们是何等的笨拙,浑身圆滚滚的,可一旦进入地下却又是何等的灵巧。一个掘进能手,一个真正的开拓型人士。我曾亲眼看过它在地下怎样突进:眼瞅着拱起一道凸起,这凸起层层推进,让地表开放着蘑菇出生前那样的花纹,竟然一直蜿蜒向前——如果这时跺跺脚做出一点声音,它会更加奋力开掘——一会儿凸起隐去了,可能地道在往下延伸。

我们无法想象一个小动物一边使用双手开掘,一边却又飞快向前是一种什么情形。因为这必是一种艰苦的劳动,这种劳动与飞速行走相结合简直有点不可思议。在万松浦一带,地上到处都可以看到这种花纹,它们弯弯曲曲,纵横交扯。你可以想象这儿的地下通道是多么发达,它的创造者会有多么自豪。我想真正高明的地道不是人类创造的,而是鼹鼠。

有一次一个人正持锨翻地,突然就有一只鼹鼠从不远处开掘而来。于是他不动声色地等候,待那凸起和绽放的花纹延伸到跟前时,就猛地从旁一锨掘下去——他想把它翻出来看一看。谁知这小物件远超过他的机灵,就在那铁锨刚插下去的一瞬,它竟然突然改道而去,并且在地下来了个大转折——就像空中战机做了一个特技表演似的,一系列高难度动作就在几秒钟之内全部完成。当然那个人是失败了。他当时不服气,下狠力挖了一个很大的坑,嘴里咕哝着:"我就不信,我就不信!"结果除

散文

了弄得浑身泥汗,其余一无所获。

我看到鼹鼠是因为碰巧。有一次一个孩子不知如何搞来一只,喜欢得不得了,装在一个带盖的小篮中提着,炫耀却不示人。我提出想看一下,他也斜一眼,嘴动了动,并不开篮。这使我马上想起商品经济时代的普遍规律——这孩子如果提出"看一眼一块钱"的话,我是不会吃惊的。还好,最后他勉强同意了。

就这样,我有机会看到了它:一身最上等的皮衣,灰蓝闪亮,显然是一件最好的袍子。它的一对小翻爪就小心地蜷在身侧,像透明塑胶做成的一样。

草 兔

每次走进林中都要遇到草兔,一年四季莫不如此。看着它们的两只长耳摇动而去,疾飞如箭,觉得林子里真是生气勃勃。在万松浦所有奔驰的动物中,一般都认为数量最多的就是草兔。它是所有动物中胆子最小的,可能也是最善良的。如果就近看一下它可爱的模样,特别是它幼小时候的小脸,就会从心里疼爱起来。

有一天剪草机从书院的三棵大水杉树下惊出了六只拳头大小的草兔,于是给我们带来了诸多的喜悦和麻烦。没有办法,它们的双亲惊跑了,它们还在吃奶,也只能由我们收养起来。可是这六个小东西如此美丽又如此胆怯,在人的手掌中只是颤抖。我们为它们买了奶瓶,可是小而又小的三瓣小嘴根本塞不进胶皮奶头。

这在大家眼里已经是六个小艺术品,而仅仅是幼小的动物。就在费力焦心地往它们嘴里塞奶头的同时,大家也正好仔细观察了一遍。原来过去只是粗略地知道它们是怎样的长相,而对细部并没有多少真正的了解:水汪汪的一对大眼睛上,眼睫处像纹上了一道金边;最绝的是小鼻子,鼓鼓的而且无比小巧,有点像猫的鼻子缩小了几号;整个面庞和神气让人想起一个稚气而甜美的少女——可爱是不用说了,但是怎么挽救其生命呢?

最后总算想出了一个办法:找一个注射器,再把针头换成气门芯。

这样它的小嘴倒是能够含得住了,但如何让它们吃奶呢?总不能用注射器硬往里推吧?

艰难的两天过去了,第三天上总算有了转机:小家伙们熬不住了,饥饿战胜了恐惧,终于开始含住特制的奶嘴吮了起来。

一个月过去,如今它们已长到了二十公分,弃奶食草,以院为家,欢快健壮。

林子里常有被其他动物所伤的草兔,祸首未知。有人说是鹰,有人说是狐狸,还有人说是豹猫。我们同情无边然而能力有限,只有叹息:可爱的草兔,食的是草,命运也像草。

獾

在这儿,许多人常把一个慌慌逃去的狗獾或猪獾当成了狐狸;再不就说:我刚刚看到了一只狼。如今,它和狐狸在平原上已经是最大的野生动物了,而且繁殖力强,踪迹不绝,泼泼辣辣地打出一些洞子,神出鬼没。人们一提到獾就会想到那个骇人的故事,因为小时候或许都听到过一些人对它的奇特描述:獾是不咬人的,它只是太好奇了,见到人就要与你玩耍,不停地胳肢你,让你笑、笑,不停地笑——你越笑它越是起劲地胳肢你,直到你笑得绝了气。它只有看到你一动不动了,这才灰心丧气地走开。所以家长常常这样告诫孩子:去林子的时候,特别是上学的路上,如果遇到了一只獾,千万不要和它靠近,更不要和它玩;如果它动手胳肢你,你可一定要咬着牙忍住啊。

獾的一张小脸十分生动,特别是狗獾,模样并不难看。十几年前我曾从不远处观察过獾:它正吃海棠树下的一只小香瓜,那咯吱咯吱的声音、抬起爪子舔食的样子特别可爱。就因为它乐于在土洞里钻来钻去,人们一直认为它是一种不洁的动物。人们不吃獾肉,但十分珍惜獾油,一直把它当成医治烫伤的首选良药。

记得有一年,林子里有一个酒鬼去会自己的亲家,由于酒喝得太多,回家的路上遇到了大雷雨,结果倒在花生田里淋了一夜。第二天人们找到了一个半死的人。他被抬回家去,一直医治了好久才能出门。事后谈起这个经历,他却一口咬定自己遇到了獾:"它的小手啊,搭上你的胸口就开始了胳肢,再也不愿拿开了。还好,最后我就对着它的小嘴呵气,不停地呵气,直到用酒气把它呛跑了算完……你看,酒是好东西啊,酒救了我一条命。"

夜里,每当书院的狗突然急急地咬起来,有人就说:"是獾来了,獾又进门了。"令人不解的是,獾每夜都要来,它到底要来这里干什么呢?

狐 狸

狐狸的智慧和美貌都是招人嫉恨的,所以一直有人把它比作媚女,还要说"像狐狸一样狡猾"。可见它压根就是一种不凡的生命。不必翻蒲松龄的书,万松浦一带的人都能讲出许多狐狸的故事。这些故事来自生活,而不是来自书本。因为听这些故事太多,并且讲述者总是言之凿凿,所以大多数人并不怀疑狐狸所具有的神奇能力。在这儿,最具有神力的动物就是狐狸,其次才是黄鼬。

我们这儿有赤狐,有人不止一次在河岸上看到缓缓离去的狐影。一年初冬,有人起早赶海,就在一条小路上看到了一条身上沾霜的狐狸。因为它蜷在那儿不打算让路,他也就停下脚步。他做一个威吓的手势,它也做一个。他用手里的镰刀当成枪向它瞄准,它这才懒洋洋地离开。赤狐肯定也是有神力的。因为过去的林子更大的缘故,关于狐狸的传说也就更多。它们可能实在太寂寞了,总是时不时地走出林子找人逗一点乐子。比如说它们最愿做的一件事就是扮作一个美丽的姑娘,因为它们特别知道这将多么招人喜欢。看着一个个男人在它们面前大献殷勤,心里一定乐开了花。再就是半夜里在林子深处哀伤地泣哭,直哭得肝肠寸断——有人到林子里寻找时,会发现这哭声永远在前边、在林子的更深处。

赤狐可能比一般的狐狸更为嗜酒。常常听说它因为醉酒露出尾巴的事情。海边上许多人都知道这样一个故事:在过去家家都酿私酒的年代,曾经有一只赤狐夸口,说它尝遍了村子里所有人家的酒——那是一个中午,当时它正幻化成一个人人都熟悉的教书先生的模样,走在街上,还戴着一只缺腿的眼镜。可惜它真的喝醉了,蹒跚着,一条尾巴拖得老长。

在河边上看果园的老人最愿讲的就是他亲眼目睹的一件真事:有一天中午很热,他正铺了一片席子在高粱地边歇着,突然听到有人咔哩咔嚓骑着一辆自行车过来了,他抬眼一看,倒吸了一口凉气——原来骑车的是一只狐狸,那车链子都锈了。他大喝一声,那狐狸扔下自行车就跑了。

在林子里,人们只要遇到了一些不可解的事情,总是说一句:大概是狐狸办的吧?这样问一句也就模糊过去,凡事不求甚解。所以狐狸对人来说也像其他事物一样,总是有利有弊:一方面它使生活增加了一些浪漫的想象、一些情趣,另一方面也使人遇事不再细究,减少了一些科学追问的精神。

蛇

我们这儿以前蛇是很多的,现在不知为什么变少了,许多天都见不到一条。人天生是怕蛇的,总是将其看成最可恶最令人恐惧的东西,为了表现自己的勇气,只要见到就要设法消灭它。这是多么大的误解。后来才知道它应该是人类的朋友,并且有权利与人一起生活在这片土地上。

据说蛇也是有神力的动物之一。万松浦一带最多的是蝮蛇和一种花花绿绿的水蛇,但很少听说它们伤害过谁。总是人在打它们,还编造出一些故事中伤它们。像白娘子那样美化蛇的故事是绝无仅有的。尽管如此,那个故事中与母蛇在一起的男子还是脸色可怕,因为蛇属阴,它太凉了。人蛇相恋,这多么可怕,这可真想得出来啊。有人问:蛇不过是细细的一条,怎么与之相恋?这不过是扯淡嘛。

蛇的神力在童年时期曾经有过一次实证。那是一个星期天,我们一伙学生在海滩上玩,其中有人一连打死了两条大蛇。结果回家的路上不断发现有蛇挡在小路上——惶恐中有人又打死了几条。于是更可怕的事情发生了:只要往前走就有蛇在挡路,它们太多了,多得就像乱草一样,一绺绺封住了所有的路径。

散文

我至今记得小时候那片恐怖的槐林,它太大太密了,黑乌乌立在海滩一角。从来没有人敢去那儿,因为据说它属于蛇的领地——那里盘踞着无数的蛇,真是要多少有多少,其中有个蛇王,它是一条比手臂还粗的、头上长了鸡冠的大家伙。黑色槐林那儿常常传来一声声奇怪的鸣叫,有人说这就是蛇王的叫声。那片林子阴气森森,这完全是因为蛇的缘故:蛇是真正属阴的,它很凉。

直到十几年前,那片神秘的林子才最后消失。那当然是工业化带来的后果,因为厂房一直要往前推进。可是从来没有听说蛇王及其他的子民有过什么反抗、产生过什么故事。看来工业化是无坚不摧的,它呈现出与蛇的属性完全相反的另一极:阳性特别强。

我们书院有一天发现了一条小小的青蛇,大家不仅不怕,反而引为稀罕,围着观看。司机小镰被它小巧的、光滑的身躯吸引了,于是伸手抚摸了一下。谁知小青蛇一阵恐惧中张开了嘴巴:小镰的食指上立刻留下了两个米粒大的印痕,还出了血。这时大家才想起蛇是有毒的,嚷叫起来。可是小镰笑笑说一点也不疼。他把小青蛇放到草地上,擦擦手。后来小镰果然无恙。

鹌鹑

"俺那闺女老实得啊,就像一只小鹌鹑。"这是一位老太太说过的话,让我一直不能忘记。我感到好奇的是,像小鹌鹑一样的姑娘会是怎样的啊?鹌鹑是一种最朴素的鸟,它常常因为自己的弱小而招人疼怜。我看过那些饲养鹌鹑的人家,它们一群群围在主人身边讨要食水的模样,真是可爱之极。

我第一次仔细地观看和抚摸鹌鹑是在几十年前的夏天。当时我们学校支农拔麦子,有人干到接近中午时分突然大呼小叫起来,于是大家都围了过去。原来他逮到了一只鹌鹑。他诉说着整个过程:这鹌鹑被发现后就一直沿着麦垄往前飞跑,他就追赶,"它跑得可真快,我好不容易才把它捉住。""它为什么不飞呢?"他回答:"它忘了。"

鹌鹑因为善跑,有时真的要忘记了自己的翅膀。鸭子和鸡,都是忘记了翅膀的飞鸟。翅膀是为天上准备的,而两条腿只能留给人间。

一个小姑娘刚逮了一只毛茸茸的小鹌鹑,用手捂住往前走,嘴里唱着:"鹌鹑是小鸡,喂它一点米;下了两个蛋,变成小弟弟。"这次我好好看了一下她的小鹌鹑,发现它的眼睛有着难以消除的羞涩,栗色羽翼就像一件素花衣服,颤颤的小腿让人想起刚刚进城的山里娃娃。我想把它颌下芜乱的绒毛理好,每动一下,它都不安地看我一眼。

乌　鸦

乌鸦是很能抒情的一种鸟儿,它情深意笃的叹息早已为人们所熟悉:"啊!啊啊——"可是仅此而已,并没有吟咏的下文。它们是起落的黑云,是海边上一片跳跃的墨色。曾几何时,这里的乌鸦多到了令人发愁的地步,老人们都说:"怎么办啊,看看这些乌鸦!"我小时候常看着它们遮去一大片天空,喧闹飞旋一阵,又呼啦啦落在麦地上。当我为这一大片黑鸟而惊叹时,上年纪的人却说:"现在的乌鸦可少多了!"

老人们讲,在过去,每天夜里乌鸦把林子全部占据了,简直没有其他鸟儿立足的地方。一棵棵大树上全蹲了过夜的乌鸦,就像结满的黑色硕果。到了早晨,乌鸦飞走了,地上就铺了厚厚的一层干树枝——这都是它们降落和起飞时扑打下来的。

时过境迁,如今再也没有那么多乌鸦了。偶尔听到一声"啊、啊"的抒情之声,觉得新奇得不得了。

2004 年 6 月 30 日于万松浦书院

(选自《天涯》,2005 年第 1 期,此处有所节选)

一步三回头

袁劲梅

  我小的时候不知道鱼会生病,鸟会中毒,小孩子会死。但是我的父亲知道。他是一个生物学家。后来我父亲死了。我父亲的学生告诉我,长江的鱼不能吃了;在江边白茅上飞着的鸟儿,飞着飞着就摔下来死了,是铅中毒;在长江边出生的孩子,小小的年纪就得了肝癌。
  在人们还没有反应过来为什么的时候,那条从天际流进诗里和画里的长江,突然丧失了衬托落霞孤鹜的闲情逸致,突然关闭了博览千帆万木的宽阔胸怀。长江,突然变成了我们的"敌人"。
  在我最近一次回到江南的时候,我看见长江浑黄的水闷声不响地流着,像一个固执的老人,拖着一根扭曲的桃木拐棍,怨恨地从他的不肖子孙门前走过,再也不回头了。
  这时候,我感到,我必须告诉长江和长江边的不肖子孙我父亲的故事。我父亲到死对长江都是一步三回头。我希望等到人们总算懂得该向自然谢罪的那一天,会想起我的这些故事。

鱼 的 故 事

  我父亲死在美国的亚里桑那州。他去世之前,我和我弟弟带着他旅行了一次。这是他一生最后一次旅行。他拍了很多他感兴趣的照片。回来后,他把这些照片一一贴在他的影集上,每张照片下还写上一两句话。像是笔记。每次,我翻开他这本最后旅行的影集,看着他拍的这些照片,他写在这些照片下的那些句子,就变成了一张张褪了色的老照片插了进来,讲着一些关于父亲的故事。

譬如说,影集的第一页,贴着两张父亲在夏威夷阿拉乌玛海湾,用防水照相机在水下拍的鱼儿。那些红黄相间的热带鱼,身体扁扁的,像蒲扇,在海里煽动起一圈圈碧蓝的波纹,那波纹像一习习快活的小风,鼓动着旁边两根褐色的海草。热带鱼在水草间平静地游弋,逍遥自在。

父亲在这两张照片下写着:"鱼,鱼,长江葛洲坝的鱼是要到上游产卵的。"

父亲像很多老人一样到美国来看望他的儿女。没来之前想我和弟弟想得很热切。才到一天,就说:"我最多只能呆一个月,我有很多重要的事情要回去做呢。"我和我弟弟说:"您都退休了,那些重要的事情让您的研究生做去吧。"父亲说:"研究生威信不够,没人听他们的。"我和弟弟就笑,"您威信高,谁听您的?"父亲唉声叹气。但过了一分钟,又坚决地说:"长江鱼儿回游的时候,我一定要走。"

长江鱼儿回游的时候,我父亲从来都是要走的。这个规矩从20世纪70年代长江上建了葛洲坝开始。我记得我父亲的朋友老谷穿着一双肥大的黑棉鞋,坐在我写字时坐的小凳子上狼吞虎咽地吃一碗蛋炒饭,父亲穿一件灰色的破棉袄唉声叹气地在小客厅转来转去。

"坝上的过鱼道没有用?"父亲问。

"没用。"老谷说。

"鱼不从过鱼道走?"父亲问。

"不走。"老谷说。

"下游的鱼上不去了?"父亲又问。

"我刚从葛洲坝来。鱼都停在那里呢。"老谷说。

"造坝前,我早就跟他们说了,鱼不听人的命令的,鱼有鱼的规矩。"父亲说。

"葛洲坝的人还以为他们今年渔业大丰收呢。正抓鱼苗上坛腌呢。"老谷说。

"你快吃,吃了我们就走。"父亲说。

我当时不知道他们要到哪里去,只觉得他们惶惶不安。像两个赶着救火的救火员。后来我知道了他们带着三个研究生去了葛洲坝,在那

散文

"过鱼道"前想尽了办法,长江的鱼儿终于没能懂得人的语言,也看不明白指向"过鱼道"的路标,一条条傻乎乎地停在坝的下游,等着大坝开恩为它们让条生路。

最后,父亲和老谷这两个鱼类生物学教授只好带着研究生用最原始的水桶把那些只认本能的鱼儿一桶一桶运过坝去。并且,从此之后,年年到了鱼儿回游的时候,他们都要带着研究生去拉鱼兄弟一把,把鱼儿们运过坝去。这叫做"科研"工作。鱼儿每年都得回游,于是我父亲就得了这么一份永不能退休的"科研"工作。

我父亲死在长江三峡大坝蓄水之前。要不然,他又会再多一个永不能退休的"科研"工作。我父亲说:"我们这些教授,做的只能是亡羊补牢的工作。'羊'没亡的时候,你再喊再叫也没人听。"

我们是一个非常功利的民族,而且是只要眼前功利的民族。我们可以把属于我们子孙的资源提前拿来快快地挥霍掉或糟蹋掉。我们喜欢子孙满堂,可是我们的关爱最多延及到孙子辈就戛然而止。至于我们的曾孙、重孙有没有太阳和月亮,清风和蓝天,我们脚一蹬,眼睛一闭,眼不见心不烦。我们还大大咧咧地嘲笑杞人忧天。天怎么会塌下来呢?真是庸人自扰之。我们的这种好感觉来得无根无据,却理直气壮。

偏巧,我父亲就是这么一个忧天的杞人。只是比杞人还多了一个愚公移山的本领——带领徒孙一年一年移鱼不止。

鸭子的故事

父亲影集的第二页,贴的是一群鸭子的照片。那时候,我们在地图上看见有一个叫"天鹅湖"的地方。我们就带着父亲去了。我们在一片无边无际的玉米地里开了三个小时的车,然后,就钻进了这片树林。没有风,一根根老藤静静地从树枝上挂下来,像还静止在远古的时间多年不刮的胡须,非常祥和地垂到满地的腐叶上。我们找到了这个"天鹅湖"。湖里其实并没有天鹅,却停了满满的一湖鸭子。一个挨一个,远看密密麻麻,像一个个灰色的小跳蚤。我们的狗想到湖边去喝水,一湖的鸭子突然吼叫起来,像士兵一样朝我们的狗列队游过来,保卫它们的领域。父亲哈哈大笑,拍了这张鸭子的照片。

在这张照片底下,他写了:"鸭子,上海浦东的鸭子是长江污染的证明。"

从上世纪70年代末起,人们发现上海浦东、崇明岛一带肝癌的发病率非常高。父亲有个很好的研究生,叫黄成,是孤儿。父母都得肝癌死了。父亲时常给他一些零花钱。他们家有兄妹五个,相亲相爱,住在上海浦东地区。这个研究生读书期间,大哥也死了,还是肝癌。人们不知道原因。父亲就带着几个研究生开始了调查,研究为什么上海浦东地区肝癌发病率高。

父亲选择研究在长江下游生活的鸭子。那一段时间,不停地有一些鸭子被送到我们家来。家里小小的厨房,全是鸭屎味。我和弟弟踮着脚,捏着鼻子到厨房去找零食吃,什么油球、麻糕上都带着鸭屎臭。我妈跟我父亲吵,叫他把这些鸭子弄走。我父亲说:"弄到哪里去,总不能弄到大学办公室里养吧。"

后来研究鸭子的结果出来了,上海浦东、崇明岛一带的鸭子活到两年以上的多半都得了肝癌。结论很明显:长江下游水质严重污染。

1989年我父亲带着一个黑皮箱,去美国参加"国际水资源环保大会"。我和他的研究生黄成送他上飞机。他的黑皮箱里装着详细的长江下游流域水资源污染状况的证据和研究报告。父亲身穿着崭新的西装。那西装的裤腿高高卷到膝盖,脚下还蹬着一双解放鞋。我和黄成要求再三,要他把西装的裤腿放下来,换上皮鞋。他说:"我整天在长江水里泡着,就习惯这样。"他就这样上了飞机。哪里像个教授。地道一个长江上的渔民。父亲半辈子都在长江上闯荡,像武打小说里的一条江湖好汉,替那些不能保护自己的长江水资源打抱不平。

父亲从美国开会回来,并不高兴。他说:"其他国家和地区的报告,谈完污染就谈整治措施。我报告完了污染,别人就问:你们国家的整治措施是什么?我没法回答。我们没有。"那会是在十几年前开的。那时候环境保护还没有被中国人当作一件重要的事情。重要的事情在八九十年代是挣钱。人们热衷于把自己的小家装潢得漂漂亮亮。一出小家门,门庭过道再脏也可以看不见。谁还会去管如何清理那些流到长江里,让鸭子得肝癌的东西。

去年,一个偶尔的机会我碰见了父亲的研究生黄成。他到美国来短期访问。我问他:你好吗?他说:我来之前刚到上海去了一趟。我的最小的妹妹得肝癌去世了。于是,我们俩都同时怀念起我的父亲。黄成回忆起我父亲写过的许多论文,做过的许多报告。那些论文和报告早早地就把长江水生资源的污染与危机呼吁出来了。不幸的是,在父亲有生之年,中国的社会先是只重视与天奋斗,与地奋斗,把人对自然的无知夸张成统治自然的权威;后来,社会又变成了是只重视向天要钱,向地要钱,把人对自然的讹诈当作是从自然得来的财富。父亲像堂吉诃德,带着他的"桑丘"——几个忠心耿耿的研究生,向社会——这个转起来就不容易停的大风车宣战,到死都一直在孤军奋战。

船 的 故 事

父亲影集的第三页,是我们在卡罗拉多河划船的照片。我和弟弟怕父亲在美国寂寞,怀念他在长江上的浪漫漂泊,决定带他到卡罗拉多河上去划船。卡罗拉多河水是浅绿色的,我们的小机动船是象牙色的,父亲高高兴兴地戴着渔民的草帽,把西装裤腿高高地卷过膝盖,笑眯眯地架着方向盘,像是回到了老家。象牙色的小机动船在水面上滑过,溅起高高低低的水珠,像一只灵巧的溜冰鞋在晶莹的水面上划过一道白色的印子。我记得当时有一只麻雀一样的小鸟飞来停在船头,我弟弟就喂它面包吃。小鸟并不怕人,居然大大方方地走到我们放食物的椅子上自己招待起自己来。父亲感叹不已,说:"这种人和动物之间的信任不知要花多少代才能在中国建立。我们江南的麻雀见了人就像见了魔鬼一样。"我当然是很能理解父亲的意思。单靠几个科学家是拯救不了中国的动物危机和环境污染的。父亲在开船,他让我把他和小鸟还有船都照下来。

父亲在这张照片下写道:"要教育长江流域的老百姓。"

上海浦东的鸭子证明了长江被污染了后,我父亲就长年在长江的水域奔忙。他和他的研究生半年半年地住在渔民的船上收集资料。我和

2005

弟弟当时还小，就想混上渔船，到长江太湖溜达一圈。放暑假的时候，父亲带我去过一次。我记得我去的那条渔船很小，睡在后舱里，连我的腿都伸不直。一泡臭尿得憋到天黑，才能把屁股撅得高高地站在船沿上尿。那时候正是鱼汛，船白天黑夜在水上颠簸。我父亲他们天不亮就起来在渔民打到的鱼堆里乱翻。他们把一些鱼做成切片，放在显微镜下面看。说是有些鱼脊椎弯了，有些鱼身上带血点，还有些鱼数量大减。我在船上，百无聊赖，吃了一个星期没盐没油的鱼煮饭。下了地，连走路都像只青蛙，只会一颠一跳。后来，我再没有兴趣混上渔船玩了。我弟弟还混上去过一次。那次他们去的是太湖，船也大一点。我弟弟回来连说："差点淹死，差点淹死。"以后也再不要去了。但是我父亲他们却从来没有间断过，一年又一年，到鱼汛的时候必走。紧密关注着长江流域的各种水生资源变化。后来他们干脆租了渔民的船，跟着鱼儿到处跑。从长江下游，一直到四川重庆，从太湖，一直到鄱阳湖。他们跑遍了长江流域，年年如此，不管刮风下雨。他们也收集长江流域变了形的鸟，有一只麻雀类的鸟长了三个翅膀，第三个翅膀很小，像小孩子衣服上被扯破的小口袋。我和弟弟看着好玩，父亲说，这种变异可能也跟污染有关。

后来，父亲在N大学的办公室里堆满了大大小小污染变形鱼和其他长江流域常见动物的标本。我有时候到父亲的办公室去，看见这么多被污染鱼和动物的标本，真不知道该说什么好。父亲和他的同事、研究生讨论起这些被污染鱼和动物，一个个的表情如兵临城下一般凝重。可长江沿岸的造纸厂和印刷厂依然往长江里排含铅的污水；肺结核病院和精神病院依然往长江里扔废弃的药品。父亲他们这些无权无势的知识分子到底能干什么呢？我甚至嘲笑父亲："您的污染鱼和动物不到威胁国家政权稳定的时候，您那些对策都不会有人用的。"

父亲依然故我地在长江上忙碌。后来我发现父亲这样做其实是为了一种精神，这种精神是父亲生命的意义。这种精神不可以用"献身"或"热爱"等形容词来描述。这种精神是一种冷静的理性，是一种负责任。是一种不仅仅对自己负责，而且对子孙后代负责，不仅仅对今天的发展负责，而且对人类所生存的地球的未来负责的精神。这是一种科学和人文的精神。为了这样一种科学和人文的精神，父亲和他们那一代知识分子忍辱负重,在最没有科学和人文精神的年代,做了许多直到今天,才被人们看出其重要意义的事情。

父亲追悼会的故事

父亲影集里的最后一张照片,是父亲追悼会的照片。那不是父亲贴上去的,是母亲贴上去的。母亲在照片下写了一行字:"相濡以沫,不如相忘于江湖。"取的是庄子《大宗师》里两条鱼的典故。小水塘里的水干涸了,最后的两条鱼往对方身上互相吐着水沫,以求一点湿润。人们感叹这是多伟大的爱情呀!可是对鱼来讲,还不如让它们快活地游在大江大湖里,而互相根本不用惦记着好。生死一别,父亲回归自然。

像其他许多中国贫穷而执著的中年知识分子一样,父亲突然英年早逝了。那时候,他从那次最后的旅行回来不久。因为长江鱼儿回游的季节就快到了,他回中国的飞机票都买好了。却终未能成行。父亲去世前几天全身的皮肤瘙痒,后来突然胃出血,吐血不止。等救护车开到我们家的时候,父亲已经过去了。除了这本影集和每张照片下写的几行对长江恋恋不忘的句子,他没有遗言。

医生告诉我们他的死因可能是铅中毒。母亲什么话也没有说,在长江鱼儿回游的季节快到来之前带着父亲的骨灰按时回中国去了。父亲就这样回到了长江边。

父亲在美国对长江是一步三回头地依念,他的追悼会当然是应该在江南故里开。可母亲带着父亲的骨灰回到南京后,父亲系里的系主任非常愧疚地对母亲说:因为他们的书记倒期货,暗自动用了系里的钱。结果钱全砸进去赔了。连教授讲师当年的奖金都发不出,实在拿不出钱来给父亲开追悼会。结果,父亲的研究生黄成来了,当时就捐了三百块钱为父亲开追悼会,接着老谷也捐了,其他父亲的同事和学生都捐了钱。母亲哭了。

父亲的追悼会是在长江边开的,除了他的同事和学生,还有很多渔民。在追悼会上父亲的生平被连续起来:

父亲叫袁传宓,出身江南的一个极富裕的地主家庭,毕业于金陵大学。以后在N大学生物系工作了一辈子。他年轻的时候非常洋派,打领带,说英文,绝不是后来连西装都不会穿的"渔民"。他还会瞒着母亲把我和弟弟带到鸡鸣酒家楼上的西餐店去吃一份牛排。后来,文化大革命了,他下了农村,在农村养了几年猪。他跟所有改造好的知识分子一样,非常努力地把自己脑袋里祖宗八代的非无产阶级意识当做残渣剩汁统统抖落出来清洗干净,然后紧密地和工农打成一片。70年代,一有正常工作的机会,他就全力为长江的环境保护奔走,呼喊,直到死亡。这就是父亲的一生。很简单。父亲他们那一代知识分子,似乎没有内心世界,他们的内心世界都是公开于众的。唯一还属于他们私人的就是一种根植于中国优秀知识分子良心中的科学和人文精神。这是父亲生命的支点。

父亲的故事讲完了。长江的故事还没有完,也许永远也不会完。最近老谷寄给我一份当地的报纸,上面报道了一个渔民捕到了一只长江珍稀动物白鲟。报道里谈到,从渔民到科学家,大家都为抢救这只白鲟尽力。老谷看完之后,一定要他的儿子把这篇报道拿到我父亲的坟上去烧,以告慰父亲在天之灵。又因为长江里第一只白鲟是我父亲发现并命名的。那家报纸要我谈谈如果我父亲看见人们对珍稀动物如此关爱的事迹后会怎么想。这时候,父亲已经去世九年了。终于,那种父亲一代知识分子所坚持的科学和人文的精神开始成为民众意识了。我父亲会怎么想呢?

我想,父亲大概会说:"相濡以沫,不如相忘于江湖。"

父亲的科学家职业,让他能够比许多人看得远一点。与其到动物濒临危机了,才来赞美人类对动物的关爱,不如不要干扰动物,让它们和我们人类一样,也在地球上有一个位置,过它们和平的生活。地球不是我们人类独霸的,长江里的鱼儿有权力拒绝人类对它们的指挥或关爱。让动物按照它们各自物种的本能自由地生活,我想这可能是父亲会替鱼儿、鸟儿、鸭子、白鲟发表的独立宣言吧。

(选自《美文》,2005年9月上半月刊)

散文

西藏只是一种味道

凌仕江

仰望宗山

从日喀则向西向西,年楚河从来就没有平静过。

历史的心情,溯流而上。

看那泥浆混浊的水怎样从车窗外一路震荡着河岸的雪山,山与山之间总有一些脱胎换骨的碉楼站在石头之上,不变的仍是那招魂的五色经幡屹立寨门与楼台之间。路边粗细不一的红柳在其他的植物中间时而耀眼,格外的光线穿过树枝从我们的脸庞一掠而过。

车,忽而碾过未铺石子的土路将人带入睡眠,忽而拐弯抹角上一段不平整的石包路把人簸得直起身来。睁开眼就瞥见躲避在山峰里的断墙被岁月的烟尘改变得形迹可疑。

视而不见的喧嚣依然是水与水鸟的缠绵。

水中的石头不圆不滑,被浪波清洗千万年之后,依然没有脱掉战争染上的猩红,像一些硬邦邦的骨头支撑起一个民族的肉体,那些炮弹炮制的伤痕总让我心里有种说不出的苦与涩。河里的石头尚且如此,水边以及路之上的石头命运则全然不同,它们有的被民工修成鱼塘的渠道,有的则被幸运搬到山顶组成藏民们遮挡风雨的墙,多数已被垒上洪水冲击的桥头堡。在我的视野尽头,它们就这样默默无闻地经受鱼儿从自己身体里游过,行人从自己躯体中踏过,车马从自己身体里碾过。

车速缓慢在少有人光顾的小镇边上,前面出现了小树和青稞围成一个圆圈的村庄。此时,就在此时,车上几名戴大墨镜的高个头老外跳下

2005

了车。他们肩包上的英文字母让我无法读出声——英国。许多年前,他们的军队在我即将要身临其境的那块土地上制造了一场残酷的战争,流淌在心里的血,其实,远不止电影《红河谷》里所表现的那么平淡。

晃眼的阳光和一路散开的尘埃,已让我无法清晰地审视他们年轻的面孔。

坐在我前排的是一位有些年迈的老外。他头顶的白发和脸上的皱折让我积极地给他冠以学者的身份,而他衣服上那个俏皮的洋娃娃以及他对我笑的神情却又让我产生一个莫明的举动:摸摸他头顶覆盖率偏高的银丝如何?我欲伸手就生出疑问,半个疑问——他是我能掌握的性情温和的老顽童吗?父辈常教育我等孩子不准乱摸别人的头,让人有失尊严,说那失礼、失礼。但外国人也真的会忌讳另一个外国人摸自己的头吗?在我犹豫,摸,还是不摸的时候,坐在车的最前排的两个藏族汉子狂热地唱起了他们家乡的酒歌。

这时我看见"学者"头顶的白发在风中飘荡,他的双手像是歌声的翅膀,热烈击掌,像是在舞蹈,右脚吊在座椅上随着呀拉索的节奏甩来甩去,我全然投入了他抒情的表演。坐在并排的一个陌生人用肘拐撮我一下:快看,眼前就是你要去的古堡,江孜到了。

"学者"把目光移到窗外,眼睛睁得大大的,表情突然肃穆起来。他究竟看到了什么,皱纹成了大块大块的波浪状。

太阳如一道佛光普照着宗山遗址,山顶上跟随眼睛一路狂奔的云朵忽然不见了踪影,天空呈现一片浅浅的水蓝,山腰的树一棵也没有了。只看见那么多张嘴(其实只有两张嘴)在唱,只闻到那么多飘香的酥油在车里漫游,只听见那么多人力车夫在门前拥挤的声音。

风过一场,雨过一场,雪过一场,裸在天底下的古战场的侧面竟似曾相识我目睹多年的布达拉。

这是我从日喀则坐几个小时的中巴车抵达江孜城头的下午。我第一眼发现了宗山像布达拉。当然,这只是一个侧面,一个在车上远远就看得见的侧面。

江孜城里的土少得稀如珍宝。我用仰望的方式来到宗山脚下,高瞻远瞩的"江孜宗山英雄纪念碑"首次进入我的视野。这些凝固历史的文字在阳光下显而易见,远走高飞的战争并没有像碎片那样彻底消散在空气里。纪念碑周围的白玉柱子晾着谁的衣裳?享受和平的人们是否真的好了伤疤忘了痛?上山的台阶像坚固的长城,碉堡不见人影。当地人从来没有用心看一眼宗山而回眸起昨日长风里的滚滚硝烟。

我在心里犹豫是否决定上山?两个人力车夫却一直跟在我身后争吵不停,一个说是他先看到我的,另一个则说他已经在此等候我多时了,还说他是在此专等我到来。他们嘴角的碎沫冷落了屹立在天空的宗山,热了脚踏实地的三轮。我说,别吵了,让我静静看看宗山口吧。

话音落地,天空奇迹般地洒出密密麻麻的雪蛋子。

宗山在灰色天宇笼罩下,静得少了几分寂寞的光泽。

顶着雪蛋子,左看白居寺,不肯上宗山。

我在碑前伫立了三分钟,我想就让时光留下那一场腥风血雨的回忆吧。与好多作家一起上过宗山的诗人陈雪涛先生在我离开拉萨时说,其实山上只有些旧事的陈列罢了。不过他倒是劝我去了一回,还是该上山看看。可我对摆放在玻璃板下的旧事不感兴趣,特别是那些与我的时代陌生的挂在墙上的照片在我眼珠子里很难激起骄傲的回忆,我喜欢空洞的想象,却不会触景生情。因为我是军人,军人是最不希望看到战争在自己的土地上点火冒烟的。

一个军人的想象能否诠释宗山全部的秘密?因想象而影响的宗山屡屡可现——战前的宗山生长玫瑰,战后的宗山生长仇恨;当年的炮台沿宗山的岩石修建,一排数十座,每座三层,战争年代把辉煌的堡垒建筑摧毁成一座座残垣断壁,如今,我只能看到侵略者的可耻罪恶与抵抗者奋勇的精神,只可惜在一块块碎裂的石头面前,远道而来者已很难想象宗山过去的壮观模样,而近在宗山者多数不闻宗山事,这是历史的悲凉?还是宗山的悲痛……

忽然就想起闲杂在拉萨街头的那些无业游民,他们也许早已厌倦人来人往朝觐的布达拉。路过布达拉的时候,他们并不会觉得布达拉的雄伟神奇,他们心眼里眺望着比布达拉更神秘更遥远的江孜。因为江孜城里不仅有西藏军民从侵略者手中夺回的一座宗山,其实宗山的神秘并没有沾染多少宗教的光环,但宗山却是一座宗教之山。当年,驻守碉堡的全体军民在土枪火药用尽、来复枪子弹打尽及饮水枯竭的困难条件下，退守白居寺。

望着高达32米的白居塔，我在墙脚下一刻不停地想着白居寺和宗山的株连关系。白居寺的建筑和我见到的西藏其他堡垒寺院差别甚大。它的雕塑绘画殊异而吸引了无数雪域之外的香客和艺人前来鉴赏膜拜。铜铸的寺顶耸立在绛红的墙外。阳光映照，寺顶光明，一泻千里，侧看宗山，满目辉煌。一座江孜，佛光明通。

徘徊寺院门口，看着成批的游人穿梭其间，我仍没有进去的打算。想想那么多金碧辉煌，我在拉萨见得少吗。我不是信徒，可我感觉西藏的寺庙外观色彩多有相似之处，通体的白墙，绛红的屋檐，一样的酥油灯，一样的黄长卷，只是坐在里面的菩萨有点不一样——面孔各异，姿态各异，名字各异，地位各异，朝代各异，来自远方的朝圣者各异。

我从门缝看寺院里挤满了金丝黄发，他们跟在解说员背后，看四面八门，看门上的飞龙、跑狮、走象的浮雕。那注目的神情显然比黑头发的我们更想了解遥远的西藏——遥远的吐蕃王朝。

转身的一瞬，我几乎没有警戒地发现有个人一直在门口打量我。

是他，你也来了？

我心里欣喜地对他说。他听得见吗？我问我自己，他能听见吗？

他缓步走出门，高昂着头，一步步靠近我，伸出了手……我看见他头顶的白发在风中飘忽，他朝我耸耸肩，向着寺院门口吹了吹口哨。不知为何那一刻我从心里吼出声的全都是：不——不——不……可退却几步的他却在连声的哈罗、哈罗……此时此刻，有零星的街灯照在晚风吹拂的江孜，昏暗的光线里，我又看见那群在路途中下车的年轻人，他们每人骑着一辆山地车，无比骄傲、无比神奇！

夜宿江孜某部。

空荡荡的营房对面立着残存的烽火台，杂草丛生的台壁上有乌黑的鸟叫在天亮之前。躺在外出执勤的一位指导员的床上，我怎么也睡不着，夜深人静，跑前跑后的通信员突然跑来请我讲拉萨的故事。

我说拉萨没有你江孜的故事精彩，真的。

乱说，拉萨有雄伟神奇的布达拉，我明年若不休假，只有退伍的时候

才能去看布达拉了。

我说眼前那么好的宗山丢下不看怪可惜的。

有啥子可惜嘛,我们这里的老兵都说西藏只有布达拉好看。

我问真的?

他说真的。

真的就真的吧。我实话告诉你,我是讲不出你想听的布达拉的故事。真的不好意思,但我不否认布达拉里面可能有很多很多精彩的故事,但都是过去过去了的故事。

那你一定答应我,回拉萨后,寄张布达拉的照片给我,记得,一定,一定哟。

我说你绝对放心吧,回去一定就寄。

这个小战士送了我一枚铜弹壳。他很满足。

回去的路上,我一直想着布达拉的故事。可我想象中的布达拉一点都不真实。于是我不停回过头来看宗山的背影。

拉萨城头藏族画家画布上堆砌的布达拉,充满激情的五道色彩如捆扎起来的枯树枝,熊熊燃烧一团就什么也不管了。原以为那个画家太穷太节约笔墨,看多了他的画才明白无论是布达拉,还是宗山,只要呈现在他的笔下,那就是他对一个地方艺术和情感的认知。表面看他是简约的,而内心早已聚集了他无比熟悉的景物所堆积的情感光芒。

所以他没把布达拉的真面目放在画布上,但布达拉是他生活的家园,就好比他认定故乡的标志。他给不愿与抽象合作的游客介绍那是他心上的布达拉。

我非常理解他的想法,觉得他画布上的布达拉是很有想法的,他作画的感觉真好。

对于景物本身,我仍然相信它外简内杂的哲理。

坐在车里回望宗山,我想象那个小战士收到布达拉的心情一定比阳光更晃眼,比幸福更幸福……

回到拉萨

"没有任何泪水使我变成花朵,没有任何国王使我变成宝座"

——海子《西藏》

一个在内地温室似的污浊空气中尽情享受现代都市文明的人,真的能够向远在西藏的灵魂栖息者解释风雪的诞生和蓝星球上的沧海桑田吗?

西藏,与早逝的天才诗人海子之间仍然持有一种无以言说的沉默和谨慎。尽管这位创造出诗歌消解时代的最后一部诗歌神话的诗歌烈士曾长达数月地游历在西藏的雪山草地间,但通观他写下的大量抒情诗当中,不难发现与西藏有着直接关系的其实少之又少,事实证明,海子仍然像许多后来的闯入者一样,属于西藏灵魂的徘徊者,就连西藏自治区的首府拉萨塔的塔尖也未能直指。但我坚信:海子曾经的确热爱过西藏,他漫游西藏大地捕捞到了"一块孤独的石头坐满整个天空/他说:在这一千年里我只热爱我自己"。

距此不久,海子即在山海关卧轨自灭。在他决定闭上眼睛离开这个世界之前的一刻,我想勇敢的诗人是否有过回到拉萨的梦幻?拉萨究竟在共和国版图的哪一个角落?多少梦寐以求"回到"者真的去过拉萨吗?哪怕只是空中短暂几秒的掠过一回,哪怕只是从尘土飞黄腾达的小街匆匆穿过一次。既然从没踏足拉萨,"回到"的欲望从何产生呢?外界的人们是不是习惯了让浪漫主义来拔高自己对一个地方的认知,有一阵子,他们跟着电视里一个长头发的男人在大街上直抒胸臆:"你根本不用担心太多的问题,她会教你如何找到你自己。"实际上,这是一种无知的迷失。若是有一天真的回到拉萨,他们就真的能找回些什么吗?是历史还是自己?仅仅把一首歌贴上"拉萨"的标签并让拉萨的遥远者像霍乱那样不可思议的速度骚动着年轻的心,渴望回到一种悠远,一种宁静之中。除去音乐,尤为突出的便是文字,有的虽然图文并茂,赠给你一本时尚手册,有的文字堆积如山,让人领略一座古城的神乎其神,但他们中真正的

散文

"回到者"有几人呢？不说他们盲目跟风曲解误导一个地方，单是起码的拉萨印象也不曾有过，可想而知这些流离失所的漂浮者是多么怀念行囊里丢失的家园呵！可拉萨并非是像他们唱的那么好玩的地方，这实在是自我发现的矫情意识，想象意淫自己的想象，这真是荒诞。

我知道有一个朋友在1976年便憋足了劲想去拉萨。由于当年是计划经济时代，人不能够自由选择工作及地点，他所在的学校归属铁路系统，但西藏没有铁路，因此他没能如愿，失败让他心力交瘁。六年后，他终于抵达拉萨，历经七个春秋的西藏风云之后，他离开拉萨。此后每两年他都要回到拉萨，并且一住就是几个月，他说那是一种暖融融的回老家的感觉。直到1999年，他终于未能如愿回到拉萨，身体告诉他：我真的忍受不了头疼的厉害，你不能再让我回到拉萨了。

这个朋友就是著名作家马原。如今他对西藏的亲历感受是"无论如何西藏太过高过远了，心理距离已经太难逾越，空间距离同样无法缩短。曾经以为它是我的，或者我是它的，或者我们互相拥有。21年往矣，它与我仍然迢迢万里。"

我相信一个人一生当中能让他产生切肤之痛的地方并不多，但有一个地方他却要用一生的情感去堆积它，他对这个地方不仅仅是单纯的爱，也不仅限于对温暖之家的感受眷恋，更不是去过之后就要怀念一场的风景区，这个地方不是家胜似家，在那里或者离开那里之后，你都愿意用尽一生为它歌唱，为它醉舞——

　　雪莲在静静地开放
　　鹰群掠过，格桑花香
　　故乡在星光下旋转

　　草地上奔跑着阳光
　　青稞粒粒，酥油飘香
　　牧羊姑娘叫醒雪山

　　我寻寻觅觅的故乡

2005

> 你摇晃的阳光沐浴我的梦想
> 你是我梦中打马仰望的天堂

这就是被我唱成《阳光天堂》的拉萨。第一次同一群山里娃,乘大棚车,唱着"我是一个兵"路过拉萨时,我只有十七岁。当时的内心世界对拉萨万分憧憬,但十七岁远征西藏的少年,注定与拉萨只可能是一次命运的投影和短暂的融合。可我还是看见了拉萨街头那些自由散漫的狗精神抖擞地穿过阳光照亮的尘埃……

几年后,我走进拉萨。曾经那条凝聚尘埃的小街已拓展为一条宽广的水泥路,我打路面轻轻走过,心情像天上的云朵一样舒展。从这条我抵达拉萨一年后才得知名叫"江苏"的路上出发,我踏响了拉萨所有的街巷和寺院。生命的概念成了我面对的拉萨河,青春的活力像是河中漂泊的一汪水,一次次从拉萨流回故乡,到了一定时刻,水,又将跨越无数座雪山,回到拉萨。

回到拉萨,我将重临一个阳光照得最多的地方。

回到拉萨,我会思念山外朴素的村庄和稻草人。

回到拉萨,我在寻觅星空与雪原之间的亮和光。

临行前,我在乡下的老屋里整整失眠了几夜,天上的拉萨远离天下的城市,远离山坡上那一排排金黄的草房子,远离所有经常在电波里为我点歌祝福的人呐!不必说它立体交叉的紫外线,也不必说它陌生的嘴里像含着糖的异乡之音,单是强烈的高山反应,头昏、目眩、胸闷、气紧就足够你受的了。我如实地对三番五次催我出发的母亲说。后来,经过激烈的思想斗争,我还是匆匆踏上了归途。

记得那天,在我又一次离开家门时,母亲给我煮了几个鸡蛋,接着便用手轻轻地拭了拭通红的眼角,嘴唇很不情愿地蠕动了几下,但我始终未听清她到底说了些什么。这时,在我旁边不愿再看下去的哥哥提起我的行囊,不等我与母亲说上一句道别话,便生拉活扯地将我推上了车。

回到拉萨,回到了一层厚厚的陌生之中。阳光照在雪白的墙上,我感觉西藏的日子随时都是鲜艳夺目的,或是变化无穷的。蓝色的雪风扫过黄昏的脸,那些常在垃圾处理场专心致志做爱的狗此时跳过矮墙,钻进人丛。许是天气慢慢冷了的缘故,狗们不再有我离开拉萨时看见它们像吃过兴奋剂的那种狂热劲了。

回到拉萨,夜色喧闹。子夜,半梦半醒之间总会听到遥远的山顶寺庙传来的种种声音,尤其是那些听起来让人有点神思不定的动物发出的声音。我知道我又回到了拉萨。我也知道,有一天我终将离开拉萨。我希望那一天到来时,我能够习惯在那群豪放的男人中间安顿自己的生活,我想,那时我也一定能够接受藏族姑娘们那没完没了的笑。

回到拉萨,我做了一个与拉萨无关的梦。我看见一个男人抱着一只死羊,许多人都在跑,围着他跑,一声法号长鸣之后,所有的人群消失在一片金色的尘土中了。在广阔而蔚蓝的天空中,太阳一直在微笑着……

回到拉萨,我听说一个十五岁的少年离家出走了,他的走改变了周围的空气,我站在阳光下,想象着一抹绛红色的背影,渐渐渐渐地消失在西边的地平线,他孤独吗?谁懂他的心。

回到拉萨,我看见朵森格路开了一家男人酒吧,他们说里面有很多像女人但终究不是女人的男人坐在吧台等待。他们唱世界已经改变,改变世界其实是件容易的事情,只要你愿意。

可海子,不灭的诗魂。如果你冥灵神英,就请乘上你诗中的宝座回到太阳和月亮共同旋转的故乡吧!所有的星星将共同为你铺就一条星光大道。

真正的离去者,必将回到拉萨!

西藏只是一种味道

时间过多地停留在一个地方久了,自然会对一个地方产生独特的认识。对于西藏这样的地方,你很可能对它的认识还不够,因为你涉足得太少,所以你不知道西藏的味道究竟是如何产生的。当你看多了一个人的文字就会发现它是随着高原的蓝天、阳光和河流进入你视野中的,从某种意义上来讲,我的文字代表的就是一种味道——

西藏的味道。

十多年过去了,我第一次把西藏说成是一种味道。

2005

藏族作家阿来说西藏是个形容词。

其实不然，对那些毫无西藏生活经验的人来讲，包括本民族的一些远离西藏的艺术工作者，西藏仍是一个摇摇晃晃的地名，一个只是常常在嘴边进出的名字，一些永远漂浮得不着边际的想象。而对于庞大的靠酥油取暖的居住者，西藏则是一个实实在在的名词，他们不为外界的传说而改变自己，他们带给你亘古不变的西藏味道。

特别值得一提的是那些走马观景的所谓作家、文化人类学者，他们刚下飞机就被人接进了高档宾馆，然后只顾抱着氧气袋深呼吸，出得宾馆又被人拉到羊八井泡温泉，几天下来，只剩下几步路的时间，就只有就近到布达拉宫看看了，但他们还没上得金顶就拖累身体，于是只好打的上飞机去了。回到栖身的城市，再把一路上录入光盘的风景从电视屏幕上传播出来，坐在软软的沙发上回忆起一些细节，一些宗教赋予的形式和自己缺氧的感受，这也算西藏味道吗？如果你要让他们真正说出点西藏的味道来，我看真有点难为他们了。

因为他们并不熟悉西藏，尽管他们到过西藏，也看到了西藏，但他们仍会说西藏是遥远的、神秘化的，他们甚至还会怂恿你去那里旅游吧，神山圣湖，美如仙境。反过来你要是让他在西藏呆上十天八月，他会作何反应？这时你又会听到他说，不错，落在那地方的阳光很干净，但那块高原蛮荒，不适合居住……这就是他们喜欢西藏与不喜欢西藏的理由，西藏与他们之间永远有距离，越远越美丽的距离，怎么也拉不近的距离。但是他们愿意把去过西藏当作一种交流谈资，当作论文里的长篇大论，甚至有人将它当作了一碗饭吃。

在拉萨江苏路上居住的五年时光，我总嗅到西藏的味道是从八廓街的烟雾当中升起来的，那是一种香草的味道，它让我想起沧桑的沙漠。在高原上的日常生活中，我每天都在香草的味道里工作或入眠。我以前不知道那是草的味道，去八廓街的次数多了，我便将那种味道和进藏路上看见的一种草联系起来。很多远道而来的"发现者"都提到过那种草，但他们都没说出那草的名字，我想我也不能说出。只知道那是一种草，也可称之为荆棘，不过我知道那样的草是不需要人工浇水，不需要人工施肥的，它们长在沙漠里，没什么水分，看上去像是枯萎了，实际上它的生命正旺盛，只是没有谁会主动关心它长多久才可以燃烧。

我在一些著名和不著名的寺院里闻到的都是这种草的味道，还有那些遥遥远远又近在咫尺的帐篷，天天燃起的也是这种草散发出来的味道，西藏的空气弥漫的永远是这种草的暗香，这种味道几乎成了高原人存在的一种需要。

在一些重要的藏族传统节日里，这种沁人心脾的香气最为浓烈，而且你可以看到它在烟雾弥漫中扩散。一种生命到了它燃烧的时候产生的味道让人铭心刻骨。这种味道早已成了我写作的积累。在空中，几乎快要进入西藏的空气时，我就已嗅到了这种草的味道。我看见阳光的色彩泼散在那些冒烟的山顶上，那浓重的烟雾上升着一些燃烧的光焰。因此，西藏一开始在我眼里就是高高在上的，西藏的文化由此更是高深莫测的。

在药王山上，我无数次抬头，只看到天空的蓝，雪山的白，沙漠的黄，草原的绿，人群的红。在这些独立的词后面，我不能为它们强加词组，因为蓝就是蓝，白就是白，黄就是黄，绿就是绿，红就是红，那立在天边招魂的经幡上代表的就是这五种自然的颜色，因此，我认为西藏的味道是不为任何形容和比喻存在的。

我只想说西藏的味道来自一个人长久在西藏的生活，来自一个汉族青年对藏民族生活的激情和渴望。因为十年过去，我不仅爱上了阿姐手中煮了又煮的酥油茶，我更习惯在一些特别的日子呷一口老阿妈酿了又酿的青稞酒，我住进过那些牧民棕色的帐篷，我会唱那些花朵里盛开的牧歌。这些事物构成了我生活的一种燃料，在我离开西藏的生活中不断地燃烧起来，像是一种延续，像是一种祈望，像是一种融入，像是一种宗教。

其实，这种味道是最为个性化的东西，只要我的指风向着太阳升起的地方，这种味道就不会消失。并且，它将为我发白内心，进入内心，一心生存。在西藏的岁月里，我从未说出西藏的味道。我带着这种味道离开西藏的时候，也没把这种味道说出来。随着时间的推移，我才知道自从踏进西藏的土地，这种味道就已进入我的体内。

在孩子眼中，西藏是亘古不变的。在西藏眼中，孩子一眨眼就老了。

（选自《西藏文学》，2005 年第 1 期）

怒江：沉默的与尖叫的

汤世杰

1

冬日的怒江怎么说都是一条安静的河流。虽说怒江姓"怒"，倒听不到喧嚣嚎叫，就像一部刚打开的巨幅长卷经书，正在阳光下晾晒，完全没有声音。

我真怀疑去错了地方——这是怒江吗？从来都以为怒江躁动不宁怒气冲冲脾气很坏，真到了怒江，预期中满耳朵的涛声如雷纯属乌有，还真让人有点儿意外，甚至失望。其实出错的不是怒江是我自己。一个大错，低级，缺乏常识，就像以为姓"冷"者就生涩冷漠，姓"寸"者只有几寸高一样。初冬十一月，乘车穿过怒江黄澄澄的阳光溯江而上，从六库到丙中洛，一路我没听到任何响动，连水声都很难听到。峡谷太深，两岸山高壁陡，直上直下，从山顶到江边五六千米，路在半山盘旋，车在云里进出，怒江只偶尔在下界亮晶晶地闪那么一下——那是光，不是声音。峡谷里的一切都静静地沉睡着。安静是怒江所有事物的属性。有些安静可以想象，大地本身就是安静的：高黎贡山很安静。碧罗雪山很安静。瀑布般的阳光很安静。油彩一样的云彩很安静。"石月亮"很安静。天上的鹰很安静。有些安静就让人不可思议了：江水很安静。森林很安静。小城六库很安静。丙中洛很安静。怒江岸边的"澡塘会"为时尚早，沐浴的人们还在路上走着，森黑的礁石泉塘很安静。悬崖峭壁上粗粗细细的山泉，大大小小的村子，斑斑驳驳的坡地，苦苦甜甜的日子，都很安静。怒江真算得上是世界上最安静的河流。多瑙河、尼罗河、密西西比河,都是些安静的河流。那一年在多瑙河三角洲,面对旷野蓝天苹天苇地,无边的寂静让人觉得整个世界都已不复存在,浩浩荡荡的河水像流淌在一个非人间的世界。一条安静的河流,才称得上是伟大的河流。那时我突然有些忧伤,为我们的长江、黄河、淮河、珠江、松花江……为那些曾经伟大而安静的河流如今的喋喋不休而叹息。幸好怒江还在。幸好怒江的安静还在。幸好怒江还是安静的。

2

一条伟大的河流没有发出本该发出的声音,或许就不仅是安静而是沉默了。安静跟沉默当然不是一码事:一个是本来就没声音,或有声音也没发出来;一个却是原该发出声音却忍着没有发出。怒江看来属于后者。怒江沉默着。峡谷里的一切都沉默着。比如"石月亮"。车在"石月亮"停了一下。江对岸的群山森黑苍郁,从一个巨大的岩洞里,透出来一块高原的云天,明亮如镜。说是岩洞其实并不准确,那是个穿透整个山体的空洞。傈僳人叫它"亚哈巴",即"石月亮"之意。看着"石月亮"我有过一阵胡思乱想:怒江的月亮在天上飘着飘着,突然一发狠,穿过了那道山飘扬而去,月亮经过的地方,留下一个巨大的石洞。朋友的解释不是这样,他说那个穿山岩洞是欧亚大陆板块相撞时形成的。"石月亮"所在的那座山属高黎贡山中段,高达三千多米,那个大理岩溶蚀而成的洞深达百米,宽40余米高60米,堪称巨大,站在怒江岸边,百里之外都能看见,看见时它已小得像个月亮。生活中的美丽常常带有悲剧色彩,大自然的美景倒总会引发人们去编织爱情故事,演绎人与山水的关系。石月亮也一样。朋友说傈僳人也为石月亮编了个爱情故事。我请他讲讲,他说等有空再讲。望着那片浑圆透明的宁静,我想起了一些声音。最初是大地相撞天崩地裂的声音。随着那声音,峡谷那座山上无数巨石从山上滚落,出现了那个洞。另一种声音当然是风。气流通过口哨会发出响声。"石月亮"就是高黎贡山的一只大口哨,怒江峡谷的一只大口哨。峡谷的风吹着那只口哨,肯定会发出响声。两种声音我都无法听见,印象里的石月亮是安静的,沉默着的。

2005

3

丙中洛让我想起的是另一些声音。傍晚时分，车停在一片笼罩着宗教气氛的静谧之中。我说整个怒江安静得像一幅长卷经书，就是那时想起的。丙中洛正是那幅长卷上的一个斑斓局部，一个精彩细节。发源于西藏那曲的怒江，流到丙中洛那里绕了一个大弯，留下一块平坝。那就是丙中洛。在那里，四周大山如屏，天空倒异乎寻常地开阔。其时我真看到的，是一个面对来路的悠缓的山坡，散落着块状的阳光，零零星星的屋舍。对一般旅游者，那是沿怒江而上能去到的云南境内最后一片山地。再往北，在著名的梅里雪山背后，西藏的察隅已不太远。田壮壮那部拍茶马古道的纪录片《德姆龙》，当初就在丙中洛开镜。在首发式的片子里，我看到的是丙中洛缥缈的早晨，一些看不清面容、衣着简单却飘逸的当地人，默默地收拾着马驮行囊，准备远行。驮马安静着，偶尔小声喷出的鼻息，越发加重了那种宁静。四周云雾缭绕，丙中洛呈现着仙境般淡淡的灰色。一种透明的高级灰。现在是黄昏，西斜的太阳把嘎瓦嘎晋雪山映成一片华丽的金紫。那是高黎贡山的最高峰，海拔5128米。雪山之下，丙中洛柔软的静谧无边无际，神圣却苍凉的暗金色，把那块高地装点得像一个教堂，巨大的穹顶直抵天庭，让人顿觉自己的渺小，四周云彩斑驳，像镶着彩色玻璃的窗户，又叫人想象未来的灿烂。在那个穹顶下，聚居着信仰各不相同的人群，原始图腾的崇拜，本土的喇嘛教，西方的天主教，一起在这里经营出一种贫穷的美丽与独立的和谐——当生存还有赖苦斗时，精神的富足和相互的支撑就成了必需。我的时间太紧，来不及走进丙中洛的人家、寺庙和教堂。将近十年前，我在迪庆香格里拉考察时，就听说了这个村子。我甚至知道有一条崎岖的"传教士小道"，从迪庆维西县茨中教堂背后的山上，穿过雪山与森林，一直蜿蜒到怒江边的白汉洛，再从白汉洛通到丙中洛。两地的传教士常常穿越那条"传教士小道"，在这边或那边定期聚会。此刻，那条我看不见的小道只能像条带子似的，在我的想象中飘忽翻卷。傍晚的风柔软地吹拂着，似乎送来了阵阵喇嘛教的诵经声，基督教的祷告声。它们像一首大型奏鸣曲的几个声部，在丙中洛交响。那个奏鸣曲的作者除了上帝，还会是谁呢？而我说的"上帝"，无疑就在当地的人们中间。

4

　　安安静静的怒江当然不是一无声息。一条大江流了那么远，左冲右突，跌跌撞撞，总会发出一些声音。比如在"怒江第一啸"。在那里，江面陡然变宽，中间礁岩嶙峋，上游江水汹涌而至突遭阻隔，便发出了吼声。我用"吼声"这个字是有用意的，我是说我并非在一般意义上使用"吼声"这个词。吼声从来是一种冲动的、激情的表达，赞同，或者不满。"怒江第一啸"的吼声却既非赞同亦非不满，它不是那种表态式的声音，到底是什么却神秘难测。那声音雄沉粗犷，密度很大，声源不只一处，像是从整个大地底下发出来的，最终弥漫成一片声音的汪洋大海，一场声音的漫天大雾，布满目力所及的整个空间。一时间我的四周全都是声音，怒江的声音。它直往我耳朵里灌，就像水直往溺水者嘴里灌一样。我轻飘飘的肉身越来越重，直往下沉，往下坠，直到双脚触到了大地。那是我从没听过的声音，有着重金属般的质地，与我在峡谷外听过的声音完全是两回事，那些声音不是轻浮如缕转眼就烟消云散，便是声嘶力竭得像鬼哭狼嚎，却都难往人心里去。现在我"呛"了一耳朵怒江的声音，顿时五脏六腑都被震动。完全是出于本能的，无意识的，我想阻挡那声音继续进入我的耳朵我的身体，但根本就没有用。我成了一个"溺声者"——请原谅我生造出了这样一个字眼——完全掉进那片声音的汪洋大海，无以自拔。声音都该是有方向的，方向让人能找到声音的源头。"怒江第一啸"的声音却让人无法找到方向，它在我的四周，从四面八方涌来，环绕着我，包围着我，大耳朵大耳朵地直往我心里灌，直到灌满我的身体，再也没地方可供存放。那有点儿奇怪。那种声音真是太奇怪了。我听出那是很多种声音，高高低低大大小小强强弱弱，很多种声音在那里实现着你中有我我中有你的融合，融成了一个声音，怒江的声音。

5

　　那一刻我突然想到，沉默的怒江其实是有声音的。那声音一直存在着，从亘古直到如今，但直到那时我才听见。以前我离怒江太远，现在近了。公路跟怒江几乎在同一水平面上,我就在怒江边上,在怒江里面。封闭的怒江那时完全是打开的。浪头打来,我的鞋湿了,衣服也湿了,弥漫的水雾润湿了我的眼睛。看来当一个人真进到怒江里面,听到怒江的声音就是必然的了。我脱掉鞋子卷起裤腿走进江水,江水带来的雪山凛冽之气顿时漫过全身。怒江的声音沿着我的每寸皮肤每个毛孔漫进我的心中,直至把我完全淹没。一种愉快的淹没。愉快是一个溺声者和一个溺水者最大的区别。我充实而快乐,仿佛一朝醉饮了太多的玉液琼浆。我断定我是有幸在怒江遇到了天籁之声,宏大而深邃。天籁从来都被解释得虚无缥缈幽微纤弱,似乎只有那些来历不明的,似有若无的,处于可闻与不可闻之间的声音才是天籁。那天站在怒江边,身在"怒江第一啸"里面,我才真懂得什么叫天籁。天籁是一种宏大深邃的自然之声,是江的声音,也是山的声音,水的声音,是土地、森林、云彩、野兽、鸟儿和虫子的声音,更是所有居住在怒江峡谷里的人的声音……它们一起汇成了"怒江第一啸",汇成了怒江的声音。怒江峡谷的人天天都能听到天籁。他们在天籁中诞生,成长,恋爱,结婚,生子,耕种,收割,吃饭,睡觉,受穷,衰病,直至终老。他们习惯了那种声音,听着听着就听不到了。天籁成为他们生活的日常,须臾不可或缺,又仿佛从不存在;天籁成为他们生命的一部分,成为血和心跳,藏在他们心里。他们的心声就是天籁,倾听天籁就是倾听他们自己。那时我才明白,怒江天籁的存在,只是为了映衬出峡谷的宁静。它为了安静而存在。难怪听过天籁的怒江和怒江人那么安静,不像都市里。不像外面的世界。外面的世界如今声音太多太乱太响,泛滥成灾。人们想方设法弄出各种各样的声音,机械的电子的高频率的大音量的稀奇古怪的,无所不用其极。我们一直生活在高分贝的噪声之中。以前是高音喇叭大声喊叫辩论口号宣言,如今流行的是摇滚蹦迪立体声低音炮高保真电子模拟,是大大小小的传媒虚虚实实的呼喊似真似幻的叫卖。唯一听不到的是自己,是人类心灵的声音。怒江和怒江人珍惜声音,从不轻易发出声音。他们懂得一切人间的声音与怒江天籁相比,都是轻薄的,小儿科的,无足轻重的,幼稚可笑的,甚至是丑陋不堪的。

6

在怒江,只有一种声音能与"怒江第一啸"的天籁之声媲美,那是傈僳人的无伴奏四声部合唱。有人说那样的歌唱是傈僳人在教堂的唱诗班学会的,我宁可相信那是他们经怒江天籁千年教化后学会的,那是真正的原声,真正的"原声态"。听到那样的歌唱,人唯一想到的就是无声,就是安静——在这一点上,傈僳人的无伴奏四声部合唱跟怒江的天籁之声如出一辙,博大悠远,无边无际而安静异常。到怒江的第一天,在怒江边的小城六库,我头一次听到了那样的歌唱。一场大型庆典演出,十多个节目,从各种歌舞到传统民俗表演"上刀山下火海",开幕第一个节目就是无伴奏四声部合唱。舞台搭在怒江边,背景是怒江边碧罗雪山的一座山峰。观众席背后是高黎贡山的另一座山峰。那样的歌唱只能在天地间进行。在我看来,有了那个无伴奏四声部合唱,别的节目都可以省去,那能为至今仍然贫穷的怒江省去一大笔花销。何况听过那样的合唱,谁还想听别的合唱呢?大自然永远是人类的老师。那样的合唱正是对怒江天籁的模仿和模拟。没到过怒江的人,听不到那样的声音。到过怒江却没真正融入怒江的人,同样听不到那样的声音。"怒江第一啸"的声音是从怒江里面发出来的,就像傈僳人的无伴奏四声部合唱是从他们心里发出来的一样。你必须靠近它融入它,要不你根本不可能听到怒江真实的声音。除此之外,我在怒江没听到过任何别的声音,更别说喧嚣吵闹了。

7

与怒江的安静相反,怒江外不断传来一阵高似一阵的尖叫。意识到那是些尖叫,最初就在怒江边,在一个叫普旺的村子对岸。我们在那里等着过溜索。从车上下来,站在普旺村对岸的怒江边上时,同样听不到任何声音。那时我突然想到,进怒江前为什么我会以为那是一条喧嚣嘈杂的河流?想来想去,都是传媒惹的祸——那些远在千里之外的吱吱喳喳鬼喊辣叫,那些顶着关心怒江保卫怒江之名的种种高谈阔论呼喊炒作。在离怒江很远的地方,到处都能听到关于怒江的议论。通常我们把

2005

那些议论叫做声音,人文的声音,科技的声音,环保的声音,政府的声音,开发商的声音,各种各样来自中国甚至世界的声音。谁都在谈论怒江。谈论怒江一时成了时尚。时尚其实就是尖叫。那当然不是怒江的声音。问题是恰恰是那些声音把怒江淹没了,让人以为那是怒江的声音。此前我对那些声音一直无以名之,它们纷乱杂沓千奇百怪,让人很难命名。在普旺等着过溜索时,江面上突然响起几声尖叫,或凄厉恐怖或沾沾自喜或自以为豪迈。那些尖叫听上去都发自内心,显得真诚无比。沉默的怒江竟引来那么多尖叫,真让人匪夷所思。仔细一想我明白了,那些尖叫不仅仅发生在当时,在怒江边上,它早就存在,存在于怒江之外,只不过那时它们才汇到了一起,汇集在怒江之上。于是我以为那些声音是怒江发出来的,以为是怒江发出了尖叫。其实,尖叫的从来不是怒江,而是怒江之外的世界。

8

尖叫不属于怒江,无论那些尖叫听上去多么真诚。怒江从不尖叫。溜索那时就在我的眼前,两根单向溜索,一去一来。怒江躺在溜索的下面,在我的身体和目光下面。普旺的怒江很温驯,灰绿色的江水很漂亮。路上有人告诉我们,到了前面那个村子,诸位可以尝试一下过过溜索,那地方叫普旺。车在普旺对岸停下。普旺在怒江那边一个山洼里,掩映在深深浅浅的绿色之中。峡谷里的阳光在江面蹦蹦跳跳,跌跌撞撞。同去的人蜂拥而上,跑到溜索开始的地方。那里有个小山包,固定着溜索的一头。我跟了过去。若干年前我至少有两次过溜的机会,最终都因害怕痛苦地放弃。现在是第三次,我不想再放弃。站在那个小山包旁,我看着怒江,看着溜索。单向溜索,去的那条靠我这头高,靠江那头低。这样的溜索凭着惯性可以哗啦一下从这边一直溜到对岸,用不着中途攀爬。前面两个人正把自己往溜索上挂。一个傈僳族小姑娘,瘦弱娇小,一个外地来的胖子,大腹便便,少说也有80公斤。他们站在一起,是个有粗麻绳系带的竹兜;竹兜兜在屁股上,再把麻绳绕回来,挂在溜梆上就行了。我听那个外地胖子惊叫着说,天哪这盛得住我吗?小姑娘看他一眼笑了笑说,我带一头牛都可以溜过去,你不会比牛还重吧?胖子哑口无言。我真想为那个傈僳小姑娘的幽默鼓掌。一阵熟练的忙活,姑娘转眼把两个人都挂上了溜梆,就像一根藤上的两个瓜,一个肥大一个瘦小。外地胖子狐疑地看着那个溜梆,两只胖手死死抓着溜梆不放。他心里肯定还在犯疑,七上八下。我倒相信姑娘的话。将近二十年前,我第一次看到的溜索还是竹子编的,溜梆是个硬木块,年深月久手摩汗浸,暗红的木块光润发亮,透出阳光和血的颜色。木块的一面有个绳槽,过溜时全靠手的力量,把带槽的溜梆扣在溜索上。一旦掌控不住,身子失去平衡翻转过来,就会摔落大江。如今溜索早已换成钢缆,溜梆也成了带钩的金属滑轮,溜索卡在滑轮里几乎万无一失。几个干部模样的人正在组织游人过溜,就像旅游公司的经理。我问准备带我过溜的一个傈僳族姑娘:溜梆是你们自己的还是公司的?姑娘说没有公司,溜索和溜梆都是自己的,傈僳人家家都有个溜梆。看来溜梆只属于个人,属于那些想过怒江的人。公家不会有溜梆。各级政府,各种委员会,各种公司,都不会有溜梆。从古至今,溜梆都属私有,那是傈僳人的必备。

9

初冬的怒江水不大,一到夏天就变得汹涌澎湃。但不管什么时候,普旺人过怒江都要靠那两条溜索。他们择怒江而居,又必须超越怒江,超越它的阻隔。人的生活不可能孤零零的,总得跟人打交道。怒江峡谷里,最远的村子离怒江也只十多公里,再往山里去就没人了。生活就靠怒江!怒江是他们的母亲,也是父亲。对于他们,怒江不仅是一条江,也是一条生命的溜索,上面挂着大大小小的生命。如果生活是一条河,怒江就是一条溜索,怒江边上的人都要靠怒江这条"溜索",到生活的另一边去。另一边是什么,不像我站在怒江边时这样容易看得见。生活的那边从来都是看不见的,必须到了那边才会知道。站在普旺村对面的怒江东岸,我能清楚地看见普旺村,看见它掩映在树丛里的木板房,当地人叫千脚屋。怒江边坡陡,人们用千只脚才能牢牢站住,站稳。生活就是这样,既要在那里站稳,又要时时跨过它,超越它。但我看不见普旺村人的日子。日子要过上了才知道是什么样的。我在普旺村对面看上那么一眼,其实什么都看不见。看见的只是普旺村的年轻男女都在忙着帮人过溜索。那天是他们的好日子，每带一个人过溜能得到十元钱。平时没这么多人，也没这种挣钱的机会。一辈子在溜索上溜来溜去，他们从小到大溜过成百上千次，从没人给过他们钱。过溜只是他们生活的一种手段，是他们超越怒江的一种手段，不是谋生的手段。为跨过怒江，他们架起了无数条溜索，却从不伤害怒江。怒江还是怒江，多一根或少一根溜索都无大碍。作为生存方式的过溜，成了一种挣钱方式，那是傈僳人没想到的。

10

都准备好了，挂在溜梆上的那个傈僳族小姑娘，将带着那个外地胖子溜过怒江。小姑娘问那个外地胖子，好了吗？我们要过溜了！胖子战战兢兢地说，好了。只听那个姑娘轻喊一声，"抓好了，走！"就见她双脚一蹬，身体悬空，唰地一下，挂在溜索上的两个人像炮弹一样飞了出去。我听见溜索发出嗡嗡的响声。眨眼两个人就到了江心。那时我听见怒江上传来了尖叫。尖叫的肯定不是那个傈僳族姑娘，只会是那个外地胖子。胖子肯定心存恐惧，问题是尖叫无法赶走恐惧。怒江人深知这一点。面对怒江，从小在江边长大的姑娘小伙从不尖叫。他们要么歌唱，要么沉默，从不尖叫。尖叫是那个外地胖子发出来的。去怒江的一路上，到处都能听到那样的尖叫。那是为该不该在怒江上修电站引起的。政府官员在尖叫，经济专家在尖叫，环保专家在尖叫，水电专家在尖叫，学者们在尖叫，不是学者的也在尖叫。不叫的倒是祖祖辈辈住在怒江边的那些人，傈僳族人，怒族人，独龙族人，苗族人，白族人，彝族人。他们从不尖叫。怒江是他们的老朋友了。一个人碰到了老朋友只会问候，打声招呼，不用尖叫。怒江给他们水，给他们滋润，给他们像江水一样悠远的历史和向往，他们干吗要尖叫？尖叫来自那些并不了解怒江的人。他们总以为自己能代表怒江人，其实未必。真有用的，是帮怒江做点实实在在的事，修路找矿，办学校，适度开发。但不能毁掉怒江。不能让那条与怒江人相处了几千年的怒江从他们眼前消失。我问准备带我过溜的傈僳族小姑娘：你想过没有，要是怒江不在了你怎么办？她说怒江怎么会不在？我说如果在怒江上修一个电站，怒江就不在了，会变成一个大水库。小姑娘说,那我们怎么办呢?没有怒江我们怎么办呢?然后她沉默了。她稚气的脸上神色凝重。然后她问我,没有怒江了,我们在哪里住呢?我说也许你们要搬家,搬到另一个地方。我没有说移民,我想她还从没听说过这个字眼。那怎么行呢?她说。然后她再沉默,不出声了。没有声音其实也是一种声音,我想。可惜那样的声音从来没人去听,更没人认真地听。人们宁可去听各种各样的尖叫。这个世界真有些奇怪。但是,站在怒江边,那种刺耳的尖叫还在一声声传来。

11

轮到我过溜了。带我过溜的小姑娘一声不响,教我戴好竹兜系好绳子。我突然想起问她的名字,她笑而不答。江心再次传来一阵尖叫。小姑娘问我你怕不怕?要怕你也叫吧,跟他们一样。我说你以为我会叫吗?她说你们不都爱叫吗?我说那你为什么不叫?她说我为哪样要叫?叫也没用。随后她沉默了。那种沉默里藏着某种自信和力量,让所有初到怒江准备过溜的人感到惭愧,包括我。不管怎样,等会儿哪怕我真的害怕,心惊肉跳魂飞天外,也决不尖叫。小姑娘说了,叫也没用。尖叫没用。尖叫无助于过溜,也无助于战胜恐惧。他们从来不叫。叫也没用。尖叫既无法赶走贫穷,也无法带来富裕。好日子无法靠尖叫叫来。小姑娘问我准备好了吗?我说好了。我们要过溜了,她说。我说好的。她双脚一蹬,我们一起滑了出去。风从下面吹来,从怒江吹来。溜索的嗡嗡声在耳边响起。怒江横着身子在我下面飞快地移动。对岸的大山迎面扑来。身边的小姑娘没有说话,依然沉默着。我从她的沉默中听到了她匀称有力的呼吸。正想跟她说句什么,我们已到了对岸。背对着怒江,我看见她朝我笑了一下。那是怒江的笑容,博大含蓄,就像一个宽厚温暖的佳话。我没有尖叫。

12

临离开怒江时,我去向那位怒江朋友告别。他说对不起,我欠你一个故事。我说你——欠我的?他说你还想听那个石月亮的故事吗?我说哦当然想,我差点儿忘了。我为他点了一支烟,他便讲了起来:天地初创,怒江蜿蜒其中。天神见峡谷里荒无人烟,便用泥土塑出启沙、勒沙兄妹二人,让他们一起繁衍人类。这时一个第三者出现了,那是怒江龙王的女儿努娃,她竟爱慕上了启沙。龙王得知不高兴了,令江水猛涨。不料努娃的爱慕这时演化成了正义,她帮启沙兄妹造了一条船,让他们逃出怒江;临行前又送给启沙一把弩箭,以防不测。龙王恼羞成怒,下令堵住江水,峡谷里顿时水天茫茫,淹没了一切。汹涌的洪水继续猛涨,峡谷眼看就淹得只剩下一座山峰了。坐在小船上的启沙兄妹若再不设法,将被大浪掀到怒江峡谷之外,摔个粉身碎骨。启沙急中生智,挽弩搭箭,轻发三箭,其中两箭一起射中的山上,豁然出现一个大石洞,洪水转眼泻去。那个洞就是我们现在看到的"石月亮"……

  故事讲完了,朋友沉默着。我说你讲完了?他说完了。他说你听明白了?我说听明白了,但没听懂——这故事什么意思?他说我只管讲,什么意思你自己去想。回家路上我一直在想那个故事。如此这般的民间故事实在太多太多了。直到有一天我才幡然领悟,那时那个古老的故事的最后结局让我大吃一惊,茅塞顿开。我再次想起了时下有关怒江的争论:到底该不该在怒江修建梯级电站,让峡谷里出现一个地中海般的大水库。人们各执一词。傈僳族人没参加这场争论,却早就为现代怒江预设了一个绝妙的隐喻,留下了一部有关怒江的《现代启示录》。故事就是声音,古代的声音,民间的声音,以心口相传的方式,一直在怒江流传。直到现在,也没人真听懂过那个声音,更别说对那个声音做出新的解读了。沉默着的怒江是有声音的,表面的沉默从来不能证明什么。朋友说欢迎你再来怒江,我说我要来,我想听到怒江真正的声音。

(选自《作家杂志》,2005年第5期)

三 坊 七 巷

北 北

661亩,这是三坊七巷的面积。

对于一座有着两千两百多年历史的省会大城市来说,661亩只是森林里的一片树叶。这片树叶从南至北,右边伸出三条叶脉,称为"三坊"(衣锦坊、文儒坊、光禄坊);左边伸出七条叶脉,称为"七巷"(杨桥巷、郎官巷、塔巷、黄巷、安民巷、宫巷、吉庇巷)。这个从唐末五代开始形成的古老街区,就嵌在福州市最繁华的市中心,一千多年过去,居然至今留存,成为中国现存唯一坊巷格局的老街。现代都市轰隆隆的行进大脚,竟奇迹般从它身边一次次绕过,没有踩下。

是侥幸?还是偶然?抑或像有人所说,是因为这方老屋灰瓦土墙间弥漫着太多雄才英杰的气息,天犹不忍,暗中庇佑,至于今?

严复、沈葆桢、林旭、林觉民、林徽因、谢冰心、庐隐、郁达夫、郭化若……翻动历史,会惊奇地发现,一大串在中国近现代舞台上风起云涌的人物,他们的生活背景都或多或少映现在三坊七巷,稍一数,竟达近百人之众。

偏于东南一隅的福州,自古都很难挤进历史的聚光灯下。那么,小小的三坊七巷究竟凭借什么力量,将"人杰地灵"一词再而三地证明?

之一:坊里流金巷是银

福州建城的时间在公元前202年,那时称"冶城",统治者是勾践的后裔无诸。

2005

过了两百多年,西晋时期的福州已经稍有规模了。新置晋安郡首任太守严高嫌城太小,便在今屏山南麓建成一座郡城,称为"子城"。到了唐天复元年,即公元901年,威武军节度使王审知为了"守地养民",又在子城之外,以钱纹砖砌筑起一座"罗城",这是当时全国唯一的砖城。三坊七巷就在罗城的西南部,最初究竟是谁设定出如此工整的格局?然后在接下来的时间里,无数高官巨商大儒在此买地建房,为什么又都不约而同地将这个格局小心维持下来,谁也不越界破规?

从唐代开始,究竟有多少商人在挣得盆满钵满之后,选择在三坊七巷里定居呢?现在已无法统计了。但有一点可以肯定,无论唐宋还是明清,凡能在此地购下大厦的,或者有势,或者有钱,二者必居其一。

这个人(刘齐衔)以及他的家族将二者都占全了。他是林则徐的大女婿。

清道光十七年,即1837年,林则徐的长女林尘谭嫁进刘家。但那时,刘齐衔还未发达,仅是一介书生罢了。孤儿出生的他,家中还相当清贫。

站在21世纪的天空下望去,1837年的中国大地阴霾正重重叠叠地挤压而来,整个国家像一张发黄变脆的旧纸,在寒风中簌簌抖动,随时可能被撕成碎片。西方列强急不可耐地张着血盆大口来了,仅英国,就已经有超过三万箱的鸦片涌进来。真让人忧心如焚啊。也正在那一年二月,林则徐被道光帝召见,任命为湖广总督,就个人仕途而言,竟是前所未有的春风得意。此时,他为什么肯将心爱的长女嫁给家境贫寒的刘齐衔?

禁烟禁毒,国事山一样沉甸甸地搁在眼前,令林则徐气愤难平也斗志弥坚,而家事,他又怎么能甩手不管呢?作为"开眼看世界第一人",他的眼角余光也看到了勤勉好学的刘家子弟刘齐衔。

1841年,即林则徐把女儿嫁进刘家的第4年,刘齐衔果然不负所望,与他的哥哥刘齐衢一道考中进士。

接下去,户部主事、湖北德安知府、西督粮道陕西布政使又兼按察使、浙江按察使署布政使、河南巡抚,这是后来20多年的时间里刘齐衔历任的官位。林则徐确实没看走眼,虽然国力每况愈下,末世皇朝日显衰败枯萎之象,刘齐衔仕途前程却绸缎般徐徐铺展了。

宫巷14号房,就是在刘齐衔为官之后才购下的。他的哥哥则在光禄坊购下10至13号四座大院,据说有5000多平方米,前后五进,差不多将半个坊都占去了,气派得令人瞠目结舌。"一胞两进士"之后,又一起不同凡响地置房购屋,刘家两兄弟当年吸引了多少羡慕的眼光啊。

不过,更让人羡慕的不是兄弟二人,而是他们的后人。

清道光二十二年,即1842年,在鸦片战争爆发后两年,清政府与英国入侵者签订了丧权辱国的《南京条约》。根据这个条约,福州被辟为"五口通商"口岸之一,成为大宗进出口货物的集散地。到了咸丰三年,即1853年,福州更是成为中国四大茶市之首。在付出鸦片一批批运入、嗜烟者一批批涌现的代价后,福州街头也出现商贸的一片虚假繁荣。

绸缎布匹店、苏广百货、钱庄馆店、珠宝行、古书坊、裱褙店,这条从三坊七巷中央纵穿过去的南后街,挤挤挨挨被各色店铺占满了,所有这些华贵的店门都是为钟鸣鼎食者而开。那时,全城最繁华热闹的是南街,被称为"福州的琉璃厂",其次就是南后街了。

刘家介入商界是从刘齐衔的儿子辈开始的。

刘齐衔育有七个儿子,1890年在广州为官的大儿子刘学慰与在家的大弟刘学恂合资创办过一家糖厂,却很快就因管理不善及技术落后停办了。接着在1893年,他们又开设一家纸行,又被一场大火焚毁。

儿子辈不行,轮到孙子辈施展才华了。

刘崇佑,刘学恂的长子,刘齐衔的长孙,清光绪甲午科举人,后进入日本早稻田大学。就是从他开始,刘家接连两代人,几乎全部漂洋过海去日本、美国、德国留学。在那年那月,这样非同一般的求学经历会给刘家带来什么已经不言自明了,新知识、新思维与新的生存方式渗进刘氏家族的血液中,他们眼前一下子豁亮开阔了。

日本从19世纪60年代起兴起"明治维新",全力推行各个领域的变革,使小小的日本国进入高速发展时期。曾留学日本的刘家子弟,目睹了邻国日日蓬勃,心底也不免痒痒了。1910年,这群穿过洋装喝过洋墨水的青年,以爷爷刘齐衔留下的银两为基础,一口气将一年前刚开办就因资金不足、设备残缺而难以为继的耀华电灯公司买下了。

2005

"电光刘",现在福州已经很少有人知道这个称呼了,可在当时,却几乎全城皆知。

有一组数据现在看来十分珍贵:

1911年10月,福州电气公司用户数为234,电灯盏数为2998;

1912年7月,用户数为912,电灯盏数为8437;

1917年用户数为7190,电灯盏数为35073;

1924年用户数为11743,电灯盏数为64953;

1927年发电量2500千瓦,工人800多人,固定资产220万元,年纯利达15万元。

说它珍贵是因为近百年前,一家私营企业就已经有非常规范化的年报表,用户多少、盏数多少、发电容量多少、发电总度数多少、电费收入多少、收入支出及纯益多少等等等等,一切都如此详尽有序地陈列出来,并且妥善保存了下来。数字是沉默的,数字又是无所不言的,透过这一份份发黄的表格,我们看到一家企业有力的管理与有序的运转,那是在20世纪20年代啊。

电灯把福州城照亮了。灯光自然最早在刘家大院熠熠闪耀,照着雕花的窗子,照着曲线优美的风火墙,并从门缝中漏出,投到了宫巷幽静的沙包土路面上,投到往来行人好奇兴奋的脸上。

在电气公司轰动一时之后,刘家马上把目光投向另一个相当诱人的项目上:电话。

1876年英国人贝尔在美国专利局申请了电话专利权,之后,这个人与人之间最便利的沟通交流工具就在全世界蔓延开来。1882年2月21日,丹麦大北电报公司就在上海开通了第一个人工电话交换所,当时用户只有二十多家。

福州的电话最早出现在1897年,在全国属较早有电话的城市。但与当时的上海、北京一样,也是由外国人置办的磁石式交换机一部,在各国领事、主要洋行以及若干洋人住宅间通话。1904年,闽浙总督衙门置备三部磁石式交换机,容量共100门,属内部小总机性质,仅供官府使用。1912年,官办的电话被私人接管了,成立了福建电话股份有限公司,控股者仍然是刘氏家族。

散文

200,这是福州市民最初的电话用户数,1921年增至600部,1929年购买回1500门美国制造的史端乔自动交换机后,用户上升到1100户。小小一个话匣子,竟可以将千里之遥的声音真实传递过来?刘家的大门外,应该总断不了张着疑惑双眼探头探脑的人吧。他们看到了什么?看到满脸红光神采飞扬的刘家男人进进出出,他们连背影都是意气风发的。

电铁工厂、玻璃厂、制冰厂、油厂、锯木厂、梨山煤矿公司、刘正记轮船行、天泉钱庄、数家典当行等等,刘家创办或参与投资的企业达12家之多,几年间接二连三锣鼓喧天地开张,这在当时的福州,与爆开一枚枚炸弹应该无异。

这里(南街花巷口)原先是刘家开设的天泉钱庄所在地。这个钱庄发行的信用流通券据说在福州市面上的信用度,甚至一度超过国家银行所发行的纸币,不仅在市内可以流通,市区周围的几个县也都可通用,单凭这一点,就可以想象得出天泉钱庄的兴旺景象。银子像潮水一样滚进宫巷,滚进宫巷的刘家。他们成为当时福州的首富。

30年代初期,电气公司设立了农村电化部,还在洪山桥科贡农村设电气化农场,开架设总长22.6公里的33千伏输电线路,开始向长乐连炳港送电,灌溉五万亩农田。福州至长乐,一条宽阔的乌龙江横亘其间,便在两岸建高54.9米的铁塔,电线从这一头到那一头横跨江面730米。很容易吗?以今天的科学技术一点都不难,但在当时,在上个世纪30年代,它是全国过江跨度最大的一条电线工程。1941年,日本军从长乐登陆,入侵福州,这一条水电设备也没有逃过魔掌,从此失去生机。从1934到1941年,高耸的铁塔与在头顶线面般丝丝越过的电线成为时尚一景,让过往的福州人看到现代工业迷人的一角。

刘齐衔的孙子中,最杰出的是刘崇佑和刘崇伦。

刘崇佑几乎不插手家族的商业活动,他热衷于另外的事。1911年3月他与林徽因的父亲林长民一起创办了福建私立法政学堂,那是全中国三所最早的私立政法大学之一,他任董事长,林长民任监督,即校长。但是,真正让他扬名的不是办教育,也不是当福建省谘议局副议长,而是后来所从事的律师这个职业。在日本,他学的就是法律,真心所爱的也是这个职业。仕途本来挺看好,教育也办得有模有样,突然之间,他返过身来,竟又成了名噪一时的大律师。

有两起重大的历史事件跟他有关。

"五四"运动爆发后,福州人抑制日货特别起劲,日本驻华大使就说过:"闽仇日最烈。"1919年11月16日,日本"敢死队"六七十人在台江用刀棍砍杀青年学生及上前劝阻的市民,进行报复,这就是震惊中外的"台江事件"。很快,学生罢课、商店罢市先在福州展开,接着全国纷纷响应。周恩来那时还是天津的学生会领袖,带头游行、抵制日货,又同四位学生代表一起到直隶省公署请愿,被逮捕。学联于是聘刘崇佑为律师。周恩来出狱后,被推荐赴欧留学,刘崇佑还赠与五百元作为路费。

第二件是1936年"七君子案"发生后,刘崇佑作为律师之一,长髯垂胸、慷慨激昂地登上了辩护席。"国家到了今天的地步,做中国人,有哪一个不要救国?救国是一种义务,也是神圣的权利。"他的话声若洪钟,每一句都咚咚作响,余音绕梁不绝。

而刘崇伦走的路却与他大哥大相径庭。其他兄弟去留洋学的大都是法律,只有他不同,进入东京高等工业学校电气工程专业,刘家兴办电气公司与他有着非常直接的关系。1927年,41岁的刘崇伦全盘接手了整个家族企业。行走在二三十年代福州还相当狭隘的街头,宏大的理想壮志总是令这个身材不高却眉清目秀的刘家子弟目光如炬、步履铿锵。

然而,刘崇伦仅活了51岁。

一个腰缠万贯日理万机的富商,时间对他来说真正可以与金钱划起等号来,即使是年轻美貌的爱妾被公司中一个外籍职工诱走,他也仅挥挥手不去顾及。可是有一天他却从波涛般滚滚而来的金钱中抬起了头,他看到了什么?看到日本、那块他曾经学习生活过的土地上,已经有人、很多人龇牙咧嘴地磨刀霍霍了。

1927年,日本首相兼外相田中义一不是提出过一个极其卑鄙无耻的"满蒙积极政策"(世称"田中奏折")吗?其主要内容就是阐述侵略中国的方针策略。"九一八"之前,刘崇伦不知从什么渠道得知"田中奏折"的内容。田中要"征服"的目标第一步是台湾,第二步是朝鲜,第三步是满蒙,第四步是全中国,第五步是全世界。"欲征服中国,必先征服满蒙;

散文

欲征服世界,必先征服中国。"太可怕,居然是这样的狼子野心!刘崇伦急急托上海印刷局复印多册,秘密散发。中国不能蒙在鼓里,得尽快醒来,每个人都应该"知暴敌侵略之将至"!他就是这么得罪了日本人,1937年抗战爆发后不久,刘崇伦去台江博爱医院割痔疮后回家途中被绑架,继而被杀害。葬尸何处?至今不知。

最鼎盛的时候,刘家把周围的两三座房子都买下了,连成一片,十分壮观,细细算来共有8进。但现在,却仅剩两进老屋残留在老巷里了,面积880平方米。岁月不能吞噬的是高墙的伟岸、薄窗的灵秀。前尘往事滔滔不绝地流逝,只有花厅小池里这些肥硕的红鱼一如既往地神闲气定。当年雄姿英发的刘家子弟可曾偷闲凭栏,俯视过诗情画意的这一幕?问鱼,鱼不语。

三坊七巷中,年代最久远的商家,能找得到姓名并保留下故居的,要算黄巷中的葛氏家族了。

黄巷与刘家所在的宫巷仅隔一条安民巷,所以,从刘家徒步走到黄巷,大约也仅需两三分钟。

但葛家与刘家的经历却有天壤之别。

严格说起来,葛氏家族其实不是真正意义上的商人,他们的祖先甚至不是汉人,而是古麻剌朗国的国王斡剌义亦奔敦。

麻剌朗国在哪里呢?现在世界地图上已经找不到这个国家了。而麻剌朗国的国王后人,为什么最终却落户三坊七巷?

古麻剌朗国位于今菲律宾棉兰老岛上,明朝永和年间,郑和率三万舟师浩浩荡荡屡下西洋,带去了中国的茶叶、丝绸、陶瓷、铁具等,并将当地的珍禽、宝石、香料、金器带回,这种物物交换后来流行至民间,沟通了中国与东南亚地区的贸易往来。中国强大的财富所显示的力量渐渐渗透进了沿途各小国的政治事务中,自郑和第一次下西洋后,外国来明廷朝贡的使臣络绎不绝。永乐十八年,即1420年,古麻剌朗国国王带领妻子、陪臣以及众多南国特产,随同归国的中国使者张谦千里迢迢奔赴北京,向明成祖朱棣朝拜。

明朝廷对此很受用,慷慨赠与服饰、仪仗、鞍马和丝织品。第二年四月国王离京时,明朝廷又赠大批金银钱和丝织品。本来挺高兴的,宾主双方都其乐融融,不料古麻剌朗国国王回国途经福州时,却突然染病而死。明朝廷立即派礼部主事杨善前来祭悼,赐予谥号"康靖王",命福建地方官为他建造茔墓,以国王礼安葬于西门外茶园山,春秋致祭。

国王死了,陪臣们就留下来守陵,取"葛"为姓,其子孙的生活费用由明朝廷供给。

这里(现茶园山小学)曾是麻剌国国王的陵墓所在地。葛氏虽是为守陵留在福州的,毕竟世事春夏秋冬不尽更迭,他们的呼吸吐纳渐渐就与当地人融到一起,一样走科举路,一样为官经商,一样婚丧嫁娶传宗接代。

与黄巷相对的,是衣锦坊。

衣锦坊是因为宋宣和年间的陆蕴、陆藻和南宋淳熙年间的王益祥而名声在外的。陆蕴是福州知州,陆藻是泉州知州,兄弟俩各自奔波宦海,多年没聚首,终于相会于故乡,彼此相看,官相福相不分伯仲,一高兴,便将居地取名"棣锦坊"。后来进士出身的江东提刑王益祥仕归居此,又索性改成了"衣锦坊"。他们有权有势,的确可以得意洋洋地衣锦返乡。而衣锦坊31号的欧阳家,却是另一番情形。

房子不是在欧阳氏手中诞生的,建造它的是一位盐商,不是建一座房,而是建一片,几个院落一大片相连,那是乾隆十五年,即1750年的事了。据说盐商姓郑,名字不详,没有人说得上了。曾经那么风盛一时,纸醉金迷,荣华富贵享不尽,家族却日日衰败如清冽秋风中的枯叶。到了1890年,皇帝已经换了五位,轮到那个可怜巴巴的光绪尴尬地坐在龙椅上时,欧阳家的人来了,做起其中一个院落的主人。

家族发迹于一个叫欧阳宾的人。

欧阳宾的父亲原先在乡下给财主家当长工,财主在福州开有一家钱庄,见他老实厚道,就派他到钱庄看门。欧阳宾兄弟几个被父亲一同带到城里,进钱庄当起学徒。一穷二白的艰难起步,欧阳宾咬着牙慢慢走过来,滚下的汗珠一滴滴在地上砸成白花花的银子。若干年后,欧阳宾也开起钱庄,当起老板。

有家有业,就得购房子。欧阳宾与二弟欧阳玖一起,在衣锦坊购下这座屋。乡下一个小长工的儿子,居然住进这样的街区,他们长吁一口气,又惊又喜得几近难以置信,连梦里估计都要吃吃笑出声了。

散文

  几年后,利用钱庄的流动资金,欧阳宾又相继在南街和仓山大岑岭开了两家屈臣氏药房,这是福州最早的西药房。接着,德记水果行、新太记百货店、小桥头新泰铁行等也陆续开张。很不错,欧阳宾非常知足。

  这道厚达 80 厘米的鞍形风火墙,据说当年修筑时曾灌进大量的糯米浆,所以至坚固如似铁,足见那位郑姓盐商的财大气粗。

  客房这八扇大门都是用楠木、红木细细嵌镶雕凿而成的,门上甚至还镶入 100 多幅由黄杨木树根雕刻的花鸟图案,可以随意拆卸下来,以便清洁。

  这道小门是通往另外一户人家的,走过去,就是伪满洲国总理郑孝胥的家。

  毫不相干的两房人家,为什么留一道相通的门?

  福建多山多林,木材资源丰富,即使是大户人家的房子,以前也多是木构建筑。木头房火灾是大敌,两家留一道门,原来是为了防火,一旦发生不测,彼此可多一条逃生的路。

  房子虽不是欧阳宾亲手修建,但在年复一年细致周到的翻修维护中,他的汗水已经渗进这里的一柱一板一砖一石。

  民国初期,因为一些连现在欧阳家的人都无法了然的原因,所经营的钱庄倒闭了,欠下一屁股债,这座屋子不得不典当出去,一家人到安泰桥附近租下几间小房苟且对付。三年后,欧阳宾在烟台海军学校毕业的四儿子欧阳勋已经是海军"海容"号的舰长,是他倾囊付出五千大洋,将房子重新赎回。得而复失、失而复得,多了这一份辛苦波折后,房子的分量也顿时不同寻常了。多亏了这个四儿子啊。

  仓山大岑岭屈臣氏药房开张后,很快就在店后购下一个院子。兄弟俩携走了这么久,两个大家合住一起,已经越来越挤,该有个新开端了。于是,欧阳玖带着家眷搬到大岑岭居住,药店也由他经营,衣锦坊的房子则全归欧阳宾。

  然而与房子相比,人的生命毕竟更脆弱。民国 15 年,欧阳宾去世了。临终前,他执意做了一件事:给 14 个儿子一一指定了居住的房间。

  而且,他留下话:房子只许住,不许租,更不许卖。

  他的后人记住了这句话。除解放初期厅堂曾成为省军区被服加工厂车间外,其余的时间里,没有任何一个外人被安顿到屋檐下。

总面积40.2公顷的三坊七巷,明清时期曾拥有高宅大院一千多座,在岁月的摧残下,如今仅剩200多座了,在它们中,欧阳家是特别的,特别在于它被保护得最为完好。

从社会最底层一步一步艰难跋涉而来的欧阳氏,自始至终都是小心翼翼的,小心翼翼做人,小心翼翼做生意,小心翼翼维护这个家。黄巷葛氏家族天生的贵族气,他们没有;宫巷家底殷实的刘家,他们望尘莫及。三坊七巷中还有数不清的名门望族,他们也丝毫不敢攀比。每每从黄巷、宫巷或者其他坊巷走过时,欧阳宾是什么心情呢?

宫巷的刘家是林则徐的大女婿刘齐衔,几步之外,就是林则徐三儿子林聪彝的老家,再几步,则是林则徐二女婿沈葆桢的故居。虽然一天学也没上过,但欧阳宾仍然知道,这个沈葆桢可不是等闲之辈,当年他跺个脚,一大片地都会嗡嗡震动。

之三:严复与郎官巷

1921年10月3日,一阵阵沉重的喘息声从郎官巷这所房中传出。一位老人在这张书桌旁艰难写下遗嘱。

他曾积极倡导西学救国,翻译包括社会学经济学逻辑学等在内的8本西方科学著作;却告诉儿孙:中国不灭,旧法可损益,必不可叛。

他曾在报上痛陈鸦片害民,自己却无奈染上烟瘾,因此告诫儿孙:人要乐生,以身体健康为第一要义。

他曾大声疾呼废除八股,自己却参加四次科举,于是告诉儿孙:要知做人分量,不易圆满。

24天后,这个叫严复的大学者死在他郎官巷的寓所中。

在三坊七巷中,郎官巷现在的长度最短,只剩一百余米了。宋朝时,一个叫刘涛的人住在这里,他的子孙都是郎官,巷名由此而来。其他六条巷都是笔直的,只有郎官巷是弯曲的,所以,据说当年它的长度列七巷之首。

中日甲午战争后,从郎官巷出去的林旭,与在京会试的1300多名举人一起参加了康有为发动的"公车上书"行动,要求拒和、迁都和变法。1898年9月5日,年仅23岁的林旭被授予四品卿衔充军机处章京,光绪帝诏书多出自其手。9月底,维新变法失败,光绪帝被慈禧太后囚在瀛台,林旭则与谭嗣同、刘光第、杨锐、杨深秀、康广仁等六人一起,在北京宣武门外的菜市口被腰斩,史称"戊戌六君子"。临刑前,林旭仰天长啸:"君子死,正义尽!"然后大笑,声若洪钟。之后,他一截两断的身子被缝合起来运回福州,按风俗却进不了巷子,灵柩只能寄藏在金鸡山麓的地藏寺里。当地的保守派对林旭的变法行为恨之入骨,连尸体也不肯放过,竟用铁钎在火中烧红,然后将棺材捅穿。

林旭的妻子沈鹊应,即是福建船政大臣、两江总督沈葆桢的孙女,悲伤之中,坠楼自尽,与林旭合葬于崎下山。死时,他们还未生育一儿半女。

林家的房子现在已经踪迹全无了,甚至他的墓地,在都市行进步伐中,也早早被吞没。

跟他一比,严复是幸运的。

严复的旧居被完好地保存了下来。

其实这只是严复晚年的住处,他的老家不在这里,而在福州郊外的阳岐村。

七岁时严复就入私塾读四书五经了,如果不是生活突然出现变故,估计他也会按父辈所希望的那样,一直往科举路上走下去。可是1866年,一生行医的父亲在给人治病时染上霍乱死去,家中唯一的支柱倒下,留下孤儿寡母,生活难以为继。就在那年的11月,船政大臣沈葆桢主持的福建船政学堂开办了,学生入学后,衣食住全包,每月还发四两纹银的津贴。就是因为这个条件,12岁的严复背离了科举之道,以第一名的成绩被录取为船政学堂第一届学生,学的是航海驾驶。

福建马尾船政第一届驾驶专业招收了105人,经过五年严格的学习考核后,只毕业了33人,而严复的成绩在最优等之列。

一切仿佛都已经注定,船政学堂走出的人自然该登上那时还是稀罕物的船舰。

"建威"号,这是严复最初实习的船只,他随这条船政局自制的船到

2005

过香港、新加坡、槟榔屿等港口，接着随"扬武"号抵达过日本的长崎、横滨等地。世界在他眼前一下子展现出别样的色彩，这是埋头四书五经中的人绝不可能见识到的，不知道站波涛之上极目远眺时，严复的心里是否有几丝庆幸掠过？

当然，更大的幸运还在后头。1877年，也就是在林旭出生的第三年，严复与刘步蟾、萨镇冰等32位船政学堂毕业生一起去了英国，那年他23岁。

在很多人的印象中，严复是位纯粹的文人，但在英国格林威治海军学院，他学的却是军舰的驾驶技术，具体的课程是数学、物理、化学的基础教育以及操船专门教育，跟"文"真是一点都沾不上边。毫无疑问，政府为严复他们定下的未来身份是军人，他的同学刘步蟾、萨镇冰等人后来不都成了著名的海军将领吗？

1879年8月，严复从英国如期归来时，确实进入马尾船政学堂任教，所从事的仍然是与航海驾驶有关的职业。第二年，李鸿章在天津创办了北洋水师学堂，召他去任总教习，1889年晋升为会办，相当于副校长，1890年又升为总办，就是校长了。在这个地方他一呆二十年。

人生行进到这样的境地，俸禄尚可，实权些许，应该也很容易松弛下来，好好消受一番了吧。但是发生在1894年7月的一件大事电闪雷鸣而来，简直醍醐灌顶。

中日甲午战争，世界海战史上持续时间最长久的一次海战，日本人借此一战，迅速崛起于东亚，并跻身于世界军事强国之列，而清王朝则一败涂地，国几不国。1600余人，这是在前后长达七个月中日海战中死去的中方海军人数，他们中大都是福建人或是从福建船政学堂走出的精英，包括同严复一起赴英的刘步蟾，船政学堂同学邓世昌、林泰曾、林永升，还有许许多多其他的同学、朋友以及学生们。刘步蟾是"定远"舰管带，邓世昌是"致远"舰管带，林泰曾是"镇远"舰管带，林永升是"经远"舰管带，都是好不容易才组建起来的北洋水师的脊梁啊，一夜之间，却全部命丧大海。一向以"天朝大国"自居的大清帝国，竟然惨败给日本这个弹丸小国，太可怕了！每每午夜梦回，锥心疼痛总是铺天盖地地袭来。

没有到第一线去浴血奋战的严复开始以笔作战了，他有太多的悲愤

散文

要喷发,太多的忧伤要发泄。1895年2月至5月,在天津《直报》上,他连续发表《论世变之亟》、《原强》、《辟韩》、《救亡决论》等一系列的政论文章,每一篇都激愤而且犀利。中国缺少坚船利炮吗?不是。中国缺乏猛将勇士吗?更不是。78艘军舰,总排水量85000吨左右,这是甲午战争爆发前中国海军的兵力情况,实力排在世界第八位。而日本则仅有31艘军舰,总排水量不过60000吨左右,实力排在世界第十一位。战事过程,中国官兵拼死抗争、誓与船舰共存亡的气概感天动地气壮山河。

那么我们究竟败在何处呢?严复把眼光投向了国家的制度。的确到了该好好反省的时候了,到了该睁大眼看看世界诡秘多变的时候了。

1897年,严复在天津创办《国闻报》,主要刊登国内外时事和发表社论,每天一张,同时还附有旬刊《国闻汇编》,陆续将中外有保存价值的文章辑入。开民智、新民德、鼓民力,这张报纸成了严复表达自己思想的极好阵地,一连有27篇文章刊出。他认为,"不变于中国,将变于外国",中国自己图变就能强大,如果被外国所变,中国则亡。

1897年12月,严复翻译的英国博物学家赫胥黎的《天演论》开始在《国闻汇编》中陆续发表。"物竞天择,适者生存;弱肉强食,优胜劣汰",中华民族已经到了最危险的时刻,再不清醒过来,连立锥之地都可能失去啊。

1898年《天演论》单行本出版,全国震动,重印达数十次之多。19世纪末期,一本英国人写的强调生物界生存斗争、选择淘汰的进化论观点的书,经过严复之手后就这样成了畅销书,并且在中国大地上影响深远。

这样一个脑中装满西方资产阶级理论学说的人,犀利的双眼早已透彻看穿中国铁板一块的旧制度旧体制的弊端,然而非常奇怪的是,从西方回来后,严复有很长一段时间里,曾经对科举恋恋不舍。

从隋朝兴起的科举,寄托过中国文人多少梦想啊。因为父亡家贫,年少的严复黯然退出此道,退了便退了,谁知后来,在他身为北洋水师总教习,甚至副校长、校长之后,竟还先后参加过四次乡试。他先是为自己捐了一个应试的资格,然后1885年回福建应乡试,没有中;1888年、1889年两次入京参加顺天乡试,又没中;1893年4月,他不小了,已近不惑之年,竟再回福建应试,还是没有中。许多书上将他执意应试的目的解释为"要改变职微言轻的状况",真是这样吗?经由科举,成为举人、进士、翰林而至公卿,传统老路吸引别人可以理解,熏过洋风喝过洋墨水的严复为什么也有如此幻想?十三岁的林觉民在被迫应试时不是都敢写下"少年不望万户侯"然后扬长而去吗?英姿勃勃的北洋水师学堂的学生一茬茬地来,一茬茬地去,成了万里海疆上的中坚力量,这难道还不够他油生光荣感吗?

还是因为甲午战争。如果中日在海上没有那一场恶战,严复的科举梦可能还会一直做下去,可是战争却让他一下子清醒了。甲午战争几乎就是大清国彻底走向衰败、日本迅速走向强大的一个分水岭,那么对于严复来说,是不是也是他人生的一个重要分水岭呢?那以后,他从八股文中解脱出来,像一名斗士一样跃上战场了。

一位对严复颇有研究的老先生说,严复性格外向,偏激进。

把"激进"理解为"激情"或许更准确。国难当头,一个缺乏激情的人,是很难怒吼一声、拍案而起的。

《天演论》之后,他又马不停蹄地翻译了英国经济学家亚当·斯密的《原富》,英国思想家穆勒的《名学》和《群己权界论》,英国社会学家斯宾塞的《群学肄言》,英国学者甄克思的《社会通诠》,法国思想家孟德斯鸠的《法意》,英国学者耶芳斯的《名学浅说》一共八部。浩若星辰的外国著作,他选择的却是能给贫弱不堪、列强虎视之下的中国以启迪、警示与召唤的书。在他之前,没有人把西方资产阶级思想家的代表作如此系统地介绍到中国,这些书像及时雨一样灌溉进学问饥荒中的知识界,顿时令他名声鹊起,到上海等地演讲,场面之热烈,大约与今天的影视明星有几分相似。

就在《天演论》单本出版的那一年,严复的命运差一点又有一个大转变。1889年6月,光绪帝下诏书,宣布变法,比他年轻21岁的老乡林旭等四位四品卿军机章京一起向光绪推荐了严复,光绪挺器重的,召见了严复,虚心地听严复说了一番外面世界的情况。严复想必是激动的,也很愿意好好表现一下,回来后就写下了《上皇帝万言书》。可惜还未等他抄呈,慈禧太后就发威了,林旭等人被害,光绪被囚,流水落花春去也。万幸的是带血的刀没有对准他的脑袋,他逃过一劫,命是保住,心却伤得

不轻。"临河鸣犊叹,莫遣寸心灰",这是《戊戌八月感事》一诗中的两句,提笔之时,他的手是颤抖的,因哀痛、惋惜还有后怕颤抖。

十来年后清朝灭了,民国成立了,袁世凯称了帝又倒台了,是是非非,起起落落,世事的风云从眼前浩荡而过。乱世之中,他无法成为旁观者,袁世凯委他以北京大学校长、总统府顾问、政治会议议员、众议院参政等职,他终于脚步踉跄一下走进了叉道,成为筹安会的一员。相识近三十年的友人称帝复辟,要严复出来鼓鼓掌,甚至想让他再动动笔杆子呐喊几声,这事能做吗?真是左右为难啊。他把袁世凯亲信送来的四万元支票退还,却又对未经他同意就被人冒列筹安会一事三缄其口,这样的日子过起来真是无趣且窝囊。想必他自己比谁都清楚地看到,当年敢于为国家的存亡拍案而起的血性,已经随着逝去的岁月一点点地从他身上流失了。

终于,复辟失败,袁世凯完蛋了,北京政府通缉筹安会祸首,严复没有被列入,谢天谢地,他又侥幸逃过一劫。但他毕竟老了,严重的哮喘病让他的身体比实际年龄更快衰老了,豪情壮志已经渐渐淡去,于是他开始想家。

1918年的归来是带着最钟爱的三儿子严叔夏回老家与他的挚友陈宝琛的外甥女林慕兰结婚,这门由陈宝琛亲自保媒的亲事,肯定让他十分中意。12月9日晚到福州,16日在老家阳岐买下一幢"玉屏山庄",24日举办订婚仪式,1919年元月元日(即农历十二月初一)举行婚礼,办了30桌酒席宴请宾客。不到一个月的时间,一对陌生男女就这样走到一起了。这桩婚姻的前半段不知怎样,后半段却是不幸的,不幸的根源主要不在于他们,而是时局所致:抗战时期,林慕兰带子女避在上海;日本投降后林慕兰又带子女去台湾探亲,然后就再也没回来,像牛郎织女一样夫妻俩被永远隔在了海峡两岸。

在60岁之后,严复就得上了哮喘病。那次从北到南,漫长的回家路靠的是火车,半路上哮喘病复发了,每一步路都走得他上气不接下气。他为儿子儿媳购下"玉屏山庄",本来自己也准备在那里小住的,恰好此时福建省督军李厚基在郎官巷替他买下这幢房送上。李厚基是在海军总长刘冠雄的保荐下,才获得这个位子的,所以一直对刘大人感恩戴德,而刘冠雄除了跟严复是老乡外,又是严复在北洋水师学堂任教时的学生,就因了这层关系,见严复千里迢迢地回到福州,李厚基就以房子作为礼物奉上。

严复笑纳了,但他住得不舒服,这个不舒服不是因为环境,环境其实太好了,出行方便又清静幽深,所住的也都是达官贵人,高宅大院幢幢相连。严复的不舒服还是源于自己的糟糕的身体。

41年前,作为中国有史以来首次由政府派赴欧洲的留学生,他离开故乡远行时意气风发健步如飞,眨眼之间,却已经两鬓白发步履蹒跚了。多少次魂牵梦萦的地方,重新再踏上时,青山依旧在,夕阳依旧红,可是故乡的风刮动的却是他稀疏的胡子,以及如影相伴的风箱抽动般沉重的一呼一吸。

这一次回闽,他住了十个月,然后乘船离去。两年后,才再次踏进郎官巷。身子更腐朽了,喘息更艰难了,唯一快慰他的是严叔夏的儿子严侨已经开始牙牙学语了。大儿子严璩仅生了一个女儿,二儿子早夭,三儿子终于为他生下一个孙子。当时他还是在北京得到孙子降生的消息,竟大放鞭炮隆重庆贺,甚至不顾病体,马褂长袍穿戴整齐持香叩谢祖宗,极度的欣喜之情溢于言表。拖着羸弱之躯千里迢迢从北京归来,是已经预感不祥而求叶落归根,还是急着在有生之年看孙子一眼?这个问题也许只有他自己能够回答了。

总之他回来了,再也不走了。1920年10月29日起,郎官巷16号的花厅楼上又开始不断传出一个老人粗粗的喘气声,花厅前的假山花木即使再精美芳香,估计他也打不起精神探出头观赏片刻。太痛苦了,为了止痛医生给他"特效药",他病不择医,一口吞下,谁知竟是鸦片,而且一次成瘾,病却还是每况愈下。

当年,林旭在光绪帝身边呼风唤雨时,严复可曾有过羡慕?林旭把他引荐进皇宫时,严复可曾感激不尽?然后,站在郎官巷家门外,望着几十米外日渐荒芜凄凉的林旭家,严复又可曾有万千感慨涌上心头?关于这一切,严复很少表露。在《哭林晚翠》一诗中,他表达了对林旭的悼念,至于其他,他似乎并没有更多的言语。

1921年夏天,他在二女儿的陪同下去福州鼓山喝水岩避暑,写下

《灵源洞》与《避暑鼓山》两首诗,这可能是这位著作等身的老人写下的最后文字吧。

这一年的 10 月 27 日,他死在郎官巷家中。

在福州这条如今看上去极不起眼的老巷中,中国近代一位在思想界产生过极大影响的老人合上了眼睛。他把自己最后的灵魂永远放进幽静的郎官巷中。

他的墓志铭由他的好友、儿媳林慕兰的舅舅陈宝琛所写。而此时,陈宝琛正在北京的皇宫中,做着中国最后一个皇帝溥仪的老师,千辛万苦地试图支撑住末代皇朝风雨飘摇的身子,最后仍是枉然。

之六:杨桥巷 17 号

一百三十多年以前,科举制度在中国仍然令无数人趋之若鹜,一位 13 岁的少年在参加童生试时,却语惊四座,匆匆写下"少年不望万户侯"七个大字,然后扬长而去。

过了十来年,少年长成了青年,当他再次落笔抒怀时,写就了一生最后的文字,也写成了一封中国最著名的"情书",那就是《与妻书》。

少年就是在这座屋里出生、长大,他叫林觉民。

民国初期,三坊七巷中最北侧的杨桥巷被辟为马路。从唐代一直延续下来的完整坊巷格局遭受了最剧烈的一次破坏。巷从此成为路,繁华与时尚在日月星辰的笼罩下,潮水般一天天涨起。这个古朴的朱门灰瓦曲线山墙却成了异类,终于还是顽强地在钢筋水泥的丛林中坚守了下来。

房子据说建于清中叶,最初的主人是谁已经无从知晓,往上查,我们查到一个别号叫崧甫的男人,他是林觉民、同时也是林长民和林尹民的曾祖父。世事更迭,崧甫究竟是一介书生还是一员官宦?如今都没人知道了,除了这幢屋子,时光已经把他的一切永远吞没。然而,连他自己都万万不会料到,由他的血脉繁衍下去的后代子孙,竟一个接一个凸起,轰隆隆地把某个历史瞬间照亮。

林长民 1876 年出生,少时文章书法就名声不小,曾与林琴南、魏易等主编《译林》月刊，1917年7月任段祺瑞内阁司法总长，1918年任总统府外交委员会委员兼事务主任，1921年5月被推为中国首席代表出席世界国联总会。他的女儿林徽因更是才情盖世，风华绝代，横跨文学与建筑界，光彩至今熠熠。

1887年林家又有两个男婴先后降生，分别取名林觉民与林尹民。

林觉民的父亲林孝颖工书善文，尤其以诗赋著称，考中秀才后，就被逼与黄氏成婚。可是他不喜欢黄氏，结婚当夜就不进洞房。不如意的婚姻让他心灰意冷，从此无意功名，终日寄情诗酒。他与黄氏没有生育，他的哥哥怜惜黄氏孤单悲凉，把自己的儿子从小就过继给了林孝颖。也就是说林觉民其实不是林孝颖的亲生儿子，但林孝颖却一直视如己出，即使后来他再婚再娶，终于有了自己亲生的一子两女，也仍然对天资聪慧、能过目成诵的林觉民格外疼爱器重。

他亲自教导林觉民读书，颇下功夫，要求极严。看着灵气四射的儿子一天天长大，他的希望也一天天升腾起来，似乎已经伸手可触了。毫无疑问，以林觉民的才智，谁都相信他完全可以科举及第光宗耀祖。

可是，13岁的林觉民在被迫参加童生试时，却挥笔写下"少年不望万户侯"，第一个走出了考场。

林觉民要望的是什么呢？

这所福建省第一流的中学（福州一中），其前身是全闽大学堂。原内阁学士兼礼部侍郎衔陈宝琛曾赋闲在家兴办教育多年，1902年将著名的鳌峰书院改为全闽大学堂。林孝颖虽无功名，其诗文却为陈宝琛所赏识，将他聘为全闽大学堂的国文教师，15岁的林觉民因而也跟随进入这所学校学习。

林孝颖应该是想把这个不羁的儿子带在身边，以便于时时严加管教吧？怎料到，正是在这所戊戌维新产物的学堂期间，各种新思想新学说风起云涌纷至沓来，将林觉民年轻的心灵丝丝缕缕浸润，平等与自由的理想像空气一样降临了。

19世纪末期，英、美、法等国都把中国当肥肉，急匆匆地来瓜分。1900年8月，八国联军攻入北京，清朝统治者忙不迭地求和自保，很快就签下了中国近代史上赔款数目最庞大、主权丧失最严重、精神屈辱最深沉的《辛丑条约》。中华民族无疑到了最危险的时候,各地挽救民族危亡之声日益高涨。

林觉民给自己取了一个号叫"抖飞"。他大概希望自己能够像大鹏一样,抖动翅膀直飞冲天吧。他开始渴望,渴望也能为这个陷于危难之中的民族做点什么了。

这里是林觉民常来之地(吉庇路谢家祠),他在这里创设了一个阅报所。一个个沉迷于鸦片的人或者一张张不问国家兴亡的木然脸庞;真令他又悲又痛,他把《苏报》、《警世钟》、《汉书》、《天讨》等革命进步书刊摆进去,希望能把更多沉睡的人唤醒,让他们睁开眼看一看危在旦夕的现状。

距杨桥巷不远处的衣锦巷原有一座七君庙,青年学生组织了一个爱国社,常在这里举行活动。林觉民曾在这里做过一场题为《挽救垂危之中国》的演讲,说到动情处,曾拍案搥胸声泪俱下。那天,全闽大学堂一个学监也夹在其中,他听后,悄然感叹一句:"亡大清者,必此辈也!"

城北这个其貌不扬的居民小区曾是一所私立小学所在地,是林觉民与朋友共同创办的,专门招收家境清寒的子弟入学,向他们传授西方学说。

在自己家中,林觉民也办起一个别具一格的"女校",首先他把自己新婚妻子陈意映动员进来,再把堂嫂、弟媳、堂妹等以及她们的亲友家属十余人动员来入学。林觉民除了教她们国学,还大讲封建礼教对妇女的压迫与束缚,并介绍西方国家社会制度与男女平等的情况。受他的影响,他的姑嫂接连放了小脚,走出家门,进入刚建立的福州女子师范学堂,成为该校第一届学生。

林孝颖拿这个离经叛道的儿子真是一点办法也没有了。1907年,尽管囊中羞涩,他还是让林觉民离开家,离开三坊七巷,离开妻子陈意映,东渡日本自费留学了。第一年专攻日语,第二年转入庆应大学学习文科,专攻哲学,兼习英、德两国语言。

林孝颖以为这样就可以让林觉民避开是非之地了,谁知此时樱花浪漫的异国,正簇拥着一大群忧国忧民的血性男儿,他们为之牵肠挂肚的,无时不是自己祖国的凄风苦雨。

2005

为首的当然是孙中山了。

1905年，也即林觉民赴日本前两年的8月20日，孙中山与黄兴等人已在日本东京创建了中国同盟会，成员主要是中小资产阶级和知识分子。孙中山被推举为总理，他所提出的"驱除鞑虏，恢复中华，创立民国，平均地权"成为同盟会的纲领。

林觉民到日本不久，很快就与这些人走到一起。他加入同盟会，成为其中极为活跃的一员。卓越的口才此时大派用场，林觉民频频到各处演说，语言与神态都极具感染力，被人形容为："顾盼生姿，指陈透彻，一座为倾。"除了说，他还写，《六国比较宪法论》、《驳康有为物质救国论》、《告父老文》等文章接连出笼。少年不望万户侯，他要望的东西，直到此时才真正清晰而彻底地升腾起来。

在林觉民到日本的前一年，也即1906年，他的堂兄弟林尹民已经先期来日留学。与文章满腹长相儒雅的林觉民不同，林尹民体格健硕、孔武有力，小时就能举起百斤石头，又曾拜师学少林武术，练就一身好武艺。

一文一武，兄弟二人相映成趣。

这期间，一个叫林文的人与林觉民、林尹民形影不离，三人同龄，又同为福州人，所以被人合称为"三林"。林文是大林，林觉民是中林，而林尹民是小林。林文睿智，林觉民儒雅，林尹民奔放，三人彼此欣赏，情深义重，干脆就合租一处同住了。

林文比林尹民更早一年来日本，他老家在福州华林坊，祖父中状元，父亲中举人。早年亡母，后又亡父。是他的姐姐林氏将他疼爱照顾。林氏是船政大臣沈葆桢的儿媳，住在宫巷，与杨桥巷相距几百米，说起来也算近邻了。1905年，林氏出资把林文送到东京留学，入成城学校学习普通中学课程，后入大学攻读国法学及国际公法。

林文是1905年11月13日宣誓加入同盟会的，担任由闽籍同盟会会员组成的东京同盟会本部第十四支部的首任支部长。林尹民本是他在国内的同窗密友，林尹民到日本后，最初也进入成城学校，与林文再次成为同学。正是由林文介绍，林尹民也加入了同盟会。

国事的日衰、清廷的腐败令三个血气方刚的青年痛心疾首，他们共同的偶像是孙中山，要民主，要民权，要民生。

散文

1910年11月13日,孙中山在槟榔屿召集黄兴、赵声等同盟会骨干举行会议,决定向海外华侨募款购置武器,从各地革命党人中挑选几百名敢死队员,在广州举行大规模起义,然后再策动广州地区一部分清新军、巡防营以及民军响应。计划在占领广州后即分兵大举北伐,再由各省革命党人发动起义响应。黄兴把此事密告在日本的同盟会机关。1911年初春,林文赴香港参与筹备广州起义的事务,林尹民留在日本承担武器军火的运输,而林觉民则回福建策动响应和选拔福建志士前去广州壮大队伍。

赴日留学之后,林觉民不是第一次回来,每年他都回来,但总是在放暑假时,而这一次,太突然了,连预先的通报都没有。家中房门被咿呀一声推开时,妻子的惊喜与父亲的惊诧扑面而来。正是春光璀璨时,怒放的樱花把远处那个小小的岛国装点得格外秀丽,林觉民找到了一个借口,他告诉家人:学校放樱花假了,他陪日本同学游览江浙风光,然后顺便回家。

妻子多么快乐。陈意映的家也在三坊七巷内,她的父亲陈元凯是光绪己丑科举人。

这个在诗书礼义俱全的家庭中长大的女子,身上少了粗野之气,多了灵巧与雅致之韵,能诗善文,眉清目秀。1905年嫁进林家后,她发现自己太幸运了,所嫁的正是少女怀春时梦中所千百回企望的那种正气浩然、才情飞扬又深情款款的伟丈夫。

斗转星移,沧海桑田,唯有男欢女爱的内容与形式亘古不变。这间小小的卧室仅容得下一床一桌,没有雕梁,不见画柱,最平实的朴素其实也承载得起最炽烈的情爱,它们附在木板的每个纹路中,攀在砖土的每个缝隙里,无时无刻不将浓情蜜情恣意散发。婚后第二年,他们的儿子林伯新就出生了。

她以为,丈夫其实是因为牵挂着她,才千里迢迢从日本赶回。

可是,林觉民回来了,却总不在家中呆着。他忙忙碌碌,一天又一天往外跑。

陈意映不知道林觉民在忙什么,父亲林孝颖也不知道。见过人生多少起落的林孝颖抚着自己渐渐花白的胡子,只能忧心忡忡地凝视儿子匆匆来去的背影。

这一次,林觉民在杨桥巷家中住了十来天,他先是到桥南社福建同盟会部,找总干事林斯琛等人通报准备起义的消息,并联络福州、连江等地的爱国志士,布置当地做好响应准备。

那几天,林觉民还经常出入西禅寺。起义武器紧缺,林觉民召集一些人在这里秘密制造了大批炸药。

然后,他要走了。

制出的炸药不能大摇大摆地运去,得巧妙乔装才能瞒过一路上的层层盘查。林觉民想出一个法子:把炸药装进棺材,然后让一个女人装成寡妇护送棺材去香港。

这个女人后来由方声洞的妹妹方君碧承担。

此项任务之危险,已是不言而喻,林觉民其实很不愿让别人的妻子或姐妹来承担,那他为什么不选择让自己的妻子陈意映来完成呢?

原来此时陈意映又有了八个月的身孕,行走已十分笨拙,哪经得起福州至香港漫长的旅途颠簸?林觉民原还是打算让陈意映去,但望着她高高隆起的肚子,内心矛盾再三,最终还是放弃了。

这一切,陈意映都蒙在鼓里。

十来天里,林觉民虽终日奔波,回到家中,却对她格外温存抚爱,她多么希望这样的日子能够持续下去,一直持续,直到地老天荒。腆起的大肚子里装着又一个新生命,将来,陈意映愿意有更多鲜活可爱的新生命不断到来,她要为心爱的男人一次又一次地生儿育女。

可是她留不住林觉民。

1911年4月9日,林觉民带着20余人从马尾登船驰往香港。春光笼罩下的故乡在他身后渐渐远去,他挥挥手,心里涌起一丝诀别的不舍。心里真的明镜似的,知道山有多高水有多险。如果行动失败,娇妻幼子老父以及弥漫着浓浓亲情的老屋,都将永不能再重逢。

按照原先的起义计划,起义时间定在4月13日,几百名敢死队员分十路进攻,破坏清廷在广州的总督衙门等重要行政机关,占领军械局,策应新军的防营,并在旗界九处放火扰其军心,以便完全占领广州。然而发生了意外,因为革命党人温生才自发刺杀了清广州将军孚琦,同时另

散文

有一批密运广州的炸弹被截获,清军戒备起来,不仅广州市内各处防范措施大大加强,还从广东其他地方调来兵力。

起义的时间不得不推迟。

4月11日,经过两天的海上航行,林觉民到达香港。此时,参加起义的人员陆续从各地赶来,包括原先留在日本的林尹民、方声洞等人在内。林觉民一趟趟地在香港与广州之间来来往往,负责把这批人护送进广州。

4月23日,黄兴从香港潜入广州主持起义工作,林文也随同前往协助。因为出了内奸,4月25日,清政府增兵广州,加紧搜捕,部分秘密机关也遭破坏。形势越来越危急。黄兴只得临时决定于4月27日发动起义,进攻计划由原定的十路改为四路。

4月26日夜,林觉民与陈更新、冯超骧等人一起,带领又一批从福建赶来的敢死队员坐船从香港启程,27日凌晨抵达广州。

这一天下午5点25分,起义开始。攻打广州总督署的这一路由黄兴带领,林文、林觉民、林尹民等100余人都归属这一路。敢死队员臂缠白布,脚穿黑面树胶鞋,腰缠炸药,手执枪械,呐喊着前进,一路奋战,迅速杀入总督署内,却发现两广总督张鸣岐等清大吏早已从后门逃跑。于是转攻督练公所,在东辕门遭遇赶来镇压的水师提督李准的卫队。林文听说李准部下也有一些清兵倾向革命,便向前高喊,希望他们同心合力共除腐败清王朝,话音未落,脑门中弹。

双方于是展开激烈巷战。林尹民被飞弹击中头部,仆地牺牲。林觉民则腰部中弹倒地,仍坚持战斗,直至力竭被捕。

这个地方曾是清兵水师行台衙门,被捕后的林觉民就关押在此。

林觉民一生最后的时光竟出现了一些富有戏剧性的场面:审讯时林觉民用流利的英语作答,主审的清将李准被林觉民的慷慨陈词所动,下令去掉镣铐,予以座位。林觉民欲吐痰时,他亲捧痰盂过去。

据说对革命党人恨之入骨的两广总督张鸣岐得知林觉民在狱中的情形后,说了这样一段话:"惜哉,林觉民!面貌如玉,肝肠如铁,心地光明如雪,真算得奇男子。"但张鸣岐又执意要杀掉林觉民,理由很简单,张鸣岐认为把林觉民这样的人留给革命党,是为虎添翼。

2005

林觉民死了。他与林文、林尹民一样,那一年都只有24岁。除了林觉民之外,林文与林尹民都尚未结婚。

经过广州革命党人多方努力,收敛了起义中死去的烈士遗骸七十二具,合葬于广州城郊的红花岗。那里遍地黄花,所以改称为黄花岗。

在黄花岗七十二烈士中,福建籍的就占了十九位。

七十二烈士合葬的大墓左侧,还有一个小墓,墓碑上只写着"连江四烈士",他们是福州连江人,却无姓名。十九加四,已有23人了。事实上福建人在广州起义中倒下的还绝不止这些。

在起义的前三天,也即1911年4月24日深夜,林觉民在香港滨江楼挑灯写下两封遗书,一封是给父亲林孝颖的(《禀父书》),另一封是写给妻子陈意映的。

那么意气风发的青年,人生的画卷才徐徐展开,生命的滋味还远未尝透,突然之间站到了生与死的边缘,却仍然可以从容不迫地抒写得如此绢秀灵动,字里行间没有丝毫潦草浮躁,连涂改都极少。此时,究竟需要多大的定力,才能做到如此的心静如水?

林觉民在广州被杀时,他的岳父陈元凯恰好正在广州任职,为避免清政府的满门抄斩,他托人连夜赶到福州报信,让女儿陈意映火速逃离。

春天枝繁叶茂百花竞放的绚丽中,住在这幢老屋里的七房兄弟,急匆匆将祖屋卖掉,狼狈四散。陈意映腆着大肚子带着一家大小七口人仓皇搬到光禄坊早题巷这幢偏僻的小房子中租住下来。房子的左侧,曾是一百多年前一位名重一时的诗人黄任的故居,二十多年后著名作家郁达夫出任福建省政府参议时,据说也曾在此借居过。

可是,这一切跟陈意映又有什么关系呢?

新婚不久,陈意映就曾请求林觉民远行时能将她带上,生死都愿相随。二十多天前,林觉民从家中离去时,陈意映无奈地靠在门上看着丈夫身影越走越远,泪眼婆娑,心乱如麻,却绝没想到那竟是永诀。

泪水浸泡了陈意映余下的所有时光。一天夜里,一个小包裹从门缝中塞入,打开来看,是林觉民在香港滨江楼上写下的那两封遗书。林觉民动身往广州前,把信交到谁手中了?又是谁冒着这么大的危险找到林家隐秘的躲避处,将信送达?这至今都是个谜。

散文

"吾居九泉之下,遥闻汝哭,当哭相和也。"

爱未死,人先去,肝肠寸断,心似枯井,叫一个娇弱的痴情女子如何面对这天人永隔的锥心之痛?丧礼不敢公开举办,只能打开窗户对天招魂。

5月19日,在林觉民死去不足一个月,悲伤过度的陈意映早产了,生下遗腹子林仲新。

两年后,陈意映也抑郁而死,追随林觉民去了。

把林家卖掉的房子买下的人叫谢銮恩,他的孙女谢婉莹,即冰心。

在《我的故乡》一文中,冰心曾对这幢房子有过生动描写。

但冰心却没有提到这幢房子曾经的主人。是不知道,还是忽略了?

20世纪30年代,中国文坛上曾经活跃着闽籍三大才女,林徽因、谢冰心和庐隐,其中有两位,竟都与这幢房子有着千丝万缕的关系。而庐隐,她的出生地也在三坊七巷内,只是不知道其具体的地点。也许就在这幢房子的左邻或者右舍?没有人能说得清,连杨桥路17号也沉默无言。

一座房子衍生出这么多的故事,与这么多名人相关联,在其他地方算得上奇迹了,在这里却不足为奇,这就是三坊七巷。

(选自《作家杂志》,2005年第8期,此处有所节选)

2005

杂色北京

李江树

从贞元元年（1153年）金代建中都算起，辽、金、元、明、清，北京在永定河冲积平原上五代建都已八百五十余年。纵观世界城市建都史，在布局、规模、延续时间三个方面，北京无疑是中国古代都城发展的最后硕果，也是世界同时期都城建设的最高成就。

今天，从曙色到灯焰，我沿护城河徐行，在七百多年前的元大都梯形城垣下踱步，或是攀上直插青云的电视塔向东眺望，我已经看不见也宏伟也残破的高墙灰瓦，看不见古柳依依的护城河，看不见城壕与城墙间的槐树与椿树，看不见历经七个世纪的环拱着皇宫的九座内城城门和七座外城城门，看不见元代就已经布局好的棋盘式道路网骨架与街巷胡同格局。

1952年始，北京外城城墙被分段拆除；1954年，西长安街上建于金代的绮丽的庆寿寺双塔被拆除；1957年，外城七门中最大的前有箭楼、中为瓮城、后是城楼的永定门因"妨碍交通"被拆除。1949年北平和平解放，2月3日，解放军正是最先从永定门进入北平；1958年，中轴线上的中华门被拆除；1965年地铁开工，内城城墙被陆续拆除；1969年，内城城墙被尽数拆除。至此，就只剩下了九门之首的正阳门城楼和箭楼、德胜门箭楼、东便门角楼和两小段城墙了（东直门城楼被拆除的尤为可惜，这是北京留下来的唯一的明代楠木建筑）。

扒城墙时为了清运，专门铺了临时的铁路。老式的蒸汽火车拖走了比它更老的城砖。

北京内城和外城城墙——这些砖石土木书写的史书——需要四千

余万块砖。金代筑城,东北女真族领袖,海陵王完颜亮几乎征用了全国的人力物力。运土是数万人从涿州始,以人手传递土筐。当时,参与搬运、烧窑、打造石料、上山伐木制城门的达一百五六十万人。"山河千里国,城阙九重门",对开的大门外包铁钉,正面的大泡钉均镀铜。明代修建城垣所需木料来自云、贵、川、粤等地。城砖墙砖来自山东临清、聊城,河南安阳。皇家宫阙的用料,琉璃瓦在湖南烧制,皇宫里墁地的金砖在苏州烧制,花岗石是安徽的,青白石是房山大石窝的。而石匠多为河北曲阳人。

中国古代有城必有郭,"三里之城,七里之郭,环而攻之而不胜……"(《孟子·公孙丑下》)"城必有郭,城以为民,郭以卫城",而在"郭"中的"城"与"国"是一体的,倾城就是倾国,城池破即国破。明代北京的城墙庞大坚固,城砖厚13厘米,重达14公斤。清代,为了增加城墙的抗震度和粘结度,砌墙时用糯米、白面、桐油调灰。

胡同——北京古老的城市小巷,城门被拆,必然殃及这些小巷。600年前,是一条条胡同勾连着"内九外七"座城门。现在,在"四通八达"这一规划原则下,在拆胡同最疯狂的阶段,北京的胡同以每年600条的速度在推土机的隆隆声中化为瓦砾。2003年,北京胡同只剩下1600条。

体现"天圆地方"建筑理念的、内敛而又向心性格的四合院是北京的市徽,北京城的微缩。四合院也从1949年的2050万平方米(包括故宫和寺庙),减至300万平方米(约3000余个院落)。而这其中只有658处被指定是要保护的。今天,四合院的数字仍在迅速逐年递减。大量的王府、侯门、抱鼓石上雕有狮子的簪缨世家的豪宅、庙宇寺院等文化景观被毁,许多重要的历史街区整体消失,每一天都有成片的老房被推倒。房地产开发商、某些官员、专家视古建为肉中芒刺,他们打着"危旧房改造"的名义,正迅速地以推平头的方式蚕食着老城的最后空间。倒塌的胡同陪祀着更早倒塌的城墙。对老北京人来说是那么熟悉而亲切的名字:扁担胡同、烧酒胡同、库司胡同、红罗巷、北竹竿、椿树头条等都已成为记忆。从宏大到精微,到底有多少细节被毁弃?古都的衰落已经宣告了统计学的无能为力。还有,那一种帝都气象,京韵京味儿的湮灭更是不可以言说的。

2005

 2008年奥运会是一个不错的理由。近年来,每天都有新的建筑在开工。每年竣工的大楼均超过1000万平方米,也就是说,每年在拆上百条胡同的同时,要新起五百余座高层建筑和多处大型公共设施。5.9%的老城地面,麇集了整个城市总量半数之上的交通与经济、商务活动。原本疏朗、平缓开阔的老城,现在的人口密度每平方公里14694人,是纽约人口密度的1.7倍(纽约8811人,巴黎8071人,伦敦4554人)。2020年,北京总人口将达到1800万。

 宣武门外有条香炉营胡同。明代,香炉手工艺人多聚居于此。香炉营头条的嘉应会馆是清末大诗人、变法维新的斗士、广东梅州人黄遵宪的故居。该胡同23号建有湖南会馆。毛泽东的老师黎锦熙在此居住。毛泽东多次造访,与先生共议国事。现如今,这条胡同早已灰飞烟灭。面向中高档消费的庄胜崇光百货(SOGO)门前,繁弦急管,且歌且舞:新款秋季女装正在热销中。

 粤东会馆在宣武区南横街11号,原为明代严嵩的别墅,"戊戌变法"时"保国会"旧址和维新派人士聚会之地。"保国会"就是在这里发出了"国地日割、国权日削、国民日困"的呼喊。1898年4月17日,二百余维新派志士在这个院子里灵府沸腾,康有为向他们慨然道:"吾中国四万万人,无贵无贱,当今日在覆屋之下,漏舟之中,如笼中之鸟,牢中之囚;为奴隶,为牛马,为犬羊。听人驱使,听人宰割。此四千年中二十朝未有之奇变。加以圣教式微,种族沦亡,奇惨大痛,真有不能言者也。"1912年9月,孙中山第二次来北京也在此居住,并向在京的广东人发表演讲。而就是这一处"戊戌变法"的标志性古建,有关部门却不顾众多专家和社会贤达的强烈反对,下达了"拆"的命令。"戊戌变法"百周年那天没敢动;1998年9月24日,"戊戌变法"百周年后的第三天,包工头带着13个四川兴文县农民,用铁锄、锹、镐将粤东会馆捣毁。拆下来的较完整的房梁、窗框、砖瓦运到顺义农村,廉价卖给当地农民。包工头说:"我在北京拆了8年,这种房子拆得多了。两三个月前,国子监那边的一个庙就是我们拆的。那个庙真大。我们管不了那么许多,'拆迁办'给钱我们就拆;给钱故宫我们也拆。"

 美术馆后街22号院是中国现代基督教领袖赵紫宸故居。赵紫宸之

散文

女赵萝蕤是《惠特曼全集》和艾略特《荒原》的翻译者,其夫陈梦家是新月派的著名诗人。除了人文意义,有三百多年历史的22号院在北京的四合院中算得上是一个精品:格局完整的院落中有落地雕花隔扇,其精雕细镂的"象眼"砖雕极为罕见。"集建筑、人文、文物于一身"的22号院经双方两年的拉锯,终于在2000年10月被推平,一座高层商业楼以异乎寻常的速度起于其上(近20年来,基本上都是房地产商屡战屡胜,建筑遗产的守护者步步为营,屡战屡败)。

北京大学的"蔚秀园"是光绪之父的住处。园内有大小三个湖。最大的比一个足球场还大。仲秋,满湖芦苇开着白色的小花。湖里还有一种很罕见的铁鱼。庭院中有白果树,枝杈上常落着小燕子。湖旁有假山小亭。颇有气派的四合院西南角有一株清初的银杏。园边的林子里能撞见松鼠、刺猬、黄鼠狼。秋天,林间小道上铺满了枯黄的落叶。现在,湖被填平。园内园外近百株古树——其中有一株两人合抱不交的老桑树——尽数被伐,"蔚秀园"已变成了教工宿舍楼。

明代制绳匠聚居的绳匠胡同几经改名:"神仙胡同"、"丞相胡同",1965年更名为"菜市口胡同"。这条胡同是迄今为止我们所知道的影响中国近现代史的重要人物先后在此居住人数最多的一条胡同,总数达三十余位。丞相许维祯、陈元龙在此居住;清代同治帝的老师、军机大臣协办大学士李鸿藻住711号;两江总督、直隶总督曾国藩住胡同北头;陕甘总督左宗棠住16号;诗人龚自珍1819年在菜市口胡同"休宁会馆"居住;蔡元培于光绪年间任翰林院编修时在菜市口胡同居住;"戊戌变法"六君子之一的刘光第住29号,康有为、梁启超经常来此与之相聚;秋瑾曾在该胡同所设女学堂任"教习",其间住在35号的"休宁会馆";1916年,李大钊在菜市口胡同路西办《晨钟报》,陈独秀、瞿秋白经常来此;鲁迅为图书馆选址的事不时到此找人;大律师刘崇佑资助周恩来赴欧,他住该胡同中段路西。在此居住的还有徐乾学、洪亮吉、毕沅诸人。1998年拓宽南北马路,菜市口胡同消失得踪迹全无。

北京胡同中仅有的一座造型精美、堪称上品的砖混过街楼——宣武区儒福里过街楼是观音院东西两院的连接通道。1998年9月,掘土机将其夷平。如此的暴殄天物引起了各界有识之士的惆怅、凄然、扼腕乃

2005

至愤怒。

广渠门内大街207号（原蒜市口16号）四合院，是目前所有红学家唯一认定的有案可考的曹雪芹故居遗址。雍正七年，曹雪芹的父亲曹頫被免职抄家，五六岁的曹雪芹从南京随家人到北京，在这一贫民区住了十余年。旧京的格局是"东福、西贵，南贫、北贱"。曹家所住的南城多为底层劳动者——木匠、棚匠、泥瓦匠、补锅匠、车夫、轿夫、送煤工、送水工还有民间艺人——所居住。蒜市口是个热闹的地方，从东面进京的人多过广渠门经蒜市口。蒜市口路南路北遍布饭铺、酒馆、油店、车马店。曹家所住蒜市口16号在路北。曹家迁至北京的情形，在雍正七年（1729年）的《刑部移会》中有所记载，接替曹頫官职的江宁织造隋赫德见曹家困厄，就把抄没的"京城崇文门外蒜市口地方房十七间半、家奴三对，给予曹寅之妻孀妇度命"。故居遗址院落格局完整。院中遗有石础、石磨盘等多处遗迹、遗物。北屋挂着"韫玉怀珠"的匾额。最值得珍存的是一直保存完好的过道四扇屏门上刻的"端正方直"四个字。红学家们考证，《红楼梦》中出现过的这四个字很可能是曹氏的家训。1999年，为了拓宽广渠门内大街，竟把207号曹家四合院给铲得片瓦无存。

今天，站在已被夷平、已变成柏油马路的遗址上，我翘首铅色的秋空，怃然良久，心痛如剜，胸中涌起着无尽的怊怅。北京，这个两度被异族入侵又两度被农民革命军所占领的城市，八百多年来，这在世界上都是一个特例，历史上几经动荡它都保存了下来。然而在1949年以后的五十多年里，在未经任何战乱的情形下，北京被大破大立，被拆除着老城和老城中的古建。这无异于一刀一刀切割着一个民族文化血脉的历史延续，毁损着一个民族价值无尽的文明与古典。

京城较老的灰砖灰瓦、梁柱结构和精细的砖雕石刻四合院多为明、清时所建。那时烧砖用豆秸和松柴。烧上好的砖则要用谷的秸秆——不同的燃料会使砖的硬度、韧度发生微妙的变化。第一步是选定土质并用小筛子细筛。筛毕的土要在水中沉淀数日。下一步才是踩实、脱坯、入窑，以温火精烧15日。出窑后仍要用水洇15日。如是繁复的劳作，才烧制出横平竖直、棱角分明、经数百年风雨碱蚀仍坚牢如初的好砖。宫中的用砖更讲究：用太湖湖底的泥。26道工序，5万块砖需耗时三年。

散文

砖坯入窑后先以糠草薰一个月,用碎柴和整棵的柴各烧一个月,再以松枝柴烧40天。窨水出窑后,还要在桐油中浸100天。质地坚硬、平滑无隙的砖敲击起来"叮叮当当"作金石声。砖在苏州装运,每船20块,顺京杭大运河漂至通州张家湾。"敲之有声,断之无孔",上岸后每块砖还要逐一查验。

盖房时有三样事工匠是绝不马虎的。磨砖对缝:砖浸过水后还要细加打磨,为的是砌墙时砖与砖之间有最小的缝隙。即便是这样小的缝隙,也要灌以搀有糯米的石灰水(桃花浆)。磨砖勾缝:用石灰在砖与砖之间勾出一条直且细的线。磨砖打缝:全部砌毕后最后一次修齐砌缝并在缝间涂以青灰。

有些要盖房的郊县农民入夜后在瓦砾中扒拉着。他们心里很清楚,都市里打造的那些高层垃圾所用材料根本无法与这些千年不坏的老砖相比。

南池子大街就像王府井被改为人民路,景山东街被改为代代红路,张自忠路被改为工农兵大街一样,在"文革"中被更名为葵花向阳路。明朝属"内南城",清朝时称"东华门外南长街",属于故宫的一部分,它具有明、清两个朝代的皇室血统。罩在高大的国槐下的南池子大街是京城仅存的几条安谧的街道(还有诸如即将拓宽的旧鼓楼大街),因为西边劳动人民文化宫阻住了胡同的入口,这里的小胡同比其他地方的胡同更安静。走在街上你能看见故宫辉煌的殿宇及宫墙下的垂柳。钻进有着悠久历史的狭长的飞龙桥胡同,能唤起一个老北京对昔年的许多鲜活生动的记忆。明、清两代皇家的档案馆——皇史宬(亦称表章库)和环绕故宫的外八庙之一的普渡寺在街的东面。皇城内务府人员、宫中用人大都在这条街居住。管理皇家日常事务的衙署机构在此设立。这里还有宫中的瓷器库、缎库(存布料)、灯笼库(存宫灯)。张望和审视着2002年5月把故宫的外围建筑——南池子大街东侧那些老房扒掉后又重建的新房,我忽然失忆了——历史怎么一下子变得如此薄而又薄?清冽的老屋古砖被涂以现代石灰。没有了门簪、门墩、门环、门枕石、垂花门、铁包叶门,没有了回廊、砖雕影壁、牌匾楹联。街东侧南段的树全部被砍光,铺以柏油马路。装修队迅速地用灰砖盖起了细节全无的"穿旗袍戴礼帽"

2005

式二层改良四合院。

胡同消失了,文化生态——非物质遗产也随之消失,"沟葱、芹菜、辣青椒咧、黄瓜、扁豆、嫩蒜苗咧……""又解渴,又带凉,又加玫瑰又加糖,不信您就弄碗尝一尝。""姑娘吃了我的糖杂面儿,又会扎花儿,又会纺线儿;小秃儿吃了我的糖杂面儿,明天长头发,后天梳小辫儿。"这些吆喝声听不见了,拾掇雨伞的、蘸糖葫芦的、卖馓子麻花儿的、卖小金鱼的、"半空多给"卖花生的、打竹帘子捏糖人儿的、锔盆锔碗锢漏锅换锅底儿的全没了。

上个世纪50年代,北京的天儿比现在冷多了。从黄昏到夜晚,卖牛肝、驴肉、白水羊头、豆汁儿、老豆腐、硬面饽饽、开锅馄饨的小贩推着双轮车,车上的电石灯哆哆嗦嗦地喷着青蓝色灯焰。一早儿出和平门城门洞子,能看见道边有很多穿黑棉袍、戴狗皮帽子、用骆驼拉煤、石灰、山货的脚夫和轰着大群羊的商贩。

"拆掉一座城楼像挖去我一块肉,剥去了外城的城砖像剥去我一层皮。"1950年,在梁思成的"保留老城,另辟新城"被否决后,北京的建设就显得圆凿方枘,总是那么不协调,总是有两股劲儿相拧着。胡同、城墙肯定是要挡着交通的。二环以外有着广大的空间,非要把行政、商贸、金融等机构设施挤在20世纪50年代城区面积为62.5平方公里的老城之内,让老城承载新的历史,那么最后的结果只能是原有底色的被破坏。

70年代中后期,沿崇文门、前门、宣武门建起了呆滞乏味,质量很差的"前三门"板楼,"老北京"痛心地说:"扒了老城墙,又竖起一堵新城墙。"

1980年,有七百多年历史的琉璃厂街南北两侧14500平方米的老房被拆除。这条老街辽金时是一个村落(海王村)。元代是皇家的官窑。明末清初是京都的文化中心,清中叶已聚集了百多家金石陶瓷、碑帖古董、文物字画、古今旧籍和南纸(文房四宝)铺子。清代竹枝词赞道:

> 画舫书林列市齐,
> 游人到此眼都迷。
> 最难古董分真假,

散文

商鼎周尊任品题。

琉璃厂街无论是历史还是文化含量,都在伦敦弗业街、东京"书海"神田町之上。翻查《鲁迅日记》,鲁迅在京 15 年,去琉璃厂四百八十多次,采买旧书、碑帖三千八百余册。还有诸如郭沫若、周作人、林语堂、梁实秋、郁达夫、钱玄同、刘半农、郑振铎、朱自清、洪煨莲、邓拓无不来此淘书。

老街拆除后,参照清乾、嘉年间北方店铺风格进行了"拆旧仿古"。毁原创而建摹本,这一拆真古董造假古董的做法引发了大江南北浅薄的新一轮"仿古一条街"建设热潮。云南建水古城的进士府、五官府、翰林第及几十座一百年以上的民居建筑被铲除。铲除后,那一条街被建成所谓"集观光、休闲、娱乐、度假为一体的"清式仿古一条街。

全长 7.02 公里,路宽 40 米的平安大街在一片反对声中终于建成了。平安大街东起东四十条桥,经张自忠路,地安门东大街,地安门西大街,平安里西大街,至官园桥。建成后的平安大街是东西向横切老城的一柄尖刀,它使老城萎缩而破碎。它毁了京杭大运河起点的那座标志性石桥,毁了段祺瑞执政府周围的环境,毁了大量充满京韵京味儿的胡同、四合院、古建(当时,一日本人收集了大量的旧门墩);还有,宽阔的平安大街与两旁匠气十足的青砖灰瓦,红漆大门的仿古董低矮房屋极不搭调,有郊区新镇的感觉。建平安大街,伐行道树 10627 棵;马路建成了,仅植行道树 1500 棵(人搬光、房拆光、树砍光——"三光"是开发商的一贯政策)。"北京刮一阵风,全国的瓦片响",这以后,开封等多个具有悠久历史的古城纷纷对平安大街进行恶劣的效尤:在老城中辟宽马路。法国《世界报》的一篇文章不无嘲讽地写道:"让上千个曼哈顿在古老的中国遍地开花吧。"

2004 年,北京又将鼓楼、钟楼西侧的、形成于 13 世纪的元大都旧街——旧鼓楼西大街东头拓宽;计划中,德胜门内大街将被拆除并辟成 50 米宽的马路。七百多年来,这两条安静的街道一直没有大的变化。如若修建这第二条、第三条"平安大街",势必吃掉周边众多的小街、寺庙、胡同、四合院和诸多百年老树。马路宽了,大量的汽车冲了进来,什刹海、后海的幽静将被彻底破坏。

建西直门立交桥时拆掉了一座元大都的城门；桥建起来了，交通还是堵着。

西便门外北魏孝文帝时所建、经九百多年雨雪、有2928个风铃（合计10492斤）的天宁寺八角形十三层密檐实心舍利塔光昌雄丽，明代散文家刘侗写文："塔高十三寻，四周铎以万计，风定风作，音无断际。"然而就是这样一座古塔旁，耸立着180米高的、不时喷吐黑烟的热电厂大烟囱。

庞大的地安门商场和实验话剧院12层大楼切断了鼓楼与中轴线的联系。

明代的养马场，养马胡同到清代改为羊毛胡同，属镶蓝旗的地界。这条胡同已被拆去大半，剩下的一小截儿与北临的法国人保罗·安德鲁设计的国家歌剧院——这个与故宫、天安门极不搭调的、外壳用玻璃和钛金属做成的"水面上椭圆形浮蛋"相对峙。

东四十条西南角的南新仓是北京仅存的一个保存完好的皇家粮仓（共9座）。这个有六百多年历史的建筑遗产是与故宫同时代的建筑群。粮仓顶部设天窗，夏凉冬暖，湿度适宜，不用药物仓内却从未有过虫子、老鼠。就是这座中国最原始的物理性生态古建旁，却盖起了一座占地面积2.5公顷，建筑规模11万平方米的商务新天地写字楼。

70年代，为了挡住从北京饭店到中南海的视线，在故宫西华门修了五幢屏风楼。这一添加是对世界文化遗产的严重破坏。西华门前如同兵营。西华门与故宫的空间联系也被割断了。

宣武区中部的牛街南起枣林前街，北至广安大街，62条胡同和胡同中三万多穆斯林环绕着世界上最著名的清真寺之一——牛街礼拜寺。中国穆斯林的特点是"大分散，小聚居"。而牛街是全中国最大的穆斯林社区之一。一千多年以前的宋代，回族就在此"围寺而居"。1997年10月，牛街开始大规模拆迁，著名的"清真女寺"被推倒，胡同一片狼藉，宗教环境破坏了，穆斯林给打散了，历史感消失了，北京最具伊斯兰特色的老街荡然无存。6万多平方米、20层以上的毫无人性环境的"牛街18"塔楼紧靠着礼拜寺南侧拔地而起。高档高层住宅楼诸如"泰和嘉苑"、"信桓大厦"、"东华金座"、"青春无限"和十多条公交车线又包围着"牛街

18"。原住民被遣散了,原社区的居住结构被大范围地改变,半数以上的世代在此生息的穆斯林无力承受每平方米 7000～8000 元的房款,被迫迁至大兴西红门、丰台马家堡、石景山鲁谷(富人进来,穷人出去,原有的生动的居住特色和生活习俗被扼杀,这是旧城改造的普遍情形)。北宋至道二年(996 年)所建的北京最古老、最宏丽的牛街清真古寺给孤立在高楼之内;琉璃宝顶的望月楼前,柏油路面上车马喧闹。

就像建国门立交桥西南高 14 米的、康熙十二年(1673 年)建的古观象台被一座高于一座的建筑所包围一样,京张铁路是光绪三十一年(1905 年)詹天佑设计的、第一条由中国人自己修筑的铁路。清末所建的西直门火车站是京张铁路的起点。老车站虽逃过一劫,但被广厦所堵塞,老车站显得很是尴尬。

西四砖塔胡同东口有一金、元年代的砖塔,砖塔与胡同浑然一体,共同历经了七百余年的秋风和淫雨。这条胡同的 84 号还是鲁迅在北京的第三处住所,张恨水的四合院也在胡同的西头。元代就留下胡同名称又留下胡同实体的胡同在北京仅此一处。但就是这条北京胡同中的翘楚,在拆迁名单中赫然在目。塔可以留下,胡同是要拆的。

明代政治家、军事家、民族英雄于谦的祠在东单西裱褙胡同 23 号。旧时裱糊匠在此聚居。2003 年,与于谦祠相协调的胡同环境已全部被拆。

西直门内西三条是鲁迅在北京的第四处故居,现在成了盆景和孤岛:周边的胡同全没有了,大墙内孤立出一个四合院。鲁迅当年在这里写《彷徨》、《野草》、《朝花夕拾》,他东邻的是瓦匠,西邻的是木匠。白天,胡同里过着黄包车骡马车,还有那些卖野药的、"麻衣神相"算命的、捡破烂儿的、缝穷的、卖落花生卖高庄柿子卖卤煮炸豆腐的;入夜,胡同漆黑无灯,访者轻叩 21 号门上的铜片,先生提油灯站在院中。

西城跨车胡同是齐白石几经选择才给自己定下来的永久居所。他从 50 岁至 97 岁逝世均是在跨车胡同 15 号的"白石画屋"度过。现在,"白石画屋"也成了一块"飞地"——它塌陷在广厦的四面楚歌之中。

没有胡同的故宫和没有故宫的胡同都不是北京。1949 年,是七千多条如织的胡同所组成的五十个居住街区拱卫着紫禁城;80 年代还有

2005

三千九百多条；现在，半数以上的胡同已经消失，从高空下望，世界上最大的宫殿，72万平方米的紫禁城成了北京最大的盆景和孤岛。

说起"建设性破坏"，90年代初一个恶劣的开始，是拆掉王府井至东单一线几十条著名的胡同和数千间老房后，在12米深的地下——旧石器晚期人类生活遗址上盖起的总建筑面积一百多万平方米的超大体量与规模的"东方广场"。这是一个建筑的灾难，也是一次权力与利益的联姻。东方广场以七十余米的高度压迫着故宫，对故宫周边的文物缓冲带形成了一个极大的破坏性冲击——世界上有太多的纽约、东京、新加坡，可唐诗一样美丽的北京只有一个；唐诗一样美丽的北京不该沦落成三流的纽约、东京、新加坡。然而现在，东方广场至北京站一线已被诸多专家斥为"建筑的重灾区"。

"整个北京城（平面设计）匀称而明朗，是世界的奇观之一，是一个卓越的建筑物，一个伟大文明的顶峰。"（丹麦建筑与城市规划学家罗斯穆森《城镇与建筑》）"在地球表面上人类最伟大的单项工程可能就是北京城了。这个中国城市是作为封建帝王的住所而设计的，企图表示这里乃是宇宙的中心。整个城市深深浸沉在仪礼规范和宗教仪式之中……它的（平面）设计是如此之杰出，这就为今天的城市（建设）提供了丰富的思想宝库。"（美国建筑学家贝肯《城市建设》）"北京是三维空间的设计，高大的宫殿、塔、城门所有的布局都具有明确的效果……金色的琉璃瓦在单层普通民居灰暗的屋顶上闪烁……大街坊被交通干道所围合，使住房成为不受交通干道所干扰的独立天地，方格网框架内又有无限的变化。"（美国规化学家亨瑞·S.丘吉尔）1999年，第20届世界建筑师大会在北京召开，国际上许多位优秀的建筑家不加掩饰地表示着他们对以古老文明的流失为代价而建起的所谓"新北京"的失望。北京是一个前朝文化的沉淀物，它不应该以"现代化"为名，被大拆大建成为一座"明天的都城"，美国建筑家R.A.M.斯特恩说得好："不要把规模等同于荣耀，并且要记住：激励人们并保持恒久的不是建筑的高度，而是它的诗意。"

元代初创，明代有了大致格局，清代扩建并定型的老北京城布局统一有序，层次分明，黄瓦朱漆的红黄二色跳脱于大面积的灰与绿，让人感觉着安谧与安谧中的震荡。但近二十年来，由于在一定程度上是房地产

散文

开发商引领着对旧城的改造,北京已经变成了一个杂乱无章、非僧非俗的城市,其表现为:古董＋伪古董＋洋时髦。不进行宏观、通盘和美学上的思索,规划是被动的,"是建设在引导着规划"。不考虑整体格局和整体色调,见缝插针,想在哪儿冒出一个蘑菇就在哪儿冒出一个蘑菇。色彩斑驳陆离,有红有绿有白,有大面积茶或蓝的玻璃幕墙——钢加玻璃的"方盒子"在毒日头下反射着刺目、杂乱令人烦躁的光。这些建筑语法混乱,缺乏人情人性,污染视觉污染环境的高层楼宇无序地插于一堂一殿一塔一屋,使建筑线条犬牙交错,忽高忽低。80年代的"火柴盒"、90年代的"欧陆风"、2000年以后的"后现代"、"新古典"等二流、三流的舶来品,以及美国、法国、德国、丹麦、西班牙、澳大利亚等国设计师设计的不同风格的建筑(他们把北京当作了一个最好的建筑试验大工地,蛮不讲理地切割着原有的由紫禁城向四周舒展、和谐、匀称地向外放散的天际线。在这些建筑中,还有些徒有虚名的海外设计:或是国外注册的华人公司,或是只用国外设计师做个楼房外立面,再有就是直接从国外买回不入流的设计图纸在北京复制。

　　高层建筑俯瞰着四合院元宝脊上灰灰的筒瓦、阴阳瓦、干揸瓦、兽头瓦、青石板瓦。高层建筑还改变着气流走向,阻塞着声音的通道。站在"压住前朝风水"的景山——含"景字从日,言日在京"之意——的万春亭极目向北,最打眼的建筑当属鼓楼和钟楼。"东四、西单、鼓楼前",暮鼓晨钟,八百多年来,鼓楼不但是京都的报时中心,还是茶馆、当铺、浴池、烟社、布店、米市、饭庄等商号云集的繁华之地。明永乐年间,"鼓楼定夜,每晚击鼓一百八声……""景钟发声……清宵气肃,轻飚远扬,都城内外,十有余里,莫不耸听。"照这个说法,钟楼、鼓楼所发之声能在东直门落地。2002年,钟楼、鼓楼恢复了明代从子时子初到子时子正的报时。那一刻,我屏息宁神,在直线距离仅4华里的安定门,并未听到一百单八下鼓响钟鸣。

　　穿黄马甲,脚蹬青布圆口鞋。一水儿的红色凉棚。三轮车队由北海后门到鼓楼,再穿胡同从银锭桥呼啸而过——"胡同游"这种伪民俗充其量不过是一种"产业"。最早的洋车是1900年从日本传过来的,所以叫"东洋车"。全城只有一个地儿卖:西交民巷的"起顺车行"。车的里外带

2005

全是英国邓禄普的"老头牌"。当时,还有一个说三轮车的顺口溜:"三轮车,真时兴,不用脚跑用腿蹬。去前门,逛故宫,东便门外蟠桃宫。坐三轮,心宽松,不用担心'打天平'。"60年代,我还是个不足10岁的孩子,但我有印象,蹬三轮穿的是白袜、黑千层底尖口布鞋。裤子也是黑的。裤脚用黑布带扎紧。黑褂子,袖口挽起来露着白边。讲究的三轮白茬无漆。出门前要擦得锃亮。车把上有黄灿灿的大铜铃铛。天一冷,车上就装上厚厚的棉布棚子。干雪粉在胶皮轮胎下吱咯咯响。车过"烤肉季",向着恭王府、醇王府。我还记得我坐在母亲身旁,掀开小布帘儿,往外瞅脚登"毛窝"在后海冰面上抽冰嘎儿、坐冰床的小孩儿。

元代文人黄文仲描写过当时的海子:"扬波之橹,多于东溟之鱼;驰风之樯,繁于南山之笋。"前海、西海、后海是"北京的古海港",元时南北大运河的终点和漕运码头。当时沿岸遍布商肆作坊、水榭歌台。明、清时的后海,私家园林烘衬,王府遍布,垂柳绕湖,青山隐隐,曲巷通衢,斜街贯通,胡同盘桓,庙、刹、庵有五十余处。这京城内最后一个幽静的去处,最后一方清涟的水域,于今早已是笙歌夜夜,烟波酒影。沿后海,到处是咖啡馆、摇滚酒吧、爵士乐酒吧。夏天,放刀郎的,卖毛豆卖麻辣龙虾的,吵吵嚷嚷,直到半夜。鼓楼望板上的镏金花纹闪出昏红色光的时分,河中摇来一只明式橹船。船篷里先是传出萨克斯,后来是小步舞曲。舞曲骤停,一女子嗲声嗲气地在唱:真——的——好——想——你——

"银锭桥……城中水际看西山第一绝胜处也。"(《燕都游览志》)清初诗人宋荦诗云:"鼓楼西接后湖湾,银锭桥横夕照间,不尽沧波连太液,依然晴翠送遥山。"站在连接前海与后海水道的银锭桥,大批浮泛的游人不再看远山近水而去印证什么"燕京小八景"之一的"银锭观山"了——如黛的遥山已被西边一栋12层高的现代化大楼所阻隔。

作为暴发户的城市,作为充满商业俗丽气的城市,"大游乐场"的"大饼"赶着工期(每两个月就要换一版市区地图),越摊越大,且凌乱驳杂。"边缘城市"的态势使北京离理想的"绿色生态城市"愈加遥远。汽车在明永乐年间所建的老城边界——城墙;现在"虚"的边界——长约33公里的二环上拥堵着。300万流动人口中有80万经商者打工者在三环与四环这个活跃的经济带上寻找着机会。近二百公里的六环把郊县与二环以里的老城连结起来。

　　作为世界城市建筑中历史文物建筑最多的绝世孤本(西安、开封、洛阳的历史都被埋在了地下,而北京地上有7309项文物古迹。这其中,有60%被强权部门、居民不合理占用,不可移动文物被破坏的情形相当严重),3000年建城史(始于公元前1045年的商代),850年建都史和塑造了一种生活方式,启发了一个文学传统的五朝古都消隐了。古都无可挽回地衰败了,式微了。古都抛弃了畴昔的华光,畴昔的华光也将古都——这一帧气象阔大的"清明上河"卷轴抛弃。王勃《滕王阁序》有句:"望长安于日下,指吴会于云间。"当时国都在长安。长安城有三个东门,中间的门叫"春明门"。"日下"、"春明"可代表国都。乾隆写诗:"名因日下荀鸣鹤,迹逮春明孙北平。"北京,这座被称为"日下"、"春明"的城市已经被伤及筋腱骨络;它的个性、它的魂已经澌灭;它的民族身份已经改变;它的文化凝聚力已被削弱;它的文明容量已经一年年,一月月,一天天缩减;它的文脉、风貌、肌理、历史痕迹已残破不堪;它独特的东方建筑审美符号已经漫漶模糊。它只在跨海淀、朝阳两区,留下了建于1267年,南北长7.6公里的元大都土城城垣;还有就是崇文门东大街那一段残存的、被修饰得光溜溜的、以刻意修整的茵绿草坪为衬,沧桑感全无的1.6公里的明城墙。"细雨佩壶寻废寺,夕阳下马吊荒陵。"(陆游)时日迁流,寒暑易节,遗迹渊默无声地竖立在那里,供那些心痛、慨叹、又只能举鼎绝膑、楚囚对泣的人们凭吊。

　　站在用挖筒子河的土堆成的煤山(山脚下储有宫中所用煤炭)向四外遥视,榆树、杨树、桑树、枣树、柿子树、海棠树、香椿树,五六十年代还是"半城宫墙半城树"。现在,满眼是平庸而通常的建筑与街区,古槐绿柳已被阻挡大气流动的"石林"所取代。太原以南98公里处的小小的平遥县保留了明、清时古代县城的原形和6.15公里的古城墙,72座敌楼,3000个垛口——距此很近的向着五台山方向的"晋北钥匙"忻州古城,比平遥的城墙规模更大,保存得比平遥更好,可却给拆了。还有苏州城、定海城、曲阜城,历史文化价值都在平遥之上,但却遭到了人为的拆毁。这其中犹为遗憾的是曲阜古城墙,直坚挺到1977年才被拆毁——20年后,平遥被划定为世界文化遗产。几十年来,北京内城外城47座城楼、箭楼、窈窕的角楼被拆掉44个；记录着北京历史的一百二十余个飞檐瓦顶牌楼、牌坊，还剩下四十三个；中国最美丽的项链——39.75公里的明代凸形的外城城墙被悉数拆除——原本最具首选资格，现在却日趋颓败的、无城墙的北京城被排除在世界文化遗产之外。

历史在递嬗过程中并非一切都是从头开始的，古老的建筑是我们与古老文明之间的一个绳结。时光漫漶着，建筑并没有蒸馏，它以人的智慧灌溉着时间。精臻凝练、饱满遒劲、铺张扬厉或是充满着玄象和智性的建筑是蚌中的珍珠，是人类对古老文化的吟哦、歌偈和人类永恒的视觉盛筵。在岁月中渐渐古旧的建筑会在沉思中被唤起超越时间的新的生命。如果历史——这趟不会返程的列车的进程是整个人类的遗产，那么拆解或斩断这个物质创造的世界历史正是破坏着整个人类的遗产。北京确实已经毁弃了几个朝代无数人经过卓绝的努力才淬炼和树立起来的高古、苍润、沉雄的古代东方文明中心。

圆明园的残垣断壁是列强对中国的侵略，北京老城的浩劫却只能由中国人自己负责。

总是说已经把解放初707平方公里的老北京改造成1.6万平方公里的新北京，也就是说扩大规模相当于近20个老北京（如果不算卫星城，那么市区面积比50年代扩大了7倍）。然而，少建一座桥就可以保存周边10平方公里的古迹，为什么不保留707平方公里的经典老北京，而在经典老北京之外去发展20个——如果愿意，乃至200个新北京呢？

历史远不如北京的巴黎用三十年的时间在老城西北建埃夫利、赛尔杰、蓬图瓦兹等新城5座，将75万人从老城迁出。老城严格地限制着新建筑；即便是新建筑，也是建筑中的上乘之作，如1977年的富于未来主义风格的蓬皮杜艺术中心，1989年的巴士底歌剧院和拉·德方斯大拱门（当然也有败笔，如破坏巴黎天际线的蒙巴拉斯摩天大楼）。1973年始，老城中新建筑的高度被控制在24米。老城每一栋古建都被定期修缮。在被确定的文物保护建筑中，钉一个钉子都必须有专门的批准。老城人居环境舒缓，坐落在塞纳河西岱岛上，前后建造了二百年的巴黎圣母院、卢浮宫、埃菲尔铁塔、香榭丽舍大街的周边，有四百多座花园与四万多亩绿地，林木难以计数。

散文

　　罗马、威尼斯、里昂、伦敦、开罗、君士坦丁堡、仿照长安棋盘式格局建造的京都和奈良的老城都保留了下来，并成为今天的历史博物馆。

　　圣·彼得堡大、小涅瓦河畔依旧是帝俄气象：18—19世纪的、钟塔高130米的彼得保罗要塞，彼得保罗大教堂、喀山大教堂、卡赞大教堂、百多米高的伊萨克基辅大教堂，冬宫、夏宫、斯莫尔尼宫、塔弗列奇宫、彼得霍夫宫、阿尼齐科夫宫，金色尖顶上托着帆船的海军大厦，"北方威尼斯"壮观的沿河楼宇和穿插在其间的五十余座博物馆无不起伏着诗的格局和韵律。形制各异、雕有精美雕塑的340座桥梁把俄罗斯巴洛克风格、俄罗斯正教风格、古典主义风格的建筑串联起来。二百多年来，几代建筑师似乎在凸显个性的同时又对熔铸民族性格的建筑语汇有着一种共同的约定，从高处望去，和谐整体的建筑群落在苍茫的暮霭中沉雄、厚重、端丽、寥廓，在令你心灵悸动、心底升起拉赫玛尼诺夫钢琴协奏曲主旋的同时，让你觉出一种美丽而又明亮的忧伤。圣·彼得堡不但有着"宏伟的纪念性"，它还是深沉的、具有苦难气质的俄罗斯文化精神的一个象征。你在这里可以看到芬兰湾上空的"白夜"，"我爱你围墙上铁铸的花纹／和你那深沉静寂的夜晚"。——你可以感受普希金对圣·彼得堡城的赞美，《外套》《罪与罚》——你还可以找到与果戈理、陀斯妥耶夫斯基作品相对应的洒满阳光的涅瓦大街和某条神秘的小巷。圣·彼得堡对旧城保护性的开发真正地使古典建筑有机地融入到了"当下"。你阅读着圣·彼得堡时，你是在阅读着一本欧洲近代建筑史。而"城围三重，宫城中央殿阁辉煌，坊里划一，街道笔直，坛、观、寺、庙云布"的周朝都城的正方形制的北京，原本也是气象阔大的东方第一文化古都。可现在，却只能从高楼中端出故宫、天坛、白塔寺等几处盆景。

　　中轴线是北京的脊椎骨。"后门桥下水长流，火神庙旁问老道，老道笑指什刹海，十刹九庵一座庙。"在中轴线北端的地安门与钟鼓楼之间，有一座桥身斑驳、古雅朴拙，有七百多年历史的后门桥（万宁桥）。桥西的河旁有镇水的石兽。拱形的桥洞下的石柱上刻有"北京"二字。这是一个标志：河水涨到字处，京城必遭水淹。1957年整修通惠河故道，在后门桥南端西侧，掘出一只一米多长的石鼠。70年代初修地铁，又在正阳门箭楼与五牌楼之间的西河沿河道中，发现一匹一米多高、头向正东横立河中的石马——子鼠午马,元代形成的子午线从永定门始,经正阳门、天安门、午门、35米的太和殿、中和殿、保和殿、乾清宫、神武门、63米的景山万春亭、寿皇殿、鼓楼、33米的钟楼,其间穿插着空间序列起伏的城台、苑囿、府衙、坛庙、牌坊、石桥、封闭的广场、对周围空间有聚合作用的华表,还有会馆、民宅、茶社、店铺。体现着皇权一统气象的、7.8公里的京城龙脉以金红二色为主,它雄大遒劲,张弛有序:3000米长的永定门到正阳门是舒缓的序曲,高潮在正阳门到景山这2500米,从景山到钟鼓楼向下滑落的距离是2000米。气势的滚动到此还未完,事实上,它并非像通常所说的那样止于钟鼓楼,而是止于安定门,德胜门中间的那堵城墙——中轴线北端是闭合的,这样,"气"才不会流漏。气势的滚动撞在这堵城墙上,它又向东——安定门;向西——德胜门飘然而去,那是中轴线稳稳腾起的两翼,它有收有放,有开有阖,数组青灰色建筑群、城楼形成着对称:东直门对西直门,朝阳门对阜成门,崇文门对宣武门,东便门对西便门,广渠门对广安门,左安门对右安门,天坛对先农坛,日坛对月坛,太庙对社稷坛。另外,坛庙苑林,市井民舍也依次对称。全部这些建筑由于总体布局的平衡,因之也带来了由个体的相互渗透所造成的整体的安谧与肃穆。

　　世界上最长的都市建筑线就是北京的中轴线了。1957年,中轴线最南端的永定门被拆。1924年,瑞典学者喜仁龙在《北京的城墙和城门》中描述过永定门:"从西侧,全部建筑一览无余,使你可以看到永定门最美丽、最完整的形象。宽阔的护城河边,芦苇挺立,垂柳婆娑。城楼和弧形瓮城带有雉堞的墙,突兀高耸,在晴空的衬映下显出黑色的轮廓。城墙和瓮城的轮廓一直延伸到门楼,在雄厚的城墙和城台之上,门楼那如翼的宽大飞檐,似乎使它直插云霄,凌空欲飞。这些建筑在水中的侧影也像实物一样清晰。每当清风从柔软的柳枝中梳过时,城楼的飞檐等开始颤动,垛墙就开始晃动并破碎……"现在,在老位置上,又用二百九十多万块砖重建了一个新的永定门。12根金柱用的是从南非进口的铁力木。反应是冷淡的——古迹被毁掉了它就永远消失了;与其花钱打造新古董,不如停下一日快于一日,近乎疯狂地拆胡同、拆四合院、拆建筑遗产的步子。如果不是这样的话,那么北京的命运就会像维克多·雨果在1832年所写的檄文《向拆房者宣战》中所说的那样:"每一天,都有几个字母从那本表示它们珍贵传统的书籍中隐没。在不久的将来,当所有的废墟聚成一个大的废墟的时候,我们就只有与那位特洛伊人一道喊出:'这里曾有过伟大的光荣。'"

开发商有开发商的孔方,政府有政府的权杖,但在这一切之上,应该有一杆正义的标尺和最高的立场——中华民族数千年文明的标尺和立场。

都市的发展铲除着差异,打造着雷同。古都大邑的老北京这一页已经翻过去了,老北京的历史风貌和原始格局也永远地消失了。我——一个不肯违背诺言的人,只能以和周边相区别的方式,在内心做着最后的坚守。稍有闲暇,我便会在已经有一百两百三百年历史的、下个月或许就会荡然无存的寻常巷陌中踱躞;在灰檐灰瓦、颓门败墙、雁翅影壁和长满青苔的花草砖门簪前驻足;在昔年或以文章警世,或以行动影响时代的人杰旧居前徘徊——我在这里找寻着雪泥鸿爪,逝川俪歌,内心的家园感和深刻而悲观的历史哲学。朝代积淀,人文印痕,不是什么别的而正是这一个个"点"撑持着一个城市厚重的根基。

停云落月,暮云春树,我轸念着老北京那些雕镂精细的廊柱、门楣、雀替,轸念着青砖朱门、抄手游廊、什锦花窗、前廊后厦、明轩高顶和数进小院,轸念着大瓦盆里冲天的藕、蒲棒和窗棂下的玉簪花,轸念着长巷中布着青苔的阴湿老砖和老砖上的壁虎,轸念着城堞、女儿墙、垛口处霜雪中摆晃的枯草,轸念着太平湖上空秋夜的苍穹,轸念着被一些人斥为"残灯末庙"的整座老城和整座老城春秋代谢的优雅。夏日偷得半日闲,管白酽酽地沏一壶小叶香片儿。苇箔天棚撒下一地的花阴凉儿。幽寂的胡同。前丁香后海棠,榆钱落了一地,院中有垂坠的柿子和悠悠向外探身的红枣树。晴秋,横空传来鸽哨和燕雀的啼叫。夕雾中的圆明园生着齐胸深的萎黄色蕨丛。

清人描写旧京有"钟楼日落乱栖鸦"的句子。晨霭苍茫,乌鸦从天坛、地坛、钟楼、鼓楼、故宫和中山公园辽代的古柏上起飞,到三环北面的太阳宫人民公社庄稼地觅食。"群鸦争晚噪,一意送夕阳。"曛暮时分,上千只乌鸦返城。乌鸦的叫声一如它们的飞行,错落高低有分明的层次。

它们在低矮昏红的云层中穿出穿进。它们相互召唤,相互呼应。呱——呱——的叫声让人觉着安泰宽舒,又过去的一天尾声稳而厚重。

"白云抱幽石,绿筱媚清涟。"京西西山麓有一处六峰连绵的玉泉山。我们感谢元代大科学家郭守敬,至元三十年(1293年)秋,他截引西山诸泉,汇入瓮山泊(今颐和园昆明湖),经积水潭、什刹海、北海,出崇文门,向东南折向白河。

玉泉山"山根碎石卓卓,泉亦碎而涌流,声短短不属,杂然难静听,絮如语。"(《帝京景物略》)

清冽甘甜的玉泉山水是明、清两代的宫中用水。乾隆提"玉泉趵突",并赐封玉泉山为天下第一泉。

"水之德在养人,其味贵甘,其质贵轻。"乾隆令人用银制小斗称量:无锡惠山泉、杭州虎跑泉重一两四厘,扬子金山泉重一两三厘,济南珍珠泉重一两二厘,玉泉山水只重一两。

目下,国内还尚未找到比玉泉山水更轻的水。只有雪水比玉泉山水轻三厘。

2004年夏的一个早晨,我在矿泉水瓶里装满酽酽的茶水。我带上草帽,穿着背心,沿五环向玉泉山方向骑行。

溽暑7月,灼烫的骄阳把公路烤晒得冒油。骑着骑着,迎面呼地吹过夹带着焦枯味的干热风。我握稳双把,分明觉出干热风里卷裹着一股浓浓的都市乡愁。

(选自《作家杂志》,2005年第1期)

散文

陌生记

吴 亮

我又一次打开契里诃的画册,都灵和弗拉拉如陌生的梦境,静谧、不真实、疏远和伤感再度出现,偶尔有点儿甜蜜与虚无——天气永远是相似的,黄昏长长的投影,尖锐的光线勾勒出建筑的轮廓,仿佛永久地铭刻在难以磨灭的记忆之中。不错,休斯的描述是非常准确的:出神、虚弱、清澈,契里诃对他难忘的城市"从来不爱抚它们,从来不提供安宁幸福的幻觉"。城市空空荡荡,广场成了中性舞台;拱廊没有装饰花边,像是用硬纸板做的;雕塑代替了人,甚至是精灵般的模型。这一切重新打动了我——沉溺于虚拟却持久得多的陌生城市要比陶醉在真实却短暂得多的熟悉城市里更易于让我心驰神往。

将我和我所居住的城市隔开的只是一幅微不足道的窗帘。苏醒时的最初一瞥,我发现窗帘并未像往常那样完全掩上,鸽子从空中的电线旁飞过。下午的阳光无力地从白色窗格缝隙间碎散地照到房内。地板上,靠着我躺着的床,就是那本将要打开的画册。我可以想象窗帘外面那条狭窄的街道,悬铃木树荫下的柏油路,驰过的汽车和一成不变的砖砌楼房尖锥形的屋顶。这些都属于这条不会被载入城市志的街。这是一个凝固的地点。地图上的一条短线。没有特殊标记和注释。它的图像不为世人所知。行人只是途经它。居住在此的人习以为常。它没有故事。它注定要被遗忘。

诺奇林的话不一定对所有人都适用,她说:"一个人必然属于他那个地方。"当然,可以把"地方"这个词置换成别的,比如宗教、阶级、社团、家族。但在我生活的城市,更多的人愿意相信他们属于他们所认同的那个时尚。城市的边界早被突破,它充满了世界各地的元素。如果说人们热爱这座城市,那也是由于这座城市已经不仅仅是这座城市了。

如同契里词《对无限的怀念》中的方尖塔,它宣告了它不再仅属于都灵而获得了超验的价值;这座城市有类似的标志建筑吗?它给城市带来荣耀,给人们带来遐思,给画家带来灵感?我闭着眼睛实在想不出。在自造的幽暗中,我所想到的竟然全是和这座城市毫不相干的城市图像,并以此消磨时间。的确,我热衷于陌生事物的癖好令我自己都觉得惊讶,也许陌生事物能使想象力得以自由无拘地弥漫开去,不再受困于细碎平庸,而这座城市的本质就是鼓励务实而非诱发诗意。

在我的个人词汇表中诗意并不总是可以和赏心悦目划等号的。当然,有时候我会赞同克利的意见,周游世界需要怀着欣悦的心情和带着轻松的想象,如同绘画是带着"一根线条去散步";不过那已经不容易做到了。城市中到处可以嗅到来苏尔的气味,这使他情不自禁地想起郁特里罗的街景画:苍白、忧郁、静止、病态和无助——为什么这就不能叫诗意呢?板条抹灰的房子,脏兮兮的积雪、铅灰色的天空、沉甸甸的石墙黑瓦,空气中飘散的是同样的气息。那是一座陌生的城市,一座存在于博物馆和印刷品中的城市,一座永不失去,永会再现的城市,它是一切可能重现这一刻城市境遇和激发情感的城市原型。

在床边柜上有一本书,其中讲述到1968年8月捷克斯洛伐克的卡夫卡市——面对滔滔而来的苏联占领军,那座城市一夜之间所有街道的标志和所有房屋的门牌号码都被摘掉了。"整个卡夫卡市变成了一座空白之城,一座没有标记的迷宫。负责缉拿政治犯的军官不知道该去哪里搜寻名单上的人。"书上这样写道。是谁把卡夫卡市变成陌生之城?卡夫卡的寓言在以他名字命名的城市里宿命般地演变为现实。寓言是悲剧性的,现实却黑格尔式地以喜剧的形式重复了卡夫卡神话:从绝望到荒诞。或者说,带着绝望去散步,回来时世界已面目全非。当然更多的人不会这样,他们始终抱着罗曼蒂克的信念,从旧的希望走向新的希望。一路上他们先后遇到惊惶的拦截者,踌躇满志的投资商,神秘的拾荒人和义愤填膺的哲学家,每个人都急切地试图对他们宣讲些什么。他们

呢,似乎对那些切口、行话和术语毫无反应。在他们身上藏着一份彩色导游图,它指示了一座幸福的城市就在他们前方等待着。或者相反,幸福的城市也许恰恰是他们刚离开的那座城市。

  我仍躺在床上……想象中的城市和我身居其中的城市竟然同样的陌生……

(选自《海上文坛》,2005年第10期)

孔雀南飞记

海 男

沿着怒江大峡谷

沿着怒江大峡谷,起初我们跟着一只秃鹫,众所周知,看见秃鹫就意味着置身在荒凉地区了。我在读埃米尔·路德维希的《尼罗河传》时,曾经度过了一个最为闷热的季节,那是上个世纪末期的最后一个夏季,作者在书中描述了秃鹫:"高踞一切的贵族,最大的空中警察是秃鹫,它在沙漠和灌木丛里领导了死的舞蹈。它有沉重的、下垂的头。叉开腿的步态,残忍而洞察一切的目光。没有一个卫生家能够发明一个较好的办法,去阻止在这样的温度下,腐烂尸体上有毒气体的蔓延。但是秃鹫不靠化学或嗅觉作引导,它只是看,以它有力的翅膀,能够很快地飞过长途……"当秃鹫盘旋起空中的翅膀声时,我想起了伟大的路德维希和他的《尼罗河》,那是一本毫不枯燥的书,关于一条河流传记的书。此刻,只要我们坐下来,我们就有可能引起秃鹫的注意,然而,我们始终在走,沿着荒凉的峡谷,在我们脚下是干枯的草棵以及永远伫立在这里的石头,那些像卵石般圆滑的石头,每一块石头都被晒得滚烫,只要我的手一碰到石头就会升起一种暖流;我们不知道沿着峡谷继续往前走到底能发现些什么,但丁在不朽的女人的引导下,曾经沿着地狱毫不停息地走,我们每个人都在走,在难以目测的距离中发现我们走了很久,然而,秃鹫依然盘旋在我们头顶,此刻,只要我们倒下去,如果身体上有腥味,那么我们就会成为一只饥饿已久的秃鹫的吞噬之物,然而,我们谁都没有倒下去,在荒原上,人们用之不竭的隐喻变成了希冀,我们希望在荒凉的大峡谷能够用眼目测到距离之外的一些奇迹。因为荒凉令人战栗,因为再走不出这片大峡谷,意味着我们就此困在此地,那时候,夜幕很快就会降临,饥饿的秃鹫也许即刻就会撕开我们的身体。

无限中的隐喻在眼前出现了,峡谷中突然跃出一座又一座土坯房屋,也许它比隐喻更直接地扑入我们的眼帘,因为人们用之不竭的隐喻只是一种虚幻中的现场而已,而此刻,隐喻中的现场变成了一幢幢镶嵌在峡谷的房屋,看见了这些用大峡谷的卵石垒起地基的土坯屋,仿佛看见了隐喻中天堂的入口,我的心跳动着,那颗因荒凉已变得战栗不堪的心说明人不可能变成一只秃鹫,终日飞翔在世上最为荒凉的地方,人永远也不可能把自己变成一只在荒凉的怒江大峡谷扇动起翅膀的秃鹫。所以,我们走进了出口处,一座卵石铺成的小路就像我们身体中的秘诀那样深藏在一道暮色中又从身体中裸露而出,一阵狗吠声引来了一个妇女的目光,她有些羞涩地望着我们,把我们引向了她的家,突然,意想不到的一种隐喻出现在眼前:在一道竹篱笆墙壁上贴着毛泽东的肖像,而这个妇女站在一侧,在一种和善的目光望着我们时,摄影师摄下了这一刻。我知道世上没有任何一种人们用之不竭的隐喻,像竹篱笆上的隐喻般从我们的内心深处冉冉升起,这个影响了一个国家的伟大人物,在这遥远的怒江大峡谷并没有从时光和岁月中退隐而去,他的形象依然从人们的世俗生活中冉冉升起,这个看得见的隐喻,使我在这座不足十户人家的村庄里,发现了一个秘密,每户人家的竹篱笆墙壁上都贴着毛泽东的肖像,这个现实使怒江大峡谷的小村庄静静地流逝着时间。

在一个慢的村庄里

我们已经在滇南的天空下寻找到了时间的一道道涟漪,在建水的一家小旅馆里,我放下手中的《奥德赛》,荷马的史诗特别适宜带到旅途中阅读,我有一个无法改变的习惯,我着迷于在旅途中阅读的诗句,它像隆起在一片莫测距离中的驿站使我迅速地转移在时间递嬗之中。盲诗人荷马短促的一生消磨在史诗的缔造之中,在旅馆昏黄的一盏白炽灯照耀下,翻开史诗,犹如从夜色深处看见了盲诗人荷马那深陷的一双眼神中

2005

搜寻着一片混沌中的光和阴影。此刻，在滇南建水的村庄里，我早已合上了诗册，这是四月，诗人艾略特沉溺的四月，占据了诗人艾略特《荒原》中的四月，把丁香的阴影托附在诗人的广阔世界；此刻，我的四月已经降临。

随同一阵缓慢的节奏，我知道，只有天堂的节奏是缓慢的，所有快的节奏都不可能通往天堂。在城市行走时，我总是会感受到一切节奏都太快，人们沦入梦魇的节奏太快，人们追循现实的节奏太快……为什么城里的节奏不可以慢下来呢？因为城里的马路上不可能走着一头黄牛，我想明白了，城里的马路上不可能让牧羊人赶着羊群过马路，一头黄牛也不可能迈着慢的步履、大摇大摆地穿马路，城市拒绝羊群和牛进入，这就是城市，它正在丧失古老的抒情诗，它正剥离诗人荷马、诗人李白的隐喻，所以，在一个慢的村庄里，在一个没有约束的地域，一头黄牛可以站在墙壁下面，进入慢的休憩状态之中去。

慢，依附着时间那根颤悠悠的绳索在轻柔地晃荡，在一个慢的村庄里，香味飘荡在嗅觉中，我们的一切嗅觉遵循着弥漫而来的味道，如果当你在一切味道中都能准确无误地判断花儿和牛粪的区别；判断出大米和酒窖的距离在于酿制和晾晒，哦，那么，你就会感受到那样仁慈的时间之谜，无处不在，它伴随着我们。一个无法感受到时间的人，就会触摸不到时间的绳索在捆绑我们的同时也在解开我们的身体的奴役；一个在时间光阴中感受不到身体中美妙的痕迹的人，已经在不知不觉地失去了时间。

此刻，眼前的这头牛在休憩状态之中，离我们的视线已经越来越近。在这个小小的世界里，没有快起来的节奏，一切浮光掠影在这里都不存在。一头黄牛的影子使墙壁也变得宁静起来了，在滇南，我们看见的不仅是一头站在墙壁下休憩的黄牛，我们也会看见奔驰在田野上的黄牛，当它变得野性起来的时刻，简直就是在寻找着竞技场，在这一点上，所有生物都具备了同样的禀性：它们留在传说中的更多是斗争的形象，尔后才是勇敢和悲剧的结局。我曾看见黄牛跟它的同类搏斗时的场景，同人一样，它们想成为获胜者，同人一样它们想成为勇敢者。

它们具有人的另一种禀性，解开盔甲，解开一切沉重不堪的往事，进入一种一无所有的休憩状态之中去,于是,这头老黄牛就这样紧倚着老墙,松懈下来的身体体现了最大的技巧;在暂时失忆之中构成一切休憩着的状态。于是,我想起了盲诗人荷马,在他最后生活的城堡和山顶的帐篷里,我们看到了简洁,超越了梦的简洁,才是万物生灵们所追求的境界。

青苔留下来

1984年的丽江古城尚未被大量的旅行社所包围,当时的古城被一面古朴的镜子所照耀着,那些商人还没有醒过来利用丽江古城来进行商业活动,而众多的旅行者还没有像蚂蚁迁徙一般扑进古城的怀抱。当我看见1984年的丽江古城时,它就像一面明澈的、没有灰尘的镜子照耀着我,众多的土生土长的纳西人就住在古城的小桥流水边,他们保持着纯洁的心灵,像过去的任何纳西人一样在梳子和扇子,纳西古乐和雪山的映衬之中,穿过那些低洼中显得或窄或宽的巷道,当我进入这些巷道中时,太阳正编织着四方街上的声音,在我看来,那些声音显示出了音符的甜美。

妇女们比男人显得更为特殊些,也许只有通过纳西妇女那黝黑的面孔,我们才能寻找到敏捷和大胆的想象力,1984年我已经开始沿着云南的灌木地带发现针尖似的不断变换的魔法生活,我进入丽江古城不是偶然的,那个时期我正与丽江古镇的一个纳西青年反复地晤面,我在一座县城会不断地收到这个纳西青年的一封封情书,虽然他后来已经死了,然而,他却给我带来了古镇的一个个奇异的传说。

首先,他一次又一次地给我讲述他的纳西母亲,每当他讲述的时候,一种奇异的魔术会在我的眼前闪现,我终于在1984年的春天进入了丽江古镇,比起现在的丽江古镇,我更着迷于1984年的古镇,我看见了青苔,那个纳西青年男子走在我身边,把手伸去泉水中捞起青苔时对我说:"这就是女人,你就像这些水中的青苔一样狡黠……"

我站在泉水边,青苔环绕着我,也可以说我在环绕着青苔,在明朗的阳光下面,我跟着青苔荡漾的地方往下走去,然而,直到最后我才发现我走了一个圆圈,就在那一刹那间,我看见了图像中的这两个纳西妇女,她们就像是真正的魔法出现在我眼前：坐在油漆早已斑驳的门口，而她们脚下就是泉水，青苔飘动着，就像她们身体上那些蓝色的纳西族饰带般飘曳；她们已经不年轻，两个人坐在门口，目光却看着两个毫不相同的方向，顷刻间，我就在那些动荡不安的青苔中听见了旋律，那些衡量生命的痕迹的音符缀满了她们的围腰和手上的老年斑。而她们倚依的门上悬挂着腊肉、竹箩、门联……1984年的这幅图像影响过我的诗学世界观，我把手伸进青苔下面，我以为丽江古镇最为著名的是青苔，然而，很少有人看见作为诗人的我所看见的青苔世界。在这幅图像之外是被黄昏的一缕缕柔和的光所笼罩的，丽江古镇，从那以后，丽江古镇有了显赫的名声，有了像蚂蚁般疯狂地迁徙而来的旅游者，繁荣的旅游事业给丽江古镇带来了跳跃似的变换，从那以后，我再也没有见到图像上的这两个年迈的纳西妇女。

青苔留了下来，当我往返于丽江古镇时，我知道我所着迷的是泉水中荡漾而下的青苔，每当人们在演奏纳西古乐时，青苔是另一种看不见的音符，我想，正是青苔使得丽江古镇从未丧失过涟漪，一个生活在涟漪中的民族，它可以拥有触及心灵花瓣的符号，就在那里，在这幅1984年拍摄的照片上，青苔的涟漪在两个纳西妇女的身体中荡漾着，使她们集敛起全部的忧愁，使她们的四肢永远灵巧地穿行于忍耐和缄默中的涟漪之中去。

在遗忘的地址里

我们之所以学会了遗忘，是因为在遗忘之前我们已经学会了迁徙。当我紧贴着母亲的影子，同时也紧贴着一辆小马车的影子，在上个世纪的60年代末期，我们总是不停地迁徙，我回过头去，一座又一座屋宇，无论它新与旧，在我回过头去的那一刹那间，突然渐次变为了杏仁色的一片雾，从我身体之后消失了。所以我理解了2000年秋日的这次旅途，我似乎扑进了一片伸手可及的地方，然而，看上去那是一座屋宇，我甚至看见了闪跃在一片灰蒙蒙的小路上的一只陶罐……因此，我忘情地加快了脚步。我并非像以往一样追赶一只蝴蝶，我对云南蝴蝶群族的迷恋源自

散文

我日常生活中一种倦怠的诗性生活,我向来是一个毫不务实的女人,直到我有一天在一片凉爽的森林中迷路,一群彩色的蝴蝶飞舞着,仿佛飞扑进一顶黑色斗篷里去,我就是在那一时刻,跟随着蝴蝶的索引,就像在一片阴森的母语中慢慢跳跃在一条可以预见未来的小路上,我跟随着蝶翼走出了森林,尔后,我看见了十分罕见的蝴蝶标本,同时也看见了蝴蝶们繁殖生命的现场:大理苍山的顶峰。

一只黑漆漆的陶罐为什么变黑了,为什么被抛在路边,我想起了遗忘这个词汇,在继之而来的前行中,一座颓丧的建筑房屋仿佛身披一件令我们迷惑的历尽沧桑的褐色斗篷跃入眼帘,我们一生中的眼帘到底要收藏多少明快的色彩,它们给予了我们伸手可触的战栗,比如,花瓶,我喜欢花瓶,因为我喜欢玫瑰,透过花瓶中任何一朵玫瑰,我的眼帘都会收藏好沉睡而怒放的时刻。除此之外,我们的眼帘更多时刻收藏的将是阴郁的碎片,当我感觉到眼前的这座颓丧的屋顶上的瓦砾在微风中发出危险的呼啸之声时,我想起了英国小说《呼啸山庄》中的阴郁,当我沉溺在其中时,《呼啸山庄》放在我膝头,每当我听见呼啸而来的碎片时,我的双膝就在颤抖,透过《呼啸山庄》,透过艾米莉·勃兰特的声音,我感受到了时间对我们肉体和心灵的伤害。而此刻,我感觉到瓦砾似乎要呼啸而下,就在这一刻,突然起风了,这是秋风,这是夏花结束了灿烂之后降临的第一场秋风,我站在屋顶之下,我不知道,在这之前,是什么人住在这房子里,又是什么人抛弃了这座房屋?

谜,是碎片,是呼啸而来的令我们迷惑不堪的恐惧,而解谜的过程就是最危险的过程。我听见了草丛中一些昆虫在静静交配的声音,在自然的生态中,万物各得其所,它们总会寻找到身体的快感,并在获得快感之后像人类所预见的一样:进行着生命中周而复始的游戏过程。眼前是这样一种现状:一片瓦砾在秋风中已经慢慢地向下滑动,整座屋顶的瓦砾看上去或者从它们的呼啸之声中都似乎在滑动,终于,我听见了几片瓦砾滑下来的声音……听上去有点像弓与弦互相跳跃的过程,看上去却是一种危机四伏的呼啸。

谁,把这座房屋抛在了他们的身后,是谁心甘情愿地遗忘了这只路边的陶罐,又是谁的岁月涂改了陶罐的本色,在我看来,这只陶罐应该是红色的,应该是墨绿色的,然而眼下的陶罐却变成了黑色。所有这一切都跟遗忘有牵连,曾经生活在这座房屋中的人们已经迁徙了,而瓦砾的呼啸之声像是触痛了我的灵魂,我必须学会继续遗忘。

一个魔法师站在路中央

以可能的方式从清晨开始出发,直到历经了遥远的幽会之所,寻找到了一个同盟者,我才理解了什么是真正的出发:在雾中我把我变幻成了一个故事,按照故事的发展时态,应该使用言词,毫无疑问,途经了人世的许多地方,我才渐渐地清楚了与言词发生关系的是灵魂。而与灵魂面对面地碰撞的也许是天气,当我们走尽树荫和坑洼中的泥路,天气影响了溪流的颜色,因为流水就在身边,它也许可以把我们的箱子浮在中央,也许可以帮助我们追逐水面上滑动的鸭子;晶莹,是我在看见灵魂时喜欢触摸到的一个并不强烈却寂静的词汇,它仿佛为我们打开了灵魂的大门,象牙般的晶莹,玻璃杯中水的晶莹。一棵橙树的晶莹影响了灵魂的波动,那水一般晶莹的波动……给灵魂带来机遇的是出发,当我戴着那顶小圆黑帽,从1986年开始我就喜欢戴上那种款式的帽子,当天气或湿润或干燥地影响了出发的时间,我们已经在路上了。一个魔法师站在路中央,变换着羽毛,刹那间几根羽毛突然变幻出一只白鹤,那是最冷的季节,一个南方的魔法师依然在变幻着别的魔法,一片树叶变成了诱人的石榴,那可以剥开看见粉红色籽粒的石榴呀,在我最年轻的时代使我发现了一旦你走在路上,就可以产生一切幻变的力量。

一个南方的魔法师对着我诡秘的微笑着,他的魔术让我产生了一种奇异的脚步声,有一年我在房宅周围游荡,冒充一个虚弱的幽灵……遵循从白夜而出发的旅行原则,于是,我来到了滇西的宾川。

干燥滚烫的一阵阵热风挟裹着我足踝间的节奏,使我扑进了村庄,介于城市和村庄之间的灵魂,世上最大的魔法存在于我们的眼睛与距离之间,我走在这幅图片中央,那幽暗的光在我身体中周转不息,以目测的方式我在以后的岁月里发现了这幅图片在我眼睛中隐藏了一个最大的秘密:横穿一切幽暗之光的不是勇气,而是诗性。宾川,只是农业王国

散文

中一个奇异地生产着蔬菜的地方,瓜果蒂熟得就像梦境般快速,那个年代,我所生活的县城与宾川是邻帮,我每次到省城都要经过宾川。

又一个南方魔术师出现了,在燥热的村庄里,他以手中的一只浑圆的竹筒滚动的声响吸引了许多旁观者,我站在观众之中,不住地看着那只圆筒在急促地滚动,它最后变幻出了一只金黄色的玉米,这就是我在一个白夜的旅行的故事。

某种异想天开的激情总是清晰而朦胧地与我的灵魂相遇,置身在宾川的一座村庄里,我希望被奴役着,成为被幽暗之光所奴役的任何一种囚徒,以一种无法脱身的方式在散发着玉米、土豆、焰火、石榴、橙子的气味中,把我的生命溶入到另一种魔法时刻,就像在吹奏笛子时变幻出了在白夜旅行时的监禁期,不错,我是如此地渴望成为这幽暗之所中一个囚徒,被时光所奴役着足踝,被含糊的言词束缚着幻想。

当我知道我不过是一个匆匆过客时,我知道看见尽头一道敞开的门,我将摘到一只门口石榴树上鲜红的石榴,这是一种机缘,我的灵魂时时刻刻都在与这种机缘相遇,就像每一次出发都会与一个南方的魔法师相遇一样。

比如蝴蝶飞蛾

云南德钦始终显露出崎岖的红色道路吸引着我,不过,在意识的深处,它太遥远了,当我躲藏在小屋中把凝固在我血液中的一个又一个难解的谜团稀释开来时,水在沸腾着,1997年我依然习惯用一种古老的旧式铜壶烧水,这是我生命中一种渴望沸腾的现象,当水沸腾开来时,那是一个午后,我只做了一次小小的休憩,就梦见了德钦:巨大的幼虫飞满了我的视野,它是一些长翅膀的纪虫,比如蝴蝶、飞蛾,然而在一片荒原之顶上,我看见了一座明亮的峡谷之城堡,它就是德钦。于是,从一朵花冠的怒放中,我寻找到了1997年9月的德钦这座叫阿墩子的小镇上,我看见了赤裸如晴朗的手臂,它钳制着我的目光,在澜沧江的一座藏族村庄里,我看见了这座藏式民居的外貌:当我们过分炫耀地把生命分成过去和现在时,同时也在伸出手去期待着牵着未来。当我在澜沧江边的藏族

2005

村庄里朝前走时,我知道,我害怕过语词,因为语词像我描述了沼泽同时也会让我陷入沼泽;因为语词之乡充满了不可思议的移情,它们会周而复始的带我在品尝着蜂蜜的时候品尝着橙汁;因为语词就像是一个私奔者引领我看见了不可超越的遥远;因为语词占据了降落在我心腹中的、无人可以终止的一场漫长的、十分漫长的游戏。而此刻,我看上去似乎又开始沉湎于一场语词的被围困之中了。在这样的旅行里,我看见了那些倾斜而上的色彩,红蓝黄白交织在墙壁上,它引领我朝里面走去。

9月的云层晴朗无比,这是整个德钦最好的季节,我慢慢地感受到了空气中一种仁慈的气息,它符合一种隐秘的、赤褐色的意境,当我置身在图片中的这座休憩所,它是藏式民居的内部,在门上贴着正被藏民们所接受的门联,这种伪造的门联贴满了一个国家的门帘上,就像魔法遍地开放一样。当我仰起头来时,我就是在那一刻,领会到了掠过我生命中的、正在潜行飞过的符号王国:缓慢的时间在这座藏式的顶部,即交织在奇异的像花冠中央的上方,在这里,我们仰起头可以跟晴朗的天空交流着感情。这就是符号王国,每个人都可以建立一个属于自己的符号王国,每个人都可以在这个符号王国中经受住时间的磨炼。

我想起了乌托邦的谜团,想起了我身穿开裆裤的三岁或四岁,那时候的我,跟跄着,从缩短了尺寸的小路上——我拾到了一根羽毛,我下意识地开始抬起头来在那一瞬间里,我已经开始向往人类建立的那个乌托邦世界,凭着一根羽毛,我寻找到了一只鸟,凭着手中一根羽毛,我寻找到了堆集在身体上的一团暗影。在云南德钦的民居里,墙壁都由褐色的木头制成,我所持的一种魔法就像激起了一种晴朗的痉挛,而在我旁边,沸腾着雪白的马奶茶,我听着那沸腾之声……

在沸腾这个词汇里,我看见了绯红的屋顶,这也许就是巨大的乌托邦世界。1997年9月,我遵守藏民的习俗,在这里度过了生命中最为明朗的日子,如今我又通过这图像的风景想起了它,在沸腾的意境里,在以后的岁月里,投影在我眼前的是那片屋顶的绯红天空,它以一种并不是纯粹梦幻的力量经常把我从梦中唤醒,而当我一旦抬起头来,恰如在某种温柔的极致之中产生了灵泉。

散文

一只受伤的雀

将生命过渡到西双版纳的密林之中时,正是我感到无助的痛苦在汹涌激荡的时刻。1982年,我已经不记得在一个鸟鸣的早晨,我已经获得了一种离家出走的机缘:有着谜一般微笑的永胜县城开始进入了潮湿的雨季,整座小县城仿佛蒙上了面纱,这正是我出走的时刻,因为在这样的季节中最为慵倦的时刻已到来,每个人都慵倦地、温顺而柔和地生活着,没有人会关心你会到哪里去。我朝着那个时期最葱绿的地域开始了出发,也许在那样一个时期,当我松开了另一个人的手,给予我青春期想象和心跳的接触的男子的双手,当我送走他以后,我和他的生活就已经结束了。所以,当我在葱绿的西双版纳寻找到植物园中的孔雀时,我还没有寻找到史蒂文斯的诗,一只孔雀在我身边缓步地行走,优雅中包含着浓郁的梦境,孔雀在行走,而我在旅途上,在孔雀的一次开屏中,我已经坐在西双版纳的植物园中寻找着读史蒂文斯诗歌的那个时刻:"孔雀尾翎的颜色/像树叶一样/在风中旋转/在黄昏的风中。它们飞进屋里,就像从毒芹的枝头/飞落到地上/我听见那些孔雀在啼叫/那是对黄昏的啼叫/还是对树叶的啼叫/在风中旋转/像是在火中旋转的火焰旋转/像孔雀的尾巴旋转/像在响亮的火中旋转响亮的毒芹/充满了孔雀的啼叫/那会不会是对毒芹的啼叫/窗外,我看到群星汇集/像风中/旋转的树叶/我看着夜晚走来/迈步走来,像毒芹的颜色/我感到恐惧/想起了孔雀的啼叫。"

在孔雀的开屏中,我看到了所有密集图案的西双版纳的文字,神秘的傣语是另一种符号,它升起在孔雀美丽的尖叫之声中,站在傣语面前的这个男人,同西双版纳的许多男人一样,呈现出黝亮的肤色,他们属于一个"孔雀尖叫"的世界,他们在自己的语词中了解了"孔雀的尖叫"。

葱绿的西双版纳渐渐地昭然可见:一只孔雀站在一个苔藓弥布的天地,诗人史蒂文斯看见的那只孔雀是不是我今天在西双版纳看见的这只孔雀?答案是否定。在这种否定里,我注意到了一个现实,一只受伤的孔雀站在一个孤零零的地方,一小片阳光中,它好像不是为了尖叫而存

2005

在,孔雀的身心仿佛经历了难解的悲伤,孔雀园中的工作人员告诉我说,半个多月前这只孔雀的伴侣死去了,死在一团毛茸茸的羽毛下面,因为从一开始,这只孔雀就在不停地用身体的震颤——开始脱落羽毛,孔雀那华丽的羽毛竟然在短促的几天时间里迅速地脱落,然后孔雀就躺在它自己柔软的羽毛中死去了。在西双版纳的那些傣语符号当中,可以看见一只孔雀的死去吗?

我听见了诗人史蒂文斯在说话:"夜晚,在火旁/灌木的颜色/落叶的颜色/重复再现/在屋内旋转/像树叶自己/在风中旋转/对:但毒芹的颜色/迈步而来/我想起了孔雀的啼叫。"

映现在眼前的傣语,也是一只孔雀的语言符号吗?1982年,沿着潮湿而葱绿的西双版纳地区,我看见了那只死去的孔雀,同时也看见了那只孤零零的孔雀,这才是一个葱绿而难解的悲伤之谜。我独自一个人的旅行在一只孔雀旁边结束了,我离开时,那只孔雀突然发出了令人愉快的尖叫,它已经摆脱了悲伤,这就是孔雀之乡的声音。

楼梯上的但丁

石屏才是我真正的籍贯之地,我的父亲用尽了全部的力量还是没能将我们带到滇南的石屏。秋日的阴郁开始笼罩我的父亲时,我不时地挽着他的手臂上着一道道台阶,那是永胜县城古老青苔的台阶,我们站在台阶上追忆往事,父亲跟我追忆着石屏的木梯,他的童年时代跟楼梯有关系,他曾经从楼梯上滑落,这也许是他人生的开始,当我帮助父亲穿上殓衣时,我知道父亲生命中的那把楼梯已经消失了。

阅读让我历尽了但丁攀越的楼梯,当伟大的但丁决定倾尽毕生去追求贝雅特丽齐时,柔情像漫长时光中的光环套住了但丁,我们知道我们灵魂中都充满了象征主义的楼梯,每个人在上这楼梯时,内心都布满了一个又一个难以捉摸的隐喻,即我们用来追求这种神秘事物的另一种境界,所以,上楼梯是一件愉快的事情,如果你在梦中梦见了自己在上楼梯,如果上楼梯时很艰难,那个梦中的隐喻暗示你的现状存在着极其明显的困境,相反,当你在梦中看见自己上楼梯时是轻盈自在的,那个梦中的隐喻则暗示你的现状像羽毛般可以飘动起来。我们的肉身从出生那刻开始，就承存着隐喻的故事，所以我们渴望上着楼梯，我们渴望在上楼梯的过程之中能抓住我们期待中的幻想。但丁在《神曲》中创造了为自己灵魂所设置的历史故事，在我看来《神曲》中充满了身体的隐喻，漫长的岁月引导着但丁把隐喻表现为未来的一个时刻，那也许就是一把通往天国的楼梯。

　　隐喻的诗学表现出一个活生生的意念，它就是时间：此刻我抵达了父亲一直想带我寻找到的永久籍贯地，这是父亲的老家，它不属于隐喻，它属于父亲生命中不可分割的永久地址。现在，我站在这把楼梯下面朝上看去，这是现实中的石屏，我站在楼梯下面……时间来回地穿巡着，替我触及到隐喻的是我脚下的楼梯，我开始上楼了，仿佛在陪同父亲上楼梯，仿佛在陪同但丁上着楼梯，图中的这把楼梯是穿插在岁月之中的永久插曲，就在这把楼梯之外，是一座小镇，我已经在小镇旅馆落下脚来，我喜欢这座有豆腐坊的小镇，石屏以豆腐而著名于滇南，我坐在旅馆外的简易豆腐坊中要了一碗水豆腐，不知道为什么，我没完没了地想象着但丁的世界，所以，我又开始上着那把楼梯了，两边是格子窗棂，就像一个人的旅途之中，向你无意识之中敞开的风景，读者的你通过这幅图片可以看到楼梯上的隐喻吗？隐喻告诉我，这座楼上已经生活了几代人，现在的这一代人接近了小镇豆腐坊中的那些大块地显露着乳白色的豆腐，一次又一次地成形的豆腐维系着生活中若明若暗，若隐若现的关系——所以，在这里，隐喻向我们暗示着一种无穷无尽的现实，它就是灵魂转世以后的世俗史。

　　现在，我明白了但丁的孤独。诗人历尽了隐喻的曲折看见了贝雅特丽齐，这个时刻，也是诗人丧失隐喻的时刻；我上了楼梯，我望见父亲已沉入石头，变成了墓地上的一块石头，这是死亡或者我怀念父亲时产生的最大隐喻；我上了楼梯的顶端，看见了楼一睥石屏豆腐坊，它是世俗的，所以它取代了现实中的一道隐喻。

世间的一切花纹都在召唤我

我从一开始就感觉到朝着我扑来的这些阴郁就像花纹般晦涩,1984年,我还是一个迷恋诗歌的小女孩,我对诗歌的迷恋方式是对一本黑黝黝的笔记本的迷恋;是对我无知岁月中一道花纹的迷恋,所以诗人艾略特说道:"我们的一切认识,使我们接近无知;我们的一切无知,使我们接近死亡。然而,接近死亡,不能使我们接近上帝。我们在生活中失去的生命在哪里?我们在认识中失去的智慧在哪里?我们在传播中失去的知识在哪里?20世纪来天宇轮回,使我们远离上帝,更接近灰烬。"

灰烬,是把死亡重现的一个时刻,我们不知道在我们脚下的灰烬中存列着多少次死亡。而朝着我扑来的花纹,是1984年证实我无知的一种色泽,我已在前面说过,宾川是我生活的邻县,它在一片起伏的、干燥的盆地上升起来,同时升起来的植物有橙色,它就是满山遍野的柑橘,当我站在一片柑橘园中时,我远远没有预测到有一片花纹在等待着我。若干年后,我写下了一部与身体有关系的长篇小说《花纹》;若干年以后,我读到了诗人曼德尔斯坦姆的诗:"我被赋予了身体,我当何作为?面对这唯一属于我的身体?为了已有的呼吸和生活的宁静快乐,我向谁表达感激?我是园丁,也是一朵花,在世界的牢狱中我并不孤单,永恒的窗玻璃上,留下了我的气息,以及我体内的热能。那上面留下了一道花纹,在它变得模糊不清之前。但愿从凝聚中流逝的瞬间,不会抹去心爱的花纹。"

宾川墙壁的三分之二被赋予了一片花纹,这就是为什么我总是会搭上一辆又一辆红色或蓝色的拖拉机,朝着永胜县的邻县奔驰的缘故。我所奔赴的是一堵堵墙壁,上面爬满了攀援植物,它们平静地存在着,让我这个初涉人生的女孩暴露出了我一系列的浅薄,在这堵墙壁下面,那个上午,我被笼罩着:被一片花纹,一个我不了解的途径,我来不及经历的触角;我生命力图捕捉到的互相渗透其间的线条所笼罩着。一个老人撑着拐杖来到了我身边,她看见我沉溺在一堵堵墙壁下面时,费解地问我在看什么?我转而面对她的脸,一张不完美的脸,已经丧失了人们迷恋的肌肤,已经丧失了苹果似的绯红,丧失了露珠般的湿润,已经丧失了可以证实的蜜蜂般的勾引。

散文

　　老人的年龄我无法猜透,就像我无法猜透一只枯萎的苹果所陈述的史诗,到底有多少朵浪花,到底梳理过多少次魔法时刻?也就是在那一刻,我在这个老人脸上发现了花纹,它不是我梦中的花纹,它只是叙事歌谣中出现的几根蜘蛛,黑得发蓝的瓦片上滚动而出的雨水,转动的石磨上永无止境的时间顺序……就这样,我再一次在1984年收藏了花纹,一个可以熔炼的、反复交替描绘的境界,出乎我意料地解决了一个无知者面临的问题:若干年后,我十分笨拙地发现了人生的真相在于花纹的层层叠叠之中;面对花纹,我们可以解除人世间的一切杀戮,因为在花纹中我们的身体轻柔地寻找到了人生的渊源,无论我们的面颊和事物产生了多少花纹,它都是通过我们身体而隐现出来的一段抒情诗,每当这一刻降临时,也正是死亡在召唤我们的时刻。

距离产生了魔法

　　这是一个叙事的年代,让我回到一个时刻:此事发生在1984年,弥渡的一座村庄——我按照一个人行走的习惯,站在这堵墙壁下面,最下面是一个啃着玉米棒的男孩,一边撒尿一边啃玉米,他不到四岁,所以他带着孩子全部的稚气,既在撒尿,也在啃玉米,从我开始迷恋语言时,也就是我沦入语境生活的时刻,通俗地说也就是我沉浸于叙事风格的时代。

　　叙事,也就是语言的历史,在面对这个既在啃着金黄色玉米棒也在撒尿的男孩面前,我看见男孩所撒出的尿液正在射击着墙壁下的一条阴沟,而在另一侧是一个打着哈欠的老人,他也许昨晚失眠了,老人生活是一个失眠的时代,我的母亲经常失眠,睡眠不足四小时,她已经习惯了,失眠是一种痛苦的牢狱,我曾经在失眠中呆呆地望着天顶,同时也辗转反侧,仿佛辗转在波浪之上。看上去这个乡村的老人已经八十多岁了,他旁若无人的打着哈欠。据说,当一个老人进入八九十岁时,他们便建立了自己虚幻的乌托邦世界,旁人是无法走近他们的。老人一边打哈欠,他好像看不见别人,当然也看不见我就在他旁边,只有那个撒尿的小男孩看见了我,他朝我咧开了嘴一笑,满嘴的没有咀嚼完毕的金黄色玉米,转眼之间他就跑走了,跑到我不知道的另一条小巷深处,消失了。

这是上午十点多钟,我站在这堵墙壁之下,我可以透过这片墙壁的斑剥之声,看见了久违的语言:"伟大的统帅,伟大的舵手,毛主席万岁……"而顶端是像海水般的蔚蓝色,看见屋顶的蓝天,我仿佛在乘着一艘船,这是我梦寐的一种生活,我希望把我生命的一个短暂时期放在远洋轮船上,这可能是一种骗人的梦想,它的骗术在于距离,所有的魔法都因为距离产生了诱惑。

语言是一种勾引,无论是写在墙壁上的,写在纸上的,写在帆上的,写在风筝上的,写在机器上的。语言展现了一个勾引他们的世界,这就是为什么当我站在这堵墙壁下面时,我会想起一种象征性的戏剧,它发生在上个世纪的50年代,60年代,70年代……在这些年代的叙事故事中,一个国家的人民沦入语言的奴役之中,因为语言勾引了他们,此刻,薄薄的露水早已溶化,雪白的霜早已逃逸而去,这堵墙壁似乎已经完成了它的历史。

那个撒尿的男孩又来了,这是一个无穷无尽的叙事题材,从一个年仅四岁男孩的身上我感到了他喷涌而出的尿液是他成长期的一种证据,而他手中的那只金黄色的玉米棒是轶事中最不乏味的道具,它证实了一种人性无可争辩的叙事的永恒——因为这个男孩的存在,历史会继续演变下去;而旁边的那个老人,他毫无疑问经历过墙壁上的语言,无数年前,这些红色的语录笼罩过他,他会背诵毛主席语录吗?而此刻,我看见了多么辉煌的历史也有写到尾声的时刻,以至于这个老人在哈欠连声中像别的老人一样,进入了一个旁若无人的世界,梦想中的乌托邦王国的世界……这就是轶事,我站在墙壁下面。"在英国——奥斯卡·王尔德说过——只有那些已经完全丧失了记忆的人才发表回忆录。"这是博尔赫斯的原话。

沿着怒江大峡谷溯源而上

怒江是湍急的,然而,经过了湍急之地,怒江平缓地流淌着,我想起了传说和史料中的传教士,他们从遥远的欧洲来到了大怒江畔,我曾经

散文

在梅里雪山下的澜沧江畔寻找过传教士的足迹,在只有兀鹰飞翔的澜沧江大峡谷,从法兰西来的传教士最终在茨中教堂外培植了葡萄园,那是让我心动的一大片葡萄园,当我来到茨中教堂外的葡萄园时,正是落日降临的时刻。

任何一个落日都会让我重新审视我的容颜。即我的容颜可以映现在镜子里,每次出门我都会携带着一面小圆镜,这是映现出我存在的唯一方式,别的时候,我的存在会映现在水波上或青苔上,还有鱼鳞的脊背上;别的时候,还没等我掏出镜子来,我已经享受到了四周秘密的快乐。此刻,在落日包围下,我还是照了照镜子,因为在落日之下,葡萄园似乎逐渐变暗了,只有在镜子中先看见我的容颜,才能清晰地看见葡萄园的容颜,所有这一切都被一种内心的力量所驱动着:在落日下面,我看见了已经衰败的葡萄园,我本想摘到一只葡萄,法兰西传教士留下的葡萄,然而,我的手触到的仿佛是一种萎靡。它果真就是时间的萎靡,任何昔日的景象都会逐渐地萎靡,这是苏格拉底深陷狱中时告诉我的真理。

沿着大怒江溯源而上,这是我旅途生活中一种向往,越过了湍急的怒江大峡谷,平缓的怒江上空开始出现了黑色的兀鹰,这意味着荒凉将靠近我们了。有些时候看见荒凉你会战栗,而当你一旦看见了兀鹰就不会害怕,因为兀鹰飞翔的地方尽管险恶,然而却可以让我们加快步伐,因为如果你一旦停留下来,飞翔在空中的兀鹰也许就会扑向你的身体。我又一次感受到了落日,每一次落日笼罩我时,也正是我感到镜子无所不在的时刻,所以,2000年的怒江大峡谷上出现了一座教堂,我听见了祈祷声,在这幅图像之中,几个基督教徒正坐在教会的活动中央,虔诚的目光朝上看去。

在大怒江峡谷深处,那些散发出萎靡气息的教堂里总是行走着基督教徒的脚步声,他们世世代代住在峡谷深处,由他们的父辈可以把教传给他们,我知道,任何教都是一种信仰,所以英国传教士来到了大怒江的峡谷里,盖起了教堂。

有关英国传教士在大怒江峡谷布教的故事可以留在一部另外的书中去写。它不是这篇短而又短的文章可以概括的。人类的故事大都是梦的解释。所以梦可以再现我们的生活,这些基督徒的眼睛里流露出梦,那些传教士的梦想里,梦就是一种占领,他们要用布教的力量占领大怒江峡谷。

沿着怒江大峡谷,我看见一只巨大的黑色的兀鹰正在分解着一头已经死去的山羊的尸体,浓烈的羊腥味使我的旅途充满了不可知的恐惧;越过这片恐惧,在围绕着教会活动的这座房子里,却看到了人们安详的目光,在他们的目光之外,几个年老的妇女们正站在怒江大峡谷中纺着麻线,纺织机太古老了,发出并不和谐的声音;我发现另一架纺织机竟然立在怒江大峡谷的峭壁之上,从那里,从上端,所发出的声音似乎是但丁的声音:"我祈求着,而她离得很远,仿佛在微笑,又朝我看了一眼,然后转过脸,走向永恒的源泉。"

蓝色、黑色、褐色

蓝色:我们看见蓝色时通常与天空有关。在一个静得只有蚊虫飞袭我们的小世界里,我们开始一场野营拉练,那时候我上初二,刚进入12岁,我们来到了程海,当地人也称它为星湖,即沉落繁星的湖泊,我们在湖边露宿的时刻就面对着苍穹,在这之前,我从未一夜失眠过,在这之前,我从未面对蓝色天空躺在地上。旁边是我的校友们,他们一动不动地躺着,巨大的苍穹罩住了我们,我们沉浸在蓝色的繁星之间,没有一个人投入睡眠的怀抱去,好像从这个夜晚开始,我就开始了一生中十分漫长的失眠症生涯。我生活中经历了蓝色,这是我失眠的最大原因,我失眠了,这是一种从未有过的体验。如果人这一辈子从未感受到失眠的滋味,你怎么会品味那苍穹把你笼罩在其中的无边无际的欢愉呢,那是一种摇曳状态。此后,蓝色和阴影结合在一起,实现了它的魔法:把我抛在一顶帐篷之中,我住进帐篷,只是为了看见天空,如果我不想睡在帐篷里,我就掀开帐篷的一角,以我个人的角度来仰望天空的蓝,繁星们密集变化的风格,直到我的肉体闪烁着黑色的条纹,此刻,我进入了我的黑色时期。

黑色,我五六岁到八岁之间的一种过渡色,那些时间里,我不时地划着火柴,因为母亲的工作关系,我得不停地划燃火柴点燃柴块,我当时守

散文

着一只火炉,里面的暗道是我一生中看见过的不可以错过的一种底色音符,它在我刚刚划燃火柴的那一瞬间里颤抖,它通过火焰把黑暗映衬着,如果我没有学会划燃火柴,我就不可能看见黑色,它不可能是夜晚深处的那种黑,只有在我划燃火柴之后,点燃纤细的柴块之后,我才能窥视到在燃烧的火焰中演奏着黑色的旋律,从那一刻开始,我想我已经开始在火柴的笼罩下,真正地成长了。从火柴到褐色的阴影之间的距离,到底有多远,我也不知道,悦耳的旋律响彻耳边时,旁边有一道道褐色的阴影,在那个世界上最为寒冷的冬天,我戴着黑色皮手套,穿着黑色皮外套——我在电话中听到了一个现实,我的一个男朋友,一个不可以成为未婚夫的男朋友,一个永远不可能成为我姻亲生涯中的男人,一个跳民间舞蹈的男人,在他结束了舞蹈生涯的15年之后,被放进了一口黑色的棺材之中去,再也不会透过雪山之下的距离,给我写信了。一个男朋友就像我父亲的死亡一样结束了他们生前的生活状态。

　　褐色悄无声息地使我陷入了可怕的颓废之中去。它们像是一种被雾气所编织的图案,而在我旁边,许多幼芽正在破壳而出,它减轻了褐色所带来的,一阵可以插入我历史中的阴郁的美,它使我怀着多少有些仁慈的心情守候着那些幼芽,开始了别的生活。1994年,我来到宾川的时候,蓝色、黑色、褐色结合在我的眼前,就在这堵墙壁上,蓝色在顶端,它靠近天空;黑色在中间,就像一架庞大的时钟敲响;而褐色,我们生命之中的褐色,仿佛正从储藏室里移动而来,带着一群老鼠的暗影……

　　三种颜色仿佛都在暗自窃笑:因为在它们的笼罩之后,我们如此鲜明地感受到了生命的美妙就在色彩互相编织的时刻,已经时过境迁了。

一个盲人带领我经过了此地

　　在没有看见这个盲人之前,我认识了写《奥德赛》的盲诗人荷马,还有写《失乐园》的盲诗人弥尔顿;还有到晚年才开始逐渐失明的博尔赫斯。我在他们失明的写作世界中看见了绚烂的语言。1993年初夏的一个时刻,我经过了晋宁,当我看见一个盲人的背影之前,我并不知道他是一个盲人,因为背影是无法告诉我他眼睛的现实状态,因为背影掩饰住

2005

了他的失明。不过,很快,我就已经在明亮的光线中看见了一根手杖,毫无疑问,这根昏暗的手杖让我感受到了他眼睛的黑暗。

失明意味着黑暗,然而把幻想汇集成清澈河流的博尔赫斯却在黑暗中看到了另一种现实:"让写在虎皮上的神秘和我一起消失吧。见过宇宙、见过宇宙鲜明意图的人,不会考虑到一个人和他微不足道的幸福和灾难,尽管那个人就是他自己。那个人曾经是他,但现在无关紧要了。他现在什么都不是,那另一个人的命运,那另一个国家,对他又有什么意义呢?因此,我不念出那句口诀;因此我躺在暗地里,让岁月把我忘记。"这就是永恒的、不朽的博尔赫斯的声音。

接下来,我不由自主地被盲人的手杖所牵引着,毫无疑问,这个使用手杖的人就是盲人,因为我看到了手杖在摸索,上帝把手杖递给了丧失光明的人,是为了帮助他们消解黑暗。而此刻,即使明朗四射,然而,我感知到了,盲人的手杖在隐秘地朝前摸索着,我就这样跟着一根手杖的影子渐渐地接近一座村庄。

这明澈的被火和幽暗所包裹在其中的村庄,现在却被阳光辉映着,进入村庄的路在盲人来说并不是一个拐弯抹角的,或者说一个堵塞着黑暗的世界,这一切都是我从他手杖中感受到的:因为手杖突然间变得流畅起来了,犹如水中笔直的波浪涌向笔直的尽头,犹如一个人身体中涌现而出的语调,概括了一个人心灵中最准确的谜底深处。所以我好像已经感觉到了盲人的家就在前面,就在前面的不远处。

于是,在我们尚未到达之前,我抬起头来看到了一座又一座老房子,这就是盲人用手杖慢慢摸索到的家。手杖好像变得轻快起来了,在我前面列举的几个盲诗人的作品中虽然充满了幽暗的抚摸,然而在更多时候,盲诗人们幻想到的色彩比我们在现实生活中看到的色彩更缤纷,因为幻想是无限的。

所以,博尔赫斯写道:"我用了漫长的年月研究花纹的次序和形状。每个黑暗的日子只有片刻亮光,但我一点一点地记住了黄色毛皮上黑色花纹的形状。有的花纹包含斑点;另一些形成腿脚内侧的横道;再有一些环形花纹重复出现,也许它们代表同一种语言或同一个词。不少花纹有红色边缘。"这就是渐渐丧失了光明的博尔赫斯的另一个世界。

此刻,一根手杖与一个乡村盲人在一起,渐渐地已经靠近了这座村庄。我跟随着这个盲人,看见了他所看见的世界:老虎一样金黄色的颜色覆盖在墙壁上,已近眩晕的金黄色让我感觉到我似乎已经触到了虎豹那金黄色的皮毛,而盲人似乎走得更加欢畅起来了。尽管我没有看见他的脸,然而我知道,他的内心一定充满了这些金黄的色彩。

曾　经

翻开博尔赫斯的短篇小说《小人》,我读到了这样的文字:"友谊是件神秘的事,不次于爱情或者混乱纷繁的生活的任何一方面。我有时觉得唯一不神秘的是幸福。因为幸福不以别的事物为转移。"1999 年,在我的身体开始转移之前,这种转移是离开一座旅馆之前,我再一次回到了这座村庄,看见了这座老墙壁,摄影师帮助我准确无误地拍摄下了我看见它存在的那一个现实。

这堵老墙壁曾经围绕着一座戏台,如今那座戏台早就消失了,20 世纪的任何一个时期,任何存在之物都可以荒谬地从我们眼皮底下消失,包括我们的生命火焰也会变成灰烬,一座小小的戏台又算得了什么呢?

不错,一座我从未听到过的戏台,却可以从人们的口头记忆中历现在眼前:那座从明朝时代,保留下来的戏台,曾经上演过京剧《白蛇传》等节目,它培植了许多京剧的幼芽然而幼芽刚刚冒出来,在上个世纪的 60 年代,戏台被摧毁了,连地基也泡得干干净净。然而,戏台之外的这堵老墙壁都留了下来。

曾经,我们说到曾经这个词汇时,仿佛想把过去的一幕幕情景拉到现在,而现在意味着过去也不存在,而曾经却是过去中的一种图像,我们经常这样面对现实的此刻回忆道,我们曾经骑着马,我们曾经在沙漠中有一星期未尝到一滴水,几乎因饥渴而死;我们曾经是懦夫,因为怯懦丢弃了一座城堡;我们曾经是一种匪夷所思的旅程,不知道应该走到哪里去;我们曾经在宿营之地分手,试想着此生此世再也不会面;我们曾经沉溺于翻身落地的那一时刻,因为在那一刹那间,我们认为心跳已经结束了,殊不知,这是再生的开始……曾经这个词汇,会给我们带来对往事如烟的一幕幕回忆。

在对往事如烟的回忆之中,这堵老墙壁上长出了茅草,我感到一阵又一阵难以言喻的羞愧:我们的身体自甘衰竭的时刻,我们也无力阻止一堵老墙壁的衰朽,这就是我们的羞愧难忍时,茅草在墙垒上疯狂生长的缘故。

博尔赫斯还说:"……我重新阅读了《附录与补遗》的第一卷,看到叔本华说一个人从出生的一刻起到死为止所能遭遇的一切都是由他本人事前决定的。因此,一切疏忽都经过了深思熟虑,一切邂逅都是事先约定,一切屈辱都是惩罚,一切失败都是神秘的胜利,一切死亡都是自尽……"

一堵墙壁就像人一样经历了遭遇,这是命中注定的遭遇。我们的曾经已经成为过去以后,我们的现在依然存在,当繁华热闹的戏台消失以后,这座老墙支撑的起死回生就是一种孤单的院落,从不懈怠的光阴总是比梦消失得更快。

保存它的还有曾经这个词汇,我离开了,像离开了访问过的许多亲爱的秘密一样,遍及我周身的是一种遭遇,在这一刻时间里:我遭遇到了无聊,因为看不见那座古戏台的无聊;我遭遇到了面对卷帙的恐惧,因为卷帙不过是一堆尸骨,只有依靠满怀深情的触摸才能寻访到昔日我遭遇到了奔逃的滋味,因为我们信仰的未知已经打开了大门。

旁边的影子

旁边,就是影子的重现,要么是我的影子,要么是别人的影子,或者是事物的影子。1984年,我旁边的影子不断变换着,起初是我搭上一辆手扶拖拉机出走时的情景,那时候,我走了很远,才在一条乡村公路上招手截住了手扶拖拉机,我在八岁到九岁之间,曾经有过梦想驱着手扶拖拉机去旅行,那时候,我所看得见的交通工具,除了自行车就是拖拉机了,而且鲜红的手扶拖拉机大都是当地的知识青年做驾驶员,那些在我看来是时髦摩登派的知识青年,开着鲜红的拖拉机走进了我的生活,我错过了知识青年上山下乡的队伍,然而,我的哥哥是最后一批知识青年,

散文

他总是开着手扶拖拉机从一座遥远的乡村来到我的面前。

1984年,我在县城外面的乡村公路上终于截住了一辆手扶拖拉机,它就是我旁边的影子,就这样,我不断地换车,在青春洋溢的1984年,我不断地搭便车充分说明了每个早晨的太阳对于我来说都是新的,当我从车上下来,我会走许多路,从那时候开始,我就从走路旅行中感受到了一种好处:我可以在步行中感受到乘车无法感受到的事物,比如,爬藤植物,这是我生命中最为敏感的植物,那些滇东北肆虐的爬藤植物要么是沿着竹篱笆在攀援,山坡上的竹篱笆已经由翠绿变褐色,经过了风吹日晒,竹篱笆已经变形,然而不断上升的爬藤仿佛像蛇一样在之间扭动着身体;爬藤还沿着荒凉的滇东北高原在攀援,沿着那些高高的石崖,我只可能在低处看一眼那些石崖,因为我根本无法像那些不要命的爬藤般拼命地往上攀援,从它们的攀援姿态之中,我逐渐明白了一个道理:这些爬藤植物也在旅行,所有物和人都需要旅途,需要敞开的旅馆,需要在一座现在看不见,未来会出现的驿站中歇脚⋯⋯所以我明白了我那颗跳动的心,为什么总是朝前走,上帝给了我们脚,就是为了从现在的某一刻走到未来的某一刻。

当我一阵恍惚时,我看见了这幅图片中的人和事物,蹲在墙边的这个人好像已经厌倦,博尔赫斯说过:"有时候,他的厌倦像是一种幸福感;那时候,他的心理活动不比一条狗复杂多少。"在这个人的旁边是水桶的影子,在任何地方出现了一只只水桶都令我想起"秘密"这个词汇,任何容器的存在都是为了收藏好"阴谋"或者"秘密",只有这两个词是不能揭开的,水桶的存在亦如此,我此刻想,伫立在这个已经产生了厌倦的男人身边的两只水桶啊,为什么让我心灵间突然产生了奇妙的涌动:只有水的漪涟可以藏在水桶里,漪涟间产生的"阴谋"或"秘密"恰好可以相互隐藏。

旁边的事物还有墙壁,一路上我总是会与一道道墙壁相遇,以至于我终于出现:那个创造了墙壁的人一定看见了庞大的,永恒不尽的"阴谋"或"秘密",因为众所周知,我们的任何一桩"阴谋"或"秘密"都是在墙壁的掩映之下产生的。

我涌出了清澈的泉水,我有了隐瞒"阴谋"或"秘密"的勇气,我不是

2005

毫无结果,却四处奔走,流浪不息的另一个"阴谋"或"秘密"的影子。旁边的事物只是我的映衬,所以,我寻访到了这个故事,献给旁边的事物,它们也许是水桶。

(选自《花城》,2005年第2期,此处有所节选)

槟榔与咖啡

王铭铭

我在伦敦大学东方非洲学院读书那几年,是一个穷学生,穷得连午饭都舍不得买来吃。我们几个同学下课后,在学院地下室酒吧沏点便宜(三十便士)咖啡喝,抽上几支卷烟,用热咖啡(有时还有热巧克力)祛除点饥寒交迫感便算了。久而久之,我染上了咖啡瘾,并进而对咖啡的品种也讲究起来。而这些年因参与跨文化研究课题,我多去了法国、意大利几趟,又对 expresso 情有独钟。在英国喝咖啡,总是慢慢地喝,边喝边品着烟,聊着天。这种享受方式,大抵还是与英国人喝下午茶的习惯有关。喝下午茶,一般得配上点饼干之类的点心,家人或朋友围坐一圈,说说笑笑,不亦乐乎。Expresso 这种咖啡则完全不同。这几年咖啡馆在国内如雨后春笋般地冒了出来,老板们将这个词翻译成"特浓咖啡"、"意大利特浓咖啡"之类,但这个翻译只对了一半。Expresso 据说是咖啡的精华,浓度特高,像古时候福建斗茶时泡出来的冒泡沫的功夫茶一样。所以,说它"特浓",那还真是形象化。不过,expresso 的意思却不是浓,而是"快",表示的是它的快捷饮用方式。与英国咖啡全然不同,盛 expresso 的杯子,比盛英国、美国咖啡的杯子小得多,点到一杯后,你加进一点糖,用小勺子搅拌搅拌,端起来一口喝尽,不能慢慢品尝。

具体什么原因导致了英美人与欧陆人之间存在的区别?我不了解具体答案,只感到围绕喝咖啡,种族相同的人之间已形成了莫名的差异,这实在饶有兴味。我猜想,这可能与生活在不同文化中的人怀有的不同心境有关。

文化心态之别,不仅能解释咖啡的消费方式,也许又能解释其他的事项——比如嚼食槟榔之俗。

槟榔,我迄今为止仅嚼过一粒,并从此发誓再也不嚼了。1995年6月到9月,我去台湾做实地考察。有位较我小点儿的台湾朋友陪我到处走走。那时他是英国某大学登记在册的博士生,不过大量时间都住在台湾,在一家学术机构兼职。他有一个习惯,就是嚼槟榔。槟榔这种东西,皮微绿,有点像翡翠,它是槟榔树上长的果子。嚼它前,槟榔都已经过制作。制作方法大致是在它中间剖切开,放进一点石灰之属,使它嚼起来产生化学反应,据说这样便能生津解渴。在台湾的街市村庄路边,都有小小的槟榔销售点,它们规模极小,比巴黎卖报纸杂志的小亭子还小得多,前面是用玻璃隔着的,里面坐着槟榔妹,她们穿得很少,有的甚至是三点式。男人前去买,也瞧槟榔妹一眼,而买来的槟榔,都用一种像香烟盒那么大的盒子装着,一般这种盒子,也印刷着性感女性的图片。槟榔与女性肉体的局部暴露之间,到底有何关系?只好猜了。而嚼槟榔被某些台湾人认定为某种"低俗"的生活方式。槟榔被嚼后,与唾沫结合,化成一种红色渣子,不能吞下去,因为有害。在台湾的街道和村庄,地上往往有些红色的污染物,它们便是从人嘴里吐出的槟榔渣子。有台湾朋友跟我说,因为嚼槟榔是"低俗"的行为,所以那些年里这种行为变成了某种时尚。

陪我的那位,开着一辆吉普车,一边与我聊天,一边嚼槟榔。有一次,看着他嘴巴露出的红色渣子,我恶心,于是不禁说道:"槟榔这种东西看起来满怪的,有什么好嚼的?"他立刻逼着我也嚼一粒,说:"这种东西特别好,我每天不嚼,就没办法醒着。"

看来,对他来说,槟榔就像对我来说的咖啡一样,是解瘾提神的好东西。他说着说着,还谈到对我的评价:"人类学家应当是研究'土俗文化'的,若是不能与当地人一样,那'参与观察'便不可能。"

受到刺激,我接受了他赠与的一盒槟榔,拿出一颗来,嚼了嚼,顿觉苦涩难忍,吐了出来。后来虽知有了"槟榔人类学"一说,我还是坚持不再嚼了。他饶了我。

这位朋友是台湾"本土化运动"的积极参与者。这种"运动"听起来像是"农民运动",但其推动和参加者,大凡都是知识分子。这些年,一些

散文

台湾知识分子对于台湾"土俗文化"极其热衷,人类学本来就研究"土俗文化",因而我的同人中,鼓吹它的人也不少。据说,包括槟榔这种东西,台湾知识分子也十分崇尚。那位陪我的年轻学者,便是一个例子。我记得他曾经说过一句话:"不嚼槟榔怎么能算得上台湾人!"听起来似乎台湾人的文化认同,乃是由槟榔这种植物缔造的。我怀疑他是开玩笑,看了他的表情,才知道他那么认真。我于是对槟榔产生了好奇心。

槟榔对于台湾人来说,的确是有某种标志性意义。有实在的证据表明,历史上台湾"原住民"与汉人确也有嚼槟榔的习惯,但是像现在这么流行槟榔,原因主要是上个世纪五六十年代台湾当局曾将槟榔树当作经济作物大力推广过。至少到 2004 年 8 月世界卫生组织宣布槟榔有致癌作用之前,它在台湾的国民生产总值中所占的比重应当还是至为关键的。

说嚼槟榔是台湾的"风俗"之一,这没什么错,但是,硬要说嚼槟榔是台湾"文化的独特表征",因而值得"本土化运动积极分子"去推崇,那就难以让人接受了。原因十分简单,浏览有关资料,我发现历史上曾经存在一片生产和消费槟榔的广阔空间,我们不妨称之为"槟榔文化圈"。槟榔学名 arecae catechu,中文槟榔为马来语 Pinang 之音译,梵语名则为 Kugi-phalata,爪哇名 Jambi,大致都指"从植物提炼的液体"。嚼食槟榔的历史很久远,大约在两千年前就开始了。古时候,存在嚼食槟榔文化习俗的国度,包括中国南部、印度、斯里兰卡、越南、马来西亚、菲律宾,这个范围大约与今日的"东盟"诸国重叠。在中国历史上,嚼食槟榔的历史,最迟可追溯到南北朝时期。李后主曾在《一斛珠》中吟道:

晚妆初过,沈檀轻注些儿个,向人微露丁香颗。
一曲清歌,暂引樱桃破。
罗袖裹残殷色可,杯深被香醪涴。
锈床斜娇无那,烂嚼红茸,笑向檀郎唾。

词中的"红茸"便是槟榔。嚼食槟榔的习惯,到底与古代艺人群体的"轻佻"有何干系,我们不得而知。但是,这首词中说到的"烂嚼红茸,笑向檀郎唾",让我想起在台湾见到的情形。

从南北朝到明清时期,中国文献中有许多资料记载了槟榔。"槟榔"来自"宾郎",指的是宴会贵客所用的珍品。为什么这种南方"土特产"会被古人当成珍品来宴客?我以为,这与槟榔曾是一种"舶来品"有密切关系。来自"异文化"的物产,被"本文化"当作高级"土产",这在中国历史上是十分常见的。

宋宗室赵汝适曾于南宋理宗宝庆元年(1225年)以散朝大夫提举福建市舶兼权泉州市舶。他乘职务之便,有机会看到一些海外地图,知道了东南亚各地的许多地名。查阅中国文献,他发现我们的文字对这些地方的记述极少。于是,他便"询诸贾胡,俾列其国名,道其风土,舆夫道里之联属,山泽之番产",也就是说,对海外客商进行"采访",让他们列出各自所来自的地区之名,描绘这些地区的风土人情、区划设置、山川与特产。最终,赵氏将这些资料翻译成"华言"(中文),汇集成《诸番志》一书。在书中,赵汝适用一整段的篇幅描述了槟榔:

> 槟榔产诸番国及海南四州,交趾亦有之。木如棕榈,结子叶间如柳条,颗颗丛缀其上,春取之为软槟榔,俗号槟榔,鲜极可口。夏秋采而干之为米槟榔,渍之以盐为盐槟榔。小而尖者为鸡心槟榔,大而扁者为大腹子,食之可以下气。三佛齐取其汁为酒,商舶与贩,泉广税务岁收数万缗,唯海南最多。鲜槟榔、盐槟榔皆出海南,鸡心、大腹子多出麻逆。(杨博文:《诸番志校释》,中华书局1996年版)

也就是说,宋代时,中国人与海外交流频繁。槟榔这种供人们嚼食的"零食",依季节不同,产出不同种类。那时,华南地区嚼食槟榔的风气已盛,故而朝廷每年都能从泉州和广州收得大笔"槟榔税"。关于这个风气,宋人周去非的《岭外代答》,有一段生动的描述:

> 自福建下四川与广东、西路,皆食槟榔者。客至不设茶,唯以槟榔为礼。其法,斫而瓜分之,水调蚬灰一铢许于蒌叶上,裹槟榔咀嚼,先吐赤水一口,而后啖其余汁。少焉,面脸潮红,故诗人有醉槟榔之句。无蚬灰处,只用石灰;无蒌叶处只用蒌藤。广州又加丁香、桂花、三赖子诸香药,谓之香药槟榔。唯广州为甚,不以贫富、长幼、

散文

男女,自朝至暮,宁不食饭,唯嗜槟榔。富者以锡为之,昼则就盘更啖,夜则置盘枕边,觉即啖之。中下细民,一日费槟榔钱百余。有嘲广人曰:"路上行人口似羊。"言以荖叶杂咀,终日嚼饲也,曲尽啖槟榔之状矣。每逢人则黑齿朱唇;数人聚会,则朱殷遍地,实在厌恶。客次士夫,常以奁自随,制如银,中分为三:一以盛荖,一盛啖灰,一则槟榔。(周去非:《岭外代答》,杨武泉校注,中华书局 1999 年版)

在书中同段文字里,周去非还提到,那时民间传说槟榔有助健康,但他自己怀疑此说,他询诸医家,医家也支持他的质疑。而到了明代,槟榔却已被纳入《本草纲目》。李时珍说,"岭南人以槟榔代茶御瘴",并相信槟榔有种种功效,如"醒能使之醉"、"醉能使之醒"、"饥能使之饱"。李时珍对此所加怀疑甚少。其他医术也将槟榔当成中药的一味,名叫"大腹皮",据说能驱虫、健胃、去瘴、止痢。

台湾有关槟榔的汉字文献记载,直到清康熙年间才在知府蒋毓英所修的《台湾府志》中出现。从清代开始,台湾人嚼食槟榔的风气,渐渐有了比较集中的描述。这种风气究竟是从古代东南亚"槟榔文化圈"延伸出来的,还是清以后从闽南地区传入台湾的?也许两种可能都有。台湾的原住民,从语言与文化上,与大陆的华南地区的古越人一样,与东南亚各民族有诸多相同之处。2000 年前,槟榔成为这个广阔地带的"流行食品",此后,台湾"原住民"应当也有可能即已渐渐融入这一氛围之中了。在一些"原住民"中,槟榔在占卜及其他仪式中一直是有象征地位的。也许这一现象表明,槟榔的"台湾本土史"确是比较久远。然而,另外一种可能是,早已流行嚼食槟榔习俗的福建人,在移民台湾之后,将这种产品和与之相关的"消费文化"带进了台湾。于我看,促成台湾人嚼食槟榔之风气的,更可能是综合因素造成的。

那么,嚼食槟榔究竟怎么又成了一种"台湾人的独特习惯"?要回答这个问题,我们不妨先看看两岸槟榔史的差异。

在过去几年间,福建、广东、海南、广西、湖南等南方地区,社会的"底层"又局部恢复了嚼食槟榔,但迄今华南地区不能说已形成了什么"风气"。那么,是什么原因导致大陆地区嚼食槟榔的风气式微?又是什么原因促成了台湾的同类风气的延续？历史不乏偶然因素，两岸槟榔消费方式构成的这种差异，自然也可能是历史的偶然造成的。不过，若是人们一定深究影响这一差异形成的历史背景，那么，有几个相关问题也便是值得考虑的。其一，最直接的是，上个世纪五六十年代台湾当局的"槟榔政策"出台的政治经济背景是什么？对槟榔的流行是否起到决定作用？其次，大陆地区槟榔何时退出历史舞台？因为什么原因？最后，我所谓的那一"文化圈"在近代化的过程中是否经历过一个"丧失槟榔文化"的过程？解答这些问题所需要做的研究，是我在这里无法进行的。不过，我能联想到人类学家西敏思(Sydney Mintz)在《品味食品，品味自由》一书中提出的观点，并坚持引来以下一段：

> 对人来说，吃向来不是"纯生物学的"活动（不管"纯生物学的"意味着什么）。被吃的食物有它们的历史，其历史与那些吃它们的人的历史有关系；而那些被用来发现、加工、备料、上桌及食用的技艺，也有自己的历史，并且也有文化上的差异。食品从来都不只是简单被吃的；食品的消费总是受到意义体系的规定。

然而，究竟咖啡与槟榔之间有什么关系？这两样东西虽形象不同，但相互之间却有诸多共通之处。咖啡与槟榔一样，具有刺激和提神作用，也容易使上瘾的人在意识到会伤身体的情况下仍然放不下它们。这两类刺激和提神品，也都是人类在特定的历史条件下发现的。它们的发现时间，大约都在两千年前，而它们的广泛传播，也都是大约在一千年前开始的。另外，在很大程度上，二者被品味的过程，同样都是一个历史的、文化的及社会的过程。诚然，我拿它们来说事儿，除了考虑到它们的共同点之外，更重要的是发觉它们二者之间经历的"近代史"是不同的。

咖啡先在非洲发现，到了11世纪初期，与糖一样，经过阿拉伯人先传到埃及等地。到了16世纪才传入欧洲，并与巧克力、茶叶一道，成了欧洲中心的"世界史"的"三位一体"风景线。从16世纪到18世纪，咖啡深受欧洲王室、贵族、名士、艺人的青睐，到18世纪以后，伴随糖进入了百姓的日常生活，至今，一直没有脱离欧人的日常生活。咖啡作为奢侈品，起初仅有王室能享用。渐渐地，以风雅自居的文人汇集在时常由贵妇人出面召集的沙龙中。到 18 世纪，咖啡大量从殖民地输入欧洲，即使是劳累过度的工人也能用它来提神。在 18 世纪的英国，税收已大大依赖于诸如茶、咖啡、巧克力及糖（Sydney Mintz, Sweetness and Power, London and New York: Penguin, 1986）。而具有讽刺意味的是，工人喝咖啡的时间多了，对于那些资本家来说，也并非是好事。18 世纪的英国一些工厂曾出台严格的工作时间规定，将上菜馆、酒吧、咖啡吧的时间，排斥在"服务时间"之外，认定这些行为不符合工厂的生产理性（汤普森：《共有的习惯》，沈汉、王加丰译，上海人民出版社 2002 年版）。尽管咖啡在欧洲近代资本主义生活方式中获得了一种双重意义，但其世界性传播，似乎遵循的是它的早期欧化史的符号规则。咖啡这种来自欧洲以外地区的饮料，渐渐地成为在东方人看来属于西方的象征。它在 17 世纪上半叶由荷兰商人引进日本，于 18 世纪下半叶开始经过通译与游人传到日本社会中，到明治时代得到了普及，成为文人墨客社交时常用的饮料。19 世纪末期以后，咖啡也逐步传入大陆和台湾，到 20 世纪后期，成为人们标志趣味和身份的符号。

总之，咖啡是从非洲传到中东再传到欧洲，经"欧化"后才渗透到东方的。从同样宏观的历史视野看，槟榔与咖啡不同，它在近代史中的命运，似乎是江河日下，从古代被东南亚和华南地区广阔地带生产和消费的产品，渐渐局限在已被咖啡占据的"土著社会"中。在这些仍然嚼食槟榔的社会中，台湾也许算得上是一个比较特别的个案，其他地区——甚至连槟榔的原产地东南亚——槟榔与咖啡的力量相比，真可以说是鸡蛋比石头；无怪乎不少台湾人认定有理由将嚼食槟榔与台湾人的本土文化认同等同起来看待。

"萝卜白菜，各有所爱。"品味槟榔，品味咖啡，自由都属于个人。然而，也就是在个人的自由选择中，我们各自在有意或无意中也选择了历史，选择了表达历史归属的方式——这正是我从嚼食那颗槟榔与持续喝咖啡中得到的一点体会。我几乎也敢相信，这一点小小的体会，对于理解英美人与欧陆人品味咖啡的方式差异，也很可能是有意义的。此外，关于咖啡，我们不能忘记西方与非西方之间关系中的一个并非无关紧要的篇章——上个世纪 70 年代乌干达与美国的关系，如一篇报纸综述所言：

2005

......《纽约时报》曾讽刺美国每年向乌干达采购两亿美元咖啡豆,无异于资助阿明。俄亥俄州众议员唐纳彼斯向众议院提出法案,要求美国政府停止进口乌干达咖啡,迫使阿明下台。1978年2月美国国会就乌干达局势举行听证会,7月通过抵制乌干达咖啡豆的法案。美国禁令大大削弱阿明的经济来源。其军队士气受挫。面临严重的国内问题,好大喜功的阿明没有采取有效措施,反而还于1978年10月发动了对邻国坦桑尼亚的战争,企图以此来转移国民视线。

1979年,乌干达民族解放军在坦桑尼亚军队的支持下推翻了阿明政权。坦桑尼亚出兵乌干达,阿明被迫下台。阿明下台后,美国取消了禁运令。对一代"强人"阿明而言,成也咖啡败也咖啡。美国政客就靠咖啡,不花一颗子弹搞垮阿明政权,为咖啡史增添一页传奇……(《广州日报》,2003年8月17日)

(选自《读书》,2005年第11期)

对四个成语的解读
——我所理解的"真文学"

曹文轩

晚上好!(掌声)

说老实话,我不知道我可以对诸位讲些什么。难道我们还有什么不知道的思想吗?这是一个思想**平面化**的时代。一个人已不可能再拥有一些独特的思想。几乎任何一种思想,都像风一样在我们耳边飘过了,甚至像口香糖一般被我们反复嚼过了。资源共享的现代机制,其结果是我们中间再也不可能有一个真正的思想家,更不可能有一个大智慧的先知。我们,不分男女老少,差不多是在同一时间里一起接受了观念的洗礼。**一个惊世骇俗的思想,一夜之间就会衰老为常识。**记得十多年前,我在大讲堂听一位先生的讲座,我用仰视的目光看着他,我觉得他不是一个人,而是一个神。我惊叹,在这个世界上,竟然有如此思想敏锐和深刻的人。那种深刻,让我有一种望尘莫及的感觉,有一种高不可攀的感觉,有一种高处不胜寒的感觉,还有一种仿佛看到初生的婴儿的兴奋感觉。但是,世界运行到今天,我们绝对不可能再产生这样的感觉。如今,任何一个观念被谈到时,我们眼前都仿佛是走过一个老态龙钟的人使人感到陈旧、平庸与心烦。

没有我们不知道的思想,只有我们不知道的知识与事情。

我能讲什么?无非是重复——重复我们已有的重复。因为这是一个思想克隆的时代。

今天之所讲,我更愿意看成是我本人的自白与思索。

下面,我与大家一起解读四个成语——这四个成语可能与文学有关,与文学的生命有关。它们分别是:"无中生有"、"故弄玄虚"、"坐井观天"和"无所事事"。

现在我来讲第一个成语:**无中生有**。

从某种意义上讲,文学就是无中生有。无中生有的能力是文学的基本能力。也可以说,无中生有应是文学所终身不渝地追求的一种境界——一种老庄哲学所企盼的境界。

若干世纪以来,人类总有一份不改的痴心:用文学来再现现实。而且人类以为文学已经再现了现实。文学将心思常常放在对已有世界的忠实描述上。"有"成了它的目标,成了它所猎取的对象。如果不能面对"有",文学就会感到惶惶不安;如果不能再现"有",文学就会检讨自己的责任。

这种情况会因为一个国家一种文化的内涵与取向的不同而有所不同。中国是一个讲经世致用的国家,一切都讲究有用,讲眼见为实。我们的日常姿态是面对"有",文学始终在强调作家的目光与"有"的对视,而且这个"有"又必须具有"用"的功能。

"用"这个词在中国哲学——尤其是在中国人的人生哲学、生活哲学中,是一个很重要的词。看什么、干什么,全得想一想有用还是无用。这个用是形而下意义上的,是实用的用。即使学问,也得有用。无用的学问就不成其为学问。当年顾颉刚先生就抨击过这种衡量学问的标准。在他看来,以有用和无用来衡量学问,是可笑的,学问的标准应是真与假,而不是有用与无用。"存真"与"致用",是两个不同的标准,而学问的标准只能是存真。这一标准的确立是有历史意义的。但这种思想只能在学问的圈子中流传,而不能向社会流播。拘住中国人心思的是"实"、"有"、"用"。长久浸润于这样一种氛围,对"无"的想象被忽略了,直至将它打压到阴暗的角落里。

反映在文学创作上,就是只写看见的。文学只用**眼睛**,**脑**与**心**是闲置着的。最后荒废了,退化了,想再用都用不了了。我们不能将此归罪于现实主义。问题不在现实主义,而在对现实主义的理解。在理解上我们肯定是有毛病的。我们将现实主义庸俗化、狭隘化了。我们将现实主义理解成了模仿,理解成了一种事务,理解成了对平民百姓的日常感受的反映,理解成了对"有"的僵直面对。大家知道,长期以来,在主流意识形态的制约下,中国作家非常善于扮演一个角色:平民的代言人。我对此颇不以为然。我说,中国文学必须具备贵族的品质,这是文学能够灿烂辉煌的一个基本品质。当然,我说的"贵族"和"平民",不是阶级意义上的,而是美学意义上的。对平民阶级的尊重和对平民美学趣味无原则的靠近是完全不同的两个概念。

从哲学意义上讲,其实文学是根本无法再现"有"的,再现几乎是一种痴心妄想,文学的所谓再现,充其量是一种**符号意义**上的再现——并非是实存之"有",而只是"有"之符号。

现在,我想从根子上摧毁我们的这份痴心——

"世界是我的表象",我以为这一哲学观是没有多大问题的。这不是一个谬误的判断。

人面对着一棵树,就有了关于这棵具体的树的**知觉表象**,在有了若干这样的**知觉表象**以后,上升为概念,有了"树"这一**抽象表象**。不管是知觉表象还是**抽象表象**,都是表象。**表象世界不等于客观世界**。如果等于的话,那么,我们夏日到广西北海去度假,就不必花钱住饭店,因为我们的头脑中有无数个饭店的表象,其中甚至有像凯宾斯基饭店这样的豪华饭店的表象。(笑声)既然表象世界等于客观世界,那么,当夜幕将临时,我还愁没有栖身之处吗?

大脑中的世界不是本体世界,而是一种非物质性的关于客观世界的映象。就好比镜子中的楼房,不是实存的楼房一样。**它不能是本体再现,而只能是现象的映象。**

那么,我想说,艺术就**更不能**再现客观世界。

为什么说"更不能"呢?

因为艺术已是表象世界的表象。

我打个比方,我们把客观世界看作一个原本,把我们头脑中呈现的表象世界看作一个抄本,那么,把抄本再变成艺术,艺术就是抄本的抄本了。抄本在对原本进行抄写的时候,已经损失了大量的信息,而抄本的抄本对抄本的抄写,丢失的东西就更多了。一个画家坐在海边的岩石上画远处的风帆,很容易给人造成一种错觉:客观世界(原本)——艺术世界(抄本)。其实,艺术世界是经过表象世界以后才得以实现的,它已是**第二次**表象。它的客观性比表象世界更不如。

我们在泰戈尔的诗集里见到了这样的句子:太阳,金色的,温烫的,像一只金色的轮子。我们面对着太阳时,这些太阳的特征是一起给予我们的,它们是**共时**的。而现在变成语言艺术后,这些特征在给予我们时,变成历时的了——是一个特征结束后才出现又一个特征、再一个特征的。面对着太阳时,我们是**一下子**领略到它的,而泰戈尔的太阳是一个**特殊的太阳**,我们是一点一点地领略到的:先是金色的太阳,后是温烫的太阳、再后来是一只金色的轮子的太阳。语言不是一潭同时全部显示于你的水,而是屋檐口的雨滴,一滴一滴直线流淌着。它有时间顺序。改变了原物的节奏,把原先共时的东西扯成了历时的东西,泰戈尔的太阳怎么可能还是客观的太阳呢?事实上,任何诗人都无法再现那个有九大行星绕它转动的灿烂的天体。

有人可能认为,绘画可以成为反例。因为,有些作品确实逼真到使人真假难辨了。欧洲写实派画师,画一个女人裸体躺于纱帐之中,使人觉得那是货真价实的纱帐,那女人也是活生生的。更有神话一般的趣谈:一位画家画了一幅葡萄静物,一位朋友来欣赏时,发现有一只苍蝇落于葡萄之上,心中不快,便挥手去赶,可那苍蝇纹丝不动,仔细察看,那只苍蝇原来是画的。我的印象中卢浮宫有好几幅这样的画。我面对它们时,感觉只有一个词:逼真。若干绘画实践几乎使人深信不疑了:绘画可以再现客观。

但是,我要说,绘画不能成为反例。事实上,"绘画用明显的虚伪,让我们相信它是完全真的"。纱帐、女人、葡萄和苍蝇**都是它们的外表**——即使外表,绘画也不能全部显示。我现在向你指出:那个纱帐中的女人其实是有残缺的,在她的后颈上有一块紫色的疤痕。可是谁能见到这块紫色的疤痕呢?你能绕到她的后面去吗?后面是画布的那一面,空空如也。(笑声)绘画只有前面,没有后面。就是再现,也不过再现了一个半拉子女人——就这半拉子,也仍不过是表象,并不等于一个实际存在的那个女人的半拉子。至于被描绘的事物的内部结构,绘画根本就无力显示了。后来的现代派画家们苦恼于绘画的这一致命弱点,把人的五脏六腑拉到了人的体外,把那半拉子侧过去而使我们无法看到的脸也强扭了过来,结果使人脸变成了一劈两半然后再压平了的怪物,让人看了毛骨悚然。我曾经跟学生讲过,每当我看见立体派的绘画,都会想起一件事:在我老家,大年三十之前,每家每户会买回一只猪头,把猪头一劈两半,撒上盐,用石头压住,到三十那一天,再拿出来。立体派绘画中的人的面孔常常会使我想到这个一劈两半的压扁了的猪头。(笑声)

画不出内部结构来,就不能叫再现。而一旦画出内部结构来,就成了解剖图和平面图,又不是艺术了。

有人也可能认为,摄影艺术可以成为反例。一架机械性相机,用没有任何主观感情的镜头拍摄下来的世界,难道还不是一个与客观世界一致的世界吗?这似乎不应怀疑。但事实上却是很值得怀疑的。我们至少有五条根据证明摄影艺术也不能完成再现的使命:

一,**它将立体衰退为平面**(客观世界是两度以上的立体世界,而变成相片的世界只有两度的平面世界)。

二,**它将无限丰富的色彩世界简化为有限的色彩世界**(黑白照片自然不用说,彩色照片也一样无能,它只是很有限地反映了一些色彩)。

三,**它将流动固定为一瞬。**

四,**它将多视角局限为单视角**(客观世界中的一座山峰,我们可以从若干个视角对其进行观照,而变成照片的山,使我们只能从一个视角来对它进行观照)。来到讲座现场前,我还在看一个朋友拍摄的西藏的一座雪山,山前有一棵白杨树,一束阳光照过来,如同一团巨大的火炬,漂亮极了。但是我想,实际存在中的山,至少我可以从各个角度去观赏它,这就是"横看成岭侧成峰"。而这张摄影作品给我展示的只是摄影者当时所在的视角。

五,**它像绘画一样,将光线转为颜色**。"画布所接受到的信息,往往是几秒钟以前从自然对象发出的。但是它在途中经过了一个'邮局'。它是用代码传递的。它已从光线转为颜色。它传给画布的是一种密码。直到它跟画布上其他东西之间的关系完全得当时,这种密码才能被译解,意义才能彰明,也才能反过来再从单纯的颜料翻译成光线。不过这时的光线不再是**自然**之光,而是**艺术**之光了。"这段话是温斯顿·邱吉尔说的,这位政治家谈起艺术来是很在行的。与绘画相比,摄影将光线转化为颜色,也不过是形式有所不同罢了。

此时我们会在心中说:一座艺术性的殿堂,在三百年前毁于天火,现在有巧匠们将它一模一样地恢复了,它完完全全地再现了当年那座殿堂,这下它不再是表象了吧?不再是只有一个视角可以对它进行观照了、也不再是平面的了吧?其实,这座刚刚矗立起来的殿堂依然不能说明什么。

首先,三百年前的那座殿堂,究竟是什么样子,现在只能依靠当时的记载了。而任何记载都只能是**大约**的,而不可能是绝对精确的。比如说,对殿堂彩色玻璃的颜色的记载,就只能作一个大概的记载:蓝色的、红色的、黄色的等等。而蓝色是一个极为笼统的概念,在这一概念之下,可称之为蓝色的蓝色是无穷无尽的。人们后来把蓝色分为湖蓝、孔雀蓝等等,也只能是一种大致的划分。我曾经被蓝色捉弄过。(笑声)一天,某出版社通知我去看我的一本书的封面。我觉得它的色调很轻浮,大为不满。我喜欢深沉一点的。他们说可以换色,问我要哪一种。我说:蓝色。还进一步说到了一本书的封面色调。美编顺手从盒子里拿出了八九张蓝色的纸条问:是哪一种?我简直无所选择了,因为看它们哪一张都似乎跟那本书的封面色调差不多。最后我还是认定了其中一张。封面搞出来了,再一次通知我去看,这次我是拿了那本书去的,到那里一比较,觉得那个封面的蓝色与那本书的封面的蓝色完全不是一回事。美编取出我那一天选择的蓝纸条:"这是你自己选的。"我只能苦笑,心里骂:这该死的蓝色!(笑声)

任何一次对历史的重复,都是时代的。死亡的历史不可能再生,时间根本无法追回。这座殿堂无论在外表上多么像三百年前的殿堂,它在本质上也是时代的。时代的物质,时代的工艺,时代的精神投入。三百年前那座殿堂永不能复返了。

再现是人类天真、幼稚的愿望。

夕阳很美,在夕阳中滑动的归鸦很美;晶莹的雪地很美,在雪地上走动的一只黑猫很美;旷野很美,在旷野上飞驰的一匹白马很美。然而,我们可以将它们称之为艺术吗？不能。因为**自然不是艺术**。我们都还记得那则故事：一位画家非常认真的在画山坡上吃草的羊，一位牧羊童走过来看了看说："既然你把羊画得跟我的羊一样，干嘛还要画羊呢？"

我之所以从根子上做这样的颠覆，只是想说，我们不要怀有那份痴心——那份将"有"留住的痴心。我们是留不住它的。这么一想，我们就会轻松一些。文学的天地倒可能会显得更加开阔。

下面的见解是我于十五年前在北大课堂上向学生宣扬的——

艺术与客观，本来就不属于同一世界。现在，我们把物质性的、存在于人的主观精神以外的世界，即那个"有"，称之为**第一世界**，把精神性的，是人——只有人才能创造出来的文学艺术，即从"无"而生发出来的那个世界，称之为**第二世界**。

我们必须把文学艺术看成是另一个世界。

由于无止境的精神欲求和永无止境的创造的生命冲动，人类今天已经拥有一个极为庞大的、丰富的、灿烂辉煌的精神世界——第二世界。人类为了物质欲望，也为了精神欲望，还改造了第一世界。上帝最初把第一世界交到人类手上时，这个世界是单调的和枯燥的。上帝给人类的只是一块未经加工的物质毛坯，是人类前赴后继、调动伟大的想象力和付出巨大的劳动以后，才使它呈现出今天如此斑斓多彩的形象。如果有一天上帝从苍茫的宇宙中遨游归来，会对人类说：这不是我给你们的那个世界。至于第二世界，则与上帝毫无关系，完完全全是人类在没有任何外力帮助下自行创造的。上帝给予时，有《荷马史诗》吗？有《哈姆莱特》吗？有《蒙娜丽莎》吗？有《英雄交响曲》吗？有一种叫做立体派的绘画吗？有哲学吗？有一种叫做"行动决定本质"的道理吗？没有。上帝只给了我们阳光、空气和土地这样一个**纯物质**的世界。上帝在精神上是赤贫的，他拿不出一点东西可以施舍给人类。人类自己建造了一座硕大无比的精神宫殿。如今，在人类浩瀚无涯的思维空间里，已飘满了概念、音符和画面。

上帝创造第一世界，人类创造第二世界。

这不是一个事实的世界，而是一个无限可能的空白世界，创造什么，并不是必然的，而是自由的。

2005

我们随便来谈一项体育活动：橄榄球。上帝在把世界交给人类时，并没有橄榄球这一东西，不知是某人某天突发奇想创造了它。而在没有橄榄球之前，人们一样很自在地生活着。它并不是生活的必需品。而且**它并不是必然要创造出来的**，如果没有那个人或那几个人的异想天开，也许直到今天也没有橄榄球这一东西。它的创造**完全是偶然性的**。如果它是必然的、必需的，那么，各个国家都应当有橄榄球，而且每个人都应当玩橄榄球。

创造与不创造橄榄球，这完全是自由的。上帝不会说：你必须创造。

因为可能被创造的是无，所以什么都可以创造出来。其实，有没有比橄榄球更有意思的一个叫什么的球没有被创造出来呢？当然有。人类在以后又要创造出什么球来，鬼知道。（笑声）**无是没有限度和规定性的**，创造了什么就是什么。然而，人类对第一世界的改造，就不可能如此自由了，必须得接受第一世界的种种物质性的限制。人们可以把一部戏剧写成这个样子，也可以写成另一个样子，但对第一世界进行改造时，很多情况却是必须是那个样子，而不能是这个样子。

其次我要说，第一世界的规则在上帝把第一世界交给人类时，**已经同时包含于其中了。它是先天的**。而第二世界本来就没有，是人凭空创造出来的，因此，**它的规则也是人自己创造出来的，是后天的**。橄榄球作为一个东西出现了，但橄榄球这个东西**本身**并不包含橄榄球这项活动的规则。它出现在世界上时，并没有由它自己告诉人们：你们应该如何将我玩耍。（笑声）昨天的橄榄球规则与今天的橄榄球规则不同，世界上存在着美式橄榄球、英式橄榄球，还有澳大利亚式橄榄球，这一切都说明，橄榄球并非要这么玩而不能那么玩。它没有必然的、先验的标准，所有规则纯粹是人们自由创造的。

我们在说橄榄球的道理的时候，已经同时完成了一个关于文学艺术的道理：《哈姆莱特》并非是非要创造出来不可的，艺术创造是自由的。从"第二世界的规则是人创造的"这一结论，我们还会推演出这样一种观点：艺术的规则不是绝对的；人既然可以创造这一规则，也就可以创造另一规则；让艺术全都接受**某一个**规则，是违背自由原则的。艺术规则，就像橄榄球的规则一样，是可以多种多样的。承认这一点，我们就会有丰

散文

富多彩的艺术。

第一世界是非自由世界,第二世界是自由世界。

"我感觉到","我想","我判断"……这些言辞如果有一定意义的话,那么,它总要与某种存在的对象有某种关系。**意识总是依存于某种对象的**,反过来说,没有对象也就没有意识。但,这里必须补充说的是:**对象可能不是一种客观存在**。也就是说,意识可以与两种对象发生对应关系,一种是存在的对象,一种是空幻出的对象。许多艺术形象并不是被**发现**的形象,而是被**发明**的形象。

在我看来,文学艺术更多与两个词语联系在一起:演绎和发明,它们面对"无"而产生。而中国作家常常把文学艺术与另外两个词语联系在一起:归纳和发现,它们面对"有"而出现。我们之所以觉得文学艺术是非常必要的,是因为它们能够创造出供我们想象的一个新的世界。天上现在没有蓝色的月亮,但是画家很容易,拿一团蓝色颜料在画布上轻轻一涂,一轮蓝色的月亮就出现了。文学也一样。作家用形容词"蓝色",名词"月亮",然后用"的"连接,瞬间就会拥有一轮在天空中实际没有的蓝色的月亮。

几千年过去了,人类利用空幻,已创造了无数非实存的形象。空幻始终是创造艺术和创造其他精神的重要形式。没有空幻,第二世界就会变得一片苍白。

文学一直在进行两种虚构:**对现实的虚构和对虚空的虚构。**

前者是对已有世界的重组与改造。这种重组与改造,是美妙的,让人感到快意的,而最美妙也最让人感到快意的是对虚空的虚构——无中生有。

我们要丢下造物主写的文章去写另一篇完全出自于我们之手的文章。上帝是造物者,我们就是**"准造物者"**。我们眼前的世界,既不是造物主所给予的高山河流、村庄田野,也不是硝烟的人世,而只是一片白色的空虚,是"无"。但我们要让这白色的空虚生长出物象与故事——这些物象与故事实际上是生长在我们无边的心野上的。

我们可以对造物主说:你写你的文章,我写我的文章。

空虚、无,就像一堵白墙——一堵高不见顶、长不见边的白墙。我们把无穷无尽、精彩绝伦、不可思议的心像,涂抹到了这堵永不会剥落、倒塌的白墙上。现如今,这堵白墙上已经斑斓多彩,美不胜收,上面有天堂与地狱的景象……这个世界已变成人类精神生活中不可分割的部分。

这个世界不是归纳出来的,而是猜想演绎的结果。它是新的神话,也可能是预言。在这里,我们要做的,就是给予一切可能性以形态。这个世界的唯一缺憾就是它与我们的物质世界无法交汇,而只能进入我们的精神世界。我们的双足无法踏入,但我们的灵魂却可完全融入其间。它无法被验证,但我们却又坚信不移。

无中生有就是编织,就是撒谎。

劳伦斯反复说:"艺术家是个说谎的该死家伙,但是他的艺术,如果确是艺术,会把那个时代的真相告诉你。……早先的美国艺术家是些不可救药的说谎的家伙。可他们是艺术家。……艺术语言有一点奇怪:它百般支吾,闪烁其词,我的意思就是说,它拼命撒谎。"

而这一思想的最后表述是由纳博科夫来完成的:"一个孩子从尼安德特峡谷里跑出来大叫'狼来了',而背后果然跟一只大灰狼——这不成其为文学;孩子大叫'狼来了'而背后并没有狼——这才是文学。那个可怜的小家伙因为撒谎次数太多,最后真的被狼吃掉了纯属偶然,而重要的是下面这一点:在丛生的野草中的狼和夸张的故事中的狼之间有一个五光十色的过滤片,一副棱镜,这就文学的艺术手段。……我们也可以这样说:艺术的魔力在于孩子有意捏造出来的那只狼身上,也就是他对狼的幻觉;于是他的恶作剧就构成了一篇成功的故事。他终于被狼吃了,从此,坐在篝火旁边讲这个故事,就带上了一层警世危言的色彩。但那个孩子是小魔法师,是发明家。"(笑声)

我们本来应该是那个放羊的孩子。

顺便提一下,纳博科夫是一位原籍俄国后来流亡美国的作家。他最有名的作品是《洛丽塔》。刚开始被列为禁书,说它"不伦",因为作品写的是养父和养女之间暧昧的关系。我在课堂上曾经对学生讲过,有时间的时候,应该看看小说。人一辈子不看一千部小说,活得太冤枉。(笑声)一千部小说给你的是一千个世界。当时,有学生问我,是不是应该看说理的书。我回答,既应该看说理的书,也要看说事的书。现在大学主

散文

要培养学生在某一特定领域的说理能力,而不是说事能力。我认为这是非常糟糕的。大家需要时刻注意和提醒自己。对一个人而言,说事能力和说理能力都是必不可少的基本能力。过去的老学者如陈寅恪等,坐下来的时候,不完全是说理,而能侃侃而谈很多事情。所以,在某一次我主持一个散文论坛的时候,我说到:一个人临死时,他说他知道世界上很多事情,他会说很多事情,他是非常富有的,他死而无憾。我刚刚讲大家要看一千部小说,就是因为通过它们,你可以保持一种说事的能力。

我说不清楚中国当下的文学与世界到底有什么**差别**,但我知道有一个**区别**,就是我们无法改变我们一个永恒的姿态:我们只能面对实在的"有",而不能面对苍茫的"无"。我不想对新现实主义说三道四,但我要说,如果中国文学长期放弃想象力的操练,长期不能有人转过身来面对虚空世界,而是一味进行**素描式**的模拟,对于这种文学的价值创造,我们大概永远是不可能指望有什么辉煌的。

我们将《红楼梦》一脉的传统与《西游记》一脉的传统都丢失了。

我们丢失《红楼梦》可惜,丢失《西游记》也可惜。我们不再是那个放羊的孩子,我们成了一个憨厚的、本分的蒙古牧人。

我们来讲第二个成语:**故弄玄虚**。

现在我来讲一个作家——一个有点古怪的、早被中国作家与批评家们谈得起了老茧的作家:博尔赫斯。但我以为我们并没有走进博尔赫斯的世界。

博尔赫斯的视角永远是出人预料的。他一生中,从未选择过**大众**的视角。当人们人头攒动地挤向一处,去共视同一景观时,他总是闪在一个冷僻的无人问津的角落,用那双视力单薄的眼睛去凝视另样的景观。他去看别人不看的、看出别人看不出的。他总有他自己的一套——一套观察方式、一套理念、一套词汇、一套主题……

这个后来双目失明的老者,他坐在那把椅子上所进行的是**玄想**。

他对一切都进行玄想——玄想的结果是一切都不再是我们这些俗人眼中的物象。

"镜子"是博尔赫斯小说中的一个常见的意象。它是一个最富有个性化的意象。在他看来,镜子几乎是这个世界之本性的全部隐喻。

博尔赫斯看出镜子的恐怖是在童年时代。他从家中光泽闪闪的红木家具上,看到了自己朦胧的面庞与身影。这一情景使他顿时跌落在一种神秘、怪诞而阴气飘飘的氛围之中。他居然看到了自己,这未免太可怕了——不亚于在荒野中遭遇鬼影。他望着"红木镜"中的影子,心如寒水中的水草微微颤索,那双还尚未被眼疾侵蚀的双目里满是诧异和疑惑。

他一生都在想摆脱镜子,然而他终于发现,他就像无法摆脱自己的影子一样无法摆脱它。闪亮的家具、平静的河水、光洁的石头、蓝色的寒冰、他人的双眼、阳光下的瓦片、打磨过后的金属……所有这一切,都可成为镜子映照出他的尊容甚至内心,也映照出这个世界上的所有。宇宙就仿佛是一座周围嵌满镜子的玻璃宫殿。人在其间,无时无刻不在受着镜子的揭露与嘲弄。"玻璃",是黑暗中刺探着人的眼睛。

镜子还是污秽的,因为它象征着父性,象征着交媾。"镜子从远处的走廊尽头窥视着我们。我们发现(在深夜,这种发现是不可避免的)大凡镜子,都有一股妖气。"更糟糕的是,它如同父性一般,具有增殖、繁衍的功能。镜子和父性是令人恶心的,而"恶心是大地的基本属性"。交媾,增加人口,使人群如蚁,这是丑陋之举,是应该被憎恨的——"憎恨它们(父性与镜子)是最大的美德"。镜子既是交媾、增殖的隐喻,并且它还经常是使一个心灵无瑕的孩子看到男女交媾的映照物——由于疏忽,男人与女人的隐秘,被暗中窥视的镜子偷偷地传导给了纯洁无瑕的孩子。镜子始终是它存在空间的障碍物与令人无法忍受的窥视者。

博尔赫斯一向害怕镜子,还因为它的生殖是一种僵死的复制。在镜子中,他倘若能看到一个与自己有差异的形象,也许他对镜子就并不怎么感到可怕了,使他感到可怕的是那个镜子中的形象居然就是他自己的纯粹翻版。博尔赫斯大概是世界上最早的对"克隆"提出哲学上的、伦理学上的疑义的人之一。(笑声)他无法接受这样一个事实:一天早晨起来,他走到布宜诺斯艾利斯街头,见到了无数的人,但他们都是一模一样的面孔。这太可怕了!所以"复制"、"重复"、"循环"、"对称"这些单词总是像枯藤一般纠缠着他的思绪与灵魂,使他不能安宁。他希望博尔赫斯永远只能有一个,就像是上帝只有一位一样。

人生,则是镜中人生。

博尔赫斯说:"我对上帝及天使的顽固祈求之一,便是保佑我不要梦见镜子。"

我重提博尔赫斯,是想说,我们在文学创作方面所显示出来的思路是否太过正常呢?我们对世界还有无可能有新的很别致的解释?我们是否具有足够的理由固守现在的观察世界、言说世界的方式?

我同意这种说法,博尔赫斯的作品是写给成年人的童话。而另一个写成年童话的作家卡尔维诺更值得我们去注意。

一群看来都十分古怪的人,穿越了一片密林,来到了一座神秘的城堡。而这次穿越,是以每个人失去说话能力为代价的——围着餐桌而坐的人,忽然发现自己失聪变哑。但他们每个人都有着强烈的向他人倾诉的欲望。此时,大概是城堡的主人,拿出了一副塔罗纸牌放在了桌上。这副牌一共78张。每张上都印有珍贵的微型画。有国王、女王、骑士、男仆、宝杯、金印、宝剑和大棒等。他示意,每一个愿意讲述自己故事的人,都可以通过塔罗纸牌上的图案,来向他人讲述自己的故事。纸牌上的图案,可以充当一个乃至几个角色和不同的意思——在不同的组合中,它们代表不同的角色和不同的意思。于是游戏开始,就凭这78张纸牌,他们分别讲述了"受惩罚的负心人"、"出卖灵魂的炼金术士"、"被罚入地狱的新娘"、"盗墓贼"、"因爱而发疯的奥尔兰多"等奇特的故事。

这就是卡尔维诺的小说《命运交叉的城堡》。

这78张可以任意进行组合的纸牌,似乎无所不能。它完全可以替代语言,完成对这个世界上的所有事物、所有事件和所有意思的表达,并且极其流畅,使在场人心领神会。无论是哪一组、哪一系列,它们总会在一点上发生交叉,即在一个点上,呈现出他们具有共同的命运。

卡尔维诺是我所阅读的作家中最**别出心裁**的一位作家。在此之前,我以为博尔赫斯、纳博科夫、格拉斯、米兰·昆德拉,都属于那种"别出心裁"一类的作家。但读了卡尔维诺的书之后,才知道,真正别出心裁的作家是卡尔维诺。他每写一部作品,几乎都要处心积虑地搞些名堂,这些名堂完全出乎人的预料,并且意味深长。我不知道这个世界上还有哪一位作家像他那样一生不知疲倦地搞出一些人们闻所未闻、想所未想的名堂。这些名堂绝对是高招，是一些天才性的幻想，是让人们望尘莫及的特大智慧。

我总有一种感觉，卡尔维诺是天堂里的作家。对于我们而言，他的作品犹如**天书**。他的文字是一些神秘的符号。在表面的形态之下，总有着一些神秘莫测的奥义。我们在经历着一种从未有过的阅读经验。他的文字考验着我们的智商。他把我们带入一个似乎莫须有的世界。这个世界十分怪异，以至于让人觉得不可思议。我们总会有一种疑问：在我们通常所见的状态背后，究竟还有没有一个隐秘的世界？这个世界另有逻辑，另有一套运动方式，另有自己的语言？

《看不见的城市》不是我们通常所见到的小说——

忽必烈汗的帝国，疆土辽阔无垠。他无法对他的所有城市一一视察，他甚至不知道他的天下究竟有多少座城市。于是他委托意大利的旅行家马可·波罗代他去巡视这些城市，然后向他一一描述。这个基本事实是虚假的。

现在，忽必烈汗与马可·波罗坐到了一起。马可·波罗开始讲他所见到的城市——严格来说，不是他所见到的城市，而是他所想象的城市。这些城市只可能在天国，而不可能在人间。

全书九章，共叙述城市55座。书中的所有数字，都具有隐喻性与象征性。

像风筝一样轻盈的城市，像花边一样通透的城市，像蚊帐一样透明的城市，像叶脉的城市、像手纹一样的城市……这些城市络绎不绝地出现在他们的想象里。它们显示着帝国的豪华与丰富多彩，同时也显示着帝国的奢侈与散乱。

天要亮了，马可·波罗说，陛下，我已经把我所知道的所有城市都向你一一描述了。可忽必烈汗说，不，还有一座城市你没有说——威尼斯。马可·波罗笑了：你以为我一直在讲什么？在我为您描述的所有城市中，都有威尼斯。这是一部非常好的小说，我想，这应该是你要看的一千部小说中的一部。

在形式上大做文章，这是卡尔维诺与一般小说家的区别。他的一生都在追求小说在形式上的创新。如果他没有在1985年去世而活至今日,他可能还会给我们带来多少种新颖而别致的小说形式呢?

当然,这并不意味着他的伟大。因为,一个不将心思花在形式上,而只是将全部注意力都集中在作品的生存经验的透彻与思想的深邃方面的小说家,一样是伟大的。他们就在那些长久延用的古老的、经典的小说形式中,照样达到了一个令人仰止的小说境界。这犹如一粒王冠上的钻石,是包在手帕中还是放在木盒里都不能影响钻石本身的价值一样。但,我们应当注意到这样一个事实:有些形式是与内容无法分解的,如美学家们所说的,是"有意味的形式"。这些形式我们就应另当别论了。也许说一些艺术品,可以显得更为直观:那些看上去仅为形式的雕塑,它们在我们的感觉里,究竟是内容还是形式的呢?我们无法将这两者剥离。当初建造埃及金字塔的目的,究竟是什么,现代的种种猜测仅仅就是猜测。我以为这种猜测是毫无意义的——除非是那些科学家想从中获取什么。因为在我看来,当它出现在我们视野里时,它是**纯粹**的。我们根本不想知道它的内容——它用于什么,因为,作为一种形式,它已经在精神上给我们造成强烈的震撼,它的内容已经大得无边、深得无底。我没有去过埃及的金字塔,但我去过墨西哥的金字塔。非常雄伟。与我同行的一位朋友问:建造这样一个大东西有什么用处?我对他开玩笑说:你站在金字塔之上,问它有什么用处,真是一头蠢货。(笑声)

伟大的形式也就是伟大的内容。

在形式上,卡尔维诺是玄想的,在思想上更是玄想的。

卡尔维诺颇为欣赏下面这段文字——

> 她的车辐是用蜘蛛的长脚做成的,车篷是蚱蜢的翅膀;挽索是小蜘蛛线,颈带如水的月光;马鞭是蟋蟀的骨头;缰绳是天际的游丝。

它出自莎翁戏剧《罗密欧与朱丽叶》。卡尔维诺是要用这段文字说出一个单词来:**轻**。

他说:"我写了四十年小说,探索过各种道路,进行过各种实验,现在该对我的工作下个定义了。我建议这样来定义:'我的工作常常是为了减轻分量,有时尽力减轻人物的分量,有时尽力减轻天体的分量,有时尽力减轻城市的分量,首先是尽力减轻小说结构与语言的分量。'"他对"轻"欣赏备至,就他的阅读记忆,向我们滔滔不绝地叙述着那些有关轻的史料:

希腊神话中杜尔修斯割下女妖美杜莎的头颅,依靠的是世界上的最轻物质——风和云;

18世纪的文艺创作中有许多在空间漂浮的形象,《一千零一夜》差不多写尽了天下的轻之物象——飞毯、飞马、灯火中飞出的神;

意大利著名诗人乌杰尼奥·蒙塔莱在他《短遗嘱》中写道:蜗牛爬过留下的晶莹的痕迹/玻璃破碎变成的闪光的碎屑……

"轻"是卡尔维诺打开世界之门与打开文学之门的钥匙。他十分自信地以为,这个词是他在经历了漫长的人生与漫长的创作生涯之后而悟出的真谛。他对我们说,他找到了关于这个世界、关于文学的最后的解。

我们也可以拿着这把钥匙打开卡尔维诺的文学世界——

卡尔维诺并不否认对现实的观察。但他用轻之说,阐释了他的**观察方式**。处于我们**正前方**的现实,是庞然大物,是**重**。它对于一般人,构成了强大的吸引力,以至于使他们无法转移视线再看到其他什么。人们以为重的东西才是有意义的,并为重而思索,而苦恼,而悲伤,而忧心忡忡。中国当下的那些以国家、以民族大业为重而将目光聚焦于普通人都会关注的重大事物、重大事件、重大问题上的作家,就是在重与轻的分界线上而与卡尔维诺这样的作家分道扬镳、各奔东西的。

卡尔维诺在分析传说中的柏尔修斯时说,他的力量就正在于**"始终拒绝正面观察"**。

我们都有这样的经验:正前方矗立的事物,都具有方正、笨重、体积巨大、难以推动等特性。大,但并不一定就有内容,并可能相反,它们是空洞的,并且是僵直的,甚至是正在死亡或已经死亡了的。

我们很少看到卡尔维诺是正面观察的姿态。他的目光与我们的目光并不朝向一个方向。容易引起我们注意的,卡尔维诺恰恰毫无兴趣。而那些被我们所忽略不计的东西,恰恰引起了他的高度重视。被常人忽略不计的轻;正是因为轻,才被我们忽略不计。卡尔维诺看我们之非看。

叹息、微光、羽毛、飞絮,这一切微小细弱的事物,在他看来恰恰包容着最深厚的意义。**细微之处深藏大义。**

大家都看过钱钟书的《围城》吧?很多人说好,它究竟好在哪里呢?我曾经跟一个在《围城》研究方面颇有成就的朋友开玩笑说:"中国人读《围城》,读懂了的也就那么三四个人,而我是其中一个。"(笑声)他笑了,说我在吹牛。我就吹牛给他看,我说:"你那个《围城》读来读去,不就是读一个'鸟笼子'主题吗?一个'城'的主题吗?这没多大意思。我看《围城》好几遍了,也没在意这个。我想很多人也不在意。你不说人家还不知道呢。再说,这种意象也是从西方移植过来的舶来品。钱钟书本人也承认这一点。我最喜欢《围城》就在于两个字:精微。我把精微看成小说的一个境界。一个作家能把小说写到这个份上,他的造化就很高了。"

钱钟书对人物之间的关系的深入微妙的变化描写得非常好。方鸿渐到苏文纨家中来来往往,开始时,苏文纨毕恭毕敬地喊"方先生",不多久,她改口叫"鸿渐",小说好看了。(笑声)小说写苏文纨当时的那种微妙感觉真是吸引人。再比如说,女主人公孙柔嘉表面上仿佛是一个天真无邪的无知少女,好像刚刚出生的婴儿那么纯洁。但是,孙柔嘉恰恰是《围城》中最有心计的女人,所有的女人都不是她的对手。她在赶往三闾大学的路途中,就开始打方鸿渐的主意。这方先生还傻乎乎的不知道。到了学校,她和方鸿渐来来往往。方鸿渐是《围城》中最尖牙利齿、最刻薄的人物,但他恰恰是《围城》中最大的一个书呆子。他什么也看不出来,对他自己与孙柔嘉来往的性质,也不知道,还要孙柔嘉点拨他。那天,他又去找孙柔嘉,孙柔嘉说:以后不要再来找我了。方鸿渐很奇怪。孙柔嘉说:有人已经议论我们了。鬼知道,有没人议论他们呢?(笑声)当然也可能有。但这一句话很重要。它使方鸿渐意识到了孙小姐和他之间到底算是一种什么样的关系?他得考虑一下这个问题了。(笑声)小说好看就好看在这些地方。钱钟书整天在观察那些非常细微的事情。(笑声)小说写到,一位男士当着一群女士的面不小心将牛奶弄撒了,他心里懊恼不已,觉得自己的动作太粗鲁、太没教养。正在此时,方鸿渐开始呕吐。于是,这家伙的心情立即就变得好了起来。(笑声)钱钟书描写到:"顿时他的不快就被方鸿渐的呕吐冲刷得干干净净。"(笑声)小说好看也在这里。

钱钟书在《围城》中用了二百多个"像"字句,其好处就在于把他最微妙的感觉表达出来。钱钟书的比喻都非常棒。有一个人爱附庸风雅,说话时在汉语中夹杂一些无用的英语单词。钱钟书就琢磨,怎么形容这个人呢?他先说是:好比装了一颗金牙,把嘴张开给别人看。后来一想这一比喻仍不够确切,因为金牙虽然带着炫耀的色彩,但它还有一点实际的功能。可是,那个人的英语单词连一点点的实际作用都没有。最后,他重新打了一个比方:这好比牙缝里的肉屑,证明他曾经吃过一顿好的饭菜。(笑声)钱钟书这个比喻是所有关于附庸风雅的比喻中最好的一个也是最后的一个比喻。我们不可能再想出更好的,不信,大家可以试试。

"世界正在变成石头。"卡尔维诺说,世界正在"石头化"。我们不能将石头化的世界搬进我们的作品。我们无力搬动。文学家不是比力气,而是比潇洒,比智慧,而潇洒与智慧,都是轻。卡尔维诺的经验之谈来自于他的创作实践——在创作实践中,他时常感到他与正前方世界的矛盾。他觉得他无法转动它们——即使勉强能够转动它们,也并无多大的意义。咧嘴瞪眼去转动无法转动的东西。这副形象也无法经得起审美。

古典小说的重轭似乎被卡尔维诺卸下了。石头变成了在空中自由飘荡的"漂浮物"。

卡尔维诺说:"如果我要为自己走向2000年选择一个吉祥物的话,我便选择哲学家诗人卡瓦尔坎蒂从沉重的大地上轻巧而突然跃起这个形象。"令人遗憾的是,他未能活到2000年。

面对博尔赫斯与卡尔维诺的玄想——故弄玄虚,我们怎么想?我们是否太实际了一些?我们的心思在哪儿?我们思想的抛物线是否显得太短促了一些?我们的念头是否太功利了一些?我们的文学所关心的问题是什么问题?是房子问题、粮食问题。博尔赫斯的阿根廷、卡尔维诺的意大利并非不存在房子问题和粮食问题。与阿根廷比邻的巴西,是南美最富的国家,但到处是贫民区。在我下榻的酒店的对面是一座山,整个山上都住的是穷人——与世界其他城市不一样,其他国家的大城市,是穷人住在山下,富人住在山上,而里约热内卢的山上住的都是穷人。那座山是里约热内卢最著名的贫民区,叫小农庄,住了大约 30 万贫民,警察三两个是不敢进去的,进去就被干掉了。每天我推开窗子往外看,就看到那山上危房密布、风雨飘摇。我没有去过阿根廷的布宜诺斯艾利斯,但我能想见布宜诺斯艾利斯的房子问题会比里约热内卢的糟糕。可是,我们不可能指望博尔赫斯会去写关于房子问题的小说。他只能向我们诉说关于时间的问题、关于空间的问题以及种种由玄想而产生的非常形而上的问题。

我无意要中国的作家放弃社会责任——如果是这样,此刻我不会坐在这儿。但我以为,中国作家的责任观的内涵需要重新确定,关于这一点,我将在最后再发表我的意见。

文学的问题——特别是当文学进入现代形态之后,以我之见,都是一些玄虚的问题——形而上的问题。它不负有解决实际问题的职能。当年,郭沫若用写凤凰涅槃的笔写"防止棉蚜虫"的诗,现在看是文坛的一大笑话,但我们的一些小说距离这首"经典"小诗又到底走出去了多远呢?

现在我来讲第三个成语:**坐井观天**。

说说另一个作家——普鲁斯特。

九岁那年,普鲁斯特得了枯草热,从此,可怕的哮喘伴随了他一生。一年四季,尤其是到了春季,他不得不长久地呆在屋子里,而与草长莺飞的大自然隔绝。

据说,这种病是溺爱的结果。

他的一生中,最溺爱他的是两个女人,一个是外祖母,一个是母亲。她们在为这个体弱的少年尽一切可能地营造温暖、舒适与温情。我们有理由相信,《追忆似水年华》中那个在晚间焦切地等待母亲的亲吻——亲吻之后方可入睡的少年,就是他本人。

他长大了,父亲已经不能够再容忍他与母亲的缠绵。终于,在母亲的最后一次夜晚亲吻后,他结束了少年时光。

溺爱与优裕毁了一个人,但却为世界成全了一个伟大的小说家。

他在那幢放满笨重家具的大房子里,在自己昏暗的卧室中,只能透过窗子望着苹果树,想象着卢瓦河边麦地、水边的芦苇以及枫丹白露的美丽风景。这是一个渴望与自然融和的人,一个热衷于在人群中亮相、造型的人,然而,他却只能长久地枯坐于卧室。

作品写道:风中,一树的苹果花终于凋零,落叶如鸟,一派苍凉。普鲁斯特忽然为自己的处境与对处境的感觉找到了确切的比喻:"在我孩提时代,我以为圣经里没有一个人物的命运像诺亚那样悲惨,因为洪水使他囚禁于方舟达四十天之久。在漫长的时间里,我不得不呆在'方舟'上。于是,我懂得了诺亚曾经只能从方舟上才如此清楚地观察世界,尽管方舟是封闭的,大地一片漆黑。"

世界成为一片汪洋,卧室成为方舟。它是他向外观察的地方,又是他所观察的对象。他有许多文字是用来写房间、房间中的实物以及他与房间之关系的。他与社会失去了广泛的联系,他的个人的经验领域变得极为狭小。依普遍的理论来看,经验如此简单的人是难以成为作家的,更是难以成为书写鸿篇巨制的作家的。然而,普鲁斯特就是成了一个反例。面对狭窄的生活空间,他开始了世界上最为细致的揣摩与领会。加之由于寂寞、孤独带来的冷静与神经的敏锐,他捕捉住了从前时空以及当下情景中的一切。他发现,当一个人能够利用现有的一切时,其实,被利用的东西并不需要多么丰富——有那样一些东西,这就足够了。由于经验的稀少而使经验变得异常宝贵,一些在经验富有的人那里进入不了艺术视野的东西,在他这里却生动地显现了,反而使文学发现了无数新的风景。

普鲁斯特以他的成功文字,为我们区分了两个概念:**经验**与**经历**。

上流社会的狭小圈子以及疾病造成的长守卧室,使他的人生经历看上去确实比较简单。但,文字并非是支撑在经历之上的,而是支撑在经验之上的。经验固然来自于经历,但却要远远大于经历。由有限的经历而产生的经验,却可能由于知识的牵引与发动、感觉的精细以及想象力的强健而变为无限、一生受用不尽。

残月当户、四壁虫声、化钝为灵之后的普鲁斯特听到、闻到、感受到了我们这些常人所不能听到、闻到、感觉到的东西:"我情意绵绵地把腮帮贴在枕头鼓溜溜的面颊上,它像我们童年的脸庞,那么饱满、娇嫩、清

散文

新。""我又睡着了,有时偶尔醒来片刻,听到木器家具的纤维格格地开裂,睁眼凝望黑暗中光影的变幻,凭着一闪而过的意识的微光,我消受着笼罩在家具、卧室、乃至于一切之上的矇眬睡意……。"他写了冬天的房间、夏天的房间、路易十六时代的房间,即便是并无一物的空房间,也显示出了它无边的意义。

现在,我们一边来读着普鲁斯特,一边来玩味一下"**坐井观天**"这个成语。

我们假设,这个坐井者是个智者,他将会看到什么?坐井观天,至少是一个新鲜的、常人不可选择的观察角度,并且是一种独特的方式,而所有这一切,都将会向我们提供另一番观察的滋味与另样的结果。有谁向我们描述过井底下看天的感觉?我想那番感觉一定是很有趣的。**在井底下看天,这太有想象力了**。那个人一定看出了我们这些俗人在单调无趣的地面上看不到的风景。

什么叫文学?

文学就是一种用来书写个人经验的形式。

从这个意义上讲,只要那个作家在创作时尊重了自己的个人经验、是以个人的感受为原则的,那么他在实质上就不能不是坐井观天的。

"每个人在不同的时空背景之下,会得到不同的经验。"这几乎是一个常识性的问题。好几年前,一个打工妹经常来北大听我的讲座,她告诉我,她小时候在冬天的晚上最喜欢做的一件事是:帮家里洗碗。(笑声)我觉得这太奇怪了。洗碗是我们很多人最不愿意做的一件事,所以才发明了洗碗机嘛。她解释到,小时候家里很穷,穷到连几分钱一盒的蛤蜊油都买不起,于是,她想通过洗碗在干燥的手背上找到一点点油腻的感觉。我敢断言,这种经验是她个人的,全世界只有这一个女孩拥有这种经验。

我们没有任何理由不在意我们自身的经验。我们应当将自己的作品建立在自己的经验基础上。经验是无法丢失的前提。

然而我们却经常看到一个不可理喻的事实:一些具有非常丰富经验的人,却在他的创作过程中,莫名其妙地一直没有使用他自己的经验。几年前,大概就是在这个地方,我在讲到文学感觉的个人化问题时说过

2005

一句听上去很极端的话,我说:一个作家所看到的大海如果与一般人所看到的大海是一样的,那么就等于他没有看到大海。海明威的海,康拉德的海,洛蒂的海,都是他们自己的海。一位小说家写到,每当我走出这座肉欲横流的城市,我看到了那座在城市边上流动的大海,那是一条淫荡的大海。我们已多次看到了这个事实:一些生活于异样的环境(自然与人文两方面)、生活曲折离奇、命运险恶多变的人,却在他们终于选择写作为业时,仿佛他们是刚刚来到人世的,在个人经验方面显得像个头号大穷光蛋。那些照理是多得无法穷尽的美妙绝伦的个人经验,竟然荡然无存,丝毫不见。这种"端着金碗要饭吃"的现象,实在令人费解,但却是一个非常普遍的事实。一个人一副窘迫地站在一堆财宝之上,四下眺望他的生路——这个形象,居然是创作领域中的一个常见的形象。我们看到,一个作家在经过多年的创作实践之后,而他最大的收获,竟然是在辛苦的却是无谓的写作之后回到自身。而令人感到可悲的是,有的人一辈子也未能回到自身。这个具有悖论性质的事情,一直在困扰着我们。

很多年前,我有一位朋友,他本身就是一篇精彩的小说。小时候,他家山上山下是一望无际的橘园。很多年前,我就有了《橘子红了》中那片橘园的感觉。可是,非常奇怪,直到今天,他的作品中,不要说橘园,就连一个橘子都没写过。(笑声)他还给我们讲他小时候的少爷生活,这些故事有趣而精彩,但从他的作品中,却看不到一点这些故事的影子。我们和这位朋友一起出去开笔会,人家招待我们一顿好饭菜,我小时候在贫穷的环境中长大,看到那一顿饭菜时,就不再是我自己了,我会毫不虚伪地去吃。(笑声)但是,他不这样,他非常文雅。当大家都在吃的时候,他把筷子放着不动,翘着腿,点一支烟。当我说某个菜好吃的时候,他就会把头扭过来,用不屑一顾的眼光看着我,说:"你吃过什么好吃的呀。"(笑声)但是我们不理他,还是吃自己的。当他把一根烟吃到大半时,就掐掉,开始拿筷子。我们把筷子张得很开,有时一筷子下去,半盘子菜就没了。(笑声)可他的筷子张得很小,就像鸟儿的小嘴巴一样。他的眼睛瞄准一根很细的肉丝,夹住,接着张开嘴巴,把舌头长长的吐出来,迎接肉丝。(笑声)等到尝完了,放下筷子,说一句"肉不新鲜",于是我们都觉得肉不新鲜,越吃越别扭。(笑声)他本身就是一部小说。可惜的是,他写

散文

了几十年小说,写的都是跟个人经验无关的东西,最终都没有回到自身。

集体的经验只是一种抽象,它来自于无数的个人经验;没有个人经验,集体的经验则无从说起。集体的经验寓于个人经验之中,它总要以个人的经验形式才得以存在。

具体的个人经验的最终效果仍然还是呈现集体经验——集体经验只能通过个人经验得以呈示。这是一种玄妙的但却又是实在的关系。一部书写个人经验的《红楼梦》,它所具有的历史的丰富性,大概是那个时代里记忆历史经验的文章典籍都无法相比的。这就是小说的意义。

对于一个小说家来讲,他可以在头脑中强化"集体经验"这个概念——而且我们以为这是必要的。但我们应当防止这种意识的意识形态化。当有人在强调深入生活以获取所谓的集体经验时,我们就要问一下:这是一种什么样的集体经验?

我有一部作品叫《红瓦》,刚出来时,一位批评家指出,他没有想到我会这样写"文化大革命"。因为在此之前,作家一涉及"文化大革命",都在写集体性的记忆。那个大家共同认可的"文革"、那个戴帽子游街的"文革"、那个批斗的"文革"、那个蹲牛棚的"文革"。但其实,每个人的"文革"是不一样的。我的"文革"就不是如此。我可以告诉大家,大家可能不相信:我最好的教育是在"文革"中接受的。为什么呢?因为当时苏州城的名师被下放到我那样一个偏僻的乡村,汇聚在一个普通的乡村中学里。我的语文老师是最好的语文老师,物理老师是最好的物理老师,数学老师是最好的数学老师,甚至教我打篮球的老师都是最好的体育老师。

《红瓦》的背景是"文革",但绝不是现在一般作品中所记忆的集体性的"文革"。那时,我才十一岁,刚上中学。营养不良,不长个头,看上去像幼儿园的小孩。(笑声)我的父亲把我交给一个女语文老师。她领着我们一群孩子过长江到上海去串联,路途要经过苏北小城南通。当时,我的感觉是:整个世界沦陷坍塌了,所有的人都集中到了南通。因为人流滚滚,我们小孩子经常被挤丢了。老师很着急,用张艺谋的电影来讲,"一个也不能少"。(笑声)她经常是找到一个孩子,另一个孩子又没了,非常紧张。于是,她在街头给我们每个小孩买了一个玩具。那是一种用

2005

塑料做的鸟，灌上水，鸟尾巴上有一小眼，嘴对着小眼一吹，水就在里面跳动，发出一种欢鸣的声音。她告诉我们，如果谁掉队了，就站着别动，吹水鸟，她就会循着声音找谁。这样的效果很好。当时，男孩女孩全拿着一只水鸟一路走在南通小城，那真是南通小城的一道风景线。

后来，我们这个串联小分队得到了一张集体船票，准备坐东方红一号到上海。码头上人山人海，非常混乱。老师知道把一个队伍完整保持到船上，根本不可能。于是，她让大家上船以后在大烟囱下集合。队伍哗的一声散掉了，大家各奔东西。我开始拼命吹水鸟，但是没有一个人呼应我。我很焦急。吹了很久，远处终于有一个人呼应我，我当时的心情不知道有多么激动，就像一个地下党员跟组织接头、接了好久没接上、现在终于接上了。（笑声）然后，我吹一个长声，他就吹一个长声。我吹一个短声，他就吹一个短声。我吹一长一短，他也吹一长一短。我跟同学们讲过，我喜欢看《动物世界》这个节目。其中有一个镜头：早晨第一束阳光射进森林，枝上枝下一只雄鸟一只雌鸟在欢快对唱，每当看到这个镜头，我就想到我当年和那一个至今也不知道是谁的小伙伴一起合鸣的情形。（笑声）

后来，我上了船，到了大烟囱下，却发现没有我的老师和同学。随着一声汽笛长鸣，东方红一号缓缓离开江岸，向江心开去。我到处找大家，不停吹水鸟，吹得嘴唇都麻木了。最后回到大烟囱下，依然没有一个人。这时，我知道了，今天上了船的就只有我一个人。你们知道我当时最恨的什么吗？恨我的机灵呀。（笑声）大家想想，一个十一岁的只去过县城两三次的小男孩，在秋天的黄昏，一个人在长江之上，他是一种什么心情。当然，他是非常悲哀的。我印象很深，我当时趴在栏杆上哭，不是那种悲愤的号啕大哭，好像哭声中还带着一种甜丝丝的感觉。看着眼泪随着风儿飘忽摇摆，我觉得很好玩，就再哭。（笑声）我哭累了，就在大烟囱下睡着了。睡到深夜，模模糊糊的不知道什么时候醒来了，就拿起水鸟接着吹。这时，隐隐约约觉得一个苍茫的地方有人用水鸟呼应我。我生怕这是幻觉，摸摸我的帽子，摸摸我的行李，确信是真的，于是我拼命地一边吹一边往船尾跑，那个人也拼命向我这里跑。最后，我们会合了。在灰暗的灯光下，我看到那不是一个男同学，而是一个女同学，而且，最

散文

让人尴尬也让我能回味无穷的是:那个女孩是自从我上初中以后全班同学拿她和我开玩笑的那个女孩。(笑声)下面还有很长的故事,我不再讲了。我说这些,只是为了告诉你们:文学必须回到个人的经验上来。

一个小说家自己的鲜活感觉大概永远是最重要的。

让普鲁斯特去深入生活,一是没有可能(他身体不方便),二是没有必要,因为他拥有自己的一份独特的生活。真要这么干,就会在世界上毁掉一个文学的巨人。

这里,我来讲一本书,一本小说,书名叫《炼金术士》,作者是巴西人,叫保罗-戈埃罗。这部书全球发行700万册。我在巴西利亚大学文学院做演讲时,讲到了这部作品,但我将作者的名字忘了。但当我将作品的故事讲出来后,他们笑了,因为他们都读过这本书,而且保罗-戈埃罗本人就在巴西利亚大学文学院。作品写道:一个西班牙的牧羊少年在西班牙草原上的一座教堂的桑树下连续做了两个相同的梦,说他从西班牙的草原出发,穿过沙漠、森林,越过大海,九死一生,最后来到了非洲的金字塔下,在那里埋藏着许多财宝。他决定去寻梦。他将自己的决定告诉了父亲。父亲给了他几个金币:去吧。他从西班牙草原出发了,穿过沙漠、森林,越过大海,九死一生,最后来到了非洲的金字塔下。他在金字塔下开始挖财宝——挖了一个很大的坑,也未见到财宝,这时,来了两个坏蛋问他在干什么,他拒绝回答,于是就遭到了这两个坏蛋一顿胖揍。这个孩子哭着将他的秘密告诉了这两个坏蛋。他们听罢哈哈大笑,丢下了这个孩子,走了。其中一个走了几十米之后,回过头来对牧羊少年大声说:"你听着,你是这个世界上最愚蠢的孩子。几年前,就在这座金字塔下,我也连续做过两个相同的梦,说,从金字塔下出发,越过大海,穿过森林、沙漠,来到了西班牙的草原上,在一座教堂的桑树下,我发现了一堆财宝,但我还不至于愚蠢到会相信两个梦。"说完,扬长而去。孩子听完,扑通跪倒在金字塔下,仰望苍天,泪流满面:天意啊! 他重返他的西班牙草原,在教堂的桑树下,他发现了财宝。(笑声)

这个故事具有寓言性质。

财富不在远方,财富就在我们脚下。但我们却需要通过九死一生的寻找,才会有所悟。

坐井观天——普鲁斯特就那样守着自己——自己的井,自己的天,终身不悔。

最后一个成语——**无所事事**。

我还要继续说普鲁斯特。

方舟之上的普鲁斯特在漫长的漂泊之中,常常显出**无所事事**的样子。而"无所事事"恰恰可能是文学创作所需要的上佳状态。由无所事事的心理状态而写成的看似无所事事而实在有所事事的作品,在时间的淘汰下,最终反而突兀在我们的文学原野上。中国文坛少有无所事事的作家,也少有无所事事的作品。我们太**紧张**了。我们总是被沉重的念头压着。我们不适当地看待了文学的社会功能,将文学与社会紧紧捆绑在一起。对当下的社会问题表现出了过分的热情。普鲁斯特对我们来说,是一个启发。他在无所事事的状态之下,发现了许多奇妙的东西,比如说**姿势**——姿势与人的思维、与人物的心理,等等。在《追忆似水年华》中,他用了许多文字写人在不同姿势之下会对时间产生微妙的不同的感觉:当身体处于此种姿势时,可能会回忆起十几年前的情景,而当身体处于彼种姿势时,就可能在那一刻回到儿时。"饭后靠在扶手椅上打盹儿,那姿势同睡眠时的姿势相去甚远……"他发现姿势奥妙无穷:姿势既可能会引起感觉上的变异,又可能是某种心绪、某种性格的流露。因此,普鲁斯特养成了一个喜欢分析人姿势的习惯。当别人去注意一个人在大厅中所发表的观点与理论时,普鲁斯特关闭了听觉,只是去注意那个人的姿势。他发现格朗丹进进出出时,总是快步如飞,就连出入沙龙也是如此。原来此公长期好光顾花街柳巷,但却又总怕人看到,因此养成了这样步履匆匆的习惯。(笑声)

"方舟"造就了一颗敏锐的心灵,也给予了他一个独特的视角。从此,**万象等价,巨细无别**,大如星斗,小如沙粒,皆被关注。为普鲁斯特写传记的安德列·莫洛亚写道:"像梵·高用一把草垫椅子,德加或马奈用一个丑女人做题材,画出杰作一样,普鲁斯特的题材可以是一个老厨娘,一股霉味,一间外省的寝室或者一丛山楂树。他对我们说:'好好看:世界的全部秘密都藏在这些简单的形式下面了。'"

散文

　　人在无所事事的佳境,要么就爱琢磨非常细小的问题,比如枕头的问题、姿势的问题、家具的问题,要么就爱思考一些大如天地的、十分抽象的问题。这些问题自有人类的历史的那一天就开始追问,是一些十分形而上的问题。在普鲁斯特这里,他是将这些细小如尘埃的问题与宏大如天地的问题联系在一起思考的——在那些细小的物象背后,他看到了永世不衰、万古长青的问题。

　　比如说时间问题。

　　米兰·昆德拉讲,普鲁斯特的一生,是思考时间问题的一生。他的小说本身就是对时间这个玄学问题的解读。他对小说艺术的思考,说到底,就是对时间本性的思考。

　　光阴似箭,并且直朝一个方向。造物主一手抓握着镰刀,一手托着沙漏,当沙漏终于流空,寒光闪烁的镰刀就挥舞着,收割生命。"流逝"这个字眼大概是词典中一个最优雅但却最残酷的字眼。

　　为了躲避这个字眼,人类创造了小说。因为小说能够**追回时间**——虽说是在纸上追回,但这毕竟给了人类几许温馨的慰藉。

　　在这个世界上,最深切地领会了小说这一妙处的,大概普鲁斯特为第一人。

　　与一般的小说家不一样,他不怎么面对现实。他蔑视观察——观察是无用的,没有足够时间距离的观察,只是社会学家的观察,而不是文学家的观察。文学与"当下"只能限于露水姻缘,文学应与"过去"结为伉俪,白头偕老。"此刻"犹如尚未长成的鱼苗,必须放养,等到秋老花黄,方可用回忆之网将其网住。"今天"须成"昨日"。普鲁斯特的选择,也许纯粹是因为他个人的原因:他无法透过卧室的窗子看到广阔的田野、人潮汹涌的广场,他只能回忆从前。

　　他回味着从前的每一个细节,让所有曾在他身边走过的人物重新按原来的模样、节奏走动起来,让已经沉睡的感情也得以苏醒并流上心头被再度体会。他安坐方舟之上,让内心沉没于"回忆之浪",一梦千年,此刻却在涛声中全都醒来,使他惊喜不已。

　　普鲁斯特大概要感谢他的亲戚——那位有名的哲学家柏格森。是柏格森的哲学告诉他:从前、现在与未来,是互为包含的,其情形如同整整一条河流，只有流动，而没有段落与章节。柏格森用"绵延"这个字眼，迷倒了一片作家，其中自然包括普鲁斯特。普鲁斯特的"夜晚遐思"，直接来自于柏格森的言论。普鲁斯特从柏格森那里悟出了一个概念：**不由自主地联想**。《追忆似水年华》写了一个庞大复杂的世界，而这个世界竟出自于一只杯子。

在普鲁斯特的作品中，主题都具有形而上的意义。他很少写那些时尚的、功利的、一时一地的、一家一国的问题。

面对普鲁斯特，我们应当反省自己——自己的文学观念与文学行为。

我们对一个作家所应有的使命感与责任感的理解是肤浅的。他们以为关心房子问题、粮食问题、下岗女工问题，就是一个作家有使命感、责任感的表现。殊不知，这些问题都是一个作家在他作为一个作家时是不必要关心的问题。以土特产参与世界贸易的竞争，是经济穷国的思路，而以文学的土特产参与世界文学的交流，则是文学穷国的思路。

中国作家现在必须要区分自己的知识分子与作家的双重身份。

作家也是知识分子，但却是知识分子的一种。他既需要具备一般知识分子的品质，同时又需要与一般知识分子明确区别开来。他既要承担作为知识分子所必须承担的义务与使命，又要承担作为作家所必须承担的特殊义务与使命。作为知识分子，他有责任注视"当下"。面对眼前的社会景观，他无权视而不见。他必须发言，必须评说与判断。"知识分子"这一角色被规定为：他必须时刻准备投入"当下"。李敖甚至将知识分子一生的使命定位在唱反调上。他说，刽子手不杀人，这是他的失职，而一个知识分子不唱反调也是失职。当一个知识分子对他所处的环境中所发生的种种事件竟然无动于衷、麻木不仁时，他则已放弃了对"知识分子"这一角色的坚守。知识分子应当知道，集会、沙龙、讲坛、电台、报刊都是他体现知识分子时代良知的阵地。他应当随时出击。在庞大的国家机器中，知识分子永远是强劲的驱动力。知识分子应当时刻回味与揣摩自己这一角色的定义。在与社会的一种紧张关系中，他应向世人闪烁出一番知识分子形象的光彩。一个作家在作为一个知识分子时，就应当为对这一角色的守卫而不顾一切。

散文

然而,当他在作为知识分子中的一种——作家时,他则应该换上另一种思维方式,另一种价值取向。他首先必须明白,他要干的活,是一种特别的活,那个活不是一般知识分子干的、也不是一般知识分子所干得了的活。他当然也应该关心"当下",但此刻的"当下",绝非是婚姻法出台的"当下"或棉蚜虫肆虐棉田的"当下"。作家所关心的"当下"应含有"过去"与"将来"。他并不回避问题,但这些问题是跨越时空的:它过去存在着,当下存在着,将来仍然会存在着。这些问题不会因为时过境迁而消失。它们绝对不是一时一地,也不是一家一国的问题。当一个作家暂时将自己规定为作家这一角色时,他的眼中,那些曾在他作为一个知识分子时所出现的种种景观消失了,代之而起的是另一番景观——这些景观恰恰是一些在一般知识分子眼中不会出现的景观。此刻,那些琐碎的、有一定时间性和地域性的事物在他的视野中完全消失了——他可以视而不见,而看到的是——用米兰·昆德拉的话讲,是"**人类存在的基本状态**"。

"写小说应该写的,这是小说存在的唯一理由。"米兰·昆德拉所说的那个"应该写的",就是这个"人类存在的基本状态"。既然是"基本状态",那么就不会是在此时存在而在彼时不存在的东西。它是恒定的,永在的。

中国近五十余年的文学之所以在大部分时间中没有上佳表现,原因之一就在于中国的作家在这段历史中始终未能将自己的双重身份确立。

文学是一种活。这种活能做什么是特定的。不能用它来做非文学做的活。这是一个朴素的却是颠扑不破的真理。

文学是一些特殊的文体,这些文体只属于作家,而不属于知识分子。换一种说法,知识分子可使用的文体不是小说、散文、戏剧和诗,而是其他:杂文、短论、人民来信、控诉状等。米兰·昆德拉在用犀利的短论抨击俄国人的坦克碾轧他的布拉格时,他是一个知识分子。而当他用艺术的心思书写《生命中不能承受之轻》,而将俄国人的坦克占领布拉格这一严重事件置于"人类的基本存在状态"、提出"媚俗"、"轻"之类的形而上问题时,他则是一个小说家。

那次,在歌德学院举办的文学周的一个会议上,我发表过一个庸俗的观点——这个观点成了那一天的讨论会上中德两国作家、批评家的一个话题。我说:现在北京的街头上有一座厕所,它的位置非常不合适。如果你是一个知识分子,那么,你就有义务发表对这个厕所位置的安排的看法,你应该打电话给北京市市长,向他反映这个情况。而当你现在是以一个作家的身份出现时,你就根本不应该看到这个厕所。

我就讲到这里,谢谢大家!(掌声)

(本文为作者于 2005 年 11 月在天津大学的演讲)

我谈大先生
——2005年6月5日在北京鲁迅纪念馆的演讲

陈丹青

"我喜欢看他的照片,鲁迅先生长得真好看"

今天在鲁迅纪念馆讲话,心里紧张——老先生就住在隔壁,讲到一半,他要是走进来怎么办?其实,我非常巴望老先生真的会走进来,因为我知道,我们根本别想见到鲁迅先生了。

鲁迅先生被过度谈论了。其实在我们今天的社会尺度中,鲁迅是最不该被谈论的人。按照胡塞尔的定义:"一个好的怀疑主义者是个坏公民。"鲁迅的性格、脾气,不管哪个朝代,恐怕都是"坏公民"。好在今天对鲁迅感兴趣的年轻人,恐怕不多了吧?

然而全中国专门研究鲁迅、吃鲁迅饭的专家,据说仍有两万人。所以要想比较认真地谈论鲁迅,先得穿越两万多专家的几万万文字,这段文字路线实在太长了,每次我读到这类文章,总是弄得很茫然,好像走丢了一样。可是翻出鲁迅先生随便哪本小册子,一读下去,就看见老先生坐在那里抽烟,和我面对面!

我不是鲁迅研究者,没有专门谈论鲁迅的资格。今天晚上孙郁先生给我大面子,叫到这里来,怎么办呢,自己想个话题讲讲?想不出来,就算有什么意思要来讲,一到鲁迅家,就吓得不敢讲;讲鲁迅先生?那么多人已经说过他了,还有什么可讲?

所以你在鲁迅纪念馆不谈鲁迅、谈鲁迅,我觉得都不恭敬,都为难。我知道自己是属于在"鲁迅"这两个字上"落了枕"的人,我得找到一种十分私人的关系，才好开口谈鲁迅。可是我和老先生能有什么私人关系呢？说是读者，鲁迅读者太多了；说是喜欢他，喜欢鲁迅的人也太多了；天底下多少好作者都有读者，都有人喜欢，那都不是谈论鲁迅的理由。最后我只能说，鲁迅是我几十年来不断想念的一个人。

注意，我指的不是"想到"（thinking），而是"想念"（miss），这是有区别的。譬如鲁迅研究者可能每天想到鲁迅，但我不确定他们是否想念他——我们有时会想念一位亲人、恋人、老朋友，可是几十年想念一位你根本不认识的人，是怎样一回事？出于什么理由？

在我私人的"想念名单"中，绝大部分都是老早老早就死掉的人，譬如伟大的画家、音乐家、作家。在这些人中间，不知为什么，鲁迅先生差不多是我顶顶熟悉的一位，并不完全因为他的文学，而是因为他这个人。我曾经假想自己跟这个人要好极了，所以我常会嫉妒那些真的和鲁迅先生认识的人，同时又讨厌他们，因为他们的回忆文字很少描述关于鲁迅的细节，或者描述得一点都不好——除了极稀罕的几篇，譬如萧红女士的回忆。

可是你看鲁迅先生描述他那些死掉的朋友：范爱农、韦素园、柔石、刘半农等等，就比别人回忆鲁迅的文字，不知道精彩多少。每次读鲁迅先生的回忆文字，我立刻变成鲁迅本人，开始活生生回想那些死掉的老朋友。他那篇《范爱农》，我不晓得读过多少遍，每次读，都会讨厌这个家伙，然后渐渐爱他，然后读到他死掉——尸体找到了，在河水中"直立着"——心里难过起来。

我们这代人欢喜鲁迅，其实是大有问题的。我小学毕业，文革开始，市面上能够出售、准许阅读的书，只有《毛泽东选集》和鲁迅的书。从50年代开始，鲁迅在中国被弄成一尊神，一块大牌坊。这是另一个大话题，今天不说。反正我后来读到王朔同志批评鲁迅的文章，读到不少撩拨鲁迅的文字，我猜，他们讨厌的大概是那块牌坊。其实，民国年间鲁迅先生还没变牌坊，住在弄堂里，"一声不响，浑身痱子"，也有许多人讨厌他。我就问自己：为什么我这样子喜欢鲁迅呢？今天我来试着以一种私人的方式，谈论鲁迅先生。

第一，我喜欢看他的照片，他的样子，我以为鲁迅先生长得真好看。

散文

"文革"中间我弄到一本日记本,里面每隔几页就印着一位中国五四以来大作家的照片,当然是按照四九年后官方钦定的顺序排列:"鲁、郭、茅,巴、老、曹"之类,我记得最后还有赵树理的照片——平心而论,郭沫若、茅盾、老舍、冰心的样子,各有各的性情与分量。近二十多年,胡适之、梁实秋、沈从文、张爱玲的照片,也公开发布了,也都各有各的可圈可点,尤其胡适同志,真是相貌堂堂。反正现在男男女女作家群,恐怕是排不出这样的脸谱了。

可是我看来看去,看来看去,还是鲁迅先生样子最好看。

五四那一两代人,单是模样摆在那里,就使今天中国的文艺家不好比。前些日子,我在三联买到两册抗战照片集,发布了陈公博、林伯生、丁墨村、诸民谊押赴公堂,负罪临刑的照片,即便在丧尽颜面的时刻,他们一个个都还是书生文人的本色。他们丢了民族的脸,照片上却是没有丢书生相貌的脸。我斗胆以画家的立场对自己说:不论有罪无罪,一个人的相貌是无辜的。我们可能有资格看不起汉奸,却不见得有资格看不起他们的样子。其中还有一幅珍贵的照片,就是周作人被押赴法庭,他穿件干净的长衫,瘦得一点点小,可是那样的置之度外、斯文通脱。你会说那种神色态度是强作镇定,装出来的,好的,咱们请今天哪位被双规被审判的大人物在镜头前面装装看,看能装得出那样的斯文从容么?

我这是第一次看见周作人这幅照片,一看之下,真是叹他们周家人气质非凡。

......

这时我就想到鲁迅先生。老先生的相貌先就长得和他们不一样,这张脸非常不买账,又非常无所谓,非常酷,又非常慈悲,看上去一脸的清苦、刚直、坦然,骨子里却透着风流与俏皮……可是他拍照片似乎不做什么表情,就那么对着镜头,意思是说:怎么样!我就是这样!

所以鲁迅先生的模样真是非常非常配他,配他的文学,配他的脾气,配他的命运,配他的地位与声名。我们说起五四新文学,都承认他是头一块大牌子,可他要是长得不像我们见到的这副样子,你能想象么?

鲁迅的时代,中国的文艺差不多勉强衔接着西方十八九世纪末。人家西方十八九世纪文学史,法国人摆得出司汤达、巴尔扎克的好样子,英

2005

国人摆得出哈代、狄更斯的好样子,德国人摆得出哥德、席勒的好样子,俄国人摆得出托尔斯泰或者陀思妥耶夫斯基的好样子,印度还有个泰戈尔,也是好样子——现代中国呢,谢天谢地,总算五四运动闹过后,留下鲁迅先生这张脸摆在世界文豪群像中,不丢我们的脸——大家想想看,上面提到的中国文学家,除了鲁迅先生,哪一张脸摆出去,要比他更有分量?更有泰斗相?更有民族性?更有象征性?更有历史性?

而且鲁迅先生非得那么矮小,那么瘦弱,穿件长衫,一副无所谓的样子站在那里。他要是长得跟萧伯纳一般高大,跟巴尔扎克那么壮硕,便是一个致命的错误。可他要是也留着于右任那把长胡子,或者像沈君儒那样光脑袋,古风是有了,毕竟还是不像他。他长得非常像他自己,非常地"五四";非常地"中国",又其实非常地摩登……我记得那年联合国秘书长见周恩来,叹其风貌,说是在你面前,我们西方人还是野蛮人。这话不管是真心还是辞令,确是说出一种真实。西洋人因为西洋的强大,固然在模样上占了便宜,可是真要遇见优异的中国人,那种骨子里的儒雅凝练,脱略虚空,那种被彼得·卢齐准确形容为"高贵的消极"的气质,实在是西方人所不及。好比中国画的墨色,可以将西洋的五彩缤纷比下去;你将鲁迅先生的相貌去和西方文豪比比看,真是文气逼人,然而一点不嚣张。

有人会说,这是因为历史已经给了鲁迅伟大地位,他的模样已经被印刷媒体塑造了七十多年,已经先入为主成为我们的视觉记忆。是的,很可能是的,但我以为模样是一种宿命,宿命会刻印在模样上——托尔斯泰那部大胡子,是应该写写《战争与和平》;鲁迅那笔小胡子,是应该写写《阿Q正传》。当托尔斯泰借耶稣的话对沙皇说,"你悔改吧",这句话与托尔斯泰的模样很配;当鲁迅随口给西洋文人看相,说是"陀思妥耶夫斯基一副苦相、尼采一副凶相、高尔基简直像个流氓"……这些话,与鲁迅的模样也很配——大家要知道,托尔斯泰和鲁迅这样子说法,骄傲得很呢!他们都晓得自己伟大,也晓得自己长得有样子。那年萧伯纳在上海见鲁迅,即称赞他好样子,据说老先生应声答道:早年的样子还要好。这不是鲁迅会讲话,而是他看得起萧伯纳,也看得起他自己。

我这不是以貌取人么?是的,在最高意义上,一个人的相貌,便是他的人。但以上说法只是我对老先生的一厢情愿,单相思,并不能征得大家同意的。好在私人意见不必征得同意,不过是自己说说而已。

"就文学论,就人物论,鲁迅是百年来中国第一好玩的人"

我喜欢鲁迅的第二个理由,是老先生好玩,就文学论,就人物论,他是百年来中国第一好玩的人。

"好玩"这个词,说来有点轻佻,这是现在小青年随口说的话,形容鲁迅先生,对不对呢?我想来想去,还是选了这个词。这个词用来指鲁迅,什么意思呢?我只好试着说下去,看看能不能说出意思来。

老先生去世,到明年整七十年了。七十年来,崇拜鲁迅的人说他是位斗士、勇士、先驱、导师、革命家,说他是愤怒激烈、嫉恶如仇、"没有半点媚骨的人";厌恶鲁迅的人,则说他心胸狭窄、不知宽容、睚眦必报、有失温柔敦厚的人。总之,这些正反两面的印象与评价,都仿佛鲁迅是个很凶、很严厉、不通人情的人。

鲁迅先生到底是怎样一个人呢?

最近二十多年,"鲁迅研究"总算比较地能够将鲁迅放回他生存的时代和"语境"中去,不再像过去那样,给他涂上厚厚的意识形态涂料,比较平实地看待他。那么,平心而论,在他先后、周围,可以称作斗士、先驱、导师、革命家的人,实在很不少。譬如章太炎敢于斗袁世凯,鲁迅就很欣赏;创建民国的辛亥烈士,更是不计其数;梁启超鼓吹共和、孙中山订立三民主义、陈独秀创建共产党、蔡元培首倡学术自由、梁漱溟亲力乡村建设……这些人物不论成功失败,在中国近代史都称得起先驱和导师,他们的事功,可以说均在鲁迅之上。

当年中间偏左的一路,譬如七君子,譬如杨杏佛、李公仆和闻一多,更别说真正造反的大批左翼人士与共产党人,则要论胆量,论行动力,论献身的大勇,论牺牲的壮烈,更在鲁迅之上。即便在右翼阵营,或者以今天的说法,在民国"体制"内敢于和最高当局持续斗争、不假辞色的人,就有廖仲恺、傅斯年、雷震等等一长串名单。据说傅斯年单独扳倒了民国年间两任财政部长,他与蒋介石同桌吃饭,总裁打招呼,他也不相让,居然以自己的脑袋来要挟,总裁也拿他无奈何——这种事,鲁迅先生一件也没干过,也不会去干,我们就从来没听说鲁迅和哪位民国高干吃过饭。

或者说,以上人物多是政治家,鲁迅先生是文人、作家、思想家——这说法也对也不对。须知民国是个"国家兴亡,匹夫有责"的时代,书生问政,书生干政,多得是,譬如傅斯年本职就是教授。和民国许多文人一样,鲁迅一辈子叫喊国事天下事,可是你说他热衷政治,他既不入国共两党,也不做官;你说他是个文人,他却私下和当时的乱党交接甚密,还入过左联。就拿他常被通缉这件事来说,将鲁迅和政治家比较,也不算怎样地不恰当。

要说斗士,我们先得假定鲁迅斗争的对象,并不一定就是错的,而鲁迅也并不全部是对的。这样看来,当年和鲁迅先生斗过较量过的大小"匹夫",数也数不过来,他们也是"斗士",也凶得很呀。我看过一本鲁迅研究专著叫做《鲁迅:最被诬蔑的人》,全是报告人家怎样对鲁迅咒骂批判吐口水。然而这本书的观点,仍设定鲁迅"政治上正确",仍然没有将鲁迅放在当时的语境中看待——长期以来,我们不是总在猜测鲁迅先生要是活在今天会怎样么?阿弥陀佛,还是将鲁迅放回他的时代吧。在他的时代,他可以做胡塞尔所谓的"坏公民"——据说,白色恐怖时期,鲁迅曾经认真地向革命者打听严刑拷打究竟怎样滋味,可见他是准备吃苦头的。最著名的例子,是他出门不带钥匙,意思是横竖死了算了。然而他到底从未挨过整,挨过打,没蹲过一天班房。我们渲染他怎样地避难、逃亡,其实那正是鲁迅的奢侈与风流,鲁迅属蛇,蛇最会逃,而且逃到租界去。

总之,鲁迅的时代,爱国志士与英雄豪杰,多了去了,只不过五十多年来,许多民国人被我们抹掉了、贬低了、歪曲了、遗忘了……在我们几代人接受的教育中,万恶的"旧社会"与"解放前",除了伟大的共产党人,好像只有鲁迅一个人在那里左右开弓跟黑暗势力斗。鲁迅一再说,他只有一枝笔,可是我们偏要给他弄得很凶,给他背后插许多军旗,像个在舞台上唱独角戏的老武生。

现在我这样子单挑个所谓"好玩"的说法来说鲁迅,大有"以偏概全"之嫌,但我不管它,因为我不可能因此贬低鲁迅,不可能抹杀喜欢鲁迅或讨厌鲁迅的人对他的种种评价。我不过是在众人的话语缝隙中,捡我自己的心得,描一幅我以为"好玩"的鲁迅图像。

什么叫做"好玩"?"好玩"有什么好?"好玩"跟道德文章是什么关系?为什么我要强调鲁迅先生的"好玩"?以我私人的心得,所谓"好玩"一词,能够超越意义、是非,超越各种大字眼,超越层层叠叠仿佛油垢一般的价值判断与意识形态,直接感知那个人——当我在少年时代阅读鲁迅,我就会不断不断发笑。成年以后,我知道这发笑有无数秘密的理由,但我说不出来,而且幸亏说不出来——这样一种阅读的快乐,在现代中国的作家中,读来读去,读来读去,只有鲁迅能够给予我,我相信,他这样写,知道有人会发笑。

随便举一个微不足道的例子吧,在《看萧与看萧的人们》中,记录宋庆龄通知鲁迅说,萧伯纳到了上海了,正在哪里吃饭,问他愿不愿意去见见。鲁迅于是写道:有这样的要去见一见,那就见一见吧。

什么意思呢?没有什么意思,但这里面有一层需要说却又不好说、说不好就很不好玩的意思。什么意思呢——萧是大人物,鲁迅知道自己也是大人物,不去见,或赶紧去见,看得很重,或存心看轻,都没必要,都不恰当,都不大方。其实鲁迅是想要见见的,又其实不见也无所谓。现在人家来了,邀请也来了,那么:有这样的要去见一见,那就见一见吧。

这意思很深,也很浅,很率性,也很得体,他当时那么想了一想,事后这么写了一笔,很轻,很随便,用了心思,又看不出怎样地用心思,然而有这么一笔在——后来便写他去了,居然坐在那里看萧和众人吃饭,等等等等——这就是我所谓的好玩,很不起眼的两句话,我年轻时读到,不注意,中年后读到,心里笑起来。

太多了。鲁迅先生的文句中,布满这类不起眼的好玩,轻轻地,或者放纵地,故意的,或不是故意的,随时想到,随时好玩,随手写下来,因他是通体的、彻头彻尾的好玩,所以他知道自己好玩,不放过一行文字,在那里独自"玩"。所以除了"好玩",鲁迅先生另一个偶尔被提到的特质,就是非常寂寞,因为他好玩了一生一世,结果大家把他看成个很凶很苦、一天到晚发脾气的人。这一层,鲁迅真是很失败,他害了好多读者,也被读者所害。

诸位可能知道:我常会提起胡兰成。他是个彻底的失败者,因此他

2005

成为一个旁观者。他不是左翼，也不是右翼，他在鲁迅的年代，是个小辈，没有五四同人对鲁迅的种种情结与偏颇。四九年以后，他的流亡身份，也使他没有国共两党在评价鲁迅、看待鲁迅时那种政治意图或党派意气。所以他点评鲁迅，我以为倒是最中肯。他说，鲁迅先生经常在文字里装得"呆头呆脑"，其实很"刁"，鲁迅真正的可爱处，是他的"迭宕自喜"。

"迭宕自喜"什么意思呢？也不好说，这句话我们早就遗忘了，我只能粗暴而庸俗地翻译成"好玩"。然而"迭宕自喜"也罢、"好玩"也罢，都属于点到为止的说法，领会者自去领会，不领会，或不愿接受的，便说了也白说。我今天要来强说鲁迅的"好玩"，先已经不好玩，怎么办呢，既是已经在这里装成讲演的样子，只好继续做这吃力不讨好的事。我们先从鲁迅的性格说起。

最近我弄到一份四十多年前的内部文件，是当年中宣部为了拍摄电影《鲁迅传》，邀请好些文化人的谈话录，当然，全是文艺高官，但都和老先生认识，打过交道。我看了有两点感慨。一是鲁迅死了，怎样塑造他，修改他，全给捏在官家手里。什么要重点写，什么不可以写，谁必须出现，谁的名字就不必点了，等等等等，这就可见我们知道的鲁迅，是硬生生给一小群人捏造出来的。第二个感触就比较好玩了：几乎每个人都提到鲁迅先生并不是一天到晚板面孔，而是非常诙谐、幽默、随便、喜欢开玩笑。夏衍是老先生讨厌责骂的四条汉子之一，他也说：老先生"幽默的要命"。

我有一位上海老朋友，他的亲舅舅，就是当年和鲁迅先生玩的小青年，名叫唐弢。唐弢五六十年代看见世面上把鲁迅弄成那副凶相、苦相，就私下里对他外甥说，哎呀鲁迅不是那个样子的（谈细节），还说，譬如老先生夜里写了骂人的文章，隔天和那被骂的朋友酒席上见面，互相问起，照样谈笑。除了鲁迅深恶痛绝的一些论敌，他与许多朋友的关系，绝不是那样子黑白分明（谈他与郑振铎的关系）。

这样子听下来，不但鲁迅好玩，而且我们看到了民国时期的文人、社会、气氛，都蛮好玩，并不全是凶险，全是暗杀，并不成天价你死我活、我活你死。我们的历史教育是严重失实的，我们的历史记忆是缺乏质感的,历史的某一面被夸张变形,历史的另一面却是给藏起来,总是不在场的。我们要还原鲁迅,先得尽可能还原历史的情境。我说"尽可能",因为历史经常是哈哈镜,变了形的。我们要学会在"变形"中去找那可能准确的"形"。

在回忆老先生的文字中,似乎女性比较地能够把握老先生"好玩"的一面。近年的出版物,密集呈现了相对真实的鲁迅,看下来,鲁迅简直随时随地对身边人、身边事在那里开玩笑。江南的说法,他是个极喜欢讲"戏话"的人,连送本书给年轻朋友,也要顺便开个玩笑(给刚结婚的川岛的书:我亲爱的一撮毛哥哥呀,请你从爱人的怀抱中汇出一只手来,接受这枯燥乏味的《中国文学史略》)。那种亲昵!那种仁厚与得意!一个智力与感受力过剩的人,大概才会这样的随时随地讲"戏话"。我猜,除了老先生遇见什么真的愤怒的事,他醒着的每一刻,都在寻求这种自己制造的快感。

但我们并非没有机会遇见类似的滑稽人,平民百姓中就多有这样可爱的无名智者。我相信,在严重变形的民国人物中,一定也有不少诙谐幽默之徒。然而我所谓的"好玩"是一种活泼而罕见的人格,我不知道用什么词语定义它,它的效果,决不只是滑稽、好笑、可爱,它的内在的力量远远大于我们的想象。好玩,不好玩,甚至有致命的力量——好玩的人懂得自嘲,懂得进退,他总是放松的,豁达的,游戏的。"好玩",是人格乃至命运的庞大的余地、丰富的侧面、宽厚的背景,好玩的人一旦端正严肃,一旦愤怒激烈,一旦发起威来,不懂得好玩的对手,可就遭殃了。

我们再回头看看清末民初及五四英雄们——康有为算得是雄辩滔滔,可是不好玩;陈独秀算得鲜明锋利,可是不好玩;胡适算得开明绅士,也嫌不好玩;郭沫若算得风流盖世,他好玩吗?好笑倒是有一点;茅盾则一点好玩的基因也没有;郁达夫算是性情中人,然而性情并不就是好玩;再说周作人,他的人品文章淡归淡,总还缺一点好玩,论境界,我以为比他哥哥的纵横交错有声色,到底窄了好几圈,虽然这样说法不免有偏爱之嫌。最可喜是林语堂,他在当年乱世提倡英国式的幽默,给鲁迅好生骂了好几回——顺便说一句,鲁迅批判林语堂,可就脸色端正,将自己的"好玩"暂时收起来——可是林语堂自己平时并不真好玩,他或许幽默的吧,但毕竟偏于西化之后的种种自我教养,与鲁迅那种天性里骨子里的大好玩,哪里比得过。这样地比下来,我们就可以从鲁迅日常的滑稽好玩寻开心,进入他的文章与思想。

然而鲁迅先生的文章与思想,已经被长期困在一种模式里,我来插一脚,又是不好玩。倒是胡兰成接着说,后来那些研究鲁迅的人,"斤斤计较",一天到晚根据鲁迅的著作"核对"鲁迅的思想,我以为也是中肯的话。

依我看,历来推崇鲁迅那些批判性的、匕首式的、战斗性的革命文章,今天看来,大多数是鲁迅先生只当好玩写写的,以中国的说法,叫做"游戏文章",以后现代的说法,就叫做"写作的愉悦"——所谓"游戏",所谓"愉悦",直白的说法,可不就是"好玩"——譬如鲁迅书写的种种事物,反礼教、解剖国民性、鼓吹白话、反对强权等等,前面说了,当时也有许多人在写,其激烈深刻,并不在鲁迅之下,时或犹有过之。然而九十多年过去,我们今天翻出来看看,五四众人的批判文章总归及不过鲁迅,不是主张和道理不及他,而是鲁迅懂得写作的愉悦,懂得调度词语的快感,懂得文章的游戏性。

可是我们看他的文字,通常只看到犀利与深刻,不看到老先生的得意,因为老先生不流露。这不流露,也是一种得意,一种"玩"的姿态,就像他讲笑话,自己不笑的。

我们单是看鲁迅各种集子的题目,就不过是捡别人的讥嘲拿来耍着玩,什么《而已集》啊、《三闲集》啊、《准风月谈》啊、《南腔北调集》啊,真是顺手玩玩,一派游戏态度,结果字面、意思又好看,又高明。他给文章起的题目,也都好玩,一看之下就想读,譬如《论他×的》、《一思而行》、《人心很古》、《马上支日记》等等等等,数也数不过来。想必老先生一起这题目,就在八字胡底下笑笑,自己得意起来。《花边文学》中有两篇著名的文章:《京派与海派》、《南人与北人》,竟是同一天写的,显然老人家半夜里写得兴起,实在得意,烟抽得一塌糊涂,索性再写一篇。

譬如《论他×的》,我们读着,以为是在批判国民性,其实语气把握得好极了,写到结尾,我猜老先生写到这里,一定得意极了。

中国散文中这样子到末尾一笔宕开,宕得这么恳切,又这么漂亮,真是只有鲁迅。大家不要小看这结尾：它不单是为了话说回来，不单是为了文章的层次与收笔。我以为更深的意思是，老先生看事情非常体贴，他既是犀利的，又是厚道的，既是猛烈的，又是清醒的，不会将自己的观点与态度推到极端，弄得像在发高烧——一个愤怒的人同时是个智者，他的愤怒，便是漂亮的文学。

有这样浑身好玩的态度，鲁迅的文章便可以尽管严肃、尽管深刻，然后套个好玩的题目，自己笑笑——他晓得自己的文章站得比别人高，更晓得他自己站得比他的文章还要高——站得高，看得开，所以他好玩得起，游戏得起。所谓"嬉笑怒骂皆成文章"，其实古今中外，没几个人可以做到的。

文章的张力，是人格的张力，写作的维度，也是人格的维度——愤怒、但是同时好玩；深刻、然而精通游戏；挑衅、却随时自嘲，批判、却忽然话说回来……鲁迅作文，就是这样地在玩自己人格的维度与张力。他的语气和风调，哪里只是激愤犀利这一路，他会忽儿深沉厚道，如他的回忆文字；忽儿辛辣调皮，如中年以后的杂文；忽儿平实郑重，如涉及学问或翻译；忽儿精深苍老，如《故事新编》；忽儿温柔伤感，如《朝花夕拾》；而有一种非常绝望、空虚的况味，几乎出现在他各个时期的文字中——尤其在他的序、跋、题记、后记中，以上那些反差极大的品质，会出人意料地糅杂在一起，难分难解。

譬如鲁迅一篇序言的结尾，佩服黄升的拖刀计，但宁可喜欢张飞的鲁莽，偷了头去，讨厌李逵的不问青红皂白排头砍去，因此喜欢张顺的好水性，淹得两眼发白——这一段，其实就是鲁迅天性的自白，他自己同时就可以是黄升、张飞、李逵、张顺。

许多意见以为鲁迅先生后期的杂文没有文学价值。我的意见正好相反，老先生越到后来，越是深味"写作的愉悦"。有些绝妙的文章，我们在《古文观止》中也不容易找到相似而相应的例子。雄辩如韩愈，变幻如苏轼，读到鲁迅的杂文，都会惊异赞赏，因鲁迅触及的主题与问题，远比古人杂异；与西人比，要论好玩，乔叟、塞万提斯、蒙田、伏尔泰，似乎都能找见鲁迅人格的影子，当然，鲁迅直接的影响来自尼采，凭他对世界与学问的直觉，他也如尼采一样，早就是"伟大的反系统论者"。只是尼采的德国性格太认真,也缺鲁迅的好玩,结果发疯,虽然这发疯也叫人起敬意。

将鲁迅与今人比,又是一大话题。譬如鲁迅的《花边文学》,几乎每篇都是游戏文章的妙品,此后报纸上的专栏文章,再也不可能请到这样的笔杆子。鲁迅晚期杂文,尤其是《且介亭》系列,我借桑塔格形容巴特尔的词语,则老先生七十多年前就半自觉地倾心于"写作本身"——当鲁迅闷在上海独自玩耍时,本雅明、萨特、巴特尔、德里达等等,都还是小青年或高中生。当19世纪中叶,马克思主义在20世纪30年代的中国还是最前卫最时髦的思想体系时,当生于光绪年间的鲁迅也自认是唯物主义初学者时,他凭自己的笔力与洞察力,单独一人,大胆地、自说自话地,异常敏锐而前卫地,触及了二战以后现代写作的种种问题与方式。他完全不是靠讯息、靠学习获知并实践这类新的文学观念,而是凭借他自己内在的天性,即我所谓的"好玩",玩弄文学,玩弄时代,玩弄他自己。

再借桑塔格对巴特尔的描述——所谓"修辞策略"、所谓"散文与反散文的实践"、所谓"写作变成了冲动与制约的记录"、所谓"思想的艺术变成一种公开的表演"、所谓"让散文公开宣称自己是小说"、所谓"短文的复合体"与"跨范畴的写作",这些后现代写作特质不论是否能够或有必要挪回去比照鲁迅,然而在鲁迅晚期的杂文中,早已无所不在。

而鲁迅大气,根本不在乎这类建树,根本不给出说法,只管自己玩。即便他得知后来的种种西洋理论与流派,他仍然会做他自己——他活在一个奉唯物主义马克思主义为最正确的时代,但是今天看来,他的许多见解和预测,比马克思主义者更深刻、更真实、更高明——他早就警告,什么主义进了中国的酱缸,就会变;他也早就直觉到,未来中国不知要出多大的灾难——因为他更懂得中国与中国人。他要是活在今天这个笼统被称作后现代文化的时期,他也仍然知道自己相信什么,怀疑什么。他会是后现代文化研究极度清醒的认识者与批判者。诚如巴特尔论及纪德的说法,鲁迅"博览群书,并没有因此改变自己"。

是的,我非常钦佩后现代文本,我们已经没有思想家了,只好借借别人的思想。但我觉得他们似乎还是没有鲁迅"好玩"——我们中国幸亏有过一个鲁迅,幸亏鲁迅好玩。为什么呢,因为鲁迅先生还有另一层最

散文

迷人的底色，就是他一早就提醒我们的话。他说：他内心从来是绝望的、黑暗的、有毒的。

他说的是实话。

好玩，然而绝望，绝望，然而好玩，这是一对高贵的、不可或缺的品质。由于鲁迅其他深厚的品质——热情、正直、近于妇人之仁的同情心——他曾经一再欣然上当：上进化论的当、上革命的当、上年轻人的当、上左翼联盟的当，许多聪明的、右翼的正人君子因为他上这些当而指责他，贬损他——可是鲁迅都能跳脱，都曾经随即看破而道破，因为他内心克制不住地敏感到黑暗与虚空，因为他克制不住地好玩。

这就是鲁迅为什么至今远远高于他的五四同志们，为什么至今没有人能够掩盖他，企及他，超越他。

鲁迅的话题，说不完的。我关于鲁迅先生的两点私人意见——他好看、他好玩——就这么勉强说到这里。有朋友会问：鲁迅怎么算好看呢？怎能用好玩来谈论鲁迅呢？这是难以反驳的问题，这也是因此吸引我的问题。这问题的可能的答案之一，恐怕因为我们这个时代，我们的文学，越来越不好玩了。

当然，这也是我的私人意见，无法征得大家同意的。我的话说完了。

(选自《中外文摘》，2005年第19期，此处有所节选)

大学排名、大学精神与大学故事

陈平原

前些天,我回广州参加中山大学80周年校庆,所见所闻,大有感触。好多问题,大家提出来了,希望我解答。我不是教育部新闻发言人,但这些问题凸显了中国大学目前面临的困境,必须认真面对。先说说到底哪些是大家关心的问题。

第一,不断有回来参加庆典的校友询问校长,我们学校排行第几?校长明知这种问法不科学,但也没有办法,只能尽量挑最好的排名来答复。大家知道,同一所大学,在不同的排名榜上,位置不一样。不仅校长,各个院系的主任,都说排名给他们造成了很大的压力。大学排名,如今成了各大学最关心的问题之一,甚至北大、清华这样的名校也不例外。

第二,前些天报纸上说,英国的《泰晤士报》推出全球最佳大学排名,北大排名第十七,清华名落孙山。我的第一感觉是,有没有搞错,是不是周星驰版?因为,第一,北大没那么好;第二,清华没那么差。北大清华,伯仲之间,如果强行拉开距离,那肯定这评判有问题。

第三,2001年,中大校方在校园里发起关于"中大精神"的讨论,据说效果很好。大家希望听听我的意见,即,你怎么看待这场大讨论?

第四,开完庆典会,我顺便到一所师范院校演讲,谈大学精神。开放提问时,有学生希望我谈谈陈寅恪先生,如何评价他的思想自由、学术独立主张。我问:你读过陈寅恪的书没有?回答是"没有"。没有读过陈寅恪的书,也都喜欢谈陈寅恪,这是我关注的一个问题。

第五,老同学见面聊天,有幸灾乐祸的,也有忧心忡忡的,他们问我:为什么大学老出事?一会儿北大博士生录取有争议,一会儿北航招生大舞弊,一会儿南师大女生陪舞,一会儿复旦大学经济学院院长嫖娼。虽然大学毕业20多年了,但说起大学,他们都有一种青春想象,觉得大学里的教授们应该很纯洁、很崇高的。怎么现在变得乱七八糟的,这让他们很难接受。

好吧,就这些。这么多问题,你说该怎么回答?大学到底发生了什么变化,这是大家都关心的。下面我就试着略作解释。当然,好些是说开去,不是直接针对这些提问。

一、关于大学排名

对于大学排名,我相信,很多大学都是又爱又恨。不同的排名,提供了自由解说的无限空间,你不妨各取所需;但反过来,总有让你感觉很尴尬的时候。目前中国的大学排名,主要有三类:一、民间的排名,比如广东管理科学研究院武书连的排名;二、教育部的排名,比如一个月前出台的一级学科排名;三、外国媒介,比如《泰晤士报》的排名。这其中最滑稽的,还属《洛杉矶时报》的排名。

前不久,很多报纸都登了这么一则消息,说是美国人评出中国十所"最受尊敬的大学"和十位"最受尊敬的校长"。最受尊敬的十所大学是清华、北大、浙大、复旦、南京大学等,第十名是西安翻译学院。最受尊敬的大学校长呢,第一名是北大校长许智宏,第二名是西安翻译学院校长丁祖诒。西安翻译学院这几年广告做得很凶,而且经常制造大众关注的话题。比如宣称他们的学生如何"畅销",还没毕业就被订购一空,而且月薪极高等。后来记者深入调查,没那回事。现在这个排名,同样使大家很惊讶。清华北大哪个排在前面,大家都能接受,复旦、浙大、南大也都是好大学,但西安翻译学院怎么可能跟它们并列在一起?这实在让人震惊。后来,经有心人核查,发现这个"中国最受尊敬的十所大学"排名,是刊登在《洛杉矶时报》的广告版上,负责排名的"美国50州高等教育联盟",不是美国的教育管理机构,而是一个美籍华人今年5月份刚在美国加州注册的公司。报纸上,除了排名,还有西安翻译学院的照片。在广告栏里出现了某所学校的照片,大家纷纷追问,到底是谁花的钱?西安翻译学院说他们没花,是人家主动跑来送获奖证书的;但再一问,北大没有收到这个证书,清华也不知道他们得奖了(《大学排行榜疑似付费广告》,《北京晨报》2004年11月17日)。这个排名,我相信学术界、教育界都不会当真;可问题在于,此举的广告效果极好,起码吸引了众多眼球,引起大家的普遍关注。对于平民百姓来说,排名这东西,信也不行,不信也不行。不要说局外人,就连我们这些在大学里教书的人,也都看不懂。形形式式的大学排名,犹如万花筒,稍一晃动,马上变出新的花样,是很有娱乐性;可看着大学也像商品一样被炒卖,心里很难受。

你问我大学排行榜好不好,这取决于评价标准的设计,取决于获得数据的方式,也取决于具体操作时是否严谨。教育部做一级学科排名,要求各大学填表,算是最认真的了,可也颇多非议。我开玩笑说,以后大学里应开设一"填表"专业,教导大家如何"恰到好处"地公布各种相关数据。排名根据各大学填报的表格,可谁来核实这些数据呢?这么说来,填表的技术很关键。当然,表格的设计更关键。比如,科研经费和学术声誉,二者各自所占比例的大小。注重前者还是注重后者,决定了北大、清华哪个在前。按国内的大排名(即不考虑理工院校和综合大学的区别),清华在北大之上;但如果在外国,北大在清华之上。这其实是评价标准设计的问题。如果像上回公布的那样,北大文科所占分数,只等于清华理科所占分数的四分之一,这就必然出现工科院校排名普遍在综合大学之上的情况。照这样算,上海交大、西安交大、中国科技大、华中科技大等,排名都在很多很好的综合大学之前。这有两个原因,第一,硬件指标,即国家拨给或企业资助的经费;其次,院士数目,文科没有院士,而"著名学者"又不是可以准确把握的概念。综合大学里的人文学科与社会科学,你可能人才济济,但无法量化为"有效指标",再加上科研经费少,难怪不能跟理工科院校比。

在大学评价指标里,还有一项是学术声誉。所谓的学术声誉,也就是学界以及社会对于这所大学的认可程度。不靠统计,凭印象、凭直觉、凭口碑来下判断。相对来说,外国人更看重学术声誉,而中国人呢,更相信那些看得见摸得着、可以堂而皇之拿出来的数字。于是,差异出现了。那个让北大人欢欣鼓舞的《泰晤士报》大学排名,北大居然名列第十七;

在我看来,这是绝对不可能的。据说,这次排名主要依据五项指标:第一,国际教师比例,第二,国际学生比例,第三,教师与学生比例,第四教师科研成果的引用——这四个指标,北大都很一般;但第五项指标——学术声誉,北大居然高达 322 分,单项全世界排名第 10,一下子提升了北大的排名(《〈泰晤士报〉推出最佳高校排名,北大跻身全球前 20 名》,《中华读书报》2004 年 11 月 10 日)。在我看来,这个排名所肯定的,不是北大的科研成果,而是中国在变化的世界格局中所具有的重要性。中国在崛起,而且在全球事务中发挥越来越大的作用;学者们在关注中国的同时,也在关注中国的高等教育。这就有意无意地提高了中国大学的学术声誉。非要一个中国代表入围不可,那就上北大吧。中国的重要性,以及大学发展和国家命运紧密相连这一设想,使大家认定北大非常重要。北大在现当代中国的政治史上,曾发挥很大作用,这一点,给各国学者留下了深刻印象,因而排名时大大加分。可以这么说,现在的中国大学排名,外国人做的偏"虚",中国人做的偏"实";太虚太实,在我看来,都不太可靠。按照目前中国的趋势,大学排名越来越倾向于避虚就实,也就是强调"数字"而忽略"影响"。所以,我才需要努力为玄虚的、可以感知但无法量化的"社会声誉"辩护。

常听人互相吹嘘,说我们学校、我们院系如何了不得,说的基本上不是建筑,也不是仪器,而是著名人物,或者说"名教授"。这个思路,其实是回到了七十年前梅贻琦就任清华大学校长时讲的一段话:"一个大学之所以为大学,全在于有没有好教授。孟子说:'所谓故国者,非谓有乔木之谓也,有世臣之谓也。'我现在可以仿照说:'所谓大学者,非谓有大楼之谓也,有大师之谓也。'我们的智识,故有赖于教授的教导指点,就是我们的精神修养,亦全赖有教授的 inspiration。"(《就职演说》)名教授对于一所大学来说,是至关重要的,这个思想,凝聚为一句通俗易懂的格言:大学的关键不在"大楼",而在"大师"。这段名言,现在常被喜欢谈论教育的朋友引用,影响极大。

其实,在此之前 20 年,即 1912 年,马相伯在严复辞职后,短暂代理了北京大学校长,在他的就任演说中,也有类似的比喻,只是着眼点不一样,针对的是大学生:"诸君皆系大学生,然所谓大学者,非校舍之大之谓，非学生年龄之大之谓，亦非教员薪水之大之谓，系道德高尚，学问渊深之谓也。"这段话，刊载在《申报》1912年10月29日，题目是《代理大学校长就任之演说》，北大出版社2000年刊行的《北京大学史料》第2卷有收录，可以参阅。这里强调大学之"大"，不在于校舍，也就是梅贻琦说的不在大楼，而在于师生的学问境界。对于大学来说，"人"是最重要的；这里所说的"人"，包括校长、教授，也包括学生。因此，我对于目前大学排名的过分重"物"而轻"人"，很不以为然。

二、关于大学精神

我发现，现在中国的大学，"大师"难得一见，"大楼"却都很辉煌，这都是托校庆的福。大学不是不要大楼，而是更需要大师——这样解读，才不至于将真经念歪。自1998年北大成功举办百年庆典以来，各大学的校长们，都懂得利用校庆的机会，好好地树立自己学校的形象，同时获得诸多实际利益，包括"大楼"。借助校庆的宣传，使得学校大名远扬，这很重要。向内，凝聚学生和老师们的共识；向外，扩大声誉，让校友们感到骄傲，也让外界了解这所大学。这是校庆最最重要的工作，古今中外，概莫例外。

回到关于大学精神的话题。那天我到广州，刚下飞机，就被拉去参加广东电视台的"前沿对话"，那是专门为中山大学校庆做的节目，作为校友，我不能不尽力。事先没沟通，突然被问及对于2000年中大校园里开展"中大精神"大讨论的看法，真的很狼狈。我知道有这么一场讨论，也见过那本《凝集中大精神——"中大精神与校园文化建设"大讨论文集》（中山大学出版社，2001年版），可说实话，当时只是翻翻而已，并没认真对待。稍微迟疑了片刻，我做了如下答复：

北大百年校庆的时候，也在讨论"北大精神"，我不太赞成这样的提法。所有的精神都在建构中，没有不变的精神，想用一句话来概括一所大学的精神，基本上是不可能的事情。国外著名的学府，哈佛和耶鲁等都有校训，但都不曾有什么"哈佛精神"、"耶鲁精神"。为什么中国人就喜欢这样概括？我想，是因为大家都想用一句话，一个口号来记住中大、北大。我可以理解这样的愿望。

这种讨论可以进行,准不准确、能不能概括,都无所谓,关键在于它可以凝聚人心,畅想未来。因此,与其争辩什么是"中大精神",不如直面中大目前的现状,怀着虔诚、期待的心情参与到新的学术传统的创造中,这才是最重要的。

这场"南北学者对话",被在场的记者记录整理,刊载于2004年11月12日的《南方日报》上(参见《南北学者康乐园里共话"中大精神",中大最可贵在"中"不在"大"》)。我下面要说的大概意思没变,只是略做发挥。

第一,我不太相信能够用一句话来概括十几万人近百年的努力,除非你说的是"爱国"、"民主"、"科学"那样的大话。可如果上升到这个层面,各大学之间又有什么区别?北大百年校庆期间,我对这所大学的历史及传统有所阐释,引起某些权威人士的不满,于是,校长语重心长地告诫我:讲北大,还是要讲爱国。我的答复是:这话说了等于没说,难道其他大学的师生就不爱国?这样来谈论某某大学精神,很危险,容易简单化,而且上纲上线。

不管是"北大精神",还是"中大精神",如果真的需要提炼,也应尽量避免"定于一尊"的思路。不妨各说各的,百花齐放。因为,用一句话来概括几万乃至十几万师生几十年上百年的努力,只能高度抽象,那样,弄不好就成了另一种校训。大家知道,"校训"是主事者对于未来的期待,不是历史总结。半年前,互联网上曾流行各大学的校训,我仔细看了,觉得大同小异,文字表达不同,但意思都差不多。很多大学校长及校史专家,都特别爱提校训,似乎这东西真的就像魔咒,有旋转乾坤之力。在我看来,校训没那么重要,它只是表达了一种愿望而已。就像口号,喊得多了,大家记忆很牢靠。至于是否真的在现实生活中发挥作用,只有天知道。百年校庆期间,我们讲了很多"北大精神",事后,外国留学生问我,是不是中国高等教育比较落后,大学在整个社会生活中占据了特别重要的位置,大家自我感觉太好,才会以一所大学来命名某种精神。想想不无道理,当每个大学都在努力发掘并积极提倡自己的"大学精神"时,确实是有点夸张。而且,很容易变成一种变相的政治口号。

第二，我不相信有凝定不变的大学精神。如果说真有"北大精神"、"中大精神"的话，那也是经由一代代师生的努力，而逐渐积累起来的。只要大学存在，她就永远只能是一个未完成时——有大致的发展方向，但更需要一代代人的添砖加瓦；而后人的努力，必定对原有的方向有所修正。所以，我更愿意说大学传统，她比大学精神更实在些，也更好把握。而且，一说传统，大家都明白，那是在培育过程中的，是没有定型的，还在不断发展。

第三，虽然不相信一句话就能说清楚的"大学精神"，但我还是很欣赏关于"大学精神"的讨论。在我看来，这既是在总结历史，更是在畅想未来，是一件"可爱"但"不可信"的工作。说"可爱"，是因为此举可以凝聚人心，珍视传统，发奋图强；说"不可信"，是因为此举更多地是表达一种愿望，不能作为一个历史学命题来认真对待。

也正因此，北大百年校庆期间，我试图将关于"北大精神"的讨论，转化为"北大故事"的讲述。表面上境界不高，其实大有深意在焉。下面我就来谈谈为什么要这样处理。

三、关于大学故事

讲述大学故事，可以有高低、雅俗之分。1993年，我在日本东京大学做研究的时候，翻阅了好些东京大学百年校史资料，也读了其他各国大学校庆的出版物，对此很感兴趣。几年前，我的《北大精神及其他》（上海文艺出版社，2000年版）出版，因其中谈及我对校庆出版物的兴趣，不断有相识或不相识的朋友给我寄此类东西；上海有位朋友，还专门帮我收集世界各国大学的校庆纪念邮票。这当然是后话了。

北大百年校庆期间，我编了《北大旧事》（三联书店，1998年版），写了《老北大的故事》（江苏文艺出版社，1998年版），其共同特点是，将我所理解的北大传统，或者说北大精神，借助老北大的人物和故事呈现出来。这种编撰策略，效果不错，于是，江苏文艺出版社紧接着组织了一套"老大学故事丛书"；而辽海出版社的"中国著名学府逸事文丛"、四川人民出版社的"中华学府随笔"丛书，还有好多谈论大学的丛书，也都是这

散文

个路数。这几年,谈论大学的书籍,纷纷从硬邦邦的论说与数字,转向生气淋漓的人物和故事,跟我的"开风气"之作,不无关系。以致现在各大学编校庆读物,都会格外关注"大师"的表彰,以及"大学故事"的讲述。可以这么说,此举起码让大家意识到,大学不是一个空洞的概念,而是一个知识共同体,一个由有血有肉、有学问有精神的人物组成的知识共同体。关于大学历史的讲述,不一定非板着面孔不可,完全可以讲得生动活泼。从"故事"入手来谈论"大学",既怀想先贤,又充满生活情趣,很符合大众的阅读口味,一时间成为出版时尚。可书一多,鱼龙混杂,做滥了,也会讨人嫌。

回过头来,看看那些关于大学研究的著作,比如 2001 年浙江教育出版社出版的"汉译世界高等教育名著丛书",共 12 种,除了约翰·亨利·纽曼的《大学的理想》稍微涉及人物,其他人讲的,大都是大学该如何管理这样的问题。就学校的组织及管理者来说,他们会觉得,我这个研究,虽然也有意思,但不算教育学。好在我也不想挤进教育学家的行列,我讲的是人文,涉及文学、史学、教育等。换句话说,我理想中的教育,不是专业化的、只能由教育学家说了算的"小教育",而是所有知识者都必须面对的、也都有权利插嘴的"大教育"。我希望做人文研究的,还有做其他专业研究的学者,都来关心教育问题,介入到当代中国的教育改革里面来。这两年,也有不少教育学教授认可了我的研究,说我的文章写得有趣,不像他们谈教育管理、教育经济的那样坚硬。不仅仅是文章有趣,希望有一天教育学家也能同意:"大学故事"同样可以成为大学史乃至教育学研究的课题。

我这样提问,希望你们不会觉得突兀:在大学里,谁最关心、而且最能影响大学传统的建构以及大学精神的传递? 是管理者,还是大学生? 我认为是后者。如果承认学生们在承传大学精神的过程中起了重要作用的话,你就能体会到我所讲的大学故事的重要性。现在很多大学都建立了校史馆(室),校方有意识地建构历史、表彰自己的光荣传统。但真正的校史教育,不是靠校长、院长、系主任来讲的;真正承当如此重任的,是学生宿舍里熄灯后的神聊。这种颇具学术色彩的聊天,没人强制,纯属自发,带有自娱性质,但褒贬之间,大有讲究。在我看来,所谓的大学

2005

精神、大学传统,很大程度上是靠这种"神聊"而得以延续的。任何一所大学,都有属于他们自己的故事,这些故事,真真假假,虚虚实实,在流传过程中,被赋予了很多感情色彩。大学四年,即便没有专门的校史教育,单是这些口耳相传的故事,也能让你对这所学校有所了解,有所认同。假如你在首师大、华师大或北京大学念了四年书,还没听到过此类有趣的故事,要不是学校太刻板,要不是你读书太不灵活。

这些校园里广泛流传的故事,比那些确凿无疑的口号、校训更实在,也更有用。它经过一代代教师学生的选择、淘洗以及再创造,必定有其存在的道理。说"再创造",那是因为,大学的故事,日夜都在生长,都在起伏与变形。我在北京大学教了20年书,经常有学生问,老师,听说你有什么什么事情,是真的吗?我说我不知道,你讲给我听听。不能说毫无踪影,但想象发挥的成分很大。如今,我们也成了学生编造故事的对象。我相信,这些故事,日后有少数传下去,绝大部分则很快被遗忘。其实,常被提及的关于蔡元培、陈独秀、胡适、鲁迅、周作人、钱玄同、黄侃等人的故事,也都是这样产生并传播开去的。人的"记忆"并不简单,有很大的选择性,我们只记得我们愿意记得的。我做校史研究时,发现了一个有趣的现象,所有校园里广泛传播的故事,都有影子,但都不太真实。如果没有影子,胡乱编,传不下去;编一个跟这人性格完全相反的故事,更传不下去。别小看"口耳相传",就像民间文学一样,它也有一套自我保护以及甄别真伪的技巧。传得下去的故事,往往是跟我们所认定的这所大学的传统比较吻合,也跟这个人物的性情比较接近。或许形不似,但神似。所以,每当人家要我讲什么是"北大精神"时,我总是掉转话头,给他们讲几个北大的故事。听完故事,学生明白了。明白什么?明白老师心目中的北京大学是怎么一回事。

常有人要我举一个例子,最能体现北大特点的,那种情况下,我通常举蔡元培。今天我们纪念蔡元培的时候,会强调他执掌北大十年的各种贡献,比如扶持新文化运动,还有他在北大组织进德会等。除此之外,我特别关注他的一个观念:"循思想自由原则,取兼容并包主义。"所谓兼容并包,就是对不同学术思想、不同政治立场的人,同时包容。关于这个问题,大家可能记得辜鸿铭的故事,还有林纾的故事。虽然"逸事"与"正史"之间,有不小的缝隙(参见《老北大的故事》28—36页,江苏文艺出版社,1998年版),但大致的精神没错。另外,他请没上过大学的梁漱溟到北大来教书,也是大家乐于传诵的。这些事情,体现了一个大学校长"不拘一格降人才"的胸襟,这也是大学之所以为"大"的缘故。一定要说北大和其他大学有什么区别,那就是包容性比较大,包括对各种各样"主义"的提倡。今天我们提到新文化运动,往往只强调"新"的一面,尤其突出马克思主义的传播。其实,当时各种各样的学术思潮、政治思潮同时在北大出现,任由学生自主选择。大学不同于中学,就在于它提供了多种选择的可能性;通过自由竞争,有一些被淘汰,有一些留下来,就在这选择的过程中,学生成长了。尽可能让学生们接触各种各样的思想学说,这是大学的任务。像这种"不拘一格降人才"的故事,在北大很多,而在蔡元培校长身上体现得尤为突出。所以,我认为围绕蔡元培先生的一系列故事,最能体现所谓的"北大精神"。

现编的故事也好,流传久远的传说也好,学生们听了,明白其中的奥秘,这就行了。有趣、耐读,让人浮想联翩,虽然不能完全证实,但这样的故事和传说,对于一所大学来说,不是可有可无,而是很重要的文化财产。当然,讲述大学故事,必须经得起听众的考验,不能做成纯粹的广告。在这一点上,我相信"群众的眼睛是雪亮的"。不是所有的大学都能编出有趣而且传神的故事。对于大学而言,积累资产,积累大楼,积累图书,同时也积累故事。对于一所历史悠久的大学来说,"积累故事"其实很重要。因为,这是一代代学生记忆里最难忘怀的。几十年后,诸位重新聚会,记得的,很可能是一些无关紧要的琐事,以及校园里有趣的人物,而不是老师们讲授的具体课程。在《关于太炎先生二三事》里,鲁迅回忆当年在东京听章太炎讲学:所讲的《说文解字》,一句也记不得了,但"先生的音容笑貌,还在目前"。我想,关于大学、关于大学生活,日后大家记住的,很可能都是你们喜欢的故事,以及你们热爱的教授的音容笑貌,而不是具体的课程知识。

各种有关大学的书籍,都会涉及到大学史上的著名人物;但有一点,我说的这种"音容笑貌",这些有趣的故事,大都属于已经去世的,或早已退休的。我们这一代学者,有没有故事值得你们传颂,这对我们来说,是个严峻的考验。北大百年校庆的时候,我曾大发感慨:我们这代人,因为自身的努力,也因为时代的关系,可能留下一些比较精彩的专业著作;但能不能像我们的长辈那样,同时也给大家留下一批美丽的传说,以及有趣的故事,这一点我没把握。当年我进北大,在未名湖边散步,人家给我指点:这是朱光潜,那是王力,这是吴组缃,那是王瑶。不好意思跟他们闲聊天,只是凑上去,点点头,表示敬意,然后很知趣地走开。虽然接触不是很多,但未名湖边总能见到他们的身影,更何况校园里流传着很多关于他们的故事传说,我们觉得,跟他们离得很近。请记得,我们进入大学,既读书,也读人,读那些我们心存敬畏与景仰的师长。再过几十年,未名湖边还有没有这样动人的故事在流传?再过几十年,今天这些顶着各种"伟大"头衔的教授们,能否给学生们留下一些值得永远追怀的故事?如果没有,那就是现在的教育者未能尽到责任。

谈论大学故事,我在很大程度上关注的是人。下面,就让我们转入大学教授的话题。

四、关于大学教授

大学校园里的故事,大多属于教授们。因为,学生日后可能有很大的成就,但在读期间,很难有十分出色的表现,除非是在政治变革或者大动荡的年代。比如说,1919年的5月4日那一天,北大学生傅斯年充当游行总指挥,带着学生们从天安门一直向东走过去,最后演变成为火烧赵家楼。还有"文革"期间的学生领袖,也都很出风头。只有在这种特殊的政治环境中,学生才有可能得到很好的发挥,也才可能有故事流传下来。除此之外,大学校园里广泛流传的故事,大多属于教授们。

接下来的问题是,哪些大学教授常被追忆?哪些大学教授盛产传说与故事?在我的印象里,最容易被传颂的,是人文学科的教授。本来,现代大学和古典书院最大的不同,在于自然科学知识;现在学校评比、算硬件的时候,也是理工科的教授最重要。可一旦转化评价体系,不从量化的角度,而从故事的角度着眼,文科教授自然占主导地位。有一位理科教授很谦虚,说文科教授讲国学,影响大,在世界上独一无二,别人无法

散文

比；而我们理科的水平，跟世界一流比，还有一段距离，所以不太被记忆。我认为不是这个原因，而是因为，文科教授的工作比较容易被大众理解。你做文学、史学，比起那些做高能物理或分子化学的教授，更容易被大众接受，所以社会知名度高。但知名度高的教授，在科学研究方面，不一定成绩就大。也许，真正对社会贡献大的，是那些知名度不太高的理工科教授。这是第一个原因。第二，理科学生对他们的导师可能也很崇拜，但他们不会写，或不愿意写。而文科的学生擅长舞文弄墨，他们毕业后分散到五湖四海，谈到校园生活时，肯定会涉及到自己的老师。所以，大学文科教授，很容易成为大学生追忆的对象。第三，所有的追忆文章，关注的都是教授的性格才情，而不是具体学问。这也是性情比较洒脱的文科教授，容易被大家理解并传诵的缘故。就像刚才说的，没有读过陈寅恪的书，照样可以欣赏、崇拜陈先生，根据什么？根据的是关于陈先生的故事。比如陆键东的《陈寅恪的最后二十年》，就比很多讨论陈寅恪史学思想的著作要容易接受，影响也大得多。很多人正是因为这本书，理解、亲近、景仰、崇拜陈寅恪先生的。同样，北大百年校庆期间，我编撰的《北大旧事》、《老北大的故事》等，影响也很大，这让那些校史专家很不高兴。因为，他们认为我的说法不全面，只关注有趣的人物，而忽略了很多同样成果卓著的好学者。

　　没错，被记忆的，不一定就是学校里最优秀的教授。换句话说，当我们在传诵某教授的故事时，其实是有选择的，这跟我们对这所大学的"性格"的理解有关系。我选择了某一类型的传说与故事，代表着我欣赏这所大学的某一侧面。这种言说策略，确实跟校史专家不一样。换句话说，喜欢传播大学故事的人，其实心里有自己的喜怒哀乐，也有自己的爱憎，借选择故事表达自己心目中的大学精神。传什么，不传什么，大有讲究。所以，现在流传广泛的北大传说、北大故事，过滤了很多原本存在但不被大家欣赏的东西。在这个意义上，大学故事不是大学的真实历史，更像是我们希望这所大学成为的那个样子。北大、清华的故事，大家都很熟悉，下面我举一两个大家比较生疏的例子。

　　前年秋冬，我在台湾大学讲学，最让我感动的，是这么两个教授的故事，一个是傅斯年，一个是台静农。傅斯年以前在北大读预科和本科，

2005

1919年毕业后赴欧留学,1927年归国,以后长期担任"中央研究院"史语所所长,1945年代理北大校长。国民党溃败到台湾,他当了两年台湾大学的校长。为了意识形态需要,国民党政府整肃教育,傅斯年以他当时的地位努力抵抗,大声疾呼,保持学术的独立。1950年12月,他在参加台湾省参议会,跟人争论大学独立,拒斥政府对大学的改造时,说到激动处,脑溢血当场去世了。台大校园里,常常被人提及的大学校长,就是傅斯年。台大校园里,有纪念傅斯年的傅园,在主校区办公楼前还建了一个悬挂傅钟的亭子。这是台大学生政治性集会的地方,也是其争取民主的象征。现在台湾的状态很不乐观,但年轻的学生说起他们的老校长,依然会很激动。

傅斯年以外,我想谈谈台静农。早年跟鲁迅有较多交往的台静农,后来到了台湾,成为著名的杂文家和书法家。台先生在台大中文系教了几十年书,影响很大。让我感慨不已的是,多少年过去了,真的是斗换星移,可台大学生仍还记得他。最近,学生们在他们自己的网页上贴了一篇文章,那是林文月先生的《温州街到温州街》。林文月是个很有韵味的女学者、女作家,有才情,又会喝酒,她翻译了《源氏物语》,也写散文,研究也做得不错。她是台先生的弟子,后来也在台大中文系教书。这篇《温州街到温州街》,说的是台大的先生们原来都住在温州街,后来中间开了条大马路,把温州街切成了两半。一边住的是郑骞郑先生,另一边住的是台先生。这两位老先生,八十多岁了,互相记挂。郑先生出了一本诗集,请台先生题签,那一天,他要把诗集亲自送到马路对面的台先生那里去,于是请林文月开车。两位老人见了面,说了几句话,互相恭敬地点点头,就走了。不久,台先生就去世了,于是郑先生前去祭灵,写了一副挽联:"六十年来文酒深交吊影今为后死者,八千里外山川故国伤怀同是不归人。"台大的学生至今仍乐于传说这两位先生的高情厚谊,这也是他们接受林文月文章的原因。事情已经过去20多年了,连林文月先生也都退休了,但今天刚入学的大学生,还会找出这篇文章来读,这点让我很感动。两个台大老教授的剪影,很传神。这样的故事,我以为,不会因为意识形态的流转而被人忘记。通过这些小故事,了解他们的长辈,也接触了这个大学的传统。在我看来,大学校园里,值得永远追忆的,不只

散文

是抽象的精神,更包括一个个有血有肉的人物。

1940年代,梅贻琦写了一篇很好的文章,叫《大学一解》,其中有这么一段话:"古者学子从师受业,谓之从游。孟子曰:'游于圣人之门者难为言',间尝思之,游之时义大矣哉。学校犹水也,师生犹鱼也,其行动犹游泳也,大鱼前导,小鱼尾随,是从游也,从游既久,其濡染观摩之效,自不求而至,不为而成。反观今日师生之关系,直一奏技者与看客之关系耳,去从游之义不綦远哉!"大学就像大海,老师和学生都是水里的鱼,小鱼跟着大鱼游,游着游着,也就变成了大鱼。正是在从游的过程中,学生们通过借鉴,理解,模仿,而最终成才。但现在的师生关系,更像是教授们在表演,学生们在观看演出。时间到了,学费付了,通过考试,获得一张文凭,就这样,完了。老师和学生之间,只是一个贩卖知识与购买知识的关系。这,去古人"从游"之义远矣。

刚才说了,老同学见面,不断有人追问我,现在大学怎么回事,为什么老出事,而且清一色都是丑闻?他甚至说:"看来,素质教育要从大学教授抓起。"我是这样辩解的:因为大家心目中,大学教授比较清高,一出事,很有新闻价值;如果是官员出事,见怪不怪,大家已经习以为常了。正因为人们心目中大学教授的地位还是比较高,听到各种丑闻,才会拍案而起。这就涉及到一个问题,怎么衡量和评判大学教授的道德修养?这里有两个标准,一个是最高标准,一个是最低标准。在我看来,以前的最高标准太高,现在的最低标准太低。传统中国,对"师"的表述,接近于圣人,那样的标准太高了。大学教授们扛不起那么重的牌子,于是,皮袍下的马脚,很容易就暴露出来了。现在,又有了非常通达的说法:"大学教授也是人嘛。"言下之意,出丑也没什么,很正常。这个标准似乎又太低了,就好像一句"领导也是人",让一大批有劣迹的官员心安理得一样。这个说法,表面上是理解人生的艰难,实则大大降低了道德标准。记得我20年前刚到北京读书,前门一带有家商店发生口角,售货员打了顾客。受到舆论批评后,那商店为表示改邪归正的决心,在门口贴了一张标语:"坚决不打骂顾客!"我当时的感觉是哭笑不得,可人家很真诚,而且说的是大实话。就像今天的大学教授,如果降到高呼口号:"坚决不剽窃",那也未免太可怜了。

2005

30年前,我在粤东山村插队,当民办教师。有一次到公社开会,书记这样鼓励我们:"好好干,做好了,提拔你来镇上当售货员。"1993年,为了到瑞典参加国际学术会议,我写过一篇《当代中国人文学者的命运及其选择》(现收入《当代中国人文观察》,人民文学出版社,2004年版),其中提到,当年北京市出租车司机的收入约为大学教师的八到十倍。每次出门乘车,总有司机问我收入,然后充满同情地说:国家对不起你们啊!我在讲台上畅谈五四时期众多同情人力车夫的诗文,实在有点哭笑不得。现在,"脑体倒挂"的现象,基本上解决了。比起劳工阶层,大学教师不好意思再哭穷了。但又有新的问题出现。

每年新生入学,我都得代表文学专业的教师,前去讲话。那一年,记得是在昌平园区,有新生提问:老师,你那么聪明,难道没有更高的追求,就甘心一辈子教书?我当时急了,慷慨陈词大半天,博得一阵阵掌声。事后那学生找我,说他原本考经济系,是第二志愿进的中文系,父母担心他将来毕业没出路,只能去当老师。他自己也有顾虑,才这么问;没想到我对教师这职业还这么看重。不是学生的问题,在中国这样"官本位"的社会里,没弄个师长旅长当当,很不过瘾。在北大举行的一次国际学术研讨会上,主持人再三追问:你难道除了教授,再没有别的头衔?我明白他的好心,希望加强听众对我的印象。可我还是坚定不移:就是中文系教授。在很多人看来,都这么大年纪了,没当校长,起码也得是个系主任,要不就是学会的会长什么的,什么都没有,那多难堪。

这里牵涉中国人对待学术的态度。2004年11月21日的《文汇报》上,报道英国《自然》杂志再推中文版增刊《中国之声Ⅱ:与时俱进》,同时选载了若干文章,其中有中国科学院副院长陈竺的《"官本位"助长学术腐败》。陈文批评将科研机构负责人等同于官员的做法,使得有些人削尖脑袋往上爬;另一方面,行政主导色彩太浓,使得我们无法聘请外籍科学家来当研究机构领导。我看问题比这还严重,因为整个中国社会的价值观,唯官是尊、唯官是荣;纯粹的学问,没有多少人看好。学者也不例外,工作稍有成绩,就渴望获得某种头衔,虚实且不管。而上级主管部门,往往也把"封官""定级"作为一种特殊奖励。好学者本就十分难得,如何经得起这般"栽培"与"提拔"?

两个多月前,我曾应邀到耶鲁大学做学术演讲,那里的朋友告诉我,校方本想要著名历史学家史景迁(Jonathan Spence)当副校长,但被他谢绝了。大家都说他很聪明。因为,只有这样,才能潜心著述,对人类做出更大的贡献。要是在中国,我不知道有多少学者能抵挡得住这样"致命的诱惑"。

先是金钱的压力,后是名位的诱惑,对于大学教授来说,过了这两关,才能谈论什么独立与自尊。

五、关于师道尊严

关于大学教授的道德水准,包括社会上对大学教授的基本要求,以及教授的自我约束等,必须回到是否"尊师重道"上来。为师的不自尊,不自重,不自爱,如何了得?可这是个社会问题,而且非一日之功。关于这个问题,我想讲几个小故事。

1901年,因政见不同,章太炎给他的老师俞樾写了篇《谢本师》。这里的"谢",是拒绝、辞别的意思,不是感谢。后来章太炎的弟子周作人,也因意识形态关系,写了《谢本师》。抗战期间,周作人落水当了汉奸,他的学生又写了《谢本师》。这是中国现代文学史上很有名的三篇《谢本师》,之所以有名,是因为这种做法,代表了现代中国教育的一个特点——尊重真理胜过尊重师长。"吾爱吾师,吾更爱真理。"这确实是现代中国的一个特点,很多人都表示激赏。但我想提供另外一个思路,即章太炎的另一个弟子鲁迅,他是如何处理师生关系的。

根据许广平回忆,晚年鲁迅对章太炎其实很不以为然,因其提倡复古。但即使这样,鲁迅提到章太炎的时候,依然非常尊崇,总是称"太炎先生"。而对章太炎晚年的行为,也能作出公允的评价——既有批评,但不改敬意。1936年6月14日,章太炎逝世;当时也已经病重的鲁迅,在10月6日和10月17日连续写了两篇文章《关于太炎先生二三事》、《因太炎先生而想起的二三事》。两天后,也就是10月19日,鲁迅去世。这两篇文章,都是对太炎先生曾经给予他的积极影响表示感激,对太炎先生在革命史上的意义表示赞赏,虽然也对他晚年的一些行为表示不以为然。在私人通信里,鲁迅说得更明白。1933年6月18日的《致曹聚仁》,也提到这个问题。信里说:"古之师道,实在也太尊,我对此颇有反感。我以为师如荒谬,不妨叛之,但师如非罪而遭冤,却不可乘机下石,以图快敌人之意而自救。太炎先生曾教我小学,后来因为我主张白话,不敢再去见他了,后来他主张投壶,心窃非之,但当国民党要没收他的几间破屋,我实不能向当局作媚笑。以后如相见,仍当执礼甚恭(而太炎先生对于弟子,向来也绝无傲态,和蔼若朋友然),自以为师弟之道,如此已可矣。"

老一辈看待师弟之间的关系,自有其尺度,如何拿捏,端看个人修养。邓云乡写过一篇《知堂老人旧事》,很值得玩味。文章说,周作人抗战中当了汉奸,很不光彩,可当年的一些"上过伪学校当过伪学生的",对师长落井下石,为邓先生所不齿。所谓抗战中的"伪学生",是个很难谈的问题。大家知道,抗战时,北大南迁,留在北京的学生,不少人只能进入日本人掌控的伪北京大学。八年间,有不少学生在这所学校就读,怎么看待这些学生?抗战胜利后前来接管的傅斯年,说对于伪大学的伪学生,我们是不承认的。这话后来受到很多人的批评。因为,政府打不过人家,退守大后方,怎么能苛求这些无法背井离乡的年轻人呢?诸位不知道,今天的科学家、政治家里面,有不少是当年沦陷区的"伪"大学培养出来的。谈北大校史,这一段至今仍然很忌讳。其实不只北大,很多著名大学都有这个"历史遗留问题",必须平心静气地对待。

回到邓云乡的文章。周作人当年因汉奸罪,被判刑,学生中有落井下石的,也有的不是这样,比如大弟子俞平伯。周作人有四大弟子:冰心,俞平伯,废名,江绍原。特别是俞平伯,抗战中同样留在北平,没有撤出去。他们经常见面,但周作人从来没有劝俞平伯到日本人控制的北京大学去讲点课,虽然他们私人关系很好。抗战结束后,周作人被抓进监狱,这时候,俞平伯出面写信给当时的北大校长胡适,讲周作人的"学问文章与其平居之性情行止",也讲其落水后"对敌人屡有消极之支撑",同时自责艰难时刻"不能出切直之谏言","深愧友直,心疚如何"(参见《胡适来往书信选》下册71—73页,中华书局,1980年版)。这封陈情信,是旧日弟子对于走了弯路的师长的关怀与理解。邓文称,一个学者在为人

散文

上，在学问上，在大节上，有时候并不一致，在大动荡的年代里，有可能失足，这个时候，弟子对师长一辈的失误，应多点理解的同情。如此谈论师弟之间的情谊，值得我们关注。

这里说的是师生之间在学问之外的关联，或者说情感上的纠葛。而我感慨的是，这种师生情谊，越来越淡泊。现在的情况是，师生之间，下了课，视同陌路人。钱穆在《现代中国学术论衡》里有一段话讲得很精辟："西方人重其师所授之学，而其师则为一分门知识之专家。中国则重其师所传之道，而其师则应为一具有德性之通才。"西学东渐，新式学校兴起，整个大学教育，都是按照西方人的思路，其特征是注重知识的传授，而不太注重人格的修养。"一校之师，不下数百人，师不亲，亦不尊，则在校学生自亦不见尊。所尊仅在知识，不在人。"（《现代中国学术论衡》162、168页，岳麓书社，1986年版）这么做，好处是走出了过去十分严格的师道尊严，坏处是我们看待教师，只剩下了专业知识。

记得是两三年前，有一次，我应邀到南方一所大学演讲。那天刚好是教师节，在飞机上，我正在读利奥塔写的《后现代状态》。书里说到，在后现代社会，教师这个职业有可能会消失。因为，我们可以选择一个标准的最佳状态的教授，录制他的演讲，通过远程教学的方式传播。这样，既不会出错，又很精彩，这比我们今天这些高高低低的教师要好得多。假如此说成立，那么，一个专业一两个教师就够了，其他人赶紧改行。读到这里，我出了一身冷汗。后来，我想通了，这根本做不到，不是因为技术手段，而是因为老师在学校里的工作，不只是传授知识，还有充当大鱼，让小鱼在后面跟着游的作用。更不要说什么因材施教，因地制宜等。我曾经说过，当老师很难，站在讲台上，必须照顾到班上所有学生的趣味和目光。我的经验是，眼睛看到第七排的学生（最好是男生，不要女生），这个时候，所有的学生都觉得你在看着他。课堂上显示的，不止是你的声音，也包括你的姿态，你的神情，还有你的心境。你需要跟学生沟通。有时讲课效果好，有时不好，关键在于和学生有没有交流。可以这么说，每一次成功的讲课，都是师生共同完成的。这是有教学经验的人都能领会到的。老师之于学生，不止是具体知识传授，还有日常生活中的人格修养。就算是知识传授，也必须通过沟通和对话才能实现。在这个意义上,老师这个职业,在我看来,没有消失的可能性。诸位作为师范大学或教育院系的教师和学生,我相信你们和我一样,会对这个职业充满信心。

但是,随着现代科技的发展,随着师生间距离的拉大,我有点担心,韩愈《师说》表达的那种理想,很难再出现。记得1920年代中期,梁启超应邀到清华学校讲课,希望把他想象中的教育理念,落实到现代大学里面去。他希望跟学生们有更多的直接交流,能够以自己的人格力量来影响学生。可讲了几年课,梁启超说自己失败了。上课开口,下课走人——他当时住在天津,每星期和学生也就见一两次面,无法深入交谈。这种状态,和他当年在广州万木草堂跟康有为念书,完全不一样。传统中国书院的教学方式,是师生在一起共同生活,这种教育状态,现在已经不存在了。

回到教育史的问题,晚清以降,欧风美雨,西化最明显的,是大学制度。我们在政治、军事、经济上也学西方,但学得不彻底。唯有大学学得最像,甚至连带博士帽的方法,都学得惟妙惟肖。学得像也有问题,因为,大学不是工厂,大学必须落地生根。从这个意义上说,这一百多年来,我们不断强调跟国际接轨,向国外的大学学习,但相对忽略了传统中国的教育精神。长辈的学者,比如章太炎、梁启超、蔡元培等人,还有这种追求,一直在讨论如何将传统中国教育精神和西方大学制度结合在一起。1921年,蔡元培在美国加州大学柏克莱校区演讲时,便强调应该把孔子、墨子的教育精神,和18世纪英国的培养绅士,比如牛津、剑桥,19世纪德国的培养专门家,比如柏林、洪堡,以及20世纪美国大学的服务社会,培养社会急需的人才,这几种观念结合在一起,方才是他理想中的大学教育。这个思路,很值得我们关注,它跟后来梅贻琦在《大学一解》中所表达的,相当接近。可惜的是,1950年代以后,我们先是向苏联学习,后又转向美国,都是一边倒,一直到今天高喊"与世界接轨",都忽略了对传统中国教育精神的理解、接纳与转化。

西方教育体制,确实有很多比我们好的地方,特别是精密的科学试验、系统的课程建设,比传统中国书院好得多。但接受了西方的教育体制后,传统中国书院中那种融洽的师生关系,包括对师长很高的道德要求等,都没有了。我们现在只要求,能写论文,能讲课,这就是好教师;这跟古代"师者,所以传道授业解惑也"的设想,差别太大了。我想象中的大学教授,除了教学与研究,还必须能跟学生真诚对话,而且,有故事可以流传,有音容笑貌可以追忆。我相信,我们的科研经费会不断增加,我们的大楼会拔地而起,我们的学校规模越来越大,我们发表的论文也越来越多;我唯一担心的是,我们这些大学教授,是否会越来越值得学生们欣赏、追慕和模仿。

(笔者曾以类似题目,于2004年11月17日在首都师范大学图书馆报告厅、11月30日在北京大学教育学院、12月10日在华东师范大学中文系做专题演讲,现以首都师范大学的记录稿为底本,综合三次演讲,整理成文。本文选自《教育学报》2005年第1期。)